本书出版受教育部国别和区域研究备案中心"哈尔滨师范大学斯拉夫国家研究中心"及哈尔滨师范大学外国语言文学一级学科资助，同时为以下项目研究成果：

国家首批新文科研究与改革实践项目"新文科视域下斯拉夫微专业人才培养创新与实践"（编号：2021100031）；

中央财政支持地方高校发展专项资金项目"'一带一路'视域下斯拉夫国家语言文化及发展战略研究团队"；

黑龙江省哲学社会科学学科体系创新工程学科项目"外国语言文学一级学科建设资助"。

变换的时轮
（纪事体长篇小说）

BIANHUAN DE SHILUN
JISHITI CHANGPIAN XIAOSHUO

［俄］尼古拉·卢季诺夫◎著
杨立明◎译
甘雨泽◎校

中国社会科学出版社

图字：01-2023-1354号

图书在版编目(CIP)数据

变换的时轮/(俄罗斯)尼古拉·卢季诺夫著；杨立明译. —北京：中国社会科学出版社，2023.5
ISBN 978-7-5227-1264-2

Ⅰ.①变… Ⅱ.①尼…②杨… Ⅲ.①长篇小说—俄罗斯—现代 Ⅳ.①I512.45

中国国家版本馆 CIP 数据核字(2023)第 024282 号

出 版 人	赵剑英
责任编辑	郭晓鸿
特约编辑	杜若佳
责任校对	师敏革
责任印制	戴 宽

出　　版	中国社会科学出版社
社　　址	北京鼓楼西大街甲 158 号
邮　　编	100720
网　　址	http://www.csspw.cn
发 行 部	010-84083685
门 市 部	010-84029450
经　　销	新华书店及其他书店

印　　刷	北京明恒达印务有限公司
装　　订	廊坊市广阳区广增装订厂
版　　次	2023 年 5 月第 1 版
印　　次	2023 年 5 月第 1 次印刷

开　　本	710×1000 1/16
印　　张	27.5
插　　页	2
字　　数	413 千字
定　　价	148.00 元

凡购买中国社会科学出版社图书，如有质量问题请与本社营销中心联系调换
电话：010-84083683
版权所有　侵权必究

《变换的时轮》：历史叙事与哲学思考

甘雨泽

当代著名俄罗斯作家尼古拉·卢季诺夫（1948—）可能是对中国历史和古代名人情有独钟吧，他一生创作的主要作品竟然完全跟中国历史有关：《成吉思汗的意愿》、《边关》（又译《边境》）、《变换的时轮》。

我第一次读到卢季诺夫的作品《边关》是2019年的冬天。这是一部关于老子李耳的传记小说。小说从三关哨所写起，描写了老子与丁宏、尹喜两位边关守将的友谊。表面上看，这是一部历史小说，或者说是人物传记，而当你读完全书、掩卷沉思时，你就会发现：这其实是一部哲学小说。作家借历史叙事和人物经历的外壳，正在传达和阐释作家对国家与民族、战争与和平、正义与不公、善与恶、因与果等重大哲学问题的思考。

卢季诺夫的新作《变换的时轮》（2018年），同样继承了作家创作的一贯传统，他注重的并不是现实主义的创作手法，描写"典型环境中的典型人物"，而是以历史叙事为切入点，以人物活动为线索，借一个个传奇故事的叠加，公开表达作家对人生和命运的种种思考。

卢季诺夫把他的这部小说称为"纪事体长篇小说"，旨在向读者表明：他叙述的是历史事件。而小说的人物也只有十几个人。小说前半部分是以匈奴大将军图拉尔为主线，讲述了他和华夏边关守将鲁途安（归顺匈奴后改名吴胡安）的故事，从中引出了他的两个孙子阿阔尔和阿贝尔（他们都是吴胡安的学生）。小说后半部分则主要描述阿

变换的时轮

阔尔和他的引路人霍伊古尔经历种种艰难险阻，前往昆仑山朝拜的传奇故事。小说最后二十章又出现了圣人老子。作家对宇宙上界、中界（生灵界）、下界（黑暗世界）这三种层次的划分，老子与盲人少年阿阔尔这两位未卜先知者的对话，集胆小鬼、撒谎者、忘恩负义者为一身的引路人霍伊古尔与上界人物和老子的谈话，这一切充满玄机奥妙和神秘莫测的情景，都令读者眼花缭乱，不知所措，在茫然中似有所悟。

是的，这不是一般的历史小说，而是一部充满人生智慧的哲学小说。小说囊括了作家一生对人生意义的苦苦探索，对宇宙、国家、民族、历史的深深忧虑。小说中有很多关于"命运"的大段大段的论述，写得睿智而深刻，给人以启迪，令人猛然惊醒，并将影响你整个人生。

最后，关于译者我想说两句。

译者杨立明现为哈尔滨师范大学斯拉夫语学院俄语翻译硕士研究生导师，在俄罗斯获得博士学位。我在校译她的译稿时感到非常轻松。译文准确，文笔流畅，基本达到了"信、达、雅"的翻译标准，堪称一部优秀译作。作为一名初次尝试翻译长篇小说的译者，她的努力是成功的，值得称赞和祝贺。

2021 年 2 月写于哈尔滨

师大家属楼

目　录

第一卷 ……………………………………………………（1）
  1. 鲁途安更名为吴胡安 ……………………………（1）
  2. 合理的决定 ………………………………………（5）
  3. 初春，回忆过去 …………………………………（8）
  4. 大将军召见 ………………………………………（13）
  5. 被遗忘的武隘要塞的美丽传说 …………………（18）
  6. 无法完成的任务 …………………………………（21）
  7. 与学生的交流 ……………………………………（26）
  8. 变故 ………………………………………………（29）
  9. 妻子 ………………………………………………（35）
  10. 物资库 ……………………………………………（40）
  11. 家乡的味道 ………………………………………（44）
  12. 短暂的记忆与永久的记忆 ………………………（50）

第二卷 ……………………………………………………（53）
  1. 祖父和他的孙儿们 ………………………………（53）
  2. 引路人霍伊古尔 …………………………………（57）
  3. 乌苏曼单于的决定 ………………………………（64）
  4. 家事 ………………………………………………（68）
  5. 艰难的谈判 ………………………………………（78）

6. 宿命 …………………………………………………………（85）

7. 这就是我们的命运 …………………………………………（88）

8. 二可敦做出决定 ……………………………………………（94）

9. 小欢喜 ………………………………………………………（100）

10. 上天的旨意 …………………………………………………（107）

11. 既是朋友又是战友的吴胡安 ………………………………（115）

第三卷 …………………………………………………………（124）

1. 图拉尔的噩梦 ………………………………………………（124）

2. 该怎么办？最好不要插足！ ………………………………（128）

3. 同室操戈 ……………………………………………………（131）

4. 吴胡安——将军都要听从的百夫长 ………………………（137）

5. 与齐国大司马苏护的会谈 …………………………………（141）

6. 奇怪的梦 ……………………………………………………（145）

7. 思考孙子之事 ………………………………………………（150）

8. 心灵之痛 ……………………………………………………（154）

9. 等候命令 ……………………………………………………（158）

10. "老男孩"巴塔玛伊 ………………………………………（162）

11. 人和国家的命运——由天神来决定 ………………………（167）

12. 期待已久的通信兵 …………………………………………（170）

13. 拨云见日 ……………………………………………………（172）

14. 大将军和他的手下大将们 …………………………………（177）

15. 思考萨拉泰的命运 …………………………………………（181）

16. 萨拉泰的历史 ………………………………………………（185）

17. 奥昆，萨拉泰的前君主 ……………………………………（187）

18. 围攻萨拉泰 …………………………………………………（191）

19. 萨拉泰缴械投降 ……………………………………………（195）

20. 回家 …………………………………………………………（199）

21. 旁观者的视角 ………………………………………………（202）

22. 迎着北风出发 ………………………………………………（208）

23. 吴胡安——总指挥的助手 …………………………………… (212)
24. 家族的掌舵者 ………………………………………………… (215)

第四卷 ……………………………………………………………… (222)

1. 奥阔——丘约赫阿雷的主人 ………………………………… (222)
2. 兄弟 …………………………………………………………… (225)
3. 奥阔 …………………………………………………………… (228)
4. 奥昆 …………………………………………………………… (231)
5. 奥阔和古尔甘 ………………………………………………… (236)
6. 萨尔塔斯岛的君主 …………………………………………… (239)
7. 对大千世界的看法 …………………………………………… (244)
8. 奥昆,石头宫殿里的思考 …………………………………… (251)
9. "你和狼……" ………………………………………………… (254)
10. 哈拉泰的传说 ………………………………………………… (258)
11. 对萨拉泰的思考 ……………………………………………… (260)
12. 不速之客 ……………………………………………………… (265)
13. 盲人和他的引路人 …………………………………………… (268)
14. 对真话和谎言的思考 ………………………………………… (272)
15. 临别赠言 ……………………………………………………… (284)

第五卷 ……………………………………………………………… (287)

1. 送行 …………………………………………………………… (287)
2. 奥阔的狼 ……………………………………………………… (289)
3. 遭遇强盗 ……………………………………………………… (292)
4. 报应 …………………………………………………………… (294)
5. 夜话 …………………………………………………………… (299)
6. 阳光明媚的早晨 ……………………………………………… (307)
7. 通往山上的路 ………………………………………………… (311)
8. 恐惧 …………………………………………………………… (313)
9. 渡河 …………………………………………………………… (315)

10. 夜宿小溪边 …………………………………… （318）

11. 又一次背叛 …………………………………… （321）

12. 山口 …………………………………………… （325）

13. 奇妙的山谷 …………………………………… （328）

14. 探访绿色山谷的居民 ………………………… （332）

15. 两位老人的年轻母亲 ………………………… （338）

16. 粉红卧室里的早晨 …………………………… （340）

17. 有灵气的小石子 ……………………………… （341）

18. 圣人老子和年轻的母亲 ……………………… （345）

19. 前往"东方之石" ……………………………… （349）

20. 关于意义的一次谈话 ………………………… （354）

21. "蓝石"旁的祈祷 ……………………………… （359）

22. 引路人的祈祷 ………………………………… （363）

23. 神奇的盲杖、汉塔斯的恩怨情仇 …………… （367）

24. 年轻人的对话 ………………………………… （371）

25. 丰盛的晚餐 …………………………………… （375）

26. 同坐一张桌旁的第二位令人尊敬的人 ……… （378）

27. 南下之路 ……………………………………… （382）

28. "为什么选择我？" …………………………… （385）

29. "赤石"旁 ……………………………………… （389）

30. 自我定位 ……………………………………… （391）

31. 神秘的药酒是如何酿制的 …………………… （393）

32. 谁才更加眼盲？ ……………………………… （399）

33. 对未来灾难的思考 …………………………… （403）

34. 巴尔萨克尔梅斯，还是灵魂万岁？！ ……… （405）

35. 上界：观察者的感受 ………………………… （406）

36. "白石"旁：不信任的坚冰正在融化 ………… （407）

37. 中界：由谁来掌控？ ………………………… （410）

38. 中界的人：思想的力量 ……………………… （413）

39. 关于丁宏的谈话，让人们团结与分离的疆界 …… （416）

40. 仙人:未来与过去并不在我们的兴趣范围内 ………… (419)
41. "黑石"近旁,三个世界的比较 ……………………… (422)
42. 梦想见到至高无上的腾格里神 ……………………… (425)
43. 归途 …………………………………………………… (428)

第 一 卷

1. 鲁途安更名为吴胡安

多个世纪以来，华夏大地因与匈奴为邻，许多匈奴官宦贵族迁徙至这里。不少华夏人也与匈奴人实现了融合，他们中的每个人都有自己的原因和故事：一些人在战争中被俘虏，然后被送到匈奴军队充军；还有一些人被当作战利品，发配去干农活和从事其他日常劳作；但还有一些人，因为某些原因他们逃离了自己的故土，跑到"异国他乡"来，自愿与匈奴融合。逃离故土当然不是美好的生活，而多半是因为他们在家乡已身处绝境。能够使一个人背井离乡的原因简直太多了。

大多数被俘的华夏人种植谷物以供应军队、战马所需，有少数人饲养牲畜，仅有个别的人能够在军队做后勤保障的勤杂兵。

几乎所有人都十分满意自己的新生活，这样的生活同以前相比更加自由。谁能忘记在灾荒的年代，还要交苛捐杂税的日子。交不上赋税的百姓则难逃厄运：无力支付赋税的人就要服徭役，甚至是卖身为奴。而匈奴人，对待这些不可抗力的天灾，还是能够给予一定的宽容和理解——以赋税的形式征收的粮食是计算出的农户手里的盈余。因此，对官府瞒报是没有意义的。出售这些盈余粮食也是很困难的，只有从远方来的外乡人才会有需要。

十七年前，华夏人鲁途安被匈奴人俘虏，依据周朝律法，所有投降敌人的人都被视为背叛帝王，是重罪。因为鲁途安在七千人的军队

变换的时轮

担任副将，这是相当高的职位，为了使家人免遭迫害，他不得不完全消失，如同死去一样……还能怎么办呢？只有如此！但这也少不了命运的捉弄。在中国的王朝，达官贵人、高级官吏死后要追加谥号，他也不例外。而同时，匈奴人开始称活着的鲁途安为吴胡安，他又获得了新生。真是造化弄人，因为他与草原民族外形相似，长相粗犷，在中原时曾有人称他为"匈奴人途安"，在这里，中原的胡安"重生"了……这大概是有史以来第一次，流亡的将领在异国获得如此恩典，以贵族礼遇相待。为国"牺牲"后，他在这里获得了第二次生命和一个新的名字。

这是一个古老而又悲伤的故事。

当时，中原戍边的战士驻扎在山间溪流后的一个小要塞里，尽管在春汛时溪水有些任性，但这条小河在夏天通常是干涸的。不过在雨季，它也总是有溢出的危险。

匈奴人从未对要塞方向表现出侵略意图，因此，过去的三年里边疆地区一直相安无事，这里的服役生活甚至是有点无聊的。

要塞总指挥修毅一生指挥过多支边防军，是一位身经百战，抗击匈奴游击军队的老将领。他认为，在和平时期，军队的训练也不应停止。作战经验丰富的战士们由于超负荷的训练而精疲力竭，他们觉得并未从严苛的训练中有所提高，因此越来越不喜欢自己的上司，甚至背地里调侃他的疾病。修毅由于长期服役，疾病缠身。以前他从马上跌落，左脚走路跛，不仅如此，他的视觉和听觉能力也在逐年下降。但是很显然，指挥部想最大限度地利用他的丰富经验，仍不想让他辞官回乡。

一天，没有任何灾难的征兆，但它来的那样猝不及防。任何人都还未来得及明白，为何匈奴骑兵绕过了所有巡逻哨，突然从天而降。当时没有接到通知，大部分驻军都在要塞外。

由于敌人的突然袭击，步兵部队装备不全，只能用简单的武器进行抵御，但训练有素的士兵借助环形防御阵势，仍然能够抵挡一阵敌人的进攻。

要塞里，他们注意到了匈奴人的显著优势，并向大门外面的守军发出了撤退信号。当士兵冲到敞开的大门时，大门门闸——通常在早晨由一个巨型的绞车提升到上面——此时由于卫兵的疏忽开始意外向下降落，要隔断所有没来得及躲进大门的士兵。这种情况下，士兵们自然开始恐慌，随之而来的是拥挤、踩踏。

沉着冷静的鲁途安将自己的长矛放到巨型大门下面，它的手柄是由坚硬的木料制成，在门下发出的声音，仿佛在催促着正在奔跑的人们。他支撑到最后一位士兵快速跑进要塞。在沉重的铁门闸的压力下，长矛裂开，只剩鲁途安带着长矛在外面支撑……这个勇士倒下了，他的左手被门砸中，两天后，他在匈奴部落里苏醒过来，隐约的疼痛从他的左手遍及全身。医师给他喝了点东西，他再次陷入长时间的昏迷。终于有一天，他醒来了，发现自己的整个左手没有了。

那时，他意识到匈奴人砍断他被门砸中而受伤的手，救了他的性命。如果在其他情况下，在慌乱的战争中恐怕不会有人注意到他，放任他死在人群中。但是匈奴人目睹了这一切，赏识他的勇气，视他为英雄。

通常他们不会太在意战俘，只把他们当作毫无价值的战俘释放，这也是很公平的对待。这些人被释放后经常又回到匈奴，因为在自己的国家，就连普通士兵只要有过被俘虏的经历，就会遭受审判以及严酷的刑罚，更别说是将领。

匈奴人把鲁途安整只手掌都截了下来，这也是斩断了他的过去。因为在中原国家，没有左手就不能称为一个完整的人：你不能向所有人都去解释——你不是一个被判处盗窃罪的小偷，而是一名老兵，一位战争英雄。在中原，重要的是——不要从人群中脱颖而出，不要与众不同，更加不要引起别人对你丝毫的怀疑。一人犯法这只是半个灾难，最糟糕的是，整个家庭，所有族人都被牵连。他的这种情况，最好自己战死，消失得无影无踪，也好过连累孩子和全族人的命运。

匈奴人一开始便真诚地对待鲁途安，对他十分关照。作为英雄，他立刻成为匈奴中受欢迎的人，甚至是可以信赖的人。大将军本人——匈奴军队的总指挥——希望他担任军队的副官和参谋。权衡利弊之后，鲁途安接受了这样的厚待，只有一个条件：绝不参加对抗中原的军事活动，并对他的真实名字保密，这样就不会有密探将他的消息传到中原国家。

鲁途安被俘那年已经四十岁了。

鲁途安出身底层世袭官员家庭，家族的每一代人都梦想着进入中层官僚阶层。他的老祖父从官一生，历经波折，饱经风霜，对此笑说："有志向是可以的，但是应该把握好度，如果这个梦想在我或是我父亲那一代就实现了，那么你们可能由于某种过失，现在在为修筑要塞城墙而和泥巴呢……官场是十分危险的，很少有人明白这一点。尽管最底层的官场俸禄不多，但却是最可靠的。为了这份安逸的生活，我们应该满足现状。"

鲁途安走上父辈的路，刻苦读书并通过考试走上仕途。按照中国人的观念，他做官的年龄算是很小了。他的第一个官衔——小司徒——是一份计算粮食收成的职务，根据收成核算每个家庭应该向国家缴纳赋税的数额。

对于村民来说，年轻的鲁途安的职务几乎被认为是永远的灾难和不幸的根源。原因在于：首先，由于无力缴纳赋税，所有意料之中和意料之外的不幸都会降临一个家庭——孩子被抓去充军或者强制服役，而在某种极端严重的情况下，全家都可能沦为奴隶。

每件事的情况都可能不同，有的取决于人，有的不受制于人。小司徒只要牢记自己的职责，不同情况可以自己决定如何来处理。如果他愿意，可以稍微降低，也就是减少赋税，这可以暂时延缓被征税家庭的痛苦。鲁途安出于同情和善良的天性，经常帮助人们。可以肯定的是，那些逃过灾难的人们对这位年轻的官吏深表感谢。但是，总有一些不怀好意的人告发这位富有怜悯心的小官吏。

幸运的是，现在不幸只是落到了他一个人头上，他不得不离开妻子和两个孩子去军队服役五年。对他来说，这不是最严厉的惩罚，这还多亏了他母亲的匈奴人血统。众所周知，这种家庭出身的男子最适合去军队服役。

全家都为他的新"差事"感到极大的悲伤，并把他送到军队，仿佛永别一样。也许，正因如此，他突然感到正要发生什么不可逆转、无法挽回的事情。

事情真就这样发生了，服役到了第三个年头，之前似乎一切都很顺利，但随着职位的不断提升，真正的不幸也随之降临了——失去左手，做了俘虏。

2. 合理的决定

难以想象，新生活比以前的生活自由得多，这种自由在他家乡简直是想都不敢想。

每一个匈奴人接受任务后可以根据自己的理解去完成，在中原王朝，即便是完成一件不起眼的小事，都有严格的自上而下的规定来约束你的行为。而在这里没有任何十分明确的、统一的上级下达的指令。起初，鲁途安接受了在这里的新名字"吴胡安"，接到一项任务后，他会向上级仔细询问，以求清楚地知道他该如何更好地完成任务。一些任务经常是重复的，而所处的环境和形式则不断变化。

大将军图拉尔困惑地看着他：

"怎么完成？你必须根据情况自行决定，为什么每一件小事都要商量？"

"如果没有准确的指示，每个人按照自己的方式做事，那么就会出现混乱。"

"如果每个人都采取合理的行动，那一切都会相安无事。"

"合理——怎样才是合理的呢？"吴胡安不理解，"要知道每个傻瓜都觉得自己的行为是最合理的，难道不是吗？"

"这倒也是……但是每个人的身后都有他的氏族，每个氏族都有自己对'合理'的认知，这样每个人也就一定知道自己氏族的行事准则，按此行事就可以了。"

"哎，我不知道……不知道呀……"吴胡安忧心地挠了挠后脑勺。匈奴人对别人极其信任，寄希望于他能够做出合理的、明智的决定。不管怎么说，这样的信任是很冒险的。

当然，在变换的世界里，在中原也有对"合理性"的理解，但是官宦们仍喜欢尽可能准确地界定这个总是模糊不清的"合理性"的界限，对不同行为制定明确的指令，因为他们不相信人的主观因素。主观因素会在处理一件事的不同方案中给自己选择最简单的办法，但通常这却不是最佳的解决方案，而且在此过程中人们还不忘寻求私利。难道不是这样吗？

"不，个人利益归个人利益，但事情在于这里的人们生活在'阳光'下。我再说一遍，每一个匈奴人，都属于某个氏族，他的所有族人都相互认识，并且他的一举一动都被视为这个氏族的行为。因此，这里的每一个人都在尽其所能让自己在其他人眼中看起来更好。他会时刻铭记，他的任何举动都不应该为整个氏族抹黑。而你们，人口众多的中原国家，总是有机会'隐身'，或是不被暴露在人前。恰恰是在人多的地方，恶劣的行为可能不会引起别人的注意，而在我们这里，这是绝对不可能的。"

"是的，似乎是这样。"吴胡安表示同意，并轻轻地叹了口气。

"在你们中原，更加看重个人品质，而在我们这里，结交一个新朋友时，首先要了解他的氏族，他的亲属都有谁，几乎在最后才会对他的脾气、性格感兴趣。"图拉尔沉思道，"尽管如此，一个人最重要的品质还是来自氏族的特征。同一氏族的人在气质、行为、秉性、习惯等方面几乎总是相似的"。

就心理特征而言，吴胡安更善于思考，并力争把一切都安排得井然有序。在一个全新的人群和生活环境中，他不得不思考民族之间的差异。

小时候，他喜欢逛集市。集市上有时有很多人是来自他们不知道的地区和国家，他们每个人看起来都是那么与众不同——说着自己的语言，服装和举止与其他部族完全不同……为什么要创造出这样的多样性？上天要是创造出一个民族，使用一种语言可能会更好，更方便。那时人们到哪里相互交流和沟通都会容易得多，没有让人讨厌的民族间的对立，没有战争……

起初他发觉，他周围的匈奴人似乎都长得一样。不久之后，他仔细观察了一番，开始明白，说他们相似是不准确、草率的，也许只是仓促一瞥留下的印象。而实际上，每个人都有自己的显著特征，观察的时间越久，看到的差异就会越明显。

在集市上，人们基本不会外族语言，但令人惊讶的是，人们找到了相互理解的办法：或是通过手势，或是通过面部表情来表达是否满意，十分巧妙地进行着交易。

他又一次清楚地认识到，人与人之间的共性远大于差异。

同样令人惊讶的是，对所有民族的人而言，生命的主要价值几乎是相同的：诚实、忠诚、善良在任何地方都是最珍贵的。显然，没有任何地方会鼓励杀人、暴力、抢劫、行骗。

但同时，一些认知当然也不尽相同，主要是对犯罪程度或者道德品质认识的差异。比如，在一些民族眼里的犯罪，在另一些民族看来却是可以原谅的、可以容忍的胡闹行为，甚至被认为是某种胆量的表现。谦让和仁慈，就像吴胡安在过去的生活中所经历的那样，在其他民族会受到残酷的惩罚。

例如，在华夏各诸侯国如果发现仓库库存亏缺，负责仓库的官吏因此会立刻吃官司。而匈奴人认为这无伤大雅，而且只当是不愿见到的疏忽罢了，仅此而已。有什么办法呢，可能一个人对自己要求不严，不小心挥霍了公家的财产，或者禁不住别人的请求，是出于善意的举动。当然，他也会受到谴责、责备，但只有在仓库严重亏缺的情况下，他才会被罢官。

匈奴人对待许多事情的看法，如果我们不用"奇怪"这个词去形容，那就说是"独特"的吧。偷盗对他们而言是无法想象的、可耻的、异乎寻常的事情，只有那些有精神疾病的人才会这么做。他们中严重的，不可救药的甚至会被处以死刑。但参与抢劫邻国或相邻部落的人被认为是勇士。战士带回来的一切都被认为是合法的，甚至是值得称道的战利品。对任何外来部落的东西都吹毛求疵的匈奴母亲会骄傲地带着儿子在征战中带回来的饰品，而这些饰品却是从别人脖子上扯下来的。从哪里，从什么时候开始遗留下这样的习俗已经说不清了。

3. 初春，回忆过去

新的一年开始了，严寒逐渐消退，能感觉到冬天的威力一天天减弱，慢慢退场。白昼渐长，周围的一切都在复苏，迎接着春天的到来。在这里，在北方，季节更替的迹象清晰可见，春日里每个早晨都能感受到万物的勃发，生命的律动。

吴胡安喜欢这个季节，可以对过去一年进行总结，可以从容地对未来进行规划。

但是，如果一切都提前周密思考会更好些，完成计划也就会更有自信、更加充分，况且他还需要将自己的计划和公务结合在一起考虑。他还不能说是真正的自由人，在匈奴军队当差甚至可以说是身不由己：吩咐他到哪里，他就要到哪里去。但是，在这期间总能找到"可乘之机"来实现自己的某些计划。好在他没有感觉自己是完全受制于人的，军队的职务没有让他感到苦恼。实际上，他的生活与匈奴人并无两样，没有更糟，也没有更好。但是在和他们一起生活的这个集体中，同以前的生活相比有一点明显的区别：他生活得非常随性，或者说这是他想要的生活。

自由可以用不同的方式去理解，每个人心中都有自己的定义。

但他有个想法，甚至可以说是"叛逆"的思想：在匈奴做俘虏，说实话，要比在家乡自由得多……

第一次有这样的想法时，他甚至因为这个突如其来的念头而倒吸一口凉气。在生病和漫长的身体恢复期间，他根本没有想过这一点，只是觉得应该去习惯，去投入新的生活，明确自己的位置：或者还是个俘虏，或者已经加入了异国的军队。是的，他还没有想到过这样比较，他过往的生活留在了过去，同现在的生活不能相提并论……你能说它是更好，还是相反？并且这样的比较起初在他看来似乎有些不忠。

从孩提时代起，他接受的教育就是华夏的礼教，即：华夏是礼仪之邦，华夏的一切都是不容置疑的完美，是理性和道德的最高境界。

而华夏之外，都是低级的、未开化的、野蛮的"夷蛮戎狄"。

是的，中国——中心之国、世界的心脏、神圣之地。因此它是国家和人类生存的最高形式，想象任何其他高于此形态的事物都是不可思议的……但凡接受过一点礼教的华夏人都会这样认为。这样理解是理所当然的，对此质疑那简直是荒唐无比。

现在的吴胡安，更准确地说是曾经的鲁途安，最终敢于比较这两个完全截然不同的世界，即便只是思想上的，而且不能平等对待，只是拿来对比，但他承认可以评价一些优劣之处。那么比较什么优劣呢？是最古老、最智慧的国邦和半游牧蛮族的优劣？这不仅是前所未有的无礼行为，更是极大的罪过。

首先，这是对伟大君王的一种侮辱，彻头彻尾的亵渎神明。

其次，在他身上——曾经的俘虏，现在却是指挥匈奴军队的大将军手下的谋士——发生了什么变化？是的，在他身上发生着内在的、很难被察觉的变化，他自己都没有意识到。这些变化也仅仅是开始表现在他对周围一切、对待匈奴人的日常生活的态度上。这种改变究竟是什么，是可逆的还是不可逆的？似乎已经不可逆转……

这到底意味着什么呢？

因为一个真正的华夏人，也就是在华夏出生并接受教育的人，从幼年起，所有人都知道，要将外族的、野蛮的事物同华夏相比较，这意味着将自己置身于文明之外。"华夏"一定是至高无上的。

想到这里他十分痛心，并开始意识到，发生在自己身上的变化说明的不是要改变价值观，而是他对价值观稍有改变的认知。这样的价值体系在很久很久以前，可能不只是千年前，就被一代一代的圣贤们确立，它规定了与周围世界的相处之道。

最终，他明白了，这一切变化的问题都出在他自身。

一切都没变：世界没有改变，世界上的价值观没有变化。而改变的是鲁途安本人，准确地说是现在的吴胡安，他才是一切变化的原因，真正的华夏人鲁途安永远都不会想到会发生这样的事情。

这一切的发生都不是突然的，不是瞬间的，而是在潜意识里的某个地方日复一日、年复一年的积累变化，因此他几乎毫无察觉。

变换的时轮

　　他很快掌握了匈奴语言以及其他多种方言：乌孙语、月氏语、奥古兹语及其他语言，他接受得都很快。渐渐地人们开始接受他，把他当作自己人。当人们意识到吴胡安是华夏人的时候，他们感到十分惊讶。当一位新战友说出"他曾是华夏人"时，语调听起来是那么奇怪——好像他从某一时刻起，以一种神奇的方式重生了，现在的他已不再是原来的他……是的，伴随着这样的内心"重生"的感觉，一切都重新开始了。

　　但无论如何，当所有人跟他接触，一起生活后，开始彻底接受他，吴胡安对此感到很愉悦。

* * *

　　按照夏历，已经是新的一年的第二个月了。

　　吴胡安开始为每年的北行做准备，他要到山里去，那里有匈奴人的物资储备地——国家物资库，食品、衣服和各种生活必需品都储备在那里。到了该清点的时候——盘点储备的剩余，确认需要补充的物资，顺便检查一下存储的情况。

　　到处都是春天的气息，生活也变得更加有趣。吴胡安也有了出行的愿望，这次例行检查来得正是时候，吴胡安可以不在"众目睽睽"之下顺便做点自己想做的事情：采集、加工、烘干各种可食用的植物用作调味料，储备起来以供一年之需。

　　他满心欢喜，不慌不忙地开始收拾远行的用品，东西整齐地放到一个巨大的皮袋中，还不忘带上保暖的衣服。没有厚衣服在山上根本待不下去，一切考虑得十分周全。这不仅是一个期待已久的行程，还是一个方方面面都将十分愉快的出行。因此为了保证这次行程不会扫兴，需要细心准备。

　　根据以往的经验，他提前计划了这次远行的所有细节：何时休息，何处过夜。这次检查是他的主要职责，包括向将军作总结汇报。这项工作对他来说简直就是驾轻就熟，无趣又简单。为此，吴胡安已经准备好墨水和大卷的竹简来记录物品的种类和数量。一卷记载数据的竹简留在粮囤；一卷将由吴胡安保存；剩下的一卷保留在指挥部，由他转交给大将军。

他当然知道这项工作是十分重要且必要的，所以他细致耐心，工作进展很快。吴胡安将有很多空闲时间，他会把这些时间用在对大自然期待已久的观察上——他将带着愉快的心情观察树上逐渐鼓起的树苞；在经历整个冬天后已经结块的、灰色的草地上，观察青草怎样吐出它的新芽。

在抵达这里二十天后，他的妻子带着一些侍女也会赶到这里。她们将在欢歌笑语、嬉嬉闹闹中一起劳作：采集，晾晒鲜嫩的绿色植物。春天本该如此。

随后冰河融化，各种鸟兽鱼虫相继活跃起来。春汛暂时隔断了所有道路，但是在一些河水灌溉后的草地上草木繁茂、鲜花怒放。还有更重要的——草地里的野韭菜水分充足，是不错的食材。

的确，这是最好的时节，还因为吴胡安摆脱了旁人的关注，全身心得到放松。直到现在，在战友，甚至是一起供职的朋友面前，他仍然感觉自己没有完全融入匈奴社会。似乎有这样的担心——是否会违反他所不知的规矩和习俗。尽管他好像一切都已经了解得很清楚并烂熟于心，但他还是时不时会有压力感，这种感受是不受控制的。

主要的还不是他在那个环境生活得是否适应，而是被剥夺了基本的权利，例如享受自己喜欢的食物的权利。在这里，和家人在一起，他可以自由地享用他想要的和习惯的一切食物。而有匈奴人在的时候，吃生菜也变得有失体面。不知道为什么，匈奴人认为人不应该像牲畜那样吃草，你怎么反驳他们？禁止食用水生生物和陆地动物的禁忌也不少，对此又能说什么呢？他们相信，不干净的食物会玷污人的灵魂。在这种极大的自由里，他们有时生活在完全让人无法理解的大量禁忌之中。这些禁忌不是一下子能弄清楚的，但最终他还是了解透彻了。

比如，可以吃鸭子和鹅，但不能吃天鹅、猛兽和其他飞禽。很难理解为什么允许吃鱼，而禁止食用其他水下生物。

在动物中，鹿、驼鹿甚至是熊都是可以吃的，而绝不允许食用老虎、狮子、狼、鬣狗和狐狸。巨型旱獭的肉尤其受人推崇，甚至被认为有药用价值，但任何一种鼠类的肉，包括老鼠，绝对是不可食用的。

他们不仅是厌恶，甚至可以说是憎恨蛇、蚯蚓和蜥蜴，但在中国的烹饪理念中它们是十分珍贵的食材。因此，迫不得已只能隐藏起自己的习惯、喜好，这样做都是为了让匈奴人无法看出他偏爱的口味，以免冒犯他们的感受。

如今，随着时间的流逝，他能笑而回想起在匈奴被俘的第一年。那时候简直消瘦得厉害，不仅是因为长时间的身体康复，还因为他太怀念家乡饭了。当地的饭菜他吃得极少，而且是勉强食用。

幸好新的妻子很快意识到了这一点，了解情况后，懂得了该怎么做。她开始请教当地的中原女子，学习中原的烹饪技巧。这些认识上的变化逐渐改变了他们家里的饮食习惯，他们不再顾忌当地不食用各种植物、牲畜或者绿叶菜和树叶的习俗。他的妻子甚至学会用蛇、蚯蚓和各种昆虫做食物，即便是一个中原女人都会对她的厨艺羡慕不已。当然，做这一切都是背着其他人的，巧妙地、秘密地进行，因为匈奴人对此的成见实在是太大了。

但是，一个人，尤其是一个忠诚的女人，会习惯并适应这一切。看得出来，她像以往一样活力十足，奔波忙碌着，做着和丈夫一起进山的准备。在硕大的旅行袋中装满了用桦树皮制成的不同型号的篮子，用兽皮、鱼肚和其他一些比较坚硬的材料制成的小袋子。她会用它们装满调味料和足够全家未来一年食用的美味食材。

幸运的是，匈奴妻子做的这一切都源于对他的爱。她能立刻明白并理解丈夫的立场，甚至自己也开始接受丈夫的喜好，然后让孩子们也慢慢习惯，这样的聪明女人真是不多。如今他对妻子所做的牺牲感激不尽，因为他明白，妻子的同部族人对一些东西有多么嫌弃、厌恶，禁止用双手触碰这些东西，以免受到玷污。

原来，匈奴人把所有的禁忌同一些妖魔鬼怪联系在一起。因此对不干净的东西他们不仅是厌恶，而且在他们看来，食用了这些东西的人也会变得肮脏、污秽。并且把他与黑暗力量和其主宰阿贾莱联系在一起。这种固定的思维让他们产生各种推测、猜疑和假设。他们把有污点的人与匈奴社会过去和未来的各种失败、不幸的原因联系起来。这样的人成了被大家抛弃的人，所有人都与他断绝来往。

而当一个人感觉到这种孤立时，对他来说就没有比这再糟糕的了。

4. 大将军召见

任何偏离日常生活轨迹的行为都要有所警惕。遇到突如其来、始料未及的事，你会不由自主地去猜测——会有什么事发生吗？漫长而有节奏的生活使人们习惯于安宁，放松身心——当光阴静静地流淌，生活没有任何意外，这该多好！

这次大将军的召见看似是再平常不过的事，每年上山前将军都会给他做些安排和指示。但这次却非同寻常，将军召见得很紧急，是发生什么事了吗？会有什么变故吗？

对他来说应该不会有什么变化。是有人要替代他，那又是出于什么原因呢？难道上面发生了变动？谁知道会有什么情况，一切皆有可能……

某种第六感让吴胡安察觉到军队高层正在密谋什么决策，总指挥部发生着某种异动，像是在准备着什么，在安排某种任务，这也可能只是一个不着边际的猜想。

要是那样，一切来得都太不是时候了，他可不想破坏多年来建立起来的人际关系和安稳的生活，而新"动作"必然会破坏这习以为常的一切……"算了，走一步看一步吧。"他自我安慰道。

表面上看，匈奴汗国没有任何变化，一切都是老样子，甚至每天重复做的事都让人腻烦了。在将军的帐篷外，两位年轻的大将迎接吴胡安，他们是最近晋升上来的。当有一些重要的军事将领被召见到大营的时候，由他们负责迎接和护送进帐。把他们派到这来是为了锻炼新人，让他们尽快熟悉，或是至少让他们尽快认识其他的将领，做到脸熟。这对他们将来的履职是很有好处的。会有一些特殊情况发生，比如在战乱的情况下某个高级官员脱下自己佩戴的胸牌——军衔徽章——官服，换上其他的衣服，那么所有人必须能够识别出他的面孔。

看到年轻的军官后，他十分自豪地，甚至是有些激动地想起了自

变换的时轮

己的学生阿阔尔和阿贝尔，也就是大将军的孙子。这两个年轻的将领比他们年长五到七岁。但阿贝尔被寄予厚望，很快有望达到同两个将领一样的军衔和职位，有将相之能。而阿阔尔则走上了完全不同的道路——他是天生的盲人，是生活在热情和自由的匈奴人中间的，上苍所创造的另一个世界的人。

在进入议事帐的入口处，吴胡安见到了卫兵——一个服役多年的胖老头——用一种打量的目光一直看着他。

"怎么这么看着我，我还是老样子啊。"吴胡安笑了笑，并伸出了残疾的左手，"你看，这么多年了，手还是没有长出来。"

"好嘛，好嘛，你可真会说笑，你这个无神论者。你们华夏人都不信鬼神。赶紧过来吧，大将军都等不及了，催了三次了。"

大将军正一个人在大帐里坐着，看得出来，他眉头深锁，陷入了沉思。看到老友到来，甚至可以称之为亲人，他起身相迎。

图拉尔大将军跟他打过招呼，继而说道："不，不，我不是为公事召见你。你对自己的军务很熟悉，也不是第一次出门了，我只是想跟你商量一下……"

"嗯？好吧，我洗耳恭听。"吴胡安惊讶地回答。

"我有些心绪不宁，我的朋友。"

"怎么了，发生了什么？"

"你的学生阿阔尔突然说要去圣地朝拜，我们对此都感到十分震惊，以至于也不知道该跟他说什么……当然，他逐渐成长为一个跟我们这些有罪孽的人完全不同的人，这我们是看在眼里的，但我们不希望他变成现在这个样子。他的想法很奇怪，不同于我们的思维。他从哪里知道昆仑山有圣地的？是你讲给他的吗？"

"是的，尊敬的将军大人……有关神秘的昆仑山的故事是我讲给他的。"吴胡安说，"如果真有什么……那都是我的错。的确，别人都不屑于说起这些，有关它的传说有很多。但是我也没想到这会导致他做这样的决定……"

"这是什么决定！要知道他是个盲人啊！视力正常的人都未必能走到那儿。我们也不知道该怎么办，他不听任何劝告……他断然拒绝带着随从和马匹。他说，真正的朝圣者只能步行，最多带个引路人……"

"是的，这是很严肃的一件事……但我只是讲了一些关于圣地和圣礼的古老传说，关于朝圣我什么也没说。"

"是……他是一个非常善于交际的孩子，他可能从别人那里也能了解到这些事。"图拉尔沉重地叹了口气，摇了摇头说道，"我们必须考虑周全，要知道这是自取灭亡！山里有四处觅食的野兽和流亡的强盗，遇上哪个都没好事啊。要不你试试劝劝他？虽然我知道这不太可能成功，哪怕让他再等上一两年……"

"好的，我去见他，还有别的事吗？"

"这是第一件事，还有另一件事。我必须提前告诉你我要做出的决定，我最忠实的朋友。"

"将军请讲。"

"我决定卸职。"

"哦，怎么这么突然……我觉得，这件事不仅是您自己要慎重考虑，这还涉及了您的许多同盟挚友，最终甚至还涉及整个军队。"

"事情就在于此，甚至还牵连到你。这就是我召见你的第二件事。"

"牵连我？"吴胡安十分诧异：这话从何说起呢？"我能有什么作用？我就是个小人物……"

"不，你不是个小人物……"图拉尔若有所思地看着吴胡安，慢慢地、一字一句地对他说："你是我的好友，我必须首先想到你，必须考虑我辞任后你在新的大将军手下该怎么办。"

"哦，现在我明白了……"

"我让你来匈奴军队当差时，你我之间有过约定。比如，总是把你'放在暗处'，为了让周朝暗探无法探查到你鲁途安的真实身份。还有，同意你不参加征讨大周王朝的战争。新将军会同意这些条件吗？唉，这些我们还不得而知啊……只能推测到一点：新将军迫切需要像你这样的有识之士。"

"希望如此吧，虽然我自己没这么认为过……"

"怎么办？现在该怎么办？应该考虑这个问题了，我是在为你着想，只是不知道你是否会采纳我的建议。"

变换的时轮

"将军请讲……"

"趁着我现在还是大将军,我可以让你功成身退,也就是说你可以选择退役。你自己想一想吧,你打算怎么办。这的确很难抉择,但是你还是要自己做出选择。如果你不想走,那就留下来。"

"好,我考虑一下,现在我想问您一个问题,将军大人。"

"问吧。"

"你为什么要卸职?能否再……"他有些激动,说话也有些语无伦次,"现在还不是时候……大可不必啊。没有你的话军队和我们怎么办?"

"不会怎样,军队依然稳定。"

"如果不能稳定呢?"

"胡说什么呢?当然会稳定,在这一职位上我已坐了太久,对自己也已经厌烦了。应该清楚地认识到,一切都应有始有终。我们的时代已经过去了,随着新的时代的来临,新人也涌现出来。不应阻碍他们的成长,不该把一切都握在自己的手中,应该适时让路了……总之,我已经考虑好了一切,现在你也该想一想了,首先考虑一下你自己。因为,我还是那句话,我们之间的约定不能传给下一个将军。但是你要清楚,作战时,你比任何人都了解周王朝,了解他们的语言还有当地的具体情况,他们将非常需要你,必然会强迫你参加战争……事情很可能朝这个方向发展。总之,你自己决定,考虑全面,不要忽略任何东西。"

"是的,的确会如此……总能听到您的真知灼见,我也一直受到您的庇护……现在我明白了,我也该退役。虽然离开会非常遗憾,您知道,我是打心眼里不舍得离开军队,留恋这样的军队生活。但是没有了您,我又是什么呢?……那我将失去自我,感觉不到自由。几乎还要变成战俘一样……"

"好吧,那就准备退役吧,感谢你的忠于职守。"

"彼此,彼此……感谢您让我在这里获得了第二次生命。"

吴胡安起身,深深地鞠了一躬。为了掩饰心头的激动,他快速地退了出去。

* * *

吴胡安刚从将军的议事帐出来，就被三名野战军大将团团围住。他们知道，他不只是负责清点军资，还负责给每个部落分配每年的军用物资。今年大家都需要薄亚麻和绸布的帐篷，他们还请求供应华夏的编织绳索。这种绳索与匈奴的有所不同，在水里不会膨胀，也不会失去弹性，更加结实，在渡湍急的河流时，是必不可少的……

他们想详细解释一下为什么他们迫切需要的不是结实的、保暖的帐篷，而是天气炎热时使用的绸布的、凉爽的帐篷。但像吴胡安这样有经验的人，不需要跟他说明为什么这次匈奴人要薄帐篷和结实绳索：这意味着大将军的话不只是一种推测或者预先的说明，而是真的酝酿着一场远征，要征讨炎热的南方，向中原进发……

吴胡安向几位大将保证他们的请求会被考虑，并很有可能得到批准。告别后他返回自己的帐房，但途中拐到路旁，想自己一个人待一会儿，重新考虑一下自己的处境。

是的，随着大将军图拉尔的卸任，他再继续就职将变得十分危险。他不能留在新将军的身边，他的身边人也将是陌生的面孔。他们不会了解他的困难，多半会安排他参加征讨中原的战争，他是无论如何也不能回到中原的……

但是，不管怎么说，改变习以为常的东西都是很可怕的。离开军队后的普通百姓的生活对他来说似乎失去了意义。很可能这样的生活会变得十分无聊、单调——没有了那些军队的事务；没有了在庞大军队里被需要的感觉；没有了用武之地；没有战友；没有大将军这个靠山和朋友。最终他很快会被人遗忘……但这很自然，于他而言，现在这不是最重要的事情。

很难想象没有命令，一个人该如何独立地生活。自由，可能是好东西，但就像任何不熟悉的事物，不知为什么它也让人害怕，让人警觉。仿佛在那样的自由里隐藏着未知的危险和潜在的威胁……

突然，一阵强烈的刺痛感传遍全身，这种感觉早已被遗忘，又突然被忆起……这是曾经被截断的左手的手指隐隐作痛的感觉。

变换的时轮

5. 被遗忘的武隘要塞的美丽传说

在十七年前的华夏，鲁途安担任了管理七千将领的武隘要塞副将。

突然，匈奴人来犯，这已是常事。此时，戍边驻军的主要力量集中在草原上，距离要塞并不远，大约三里地。草原居民的骑兵在数量上远远超过了华夏军队，这使得华夏军完全没有能力同匈奴骑兵正面对峙。士兵们习惯性地摆出圆形防御阵势，集结在一起，用长矛对准敌人，开始向要塞城门撤退。唯一让匈奴人胆战心惊的兵器就是劲弩，他们意识到，现在华夏兵手中没有这种兵器，便开始大胆接近华夏步兵队，把他们紧紧包围住，在疾驰中扔出绳索。队伍中不幸的士兵被绳索套住，被拖拽出来扔到草原上，吓得尖叫……即使对于作战早就习以为常的士兵来说，场面依然十分可怕。

一阵恐慌，队伍也乱了阵脚，士兵们涌向要塞，向要塞内寻求救援。包铁的门闸是被收到上面的，但很显然，某个制动装置坏了，沉重的门闸突然开始向下慢慢滑落……至少有三分之一的兵力还在外面。此时，鲁途安就在旁边，他立即用自己的长矛支撑住了门闸，暂时阻止了它的降落，指挥着拿着长矛退向大门的最后一支队伍。这时，突然他被绊倒，几乎倒在了门闸的下边，矛柄经不住如此重压，发出破裂般的声音，随着一声巨响，门关闭了。他的手也被门压住了……

没有再去尝试冲击要塞，匈奴骑兵撤退离开了。匈奴兵撤退后，门闸升起，门闸外士兵们找到的只有鲁途安被砍掉的手掌，而他的尸体无论在附近怎么寻找都没找到。

被他救下的士兵和军官详尽讲述了他的壮举，一如往常，这个故事随着时间的流逝更加生动饱满，情节高尚，却已失真，成为传奇。

鲁途安没有回到自己的家乡，但是关于他丰功伟绩的传说却广为传颂，一个虚幻的英雄传奇故事逐渐流传开来：英雄拯救的不是三分之一的队伍，而是整个驻军部队；正要关闭的大门下，顶住的不是长矛，而是他的肩膀；他的左手被压住，右手还继续对抗进攻的匈奴人……勇敢的华夏战士打开大门后，找到了他被砍断的左手，而野蛮的匈奴人带走了英雄的尸身，把他放到火中烤熟吃掉，从而获得他的勇气和精神……上级官员对这个版本进行了修改，因为蛮夷随随便便就能吃掉英雄，这让人不太能接受。于是另一个传说出现了，并流传下来：匈奴人带走了英雄，举行了一场处决仪式，当众将自己的敌人剁成碎片，处以火刑——好像是在向恶灵献祭……

就这样，不仅是在大周帝国，在周边的诸侯国，尤其是在他母亲的故乡吴国，都奉鲁途安为民族英雄。诗人为他作诗，老百姓传唱，画家再现了他一生的英勇场面。出现了许多英雄事迹的目击者，这些人的数量显然已是武隘要塞驻军总数的几倍。传说不断被赋予新的、更加丰富的内容。但是，上级长官对此十分关切，并给事迹指定必须保留的情节，禁止任何随意贬低或简化民族英雄丰功伟绩的行为。

因在这一著名要塞服役过，许多精明强干的士兵和军官后来或是在军队，或是在官场都得到提拔和晋升。有几名军官被重用，指挥要塞驻军的修毅升为将军。但是在升迁一年后，他卸职回乡，隐居在大周南部的一个世外桃源般的地方。

英雄的家人得到了朝廷的封赏：在黄河岸边给了他们一块封地，这里有大片的耕地。子女接受了良好的教育，不久在朝廷中也都谋得了"肥差"。

如果他突然回来了，这个传说就会破灭，因为获得这样荣誉的真正英雄，无论如何不能以被匈奴人释放的俘虏的身份再出现在世上了。对于任何国家来说，这样的传奇故事都是非常需要的……鲁途安从周朝消失得无影无踪，只留下了一个英雄的名字。无论对于他的名声，还是对于自己和一家人的生活来说，他这样做都是非常明智的。不该再去破坏已经平静、安稳的一切。

即便他不考虑一切，有勇气回来，那也会让所有人陷入窘境，特别是他的家人。情感上受到侮辱的官员们可能会对他的亲人做出任何事情。不，家乡已经不再需要活着的他了，这会完全扭曲，甚至是摧毁国家辛苦建立起的一切美好的形象。他可能会被当作一个冒充伟大英雄的无耻之徒，继而被拘捕，并被秘密处决……

* * *

大将军图拉尔即将卸职,也打算给吴胡安自由的生活。这个决定激起了吴胡安内心沉睡多年,几乎被遗忘的记忆以及与之相关的情感。

事实上,他在匈奴的生活都与图拉尔密切相关,没有图拉尔他的生活简直无法想象。是他在武隘要塞门前下令带走吴胡安,小心翼翼地沿着手腕切断他被压住的手掌,并派最好的药师照料他。

他身体刚开始康复的时候,图拉尔欣赏他的人品及学识,便任命他为大将军参谋。一年后,又把自己的妹妹许配给他,这最终决定了他的命运。两年后作为亲属被任命为军队后勤保障的总管,这从国家官场来看,一点问题都没有。在这个重要的岗位上,吴胡安担任保障行军供给的职务。图拉尔信守诺言,根据约定,吴胡安从未参过与中原国家的战争。他从匈奴密探那得知家乡对自己的"英雄崇拜",这个消息给他带来的除了对亲人的思念、烦恼和深深的悲伤,再没有其他……

是的,自青年时期起他便被军队纪律严明的生活深深吸引,他十分适应军队的所有纪律和生活。正是在匈奴人这里他明白了真正的军队是培养荣誉感和自尊感的地方。这里一切都十分明确和严明,不会受每天不同情况和长官心情变化的影响而多出那么多礼数和规矩。在匈奴人中,所有军务存在和发展是简单自然的,是基于正当合理的需求,而不像中原国家,是由远离战场的长官的推论来决定的。一切都以良心、荣誉和诚实为准。如果不了解匈奴人这些最基本的规矩,就很难相信这些。任何偏离大众认可的行为都会使整个家族蒙羞,每个人从出生到死亡都要铭记这一点:必须严格地遵守许多基本的,甚至可以说是至关重要的、血脉里传承下来的规矩,有尊严地履行所有必要的职责和命令。

但现在也没办法了,必须和这一切告别。实际上,一切的决定不需要他自己来做。图拉尔去哪儿——他就要跟着到哪里。这里法律还是极其严苛的,尽管有功绩在身,他也像其他匈奴人一样,不会有完全的自由。除非考虑到他的暮龄和疾病,会把他派到需要他的地方。这意味着,他只能与图拉尔在一起,别无选择。

是的，他没有其他的选择。

　　深思熟虑之后，说来也怪，他变得轻松了。没有别的选择，也就没有值得考虑和犹豫的地方了。生活已经为他做出了决定，只有接受并服从生活的安排，这是一个军人的命运。得出了这样的结论，他似乎已经摆脱了桎梏和肩上的重担。

　　这样的结果还是好的，要知道安排他去的地方是"蓝湖"。在那里他将最终摆脱一切家庭之外的烦恼和责任。的确，他还不知道成为自由人意味着什么，他会安度晚年吗？没有人能告诉他答案，即便是匈奴的统治者。

6. 无法完成的任务

　　尽管已经上了年纪，吴胡安依然步伐轻盈，这在异常复杂的后勤工作中给他带来了很大的帮助。从大将军那儿离开后，他便立刻去见自己的学生，他们已经有段时间没见面了。此次见面尽管任务艰巨，但是一会儿的见面还是让他很高兴：不管怎么说，他和两个男孩儿的关系已经亲密无间了，他们完全是自己人。每次因公务在身或者外出时间较长时，他会像想念自己的孩子那样想念这两个孩子。现在他快步走向他们的帐篷，想象着阿阔尔见到自己的喜悦，一路面带微笑。

　　但是孩子们的祖母，即图拉尔的妻子，在路上截住了他，把他带到将军的大夫人——可敦的帐房，可敦已经在帐房门口迎接他，并向他恭敬地施礼，这份殊荣让吴胡安感到十分不自在。

　　"我们等你很久了，尊敬的胡安！"行过见面礼后，她说道。环顾四周是否有旁人，随后把他带到另一间会客毡帐。"你去过图拉尔那儿了？"

　　"刚从他那儿出来。"

　　"也就是说，你知道了他卸职的事……那你作何打算？"

　　"没有他我又是什么呢？"胡安笑了，"他去哪儿，我便去哪儿。"

　　"我也为他的决定感到高兴！我们终于可以过自己的生活了，过普通人的生活。这些年他带军南征北战，活到这个年纪，还从来没有

— 21 —

自由地呼吸过。"

"嗯，以后我们能自由呼吸了……"

"好，这个我们以后再说。让我们忧心的是另一件意想不到的事。你的爱徒阿阔尔简直随心所欲，让我们措手不及，要去什么昆仑山朝圣……我简直无法想象这样的事！让一个只带着引路人的盲人孩子出门太可怕了……这必死无疑啊！谁知道在荒山野岭会遇到什么麻烦。他至少也得同意带上护卫和一队人马吧……但他说那是富家人出游，而不是一个朝圣者的做法。朝圣者只能步行前往圣地，没有任何护卫……他可是个盲人啊！"

可敦非常激动，甚至为自己的无能为力感到愤怒，但她很快便冷静下来……吴胡安供职多年，从未见过她如此状态。他着实惶恐起来，因为忽然意识到：她可能是怀疑这样的灾祸是受他影响。

"几年前，我教这两个孩子的时候，我的确提过昆仑山，讲过隐士、朝圣者和圣地的事。是的，有这事……但没说任何细节，我给他们讲过的东西很多啊……"吴胡安急于承认这些，也是为了消除对自己的一切怀疑。"只要愿意，谁都可以谈这些话题……"

"如我所料啊，阿阔尔抓住这件事不放，一门心思要这样做。很显然，他听后对此思考了很多，向许多学识渊博的人请教了各种详情。令人惊讶的是，他如何如此准确地了解到这条充满艰难险阻的朝圣之路的所有细节呢？"可敦敏锐地直视着他的眼睛，"我希望，不是你跟他讲的这些吧？"

"不，当然不是。我自己也从来没听说过这些，也请您注意，这个孩子很有能力，可不是我们想象的那么简单。从开始与他交往的时候我就跟您说过。"

"你觉得……怎么说呢……他有做萨满的倾向？！"可敦显然不喜欢这些词，匈奴人不欣赏巫师与不可见的力量和灵魂进行交流。不知为什么匈奴人认为，喜欢预测未发生事件的人是有疾病和不正常的，无论是作战还是生活中的其他事情都不应指望这些人。"他就是有这样的能力吗？"

"不，不，我指的是完全不同的能力。是梦兆，是天命，是觉悟……"

吴胡安试图解释自己的意思，但是在她锐利的目光下，却有些发慌。"一个人身上什么都有可能发生，有时他自己可能都意识不到。"

"反正这没什么好的，简直是庸人自扰。人不应该预知未来，不该去看不可见的东西，感受无形的事物……这是一种病态。"

"我理解您，尊敬的大夫人。生活不能总是尽如人意。"

"你说什么呢？"可敦十分不满地瞪了吴胡安一眼，再次提醒他——这个华夏人：这个最聪明的女人生来就是要掌控一切的。"所有涉及健康和正常思维的理解如果与我们头脑中的认识不相符，那么都应该彻底地摒弃！要知道，我们是自己，而不是其他什么人来安排我们的生活，我们完全可以按照个人的意愿和想法生活……我们现在的情况也应如此。为什么，你说说为什么，一个盲人只带着一个引路人要去那么远的地方？这不就是自取灭亡吗？我们该怎么办？怎么救救这个孩子啊？！怎么劝说他放弃这件不仅是非常不理智的事情，而且简直是一个疯狂的决定？"

"我也不知道，尊敬的……"

"但是这件事只有你能去做，就像他说的，你是他最敬爱的老师。在他心目中只有你是唯一一个拥有绝对权威的人……甚至比我和他的祖父，以及部族里的所有智者都更有声望。"

"恐怕您夸大了我的影响力……对于小阿贝尔来说大概是这样，但是阿阔尔是完全不同的。他永远都是与你平等的对话者，从小开始便是这样，从他八岁起我们便一起交谈，讨论一切，我们没有任何辈分之分……是的，他让我知道我们的交流是平等的。他非常聪明，甚至可以说是一个睿智的孩子。有时我觉得他的表现简直是天赋异禀。"

"这就是我们推理出的结果……他竟然想到那么荒唐的主意——去朝拜什么圣地。我还不明白他是从哪里得知这条路的具体情况，详细到每一处弯道，每一处悬崖……他知道所有复杂的斜坡、峡谷，给人的印象是他自己曾经去过这些地方……"

"我都跟您说了，他不是一般的孩子。请相信，他可以预测未来要发生的事情，或者说出来见他的人有什么目的，想法是什么。也能讲出来访的人昨天见了什么人，前天做了什么事……"

变换的时轮

"别说胡话了！可能，这都是你这个华夏人糊涂的脑袋里想出来的……我不相信，他不会是那样的人，只是一个聪明的、有洞察力的小孩，仅此而已。"可敦气愤地打断了吴胡安的话，"现在你去和他说，一定要让他改变主意，阻止他这种对匈奴人来说不妥当的念头。"

* * *

吴胡安怀着沉重的心情从可敦那里出来，他意识到自己接受了一项艰巨的任务，简直是不可能完成的任务。他从军多年，只遇到过两件难事，这是第三件。

对于一名军人来说，有时无法完成的命令会在一生中留下一份沉重的不快之感。无论命令多么荒谬，你都必须完成它。第一件事打破了小官鲁途安的平静生活：他接到的任务是把新增收的赋税昭告百姓，安排下去。他怜悯百姓，并向上级官员上书表明无法胜任这项任务。一方面，这也是最实际的情况，一旦春季再度强制征税，人们将会忍饥挨饿，许多人会因此饿死。而那些奇迹般活下来的人也不会有好收成，因为他们已经没什么力气种田了。更可能，他们已经没什么能拿去种到田里了。这显然会破坏国家的富足安康。有必要提到的是，就连周边的官府也对他的上书十分理解。但另一方面，朝廷的决定是毋庸置疑的。在他们看来，鲁途安不仅没有完成交付给他的任务，而且对待爵位低的官吏十分无礼，还试图证实这种不服从是正确的。结果就是他被贬谪了，还好是去充军……

第二件事发生在他官至周朝边防军区副将的那几年。

当时，匈奴骑兵突犯，他们洗劫了北方少数民族进献给周天子的贡品，鲁途安接令追击匈奴军，严惩抢劫者，追回被劫走的财物。为此，分配给他千名步兵，却只有五十名骑士，他能怎么办？命令就是命令……

当他们追到草原时，匈奴骑兵的足迹消失了，命令显然无法完成。步兵无论如何都无法追上骑兵。匈奴骑兵队里平均每个亲兵有两匹马。试想一下，就算追上了，在这里匈奴人占尽战斗优势，包括兵力优势。他还能把匈奴人怎么样，只能是自己被击溃……

那些下达命令的将军完全了解这一切，但是他们必须表现出对此事的果断处置，因为丢失了天子的贡品，他们就会面临无法预知的惩罚。

当然，鲁途安无法"追上并惩治贼人，讨回财物"，便因未完成命令而受到了惩罚，甚至是双倍受罚：降职，降低爵位。结果，除他之外的所有高级官员都保留原职，只有他一人被贬，流放到武隘要塞。

吴胡安在晚年第三次接到这种显然无法完成的任务……这次的结果会如何呢？感谢腾格里神，与他家乡的律法相比，这里完全是另一番习俗。除了一些无声的谴责和遗憾之外，没有什么实质性的、可遵循的惩治法令。但对他来说这比任何其他的惩罚更加沉重。显然，可敦是真心寄希望于他，她坚信这位固执的青年会听从拥有绝对权威的自己的心灵导师给出的意见。但是，这是爱他的人，更是他的亲人的世俗论断，而这个男孩却有着超脱世俗的想法和追求。

吴胡安非常了解自己的学生，他明白，学生的决定已经做好了。似乎这个决定也完全不是在这里定下来的……很明显，这是受更高力量的影响，是来自上天的力量。

对于我们尘世间的人来说，不管这一切看起来是多么的荒谬，但是朝圣昆仑圣地是一件非常神圣的事。在凡人看来这都是毫无意义的英雄之举、伟大功绩。但是，也许这正是上苍需要的……为什么需要？我们也无从得知……吴胡安知道这样的安排是来自哪里，他又将如何阻止这个决定？他可以做什么？他不过是一个凡人，能力不仅极其有限，甚至可以说是微不足道。但是现在他已经接到了这里的掌权者所下达的命令，也不能不从。他当然会履行自己的职责，摆出各种理由来尝试劝阻这位年轻人。但是毫无疑问，他不会听从，他会把自己的事做得很好……是的，的确会如此，因为他心中的圣念高于世俗的一切。

如果他出于对吴胡安的尊重和顺从突然接受了建议呢？不，不，不要这样。这便意味着违背上天的旨意，天神也会降罪于他们……

但是没办法，应该尽力去完成命令。

带着沉重的心情，他去了熟悉的帐房……

7. 与学生的交流

阿阔尔的绸布帐篷被紧紧地固定在地上，帐布在微风中轻轻拂动，好似一匹健硕的骏马时而抖动一下自己的鬃毛。帐篷矗立在林中一片旷地上，周围是稀疏的针叶林，附近可以清晰地看到一些被踩出来的、有些奇怪的小路，因为这些小路过于笔直，如同熊走出的一样。

帐篷附近没有人，当他接近帐篷时，阿阔尔从远处迎面跑过来，显然是听出了老师的脚步声。

"哦，我的巴赫西神，您终于来了，我一直盼着您来呢！"

尽管吴胡安十分熟悉自己学生的容貌，但是现在他好像被绊了一下，停了下来，他十分震惊：阿阔尔睁着蓝色的大眼睛注视着他，这是一双视力正常且十分睿智的眼睛，眼中还闪烁着快乐的光芒。每一次看到这种清澈的目光都会使他感到不安，这双眼睛仿佛比尘世间罪孽深重的人们的眼睛都更具有洞察力和穿透力……

见到老师，阿阔尔恭敬地双手合十，躬身行礼，说道：

"我太需要您了，我亲爱的巴赫西！我有很多事要说给您听，也有很多的问题向您请教，跟您商讨。"

"我也很想念你，我的朋友，我同样有事要跟你说。"

"我已经知道了，您和我的祖父打算退役了。是啊，早就该这样了。该为自己考虑，主要是该顺从自己的内心来生活了。"

在帐篷里，他请老师坐到一个柔软的驼绒毯子上，并递给他两个坐垫，自己则坐到了对面。然后侧身，动作十分准确地拿到一个装着清泉水的罐子，一滴不洒地倒满了陶碗，递给老师。

"是的，我和你的祖父要退役了。"吴胡安说，他认真地观察男孩的面部表情和每一个动作，"你说得很好，应该遵从自己内心的想法去生活。整理一下自己的思想，看看我们的周围，想想我们的过往。否则，这一生就只是匆匆忙忙地过完了……"

阿阔尔一直在转动手里的一根细长的竹杖，它的用途引起了老师的兴趣。很显然它没有被用作盲杖，因为门口挂着两根一样的……那它有什么用处呢？

谈话期间他有些奇怪地转动着这根竹杖，似乎能借助它做什么。是用它能拿到什么东西吗？吴胡安小心翼翼地观察着他的举动，发现这根竹杖一直是顶端朝上，悬拿在阿阔尔手里，他从没让它接触到地面。

"难道您对退役不满意吗？"年轻人问，最近他明显长高了点儿。"这就有点奇怪了……众所周知，从军是一项极其艰苦，有时甚至是很危险的差事，况且服役不是两三年，而是差不多一辈子。"

"的确是这样，但人就是奇怪的生物，会随着时间的流逝而适应一切。最初的沉重的负担随着时间的推移，慢慢地都会被认为是本应承受的，甚至是必须完成的事。如果是给我和你祖父戴上了青铜项圈或是枷锁，我们会习惯它，而当终于摘下枷锁的时候，我们还会觉得不习惯，没有它也会很煎熬。"

"是吗？好吧，似乎是这样的……"

阿阔尔突然陷入沉默，闭上双眼，认真地思索着什么，然后说道："如果仔细想想，深入理解事物的本质，那么确实，一切都不是那么简单。看来您告诉我的是一个悲伤的消息啊，尊敬的巴赫西，您和我的祖父离职将会对军队产生巨大的影响……"他意味深长地、深深地叹了口气，低声且含糊不清地像是自言自语："是的，是的，我做的那个梦，一直没明白。不明白其中的寓意，原来这就是这个梦的意思啊。现在一切都明了了……"他大声补充道："但遗憾的是，你们的离开会让整个军队很伤心，我们所有人也有一样的感受。"

"没什么，阿阔尔，这是很正常的事……我们已经在军中待得够久了，应该适时地让出位置了，也好让新人积累经验。生活中不可能只得不失。就算是小孩子学走路，还得要经历跌倒和受伤才能学会。"

"如果永远当小孩子……"阿阔尔叹了口气，沉默了。很明显，他不想继续这个话题。

他的老巴赫西猜到了，这个年轻人知道的更多，很可能是一些不愉快的事，他也就依从他，没有再继续这个话题。他想到的是："注定要发生的事是躲也躲不掉的……世界还是很奇妙的，在这个世界上，有时候会觉得我们不仅是部分人命运的主宰，甚至还是整个世界的主

变换的时轮

宰者。我们认为自己很强大，我们坚定又自信地站在这里……而这个男孩儿预先梦到今天刚刚发生的事情，也是即将对我们造成威胁的事情……确实，那个时候他还不能明白，这个梦到底意味着什么，但最终还是明白了……那就是说，存在着和我们这个现实世界平行的另一个时空。在那里，会提前知道几个月或者几年后将发生的事情。难道我们的思想、意愿、行为能够被提前预知？哦，天啊……请原谅我们这些不知晓创世主和造物主的罪人。"

吴胡安深感遗憾，他明白，无论如何都无法打消这个年轻人危险的想法，在这里可以很明显地察觉到某种力量的作用，这位真正的神明之人正是受到这种力量的影响。他自己是知道的，也明白，更主要的是他比我们这些罪人感知到的多得多。一个人基本上是在经历的痛苦中学习，在自己和他人的痛苦之上成长，只有一小部分知识是用智慧和理性感悟的。很遗憾，人都是这样的，一切的不幸也在于此。

他们聊着不同的事，吴胡安一直在紧张地想着是否要开始聊可敦交代他的事。不，谁也不能违背天意……

"好吧，亲爱的孩子，我走了。我还有很多事情要做，就算是个轻松的玩笑吧——要为自由做准备……在离开之前，我还会再来看你的。"吴胡安站起来说。

"好吧，尊敬的巴赫西，您忘了说最重要的事吧……"

"什么事？"吴胡安装作很吃惊的样子，想试探一下这个青年人。"也有可能忘掉什么没说……上了年纪之后记忆力完全不行了……"

"那我祖母安排您做的那件事呢？"

"啊，这件事啊……"吴胡安非常欣赏地看着自己的学生，"嗯，没错，这件事我当然记得。但是，我的朋友……我明白，让你转念是不可能的，也就决定不劝你了。注定行不通的想法还说出来干什么呢？"

"是的，您是正确的，我亲爱的巴赫西。"他们从帐篷里出来了，走到了明亮的天空下，头上有无所不知的神明。"的确劝不动我。我早就决定了，况且这个决定是经过深思熟虑的，是不可动摇的。我应该，而且无论如何都必须踏上这条路……这是我的责任和使命。"

"但这是一条危险到几乎是送命的道路。值得这样冒险吗？真的有必要吗?"

"我应该……不,是我必须如此!"阿阔尔坚决地重复道,并用力地将自己的竹杖插进沙土中,"这是我的使命!"

"做出这样的决定时,要考虑的不仅是你自己,首先要考虑你的亲人。如果你真的发生了什么不幸,你的祖母们、祖父、兄弟和其他的亲人该怎么办……"

"是的,我想了……这条路很危险,但是我必须要走,如果只是为了我自己……我不想说这个。如果有什么不幸,那好吧,就让它来吧!一切尽在无所不能的腾格里神的掌握之中。也就是说,那将是我的宿命,它是记录在天碑之上的。"

8. 变故

离开了学生的帐篷,吴胡安突然感到全身疼痛,好像多年来的疲惫一下子爆发出来,关节酸痛,后背也像是被击穿了一样。不知为何,来时轻盈的步伐消失了,脚步变得沉重。

为了平定一下情绪,他来到险峻的河边。脚下,山里奔泻出的河水发出有节奏的、哗哗的响声。河的另一岸是一块洼地,长着茂盛的芦苇和幼竹。再往远处可以看到一片辽阔的草原,绵延约二十五到三十里,这是中原的长度计算单位,如果按匈奴的计量方式则是一个半到两个基奥斯,再往后面草原逐渐过渡到沙漠。这片沙漠像大海一样,把南北方分割开来。即便是在春季和秋季,也并不是所有的人都能征服它,因为烈日炙烤下的沙子散发出的热量对所有生物来说都是致命的。到了夏天,更是很少有人可以在这个无水的地狱中幸免于难。

但是在河边这些危险却完全感受不到,此刻余霞成绮,辉映天边。从远处看,仿佛是另一个世界……人类一开始就倾向于把许多事物想象得很美好,想象成自己所期望的样子,也正因如此人们经常陷入困境。只有迎面接近真理,真理才会为人所知。

同这位曾经的学生交谈之后,吴胡安意识到:无论是他,还是任何反对力量都已经不能够影响到阿阔尔了,无法迫使他放弃原本的计

变换的时轮

划，或者说是上天委派的任务。拥有至高权力的可敦也无能为力，她可怜的用意只能落空了。除非下命令，以武力阻止他去朝圣，但是亲人们不太可能会这么做吧……

这位十七岁的青年已经长大了，心智成熟了，没有人能够说服他改变自己深思熟虑的决定。这已经不是从前那个有许多不可思议的问题、猜想和见解的小男孩了，而是一个成熟、独立的人。更重要的是，他已成长为一个出类拔萃的人，他十分有智慧。在近两三年同他的交往中，吴胡安就已明白，学生对世界的认知和理解早已远远超过了他这个老师。

他还必须承认：如果认为学生产生那些奇怪的理想和愿望与他毫不相干是完全不对的。不仅与他有关，而且关系很大。正是因为吴胡安从这个男孩幼小的年龄起，就讲给他这个大大的世界的各种奥妙与神奇；正是他激起了学生对知识的渴望，正如他们这里说的，让他沾染了"腐朽的华夏思想"；是他努力为学生点燃了一盏心灯，让他看到世间的一切美好。

当然，他本人没有鼓励年轻人去朝圣，让他产生这一极其危险的想法。但事实证明，他的话成了一颗颗种子，经过一段时间之后，在学生心里生根发芽。是的，他多次向小男孩讲述过有关圣地朝圣，有关昆仑山上的长寿隐士的故事，这些圣贤老者都是去那里向腾格里神祈祷的。

依然记得，孩子们对他讲的圣贤的故事特别感兴趣，并开始详细询问他们在那里的生活细节。吴胡安向他们坦白，除了他讲的以外，再多的信息他也不知道了。而这些故事也只是他从别人那里听到的，他不曾见过住在那里的人。

令他吃惊的是，有一次阿阔尔的引路人霍伊古尔突然参与到谈话中。平时他只是安静地坐在一边，时而打打盹，时而挖挖鼻孔。这家伙看起来很愚钝，并且相当放肆无礼。正常情况下上课时间会持续很久，他通常在睡觉，还会不时地打鼾，在梦里嘟囔着什么。那时，阿阔尔会用竹杖轻轻地触动一下他的腰间，他就会立刻停止打鼾，但还会继续睡觉。有一次，阿贝尔被鼾声吵得心烦，用拳头使劲推了一下他的后背，可怜的引路人完全清醒了，听了一会儿，突然开口：

"这太荒唐了，没有人能活四百年！山上既冷，又没有什么吃的……"

"赶紧闭嘴吧，蠢货……你知道什么？！对你来说重要的不过是吃饭、睡觉……赶紧出去，还想让我打你一顿吗！"

"行了，阿贝尔，跟可怜的、思想简单的人逞什么威风啊。"阿阔尔低声地反驳道。

"他可一点也不傻，什么都知道。他只是一个懒汉、骗子、滑头。你怎么能受得了他？！"

"不，你错怪他了，他根本不像你想得那么简单。是的，他身上的某种品质以后会显现出来的，你们所有人都会为之惊讶的。"

"你怎么也在说蠢话呢？！他总是撒谎，骗人，甚至没有什么必要他也这样做，都习以为常了……"

"可能有时候他是爱撒点谎，但是他做事是真诚的，没有坏的想法……就像是在开玩笑，没有恶意。"

"你都说了，他在说谎，但是还很真诚……这怎么理解？"阿贝尔刻薄地嘲讽说，"我可不知道他能成为什么样的人，但是我觉得如果一直放任他，不及时阻止他犯蠢，那么他就会变成一个大败类。"

"你太粗鲁严厉了，阿贝尔。"

"或许吧，但是如果他是我的亲兵，我一定好好收拾他，必须让他听话顺从。"

"但是这要花费多少精力？就算你纠正了他，你能改变他的人性的本质吗？"

"那要怎么办？难道只能用善良和爱意待他吗？"

"不要强迫，而是要说服、教育一个人。你的做法可能很快就会产生一定的效果，但是很难持久。要知道，一个人会出于害怕受到惩罚而向你屈服，他会听从于你的指令和要求，抑制自己内心的不满和抗议。"

"行了吧，可能我是对我的亲兵严厉了些，让他们绝对服从……但是，这也是对他们有好处的！在他们经历战争之后，他们会彻底改变，这种变化最终会伴随一生。那你也得承认吧，自身的形状改变了，是经过外在的压力……就像黏土一样，放进火炉，经过烧制，它就会永远呈现出人们强加给它的形状。"

"但这不是随便的制作，而是经过大师之手打造的……它应该有什么样的形态就像是注定的命运。这是有很大区别的。"

一直以来吴胡安都很喜欢听兄弟俩的争论，很少会干预他们，他们自己会处理。虽然兄弟中阿贝尔小一点，但是他的观点却有些尖锐刻薄。尽管如此，他始终遵守兄长在上的规矩，最后总是屈服于他的兄长。而且不是做样子的让步，是真心地服从。一个真诚的匈奴人，总是听从年长的、学识更加渊博的人的意见。这真是一件惊人的事，他从很小的时候起就像是拥有军人必备的重要特质——绝对地服从上级，服从指挥。

当他们还小的时候，有时争论得激烈会来请教老师，让他评判是非。但是吴胡安不会提示他们现成的解决方案，避免直接说教，而是给他们自己解决的机会。他只是偶尔给予引导，暗示正确的答案。他本人并不认为自己是老师，在这件事上他认为自己的能力并不高。只是有机会接触大将军一家，关系也很亲密，于是开始照看两个孩子。他的传道授业更多的是基于自己的德行，传授做人的基本道理，并没有教授多少知识。

当然，兄弟俩大有不同，他们好像是为了实现截然不同的目标而生。当然，更让人震惊的是哥哥。一个眼盲的孩子是如何获得如此渊博的知识，认识这个被黑暗隔绝的世界的？这是完全让人不解的。在军队服役期间，吴胡安无法经常去看两个孩子，并给他们传授自己在生活中所积累的知识。因此，无论如何都不能将阿阔尔思想上的成就，以及深入事物本质的探索精神归功于自己。即便是遥不可及的事物的最微小信息，他也能够通过各种途径收集到。将它们积累起来并形成自己的思想，逐渐把这些大量的事实和信息转化为对世界智慧的、深入的认知，而且他莫名其妙地获得了许多非常准确的信息。这些消息不知是他在梦中得到的，还是从与来客的聊天中得到的，抑或是和非尘世的或者某种超自然的人交流中获取的——不得而知……至少对于这个非常了解阿阔尔以及他生活圈的吴胡安来说，这是无法理解的。

好在他早就看懂了自己的这位优秀学生，因此，在与他的交往中十分谨慎，甚至是有些客气，就像接触尚不十分熟悉，但看起来显然有能力的人一样。

怀着矛盾和挣扎的心情他离开了学生的帐篷。一方面，他为自己感到沮丧，他不仅没有说服阿阔尔放弃危险的行程，甚至根本就没敢尝试劝阻他。可敦当然会感到十分伤心，也会对他十分不满。她是多么希望得到吴胡安的帮助，希望他能够成功，或者说是圆满完成他的使命。唉，这一切都没有实现……

但是从另一方面来说，相反，他对阿阔尔坚决的、不屈不挠的态度而感到满意。这意味着他的举动不是一个被特权阶层宠坏的年轻人的一时兴起，而是他这个华夏人所不能理解的使命，是前往荒无人烟的原始山林朝圣的壮举……这预示着在对于整个中界生死攸关的时期，在他们的周围正发生着一些重大的事件，这可能会决定人类命运的进一步发展——阿阔尔预见了这一切……

吴胡安再次回到岩石岸边，靠在一个巨大的圆石旁陷入沉思。脚下的河水用它无人知晓的语言怒吼着，燕子在河岸上方疾飞，河鸥在浅滩上空盘旋，伺机捕鱼——大概在数千年前就是这样的景象……人的身体对食物有本能的需求，有用衣物遮体的需要，有建造房屋来挡风遮雨的需要。除了这些，是什么主导了人类的活动？人类的这样或那样的欲望是从何而来？有的欲望简直是荒唐的。为什么全族人突然要搬离世世代代生活的地方，抛弃用劳动创造出的一切，然后头也不回地不知奔去了何方？而所有不现实的，似乎完全不是人类特有的思想又是从何而来呢？是谁让人类产生这样的想法？……

我们周围还有很多超出我们的认知和经验的未知事物，现在该静下心来思考思考我们在这个世界上的位置了。但相反，我们过度自信，就像没有发觉周围的任何奥秘，对一切未知的东西不去感受，不去看，不去听，排斥、隔绝或者摒弃它们。因此，很难，或者说几乎不可能确定哪一个未知的神秘事物正影响着我们的生活。而且它会在生死存亡的时候体现出来，决定我们的未来。只有那时候人们才会猜想到，是否有某种高级力量的存在和干预。可能这才是人们开始相信命运的原因，并且相信命运从出生前就已经注定了。除了万物的创造者，谁还会有这样的预见？每个人的命运可能都是造物主决定的，它是人类历史，及世界的命运史的小小的组成部分。

让一个小人物去想象这一切是很难的，窥探这些最深奥的秘密让人觉得恐惧。实际上，你可能只是推测这个秘密的存在，仅此而已，因为重要的真相是为人类所不知的。有时候你甚至无法控制自己的想法，这些想法不知是来自哪里，来自何人。有时候有这样的感觉：在危急时刻，不知是谁，一种情况下赋予我们拯救性的思想、意念和计划，另一种情况下却会抛给我们一些有害的、破坏性的想法……

阿阔尔那些意外的决定在任何一个正常人看来都是自取灭亡，这也值得我们思索。要知道任何人的生活都好比是盲人朝圣，在未知的路上不知会有什么事情发生，不知潜伏着多少危险。如果不是被野兽撕碎，就会被强盗打死……就算穿越了炙热干枯的沙漠，还可能会在山间冻死，渡过湍急的河流时淹死，饿死，迷路或是跌入深渊……各种困难，不胜枚举。

现在谁还需要这种毫无价值的牺牲？为什么要让一个无助的人踏上这条绝路呢？这种穿越昆仑圣地的想法是从何而来的呢？最初的想法可能很崇高……但是，为什么一个可怜人要经历如此危险的旅程？就像众人所说的，任何的祈祷不管是在哪里进行，最终都会传到至高无上的腾格里神的耳朵里……

吴胡安内心在呻吟，他沉重地叹了一口气，离开那块大圆石，走向可敦的穹庐……是的，他就像是被匈奴从武隘要塞抓来的那匹骆驼一样，他被匈奴俘虏后改成了它的名字。就这样，人的名字给了骆驼，而他在这里接受了骆驼的名字，这是多么悲哀……

在陡峭的山坡上，骆驼胡安载着沉重的包裹，如同人一般喘息着，开始缓慢地往上爬。通常让它运送的都是最重要的货物，而且经常也是分量最重的货物。

吴胡安低着头走到可敦的帐篷前，有些犹豫不决，他踱了两步，在门口坐了下来。不知是有守卫进去通报，还是可敦也在急盼他的到来，她迎面走了出来，默默地坐在了他旁边，因为看到他的脸以后，她已明白了一切。

"好吧，只能接受命运了……看来，这都是天意。"她沮丧地说，声音低沉，"请原谅我委托给你这项无法完成的重任，但我实在是别无选择。你本人及你作为老师的威信，是我最后寄予的希望了……你就是他的巴赫西神，如果你的话他都不听了，那么今后这一切将掌握在上天的手中。我们不得不屈服，顺应天意，等待吧……"

看着可敦低垂着肩膀离去的身影让人心里很不是滋味，这位掌握一切、拥有巨大权力的女人，她以往总是身姿挺拔，傲娇神气。

9. 妻子

看到丈夫愁眉不展的样子，妻子十分担心，但是什么也没有追问。他注意到门的右边放着三个皮袋子，看来，她准备与丈夫一起去远行，还有两个儿子。对待这项责任重大的事情她从来都是亲力亲为，不让那些仆人动手。

这是匈奴人的古老传统：一切远征需要的东西必须由殷勤慈爱的母亲来准备，由大妻子亲手检查，其他妻子通常只是打下手。一切必备的物品只能由大妻子最终确定，并且她会亲手收拾行囊。

远行袋是真正的出行小仓库，有许多的口袋和夹层，每个夹层都是为特定的物品设计的。如果你在远行的途中需要什么，完全不用浪费时间，即使是闭着眼睛，也能立刻找到需要的东西。通常，每件东西会用不同颜色的小块绸布仔细地包裹好，这样即使在昏暗中也能认出自己需要的东西，并快速地拿出来。将物品放回原处之前，要仔细地包好，这是每个人从小就要养成的习惯，因为路途遥远，你会不止一次地需要这些东西。实际上，这种简单的仪式是有深刻考虑的，因为出门在外，这些细节正体现了让人感动的亲人的关怀。看到这些物件，仿佛亲人就在身边。

"你是在装备自己的'战士'吗？"指了一下袋子，他顺便问了一句，然后坐到火炉旁。炉火烧得正旺，三脚架上的瓦罐里正煮着为他准备的食物。

变换的时轮

"你没事吧？大家说的……是真的吗？"

通常，妻子无论是说话还是做事都是十分果断，现在不知为何，问得有些犹豫，甚至很胆怯，这完全不像她。

"是的，是真的。"

"她是从哪知道的？"他想，"难道是从可敦那里听说的？"

"我现在可以说是一个自由人，终于自由了。"

"怎么会这样?！你还这么强壮，还可以做很多事……他们怎么能这样？好吧，没有他们你也可以正常生活……但是，没有你他们能行吗？"

"可以的，都能应付。"

"谁会被任命为新的大将军？"

"还不知道呢，在图拉尔的坚持下，单于同意了他的辞任申请，但是尚未任命新人。一定会在这些年轻人中挑选一个，年轻人怎么能留我这样的老头呢？他当然会需要同样是手脚麻利、头脑灵活的年轻人。"

"我无法想象，离开军队你是什么样子……就像一个强壮的男人不在军队服役一样，不可思议。"

"我会挺过去的，你也知道，我早就想要过安宁的生活，想在'蓝湖'边居住……一切都以军队为主，这是你们匈奴人的想法。而在中原和其他民族，只有青年人才去服役，像我这样的老头立刻会被撵回家的。"

"真奇怪，那么多的人能去干什么啊？"

"能做的事很多啊！基本上去种植稻米、大豆，养桑，织布。还有人从事商品运输，做小商贩，捕鱼等。一些人做这些，还有一些人管理，维持秩序。"

"而我们这里的每个人都可以自己应付这一切，同时还可以当一名战士。当然，也有些人是牧民，饲养家畜。"

"这是在你们这儿，而在那里完全不同！"

"你是想说，在那里生活得更好吗？"

"不，也不能说得那么绝对。从某些方面来说，这里更好，而其他方面，可能那里更好……"

"是吗？"妻子摇了摇头，笑了一下，"那怎么能呢，他们可是认为我们是野蛮人啊……""你们不也是说，他们如同牲畜一般，吃草和蛇、昆虫那些脏东西嘛。"吴胡安笑答，"好吧，我们不要再比较和争论了，不然我们会争吵一辈子的。中原很遥远，而我们在这里会继续生活下去，以后我们会像自由的小鸟一样。"

"那好吧。"妻子会心一笑，"我更喜欢这样，难道整个春天、夏天、秋天都将属于我们自己了？我简直不敢相信……"

到了晚上，儿子们忙完了军队的事务，回到家中——沉默不语，眉头紧皱。原来，他们已经得知了自己的父亲准备退役的消息。他们不仅将这种事视为父亲的悲剧，甚至还认为这是全家的不幸。但是，看到父母快乐的样子，他们面面相觑，十分困惑，完全不明白怎么回事。

按照匈奴律法和习俗，每个健康的人，如果他还正当年，那么他无法想象自己不在军队的生活。通常根本没有多少人能活到退伍的时候，只有重伤、重病或是高龄的情况下才会离开军队。难怪每个匈奴士兵都认为真正的男人应该战死沙场，这才是最好的结果，最好的生命的谢幕。躺在病床上死去，简直是一种耻辱。

儿子们的外表像母亲——身板宽大，体格健硕，浅黄色头发，只是眼睛不是浅蓝色，而是蓝绿色。儿子的这一切都让吴胡安感到高兴。奇怪的是，在周王朝大多数人有匈奴血统，却认为华夏人的五官特征是美丽的标准。他们认为，只有眼睛狭长的黑发女人才是美女。

如果吴胡安为儿子们难过，那么完全另有原因。晚餐是用肥羊尾油烤的羊肉，配了些青菜，加了些从中原运来的调味料。看着魁梧的儿子把母亲准备的晚餐一扫而光，他叹了口气。他们自小同父亲十分亲近，但是随着年龄的增长他们和父亲明显变得疏远了。除了矩期执行任务和长期行军，一有时间吴胡安便教育这两个孩子，教他们汉文、书写、文明礼仪，他认为这些对他们今后的仕途发展会有所帮助。就现在来说，这些发挥了多大作用还很难说。不过十五岁的大儿子已经是个手下百人的百夫长了，这已经非常不错了，如果幸运的话，还有更好的升迁机会。

但是，最近，对良好的家庭成员间的信任和亲子关系他有了深深

变换的时轮

的担忧，这样的担忧是从孩子们长大开始的。作为军人，他们开始参加行军训练，经常离家，逐渐疏于同家人交流。

一方面，这是一个十分自然的生活中的规律，是大自然的规律，雏鸟迟早要飞出巢穴。但是他还是有某种不公平的感觉……看着和自己一般高的两个意气风发的儿子，他突然感觉自己像只可怜的小鸟，喂养着杜鹃的雏鸟……他们完全没有一点儿华夏人的特征，不论是外表，还是秉性和习惯。他们更像是匈奴人，甚至比有纯正匈奴血统的同伴们更像匈奴人。

当然，他们从小就知道自己有华夏的血脉，在饮食口味上也偏爱家里的饭食。食用大量香气浓郁的蔬菜、调味品和其他一些美食——这是他们家的饮食特点。而这些东西是帐篷之外的人没见过的……是的，必须小心避开别人的眼睛。遗憾的是，这几乎是儿子们从小唯一继承下来的华夏习俗，并已成为他们的习惯。在这种脱离家庭生活的长途行军、野营中，很明显，对他们起到决定性影响的是他们现在的生活圈和生活环境。

为什么使父亲警觉的孩子们的一些习惯——他们的语言、行为和习气，却完全不会引起母亲的注意和担忧，她可以平静地接受孩子们的一切。这也很好理解：在她看来，孩子们身上的匈奴人的特征是自然而然的属性，而疏远父母在这个年龄也是合乎常理的。

尽管吴胡安在这里从军几乎十七年了，可以说已经适应、习惯了这里的一切，但是他和匈奴人在某些方面还是不一样的，他们的精神世界是不同的——他们骨子里就是不同的人，两个民族有各自的处世之道。

但是，理解、认识和经历——这是一回事；而接受、融合，就像把它溶进自己的血液一样——完全是另一回事。

生活带给他的是意外，伴随着这样的意外也就有了不一样的服役经历。如果没有那场多年前的不幸——没有被大门压住手，并来得及快速跑进要塞——那就会在大周帝国继续生活下去，不知道要在那里生活到多久。虽然在随后的战争中，他很有可能像成千上万的士兵一样，在战争中牺牲或伤残，毕竟当时的战争损失是十分巨大的。但如果他能奇迹般地幸存，完成服役后返回家乡，那么对他而言，最好的，但也不是轻松能够得到的归宿——成为官府的文官。为这份不高的，但舒心的俸禄感到快乐，平安地度过余生。

而他收到了最最特别的"命运的礼物"：在众人面前完成了最英勇的壮举，甚至连敌人都视他为英雄；被敌人掠走，成了俘虏；昔日的敌人又给了他继续完成军人生涯的机会；在家乡人们视他为民族英雄，他享受到巨大的哀荣，他的全家在周王朝也享受到了相当大的特权；而在这里，因为有了大将军图拉尔和他的家人，他又获得了"重生"，拥有很高的军衔……

他明白，如果他经历的这些事件称不上离奇，那也可以说是非常不平凡了，好像是上天的安排，他的命运早已注定。他听从了命运的一切安排，没有抗争。只是每一次当他遭遇某些致命的意外，在当时的情况下，因为自己的秉性他是无论如何也不会避开这些意外的。当然，还有一件事可以称为意外——那就是大将军图拉尔目睹了他的壮举，他一个人就可以决定释放这个受伤的人，然后派最好的医师照料。而且似乎他一个人就能判定，这个华夏人拥有非凡的学识和才能，把他由一个战俘变成了自己最忠实的助手，甚至还招他为自己的妹夫。吴胡安从来没想过自己会娶这样的新娘。当然，在自己的妻子和孩子还活着的情况下再婚，这让他极其痛苦。对于华夏人来说，这是亵渎神灵，极大的罪孽……不过，有一点证明他是无罪的：对于他所有亲人来说，他已经不在人世了。鲁途安不可能再回来了，他牺牲了，去了天国。而在这里，在一片新的天空下，以一个新的名字，生活着一个叫吴胡安的人，这个人在他的家乡无人知道，就是这样……

新妻子比他小差不多二十岁。她是个非常聪慧的姑娘，什么事情一点就透，一看就懂。刚毅的性格也正符合她在社会上的崇高的地位。而且，让人觉得好笑的是，她比身体有些瘦弱的丈夫要强壮一些。就这样，家中的一切事务均由妻子掌管，一切由她做主。吴胡安因为有自己的职务，对此并没有意见。而且，母权制在匈奴的日常生活口是很常见的现象。

10. 物资库

经过长途跋涉吴胡安来到山里,一路上心情却十分沉重。尽管在妻子面前他表现得仍然神气十足,但是面对着即将到来的退役,他的心情无以言表。在未到达遥远的隐藏在峡谷里的物资库之前,往事在他脑海中一一忆起,对现在的一切他也反复思量了一番。

出来迎接他的是不久前被停职,也就是现在物资库的前主管刘秀。刘秀是个高个子老头儿,虽然他在外貌上没什么华夏人的特征,却有个华夏人的名字。他看起来闷闷不乐、忧心忡忡。在他管理仓库的十多年间,没出现过战略物资储备明显短缺的情况,只是有几次更新的装备没能按期供给,致使军队内暂时性地缺乏必备的装备和物资:有时是因为他们忘记了从供应商那里订购,有时是他们耽搁了一些事情。而刘秀是一个忠厚老实的人,有时候,军队所需的物资需要供应商及时供货,而他对供应商不能表达出这一坚决的立场,因此延误;有时他不会拒绝一些难缠的老兵和其他后勤人员的请求。根据进库和出库统计表来看,一切数据都是吻合的,而他的库存里有些东西却没有了。

在周朝,这将被官府定为重罪,即使不是死刑,也是长期做苦役,最好的情况也是服最低级的兵役。而在这里,有罪之人仅仅是被驱逐出军队。在匈奴看来,这已经是最严厉的惩罚之一,因为从军对一个男人来说是生命的最高意义所在。

刘秀没有受到审判,只因玩忽职守受到了严厉的指责。他心地善良,有时出于慈悲之心帮助那些恳求者,从而私自动用了一些国家财产。

吴胡安想到了两个年轻将领的请求——求他挑选并带回一些中原的绳索。这种绳索是行军必备的东西。但是,无论是中原的,还是匈奴的绳索这里都已经没有了。防水战靴以及渡河时用作皮筏的大皮囊数量也大大减少了。

但是,用于制作弓箭的材料备得很足——精心挑选的冻土地带的细桦树干、根系发达的树根和驼鹿的肌腱,单这一项就可以给他记上一功了。

"哎，刘秀，你要是在周王朝，得挖三十年的水渠。"

"是，是，也许吧……"刘秀不明白这种讽刺，赞同地点了点头，挠了一下后脑勺补充说："总的来说，大周朝是个好国家。"

"是的，特别是对于像你这样的人。"吴胡安嘲弄道，"去吧，那里有很多可以做的事，正好，现在正在装备军队，准备征讨中原。"

"不，不会带上我了。"刘秀悲伤地说，"很不幸，我已经被开除军籍了。再说年龄也到了……"

"他们做得对，否则不知道你还会丢点什么，给出去多少东西呢……"

那两个年轻将领提供的清单上的物资，吴胡安在这里什么也没找到。仓库里的武器和其他装备都很充足，但是他们要的东西完全没有，包括绳索。帮不上他们了，怎么办？吴胡安清楚地记得，在仓库下层的一个隔间里存放着一百多根捆扎整齐的绳索，如今那里已经空无一物了。原来，这个老头已经按照大将军的命令把绳索送去了南部地区。幸好，从十来个帐篷中找到了两个他们需要的小绸布帐篷，在远征中这种帐篷会派上用场的。

吴胡安出于习惯责怪老头，向他唠叨了几句，但已经原谅了这个饱受挫折的物资库主管。实际上，他的做法也是可以理解的：这里人迹罕至，他在这里生活了十多年，除了守护仓库的士兵，很少见到其他人。对于他来说，每次有来客都像是过节一样，所以实难拒绝客人的小小请求……我们从旁观者，从上级的角度来判断很容易，但试想一下，像他一样，你要是在这荒无人烟的地方服役呢……

刘秀请他留下吃饭的时候，他犹豫了一下，但还是同意了。他还不知道，他对这个犯了过失的人做出的让步会给他带来多大的惊喜。这个老单身汉的家——是一个因居住时间过长而相当破旧的穹庐，迈进毡帐他立刻闻到一种奇怪的、外来的气味，这种气味不应该出现在匈奴人的家里。但是他一时又说不上来，似乎有点熟悉的气味，但这是什么味道呢？

帐内的檀木桌子散发着宜人的香气，刘秀请他坐到桌旁的一个厚厚的、做工别致又讲究的坐垫上，在他面前仆人摆上一个大木盘子，

变换的时轮

里面盛着热气腾腾的肉。

"这是什么肉？看着不像是一般的羊肉……"

"是的，您说得对，这是山羊肉。"

"太好了，我已经很久都没吃过这种肉了。但是，你告诉我，你家里这是什么奇怪的味道啊？"

"什么味道？我们从来没有什么不好的东西啊……"主人感到有些窘迫，他想起来了，这应该是驼鹿肉味。一般他在秋天会专门弄一大块驼鹿肉解馋。当然，这种肉味对于鼻子灵敏的人来说是很刺鼻的，但是，现在又不能说这个，只能说点别的了。

"不，不，你不要不好意思。"吴胡安说，"不是说这样的味道不好，更确切地说，就是很特别，甚至可以说是很诱人的味道……"

"啊，你说这个呀！"主人突然兴奋地大声说，一跃而起，开始在成堆的袋子里翻寻着，"不久前，整理仓库时，士兵们在绸布帐篷中发现了一些味道浓重的粉末。他们想把粉末扔掉，但是被我及时拦下了，为了能让您看一眼，尊敬的吴胡安。"

他在角落里翻了一阵后，拿过来几个小袋子，吴胡安立刻明白了，这是华夏的香料。

"这……这可是宝贝啊！"他高兴起来，甚至没有打开这些袋子，根据这些香香的、快被遗忘的味道他就可以确定，这是四种类型的胡椒调料，从其他层层叠叠的口袋里他闻出了孜然、桂皮、姜黄的香气……

"如果您喜欢，就带走吧。"主人殷勤地说。看到客人的喜悦心情，刘秀对此非常满意，"我就是为您留下的。"

"非常感谢你，我的朋友，"刚说出这句，吴胡安便有些激动……

如同从童年里飘来的家乡的味道让他有些头晕，眼泪不由自主地涌到了眼角。为了不让主人也难过，他简单吃了几口，就匆忙起身回帐。走到门口时，突然带着几分严厉说：

"都留好，不要扔掉任何东西，我会亲自检查。"

* * *

吴胡安去了这几天专门为他准备的穹庐。

刘秀了解上司的习惯，经常在他离开后把穹庐收到仓库中，从来没让别人居住过。因此，帐篷中包着的白色毛毡保存得十分干燥、干净，没有任何异味。而它之所以暖和，是因为它的外部覆盖着吸收阳光热量的深色毛毡。

吴胡安将在这里逗留半个月：检查仓库，记录现有的和短缺的物资，并向当地的能工巧匠订购需要的物资。通常他们会供应兽皮和毛毡、皮绳和鬃毛绳、服装、马鞍，当然，还有武器。还需要为远征中原的战士定制战场上用的标志图案。他们将期待匈奴军带回来结实的绳索，各式各样的布匹和行军所需的物品，以及华夏人使用的各种方便好用的锅具、家什。

总算有一个人待着的时候了，吴胡安躺在柔软的床上，轻轻地哼唱着家乡的小曲儿。"终于"清净了，因为军人几乎从来没有一人独处的时候，而在别人面前不能唱起自己家乡的小曲儿。值得一提的是，尽管他有华夏人的轮廓，但没有人将他当作外人。年轻人完全觉得他就是自己人，得知他这个老战士有华夏血统后，也都感到非常吃惊。

对即将到来的离职他又再次陷入深思，思考着未来生活的变化。离开军队他要做什么，真的与军队完全不相干了？尽管有时似乎也梦想着这样的生活，但他还是无法想象。

好吧，这一切马上就要来临了。打理好物资库的事务之后，他将前往"蓝湖"，在那里，真正的春天已经开始了，他可以尽情地玩乐，享受狩猎的乐趣。他的妻子将带着很多仆人赶去那里，他们将准备一年的干货，这既是一种习惯，又是期待已久的事情。在这里将迎来与原生态的大自然为伴的自由生活。

然后呢？然后一切都是未知的……

"未知"这一词立刻让他感到不舒服，突然感觉就像是……小鸟从巢穴里掉了出来。在军队里，他有自己的"领地"，自己的"窝"，在那里他对集体来说是不可或缺的人物，是被需要的，但马上他就不被任何人需要了……

一般匈奴军队中活到退伍的人很少，奇怪的是，这样的人他们并不羡慕，而是同情。战死沙场总好过死在床上，或者找个地方独自死去，不要让任何人看到。对于中原人来说，这样的想法太野性。但是在中原的匈奴人，甚至是非纯正血统的匈奴人，都顽固地坚守着他们的这一自古流传下来的习俗。很久很久以前，在他们定居的地方有一种习俗，年迈的匈奴人，为了不拖累亲人，离家去山里或是草原上，孤独地死在某个地方……华夏人对此感到十分震惊，他们无法理解，为什么一个平安无事的人，被子孙们围绕，要在家以外的某个地方结束自己的生命，如同野人或是野兽……

是的，对于华夏人来说，这可能又是一个证据，证明了匈奴人无可救药的野蛮，以及他们惨无人道的、几乎是动物的本质。他们对待自己都如此残忍。

11. 家乡的味道

夜里，吴胡安梦到了自己的家乡——中原。梦中，他坐在摆满丰盛菜肴的桌旁，大口享用着美味的食物，但却怎么也吃不饱。桌子上满是山珍海味，他早已不记得这些美味佳肴了，更不记得它们的味道。而在梦中他突然全都忆起了，这太不可思议了！……

早上，醒来后，他吃惊了好一会儿，他不明白怎么会做这么奇怪的梦。这么多年过去了，他从来没想过这些食物。在家乡的节日菜肴中这些美食也是很少见的，它们一般只能在新年期间的餐桌上才能看到，也因为这个节日会持续近半个月。

帐外春光明媚，积雪闪出刺眼的光芒。吴胡安享受了一会儿新鲜的空气后，回到帐内，他又嗅到了昨天香料的气味，这才明白这场"家乡梦"是因何而来。

原来，这种简单的，但却是从小就熟悉的家乡的味道竟有如此的力量。总之，生命就是这样多姿，每一个感官都像是通向世界的窗户。如果你失去了任何一种感官能力——视觉、听觉或是嗅觉，那么，你的生命都是不完整的、有缺陷的。

但是却有种奇怪现象：一个健全的人——没有任何缺陷或没受过任何伤害的人，不知为什么却感受不到真正的幸福，总是对任何事都不满意，一切对他来说都不够完美……而有的人失去了最重要的东西——光明，失去了观察和看见这个世界的能力，就像聪明的孩子阿阔尔一样，却从来不认为这个世界和自己的人生存在缺陷。甚至恰恰相反，他感觉自己的生活比我们多数人——看上去更加健全的人的生活都更加完整、充实……莫非他比我们这些对自己和周围人，甚至老天的安排都不满的人更加幸福？！

世界就是这样……吴胡安想到了阿阔尔明亮闪烁的眼睛——一双干净纯洁的眼睛，无所畏惧地看着这个世界。即使这个世界他看不见，也很难触及，但是却能看透其他更高深的事物。他总是满足于身边的一切，带着浓厚的兴趣、惊叹和赞美来了解这个总是被黑暗隔绝的遥远世界。他看到的似乎比我们更加深远。

新的一天从检查远处的仓库开始了，这次，吴胡安对仓库的库存量和库存的完好无缺都十分满意：库内干燥、清洁，不过积压了一些远方的东北部族未及时取走的货物，每年分配给他们的货物数量也是非常巨大的。但是，这也不能说这些北方部族有多大的过失，一切取决于大自然：只有冬季的辎重车队才能把货物从仓库运出去，而道路漫长且艰险，所以这次没来得及运走。况且还有一些补救的办法：一个运送肉干、鱼干和毛皮的车队很快就要到来，返程时他们可以带走大部分积压在这里的物资。

历代匈奴单于对乌卢斯边疆地区的土地，也就是他们的边境领土，一直都十分重视。他们对乌卢斯十分关切，并有严格的指示：每次远征后所得的战利品一定给这些边疆区留出一定的份额。无疑，这大大加强了匈奴内部紧密的联系，因为归附这样强大的国家对这些边疆区来说是十分有利的。而对于中央政权来说，保持远方边境地区的富足，满足他们的需求同样是大有益处——这会增强边境地区的力量，同时也巩固了整个国家的政权。

* * *

一天的工作接近尾声时，吴胡安已经有条不紊地清点出仓库里的所有废弃物——整理后清点出来的不需要的、准备扔掉的东西。在这些清扫人员都当作垃圾的废物中，吴胡安找到了几袋干茴香和姜粉，

变换的时轮
〜〜〜〜

还有三包干果，这是给他这位退伍军人的礼物。这些东西像是在华夏人那里掠夺来的一些剩余战利品，他们没来得及仔细整理，就被辎重车队运来了这里。他算是走运了，这些在这里"无人赏识"的宝贝，终于等到了他的到来！……

回到自己的穹庐后，吴胡安赶紧在火炉上煮起了干果羹，很快，帐篷里弥漫着水果的香气。此时、此地这些味道对他来说是如此陌生。

像任何游牧民族一样，匈奴人对待日常生活不讲究，不苛求。从一方面来说，他们的简单和朴素有时让人觉得是粗俗、原始，在情感和精神上无情、冷漠。即使是在春天，他们也不会欣赏花朵或是地方美景，他们认为这只是大自然表现出来的多姿和多样罢了。但是如果尝试深入了解他们的情感，那么还是会在这个民族身上发现许多趣事，尽管这也不是一件易事。

中原人喜欢把色彩和谐地搭配，有时也会有撞色的使用。他们在自己的画作中善于运用明暗的技巧，善于刻画山岭和悬崖边树木的精巧奇妙的轮廓。他们试图通过这种方式，在他们认为最能体现美的时刻，捕捉到这瞬息万变的世界里美好的瞬间。伟大的画家有时能在一片儿粗布或是一块丝绸上把这些淋漓尽致地体现出来，有时也可以画在一块木板或是竹子上。然后，被公认为佳作的画作被许多能工巧匠们数以千次地临摹，并传播到世界各地，成为一种审美的标准。

中原人与其他民族的人的不同之处还在于，他们能够察觉并欣赏生活中微妙的瞬间，发现其他民族的人容易忽略、漏掉的最微小的细节或者色调。他们天生细致谨慎、拘泥细节，这让他们能够洞察到最神秘的自然现象的深层本质，用艺术塑造出或用言语表达出那些永远忙于不断迁徙、不断征战的匈奴人表达不出的东西。

匈奴人与一直过定居生活、深深扎根在某块土地的中原人不同，他们的性格是在漂泊的生活中形成的，在这种条件下人们无论黑夜还是白天都必须时刻防范危险。在任何情况下，匈奴人都不会离开自己手中的武器，或者说，武器必须放在身旁触手可及的地方，一旦有敌对的游牧部落来犯，可以立刻反击。因此，匈奴人不仅动作灵敏，而且思维也很敏捷，在危急时刻能够瞬间做出决定并采取行动。

正是长期不断经历的危险，磨炼了他们清晰敏捷的思维。他们也的确没有时间仔细思考，并深入洞察事物和现象的本质。对于一个总是在路上的游牧部落的人来说，在深思熟虑的决定背后都隐藏着犯错的危险，而做出错误的决定就意味着失败。开弓没有回头箭，砍下的头颅接不回去。因此，他们害怕模棱两可而又复杂的解决方式，并认为这样思考后的判断是受阴险狡诈的、黑暗的敌方力量所支配。

在匈奴军队服役多年的吴胡安对这个民族充满敬意，尽管这个民族和那个生活了半辈子的、自己所归属的民族是完全对立的。从本质上来讲，匈奴人的生活非常简单，只需要做到一点：对待一切事物都要直率坦诚，无论任何事都不能弄虚作假，不能失掉名誉。对于吴胡安而言，最大的收获就在于这种自信的感觉，这对他来说意义非凡。当一个人能够与自己和周围的人和睦相处，能够在工作上与别人同心同德，那么就没有什么灾祸和不愉快降临到他和他的家人身上。事实证明，一切都取决于自己。不做邪恶卑鄙之事，不欺骗、不食言，那就无所畏惧。也正因如此，在匈奴服役的他感觉很是自在，生活也是无拘无束。

在大周王朝，一切都建立在恐吓、威胁的基础之上，最轻微的过错也会受到惩罚。律法森严，而法律不是保护人民，而是惩治每个不伏法的人。在那里，没有人能够保证依据这些法律就不会被污蔑、陷害、受刑。法律严苛，对每一个活的人来说它都是残酷无情的。而在匈奴，几乎整个下半生吴胡安都生活得十分简单，因为这种荣誉之法不一定要白纸黑字来约束。也因此，他相信，在这里不会有"触犯华夏律法"的类似事情发生。

实际上这里像有着悠久传统的中原一样，有罪之人也会被审判，但是只有罪行严重才会被处以死刑。最糟糕的是，一人有重罪，整个氏族都将蒙上阴影，这是匈奴人难以承受的。这种耻辱无论本部族，还是有亲缘的部族都会铭记几十年之久。而在氏族间为争夺名誉而相互竞争的时候，这样的污点会对整个氏族的声望产生致命的影响。每个人的使命都是做一个模范的军人，建立战功，以此为自己的氏族增光；每个人都要力争不给族人贴上不值得信任的标签，避免遭到审判，以

变换的时轮

及玩忽职守的谴责。对失掉荣誉的恐惧能让头脑发热的人冷静下来，从而约束他们的行为，使之永远不能逾越相当严苛的体面和责任的标准。

总之，在匈奴的律法环境中，很少出现大案。多数情况下，案件审判的结果为行为不当，并给予或多或少的谴责。

在匈奴帝国几乎完全没有像其他民族那样频繁的犯罪行为，例如盗窃。这令人惊讶，但也确实是事实。显然，这是因为他们的一切财产均不是属于个人的，而是共同所有。有需要的时候，氏族中的任何人都可以根据情况自行使用——当然，需要经过氏族首领的同意。

* * *

毫无疑问，家乡的味道唤醒了记忆中许多过往生活的画面。过去的一切不是已经忘记，而是从现在的生活中被挤了出去。真想不到啊！原来过去的一切都没有完全消失在记忆中，只是在日复一日、年复一年的忙碌中被存放到记忆的某个角落。现在，随着飘来的这股家乡的气息，记忆被唤醒，许多事情如此鲜活地浮现在脑海中……这些画面让他的内心充满了两种截然不同、相互矛盾的情感——一方面是让人感动流泪的对已远离的家乡、已失去的亲人的记忆，一方面是远离和失去所带来的痛苦与折磨。

是的，不幸不止一次地发生在他的身上，彻底改变了他的生活。但人是生命力顽强的生物。所以他活下来了，甚至在这里开启了另一种人生，而且生活过得十分充实：结婚，生子，孩子慢慢长大，因忠于职守而获得过将级军衔，他做到了军队总指挥——大将军的副将这一职务，在这个位置上结束了自己的服役生涯。也就是说，作为一个俘虏，他的飞黄腾达着实惊人，这在中原是想都不敢想的。并且，天意使然，原来的鲁途安成了民族英雄，尽管是在"死后"……但最重要的是，因为这份"死后"的荣誉，受益的是家里的孤儿寡母：他们不再承受贫穷和苦难，而是得到了各种优待。有消息传来，他的儿子们也很快得到了重用。总之，他们很快便会被加官晋爵，成为大人物。

* * *

阳光一天比一天变得温暖、明亮，高山上的积雪开始融化。吴胡安检查完仓库，并在核对后拟定了一份需要补充的短缺物资的清单，所需的都是最重要的军需品。迫切需要补充的是远征装备，制作武器所需的材料和半成品，以及制作衣服的毛皮、皮革和布料。

自古以来，为了预防未知的危险，匈奴人都会储备大量的粮食和食品，而且会考虑储备能够长期存放的食物，比如稻、黍这样的谷物。尽管他们平时不太喜欢食用这些谷物，但是在遭遇困难和饥饿的时候，这些粮食不止一次救了他们，在危难关头没办法随心所欲……

吴胡安在竹简上列出清单，仓库的杂役在绸布上誊抄了四遍。令他惊讶的是，三个精通匈奴文和汉文的人书写得并不好，抄写中不对会有错误和遗漏出现，需要在他们誊写后再进行校对更正。而第四个人同前三个相比基本就是一个文盲，但他抄写的那一份准确到完全不需要校对，这就是兢兢业业……

第一份抄本是给单于的；第二份，可以说，提供给现任的大将军；第三份交给军队的军需保障和总务管理人员；吴胡安自己在竹简上写的这一份总是留在物资库。第二年他来这里的时候，再次核查清单上所需物资是否已入库……

而他自己突然意识到：哪儿还有"明年"，醒醒吧！可以说，你已经退伍了，会有别人来接替你的职务，并按照他自己的想法来管理这里。你在他们眼里已经是个退伍的华夏老头，他们是否会请你来帮忙，不，他们不会请教你的……

哎，任何军队内部、指挥团队的变化总会使他们承担一定的风险……是的，高层的指挥团队总有学会如何管理军队的一天，但是，要知道战事不等人……好在军队管理层的更新不是一次性的，而是循序渐进的，目的是把积累的所有作战经验逐步传授给新一代，教授他们管理这个最复杂的机构的所有奥妙，毕竟管理一个庞大的军队须要考虑方方面面。比如，渡河时，只要有一根绳索出现问题都会给渡河造成障碍，成百上千的人有可能因此丧生。是的，领导团队的更新换代当然是好事，但是经验的积累却不能一蹴而就。必须带领军队穿越几千基奥斯的无尽草原、炽热的沙漠，征服不止一处的陡崖和湍流，处理好许多看似平常的日常生活琐事和军队事务，这一切都是为一次成功的远征做准备。

变换的时轮
∧∧∧∧

12. 短暂的记忆与永久的记忆

新老更替，改朝换代——是中原人认为的非常重要的时期，也是他们特别担忧的。他们是拥有长期记忆的人，记得过去时代的很多事情。他们认为，大多数的冲突、战争，以及其他不幸的事都是发生在变动的岁月中。

匈奴人的记忆很短暂，如果可以这样表达的话，可以说他们的记忆是看情况，有选择的。他们骨子里是游牧战斗民族，这促成了他们性格的养成，使他们任何时候都不会放松，时刻准备着防卫或是进攻。他们把全部注意力集中在发现即将可能发生的危险——今天的、或最远是明天的危险。在过去的经历中，对他们来说，只有那些在今天还发挥作用的、有用的东西才是重要的。他们认为，过去的事情就应该被遗忘，不要让它们分散注意力，妨碍和影响到当下的生活。

如果说华夏人总是缅怀已故的父母和祖先，那么在匈奴就会被严令禁止，因为匈奴人认为这是一种罪过。匈奴人永远不回失地，把它称作"老墓穴"。是啊，多么令人惊叹的民族……而与此同时，他们的亲情却又能延伸到人口众多、阶层复杂的整个氏族。可以这样说，他们把堂兄弟当作自己的亲兄弟一样对待，每个人都有责任为氏族中的任何一个人奉献自己的生命，不仅在物质方面，最重要的是在道德上对氏族里的其他人负责。因此，同族人的过失也被视为自己的过错，整个匈奴社会都处在这种僵化的怪圈中。

在这里生活多年的吴胡安了解并接受了许多诸如此类的古怪习俗，但是有许多习俗到现在仍然不能理解。

例如，一个家庭怎么可以由一个丈夫和两个或是三个，有时甚至是四个妻子组成？而且，他们彼此相处得十分融洽。所有的孩子，无论是谁生的，都认为是大夫人的，也就是最年长的妻子。她的见解和命令，任何人、任何时候都不能质疑。不过，丈夫的下一次娶妻是由大夫人和其他妻子一起商量决定的。事实上，几乎每次纳妻丈夫都是反对的，几乎是违背丈夫意愿的。

如果这涉及他,他对这样的机会一定感到痛心,甚至内心根本不能同意。但是你基本是个不能自主的人,当你别无选择,那你又能怎么办呢?……坦白说,他非常害怕有一天妻子会跟他提起再纳妻的事情……

但是,命运是无法逃离的,他甚至不能再想回到中原或是去其他的国家,因为在任何地方都可能被认出,被揭发。无论如何都不能这么做,因为他的中原名字鲁途安关系到一个英雄的传说,关系到他的家人以及众多亲属的福禄和安康。

在这里,他组建了新的家庭,拥有了忠实的朋友和优秀的学生。他认识到工作的真正意义,并因此获得了新的自我。他羞于承认,在自己中原国家的军队中他从来没有过这样的感受。在大周,即使你是军队长官,依然无足轻重。因为在那里每个人头上都悬着一把利剑,这是一把残酷无情、有失公平的惩罚之剑,是用来威慑他人的。只有在这里他才意识到:个体在曾经的国度是那么微不足道,而在这里的军队中他的个人作用得到了极大认可和赏识。不久前他得知,有几个军中大将对他的退役非常悲观和不满,并立刻向大将军提出了强烈的抗议,认为他这个华夏老人在军中是不可替代的。好在气愤的将军们把意见提给了图拉尔大将军,只是他们并没有料到大将军也即将卸任,而图拉尔本人已做好了离开军队的打算。但是,如果反对意见传到单于那里,那么单于会认真考虑他们的看法。要知道,他们的意见非常重要,军队的全部实力要依靠这些普通的主力将领来体现,他们是真正匈奴力量的最主要的体现者和组织者。值得一提的是,就目前来看,还没有哪个民族的军力可以和匈奴抗衡。所以,考虑众将的意见,单于很可能不会放吴胡安离开军队。

是的,他受到重视和尊重,但这只是"现在",也许,对他的尊重会持续到"明天"。但是可以肯定地说,这是短暂的,接下来会发生什么都是未知的。建立在权力和声望基础上的优势是不稳固的因素,这样的幸福是短暂的。比如,你今天还手握重权,但是这不能保证你明天还拥有领导权。

总之,力量本身是变数,受到很多因素的制约,有时可能是一些

变换的时轮

危险的因素。保持各种因素的平衡不是一件易事。稍不留神，忽视了其中一个，你的力量就像水和沙子一样，可能某一时刻透过指缝流走了，力量也就不复存在了……

如今匈奴的军事实力已经远远超过了华夏军队，尽管华夏军队占据数量优势。当然，这其中有很多原因，但是有一个原因是最主要的：毫无疑问，匈奴不仅有优质的武器和骑兵部队，还有经过改良的战术。而在华夏，除了少数在华夏的匈奴人组成的骑兵分队外，军队内几乎全是步兵，只从这些骑兵队中选拔并组建成一些边境精锐部队。但是这些精锐部队数量极少，而要守卫的边界线却很长，这个力量在广阔的空间内被削弱分散，如同飘散在风中的花粉。

两国军队最主要的不同在于他们的组建原则。自古以来，数百万的华夏军队部分由服刑的罪犯组成，当他们进入军队这口"大锅"时，军中变得鱼龙混杂，存在一定的危险因素。只能用严苛的纪律处分来约束、管理这些人，但这样的办法并不总是有效的。对自己的人民飞扬跋扈、肆意掠夺，这对他们来说是家常便饭。因此，军民之间有了间隔和疏远：所有能逃离的人都尽量远离这些危险力量，避开这些"保卫者"……

回想起自己的华夏同胞，他痛苦地叹了口气。这些粗鲁、残酷的士兵曾经有的时候也是不错的人，只是恶劣的环境和军中对待士兵的苛刻的传统使他们变成了这个样子。事实上每一个中原人都彬彬有礼，处事温和，甚至有些胆小怯懦。但是，因某些过失他们被冰冷无情的法律强制带离了平静的生活，被迫设法在军中生存下去，他们有时几乎失去了人的本性、尊严。这些被社会排斥的人遭受过太多暴力，克服了许多生活的不幸和最残酷的战争的考验。对于他们来说，能够制止他们行为的最后的，也是唯一的理由就是威胁其家人的安危。

第 二 卷

1. 祖父和他的孙儿们

　　当你的生命旅程早已过半的时候，不管是否愿意，都需要留意自己的身体。尤其是在春天，以前未察觉的各种毛病统统袭来。无论是否休息，身体好像都不是你的，仿佛是经历了一段长途跋涉的旅程。尽管在过去的一年中没有参加过极其消耗体力的行军，但是由于某种原因，每个人，甚至是最勤奋的老兵，在这个春天也不仅仅是感到疲劳，简直是疲惫不堪，完全提不起精神，表现不出任何干劲儿。

　　根据古老的传统，匈奴全军一年会集结两次。第一次是九月，为了进行秋季行军，之后从十一月开始军队解散，各自回到冬季驻扎地的家中，直到次年三月。然后在那里再次集结，准备春季的战事。

　　就像任何一项涉及人员众多，且持续时间长的工作一样，军事训练是一件十分复杂的事，军中必须有严密的组织性，每一级别的安排要井然有序。每个人要明确自己所处的位置和职责。一些人进行战斗训练，锻炼作战的协调性，学习路线侦查；另一些人留在辎车队，守卫和修理一般的军事装备和设施，负责保管和分发粮食及饲料。值得一提的是，一直以来匈奴军中很少有人自愿做这种无聊的事情，如果不安排下去，根本找不到愿意做的人。甚至必须用狡猾的手段劝服，答应他们有一定的好处或做一些有价值的交换。但是能向匈奴人承诺什么呢？他们基本上什么都不需要，他们不缺少任何真正需要的东西，

变换的时轮

除非是一匹骏马或是稀有兵器。但很遗憾，不管什么时候这些都是稀缺的，每个人都需要，就连军队的统帅能支配使用的也不多。

今天，春日的忧郁出人意料地降临在大将军图拉尔身上。

一大早，刚从睡梦中醒来，他就感到一种莫名其妙的愤怒……也许是因为没睡好？是的，昨晚有些难熬，他甚至一直在期待着天亮的到来。天近拂晓，折磨他的噩梦逐渐消失，但是怒火仍在。长期统领军队，他积攒了许多不愉快的记忆，有时，这些记忆还会进入他的梦境。但是，在此之前过去的事情没有这般纠缠着、折磨着他。痛苦的梦境是最近刚刚出现的。

醒来后，没有立即从卧榻上起来——这是年老以后养成的习惯，他揉了揉睡了一夜后已经麻木的，像是冻得僵硬一般的胳膊、腿和脖子的关节。阿贝尔和阿阔尔过来请安，他本想站起来，但两个孙子马上开始小心地帮他揉捏按摩身体。他们现在已经不再是少年了，灵活有力的手掌习惯性地按揉着他的后背和肩膀，他们从小就知道祖父的习惯和需求。

图拉尔照例像老年人那样抱怨了几句，说他们不该那么早起床，还可以再睡一会儿，因为年轻时睡个懒觉可比任何时候都幸福，一定是昨晚又窃窃私语聊到很晚等。但是，当听到孙儿们说昨晚就商量好要早起，给祖父按摩后背，他还是很欣慰。

他们在努力地把自己年轻人的蓬勃朝气传递给祖父，尽管这不太可能做到。祖父在他们按揉的时候也考虑起他们的事情来。显然，阿贝尔不会在他这里待太久，他要赶快去训练他手下的士兵，尽管他军衔还是百夫长，但按职位来说却也是千夫长的副指挥官，指挥千人的军队。因此，他忙得不可开交。今天是因为哥哥的到来，他才在祖父的毡帐过夜，照理说，他现在应该和自己的亲兵在一起。

阿阔尔今天异常沉默，这让老人十分担心。平时他总是会谈论一些自己感兴趣的事，也不会错过任何机会向祖父打听过去的事情，并认真倾听祖父的讲述，其间还时而发表自己的观点，侃侃而谈。他深刻的问题不止一次让祖父措手不及，无从作答。是的，的确如此，他知识丰富，思想深刻，即便是视力正常的成年人都未必能达到这样的水平。图拉尔完全无法理解：他天生双目失明，被剥夺了许多了解这个世界的机会，但他不仅能够理解复杂的生活现象的意义，还出乎意料地深刻，能够透过现象看到本质。这是怎么做到的？这些令人惊讶的知识从何而来？平常和他交流的人无论如何都不会教给他这些，即便是他的老师——中原人吴胡安也做不到……无论他怎样绞尽脑汁地思考，这对他来说仍然是个谜。他也没有下定决心问阿阔尔本人，阿阔尔能回答他什么呢？据说，他把从所有人那里听到的信息都记下来，然后自己再思考……

现在他一言不发，他失明的双眼透过帐壁看向远方，仿佛在远处，在聚精会神的观察中他看出了什么。有时感觉，似乎在视力正常人无法看到的远方他能够看到、参透些新东西，因为他不时满意地点点头……

图拉尔关注到这些后，几次尝试让他开口说话，但是阿阔尔只是简短地回答他的问题，又再次沉默，陷入沉思。对于孙子发生这样巨大的变化，祖父并不是第一次感到惊讶了。是的，从一开始就十分明显了，一个不平凡并具有非凡能力的人逐渐长大，成人。以前，这个少年一有机会就寸步不离地缠着祖父或者吴胡安，总是问来问去，喜欢把任何事情弄得清清楚楚，同时表达一些十分有趣的见解。但是他这样沉默不语已经差不多十天了，好像一下子对一切都失去了兴趣，在专心思考着什么事，准备要做些什么。但这么多日子过去了，他如此坚定持久地在思考什么呢？

为了分散他的注意力，图拉尔叫吴胡安和巴塔玛伊陪同他去周边的地方转转，到外面去呼吸呼吸新鲜空气，打打猎，钓钓鱼，好好玩一玩。并严肃提醒他们一定要小心，周边是山区，有许多陡峭的山坡，谁也不知道会发生什么。对于这种警告，巴塔玛伊挥了一下手，这是他惯用的举止，轻佻地说：

"哪里有什么山！都是普通的山丘，不是山，大将军……"

"别打断长者的话，无礼……你到底什么时候才能稳重一点？！也许你永远也做不到了——成熟得太晚了，尽管也该学会利用自己的经验做判断了。我们是草原人，这意味着我们和我们的马对上下坡是不

变换的时轮

习惯的。我指的是真正的山，而你说的是山丘……"

图拉尔注意到，当他说到真正的山时，阿阔尔抬起了头，好像从心底振奋起来。在此之前，他对所有的事情都漠不关心，现在开始认真听他们的谈话，当所有人要离开的时候，他悄悄地问巴塔玛伊：

"尊敬的巴塔玛伊，你去过哪里的山？在什么地方啊？"

"是的，我年轻的时候去过昆仑山的山谷和山脊打猎，"巴塔玛伊说瞎话眼都不眨一下，这些年来没有改掉吹牛的毛病，不失时机地把自己再次炫耀成英雄或是饱经风霜、无所不知的行者。所有人都知道他有这个习惯，不止一次地揭穿他的谎话，取笑他，但即使这样也无法让他改掉这个恶习。有时他乱说一通，简直就是天方夜谭。"打不着猎物我都不睡觉……"

"是吗？您真幸福！"

"当然了！简直无法用语言来形容那里的美！"

"听人说，那里有圣地……"

"哦，是的，那里各种类似的地方可多了！……"

"不，我说的是特别神圣的地方，朝拜者赶往那里，为的是拜至高无上的腾格里神……"

"是的，我见过这些拜神的人，简直数不胜数……我去过很多这样的地方，真的！……"

巴塔玛伊显然是在胡诌，大将军立刻就明白了。他长期在大将军身边，大将军对他了解得非常透彻，他准确地知道巴塔玛伊哪里说的是真话，什么是他真正知道的，哪里他是信口开河……

"不，神圣之地不会那么多……"

阿阔尔小声地说，有点失望，他立刻对巴塔玛伊失去了兴趣，也意识到，不该相信他。是的，这个头脑简单，没什么文化的人能告诉他什么？他和圣地没有一点关系……

是的，孙子鬼使神差地对昆仑山、神秘的山里圣人，以及不知道在那里寻觅什么的朝圣者产生了兴趣，图拉尔已经不是第一次为此感到惊讶了。绵延数千里的巨大山脉在平原居民中并不受欢迎，尤其像巴塔玛伊这样神经质的臆想者们会讲述他们编造出的关于大山的各种可怕的故事。因此，人们会非常害怕那些不祥之地，避而远之。但是，不知道什么原因，一些香客们偏偏看中了这些地方，去那里向神圣之地朝拜……山里那些岩石和山洞有什么神圣的？在家里不能向至高无上的神祈祷吗？像大多数匈奴人一样，图拉尔确信：这些总是离家的朝圣者们一定是"病人"，他们最终将成为隐士，定居在那里的山洞中。

但是，他干吗又提起这个问题呢？这会引起阿阔尔的兴趣，而且还会让他焦躁不安，甚至对他又是一次触动，这已经很明显了。同样这也使他自己——阿阔尔的祖父很担忧，他总是无法忍受心中有一点不确定性：当你无法给自己答案——这是你的感觉还是正在发生的事实，这种模棱两可的状态是他不喜欢的。

阿贝尔突然被叫去见单于，是好事吗？难道单于要派他执行什么特殊任务？为什么是他呢？这个年轻人经验不足，毕竟他只有十七岁。尽管人们称赞他的战斗力，但这是匈奴人天生的技能之一。他仍然缺乏生活经验，认识生活中的纷繁复杂要比挥舞马刀复杂得多。按理说，特殊的任务通常会挑选经验丰富的，同时也是军衔更高的将士去执行。快点回来就好，愿腾格里神保佑，一切平安……

而且，如果是对阿贝尔的工作真有什么责难的话，那么一定会有人向大将军汇报，但并没有人跟他提及。也就是说，是另有其事……尽管，除了庄重地授予军衔和奖赏，单于一般不喜欢过问像具体的军队人员任用这样的一些零碎小事。就目前来看，还没有什么理由奖赏孙子，而晋升还为时过早，他还尚未成熟。不久之前，也就是去年，他刚被授予休涅伊——百夫长的军衔，全家还好好庆祝了一番。

2. 引路人霍伊古尔

的确，有些事依然困扰着图拉尔，他吩咐勤务兵带阿阔尔的引路人来见他。从众多的候选人中孙子曾自己选择了他作为引路人，这引起了家里激烈的争吵和反对，大多数家人都不喜欢这个引路人。

引路人很快被找到了，并被带到图拉尔的帐篷。

"你是谁啊？"守卫大声质问他。显然，这个男孩穿得不怎么样，

变换的时轮

值班警卫对他的外表产生了怀疑。这里，他们已经习惯见到一些戴着银制将军胸牌的高级将领来访，从没见过这样衣衫褴褛的少年。

"我？我不是什么人……"引路人显然有些不知所措，磕磕巴巴地说。

"你是傻子吗？赶紧说你是谁，来这干吗？"

"我……有人叫我来这儿，没说是谁，我……我是孤儿，也就是首领，陪伴着大将军失明的孙子，我给他领路。"

"啊，我知道了。也就是说，是引路人，不是首领。真想不到，这是在哪里找到这么一个傻瓜——能给谁引路啊?！好吧，快进去，既然是首领……这里正好是首领来的地方。"

图拉尔透过薄薄的绸布帐篷听到了他们的对话，在心底里感到可笑。当被卫兵吓到的真正的"首领"站在他面前的时候，他就认真地端详了一番。在长官审视的目光下，这个男孩似乎很紧张，把头缩到肩膀里，努力让自己看起来更小，更恭顺。

他是一个没有父亲的孤儿，母亲一个人把他带大，他的母亲是一个做零工的杂役，这样的杂役在军中并不少见。谁是他的父亲不得而知，尽管大家都说，一个名叫奥昆的恶棍是他的父亲，曾在匈奴辎车队中服役。

在匈奴神秘消失之后，这个奥昆出现在命运多舛的萨拉泰王国。不知道通过什么方式迅速成了富有的人，并获得当地有名望的人的尊重和信任，甚至在一次政变之后，成了萨拉泰的执政者，那里的政变几乎每年都会发生。必须要说的是，匈奴在这个地区也有自己的利益关切，因此他的政权也受到了匈奴的支持。他甚至成功执政了两年，按照那里的标准，已经相当久了。但是在一次新的政变之后，他还是被推翻了，并被赶出了这个国家，不知所踪。

从这些传言来看，霍伊古尔还不是一个普通的孩子，而是萨拉泰执政者的儿子，即便是前任的执政者。虽然是一个强盗国家，但那里生活的人——依然是神创造的生灵，如果没有腾格里神的意旨，他们在那里还会正常地生活，不会发生什么意外。就是这个引路人的降生看来也绝非偶然。

"那么，你能说一下自己的工作吗?"图拉尔有些讽刺地对少年说。

"没什么……有人告诉我，我们要到附近转转，看看那里的雪花莲、花蕾和各种青草枝叶。"

"别忘了，你应该让自己的马时刻跟在阿阔尔的马旁边，这样能够把周围环境的情况随时讲给他听。详细了解周围的一切对他来说可是很重要的：前面有什么，右边是什么，左边是什么；哪里长着什么样的树，它们是什么样子的；讲讲树木在几周内发生了怎样的变化，以及雪花莲已经开始发芽了……阿阔尔不是喜欢雪花莲吗，你记得吗?"

"当然，我都记得……我会尽力的，大人。"他使劲地点头，不断地鞠躬，"虽然有时很难来得及把周围的所有变化都讲出来……"

"当然不容易，看上去一切都很美，色彩鲜亮，但这是一回事，详细传达出来又是另一回事。即使对于一个成年人来说也并不容易，但是你要记住：你所看到的这些美好，他是看不到的。他能了解多少完全取决于你能准确传达给他多少，对周围的一切能解释明白多少。不管怎么说，如果你努力去做并有信心做好，那就会成功。你必须保证他的安全，明白了吗?"

"非常清楚了，大人。"小引路人故作害怕地向他鞠了一躬，"我一定会竭尽全力。"

这个男孩习惯性地鞠躬并往后退，随即退出了大帐。图拉尔久久地想着孙子的这些奇怪的偏好，有时这些偏好完全不能理解也无法解释。

只是通过简短的交谈，为什么阿阔尔就立刻拒绝了为他精心挑选出的几十个引路人？这几十人是根据他祖父的命令，从整个匈奴帝国内所有氏族中精心挑选出来的。任务对他们来说是十分艰巨的。引路人必须是无可替代的助手，他应该无所不能，而且能迅速体察周围发生的一切，然后事无巨细地讲给失明的主人听。但最重要的是——有预测危险的能力，必要时刻能保护好主人。

但是，祖父给孙子挑选的任何一个引路人都无法赢得阿阔尔的信任，他拒绝了所有人，不知道什么原因他竟偏爱这个怪人——在家人看来这是个一无是处的人，甚至都不像一个正常人。为什么？他是依

变换的时轮

据什么做的选择？对于孙子这种选择祖父根本无法理解，而阿阔尔也不想说这件事，或者说，他也解释不清。

图拉尔在大帅的宝座上已经坐镇多年了，见过太多的年轻人。对他们做出评定后，他选拔的不仅是能力强的人，而是根据具体事情优中选优。通过一些行为举止的微小的细节，甚至是交流方式来评定他们是否有能力，并将能力不足者淘汰，将士们都惊讶于他的准确的鉴别力。而自己的孙子客气又坚定地拒绝了祖父的所有提议，否定了他的所有看法，没有做任何解释，偏偏给自己选择一个没有什么出息的孩子做自己最亲密的助手。

这个孩子天生就爱说谎，这一点很多人早就发现了。他很会随机应变，这一点无人能及。无论他身上摊上了什么事，他总是能把自己摘得一干二净。他说话永远不会简单、直接、坦白——总是绕弯子，轻描淡写，一带而过。真是一个令人惊讶的小伙子，几乎总是谎话连篇，甚至在没什么必要的情况下也说谎：显然，为了以防万一，只能这么说，或者说是留有余地——以备突然需要撇清某些事情……

只能这样想，失明的孙子根本没有发现他的这些劣迹，也没能识破。但是从许多其他明显的特征来看，他的本性就是虚伪狡诈，或者说得再委婉一些，就是性格具有双重性。例如，当他有求于某人的时候，他会变得十分温顺，简直是卑躬屈膝……甚至连声音也变得讨好，谄媚。就像现在，他们谈话时的样子——前倨后恭……但是更难的是——读懂孙子。

回想起这几日他和孙子一起坐在帐门前，面朝落日，看着太阳渐渐消失在地平线，余晖渐凉的情景，图拉尔深深地叹了口气。阿阔尔会紧张地，用他那双失明的眼睛紧盯着落日的方向，仿佛在试图看懂一些东西。这个时候，他的弟弟通常会坐在他的身边，用语言来描绘他所看到的一切……

但是，弟弟训练还没回来，祖父几次想挨着失明的孙子坐得更近一些，想给他描述一下火红的落日和灿烂绚丽的云彩。略带伤感地想了想，但最终还是没能下定决心，这真是复杂又无法表达的事情……是的，有谁能说出所有的色彩，以及色调的微妙变化？尽管愿望十足，但是找不到美好又准确的言语给他形容……

十年前，有一次祖父发现阿贝尔哭得很伤心，立刻在想是发生什么不愉快的事了？这根本不是阿贝尔的性格，他从来不会情绪激动到流眼泪，他是个性格坚毅、倔强的孩子：沉默寡言，不苟言笑，几乎没有大笑过。在这些年里，很少遇到如此专注、安静、少言寡语的孩子。无论如何也想不起来，在他的脸上什么时候出现过孩子般天真的笑容……

原来，阿贝尔为自己的无能为力而哭泣。那天，某种程度上他未能准确地向挚爱的哥哥传达他们在路上看到的瀑布的壮观景象。尽管阿阔尔极力隐藏，但还是表现出了不满意……

祖父尝试安抚孙子：

"我理解你……但是这基本是不可能做到的。"

"为什么呀？以前我都可以做到的……"

"也许你以前懂得少，你的词语足够描述你所理解的东西。现在，你已经长大了，对一切事物的认识也深刻得多了，对所见事物的观察也更加细致。我要说的是，我自己也经常找不到合适的词语来充分表达自己的感受，例如，盛开着雪花莲的林间草地。有时我想：如果没有人能用词语来形容，那又能怎样？"

"也就是说，现在没有人能够帮助阿阔尔了……甚至没有人能讲出来？而且他也永远都看不到，也无法理解任何美？"

"很遗憾，事实确实如此……必须学会顺从腾格里神的安排。"

"而我以前认为……这是一种普通的疾病。等我们长大，一切都会好的，阿阔尔会被治愈，恢复视力的。但事实却……"

"是的，宝贝，生活中有太多无法改变的东西，更何况要找回一些东西……"

"那他该怎么继续生活呢？"

"只能这样，就这么生活……"图拉尔沉重地叹了口气，看到现在孙子稚嫩的脸庞——坦率而坚定，好像在悲伤中又成熟了很多。"我们每个人都要经历考验，没有人身体和精神上都是完美无瑕的。如果你仔细想想，其实每个人都有点小毛病，但是谁能到处说自己身

变换的时轮

体甚至是精神上的缺陷呢？"

"是吗？我也有吗？"

"现在说你还为时过早，缺点是随着时间的推移而一点点累积和体现出来的。例子随处都是，看看周围就可以啦。身体的缺陷是显而易见的。我左耳有点背，因此我总是伸着右耳听。从别人的角度看，可能有点奇怪，甚至很可笑……"他笑了，"但这并不妨碍我指挥军队这么多年。再看看你的大爷爷哈梅德，他的左脚跛，这致使他不能成为一名战士，但是他却成了最厉害的人物之一——他养了一群马和其他各种牲畜，供应军队，这难道不是重要而有用的事吗？还有我的助手吴胡安……他有点近视，从远处他看不清骑兵的数量，但这不并妨碍他成为最精通军需配给的专家，指挥官的得力助手。没有他，我就好像失去了双手……另一方面，看看巴塔玛伊，看看人尽皆知的他的'病'——喜欢夸大其词。他经常肚子疼，谁知道他疼不疼。因为有病他只能给自己做些粥和汤类的特殊食物，从不吃大锅饭。但是，他担任梅格伊——千夫长——直到年迈，指挥千人，这可不是闹着玩的，你对他的职务也是非常了解吧。由此可见，几乎每个人都有一定的缺陷，但是他们的生活没有因为缺陷而失去价值，生活也不会停滞不前……"

"好的，祖父，我明白了。但是腾格里神为什么给我的哥哥施加如此残酷的惩罚，让他双眼失明？他是个好人，没做过任何错事，这不公平！"

"我们怎么能知道至高无上的神的想法？这是他的旨意，不要提出这样的问题，更不要指责腾格里神的行为。没有足够的知识怎么能妄下结论呢？最好就是服从并接受他的安排，就像士兵一样——无条件地执行命令。习惯让自己说：'无须讨论'，这样就不会出现各种不必要的问题。"

"谢谢您，祖父，对于这一切我思考得太少了……"阿贝尔压低了声音说，但随后便坚定地补充道："我会成为一名真正的战士的，我会证明给您看的。"

这是祖父与孙子间第一次如此严肃的谈话，祖父对他能有超越年龄的思考非常满意。总体来看，两个孙子从这么小的年纪就表现出卓越的才能，这着实让图拉尔高兴不已。但是，一切都应适度、适时——不早不晚，要刚刚好。如果我们从这个角度考虑的话，那么过早、过于明显地表现出来的卓越才能必然要引起警觉，让人担忧。记得他们的父亲也是领先于同龄人，十七岁便成为梅格伊将军。但是，这并没有给他带来幸福，相反，却招致了一场灾难，出乎所有人意料。

然而，人就是这样的，每个人都期待生活中有更多的美好，认为自己应该被生活厚待。更何况是这样的情况：当他突然被上级关注，从队列中被选拔出来，从此高别人一等，这种情况下这样的想法就更加强烈。但是，人类的愿望和追求有界限吗？一个人无论取得了怎样的成就，他总觉得拥有的太少，还想要更多，尤其是在年轻气盛的时候。

还用去找例子吗……如果现在问问自己："是否满意自己此生的生活？"那么会回答："还有不尽如人意的地方……"

他年轻时就已经是大将军，伊尔军队的总指挥，地位仅次于单于。今天他对已经取得的那些成就满意吗？每次他都希望在这个要职上最多再工作两年，肯定不超过三年……事实上，这一干就是两个十七年了。

与其他人不同，他从来不认为自己的职位是特别值得骄傲的成就。对他来说，这是一件特别不轻松，有时甚至是迫不得已的工作，他承受着如此的重担过了一辈子。最近几年他主要的心愿就是功成身退，在"蓝湖"开启他应该拥有的自由自在的生活——只需在水边搭个穹庐，一切都要非常简单朴实，不要过度的奢华。但就连这个简单的梦想都迟迟未能实现，一切就像地平线一样不断后移。每次换任的期限快到的时候，单于便请求道："哎，再等一两年吧，到时候再看，我们会再选接班人的，有正在考察着的人选……然后你就能顺利地安享晚年了。"

于是这个"一两年"就拖到了现在。

单于诉苦说还没有人选能接替他，实际上，这只是他的偏见和多疑。差不多任何一个将军，哪怕是参谋、战地指挥，都完全可以轻松接替他的职务。也许起初会犯一些错误，但是百年不动摇的军规传统

变换的时轮
∧∧∧∧

会使一切恢复正常，这也意味着新任的领导会走向成功。

图拉尔非常了解单于，他是一个十分谨慎的人。并不是说他惧怕变动，只是不能轻易相信任何人、任何事。前任萨拉曼单于是个性情暴君，显然，这对他产生极大的影响。萨拉曼执政仅一年就给伊尔所有部落带来许多不幸，其统治带来的一些影响直到现在都没能真正消除。因此，现任统治者乌苏曼谨慎一点总没错。

统治一个领土绵延数千里，聚集了大大小小不同民族的大帝国并不容易。看似只触及了一个民族的利益，但却影响到十余个民族和部落。所有人都忌妒地注视着你迈出的每一步，留意你无意中顺口说的每句话，哪怕是你仓促间不慎损害了某个人的利益，这也会得罪或者引起他人的诸多猜疑。

乌苏曼单于对国家内部相互之间的关系研究得很是透彻，因此一直保持谨慎，而无知的人则认为他是优柔寡断。当然，出于谨慎他会把事情考虑成熟，在胸有成竹的情况下才做出决定，这样的决定总会有些延迟。但是，急功近利往往只会事倍功半。生活就是这样，无论怎么努力都不能做到事事如意。生活只是表面上看来简单，你的年岁越大，越有经验，越发谨慎，那么展现在你面前的生活的方方面面也越加复杂和矛盾。每做一件新的事情，不可能总是考虑全面，预估出一切，无论你如何设计好每一步——生活呈现给你的都可能是另一个样子。

3. 乌苏曼单于的决定

单于是出了名的谨慎之人，这让他周围的急性子很是苦闷。他的谨慎源自他把握得很有尺度的责任感。不得不说还有一点对他这样的作风有影响——他是在而立之年才做了伊尔帝国的统治者。那时他的性格已定型，自己的生活方式也已经形成：是那种与军人所选择的道路完全不同的生活方式，那是一种不会对周边国家和民族造成任何威胁的生活。他本可以遂自己的心愿，为自己而活——以捕鱼、狩猎、饲养牲畜为乐。但是人可以做打算，而一切还是要由腾格里神来决定，它会安排一场意想不到的命运转折，只会让你啧啧称奇……

十八年前，乌苏曼单于的哥哥阿贝海单于去世，经过激烈的讨论，兄弟中最小的，时年十七岁的萨拉曼当选为新单于。按照传统，王位继承人本应是三十岁的乌苏曼，但是他没有任何执掌大权的愿望，因此，他对盟会的决定感到真心的高兴，并十分满意地去了"蓝湖"附近的山区牧场生活，这让人吃惊不小。

但刚过了一年有余，不幸发生了。年轻的萨拉曼单于和他的同伴阿尔斯兰——图拉尔大将军的儿子——意外遭遇了在不久前的交战中溃败的敌军，不幸遇难了。而他们只是想不带任何护卫随便出去玩玩！

乌苏曼被迫成为下一个单于。

他做的第一件事就是取消了前大将军图拉尔的离任，又劝服了他，并保证再过一两年，等一切趋于稳定了，步入正轨后就还他自由。每次，基本上是在春天，当图拉尔提醒单于有关离任的承诺时，单于都会向他保证："等这次行军结束，就这个夏天……夏天我们再考虑。"夏天过去了，到了秋天单于又说："这个冬天吧，是该考虑了……"

图拉尔很快就明白了，单于离不开他的支持和出谋划策，除了他，单于谁也不相信。因此，图拉尔不得不服从，成为匈奴军队"永远的大将军"。别说其他人对他已经生厌了，在这个职位上他对自己也早就厌烦了。但他又不得不勉强同意，只能终日操劳，在自己几乎掌控不了的命运里没有可能做出任何改变。

乌苏曼单于每做出一个重大的决定都是经过深思熟虑的，决定之前他做的第一件事就是与众人商议，试图深入理解问题的实质。说来也怪，这样的做法却并没有太大的用处，甚至经常把最简单的事弄得复杂、混乱。因为，谋士们来自四面八方，不同的氏族，每个人都有自己的想法或目的。幸好，他很快就明白了这一点，并压缩了自己心腹的数量。

乌苏曼并不干涉日常军中的事务，甚至回避这些事，他更喜欢解决战略性的、经济方面的或是氏族之间的问题。军队事务都由大将军决定，对他完全信任，单于只保留了任命高级将士和授予军衔的权力，这些事由他亲自来做，并且事先要与学识更加渊博的人交流。因此，

变换的时轮

甚至是图拉尔大将军想要争取到自己亲信的任命，有时也是不容易的，几乎总是要以充分的理由说服反对者同意自己的正确选择。在这种情况下，单于对他的意见也会特别谨慎。图拉尔会耐心地等待，他知道，在没有询问职位候选人的直属上司，甚至是下属之前，乌苏曼从来不做最终的决定。

所有这些思绪都是因为一个简单的问题引起的，但对图拉尔来说又是一个很重要的问题："为什么他把阿贝尔叫过去了呢？"

"可能是有什么重要的任务交给他……"祖父猜想。

但是会派他去哪儿呢？现在正当春季，所有的路都被因解冻而溢出的河水阻断了，炎热的夏季即将到来，完全排除了远征的可能性……但是，一切皆有可能，有时我们甚至无法预测可能发生的事情。

* * *

忧虑的心情折磨了图拉尔一整天，到了傍晚，一切都有了答案。早早吃过晚饭后他就开始准备躺下休息了，这种老年人的早睡习惯他保持了很久。入睡之前，他要做许多准备工作，多年来养成的习惯他一直细心地遵守：用温水漱口，仔细清理鼻子，彻底地清洗头面部——他的头发已经寥寥无几，只有耳后还有几根稀疏的头发，然后在这些水中再添入沸水用来洗脚。水这部分的"仪式"完成后，再用各种草药研磨出来的芳香的药汁擦在脚上，用一种极臭的蛇油涂抹膝盖，用熊脂擦胸，鹅脂涂抹脖子。这些工序都完成后，全身散发出一种混合的味道，虽然不是很香，但令人心情愉悦，然后他便满意地哼哼几声躺下睡觉。

今天也是这样，他已经躺下了，但没有仆人的通报两个孙子突然出现在了他的面前。

"哎！"尽管出乎意料，老人还是高兴地叫到，两个孙儿躬身向他问好，他心满意足地嗅了嗅他们的头发，然后对阿贝尔说："真好，我的宝贝，你这么快就回来了，我还担心你会被派去哪里，去很久呢。那你就会在艰难路途中错过了春天里最美好的日子，这个春天的悠然宁静你都享受不到了……快说说吧，单于这么急着找你干什么？"

"没什么大事，祖父……"阿贝尔开始磕磕巴巴地说——显然，这声"祖父"让他有些难为情，即使在家庭生活中，也绝不适合这样对统领讲话。

"没事没事，继续吧，无论你是谁，首先都是我的孙子。"

"其实，乌苏曼单于召见我是为了加封我的军衔——这是您和他不久前举行的例行的军衔授予仪式外追加给我的军衔。"

"什么？真的吗？"

"是的，祖父，站在你面前的不再是百夫长，而是真正的阿贝尔千夫长。"阿阔尔声音洪亮地说，言语中充满了高兴和为弟弟感到的骄傲之情。

"好吧，阿贝尔，我真为你感到高兴！虽然——坦白说——现在还稍微有点早……但是，如果是单于本人的决定，那就这样吧。"

"祖父，您对此一无所知吗？难道单于没跟您商议吗？"

"没有，授予军衔的决定从来都是他自己做的。的确，在我回来之前，他向我详细了解过一些年轻有为的指挥将领，也包括你。他表达了这样的想法——有时年轻人几年都得不到提拔、重用，因为他担心年轻人经验不足，不够稳重、睿智……我没有完全赞同，这个问题总有另一面：晋升太快，特别是升到高级军衔，这对培养年轻的统帅并不总是有利的。"

"我的情况就是这样……"阿贝尔有些窘迫，"我现在有些不自在，突然在我的胸前佩戴上了银制胸牌怎么办？我觉得，我还无法胜任……"

"如果是单于亲自授予的，应该感到骄傲，这是极大的荣誉和责任。"图拉尔坚定地说，"如果你对自己没有足够的信心，那就好好学习，努力做到当之无愧吧。"

"要知道，我们的父亲也是在十七岁的时候被授予了梅格伊的军衔，不是吗？"阿阔尔提醒他们说。

"是的，亲爱的孩子，是这样的。"祖父叹了口气，立刻严肃起来。

在这个世界上，即使不是全部，那么也有许多事是可以通过比较、类比理解的。孙子的话并没有让大将军大吃一惊，因为看着阿贝尔，他总能发现这个孩子跟他父亲有许多相似之处。但是这些话，以及因此涌现的一些回忆仍然会让他感到心头一颤……

"好吧，孩子们，我累了，你们也看到了，我都已经躺下了……去找祖母们吧，让她们也开心一下，她们在你们出生的时候就期待着这样的好事发生。不像我，她们可爱慕虚荣了，会为你——阿贝尔——的成就感到更加兴奋的。"

4. 家事

当看到因祖父的话精神振奋、激动不已的年轻人走出去以后，想象着"老母鸡们"——他暗自这样称呼自己的妻子们，家庭里的母亲们——听到孙子的成就时高兴的样子，图拉尔微微一笑。她们天真地认为，军衔越高，职位越重要，她们的丈夫获得的荣誉和尊重也就越多，也就意味着家庭将更加成功和有保障。有一点她们不明白，在位高权重的后面是常人无法看到的，也是无法承受的责任，而完成这些重任有时需要付出无法想象的努力。孙子从现在的十七岁开始到生命的最后，都必须为守住这份权力，或是升至更高的职位而奋斗。身居要位几乎日日夜夜、时时刻刻都要保持警惕，必须对一切负责。不，命运给他安排的其实是负担沉重的一生。因为那些被认为是普通人的生活：房子、家庭、朋友、爱好，与孙子现在要担负的大任相比，只是偶尔的、无关紧要的生活的补充和调剂。这样的生活也只是行军的间隙或是偶尔在驻地休整时短暂的时光。甚至是周围人都在休息的时候，千夫长和万夫长也总是不知疲惫地在部署下一次的行军。

这些是旁人无法看到的，因此很少有人能够意识到军队高官的生活是多么紧张，也不会完全理解他们所肩负的重任。

图拉尔被突然引发的一连串想法逗笑了，以他的经验他知道，现在老太婆们正在着急孙子们的婚事。如果阿贝尔当上了军事指挥官，这就意味着，到了他第一次娶妻的时候了。这不是妇人们一时兴起的决定，而是自古以来形成的生活传统和习俗。军人的命始终悬在剑尖上，或是箭尖、矛尖上……一不留神，你就一命呜呼了，过去和未来联系的纽带也就终断了,家族的香火也就断了。因此,军人,尤其是高层将士习惯于早早娶妻。

对于男人来说,早婚的习俗带给他们的并不是太愉快的感觉。但是,正是由于这种习俗,未满十八岁就牺牲的儿子才为图拉尔延续了后代。值得一提的是,并不只是他们一家有这样的遭遇。因此,他非常感谢妻子的坚持和钢铁般的意志,才为儿子早早完成婚事。

匈奴男人通常不是自愿结婚,无论是第一次,还是最后一次。总是传统迫使他们接受这样的安排。

思绪萦绕,无法入眠。不久后,孙子们又会跑来找他——他们心中无所不能的祖父,抱怨祖母的安排,哭诉阿贝尔将失去自由生活。难道他还能做什么呢?尽管他三度被任命为大将军,但对抗古老的家庭和氏族传统却无能为力。这样的情况下他只能是自己的主人,不,也不是每一次都能为自己做主。

"主人……"图拉尔大声喊道,"你到底要什么时候睡觉?"

* * *

凌乱的思绪使他再次陷入深思,让他感到心头一阵痛苦。可能在多年的征战、行军中他的外表变得粗犷,但是实际上,内心并不是铁石心肠。一些思虑在心里已经藏了很多年,从最简单的到最复杂的,一个接着一个的问题摆在他面前——不知为什么,无一例外,所有的问题都是无解。他怎么才能找到答案?为什么是这样的命运,是否都是命中注定?为什么发生的一切令人如此遗憾:两个好友——单于和千夫长只是随便出去玩玩,晚饭后离开了大本营,去了离最外围的岗哨并不远的地方,却碰上了一群流浪的匪徒,他们是一周前溃败的敌军余孽,两人就这样被狠狠地砍死……如果把这当成上天的意旨,那么发生的这一切是为了什么吗?有什么用意呢?如果他们是死亡的普通人,图拉尔也许还可以接受,只把发生的事情当作意外。但是他们不是普通人,整个匈奴帝国,四十多个氏族的命运都掌握在他们的手中。好吧,只能当作这是上天的旨意来安慰自己,无所不知的天神都能看到吧?

但是当图拉尔再次听到——十七岁,千夫长——这样的词放到一

变换的时轮
🙝🙝🙝🙝

起的时候，还是会心痛……孩子们的父亲阿尔斯兰被授予千夫长的军衔时刚好十七岁，不久前正好是他的忌日，也刚好死去17年了……在他死后的第四十天，他的遗孀生下了一对双胞胎，图拉尔的孙子诞生了。现在的阿贝尔就像他过世的父亲一样，在同样的年龄被授予千夫长的军衔，难道至高无上的神要继续实施某种更大的安排？不管怎么说，这样的巧合引起的不只是警惕，而是巨大的恐惧。接下来会发生什么？

但是，无论如何，他什么都无法改变。他只是一个被迫的见证者，他找不到自己这些问题的答案。最重要的一个问题——上天要怎么安排孩子们的命运呢？是的，有时候图拉尔会想，最好不要知道未来，就这样一无所知地去见腾格里神。不管他幻想多少次能够得到善终，但该是什么样的结果，就会是什么样的结果。近年来他开始有这样的感觉：对于一名军人来说，他的寿命似乎太长了，而这不符合传统。是时候了，早就该离开了，但是不知什么原因，天意要他留在这个世界。好在身体和体力情况都还可以，他还能与大家一起继续行军。

* * *

尽管孙子阿贝尔带来的消息，以及勾起的一些不愉快的回忆使他紧张、不安，但此时神经渐渐地放松下来，紧张的心情也舒缓了，他慢慢进入了梦乡。过了不知多长时间，外界模糊的声音进入他的梦中，是第二道警卫岗那边传来的声音，老将军戒备起来，这是他多年来的习惯，无论黑夜白天随时都要保持警觉。

他听到远处传来隐约的谈话声，意识到应该是有人要见他，但是卫兵不放行。

奇怪的是，哪个使者或是来访者胆敢惊扰正在睡觉的军队统帅？除非是有什么紧急情况，但是为什么守卫又不让他进来呢？事情很可能并不是很紧急，可以等到早上……

图拉尔心中忽然闪过一个简单的念头：多半是孙子们回来了！他怎么能忘了，刚刚还取笑他们，笑他们在祖母那里会有什么好事发生……他还是醒来了，多了一份对于他这个年纪来说少有的快活心情，并由衷地笑了起来：如此看来，应该是他们被祖母说烦了。那也没办法，就让他们忍受吧。军人的生活就是要由忍耐组成，要学会接受别人的意志。这就是你的命运：无须问你的意愿，不用考虑你的计划，在必要的时候会派你去需要你的地方执行任务，或者授予军衔，看似是鼓励，但实际上是为了填补军中的职位缺口，让你服从军队的总体指挥部署。而你必须忍受这一切，甘心接受并完成任务，不辜负组织的信任，尽量既不丢失面子，又不能丢掉职位。

孙子们还是进来了，图拉尔不得不起床。他默默地穿好衣服，心中暗自抱怨年轻人的不安分，然后问道：

"这是发生什么事了，大半夜的就跑到我这儿来？尤其是你，阿贝尔，你应该清楚军中的规矩，什么时候，在发生什么事的情况下才可以惊扰大将军。"

"是的，我知道……"听了祖父的批评，阿贝尔有些羞愧，"只有在十分紧急、刻不容缓的情况下才可以，那时拖延就等同死亡。"

"那是发生什么紧急的情况了？我们面临着什么危险吗？难道是敌人来犯？"

"不，不是的……"孩子们几乎异口同声地回答。

"那是怎么了？什么事拖延就等同死亡？"他开始因为孩子们的犹豫不决而生气。

这时两个小伙子十分紧张，也不知道该怎么说正题，该从哪里说起。最终，比弟弟早出生十分钟的哥哥，站了出来，出于惊慌改称为"您"：

"我们来见您，不是来见大将军的，而是来见我们的祖父……"

"好吧。"祖父心软了，面带鼓励地笑着，"如果是来找祖父，半夜这么着急是可以理解的。"

"祖母们想给我们娶亲。"阿贝尔眉头紧锁，忧郁地说，"让我们俩都结婚……"

"是吗？这些坏老太太……"图拉尔假装惊讶地大声说道，"什么时候？"

"说是要明天开始准备，所以我们着急来见您，只有您才能阻止这场灾难。"

— 71 —

变换的时轮

"是的,确实很糟糕。我们该怎么办?我也不知如何是好。"

"必须阻止她们给我们娶亲。您跟她们解释一下,我们才刚满十七岁,为什么这么着急呢?!可以再晚点的……"

"是的,你们说得对,为什么要这么着急呢,晚点也可以……"祖父再次叹了口气,看着孩子们愁眉苦脸、忧心忡忡的样子,试图让自己严肃起来。"十七岁,你们觉得……好像年龄还小呢,但其实也到了结婚的年纪了……那你,阿贝尔,你难道不记得单于授予你梅格伊时的年纪吗?这么说的话,你的年龄娶妻尚早,但是却可以把数千名战士的生命和命运交给你了吗?这数千人还不算仆人和辎重队人员,这是对于你十七岁的年龄来说所肩负的更重大的责任。我们认为一千人就是一支可以独立行动的小军队了,这意味着你已经是一个独立部队指挥官了,难道应付不了一个妻子吗?"

"我是要指挥军队了,但是结婚对我来说还早。"阿贝尔坚定地说,"祖父,您应该过问这件事,明早就去阻止祖母准备婚事。您终究是大将军,可以阻止这一切。"

"唉,我的宝贝,事情并不是你想的那么简单。大将军的命令只在军中有效,就只是在那里,在战场,而不是在家中的帐篷里,祖父并不像你们想象的那样无所不能。"

"但是在自己的家中,您依然是一家之主!"阿贝尔已经没那么信心十足了,只是抱着最后的希望脱口而出,"不是吗?"

"似乎是这样的,但家庭责任的划分有悠久古老的传统……娶妻的问题正好不是由男人来负责,这完全是女人的事情。因此,这件事上我帮不了你们。"

"也就是说,对祖母们的行动没有任何办法了?"阿贝尔几乎惊恐地大声喊道,哥哥看起来也同样十分沮丧。

"我告诉你们吧,这些讨厌的老太婆还想给我纳妻呢。"为了安慰孙子们,图拉尔把话题转到自己身上,"这将是我白发之年的耻辱,不只是你们,我也应该惊叹:'我这年龄了……'给我选中的做新娘的姑娘,也就是你们未来的祖母,年纪很小,可能也就比你们大七八岁。我断然拒绝,但是她们丝毫没有退缩,依然没有停止折磨我。"

"既然这样，哪怕让我们再受十年折磨，但别让我们明天就结婚。"

"我这是一回事，跟你们完全不一样，我已经老了。而你们是另一回事，你们正是大好年华！"

"是啊，可能是这样的……我们只是表面上看和祖父的境况差不多。"阿阔尔默默地同意了。

"我们该怎么办呢？"阿贝尔仍旧期待着得到能够解救他们的回答。

"现在我也不知道……"祖父叹了口气，内心窃笑了一下，回想起十七年前孩子们刚出生的时候，他感觉自己已经是老头了。是的，那时他梦想着卸任，过平静的生活，定居在"蓝湖"附近。"谁能想到今天，当你活到了让人敬重的年龄，有人还在为你张罗着和这些毛头小子们一起娶妻。"他心想，"这该怎么想呢——这是命运开的玩笑，还是可敢出于某种利益的考虑？不，我找不到答案。"这样想着，但却大声说道：

"我只知道一点：每个人的一生中总会有那么一天，或是一个时刻，必须遵守祖先的规则和律法，即使你不想，也必须屈服……无论你怎么不愿意，都无法抗拒世代形成的部落传统。因此，匈奴人的生活在我和你们出生前的几百年就已经被安排好了。是，在我们看来这是不正确的。是，我们不想这样！但是又有什么办法呢，我们的祖先就是这样生活的，并把习俗传给了我们。也许我们还不了解全部真相，不明白这种习俗存在的必要性，而祖母们好像比我们更理解这些。顺其自然吧，随着时间的推移，我们终将会明白生活的真谛。好吧，我会和她们谈谈的，但是就算给你们争取到推迟娶妻，也不会太久。"图拉尔提醒着彻底默不作声、沮丧的孩子们，"这是无法避免的，所以做好准备吧。"

他忙又嘲笑地想了想自己的事：你同样也回避不了，无论你怎么反抗，你这个老头。再"长大一点"你就会同意了，你是逃不掉的……

孩子们几乎同时叹了口气，对祖父行礼后，便默默地离开了帐篷。图拉尔在他们后面也走了出去，皓月当空，光洒大地。阿阔尔停了下来，呆然不动，失明的双眼久久地凝视着天空，月亮泛红，就像磨得发亮的铜锅底一样。图拉尔甚至被吓了一跳，惊讶不已：难道他知道，

变换的时轮
▲▲▲▲

或者是感觉到了现在月亮在什么方向？

他的一生中见到过很多盲人，他们的举动、面部表情、步态与视力正常的人相比有明显的不同，并且他们彼此之间有着某些相似的地方。但是他的孙子是完全不同的，有时他会觉得，这个孩子甚至根本不像个盲人。从他们小时候起，在与孙子们为数不多的见面中，他总是惊讶于阿阔尔的举止。还是个不懂事的小孩子的时候，他就与同龄人几乎没有什么区别：他跟别的孩子尽情地玩耍，跑起来灵巧、飞速。不知有什么办法总能自如地在帐篷里奔跑，他几乎从来不会碰到帐篷里的陈设或是其他像火炉这样危险的障碍物，也不需要引路人。他不仅可以自己到处走，还能轻易地找到他想要的东西。

没错，祖父后来得知，每一次，当进入一个陌生的、满是东西的帐篷时——弟弟阿贝尔总会牵着阿阔尔的手，小声告诉他哪里放着什么，哪里立着什么东西——每个游牧人家里都会摆满东西。而阿阔尔会准确地记住这些，几乎从来没有失足摔倒过。有趣的是，给哥哥讲完后，阿贝尔自己跑着，玩到兴起，一会儿绊一下，一会儿撞上什么东西，直接摔倒，好像看不见的人是他，而不是他的哥哥。

兄弟二人性格迥异，哥哥总是稳重、专注、待人亲和，而弟弟是暴脾气，虽然一会儿就恢复常态了，但像他这样不必要的急躁、冲动经常会导致做出错误的行为和决定。值得庆幸的是，阿贝尔头脑冷静后，意识到自己的错误，他会努力改正自己的错误。

祖父因为繁忙空余时间并不多，但只要有时间、有精力，他都会监督阿贝尔，用自己的言语和示范影响他，让他养成良好的习惯——首先学会管理好自己，控制好自己偏激的情绪。因为这位老兵明白，当孙子获得一定的权力时，可能会无意间犯下一些无法弥补的错误，其代价就不是肘部和膝盖轻微擦伤那么简单了，而是关乎他自己的命运和数千人的生命。他尽可能通俗易懂地跟阿贝尔解释，像他这样性格的人应该永远保持谨慎，避免头脑发热而做出的决定。当然，图拉尔明白，在教育中不能矫枉过正，因为一个人，尤其是年轻人还不能够有效地控制自己，更何况外人要控制住他呢：那样做可能会导致的结果是——他在做决定或是表达个人观点时不自信，可能无意间会扼杀他独立认知世界的天性和对一切事情的责任心。做任何事情都要讲究中庸之道,他看着高高挂在天边的月亮自言自语道:"告诉我,什么才是不偏不倚。要知道,没有任何一件事做之前事先会知道怎样才能做到中庸。我们常常草草地做出推断并认为,我们熟悉正在发生的事情,于是会凭本能盲目地做决定,好像知道做出这些决定后会有什么结果。但我们毕竟只是假设,仅此而已……"

如果不是传统,不是数代人的经验,那么我们完全如同盲人一样生活在这个陌生世界的大穹庐里。只有我们这些"盲人"中的少数人——智者才能看到,在哪里才能寻找到真正有价值的东西……就像现在的阿阔尔看到月亮在哪儿一样。如此说来,以孙子从小惊人的能力来看,他正是属于那些比我们这些视力正常的人还能够领悟到更多、更重要东西的人。

但是,在匈奴这样的社会环境里人的性格严肃、冷酷,这是自古以来草原人民形成的性情:只有强者才会得到拥护,谁更有能力保卫家园,谁就会受到更多的尊敬。而弱者就更可怜了,不仅财产会被侵占掠夺,而且地位也是最卑微的。无论你如何可怜他们,也都无能为力,即使你是无所不能的大将军,也无法改变世代形成的民族习俗。

显然,这些习性是由游牧的严酷生活条件造成的,但是内心却无法理解并接受这一切。谈论那些离你遥远的、不相关的困难和问题很容易,但是当这些问题触及你内心深处最珍贵的东西时,一切的议论都没了。关于那些别人的、遥远的、看似虚幻的东西,怎么说都可以,而自己的事却一刻都不能拿来讨论,无论黑夜白天,都会牵动你的神经。

当然,可以理解匈奴人,他们是游牧民族,一直处在不停的漂泊中,谁需要一个碍手碍脚的盲人?他能带来什么好处?不过是一个负担罢了……

这样的论断对于任何一个残疾人,不只是指阿阔尔,都是十分残忍又不公平的……许多人肯定会把他们比作马车上多余的轮子,简直就是一无是处。但是碍于让人生畏的祖父和强大的氏族,谁也不敢说出这个想法,也就是窃窃私语,想一想罢了,更不敢冒犯。而其他残

变换的时轮

疾人也没犯任何过错，但是他们需要承受更多的屈辱和不幸……

无疑，这种残酷的思想在人们中间是存在的，他们不明白，为什么要做不理智的事，把时间和精力花在一个残疾人的身上，而他的境地毫无希望可言，也不会复明，这简直是愚蠢至极……而且，一个承担着军队重担、有许多事务需要操劳的大将军要亲自来照顾一个盲人，他必定会为此分出一些精力和时间，但他的精力本来就有限，他的时间也首先应该用在军务上。军中的事很多是由他的助手——负责军队后方保障的华夏人吴胡安来分担，他其实也是兄弟俩的老师。

大概，他的亲信、下属们也都是这样想的。虽然遗憾，但他们从自己的角度来看也有正确的一面，这个残酷的现实你只能接受。匈奴人征战的、游牧的生活方式是自古就形成的，它决定了你必须屈服于这样的现实。

当这样的现实与你无关的时候，一切都好理解，但是当它涉及你心爱的孙子，思想也不再是习惯性地服从和接受，很自然会反对这样的观念。情感会不顾一切合理的理由，极力地抵制、反抗。他内心已经做好了一切准备，要保护可怜的、天生不幸的孙子免受他人丝毫的侵害。

不，经常说父母给每个孩子的爱都是一样的，这都是空谈。不管怎么说，和健康的、能够独立生存的子女相比，父母会把自己的爱更倾向于身体残疾的孩子。他们会更担心这些可怜的孩子，就像他担心阿阔尔一样。理性之外，他对孙子的依恋还带有某种奇怪的、近乎病态的、超越合理界限的爱护。

图拉尔子孙众多，作为祖父，任何一个孙辈平时他都会正常对待，不会特别关照谁。当然，他们所有人的相貌，性格各有不同，但是与其他的匈奴少年没有任何区别。对他来说最重要的是，他们能学会好好地生活，同时不要做出伤风败俗的事，别让他和家族蒙羞就可以了。

但是，这两个孙子小小年纪就成了孤儿，命运坎坷，这使他对两个孩子有了更多的责任感。起初，图拉尔认为这只是怜悯，但是事实证明，这不是普通的亲人对弱小者的同情，而是更复杂、更深刻的情感。

更让人奇怪的是，从一出生起，两个孩子中他就尤其关爱这个失明的孙子，而不是那个十七岁就像他的父亲一样，凭借自己的能力当上指挥千名士兵的军队长官——阿贝尔，尽管其他人可能一生都不能取得这样的成就。

还记得双胞胎男孩刚出生的时候，全家是多么的开心。哥哥的头发颜色是灰白色，就像是银发，而弟弟是像一般匈奴人那样的淡黄色头发。

那天刚好是全家为他们的父亲阿尔斯兰操办四十天忌辰的日子，因此，全家人还没来得及擦干泪水就带着喜悦迎接了两个新生命的到来。可能这看上去有点让人莫名其妙：全家人发自内心地高兴，同时又流着痛苦的泪水。就差这一点点父亲没能活到听见孩子们的第一声啼哭……

母亲的生产过程还是很困难的，但是一切仿佛进行得还算顺利。在孩子们出生的第三天早上，孩子的母亲在丈夫死后第一次微笑着醒来。祖母们很高兴，事情终于有了好转，便立刻把孩子带到她身边，这是她第一次用母乳喂养这两个孩子。让大家欢喜的是母乳充足，于是心情也都放松下来，忙碌着照看两个孩子，对两个小家伙赞不绝口。但当她说出了自己的梦，所有人都大惊失色：

"我梦到我的阿尔斯兰了，他骑着一匹乌黑的骏马，还牵着一匹白马，马头闪烁着一颗金星。他让我骑上白马，我们一起向草原疾驰而去。我还在想：'他终于回来了！'啊，我太幸福了，他回来接我了，我想去找他……"

"你在胡说什么，不懂事的孩子！悲伤归悲伤，但是不能这么想！阿尔斯兰已经死了，而你必须活下去。让你的白马走远点吧，你放得下两个孩子吗？"她的亲生母亲，也是她的小母亲赶紧说，"忘掉这个梦吧，太荒谬了……"

"我告诉他孩子们出生了，我不能撇下他们。但是他说，他们有自己的星路，让我不要担心。他说的就是'星路……'我不明白，却没来得及问他为什么是星星的……"

"什么'星路'啊？"母亲慌乱起来，"你还要喂养他们，把他们拉扯大，教育好他们。还要教他们学会走路、跑步、说话……"

作为回应，女儿只是笑了一下，好像她一下子明白了许多事情。亲吻了孩子们之后，她把孩子交给孩子的母亲们和祖母们，便安静地睡了，再也没有醒来……

* * *

祖父早就注意到了阿阔尔的与众不同，在各个方面他都是一个不寻常的小孩。有时，孙子突然毫无预兆地说出自己看到了未来发生的事情，尽管没有人问过他这些。事实证明，他一般不是直接说出来，而是别有寓意地讲出来，这使他所说的话在预言实现之前别人无法理解。直到事情发生后，人们才惊讶地回想起：阿阔尔说过这个，他预言过！

但最令人震惊的是，当他突然说起那些离匈奴人的生活很遥远的事情时，这里的人竟然对此一无所知。祖父开始小心地盘问他，试图对他说的话做更详细的了解，但是阿阔尔立刻就不作声了，仿佛感觉到了某种看不见的、不可逾越的界限，他不能泄露秘密。

或许，他说的一切都是毫无根据的，连他自己也不明白说的是什么，可能吧……但是那样的话他就不会隐瞒什么了，也不会避而不答啊。祖父相信，孙子比普通人知道和明白得更多，但是却不讲出来。他是如何，从哪儿获得这些知识的——通过预兆吉凶的梦，还是说他能够感知、听到、"看到"那些普通人不能获得的信息？任何人都无法理解这一点。

5. 艰难的谈判

余下的不眠之夜在沉思中度过，思索没有得出任何结论，只是触痛旧疾，平添新伤。无论你目及何方，到处都是死胡同，他实在无能为力。尽管是个大将军！

匈奴家庭中最重要的决定权掌握在祖母和母亲手中，之后她们才听取妻子们的想法，而丈夫是绝对没有发言权的。可以争论一下这是否合情合理，但是自古以来都是如此，反抗是毫无意义的。想到这儿他再次让自己冷静下来。

一大早，他就得低三下四地去找自己的妻子们……这些女人真是不好惹啊！哪怕求得半年的期限，让孙子们延期半年再娶妻，这么着急真没什么必要。尽管他不想去求情，也能想到拒绝是不可避免的，但是不管怎样也得为孙子们做点什么。他自己也多次遭受这种"女性暴力"——找不到其他合适的词形容，所以从那时起便留下了一些不愉快的记忆。如果每一次娶妻都要经历"我不想"，还能有什么好的回忆吗？岁月逐渐让你屈服、习惯，甚至开始感激……但是年轻人还要经历很多事情，才能理解这件事在他们生命中的真正意义。

好吧，她们打孙子们的主意，这还可以理解，但是这些坏老太太逼我这个老头子娶年轻的小姑娘。已经三年了，每次行军都让他带着这个"新娘"，但是我依然在不屈不挠地抗争。她第一次被送到我这儿的时候，是那么瘦小。现在才刚刚长点肉，也明显长高了些。我将尽我所能延缓这种可耻行为的发生。

但是现在不是说这个的时候……可怜我的孙儿们，他们还抱有希望，想逃离这场婚事。他们求助祖父，寄希望于祖父能帮助他们避免这场不情愿的婚配。但是祖父好像对此也是束手无策，尽管他们眼里的祖父总是无所不能的。

是的，他很久都没有感到这般的卑躬屈膝了。不知道为什么，他好像不太恰当地想到了那些自信的、有权势的人口头上逞的威风："没有什么是不可能的……"他们认为任何问题都是可以解决的，任何顽固的人都可以被说服。但事实证明，还是有"不可能的事"，而且一直都存在。今天，对于他和两个孙子来说，就是这种"不可能"让他们的整个世界都蒙上了阴影。

现在他觉得他的一生，平安走过的漫长岁月并不能说是枉然度过了，但还是不尽如人意……时间飞速流逝，他的一生转眼而过，就这样错过了人生重要的、心中想要的东西……也并没有按照自己的选择和意愿生活过，被责任和义务紧紧地束缚着：被派遣到哪里，就要极速赶到哪里；给你装载多少，你就得负载前行。

不，你要忘记自己的自尊心，站出来为孙子们说话，要证明急于结婚是没有意义的，可以暂缓一年或是至少等到秋天。但是他的理由

变换的时轮
∧∧∧∧

会说服这些老太婆吗？对任何事她们都有自己的想法，这些思想源自古老的传统。数百年的经验证明，军人总是命悬一线，随时都有牺牲的危险。因此，无论听起来多么草率，祖母、母亲们都会抓紧机会，加快氏族繁衍的过程，抓紧让每个男人为自己的家族繁衍后代。

十七年前，一次意外发生了，孩子们的父亲也是在这样的年纪牺牲了，对大家来说都是那么突然。如果当时还没来得及让他婚配，那么世上就不会有这些可爱又天赋异禀的年轻人。这样的想法更是恐怖：他这个老将还活着，而阿贝尔和阿阔尔不在这个世界上……

如果是从这个方面来看，那么似乎没有什么好反对这些老太太的。

但是，即使有了不容置疑的说辞，还是会有可以反驳的地方，还是可以给出其他的意见。其实，为什么要把一切弄得这么荒唐，非要如此仓促地解决问题呢？

早上做好了充分的准备后，就像是带军攻打坚固堡垒的指挥官，图拉尔毅然来到妻子们的帐篷——而结局似乎是无望的。在这种情况下，一个好的指挥官应该提前设计好主力撤退的路线，做好掩护。

在驻地中心矗立着一个彩色的大穹庐，方便召集所有人。女人们经常在帐篷里做针线活，闲聊天，接待客人。在主帐周围，其他妻子的四个帐篷围成一圈……是啊，为什么是四个帐篷呢？！他只有三位妻子啊。第四个帐篷是为谁准备的，仆人吗？但是仆人都住在驻地外围啊……

他忽然想到一个出乎意料的，却也是意料之中的想法：这个帐篷是给那个要做他最小妻子的女孩搭建的。他顽强抵抗这场婚姻，已经是第三年了，但她还是作为仆人被长期地安排在自己的身边。

也就是说，在他事先不知情的情况下，她们已经把这位姑娘纳入自己的妻子之列了吗？给她安排了单独的帐篷，就意味着她与她们地位一样了吗？这是违背他的意愿的，这完全是独断专行……不，她们有点太过分了！现在呢，要同意吗？很明显，这件事让他很恼火。

意识到了自己真实的处境后，图拉尔甚至有些灰心，但是却什么也做不了，退缩也已经晚了。早上，他让一个勤务兵通知自己的妻子们他今天会过去。显然，她们已经为他的到来做好了准备。他别无选择，只能自信满满地朝主帐走去，这里还有一个意外在等着他。几个妻子坐在火炉旁右侧的高垫上——依次是大夫人，二夫人和三夫人，她们旁边端坐着的第四位是个年轻女孩儿……不，这怎么能做妻子！

图拉尔进入帐篷的时候，这个可怜的女孩儿整个脸都红了，几次试图想要站起来，但是年长的妻子们一直注视着她，示意让她老实坐在原位。

这对于老图拉尔来说，第一次让他在自己的家中感到不舒服。就像这位年轻的"妻子"一样，他十分尴尬，对这个女孩子充满同情。她同样也是很不自在，于是更加忸怩不安，惊慌失措。

而年长的妻子们安排了这样一场见面是故意难为他，她们像木头似的严肃而又傲慢地坐在那里，在他出现时也没动弹一下，没用任何动作或是表情来表达她们的想法和心情。

就像一只掉进陷阱的自信而凶猛的野兽，因自己受人支配的处境和短浅的目光图拉尔再次感受到了奇耻大辱。"太失败了！她们当然清楚得很，晚上跟孩子们说完婚事后，他们一定会立刻跑到祖父面前抱怨——他是他们唯一能够诉苦的人，而祖父一定会一大早来为孙子们辩护，所以她们早就做好了准备……"

她们昨夜一定商量到很晚，为他的到来制订计划，他怎么没想到这个呢？他完全没想到这一点。永远都是这样，事情清晰明了的时刻，想要后退并仔细思考每一步已经为时晚矣。他中了前方护卫队都没发现的埋伏……就这样，经验丰富的老兵冷静地判定了自己的处境。

图拉尔瞬间意识到了这一切，不打算进行这场注定失败的谈话。作为一名经验丰富的统帅，他及时作出决定——撤退。在女人们震惊的眼神中，他急转身离开了帐篷，尽管一句话都没说，却流露出了他的气愤和恼火。

谁也没有去追他并劝他回去，这使图拉尔放下心来。这意味着，她们知道，这么蛮横无理地想要达到自己的目的有些过分了。他现在要回到自己的帐篷躺会儿，好好思考一下，然后再回去说服她们，根据这些妻子的性格和年龄，要找到适合每个人的独特方法……当然，要从大夫人开始下手。从微不足道的小事到一些大事，一切事情中可敦都是核心人物。虽然，在一些特别重要的事上，大夫人也与其他妻

变换的时轮

子一同协商，但是她的意见始终具有决定性的作用，并且其他妻子的意见很少会与可敦的意见相左。最近，她开始明显地回避一些事务，赋予其他妻子自己处理事务的权利。这不是说她漠不关心或是已经老了，而是另有打算。让其他妻子逐渐参与解决家事，是在培养她们独立生活的技能和责任感，让她们忘掉总躲在自己背后的习惯。学会独立做决定总是十分不易的，当做决定的责任由别人来承担时，是件轻松的事。图拉尔最后做出结论：他很幸运有这样的妻子，并为此感到高兴。协调处理这个大家庭的事务，保持家庭生活的正常运转不是一件简单的事，一切都要精心安排，不能有任何遗漏。

同时，女人的主要职责是全面照顾丈夫的生活起居。没有女人照顾左右是不行的，因为作为一个军人，在日常生活中总是有一个人的时候，而他经常忙于自己的军务，有时会忽略许多重要的生活细节，而这些恰好是女人应该负责和保障的。任何妻子考虑不周的或是忘记的小事都可能给他造成不幸，如果没这么严重的话，也是极大的不便。她的丈夫受到伤害，她自己也不能免责。

例如，给男人行军配备装备是什么意思呢？这是十分完整的一套流程，必须考虑到所有的细节。首先，衣服应该选择在日常生活中穿着十分舒适的，而且在行军时能帮助战士抵御各种恶劣的天气，这些都需要考虑到。除了妻子，谁还会给你准备好路上需要的各种干粮？不论丈夫多大年纪，为了照顾好丈夫的生活，身边必须有一位年轻的女人陪伴，可以召之即来，随时跟他做好出发的准备。

除此之外，她应该是半大孩子的贴心姐姐，是小孩子的母亲，需要教育、抚养他们，供他们吃穿和保护孩子们。她不仅要指挥辎重车队，还必须把这件事情做好，甚至为此还得做番功课。

不仅如此，妻子还应该做很多事情！必须保证衣服不会被穿破，不会断粮，这就意味着需要按时补充所有物资。在行军途中获取食物也是她必须负责的，食物必须能够寻获、购买或是交换到，这就需要善于经营，有灵活、敏锐的头脑。

* * *

看见丈夫离开时驼背的身影，大可敦因为愤怒而视而不见："好啊，我们真是宠坏了他！他活到了这把年纪还没醒悟！什么都由着自己的性子，一直都这么随心所欲！一切都得听他的。看吧，很少有例外。"她恶狠狠地冷笑了一下："比方说吧，我们一直强迫他娶妻，而他总是反抗。他多年来一直不宽恕妻子们，为了报复，不允许妻子靠近他的床，这也惹恼了二夫人和三夫人！现在又来侮辱这位可怜的姑娘。他还站出来为孙子们鸣不平，这就是他！他就是这样！"

不过，这些不愉快的想法都是短暂的，可敦很快便冷静下来，开始可怜自己的丈夫："无论怎么说，整个大家庭还有那么多亲属的安定生活都是依仗这个已经驼背的老头。腾格里神保佑，可别让他有什么事啊。否则一切都会瞬间被打乱了，整个氏族的生活就不妙了，很少有亲属能明白这一点。主要是我们自己真的很少为他考虑。我们总是忘记考虑他的感受，他想要什么，不想要什么，是否需要我们的帮助。我们关心着整个家族的安危和它未来的发展，但完全忘记了他这个全家都要依赖的最重要的人。"

现在，为了让家族在渺茫的未来中有一个可靠的年轻女主人，我们再次不顾亲爱的老头子的意愿，又开始操心他的婚事。我们都知道他是不愿意的，并且已经反抗了三年。不，我们认为这是为了他好，但我们是在强迫他，可以这么说——这样真的好吗？

"我们的确很无情，野蛮，甚至可以说是残酷……"突然她对自己大声说，"没有试着理解他……"

女人们对她这些莫名其妙的话而感到震惊，纷纷看向她，等待着她说些什么，听听她怎么解释刚才说的话。但是她沉默了，所有人静坐了一会儿，每个人都若有所思，丈夫的离去使她们十分沮丧。当然，年少的小姑娘是最不安的，她最近才被纳入可敦的队伍。尽管她努力记住所有必要的事情，但她仍然有许多不明白之处。一大早上大可敦就提前提醒小可敦，让她别参与谈话："我们给他施加压力就够了，你需要扮好袒护者的角色，然后你晚上再去怜悯他，同情他，好吗？要记住：不能谁都不去保护他，总有一个人要怜悯他，袒护他。"

沉默了一会儿后，二可敦温和地反对大可敦说：

"是啊，就是这样，我们当然怜悯他，但是……"马上又语塞了，

变换的时轮

她看向年轻的姑娘说:"对了,你可以出去了……你去和守卫谈一谈,让他们仔细搜查一下驻地周围地区,并在山丘上部署警卫,时刻盯着他下一次的到来。要特别留意,不要放过任何可疑人员。"

小姑娘如释重负,不禁高兴起来。迈着轻盈的步伐出去了,二可敦继续说道:

"要知道,他认为我们的做法是任性,这只是他的凭空臆想,事实不是这样的。也不是说我们非要逼迫他这么一把年纪了还要娶妻,这是我们的生活规则,是完全不该他考虑的。谁即将掌管辎重车队,这是我们必须做打算的,按照我们的传统,就是由大将军较年轻的妻子之一来管理,还没有谁把这个传统取消了呢吧。我们和您谁也无法胜任这件事了。可她还不是妻子,实际上只是一个普通的小管家,因为三年来一直没允许她和他同床共枕。事实证明,她下达命令和指示时,大家能听出来她底气不足,没有自信,这是一方面。而另一方面……时光流逝,我们正在一天天衰老,不知道还有什么老年人的毛病和倒霉事找上我们。但是我们大家庭的生活不能受此影响,因此,我们应该寄希望于这个女孩子,希望她逐渐发挥作用,拥有女性的智慧。她不仅将承担起掌管行军辎重车队的重任,还要照顾我们整个家庭的事务。我们没看错她,不是吗?我们还是要向他证明我们做出的选择是及时的。"

"当我们人老珠黄的时候,她不仅身体强壮,而且还很年轻……"小可敦从早上到现在第一次露出了笑容。平时她爱说爱笑,今天因为大可敦盼咐,她必须克制自己,不仅不干涉谈话,还不能外露任何情感。

"这我们都知道。"大可敦打断了她,向小可敦投向了严厉的目光,三夫人马上沉默不语了。"但是,我还是非常怜悯他。我们——可敦,从今以后就是四个人了,而我们只有一个他……他是唯一的。一旦他出了什么事,我们都将变成寡妇。看看我们周围,大多数家庭中妻子已经丧偶二十余年,有一些家庭甚至更久。这就是我们的命运,不是所有男人都能从行军中回来。"

"的确如此,但是现在我们该怎么办呢?"二夫人问道。

"很明显,我们已经没有回头路了,必须说服他,设法劝说、安抚他……最后得到他的怜悯。其实，他非常善良，富有同情心。"

"那倒是很好……但是这要怎么做呢？他有时候很固执，他不想做，你是推不动他的。"

"可怜的图拉尔！一辈子都是在被安排结婚，没人顾及你的意愿，你就是这样了。"大夫人想到了自己结婚时笑了，"娶我的时候，他刚满十七岁，就像现在我们的孙子一样。我比他大两岁，因此看起来更加明理，懂事。那时候也没特别拘礼，我们只是被安排睡在一起……那么，我派一个仆人去接大将军？你们准备好了吗？"

"准备好了，你安排吧。叫他来吧……他的第一件事当然是要帮孙子们说话，到时候我跟你意见一致，这件事你起主导作用，好吗？"

"当然，让他来找我吧，跟我说。"

"我试着聊聊小姑娘的事，尽量引起他的怜悯之心。"

"好，就这样，我们回自己的穹庐吧……最重要的是要跟他冷静地谈，要动之以情，晓之以理。"

6. 宿命

图拉尔尽量沉着地走进大夫人的穹庐。但是这样的镇定，甚至可以说严肃仅仅是表面装出来的样子，他的心里充斥着各种矛盾的想法和情感。当他看到大夫人一个人的时候，便当即决定说出一切迫切需要解决的事情，直奔主题：

"一方面，我是一名军人，这一生已习惯于接受祖先留给我们的传统，经常不会特别考虑后果。此外，我本人也要求其他人无条件地服从我们的生活准则。习俗不是一夜之间空想出来的，如果它们妨碍了我们的生活，早就被其他的习俗取代了。这些习俗尽管给人最初的感觉不是很习惯，一下子很难适应，但是既然它们传到了我们这一辈人，那么我们就应该尊重和接受。这些我都明白。但是，从另一方面来说，生活就是生活，每一天都会出现不同的情况，盲目地遵守传统也许会干扰生活的正常运转，不是吗？"

"好，你想先聊谁，你自己还是孙子们？"妻子心平气和地接受了

变换的时轮

他的抨击并问道,用这种和谐的方式让图拉尔偏离自己的主题。当然,他想先谈孙子们的事,但是也不会忘了自己。"行啊,那就按顺序来吧,我们最了解你了,先说说你吧。"

大夫人亲切又有几分疲惫地看着丈夫,他感觉到妻子对自己的爱意和作为亲人的关爱,内心的紧张感也烟消云散了,他咄咄逼人的攻势也完全没有了……是的,他来这里不只是为了聊天,而是捍卫自己的观点,要辩论一番,如果迫不得已,甚至还得大吵一架。这一切都只是为了孙子们……他个人的困难算什么?她们不知道能想出来什么招数呢。他的事好像一切都可控……脑海中闪现的这些想法被大夫人接下来的话打断了:

"我和你聊聊你自己的事,孙子们的事你跟二夫人商量吧,其他的日常事务跟三夫人谈吧,远征的事跟小姑娘说。"

"跟这个小姑娘有什么可说的呢?你们知道的,我不需要她做我的妻子,有你们已经足够了。"

"这是你的想法,亲爱的,我们早就决定好了这一切,并且这个决定已经做了三年了,而你到现在还把她当作侍女或是女仆。况且,她早就已经管你的辎车队了,辎兵把她当作女仆,而不是你的妻子,没有给她应有的尊重,不能完全服从她的安排……我不是要跟你解释她要维持这种不稳定的地位有多难,让你可怜她,最可怕的危险是人们的议论。如果外人对你们的关系开始说三道四,多生事端,我们又怎么能管住别人的嘴呢。因此,请你好好想一想……我们对她没有过严厉的责备,你好像对她也不会有什么不满,因为她一直尽职尽责,十分努力,你还有什么固执的呢?你的不屈不挠有什么用?这件事你没有任何理由拒绝,如果曾经有的话,我相信你也早就忘了。你倒是跟我说说,她哪里你不喜欢?"

"你能明白吗,我完全不是在说这个,喜欢还是不喜欢……我这一把年纪根本不需要再娶第四个妻子,你们能不能理解这一点?我已经老了!这简直太丢人了。"

"这些我们都明白,但是你也理解一下我们好吗?这与年龄无关,完全是另外一回事。我同意你的想法,你有权利认为自己不需要第四位妻子。但是，这只是你个人的观点，而我们——也就是整个家庭——需要第四位妻子。我们挑选了她，首先是为你考虑的，现在她也是适得其所。而且，我们所有人早就把她当作一家人，所有人——除了你。她不只是一位睿智的姑娘，在各方面来说她都是称职的……请相信我们，我们是爱你的。"

"你们还是这么坚持……"听了她讲的一堆道理后，图拉尔开始有些气馁了。

"是的，为了家里，就接受她吧。理解一下她的处境，似乎她早就该被赋予妻子的称号了，而实际上呢？可怜一下她吧，她是一个孤儿啊，无依无靠……你回想一下，她所有的亲人都死在了中原军队向我们发起的一次进攻中。"

"什么……那是她的氏族吗？"

"是的，你到现在甚至都不记得她是来自不幸的泰莱部族。"

回想着发生的事情，他们沉默了片刻，可敦叹了口气：

"可怜的姑娘，你可知道她经历了怎样非人的考验。还记得她三年前的样子吗……那时看到她就知道她的内心受了多少伤害。而现在，她被我们这个大家庭温暖着，变化很大，也更加坚强，更加有女人味儿了，只有你一个人没有注意到……"

"好吧，我想一想……"图拉尔叹了口气，有些绝望地想要把话题转移到阿贝尔和阿阔尔身上："孙子们的事呢？聊聊他们吧……"

"这个问题跟二夫人聊吧，而且，现在所有重要的事都由她决定。"

"这意思是，我的事已经不重要了？"图拉尔非常生气。

"看你说的！这就是生活，接受吧。无论我们有多大的功劳，多么德高望重，但是从今以后孙子们的事更加重要，他们需要继续生活。"

"好吧，让我们都好好想想……"凝视着她睿智又镇定的双眼陷入了沉思，他没有立刻回答。是的，他们确实已经老了，而且一起生活了那么久，彼此间是那么亲密无间，已经不能想象失去对方是什么样子。应该感谢她，他们应该首先想到未来——充满不可预知的危险的未来。"好吧，或许，你是对的……"

7. 这就是我们的命运

从大夫人那出来后，图拉尔走向二夫人的帐篷，但是没走几步，他决定稍微喘口气儿，思考一下发生的事情，到河流的弯道处坐坐。那里周围是一片小白桦林。

必须承认的是，他这一生在二夫人面前都很拘束，为什么会这样呢？难道是她作为女人头脑太过聪明了吗？他从一开始便感觉到了跟自己相比这个妻子有着某种优势，这种优越似乎又没有表现在什么特别的地方。她总是言语不多，端庄严肃，甚至在处理简单的问题时都能非常温和又不讨人厌烦地更正、补充她的结论，有时意见非常中肯。她不仅在日常生活中比他知道得更多，主要的是，她对军人的军队生活的方方面面认识得非常透彻，这并不是一个女人应该知道的啊。她到底如何参透这些事物及问题的本质，要知道这些对于一个女人来说完全是陌生的，似乎对他来说至今仍然是个谜。在和她的谈话中图拉尔不止一次有这样的感觉——她可以通过某种方式读出他的想法，提前知道他要说什么……

大概，这就是图拉尔跟二夫人交谈时总是感到紧张的原因吧。现在，他要赶去她那里，他必须要全神贯注。他可不想在这些小事上栽跟头——被人看出做事浮皮潦草，麻木不仁或是更差劲，不懂得家庭的重要任务是什么，等等。在这种情况下，她通常会用略带责备的目光久久地注视着他。在这种目光的注视下，他觉得自己像个懒惰懈怠、犯了什么过错的学生。被指责不学无术、知识浅薄，谁又会感到舒服呢？

但是，与她见面时图拉尔时刻不忘，就算是这样的态度，从她的角度他还是个被所有人尊重了三十四年的大将军。如果妻子有理由因为他的某个决定而皱眉头、板面孔，但对于单于来说，他就是一个无可指摘的指挥官，他的经验和能力在任何人之上，这也让他有了些许安慰："这么说来，像管理军队这样重要的事情一个男人都做得如此成功，而妻子却拿自己不当回事?!不，这个女人管得太多了！行了，就这样吧！"图拉尔晃了晃头，头上已布满银丝。"这样想下去什么都不能想出来……不能再想下去了，该去了。"

一阵清风吹过，桦树轻轻摆动了一下，好像在给他鼓劲。是的，这场谈话是必不可免的，必须战胜自己，也不是头一回了。这件事可不是为自己在争取啊。

* * *

妻子对图拉尔的到来表现得比较冷淡，点了一下头以示请他坐到摆好酒菜的圆形檀香木桌前，坐到自己的对面。

"我能猜到你为什么而来。"相互问候过后，她说，"请说吧，我听着。"

"好吧，既然你知道，我就直说了，我想聊聊孩子们的婚事。"

"请继续说……虽然我不明白你反对的理由是什么。我们的决定似乎没有什么违背常理的。你是十七岁娶妻的，阿尔斯兰也是，幸好很及时……"

"对，我们的情况是这样的。但是为什么要在孙子们的婚事上这么着急呢？哪怕等到秋天也好啊，他们的人生就像这院子里的春天一样——才刚刚开始……为什么要着急呢？"图拉尔从已经拿定主意的问题入手，又立刻感觉到说出来以后完全没有什么说服力，这一下子使他火冒三丈，他继续固执地阐述着自己的想法："我认为，像结婚这样重要的事情，应该等到秋天，甚至是冬天。到时候安排一场盛大的宴席，款待来客。"

"不，那就拖得太久了。秋天又要行军了，而这对他们来说是很危险的，所以最好趁早完婚。"

他知道，她们早就仔细商讨并准备好了应对的说辞，他未必能够抗争得过她们。但他还是决定抗争到底，哪怕算是自我安慰也好。

"好吧，对于弟弟阿贝尔，你们的担心是可以理解的。他已经作为千夫长要去远征。而哥哥阿阔尔呢，为什么他也要这么着急结婚？这个孩子是有身体缺陷的，他还不能养家。为什么要把他这个盲人和弟弟相提并论，强迫他违背自己的意愿结婚？"

"因为他要去圣地朝圣，这也是十分危险的，甚至会比做一名军人更加危险……"

变换的时轮

"但是他根本不是一个普通的孩子……"

"是的……我们当然知道，关于这点我们已经反复讨论过了……唉……能力。"可敦睁大蓝色的双眼紧盯着丈夫，"关于他你还想说什么？"

"他，怎么才能说得更明白些呢……不是这里的凡夫俗子，而是神人，可能是带着什么特殊使命来的吧。而我们却按照自己的意愿想要强迫他结婚，将他拉入世俗命运的桎梏。按照我们的认识和氏族的经验，你不觉得我们做错了吗？"

"是吗？你确定你对他的认识是正确的？"之前坚定的妻子第一次表现出犹豫。

"如果不确定，我就不会这么说。"

"我们知道，许多人都侧面跟我们说过这个。但是，我们一直都没有重视起来……那好吧，应该好好想一想，跟大可敦和小可敦都商量一下……"

谈话到此结束了，他们也散去了。

二夫人差遣女仆去给小可敦送信，而自己去见大可敦。

* * *

回到自己的穹庐后，图拉尔感觉对自己还挺满意。

尽管最终没能说服二夫人，但是还是有点作用，可以肯定地说，现在他已经找到了对付她的办法。重要的是——让她们的心里对自己永远正确无误的观念产生怀疑，这一点他做到了。希望出现了，尽管它很渺小。

图拉尔知道自己有个缺点：不善于同女人协商问题，当她们说"不"的时候，他一般就会转身离开。今天他第一次意识到，又似乎他一直也都知道：必须找到应对她们每个人的方法。"原来，她们最初的拒绝并不代表什么。必须承认的是，在我这一生中，这样的豁然领悟很可能已经太迟了，但还是特别珍贵，就像晚秋的暖阳。不知为何，这样的发现来得有些晚，也许就是因为这样才显得弥足珍贵……"

正在想着，妻子们派来的送信的女仆到了，传话请他去妻子们的主帐。

如果他更年轻一点，会赶忙过去，他是那么迫不及待想知道早上自己斡旋的结果和妻子们的想法。但是，多年的经验和自己的地位使他更加稳重，必须得等一等，保持一些矜持，无论如何不能给她们留下这样的印象——女人们一叫他，他就像一个毛头小子一样跑过去。这么多年来，他已经有了自尊和威严，因此他故意放慢脚步，每一步都走得铿锵有力：挺直了腰板，仰起头，下巴也仰得老高。一句话——就是一派将军风范。总之，就像在单于面前检阅或是巡视部队。他边走边笑，勉强控制住步伐，以免走得太快。

"怎么了，我做的没错……"他自言自语道，虽然没看见，但是能感觉到，透过帐篷的盖布间的缝隙，许多双好奇的眼睛正在看向他，"就让他们看吧。"

看到他走过来，两个仆人推开了厚重的毛毡门。一天之内，这是他第二次走进这个宽敞的穹庐。第一眼望过去，什么变化都没有：四个可敦还是那个姿势坐在自己的位置上。

相互问候过后，最小的妻子先开口跟他说话了，这有些意外，显然她是经过这几个老太太事先培训了的：

"对您提出的请求，我们商量了一下……"尽管她努力克制自己，但有些不自信的、时而不受控制的声音暴露了她内心的紧张。"我们……我们不得不拒绝……您关于阿贝尔的请求，他现在是千夫长了，随时都可能接到命令去行军。因此，他必须近日完婚。我们做出这样的决定并不是我们过于苛求，而是遵循祖先留下来的传统。为了维系至高无上的神赐予我们的世代绵延的纽带，以前这样做，那我们就应该延续下去……"

由于紧张小妻子突然语塞了，快速扫视了一下几位年长的夫人，看到她们鼓励地点了点头，她又喝了一口马奶酒，巧妙地稍作停顿，继续说：

"至于阿阔尔……我们商议过了并决定……同意您的意见，他的婚事再往后放放，推迟到冬天吧。"

"那好吧，既然你们都这样决定了……你们的决定很好。"

"好吧，那就这样吧！"说完这句话，轻轻点头以示告别，他便离

— 91 —

变换的时轮

开了帐篷，忙着赶回自己的穹庐。紧接着他就听到了妻子们赞许的声音和笑声——是的，这是最年轻妻子的笑声，应该是被夸得喜气洋洋……

* * *

回到帐篷的图拉尔看到了已经在帐篷里等着他的孙子们，当然，两个人看起来很沮丧……显然，他们已经通过什么人得知了祖父与祖母们的长谈，祖父回来时的心情也不是很好。但是当他们从祖父那里得知阿阔尔的婚期推迟到冬天的时候，两个人还是为之欢欣鼓舞。

祖父认真观察了阿贝尔的表情，这个家伙不只是发自内心地为哥哥感到高兴，而且完全看不出忌妒的影子。

"没什么大不了的，阿贝尔，你就接受吧。这些坏老太太听不得你婚礼延期的话，不接受任何理由。她们说……"他突然模仿一种尖声尖气的，少女般的声音说："'必须按照从古至今留下来的古老传统来办……'事实确实如此：你们的父亲阿尔斯兰、我、我的父亲，甚至是我的祖父，我们所有人都是十七岁结婚的。因此，就把这件事当作应当应分的事吧，这就是我们共同的命运。我们军人首先必须服从氏族的规矩。很遗憾，不是生活中的任何时候，也并非生命中的所有事情都能如我们所愿。"

"是的，祖父，我明白，可以说，我已经接受了。"阿贝尔勇敢地承认，这让祖父很是高兴。

"你这句话说得非常好，亲爱的孩子！人的一生中经常不得不违背自己的意愿去遵守律法。没有规矩是不行的，军人不能破坏传统。开始的时候这的确很难接受，这些事我都亲身经历过，所以我非常了解。重点是你要懂得，你只是现在怀疑结婚的必要性，有很多事情你现在还不明白，还有更多的东西你不知道。而从一个经验和阅历都丰富的局外人的角度来看，一切就变得清晰透彻。时间一直向前走，你终会理解并接受曾经违背你的意愿、强迫你做的事情。"

"是的，当然，我们所有人都要听从单于和腾格里神的旨意……"有点感觉这并不是什么好运，但小孙子还是表示同意。显然他已经准备好了接受自己的命运，因为他明白，他无法逃避祖母的安排和这种生存法则。这一刻，他们三个男人好像处境都一样，在神秘的力量面前只能顺从。神的力量能够决定我们所有人的命运并为每个人准备了他的宿命。

与此同时，祖父感觉自己有些虚伪，于是沉默起来，他想到了今天受封的第四位妻子，直到受封也没有等到他的同意和认可，这个姑娘已经苦苦等了他三年……

还在这里教育年轻人呢，但他……他自己呢？哎，她已经坐在了妻子的位置上了，可敦们的决定也由她来传达给自己……这看出了妻子们对她的信任，再继续固执下去也没有什么意义了。这些坏老太太，一切都已经精心算计好了，都考虑成熟了！为了减轻这种内心的矛盾，最终他不得不服从并接受这个年轻的女人，图拉尔意外地坦白道：

"知道吗，有时候，我也很难过，我的一生都在顺应别人的意愿：年轻的时候服从于各种级别的指挥，服从于年长的、地位高的人。终于当上了大将军，看似指挥所有人，却依然要服从于古老的族规、传统、律法、单于、长辈……甚至是妻子。想起这些我就不堪忍受……但是又能怎么样呢？"图拉尔主要不是对孙子们袒露心声，只是这颗苍老的心已经痛苦不已，话匣子打开了，好在听者是两个感恩的孩子。"没有办法，这是我们军人的使命，男人的担当。但是我知道一个人，他从来不屈服于任何人，一生随心所欲，活得自在，想知道是谁吗？"

"想！……"阿贝尔甚至自己都没尝试寻找答案，耐不住性子大声喊道，"谁这么幸运？"

"我先不说，你们自己猜。"

"我想我知道……"一直沉默的阿阔尔怯生生地说道。

"是谁啊？"阿贝尔十分惊讶，"到底是谁啊，别卖关子了，快说，阿阔尔！"

"或许是……我们的阿巴加·哈梅德爷爷……"他说，并稍作停顿，"是吗？"

"没错，亲爱的阿阔尔，我说的就是他！"图拉尔非常欣赏孙子的机智甚至可以说是远见，"但是，我一点儿，一点儿也不羡慕他，在我看来，他的生活毫无意义。因为他总是对所有人都不满意，总是大动肝火。"

"为什么呢？他是那么善良、有智慧的人。"阿贝尔开始维护敬爱的大爷，"他养了那么多家畜，许多马和牛，令所有人都羡慕不已！靠这些他养活了那么多人！"

"任何一个察哈尔（属民）都可以养马和牛，而他作为一个男人，一生中没有保护，没有救过任何人，没有参加一次行军。因此，对于其他人而言他是无用之人，甚至为了保持这种自由，他没有娶妻，所以也没有子女……"

这时，在他的穹庐后面有人为了引起他们的注意，十分克制地咳嗽了一下，随后传来说话的声音。图拉尔立刻听出了这是二可敦的通信兵的声音，十分惊讶："她们还想让我怎样？我们好像都已经达成共识了……"

孙子们立刻要回自己的帐篷，他们当然并不认同祖父对自己亲爱的大爷哈梅德的评价，从阿阔尔的神情也能看出来。一方面来说，这是一个很好的特征——对亲人的维护。但是，也应该认真倾听长辈的话，他们早该学习慎重对待别人的想法了。

"那好吧……关于哈梅德，我们还需要细细地、认真地唠一唠。"图拉尔几乎是追着跟在他们身后说，"之后我们找时间再说，或是争论一番，事情并不像你们想象的那么简单。"

8. 二可敦做出决定

这次只有二可敦一个人在，她还是那么矜持，和蔼可亲地笑了笑，看向丈夫的目光极具洞察力。

"孩子们对我们的决定有什么反应？"

"似乎很平静，阿贝尔勇敢地接受了自己即将成婚的消息。表现得很顺从，就像军人必须服从上级的命令一样。但是，令我更加高兴的是，当他听到哥哥的婚期推迟到冬天，而自己的请求被拒绝的时候，他并没有表现出忌妒的样子。"

"好孩子，他从小就为阿阔尔失明的双眼十分难过。对他来说，关照哥哥比他自己的任何的好事都重要。可能也因此他对我们的决定感到满意。"

"我也很满意，他的事得到了顺利的解决。"图拉尔说，这时他才猜到可敦再次把他叫来的原因："当然是为了最终解决那个年轻姑娘的事——也就是他最小的妻子……"

"嗯……"好像已经读懂了他的想法，可敦说，并意味深长地看着他，"你到底会不会接受这个年轻女孩啊？"

"知道吗……你们这么着急让我一下子……"

"摇什么头啊？这已经很不近人情了，有失你尊贵的身份了。总之，一切都应该安排妥当……"妻子这样说，好像在他不在场的时候她们没有最终做出决定一样。图拉尔沉重地叹了口气，挠了一下秃秃的后脑勺，考虑着，还不时地咳嗽了几声。

"你给个说法吧！"可敦目不转睛地看着他并问道。

"什么时候？"图拉尔声音低沉，但是已经没有了之前的紧张，也意识到不能继续拖下去了。

"就今天吧。"

"什么——今天？这么快？！"图拉尔吃惊地一跃而起。

"还有什么好拖的呢？这都已经拖三年了，她是个可怜的孤儿，一直在等待你的恩准，承认她是你的妻子……这个过程中她是多么痛苦不堪，心力交瘁啊。"可敦的话语中带着刻薄的语调，"总之，我的人会把你送到'上湖'。在那里，河口处的白色帐篷里，最小的妻子在等着你呢！"最后这几句话她说得郑重其事。然后沉默了片刻，看着他的眼睛，转为请求的语气说："亲爱的图拉尔，我们拜托你仔细看一看她，她真的很漂亮，而且有着超越年龄的智慧，她的性格就是我们需要的。最重要的是——你们是有缘分的。求求你，可怜可怜她，就接受她吧。至少请相信我们，相信你的妻子们，我们是从许多优秀的姑娘中选中了她，慢慢地，你一定会欣赏她的。"

* * *

一天内他又一次回到了自己的穹庐，图拉尔不仅明白了二夫人的话的真正意思，还尝试以军人的角度来判断今天发生的所有事情。事

变换的时轮

实证明，最微小的细节妻子们都早就考虑到了，简直是细致入微，甚至在阿贝尔被任命为千夫长之前就早有打算。一切安排得非常周密，并且完全按照丈夫的性格设计，就像完美实施了一次出色的军事计划，因此，应该称赞她们并赐予奖赏，以此为例，以后来教导年轻人……

同时这件事也让他——这个老将军——很厌恶，就如同在一场重要战役中败下阵来……

"在对手是敌人的一场战斗中把所有战事中可能发生的情况考虑周全，创建一个复杂的、环环相扣的计划和这个可不是一回事。她们计划这一切都是为了再次掌控自己的丈夫，逼迫他接受强加给他的决定……不，这可不是什么好事情，不是出于爱，所以这是两回事……"

自尊心受到伤害，藏在心灵深处的屈辱一下子涌上心头，使他不得安宁。

到头来，在家庭生活中他就像失明的孙子一样，他的妻子们是他的引路人。她们预先计划好一切，再有意把他引向她们需要的解决方案，而他对她们所做的行为是否存在秘密基本没有一点怀疑——他百分百地信任妻子们，毕竟她们是自己的亲人，没有比她们更亲的人了，但是她们还是利用了自己对家人的信任……虽然，可能最终还是为他考虑？的确，他和妻子们早就有着共同的利益……

为了平复一下自己的心情，他长出了一口气，屏住了呼吸，也制止住了自己胡乱的思绪。他承认，因为委屈，在气头上才这么想……也因为无力改变什么。在气愤的状态下，像他现在这个样子，对很多事情的认识都是有失偏颇的。

这个世上有各种各样的习俗、传统。在一些民族中，男人就是家庭中的王和神，而妻子甚至不被允许多出一次家门见人，几乎是把女人囚禁起来，更不用说让她们管理什么事了。从旁观者的角度，这样的规矩看起来简直太好了。

而实际上呢？在那样的家庭制度中那些民族取得什么成就了吗？这种习俗能给他们带来多少财富吗？或是能在军事中取得什么战绩吗？不，好像没听说他们有什么好事，战场上他们屡屡受创。不是在这里——世界的中心自由自在、幸福美满地生活，而是躲藏在偏远的边疆，因为敌人很难到达那些穷山恶水之地，只有在那里他们才能偷生。

而我们——感谢腾格里神——和他们的处境完全不同！可能，我们把生活和家庭的事务都交给女人打理，也因此我们才能集中全部力量驰骋于战场？没错，就是这样！甚至是我们行军中的辎车队，一切后勤保障，以及年轻护卫兵的培养，都是由女人来负责。

这些想法让他的内心得到了平衡，生活又回到了原来的样子，周围的一切他也能够理解和接受了。

  * * *

很快，二可敦就派护送人骑着两匹马来接他……两个小姑娘对今天的"佳人相约"一无所知，但是这个任务本身对于她们来说是光荣的，她们非常认真地完成了可敦交给的任务，把他送到了"上湖"边。在那里，她们没有下马，指给他湖对岸清晰可见的一顶白色帐篷。然后调转马头，开心地相互追逐着向来时的方向疾驰而去。

图拉尔站了一会儿，因为无聊产生了好奇心，这也是他少有的状态。他仔细观察着湖水，湖面上三五成群的鸭子和河鸥正悠闲地凫水。他迈着从容的步伐，牵着马儿沿着砂石的河岸向前走去。

这个帐篷显然是昨天刚搭建好的，在一个小山丘上，特地为他选择了最显眼的地方。这块高地仿佛为他的到来特意点缀了一些山花野草作为装饰，大自然也为此努力地培育着这些非常鲜艳、可爱的花朵。这些日子里，图拉尔感受到了春日的壮美，迟暮之年他才开始经常关注周围的一切，欣赏这个美丽的世界里千变万化、多姿多彩的景色。以前他总是无暇欣赏这一切……

这是个小河口，河水流淌注入湖中。现在，仔细观察了每一块熟悉的地方，每一个熟悉的角落后他回想起，这曾是他时常想念的地方。当他离家很远，在炎热干旱的草原上，在卡拉和克孜勒库姆沙漠之间行军累得筋疲力尽时，更是时常想起这里。他心里默默感谢妻子们为他选择了这个地方。

依然记得，还是从军前的很多年前，八岁左右的时候，正是在"上湖"附近的河口处，他捕到一条非常大的鲇鱼。就在那里的悬崖下面，这条鱼藏在倒在水下的一个大树干后面，图拉尔用鱼叉刺中了

变换的时轮

它。他一辈子都忘不了那条被刺中的鱼，它在垂死挣扎的过程中不停地用力颤抖着，全部的力量都通过树杈转移到了他的手上……这是他的第一个重大的胜利。图拉尔记得，当时全家都很开心，庆祝了这次捕鱼的成功。

今年，离这次捕鱼事件过去整整六十年了……时间过得飞快，在行军和战争中他几乎耗尽了一生。在这漫长而饱经风霜的一生中，经历了多少亲人的离去，又迎接了多少新生命的到来。作为一名军人，上天是多么眷顾他啊，给了他如此长的寿命……但是，很奇怪，这并没有让他感到快乐，因为漫长的一生中有太多让人痛苦的损失。尽管腾格里神给了他不少的恩赐，但是图拉尔从来没有合理地看待和珍视这些神的恩典。他总是为那些逝去但又不可追回的、偶然错过的、理所当然不能实现的事情而伤心难过，这样的煎熬占据了他的内心……

而现在的境况，如同多年前他那遥远的青年时代、之后的壮年时代一样，在他面前年轻妻子的白色帐篷又在微风中轻轻抖动……

图拉尔停了下来，再次回头看向湖泊，每一处弯道和漩涡都是那么熟悉而亲切。事实证明，他这个老兵还和以前一样紧张，还多了一种感受——类似于耻辱的感觉。现在这种感觉已经超出了其他的情感，占据了所有的思维。难道所有的罪过就是巨大的年龄差吗？

他比新妻子死去的父亲还大五岁，她的父亲是在她十岁的时候牺牲的，过了两年她的母亲也不在了。也就是说，她在十二岁的时候就已经是一个无父无母的孤儿了。就像他的两个孙子一样，她是由祖母养大的。二可敦的话一直萦绕在图拉尔的脑海里："求求你了，可怜可怜她，接受她吧……"

今年河水的水位很高，图拉尔坐在马鞍上不得不抬起双腿，以免弄湿靴子。把缰绳拴到帐篷旁的拴马桩上后，图拉尔故意咳嗽了一下，示意他的到来。

帐篷里的一切都是洁白的，年轻的妻子也一身洁白。她的脸现在是那么的苍白，几乎与这里的白色融为一体，只有眼睛是蓝色的……当她向图拉尔行礼的时候，泪水从她的眼里夺眶而出，就像……就像是花瓣从花朵上掉落一样。图拉尔装作没看见，他的内心也很沉重，为她感到十分惋惜。他鼓励地向她微笑了一下，又摇了摇头，好像自己对所发生的事情感到惊讶：

"你是可怜的姑娘！我看得出来，你也受尽了折磨。事实上，我就是罪魁祸首……其实，我并不是针对你，我只是在抗拒几个年长妻子的想法和意愿，她们一直在逼迫我。这就是我的感受……"

年轻的姑娘赞同地点点头，很快就克服了内心的不安，不再紧张了，并立刻忙活起饭食。

图拉尔坐在垫子上，面前是自己喜欢的圆形檀香木桌，还散发着一股特别稀有的树油的味道……真不错啊，应该是其他几个妻子已经告诉了她自己的喜好。他一点都不饿，平静而饶有兴趣地观察着妣微微发抖的双手和时而看向他的羞怯的目光。为了彻底消除他们之间的紧张，图拉尔开口说：

"好吧，请原谅我，亲爱的夫人！放心吧，一切都过去了。在别人眼里，我们已经是三年的夫妻了，这是最重要的。这段时间一直都没让你接近我，这要另当别论。我希望，除了你和我没有人知道这件事……对了，还有我无所不知的妻子们，任何事情都是瞒不过她们的，但是却别想从她们那里得知一点儿消息……"

"我很高兴，这一切都过去了。"年轻的妻子强忍泪水微笑了，但是在这样的时刻，一个人是很难克制自己的情绪的，更何况是一个年轻的姑娘？眼泪还是顺着脸颊和颧骨流了下来，她急于说出那些早就憋在肚子里，折磨得她疲惫不堪的话："我把一切的错都归咎于自己，因为无法得到你的认可和感情我特别自责……"

"唉，谁能想到这一切呢……忘掉过去吧。你很漂亮，我也很喜欢你。说实话，你是我喜欢的类型……说来也怪，从一开始这倒让我很气愤，很烦恼，更增强了我对上面的几个妻子的反抗情绪。"图拉尔开始坦露心声，自己越来越放松了。他注意到她的泪水不断地划过脸颊，他抬高了声音说："你快别哭了！"

"现在流下的是另一种泪水……"

"还有什么泪水？"

"如果说之前的泪水是悲伤的，那么现在的泪水就是幸福的……"

变换的时轮

是喜悦的泪水，我终于拥有你了，是真的拥有了。我早就不能没有你了，这样的日子我看不到尽头——我找不到自己的位置，自己也不明白是因为什么……"

"现在一切都会变好的，亲爱的……请原谅我，坚强一点，不要哭了，我受不了女人的眼泪，哪怕是喜极而泣也不行。大概跟任何一个男人一样，我还是看不得女人哭泣。请原谅我过去给你带来的所有委屈，我会努力不用自己的年龄和说教来压制你……让我们对美好的未来充满信心吧。但是，现在能对未来的事说什么呢——这不是我们能够决定的，一切都是上天的旨意。上天给我多长时间，我们就一起度过多长时间，让我们幸福地度过一起拥有的时光吧。"

9. 小欢喜

昨天，图拉尔在河口撒了一张兄长哈梅德送给他的新网，因此，他想天一亮就起床，及时查看一下捕鱼的收获，但是却睡过头了。当他醒来时，第一缕阳光已经将帐篷左侧的山顶映照成金色。

他很懊恼，以他的经验他知道，如果网里一共就落入两三条鱼，这些鱼就会把渔网拧成一团，变成一股绳。因此，好的渔民一般会赶在黎明时起网，这也是对渔网的保护。收起第一网，在彻底天亮之前还有足够的时间，可以再撒一网。而现在，他错过了最佳的时间，感到十分头疼。"太可惜了！还说有经验呢！鱼会在破晓时出来游动这都是知道的。"图拉尔非常生气，心思已经飞到河边了。

一般来说，捕鱼和打猎是能让人痴迷的活动。因此，人们早就懂得，军人最好不要有这些爱好，甚至可以说——禁止有。除了军务，军人不能因为其他任何事情而分心。

只有在一年中严格限定的时间内，也就是准备食物储备的季节才可以稍微有所放松，那也仅仅只是允许围场狩猎和河床处拦网捕鱼。但是，这基本是社会性的劳作，总是集体组织的，千篇一律的劳动，几乎很少会感受到其中的乐趣，也没有任何的兴奋和激情。

真正的渔猎应该是一件非常私人的事情。当你自己寻找并获得猎物时，那才是无与伦比的乐趣。

不管猎物有多大，但那都不是最主要的！最重要的是狩猎的过程，它会让人热血沸腾，这种热情源自人的本性。这是十分古老的活动，没有人会下意识地脱离这种本性。哪怕只是一瞬间踏上渔猎的这条路，潜伏在灵魂深处的激情就会迸发出来。只要你准备去狩猎或是捕鱼，从这一时刻起就开始为渔猎的收获而担心，开始着急，害怕迟到而错过最佳时机……

图拉尔穿上高筒防水靴，仔细将靴筒上的束绳拴到腰带上，然后去了河边。他悄无声息地走到河边，渔网拴在一棵细柳上，此时柳树开始轻轻晃动……渔具被拽紧了，很显然，这样的晃动已经不是一时半会儿的了。

他愣了一下，心脏跳个不停。他知道，这一网一定捕到了很多鱼……现在，他要谨慎娴熟地收网，不能弄破渔网。他开始慢慢地拉出鱼线，离网口最近的是一条大鱼，扑打着水面，在周围溅起了一片水花，就像是翻腾的小马驹。

"哦，伟大的巴伊纳依神（自然之神）！……但愿渔具能禁得住啊。"老头儿低声说。突然有东西大力地抽动了一下，又坠了下去——被挣脱的渔网在鱼漂的作用下无力地浮在水面上……这条大鱼早已游得无影无踪了。它如此迅速地逃脱了，要不是双手还留有这条重重的大鱼的感受，可能还以为它刚才根本没有用力挣脱过。

图拉尔非常懊恼地挥了挥右手，几乎空空的渔网基本上用一只手就可以抓住。不由自主地左手向腰间摸去，摸索了一阵，却什么也没找到……他找什么呢？哦，是的，他每次生气，手总是习惯性地摸住军刀的手柄，准备把仇人或是敌人一击致命……那刀呢！武器今天也没带，"敌人"摆动着尾巴和他告别了……

图拉尔身后传来沙沙的脚步声，是孙子们来了，他们今天早早地起床赶来帮助祖父。孩子们想亲眼见证一下丰收的场面，但是这次的捕鱼行动失败了。

"什么？难道是鱼跑了吗？"

"跑了，渔网也被冲破了。"

变换的时轮

"唉，真可惜……"孙子们惋惜道，"那条鱼很大？"

"从摆动尾巴的力量来看，可不是小家伙。"

虽然图拉尔因放走了一条大鱼十分气恼，但是看见孙子们的到来，不快的心情被喜悦取代了。尽管孩子们已经成长为身体强壮的小伙子了，但是祖父依然叫他们小男孩，对他来说他们还是孩子。他听到孙子们激动又同情地低声耳语着祖父的这次失败：

"真是太不走运了……如果我们早点来，或许我能用箭击中……"

"如果真是这样，我相信，祖父还是会不满意的。"阿阔尔说。

"为什么？那样可能就有收获了，大鱼也不会溜走了。"

"我也不知道为什么，就是这么觉得……"

寂静的清晨，可以听到任何细微的声音，图拉尔听到了孩子们的整个对话，但是故意没有转过身来，没有让孙子们觉察到他已经听到了一切。图拉尔已经十分开心了，孙子们为了他而早起，想赶上他收网的时刻，并来这里守候着。这样很好，这就意味着他对孩子们还是有影响力的。很快，他们就会完全长大成人，他们将有自己的兴趣和对世界的看法，并因此会有自己的秘密和生活中的新追求。随着他们成家立业，这些变化会更多。不过，现在孩子们还和他在一起……

一般来说，匈奴人甚至是在最亲近的人面前，哪怕是最受人尊重的祖父，他也应该有所保留。自己内心深处的东西，都不应该为别人所知，必须深埋在心底。

这样想着，图拉尔开始拉网，突然再次感觉到大鱼的跳动，但是这次的感觉完全不同。

一条狗鱼和一条巨大的鲈鱼跳动着，几乎已经接近岸边了。它们剧烈地摆动着，做着冲破渔网的最后尝试。但是这次他没有糊涂，必须往岸边拽。因为越到深处，它们的运动就会是另一种感觉，就会更加稳重有力，那是离岸边远的时候才有的力量。

图拉尔非常激动，额头上已经冒了汗。他赶紧把和渔网缠在一起的狗鱼解放出来，此时麻线织的渔网已经布满孔洞，被狗鱼拧成了一条绳子。

小伙子们还不知道水下捕到的是什么，只是急于帮助祖父，孩子们迅速脱下鞋子，大胆地下了水。阿贝尔开始动作灵巧地帮助祖父，一边还能及时把事情发生的详情小声讲给阿阔尔听。每一处细节都描述得如此绘声绘色，好像是已经知道了鱼的重量，也品尝到鱼的味道一样。他动作麻利地把渔网送到阿阔尔手里，然后，把活蹦乱跳的鱼也塞给了他，与此同时，他双手还紧紧地抱住狗鱼的头。阿贝尔迅速而娴熟地完成了这一切工作，让祖父轻松了不少。

"哇，这条鱼真是又肥力气又大！"阿阔尔惊呼道。

"是啊，真有劲儿！它的嘴里的牙齿很锋利，但是我钳制住了它的颌骨。看，它多用力！"

处理好狗鱼之后，他们开始解开缠在鲈鱼身上的网线，动作相对也快了一些，祖父继续拉着网。但是很奇怪，深水处鱼没有了任何动静，图拉尔甚至在想："很显然，他们摘狗鱼的时候，那一条挣脱了，游走了……又放跑一次！今天真倒霉！……"

这时，水面上的浮标被缓慢而有力地向右拉着，紧接着，就像是从水底浮上来的圆木，完全没有任何水花，一条巨大的哲罗鲑浮出水面。它深吸一口气，尾巴再次拍打水面，搅起泡沫，掀起波浪，同时把水喷到周围很远的地方，接下来是片刻的安宁，好像在观望……

图拉尔双手颤抖着，外表看起来却很镇定，没有剧烈的动作，平稳地把它拖到岸边。孙子们立刻跑到祖父身边，帮助他把鱼拖到大石头上。

哲罗鲑给他们带来了意外的喜悦！

在漫长的一生中图拉尔阅历丰富——围猎大型野兽，集体捕鱼，但是这一切都是为了给路途遥远的行军储备食物。集体捕鱼是把网从河的一岸拉到另一岸，许多男人都会参加。而在随后的鱼的挑拣过程中，无论男女老少，大家都会参与其中。然后将大量的鱼晒干，捣碎，熬煮，以鱼油的形式储存——这是必不可少的药物。他本人也不止一次捕到过大鱼，狩猎时堵到过驼鹿和驯鹿，也自认为是个优秀的猎人。

但是他从来没有感受过如此的喜悦，他立刻明白了，为什么今天渔猎的成功让他异常快乐。只是因为他并不是一个人，今天的收获是当着孙子们的面获得的……这一天将永远留在他们的记忆中，留在他

变换的时轮

们的心中。对于老人而言，这样的事情总是特别珍贵而重要的。他死去后，当孙子们每次去捕鱼的时候，他们的记忆将会把他带回到这片土地之上。哦，大慈大悲的腾格里神，你真是太慷慨了！

图拉尔稍稍平静下来，再次注意到阿阔尔表现得是那么自信轻松，好像一个视力正常的人。要知道，他和弟弟一起跑过来，甚至抓住了鱼的尾巴，这是很危险的……哲罗鲑的嘴非常可怕，如果不小心把手伸进去，免不了会有不幸发生。

但是祖父知道，阿阔尔的自信是不无原因的，弟弟每一处细节都会跟他详细描述，必要时也会预先提醒他。阿贝尔时刻保持警惕，留意哥哥的一举一动，随时向他告知周围的变动，同时也会预判事情的进一步发展。

所以现在阿阔尔放心大胆地从鱼尾摸到鱼鳃……每一处阿贝尔都会用手在他跟前保护着。

不知道从哪跑过来一个身材细高的黑发混血匈奴人，他跑到阿贝尔身边，他带来一个长木盆，孙子们把鱼放进去，和气地抬着木盆向祖母们的帐篷走去——他们要炫耀一下，让祖母们高兴高兴，她们正在那唉声叹气呢！

无比幸运的图拉尔独自一人留在了岸边，他心满意足地深吸一口气，向湖泊和小河投去感激的目光，抬头仰望着山峦，对飘浮的云彩啧啧称赞，然后不慌不忙地开始解渔网。他时不时地环顾一下四周，看着远去的孙子们，真为他们感到骄傲！他们自豪地抬着满载大鱼的重重的木盆走着。

又瘦又高的男子跟在哥俩身边忙活了一阵，然后他先于他俩向祖母们的帐篷跑去，显然是去通报的。

图拉尔猜到，这可能是刚被派到年轻的将军阿贝尔身边的勤务兵。真想不到！还是一个没长胡子的孩子呢，已经派给他勤务兵了！

图拉尔以自己的孙子为荣，不禁满意地笑了。通常经验丰富的将军会为自己挑选勤务兵，而刚任职的新人，特别是像阿贝尔这样的年轻人，会由他们的上级长官委派勤务兵。一般会挑选经验丰富的战士，这样的战士有时同时既当长官的老师又当参谋，必要时还会充当仆人，负责长官的日常生活。

图拉尔温情地笑了，想到昨天孙子们在场的时候，兄弟哈梅德来看他。像往常一样，他总是一脸威严的样子，从马鞍袋里拿出一个漂亮的布口袋，交给图拉尔。口袋里是一张渔网，就是现在他脚下的这张湿漉漉的、乱作一团的渔网。正是这张网在今天早上给全家带来了无限的欢乐。

但是昨天，他没瞧得起这份礼物，对兄弟只是敷衍地点了点头，也是出于礼貌，但更多的是做个样子。但是孙子们立刻打开了这张网：开始对它进行丈量，研究节点、网格、浮标。

这样的渔网确实很少见——网孔使用坚固的线编织，用双股的马鬃毛连接到一起。可以说，编织这么大一张长约二十步的网，需要费很大劲才能完成。

孙子们坚持要把新网撒在河口，但是图拉尔并没想到这张网会带来这么多欢乐。他九岁就在军队做事了，之前也没有时间消遣，在军队里根本就顾不上捕鱼。

昨天，哥哥哈梅德暗示他该离任的话还使他心烦呢。

"你终于可以像真正的人一样活着了。"哈梅德赠送礼物的时候，略带惋惜地说，"可能你早就忘了这是什么东西——上等的渔网。"

尽管安逸的生活是图拉尔多年来梦寐以求的，但是听到兄长这样的暗示还是心有不快。图拉尔拿过口袋，没有愉悦之色。他想赶紧把这个无关紧要的小礼物扔到一边，但是为了不让兄长难堪，还是放在了显眼的地方。他暗自想着："按他说的，那我一直都没过人的生活……那我做什么了？我这一辈子都在为族人创造富足安康的生活，金戈铁马，南征北战，不只是为了自己啊，而更多的是为了像他这样大多数的普通族人。但是，他们真的会因为他的付出而哪怕多一点点幸福吗？当然不是这样！无论说到什么，一切都不是他们想要的样子，一切都不符合他们的心愿，他们满意的事情太少了！……"

图拉尔甚至停止了清理渔网上的水草，他为自己的想法感到很委屈。

"原来，他是在怜悯我，匈奴人眼中的毫无价值的人生，在他看

变换的时轮

来却比我的人生更有意义，更加充实？……在他这样的人看来，我们这样打打杀杀的生活只不过是舞刀弄枪，在这方面，谈不上有什么大智慧。"他自言自语地说，声音却很大，但自己没有察觉。"也许，从他们的角度来看，有些道理我还没有懂，所以总是对自己的命运很满意。但是，在我看来，我应该可怜我的兄长，还有所有像他这样的可怜人。哈梅德已经活到将近七十岁了，但是除了'蓝湖'周围地带，他还看到过什么？……的确，毫无疑问，这里的自然风光很美，但是，他连一望无际的卡拉和克孜勒库姆沙漠是什么样的都不知道。他没有征服过雄伟的山峰，没有体验过横渡匈奴境内最湍急的河流时需要表现的勇敢和冒险精神，他也没去过华夏大地，也没见过那里北方气势磅礴的黄河。就更不用说其他国家了……真是让人可悲可叹，啼笑皆非啊。"图拉尔笑了起来，抬起头看看周围，仿佛是期待着看到听众。"他们就像土拨鼠那样生活，除了自己的洞穴什么也不知道，就这样他们还可怜我……不，你们所谓的人类生活一点也不吸引我。而且他这样的生活甚至使我感到毛骨悚然。如果我离开军队，我的生活将是什么样的？我该如何生活？现在是该考虑这些事情了……好吧，怎么也得生活下去，还有力气捕鱼、打猎。可以说，目前一切都很好……如果不考虑年龄的话。"

老年人的唠唠叨叨又来了——这是不愉快的想法引起的，也是因为对孙子命运的担忧。这也是有原因的——因为孩子们很快要彻底脱离他的羽翼了，而随着他的离职，也将很难再给他们任何帮助，尤其是小孙子。就在不久前孙子们还和他十分亲密，他们就如同是他身上的一部分。那时候他还能对孩子们产生影响，甚至可以说完全掌控他们。如果他们做出什么荒唐事——他非常了解这两个孩子，完全不用费多大力气就可以找到合适的话语跟他们解释错误所在或是失败的原因。他们也一直接受祖父的教育，完全认同，从没有反对意见。

现在，他们逐渐对身边的事情有了自己的看法，这些见解是以个人经验为依据做出的判断。虽然他们的经验还很稚嫩，但也是个人通过努力获得的。他们的视野随着交际圈的扩大而不断拓展。之前他们对世界上的一切都充满好奇，会有许多不解和困惑。如果说那时为他们答疑解惑的只有祖父和担任老师的吴胡安，那么现在，他们已经开始吸取别人的经验了，从形形色色的人那里了解新事物。周围有许多这样的人，他们每个人有自己的生活和丰富的经验。孙子们获取的信息是有益的还是有害的更多一些呢，祖父也根本照管不过来。

无论是过去还是现在，最让图拉尔担心的是哈梅德的影响，孙子们每年都要在他那里过夏天。不时会从他们口中说出某些与大爷爷相似的、不容辩驳的见解。这些见解与世代所建立的匈奴传统背道而驰。这样的观念也没给任何人带来什么好处。

但是特别让他担心的还是阿阔尔要去圣地昆仑山朝圣的决定。不知为什么他总是坚信，孙子能产生如此疯狂的想法，哈梅德起了推波助澜的作用，他总是跟他讲些圣人和朝圣者的胡诌八扯的事，简直是无稽之谈……

迟来的这份懊悔让图拉尔的内心十分痛苦："你怎么能把孩子托付给这样一个一无是处的人照看一整个夏天呢？他看到和理解的一切都是错误的。孩子们，特别是阿阔尔，继续和他交流下去会发展成什么样子呢，真是不得而知。他们可是十分爱戴哈梅德的，正因如此哈梅德对他们的影响非常大，我必须承认这一点……"

最后，很可能哈梅德比他这个祖父跟孩子们更加亲近。一直忙于行军而忽略了孙子们的教育，结果就是这样……他痛苦地意识到这一点，但是，想要改变这一切似乎为时已晚。

10. 上天的旨意

许多事情都已经清晰明朗化以后，事态也好似开始顺其自然地发展。首先，仅在几天后便举行了阿贝尔的婚礼，在祖父看来，这场婚礼十分仓促。而事实上，明智的祖母们早已提前做好了一切准备——她们有过长时间的考虑和谋划，并且对一些事情都早已有定夺。新娘和亲戚们就如同巧合一样，在这个时间没有远行，都在附近，恰好能聚到一起。这门亲事的商定从开始到顺利结束仅仅用了一天，而通常两家人商量婚事来来回回会拖延数月，甚至几年。

变换的时轮

其次，家人不得不同意阿阔尔即将要踏上的朝圣之旅。为此，一家人也争论了几个非常重要的问题。

分歧出现在引路人的挑选上，大家推荐给阿阔尔一些有过长途跋涉经验并有着丰富战斗经验的巴图鲁，希望他能带上这样的勇士。但是阿阔尔坚持选择自己的引路人——举止轻佻的霍伊古尔。最后所有人只能妥协，同意阿阔尔的选择。

阿阔尔也做出了一定的让步：将以萨拉库姆沙山的起点作为徒步朝圣的开始，这将大大缩短到达昆仑山脚下的路程——缩短大约三十五基奥斯，或者按中原的计量方法就是七百里路，这段路程步行至少要走十二天。而现在，他们骑马走过这段路程只要三四天，这不仅更方便了，而且更加安全。那么接下来，阿阔尔面临的是穿越萨拉库姆沙山这段最为艰难的徒步行程，要在这些连绵的沙丘中徒步大约五天，然后还要穿越丘约赫阿雷，被称为"绿岛"的一片绿洲，然后那里便是昆仑山山脚的起点，但是那里距离真正的山顶还有相当远的路要走……

当地的居民从来没有去过那些地方，他们只是有所耳闻，听说那里对于行路人来说路途非常艰险，经常有人在那里失踪。

他们在那里发生了什么没有人知道，是落入了野兽的魔爪，还是遇到了以抢劫为生的歹徒，做了他们的刀下鬼，没有人说得出来。关于这些事只是在民间流传着许多传说，一个比一个可怕。

盲人孙子以所有人都无法理解的方式决定踏上这条充满危险的路，放他离开也使家人痛苦不堪。并不是每个视力正常的人都有勇气敢于这样做，除非是强制性的。而他呢，完全自愿，并怀着极大的热情要去……不，谁能想象到有这样的事情呢？

图拉尔第一次感到了害怕。无尽的恐惧感包围着他，还因为这一次一切都不受他的控制，他无能为力。他感到前所未有的无助，这种被迫不能做出重大决策的感受，也就是说束手无策的感觉对他来说十分陌生。好像，他这一生中从来没遇到过类似的状况，因为他总是运筹帷幄，他的身后有着一个强大且致命的武器——军队，普天下还没有可与之相抗衡的力量。

第二卷

　　他认为,他这一生即使不是无所不知,也算得上见多识广了——但是这次,他还是错了。事态不断发展,但又无力去改变什么,这是他从没有过的经历。当一件非常危险的事情突然发生时,只能凭运气,这到底是幸运还是不幸?如果真的是不幸呢?……他从来没指望过运气,更不抱有侥幸的心理,也不允许自己的下属投机取巧。

　　已经六十八岁的大将军图拉尔非常高傲自信,对自己决策的正确性永远深信不疑。因为首先,在做出决策之前他都要冷静考虑,仔细斟酌,换位思考。他手握重权,可以发号施令;掌握生死大权,可以决定处决或是赦免,宽恕或是惩罚他人。这种权力有时会使人迷失自我,蒙蔽双眼。他知道这一点,并努力不深陷其中。例如,每打一次胜仗,他的属下都会询问他如何处置俘虏,他从来没有随自己的心情决定这些事情,也从未炫耀过赦免了某人的死刑或是结束了谁的生命。从来都是依法律、凭良心、遵传统行事。这样做的结果也就更正确,因为不是你选择了这条路,而是这条被踩出的路自然延伸到了你的脚下。它是许多智慧的祖先走过的路,并指引着你走往正确的方向。

　　但是,现在事实已经证明,并非所有事情,也不是任何时候都能够以这种可靠的方式顺利地解决。因为这几乎是他第一次亲身感受到人在这个世界上的一种常态——面对自然力、突发事件的无助和弱小,面对上天的安排更是无能为力……类似的发现不仅会让人心生畏惧,甚至还会引起恐慌——这是在安宁的日常生活中发生的吗?对于他这个一生都在领兵打仗的人来说,这样的发现似乎有些奇怪,因为恰好是战争才引起了这种人为的恐慌。如果战争中发生了什么可怕的事情,那么战场上的一切都是按照完全可以理解的规律和规则发生的,并且战争中的很多事情取决于参与其中的人。而现在平静的生活突然变得比战争可怕得多,因为有些事情你根本不能随自己的意愿去做。你无法指挥,没有人会执行你的命令,更糟糕的是,敌人是未知的、看不见的、神秘的……

　　而最终的结果是,你这样一个似乎无所不能的人,让自己最亲的、最无助的人陷入凶险的自然力量带来的各种险境之中。你能做的只是平静地接受无法逃避的事情并对自己说:耐心地等待吧……

— 109 —

变换的时轮
∧∧∧∧

* * *

就在不久前，孙子们还总是有人陪伴在左右，依照长者的指引前行。现在，他们每个人都是第一次面对自己要走的路。阿贝尔，作为一名独立统领千人的千夫长，等待着上级指挥官带军出发的命令。而阿阔尔面临的是朝圣前最关键的准备阶段。

最终，围绕着引路人的人选问题引起的激烈争论算是解决了。依据一些规矩，引路人可能是唯一一个能够一路陪伴朝圣者的人。祖父祖母们争先为他物色人选，推荐自己信任的人。但是阿阔尔让人无法理解地坚决选择霍伊古尔这个从小就照顾自己的引路人。

霍伊古尔是个出了名的谎话连篇的人，而且他是属于那种久而久之自己都相信了自己的谎话的人。他能够把谎言非常巧妙地添加到自己的现实生活中，实际上真正发生的事情只占这些华丽故事的非常小的一部分。阿阔尔不止一次地见识了自己的仆人公然撒谎，然而这却并没有太让他生气，反而逗得他开心。他们从小就在一起玩，已经是亲密无间的朋友。

所有人都认为，这个撒谎大王加空想主义者根本不适合做引路人，尤其是在这种长途跋涉又危险重重的旅途中。

"让一个贵族子弟带着这样一个人一起远行简直就是自寻死路，一遇到危险他就会抛下阿阔尔跑掉的。"大将军身边有许多阅历丰富、善于研究性格的人，他们都这样说。

"这不是人。"这是他们做出的坚定的判断，因为在匈奴社会中撒谎、耍小聪明、欺骗是人们不能接受的劣行，是非常可怕的陋习，是人格缺陷的最有力的证明。也正因如此，没人喜欢牛皮大王和臆想家。

不能说阿阔尔没有关注到这些言论——相反，他甚至非常认真地倾听别人的看法，对有些固执的人耐心地回答说："是的，这些都是真的，但是这些事实只是外在的、眼前的、短暂的。因此，最好不要在这个基础上得出结论，现在下定论还为时尚早。许多表面的、暂时性的现象都会过去，它们会发生变化，而他本人也会随着这些变化而变成另一个样子，可能会以非常好的面貌出现在大家面前……"

"我不知道该如何反驳……阿阔尔的话很难理解又有些含糊不清，

我这个老年人的头脑真是跟不上他跳跃的思维。"祖父想。阿阔尔很小的时候便显示出了自己的才能，有时着实让人震惊：他能够偶然间提前说出很久以后将要发生的事情。祖母们知道他的能力，会认真倾听，然后记在心间，但是却有意隐瞒了其他人。阿阔尔的这份天赋吓到了祖母们，她们为阿阔尔担心，因为她们认为这种超能力不是平白无故就能拥有的，会以牺牲自己为代价来换取……失明很可能也与之有关，要知道，这种出众的才能注定会带来痛苦而坎坷的命运。最危险的是，这样的命运无法逃脱，无法回避，只能接受它。要学会顺从，听天由命，有尊严地承担起这份重担，吃尽苦头，直到生命的最后。

你无法与命运抗争，也不能对命运做出任何改变，因为上天早已决定好一切。就像智者所说的那样，在每个人出生前很久，他的一切就已经刻在了天碑之上。最好不要与无所不知的神争辩，而是要顺从神的安排，因为无人知道违背天意会发生什么……

图拉尔沉重地叹了口气，好像他的灵魂超越了自我，达到了思想境界的最高点，从那里看到了孙子神秘的未来。但是，灵魂是否真的看到了，感知到了，还是这一切只是幻想呢？

是的，他是一名军人，已经在军中服役半个世纪。这一生十分不易，但这不平凡的一生是他的个人命运，也是上天赐予他的命运。他无愧地完成了这一重任，如果需要，他还可以再继续完成自己的使命，他这个老人还能再坚持行军作战，而且不止一次。他将无条件地接受命运给予的超级重任，因为当他接受了上天赐予他的命运之后，他就没有打算过在这条自己选择的道路上掉头。有什么想不开的呢……很难吗？好吧，还是没有习惯。有时会难以忍受？是会有这样的时候。但是，回首过去，他还是会自信地说，他很满意自己的选择，非常幸福。

但是，当他失明的孙子打算徒步前往这些偏僻荒凉、人迹罕至的，据说是圣地的地方时，这个别人做出的危险的决定让他这个老兵实在难以接受。因为他不明白——这么做为的是什么？有什么必要性呢？为什么朝拜一定要由我这个盲人孙子去完成呢？！这可是必死无疑啊……

如果图拉尔有决定权，那么无论阿阔尔有什么借口他都绝对不会放走他。如果他不是觉得，孙子并不是盲人的一时任性，而是一切都

变换的时轮
∧∧∧∧

来自上天的决定，是神的最高旨意，那他一定会竭尽全力阻止，取消所有准备工作。显然，腾格里神一定有什么目的，要让我失明的孙子到这些圣地朝圣，而且一定是他，不是别人。为什么呢？我们只能等待，希望时间会回答所有的问题。我们普通人不会明白这些，我们必须学会服从和接受……

是的，世界上存在许多玄妙的事情，最好就是接受命运，不要有任何多余的思想挣扎，也不要与它抗争。而且，与阿阔尔不同的是，你本人什么都没有听到、看到，或是感觉到，但完全不意味着这些就不存在。因为对于多数人来说还是存在那些无法感知、神秘莫测的事物，存在另一个美妙的神圣世界，一个命运定数和最高真理的世界，你的孙子只是那个世界敏锐的见证者之一。

只有自以为是、不学无术的人才会认为我们生活的这个世界是简单明了的，世界上存在的一切都是我们能够看到的。而实际上，这个世界是复杂难懂的，它的复杂多变每时每刻都会给我们带来意外。我们只是生活在最简单、最表层的理解和认知中，还不了解我们周围发生的许多事情。有时候甚至想一想这些就觉得可怕，马上就会沮丧起来，于是你也会认可最好不要了解那些多余的、深层次的东西，还是过自己的肤浅的生活为好。只是总不能封闭在自己的小世界里，因为来自其他世界的召唤可以随时闯入你的世界，不会征求任何人的意见。除了这样理解之外，再找不到任何的说法可以解释一个盲人朝圣者的追求了，命运的召唤是无法逃避的。

* * *

长孙出发去了昆仑山。随后，已婚的小孙子回到了部队。家里这座"大本营"恢复了平静，而大将军的内心却有种空虚的感觉。现在，他惊讶地发现，在孙子们出生之前的生活中他从来不知道什么是空虚。以前，即便他和孩子们不经常在一起，要间隔一段时间才可能见上一面，他也从来没有过如此的焦虑和不适感……没错，好像生活的意义已经不大了，并逐渐消失殆尽。曾经看似很重要的东西突然变成了次要的，可有可无，甚至是与你毫不相干……这种状态真是太不舒服了！

如果他们根本没有来到这个世界，那又会怎样？简直无法想象。发生这样的幸事，正是因为母亲们及时让刚刚被任命为指挥官的阿尔斯兰立即结婚，甚至可以说是强迫他成亲，没有对他想晚点结婚的哀求做出任何让步，没有让他把婚期推迟到他接管自己的军队的时候……

图拉尔一直清楚地记得，那时候他努力帮儿子说情，就像现在帮助孙子们一样，试图说服他眼里这些愚蠢的女人。当然，那时的她们还不老。她们按照古老的传统办事，还真没有做错。而现在，一想到一切都可能是另一种结果就感到不寒而栗。事后还说这些女人们太蠢了，想想真是不应该……的确，她们当然有些头脑简单，看问题肤浅，反复无常。但是所有这些特点一方面使她们更加游刃有余地解决非常棘手的日常问题，另一方面又使她们十分固执地坚守着传统。在一些生活中的重大事情上，她们成了拯救氏族的代表。在这些时刻领导她们的是世代相传的永恒的传统。民族世代沿用的惯例也通过女人们来验证自己的正确性。

现在，在所有的家庭聚会和出行时，在图拉尔心烦意乱时，陪伴他的最亲近的人就是刚成为他妻子的小可敦。她总是在一旁，言辞不多，忙里忙外，把一切打理得井井有条，同时常常还能猜到图拉尔的心思。而他也欣然地接受了她在穹庐中的生活安排，他甚至开始喜欢听从这个小女孩的安排。她的理智和处理问题的能力让他惊讶不已。也正因如此，他完全不用考虑给她什么指导，而上面的几个妻子曾经都要通过他的教导，否则一些事情根本做不好。

哈梅德晚上的时候过来了，没有打任何招呼就来了，这也是长者拥有的权利。他还表现出不满的情绪，满脸的忧郁。原来是因为阿阔尔的离开，哈梅德没来得及去送他，因为他正好去了最远的牧场，那里有他的大批牧群。

"你为什么让他踏上了那么危险的一条路？我们现在能期待什么呢？！"

"这可真是新闻……"图拉尔暗自冷笑，甚至都没有回答这个愚蠢的问题，默默地听着兄弟发火。"我还指望他能够对阿阔尔要去朝圣的事情进行劝导呢……如果经常陪伴在阿阔尔身边的人是我，我说不定会劝阻他，这是有可能做到的。奇怪的是，孩子们很喜欢他。没

变换的时轮
ᴧᴧᴧᴧ

错,为什么会这样呢——完全无法理解。显然,他跟孩子们的交流方式和我们不同,并找到了另一种共同语言。有一次,我偶然间听到了他和孩子们闲谈着什么,那是完全没有辈分之分的平等交谈。他表现得十分愉快,听得出那是发自内心的喜悦和欢笑……甚至让人有些忌妒。这也是我一直以来的愿望,但与他们的相处还是无法达到如此坦率、自然,也是因为我经常军务在身……"

从表面上看,跛脚的哈梅德是做什么事都不慌不忙、笨手笨脚、脑筋迟钝的人,但是却很健谈。对待生活中的一切他跟个孩子似的吹毛求疵——这里有什么他不喜欢了,那里也要批评一番:政权、军队、国家制度都拿来评判……对于成年人来说,他是一个性格乖僻、暴躁易怒的人,甚至跟他沟通起来不是很愉快。加之他是个单身汉,无儿无女的孤家寡人,在匈奴社会这样的人并不受欢迎。

他唯一不容置疑的优点就是——与别人相比,他更会跟孩子们相处,他们在他身上能够感受和获得的是一种亲人般的感觉,哈梅德对待周围的一切都是态度亲切,他细心地对待一切动物——无论是马,狗还是猎鹰。正是这样孩子们才更加愿意和他亲近。他教导孩子们要仔细观察和理解一切生物,跟动物打交道时要保持温和,要有足够的耐心。这就是为什么阿贝尔和阿阔尔从小时候起就非常愿意来他这里度过夏天的原因。山麓草原上哈梅德饲养的成群的牲畜在这里自由自在地漫步。

哈梅德能够自由地安排自己的生活,自己决定自己的命运。如果按照这些来评价一个人的人生,那么不得不承认哥哥哈梅德在这方面确实是赢家。尽管现在哈梅德对阿阔尔的抉择还是有些不满意,但是正是哈梅德自由的思想扰乱了阿阔尔的心,诱使他产生了一些念头,走上了这条道路……但是为了这份自由需要付出一定的代价,自由从来都不会从天而降。如果图拉尔在内心深处真诚地承认自己在某种程度上羡慕哈梅德,那么这完全不意味着他准备拿自己的不自由换取如兄长这样的牧人的自由……那是绝对不可以的!他服从安排,履行自己的职责也是自由的,而且还赋予了他的生命真正的意义。慢腾腾地走在牧群的后面并不意味着完全的自由……

11. 既是朋友又是战友的吴胡安

为朝圣者送行的是阿贝尔和吴胡安。把阿阔尔和引路人送到了萨拉库姆沙漠的开端，他们便返回了，而赶路的两个人继续向前徒步走去。不管阿贝尔怎么劝说至少把他们送到沙漠中部，阿阔尔的决心依然坚定不移，他反复强调一句：不可以。对于任何形式减轻路途负担的劝说，阿阔尔都回复说：这样就不是朝圣了，真正的朝圣只能徒步完成，不能有他人的帮助，也不需陪同，更不该有卫队的保护。

这些接受了神圣使命的朝圣者有自己十分奇怪的规矩。不知道是谁想出的这一切，又是根据什么。民间对待他们的态度也是模糊不清——不知是尊重这些怪人，还是害怕他们，很可能还是后者吧。他们向离平凡的日常生活遥远的神明祈祷，祈求一些让人难以理解的，感觉是多余的东西……

萨满巫师就另当别论了，总是能向他们祈求到一些明确的、看得见的、明显感觉得到的好处。他们能够减轻人类和动物的病情，有时甚至可以完全治愈疾病。糟糕的是：就像任何物质上极具诱惑力的、能够带来巨大的实际利益的职业一样，巫师之中不乏江湖骗子。

值得一提的是，萨满巫师对信奉腾格里神的人，对朝圣者和拜神者都十分尊敬，甚至可以说是敬仰。在献给上天的赞美歌中，一定会加入对腾格里神的赞美，祈求神向他们敞开大门，允许他们能够穿越难以跨过的山川；祈求神消除人们生活中的许多障碍，让它们不要打乱人们的日常生活，别再破坏安宁。

相反，腾格里神的信奉者对萨满巫师根本就不屑一顾，好像他们只是出于对普通人需求的尊重而容忍了巫师的存在，对他们来说，巫师所从事的就是简单而平庸的生计。因此，经常找萨满巫师寻求帮助的都是些牧民、猎人、渔民和商人。而军人对他们则避之不及，他们只相信自己的命运，无论发生什么他们都会屈服于落到自己身上的命运。试图改变自身的命运被认为是无法接受的行为，被看作极大的罪恶，或者更糟的——被视为妖魔鬼怪附体。他们认为，向巫师寻求帮

变换的时轮

助不仅会给自己带来麻烦，甚至会给整个氏族招致不幸。

阿阔尔离开了……这位老将军有生以来第一次感到等待消息的恐惧感不断袭来，就像死刑犯头上悬着一把剑。他立刻明白了为什么有生以来才体会到这样的感受：以前，总是他离开家，让亲人们处于无尽的期盼和焦急的等待之中，而离开的人要轻松千倍，他甚至没有一次意识到过亲人们等待的痛苦。

已经过去了五天，这样算来，赶路的人应该已经通过了第一道考验——萨拉库姆沙漠，但是事先派去假扮猎人和牧民的侦察兵没有发来任何消息，因为他们没有等到任何人。图拉尔一气之下几乎派遣了一支搜寻队——他自己的百名卫兵前去探查。他只有一种想法，哪怕有一点闪失，他就会立刻阻止这场刚开始的朝圣活动。

感谢腾格里神，在第十二天，吴胡安来告知，说远方的侦察队发现了阿阔尔和他的引路人。原来，他们是按原定的路线偏左的方向行走的。但最重要的是，他们克服了沙漠的阻碍，现在已经接近了沙漠的尽头，并向山的方向赶去。

当然，大家都想知道他们为什么选择了一条略有不同的道路，但是现在这已经没有什么意义了。行路人不会完全偏离既定的路线，因为穿越沙漠的时候天空没有云层，昆仑山的支脉从各个方向都清晰可见。也就是说，在沙漠腹地他们是故意选择了偏左的方向，顺着他们熟悉的昆仑山某一支脉的方向走过了沙地。所以，派去的秘密卫队失去了他们的踪迹。全家都松了一口气：第一段，也是最危险又变化莫测的一段路程已经安全通过。

* * *

阿贝尔在被授予千夫长的军衔后发生了显著的变化，变得更加自信了。当助手、传令兵、勤务兵围绕在他身边等待他的命令的时候，当然会有不同的感觉。很快，上级会派十人一队的卫兵队跟在他身边时刻保护他。

不是不担心孙子仕途是否顺利，但是祖父还是无法为他的成就感到高兴：十七岁开始统领千人这可不是玩笑啊，这个年龄也就对列队的亲兵点点名罢了，而现在他的手下还有两个辎重车队：一个是辅助车队，共五百人，还有一个是主力车队，人数不少于一千。

但是，当然了，在祖父心里占据重要位置的不是年轻的千夫长，而是那个离开的没有音信的孙子——失明的阿阔尔，不过他却能看到一些异于平常的东西……无论从军队，还是日常生活的角度看，他是一个无用之人。他本该带给这个老兵的是烦恼、不满和怜悯之情。但在不知不觉中，这个男孩在这个家庭中变得越来越重要。他可能会开辟出另一个更为广阔的生活空间，一个异于日常军务操劳和生活琐事的特别的生活空间……

思虑着这些，图拉尔突然又想到了自己。当然，这不是他第一次总结自己的人生，在转瞬即逝的时间中品评自己的得与失，想想他在这个世界上都干了些什么，有时甚至可以说得更严厉些，他做过哪些蠢事……

但是也有值得骄傲的事情——他已经取得很多成就，军队已经不是他接手前的样子，变得更加训练有素，英勇善战，作战中的战术也几乎达到理想的境地……这些都是通过他的努力和惊人的毅力实现的，除了图拉尔本人，没有人能体会到这些。甚至是妻子们也没有意识到，一路走来他是多么不容易——必须消除人们内心的软弱和疑虑，不管形式如何都要让他们冲锋陷阵，向胜利的目标前进。而有时胜利在大家看来，甚至是对于他自己而言，好像都是无法实现的。

今天，图拉尔突然痛苦地意识到，往往这种情况总是伴随着牺牲。好像周围的所有人都明白，在军事行动中没有牺牲永远不会有什么战绩。总体而言，损失是正常、合理的。但是不知为什么偏偏现在想到这里他感到很忧伤。显然，人们经常会有意地只轻轻停留在记忆的表层，就像在冰上滑过一样，说得好听一些，就是不会深入思考那些不太愉快的、已经消失在过去的细节……

的确，军人的记忆里没有什么美好的回忆，尤其是当你不是和将军们在节日的宴席上回忆过往，而是和自己的良心对话的时候。这是因为战争中的细节及其伤亡情况——关乎着一些具体的人，具体的名字以及他们的命运。每个战士都来自某个氏族，他们的身后都有自己的家庭：父母、兄弟姐妹、媳妇和孩子。一个战士牺牲了，留下家里

变换的时轮

的这些人，让他们失去了自己最亲爱的人，而牺牲的战士只不过是众多牺牲者之一，只会在牺牲者名单中提及罢了。失去了战士的家庭就像被砍掉了某个部位的身体……有人断了手或是脚，还有人甚至断了头。而现在，当阿阔尔在昆仑山山麓的某个地方杳无音信时，图拉尔从来没有这么清晰地理解到：这些伤口不仅需要很长的时间来愈合，而且只要一拾起记忆，它们有时还会流血，并伴有难以忍受的疼痛。

特别是最近几年，想到这些就更加痛苦。他的战友、好友们纷纷离去，这样的永别在人到暮年时越来越难以承受。随着每一个夏天的到来，越来越清晰地感觉到自己的时间不多了，快到他要去见至高无上的腾格里神，向腾格里神报到的时候了。匈奴人是这样认识自己死后的归宿的。而他好像和其他人不太一样，怎么也不能相信，也不理解腾格里神是如何胜任这项艰巨的任务的：接收每个来自天涯海角的不同的人……"世界上人的数量多得难以置信。"他想，"腾格里神的伙伴们，其他众神应该也都忙于处理我们的事情，而腾格里神更是琐事缠身，忙得不可开交……我可能会被派往某个军事部门，地球上的战争从未停歇，每天都应该有非常多像我这样的大兵来到上天报到。我很纳闷，那里怎么分辨我们都犯下了什么罪孽？或许，他们知道我们的一切。至少民间都是这样说的……"

做登记处的仙人怎么样呢？想必他们曾经也是战士，习惯于一切都中规中矩，精准无误。否则他们如何正确地判断我们所做的事情的是是非非，如何正确理解我的兄长呢？这真是太糟糕了……为了跻身天仙的行列，军人怎么才能算是清白地度过一生了呢。又或者这些神仙本来就是上天创造的，从来没做过人呢？也许是这样。我们这些愚蠢、头脑发热的人，谁也无法领悟这一点……必须考虑到这些事情了！很明显，是时候了，我已经上了年纪，早该考虑这些问题了，但是谁会回答我呢？……

或许，我作为一个军队的指挥，因为过去一些错误的决定身上有很多过失和罪恶，这些错误都是与人员伤亡有关的，但我从来没有刑讯、处决过任何人，没有摧毁或是烧掉任何一个无辜的村落，这一点我问心无愧。相反，我严厉制止自己部下做出野蛮无礼的行径。因为大多数情况下，残暴行为都是懦夫和傻瓜干出来的。

好吧！我将接受腾格里神的最高审判，那时我会给出回答，承担一切。想想都害怕，说什么呢……但是，在地球上的人经常也要为自己犯下的罪恶负责，在天上更应如此……

* * *

这几天，图拉尔开始焦虑起来，仿佛有块灰色的布遮住了他的意识。所有之前令他感到高兴和满意的东西一下子都黯淡无光了，鸟儿的歌声甚至都变得让他讨厌。听不得孩子们的几个祖母的叹息和哭诉，她们总是习惯暗自寄希望于图拉尔，在她们看来，图拉尔是无所不能的。但是，他又能做什么呢？其实，他几乎什么都做不了……他派去了侦察兵，并命令他们不论如何不能暴露自己，剩下的也只能等待。直到那天暗探派回来了信使，他们才得到了孙子的讯息。因此，这种无助的有失体面的感觉一直伴随着他。

现在老将军在这样一个舒适且打理得井井有条的家庭环境中，找不到自己的位置。图拉尔想找点事做，回到奥鲁合总指挥部。但是，即使在那里，他依然无事可做，除了在指挥部执勤的两三个老将军，再找不到任何人。是他自己把所有人连同士兵都解散了，让他们各自回家去过夏天，秋季行军时再集结。而院子里此时刚刚冒出一点春色。

"哦，无所不知的天神。"图拉尔几乎不自觉地祈祷着，"请饶恕您那个盲人朝圣者吧，他去了您的圣地，视力正常的人都未必能够到达那里。在那段充满未知的道路上只有您才能帮助他，保护他免受危险，不要让他失踪。饶恕他吧，请帮帮他！……"

* * *

华夏人吴胡安——图拉尔工作上最信赖的人，也是生活中最亲近的朋友，这些天已经来见他几次了。多年以来，他们相互配合，相互依赖，非常默契。甚至于有时感觉，似乎他们不需要交流，无须任何言语，一个眼神或是手势就能理解对方。

一如往常，吴胡安言语不多，只是静静地坐着，整个人像是在埋头思考着什么。但是，就是这种无声的陪伴，也让图拉尔轻松了许多，

变换的时轮

让他感觉到这个世界上身边还有一个人能够懂他的忧虑。

而今天，图拉尔只是向他瞥了一眼就明白了，吴胡安今天有些异乎寻常，一定有什么特别的事。共事多年来，图拉尔已经习惯了，这个华夏人从来没有让他失望，他的预想和推测几乎从未失误，他提出的解决问题的方案也从未出错，因为他总是把已经验证过的事实作为依据，并能够理智地分析事情当时的状况。看样子，这一次，他也是带着建议而来的……好吧，无事可做还不如冒一下险呢。

"单于现在在哪里？"吴胡安绕着弯说道。

"单于？我也不确定……如果有必要知道的话，我可以立即问出来，尽管单于的行踪，除了最信任的人，任何人都不该知道。"

"这个我明白，就像特殊情况下，您可以随时去找他一样。"

"当然，如果发生非常重要的事情，需要紧急上报。但是你也知道，我不会为了一些小事或是私事去打扰他。"

"我明白。"吴胡安沉默了片刻继续说："我昨天去了总司库官那儿一趟，去汇报我们的秘密仓库的存储状况——就是刚刚检查过的哈森……没错，这都是我们的一些日常工作。但是，我从他那里得知了一件事，引起了我的深思。在萨拉库姆沙漠的另一边有一个国家虽然很小，但是这个国家我们很熟悉——萨拉泰国。您也知道，这个国家在昆仑山一面的山坡上开采黄金，玉石和其他珍贵的宝石，以此为生。"

"是啊，有谁不知道这个国家呢……这不是一个守规矩的国家，而是一个强盗之国，一群乌合之众。这个国家的领导阶层不承认任何规则，不接受和遵循任何传统和礼节。你记得吧，我们曾帮助一个名叫奥昆的骗子登上他们的王位。但是，听说他没能在位太久。可能，已经被杀害了……"

"现在那个国家的确是一帮强盗在把持着，但是，这并不重要。"吴胡安说，"重要的是，他们曾向我们纳税，而且数目非常可观。但是，四年前他们停止了交税……"

"是的，这倒是一个很好的出征的理由……"图拉尔仔细地观察了吴胡安的眼睛，"但是我们已经在总指挥部讨论过这个问题了，我们一致认为，如果他们每年，或者说经常赶跑自己的统治者，那么他们的国库很可能是空的，没有什么能拿出来的……而且现在我们也顾不上他们。"

"也许吧。"吴胡安不动声色，"但是，我们仍然有理由进行征讨，有很多办法收回债务。"

"好，但是，即使我们得到允许组织这次出征，也来不及了。春天已经要过去了，夏天就快来临了，萨拉库姆沙漠将变成一个炽热的火盆，我们来不及赶回来。"

"其实，我们为什么必须回来呢？"

"整个夏天都留在那……是这样吗？"

"是啊，为什么不可以呢？那里的山脚下应该会有肥美的牧场。"

"是吗？原来，你已经把一切都考虑周全了！"图拉尔惊呼，一下子站起来，开始在穹庐里踱来踱去。他甚至激动得直冒汗，"为此需要多少兵力？"

"我认为，不需要太多人，甚至一支小部队就足够了，因为我们还不能确切地知道目前当地的牧场上能放养多少马匹。"

"你觉得几千人能够呢？"

"两个千夫长带领的营队，不用全营出动，每个千夫长带领七八个百夫长的连队，这些就足够了，一定要减编辎车队。"

"我们这些人能战胜萨拉泰的雇佣兵吗？"

"必定会战胜，我们了解那些士兵。"

"那好，我看这一切非常合理。但是，我的朋友，有一个重点你没说，也是让你苦恼的一件事……如果我们留在那里过夏，一直待到秋天，那么我们一定会在昆仑山山脚下遇到我们的朝圣者！这样就改变了很多计划，也使事情变得更简单了。为什么要在这里等他们？也可以去那里接他们嘛，能够让他们回来的路程更轻松……就这么定了！明个一早我就去见单于。"大将军叫来了助手并下达命令：“准备马匹吧！”

"还有护卫百夫队！"吴胡安忙对急于执行命令的副官补充道。

"不，为什么要百夫队？十夫队的护卫已经足够了，这种情况下，不能引起过多的注意。"

变换的时轮
∧∧∧

* * *

单于考虑了大将军的建议,表示赞许,但是同往常一样,单于不同意图拉尔离开他太长时间。

"军队怎么能没有大将军呢?"

"但是还有总指挥部啊,现在是夏天,军队都解散了,各自回家休息了,夏天我在这里也无事可做。"

"不管怎么说,没有大将军坐镇我还是有些不舒服,你知道吗?连个可以商议事情的人都没有……"

"只要您一声令下,我们就能为您找到我的接班人。您早该决定任命一个新的大将军了,我已经说过很多次了,我已经老了。从您的祖父时代开始,我就一直在军中任职。但是今天,我第一次请求您至少让我离开一个夏天。让我在那里呼吸一下自由的空气吧,这样我的精神和身体都将振作起来,否则我很多年从奥鲁合也走不出去。我会在秋天的时候回来,如果您允许,我将交差离职。"

"好吧。"单于很不情愿地同意了,"到九月底回来。"

"您同意了!……我没听错吧!……"

回来的路上,他好像长了翅膀似的飞奔,马的鬃毛在风中飞扬,护卫勉强能跟在他的后面,他们的马保养得太肥了,吃得过饱。"安宁的生活也会有不好的一面,无事可做闲得太久了……没关系,现在我们可以出去遛一遛了。"大将军想,并盘算着给下属下达的紧急命令。

一般来说,在路上他总是要好好考虑些事情。图拉尔在心里逐一思考着所有的当务之急,并把这些问题按顺序在心中罗列出来:"第一件事就是挑选一些军人……选人的事其实非常容易:只要他一声令下——无论什么时候下命令,也无论命令去哪里,已经习惯行军的军人们接到命令就会立即出现。但是,调集马匹却不是那么简单的事情。要想选出一些合适的马匹,将它们从马群中分开,需要一点时间。为了让它们做好行军的准备,至少要拴上三四天。但是,最后的这件事也是平常事,不是第一次做了。而且所有急于解决的事情现在都不是负担……"

他已经有点忘记军人们集结、准备出征时的那种兴奋了,军队的集结早已是惯例了。张罗这次出征也是为了帮助孙子,所以这次出征中将要发生的事情也有了全新的、不同的意义。

"他在萨拉库姆沙漠怎么样?"老人询问上天,自己快马扬鞭,也使随行的人跟得更快些,"一切都安好吗?朝圣者们都在无所不能的神的庇佑之下吗?……"

但是,他得到的是寂静的天空和大地无声的回答。

第 三 卷

1. 图拉尔的噩梦

他做了一个漫长、仿佛又无止境的梦。他似乎感觉到了这是一个梦，并耐心地等待着，他知道很快会醒来，醒来后这种压抑的、令人窒息的模糊的梦魇便会消失，而现在他感觉呼吸困难。他期待着立即醒来，然后他可以深吸一口气，但是这个梦仍在继续。被某种虚无的空间从四面八方压制着，每时每刻他都感觉自己的呼吸变得越来越困难。以往他一定会用尽最后的力气，从这样的束缚中挣脱出来，急忙逃脱，并最终获救——但这次他突然掉入了一个深渊，并在这个永无止境的深渊里不断下落，加速，耳边呼呼作响……

最终，他跌到了谷底。轻轻地着陆了，落到了一个令人讨厌的、黏糊糊的谷底，爬上山丘的时候，他被高耸坚韧的灌木丛困住了。刚一冲出灌木丛，正想看看周围，他身处什么地方，这时一头张着血盆大口、从来没见过的巨大野兽向他扑来……

最后一刻，他设法躲开了——这也是梦里经常发生的情况，他只比猛兽快了一步躲回到了茂密的灌木丛中。有几次，他刚一试着伸出自己的头，那张可恶的大嘴立刻就会发起攻击。

在人类的理解中，在他周围的是一个让人恶心的世界：到处都散发着令人作呕的臭味，所有东西都沾满了像泥浆一样浓稠的黏液……这时，他突然意识到，更糟糕的是他的记忆莫名其妙地消失了。无论他多么努力,他都无法想起自己睡着时,他在天上神明的世界里是什么身份,也记不清那个世界是什么样子。因此,他感到了一种莫名的、非理性的恐惧,这种畏惧深入骨髓,到达身体的每个细胞,他开始浑身颤抖,连嘴唇都无法紧闭。

在四面八方传来的像是魔鬼般的嘶吼、咆哮声中,他已在劫难逃,只能痛苦地等待着死神的到来——突然,一个人类的声音打断了这一切。

"你是谁?"不知从哪儿传来的令人生畏的声音问。

被恐惧和意外的声音吓呆的他一时不知道该怎么回答:"我不……不记得,什么都不记得……我不知道……"终于从嗓子里挤出了声音,他高兴起来,因为听懂了问话,不仅是听懂了,而且自己又发出了人类的声音。

"那么,你到底能说出什么呢?你是谁,请清楚明确地回答!"

"我应该是个人……是的,如果我听懂了您说的话。"他开始环顾四周,试图找到和他讲话的人,但在黑暗混沌中没有找到任何人。而这个洪亮的声音似乎要笑出来,说:

"看,尽管他什么都不记得,但他仍然在思考和判断,还不错。"

"你高兴得太早了!如果他真的缓过神来,那还不知道,最后他会思考出什么呢。"另一个尖锐刺耳的声音反驳他说,听起来似乎是一位老人。

"没事,他应付不来的。我们应该让他觉悟,再给他添一些麻烦,这样他就不会很快恢复到常态的。"

"这对他不算什么,难不倒他。看来,他生命力很顽强。重点是,他在逃离一场场灾难的时候,会变得越来越强大,而且还会变得更加机智。"

"那你有什么建议?"

"如果你想快速摸透他的真正实力,那就不仅要赐予他力量,还要给他优于别人的能力,让他在所有方面都占尽优势——他将立即展现出潜藏在身体里的所有潜能,那时你将会看到他真正的本领。"

"好吧,那就这样吧……"洪亮的声音回答了他的对话者,然后

变换的时轮

对图拉尔说：

"嘿，你，思想家，走出灌木丛，整理下自己，洗洗脸，否则你看起来真像是阿贾莱的人……"

"出来不是很危险吗？你们的野兽不会吃掉我吗？"

轰隆一阵雷声响彻天空：这时两个隐身的对话者听到他的话而大笑起来。

"别害怕，那些怪物早已自相残杀。现在，这里的主要掠食者是你。因此，不用再因恐惧而发抖了，你可以自由地生活，但是你要知道分寸。从现在开始，请记住，最冷酷无情的敌人就是你自己。从此以后，请注意自己的意念，因为你的想法决定了你的行为。从这一天起，只有你可以摧毁自己。记住：你最大的敌人就是你自己！"

"好，好……我会记住的。"他回答道，尽管，说实话，这些话他根本就没听懂。

* * *

就这样，大将军醒了，他还没能马上回过神来，不知道自己现在是在哪里。

他入梦太深了，完全失去了意识，以至于虽然人已经醒了过来，但神志还是无法清醒。他甚至看到眼前对面的高空处有一个圆形的发光的孔洞，他弄不明白那是什么。为了弄清楚，他只好仔细观察了很长时间，这个是"乌拉……"——乌拉萨（桦树皮帐幕）上面的通风口。

紧接着，图拉尔立刻想起无论是睡前，还是现在，他是一个人，是天下最有威慑力、令人生畏的民族——匈奴——的子民。实际上，如果看看其他国家和部落，看看他们通常身不由己的、半奴隶制的生存状态，人们被束缚在一小块耕地上，那么，匈奴人可以算是幸运极了。

没错，按照自己的意志自由地生活在这片辽阔的草原上——很少有人有这样的运气！

但是他并没有忘记自己刚刚经历了一场可怕的噩梦，在这里的生活中这是他第一次体验到了一种陌生的感受——是非理性的恐惧带来的丢人的、有失体面的感觉。由于这种恐惧，他的四肢不停地颤抖……

或许，像任何一个军人一样，他也熟知并不止一次地感受过人类的恐惧：战争中行动不当，失去了威信，丢了面子。但是并没有达到这种非理性恐惧的程度……

现在，他轻松地深呼一口气……是的，当没有任何人或是任何事威胁着你和你的人民的时候，这样安宁平静的生活是多么的幸福！

但是，图拉尔的脑海中马上又浮现出刚刚梦中的一句话：除了自己，你没有敌人……

怎么理解这句话？这是否意味着他是无所不能的，他对任何人都可以无所畏惧了？如果真是这样就好了，只要没有外界的危险，和自己总能达成一致吧。

实际上，他并没有完全摆脱这次经历的恐惧，对它的记忆隐藏在了他心灵深处某个不为人所知的角落，并且现在他还能明显体会到这种陌生的感觉依然还在。

对于匈奴人来说，对死亡的非理性的恐惧是完全不存在的。它们是一切古老的习俗、传统和仪式结合而缔造的产物。过去生活中遭遇的几乎所有无望的处境图拉尔都记得十分清楚，在战斗中，匈奴人时常会面对力量上占绝对优势的敌人。在这时，他从不会感到恐慌和害怕，取而代之的是一种鲁莽的胆量，匹夫之勇。他打倒第一个敌人，喊道："哦，胜利！我终于找到了期待已久的床铺！下一个将成为我的枕头，第三个将是我的被子，这是腾格里神的安排！大胆地过来吧！下一个是谁？"

这会让敌人无比恐慌，他们会被匈奴人桀骜不驯的性情吓呆。在仓皇失措中为他们闪出一条道路，有时完全是丢盔弃甲，落荒而逃。

* * *

无论怎么说，自从孙子阿阔尔去朝圣之后，图拉尔这位老人的生活被打乱了。他从来没有想到，即便孙子的这次出行是不同寻常的，是神所授意的，但是，他也只是众多孙子中的一个，怎么能让他的生活发生了如此翻天覆地的变化呢：他变得焦躁不安，就像昨天那样做噩梦，胃口也没有了。是的，食物的味道消失啦，生活的品质显然也有所下降。因为家中的每个人内心都惴惴不安，整个家庭生活的营地

变换的时轮

都产生了这种明显的焦虑情绪，在某种不祥的等待中，在唉声叹气和猜测中全家人不知所措，妻子们神经兮兮地谈论的还是这件事：为什么又没有等到信使回来，是否需要再派一个十夫队……萨拉库姆沙漠那面任何音信都没有，这是最让人煎熬的。

他第一次感到，如此艰难获得的，数十年积累的有益的生活经验，突然在这一刻变得毫无用处，根本不会带来任何帮助……因为，根据他积累的知识，他几乎可以断定等待孙子的将会是什么，继而推断出自己身上会发生什么事。不久前还对经验的永恒意义深信不疑，而现在这些经验已经让他失去了希望，不再对孙子能够顺利完成这次旅行抱有期望。这一切能够证明的只有一点：这件事上不能期待奇迹的发生……不管别人怎么抱有幻想，他这么多年的军旅生涯足可以确认，生活中没有奇迹。这只是目光短浅的人在自欺欺人罢了。

不管愿不愿意，经验表明，孙子必死的命运不可避免地就要来临了……大将军必须将自己的全部力量倾注于接受这个悲伤的推测，把它看作客观事实，并无论如何不能允许这个事实发生。后来证明，他的这种想法，跟他那个不可或缺的助手兼朋友吴胡安不谋而合。因此，他的建议一出口图拉尔就立刻明白了，并马上接受。

2. 该怎么办？最好不要插足！

在吴胡安的建议下，图拉尔大将军请求单于允许他带一支小分队离开一个夏天，征服缺乏礼数的邻国萨拉泰，收回管辖权，同时顺道打探一下西部边区的局势。单于一如既往不急于答复，犹豫之后问道：

"一小支队伍是多少人？"

"嗯，就是两支减编的千夫队，带一支减负的辎重车队。我想，这些足够了。"

"尽管没有大将军你……我会感到不习惯，"单于真诚地看了他一眼，接着说："但是，我理解你对孙子命运的担忧。我批准……你可以带三支千夫队。"

"为什么带这么多人？"图拉尔十分惊讶，通常在这种情况下，派出的兵力会少于请兵的数量。

"我要向你提出两个要求。"单于像是没有理会这个问题,继续说。

"听命……"意识到自己的错误后,他立刻改口。

"请你向南绕道而行,到贺兰山山脚下,再把队伍分成更小的分队去侦察我们伟大的邻国——中原大地上的军事状况和局势。据一些不完整信息表明,中原境内不仅动荡不安,而且十年前就矛盾不断的几个诸侯国现在仍旧保持着军事敌对状态。必须打探清楚现在的情况。"

"这好啊,就让他们继续厮杀下去。"

"就是这样……但是,最好还是保持警惕。"单于意味深长地叹了口气,"不知道六个小国被一个或是两个大国替代,这对我们来说会有怎样的影响。"

"您觉得这可能吗?"图拉尔惊呼道。

"为什么不可能呢?他们人口众多,幅员辽阔,土地肥沃,如果他们彼此之间停止战斗,很快就能恢复国力。"

"也许……那我们还真应该好好考虑一下。我们是不是要干涉呢,让他们相互争斗?"大将军单刀直入地提议。

"无论如何都不能这样做!昔日我们所有的介入都很快变得对我们不利。"

"因此,必须多加小心,谨慎行事,机制灵活地进行干预。"

"我认为,最好完全避开这件事,我们永远都不会明白他们对抗的实质。既然如此,我们为什么要到处树敌?最好在一旁静观其变,而且必须远远地观察,不要被发现……这是第一个任务。至于第二件事,之后我会让传令兵传达给你。"

* * *

通常,在军事会议上讨论问题时,都是由大将军做最后的发言,不管是年龄还是经验方面,没有人可以与他相比。但是在国家事务中,一个相对年轻的单于显然比包括图拉尔在内的很多老臣都更有智慧。是啊,就应该是这样,这样很好!……因为有这样的统治者,你才不会迷失方向。

管理匈奴帝国——这可不是简单的事,有时必须为了国家大事日

变换的时轮

理万机，处理一些普通人难以想象的政务，以免延误事情造成麻烦，也避免暂时的小麻烦变成长期的心头之患。他明白，单于为什么几乎完全回避军队事务，全权委托给大将军处理。有时他觉得单于是对军务漠不关心，对此耿耿于怀，想想真是不应该。他早就应该明白，也应该承认自己的想法不够正确，因为军队事务的解决要比治理国家的事务轻松得多：日常生活的、国家的以及其他一些事务错综复杂。请尝试一下，在这样庞大而复杂的民族中把各项事务处理得井井有条，同时不损害某些个人的、亲属的、氏族的利益，这是何等不易。

不管从哪方面说，乌苏曼单于都是一个了不起的人物。十七年来，他一直统治着匈奴帝国，国家祥和安宁、国泰民安，没有任何太大的内部纷争和内乱。许多人认为他过于谨慎，有些人甚至觉得他是一个懦弱的统治者。而实际上，他是非常理智的人。许多人对他的慢性子都很恼火，但是这都是因为，他做的任何决定都不是意气用事，而是深思熟虑的结果。因此，他现在正尽力更全面地了解华夏各诸侯国之间持续不断的纷争，以便对他们争霸的结果提前做好准备，或是至少不会因自己考虑不周而促使事态的发展对自身不利。

从旁观者的角度，完全不明白为什么突然之间，曾经相安无事的中原各国变得如此水火不容。发生了什么致使他们有一天突然开战，一旦发起战争就无法停止吗？关于他们真正开战的原因，孰对孰错，我们无从得知。如果是这样的话，那我们就无法预估搅入其中我们会得到的是利还是弊。单于说得对，以前，我们总是习惯于到处表达我们的诉求，彰显我们的力量，但是这通常对我们来说并没有什么好处。这意味着，这种"活跃"所带来的危害远大于匈奴无所作为的损失。

不可否认，过度自信是匈奴人的基本性格特征之一。因此，在稳重且深明事理的乌苏曼单于的领导下，我们国家才有今天的繁荣昌盛。也有过反面的例子，例如，乌苏曼的弟弟萨拉曼的领导。那时候，高涨的"斗志"不可避免地给整个民族带来不小的灾祸，而且这些灾祸带来的影响并不会立即消失。

那些历史的转折点总是能够长久地保存在我们的记忆中。正因如此，阿贝海单于意外的死亡总是令人无法忘怀。尽管他去世已经几乎二十年了，但是到现在为止，关于他死亡的话题、讨论和争辩依然存在。

当时，皇亲贵胄中的一个氏族一时兴起，违反了世代相传的传统，没有推举合法的继承人做单于，而是推举了十七岁的萨拉曼成为新任单于。按理说这一定会招致不幸——内部的争斗，但幸运的是，理智的乌苏曼没有表现出任何想要继承王位的野心。萨拉曼刚登上王位宝座，便立即意气风发地免黜了所有经验丰富的谋士，并接受了老将军图拉尔的卸职申请，这也是他早有准备的。新单于任命图拉尔的儿子，也是自己的同龄人和好朋友——十七岁的阿尔斯兰接替他。图拉尔有些生气，同时又感到欣喜……这种感受真是奇怪——这就是人类的天性。

这些年轻人获得了无限的权力后，便立即展开了过激的行动。在不到五个月的时间里，他们进行了几次大规模的行军，根本提不上哪一次是成功的出征，其严重的后果，造成的不良影响持续到了现在。这些男孩子使这个还十分薄弱的国家毁于一旦。这是祖辈经过多年的努力和忍耐才打下的江山。

或许，之后他们会意识到自己的错误并着力改正，但是他们没有等到这个机会——突如其来的死亡打断了他们对所有传统和老一代经验的挑战，带走了他们年轻的生命。

兄弟死后，乌苏曼迫不得已登上王位。他立即召回仓促离职的图拉尔，并恳求他再任职一两年，直到一切回到正轨，而这次"临时的"任职一直持续到了今天。在父亲牺牲那年出生的阿贝尔，现在升任到将军之位，而他的祖父还手握着军队的指挥棒，时而会得到单于放他离开享受安逸的承诺。但是，期待已久的安详的生活却遥遥无期……

3. 同室操戈

经常会听到有关中原各诸侯国之间相互攻伐的各种说法，但只有一点是明确的——他们的角逐早就开始了。那些年里，对邻国境内的乱战，如果说匈奴人表现的并不是漠不关心，那也可以说是避之不及。正如当时单于对自己的大将军所说的：

— 131 —

变换的时轮

"让他们相互争斗吧,这样一来他们就会减少对我国事务的干预。"

"我们是不是应该帮助那些有意与我们通商的诸侯国,同他们建立更加紧密的往来?"

"如果我们从更高的战略目标出发,"单于笑答,"那么,所有人我们都应该依次帮助,以使他们相互残杀,精疲力竭,最后两败俱伤,这会让他们永远都无法恢复元气……但是,这对于我们来说并不划算,我们的实力也未必允许。"

"邻国弱小当然有益,但是,这样从邻国获取的军事赔款和贡品就少得可怜了。"

"因此,我们不会插手,就让一切顺其自然发展。形势暂时对我们来说还是可以接受的,就让他们慢慢恢复,逐渐变得富强吧……"

"如果真的实力雄厚了呢?财富就是实力,实力对于邻国来说都是威胁。"大将军对此表示了怀疑。他认为,总体来说,任何国家力量上的变化都会带来国与国间关系的变化,国家间的关系需要重建:重新谈判,寻求共同利益,这是件复杂的事情,而且不能一蹴而就。多数情况下,不得不通过军事手段来寻求解决的途径——如果只是动用很小的兵力就能快速解决问题,这样倒还不错。

遗憾的是,似乎是一些智慧的谈判者却说出了不理智、不英明的言辞,这成为动用兵力的决定性的理由,而这往往是他们依靠武力解决问题的卑劣的想法所驱使。如果心怀善念,通过友好协商的办法,似乎所有事情都能非常简单、顺利地解决,没有伤亡和破坏。应该权衡所有利弊,事先衡量自己和对手的实力,估算一下彼此的损失,这才是正确的思路……不,非要把一切都推向极端,当然战争就不可避免。

战争周而复始地不断发生,显然,未来人类也未必会幡然醒悟。我们这些老人只能看到自己这一生,留在这个世界的时日已经不多了,必将离去。但是,在我们挑起无数纷争之后,我们将会留给后代一个什么样的世界呢?这些想法令人感到悲伤的同时,也带来了恐惧——一切都无力改变,让人绝望。

经历那场令人毛骨悚然的噩梦之后,图拉尔体验到了这种前所未有的恐惧感。在梦里，他仿佛进入一个史前的原始时代，那里充斥着野蛮之风，那时人类还没有脱离动物世界，还没有成为有思想的动物。在那个世界里，只有来得及脱逃并躲藏到茂密的灌木丛中的人，或是能够抢占先机，首先扼住敌人的喉咙的人才能幸存下来⋯⋯

经过漫长的进化，人类才脱离了动物世界，站到了食物链的顶端。但是，如果仔细想想，发生了什么变化？还是——竞争，人类以建设美好的家庭、氏族和国家的意图为幌子，为了最好的土地和各种对大自然的索取权，不惜一切代价进行残忍的争夺。但是，现在的后果比当时的人吃人更可怕。大规模的战争必然会造成巨大的破坏，随之而来的是饥饿以及其他不计其数的灾难。最重要的是，战争导致了巨大的、不可避免的人员伤亡。

匈奴民族——当之无愧可以称之为"两足猛兽"的民族。那么，一个不属于匈奴民族的人如何在这个令人生畏的世界里生存呢？

我们总是吹嘘自己永远优于邻国，是否太过自高自大？而实际上，这种优越性是否真的坚不可摧？优势只不过是建立在马背上，这是数百年来在水草丰美的草原上以及阴凉的山麓上饲养牲畜的技能不断完善的结果。也发生过多年的干旱或是一连几年都是多雪的严冬，饲草缺乏，牲畜因此被饿死——可怕的灾难就会降临在匈奴人身上，由于牲畜数量的锐减和粮食的歉收，他们的力量被大大削弱。

失去了战马，我们一下子变回了步兵，也就失去了自己的全部战斗优势。我们立刻就受到了限制，然后就会遭到敌对的邻国的蹂躏。怪不得，民间会流传一句言简意赅的口头语，但又是悲伤的事实："无马的匈奴人———一无是处。"

关于匈奴人的优势，可以肯定地说：它坚若磐石，但实际上，匈奴人的雄风建立在草原上，这样的优势危在旦夕⋯⋯

* * *

图拉尔很高兴，因为吴胡安的进言，他们找到了合适的理由准备出征，说明了此番行动的必要性，并成功说服了单于。对中原的局势进行了侦查之后，小分队将朝昆仑山的方向西行，到达萨拉泰，这样就有机会追踪到朝圣者的行踪。吴胡安对自己这个学生的关心似乎一点也不少于他的祖父,与这个了不起的男孩的关系非同一般。结果,这是中原人吴胡安在被俘虏之后,第一次接近自己祖国的边界,现在他距离黄河西北河套地区只有十基奥斯……

派去侦查情报的队伍从华夏帝国腹地返回后,他详细询问了每一位队员。在不知情的、不了解任务的人看来,吴胡安向密探打听的看似都是一些微不足道、无关紧要的事情,而这些情报有时正是关乎华夏内部局势非常重要的信息。得益于他曾经对中原人生活的了解,以及对一切新消息严谨的分析,他在军队中是熟悉中原事务方面不可多得的专家,他比任何人都更了解中原纷争的实情。匈奴人并不是很用心关注各国长期相互之间的争战,它们之间的战争有时缓慢地进行着,没有明显的起因,也没有争斗出什么结果;有时又一触即发,异常激烈。几十年来,在秦国的强大攻势下,韩、赵、魏、楚、燕等国相继沦陷,承认了秦国的霸主地位。现今,秦国灭掉几国后,实力不断壮大,最终征服了齐国……

单于推行的不干涉政策遇到了一个必然的问题:齐国灭亡后,秦国还会做什么?它的统治者将采取怎样的行动?

给人的第一感觉,答案似乎很简单:他们将整顿中原境内的混乱秩序,恢复被破坏的经济生产,为此,将需要不止一年的时间。如果他们能握住政权,继续执政十年或者再加个十年,如果这个庞大的国家不会再次分崩离析,那么攥成一个拳头的华夏大地将成为一个伟大的国家——强大的帝国,将汇集无法想象的财富,这就是力量的象征。那时,它将拥有一支庞大的军队,成为帝国君主的嬴政将会把自己的心思投到哪里呢?所有国家都有一个规则:军队就是为了战争而存在……

这是匈奴人现在最担心的问题。不用远见卓识的战略家就可以猜测到新皇帝会把谁从自己的边境赶走,尽管匈奴人与秦王嬴政及秦国之间没有过任何特别的矛盾和冲突,边界一些零星的小冲突也不足以引人注目。保持这种平衡状态并不稀奇:几乎一半的秦国人来自与匈奴有亲缘关系的部落,也就是说,他们不完全是中原人,而是混血。因此,许多匈奴指挥官往往并非情愿,而是迫不得已地入侵了旁系部落的领地。

但是现在可以说这种血缘关系根本没有任何意义。秦国人很快将成为整个中原的霸主,他们已经尝到了胜利的滋味。用不了多长时间,他们就会意识到自己才是真真正正的中原人,有时甚至比其他土生土长的民族更热爱自己的祖国。

值得一提的是,按照他们的说法,当"外匈奴"入侵中原时,而正是被称为"内匈奴"的人,也就是拥有半个匈奴血统的人,他们毫不妥协,顽强地捍卫了自己的土地……结果就是,无论匈奴人的血缘关系多么的牢固,但实际上,就像任何一个战斗民族一样,对于华夏匈奴人来说,责任和自身的利益高于一切。

图拉尔还记得当时生活在黄河河套地区的鄂尔多斯氏族,每隔几年他们就会举行一次盛大宴会,邀请来自中原各国的客人,当然,还有来自伊尔的匈奴达官显贵的代表。

单于本人从未参加过这些宴请活动,但他总是会派遣代表前往,特别是各部族的首领。大将军图拉尔参加过两次,正是在宴会上结识了所有现在已经灭亡了的中原诸国国君。

那时,这些中原诸国之间的严峻的对抗已经拉开了帷幕,但是,在宴会上他们依然彬彬有礼,谈笑风生。外人看来,完全无法参透他们当时彼此间的仇恨程度、矛盾的严重性,以及每个国家的好战程度。

当时,大多数人已经到了德高望重的年纪,而嬴政是这些皇帝中最小的。按他的性格,多数时候他都是闭口不言,从不表现自己。但很明显,他非常密切地留意着发生的一切,认真倾听所有的谈话,并用心记下所有微小的细节。根据祖上留下的长者在上的规矩,年龄较大的国王对嬴政的态度都十分傲慢。那时候谁也不会想到,仅在十年后,这个男孩能够征服几乎整个古代中原。

* * *

由于单于下令绕道而行,因此,这场行军变得十分艰难。当他们的编队到达贺兰山山脚下的时候,春天已经渐近尾声,迎来了夏日的酷暑。

仅过了几天,将士们刚刚稍作休整,图拉尔就组织了三十多支机

变换的时轮
∧∧∧∧

动侦察队，每队十到二十人。他们必须悄无声息地渡过奔腾的黄河，潜入中原版图上残余的溃败国家——它们只不过还保留在纸上而已，详细打探他们每个国家内部的局势。同时，侦察兵收到一个严令：必须行动迅速，尽量避免与中原人接触。

不出所料，他们没有引起当地居民的任何怀疑——这里到处都能看到匈奴人。同他们交流时就会轻松打探到关于这些国家局势的所有信息。

对于密探来说，唯一的危险来自众多的叛乱的队伍，他们如同雨后春笋，出现在每次暴动中，并四处乱窜。匈奴人几乎不会加入这些队伍，因为叛乱者要维护的是中原人自己的权利。对于他们来说，形成了这样一条定律：周围有三个匈奴人——就是危险……因为他们反抗了军队捍卫的国家制度，而几乎一半数量的军队是由当地匈奴人组成的。

显然，由于这个原因，在遭遇到叛乱军之后，侦察队带来了不利的消息，两支三十人的分队下落不明。在魏、韩、赵、楚、燕五国里已经完全没有了国家政权，歼灭了他们军队的秦国现在正忙于同最后一个幸存的齐国作战，尚未着手建立统一的秩序。恢复整个广袤的中原大地的正常生活秩序还需要许多年，而此时，还有四处流窜的叛乱的匪军。自卫军试图以当地的兵力自我保护，以防叛乱的起义军。总之，各自采取办法自救。

到处都是一片萧条，充斥着饥饿，官府独断专行，百姓们流离失所，四处流浪寻求食物和避难之所。所有贵族和官员，以及一些富裕的氏族都抛弃了全部财产，躲到了人迹罕至的地方，他们大多数藏在了山里，躲在远离武装分子的荒山野岭之中。所有人都为自己和家人寻找求生的机会。

巴塔迈是一个傻头傻脑的小伙子，他十分惋惜地说：

"完了，那里一切好玩的都没有了，甚至都没什么可抢劫的，也没谁可以抢了。"

"我们的巴塔迈真是一个非常善良的人。"队里的将士嘲笑他说，"实际上，他不是可怜那些挨饿的人，而惋惜的是他们不能很快恢复自己的经济，他还想再从他们身上掠夺点什么呢……"

4. 吴胡安——将军都要听从的百夫长

吴胡安虽然提出了出征的建议，但他自己并不想南下，不想被中原同胞意外认出，这会给他的第一个家庭带去严重的后果。他一直坚决拒绝大将军强烈的请求，但是，最后还是同意和他们一起出征，因为他们商定好不把主力军派往中原，只是派去一些侦察小队，随后立即向西出发前往昆仑山附近，寻找朝圣者的踪迹。

贺兰山，到了这里还不能说就已经到了华夏大地，但是它离中原北部边境已经非常近。他曾经在武隘要塞服役过一段时间，并在那里实现了自己的光荣壮举……似乎这里的空气中都弥漫着几乎已经被遗忘的，但又令人激动的家乡的气息，不知不觉中唤醒了他悲伤的回忆。突然，往事涌上心头，许多过去的点点滴滴浮现在眼前。本以为，这些点滴早已和他断掉的手掌一起留在了过去中原的生活里……

作为一个中国通，吴胡安亲自规划了三十支侦察队的行进方向。他有意把两个儿子率领的队伍派去了父亲的故土，顺便打探他的原家庭生活得怎么样，他想尽可能确认有关他们富足安康的生活的消息是否属实。

儿子们被派走后，想到有关赵国的令人不安的情报，吴胡安开始焦急地等待着儿子们的归来。赵国境内早已兵荒马乱，只有那些来得及组建起自己的自卫部队的城邑才能幸免于难，也只有这些自卫队还有能力击退在各地自由行动的叛乱团伙和土匪的袭击。

但是，就连亲人们的处境他的孩子们也无法打探得到——所有稍有积蓄的家庭，因为害怕强盗，都举家逃进了山林——远离那些对于战乱中趁火打劫的强盗来说极具吸引力的人流聚集地。他们看到的只是早已长满杂草、被洗劫一空的废墟瓦砾……是的，很显然，它们的主人已经离开不止一年了。

唉，但这丝毫不意味着躲藏起来的他们，生活在某个地方，就已经逃离了危险。在这样的条件下，生存下来的机会微乎其微……

变换的时轮

听到这个消息，像一个中原人该有的反应一样，吴胡安沉默不语地接受了，外表上没有任何情感的流露。即使在儿子们面前，他也不能表现出使他内心备受煎熬的消息所带给他的痛苦。任何不幸都可能发生在他的中原家人身上。在逃难的途中，他们可能落入强盗之手。他们也可能加入了起义军，毕竟，许多富人都是这样做的。如果是这样，不知道新的政权会如何处理这个问题，但他们迟早会惩处这些"叛徒"。往往这会比无政府状态带来更多的不幸，任何事情都可能发生。唯一的希望就是——在经历过血雨腥风和连年的战争后，在废墟之上迎来的新国家，需要一个民族英雄的家庭。那时，国家需要利用这个家族提高自己的声望、影响力和权威，执政者会保护整个家族，甚至是帮助恢复家族的经济实力。

但是，面对无孔不入的暴动，人们无法寄希望于任何事情，太多事情取决于无法预料的人的行为和对事件的处理方式。

* * *

一天晚上，两位千夫长之一的巴塔玛伊来到吴胡安这里：

"尊敬的吴胡安，我有一个不情之请……"尽管老将军平时总是以性格直爽而著称，但此时他突然有些吞吞吐吐。

"请说吧，我洗耳恭听。我们已经相识差不多一辈子了，和你说话我可以直言不讳。"

"这并非易事，我该如何跟你解释……"

"到底是怎么回事？就直说吧。"吴胡安鼓励着老战友。

"昨天有个信使到我这里来。"

"什么信使？谁的？"吴胡安立刻打断了他。

"是这样的，是来自齐国的信使……"

"齐国？这个国家离这儿很远，在赵国和燕国的南面，是沿海国家。"

"是的，我答应之后，这位信使随他们的大司马到我这里来了。"

"大司马？！你说什么？你还清醒吗？你有什么权力接待中原的大司马？你只不过是一个千夫长，普通将军……"吴胡安大为惊讶。

"行了，别大动肝火——现在说这些已经晚了……事情已经发生了，请听我说完。这位大司马说，除了齐国以外的所有诸侯国都已经被秦国歼灭，并请求直接安排与图拉尔大将军的会面。"

"他没说理由吗？"

"他想求援。"

"你怎么没有立刻同意帮助这个好人呢？"吴胡安刻薄地说。"你自己就地就能解决这个问题，他还有必要见大将军吗……"

"我是对你完全信任，才向你求助，而你却挖苦我。当然，我就是个小人物，不懂你们高高在上的国事。"巴塔玛伊有些生气了。

"你也说了，是'小人物'，但是却插手了国家间的事务。你怎么这么糊涂，在没有任何权力的情况下，擅自与他国大司马见面？这可是中原啊！在这里习惯逐级上报所有事务，这就意味着你无法向任何人隐瞒任何事情。明天他们就会向上汇报，匈奴人已经接见了使者，也就是说，我们已经插手了他们的事务……你可能已经破坏了我们与胜利者之间未来的相互关系……这一点你明白吗？"

"我现在已经意识到了自己做的荒唐事……但是，当时我没想到那么远。"

"情况就是这样……难怪在中原有这样一句话：'敏于事而慎于言。'但是，现在你不仅把自己牵扯其中，还把我们所有人都拉下了水，这简直是节外生枝……重要的是，你的举动给了他国的这些'大人物'希望。"

"我们尊敬的吴胡安，拜托你了，请原谅我的愚蠢，你想想办法帮一下这些不幸的人吧……"巴塔玛伊恳求他。

"我和你无权决定任何事情，我所能做的就是说服大将军接见中原使臣，至于他的决定——这很难预测。"

* * *

令吴胡安惊讶的是，大将军饶有兴趣地听取了有关齐国大司马求见的汇报，并几乎立即同意了接见他，尽管还是有些为难。

探查的结果使图拉尔极其沮丧：从情报中得知，中原相互讨伐的诸侯国实际上早已名存实亡，并且都已灭国几年了。除了仍在抵抗的齐国，秦国灭掉了所有国家。只剩下零星的几个仍旧没有缴械投降的根据地，这些反抗者也根本没有什么未来可言。

变换的时轮

原来，中原各国发生了如此巨大的变化，而时至今日，匈奴对邻国形势的了解依然十分模糊。如果不是这次偶然事件，或者准确地说，如果不是上天授意的阿阔尔的朝圣之旅，那么他们似乎就会这么一直一无所知地生活着。就在此时，腾格里神适时地赐予了匈奴人一个非同一般的盲人和一位精明的单于！许多人指责单于对所有事情都缺乏自信，犹豫不决，现在回想起来甚至有些好笑。结果却是：谨慎小心的单于不是平白无故地派遣了一支情报侦察队，而是有他的深谋远虑的。如果没有这支队伍，那还不知道这样的耳目闭塞将来会对整个伊尔民族产生怎样的后果。

实际上，在遥远的地方，在自己喜爱的牧场上过着自由的游牧生活的匈奴人，他们根本不了解大周朝经历了怎样的灾难，他们满足于个别军队带来的零星汇报，以及与邻国接壤地区传来的各种其他的偶然消息。是的，他们所有人都注意到了中原发生了残酷的混战，民不聊生，甚至食不果腹。但是，在此基础上却不能拼凑出一个构想完整的画面，也没有获得有关统治者处境的任何信息。

许多匈奴统帅和氏族首领甚至对中原的内乱感到十分高兴，他们认为，邻国力量的削弱比其强盛更让人有安全感。在未来的几年中，这样的观点会得到充分的证实，他们也有充分的理由过一段安定的生活。但是，不用怎么动脑筋就能想到，当这个辽阔而富饶的大中原在秦国一国的统治下将会发生什么变化；当这个"庞然大物"在纷争和厮杀过后崛起，脱颖而出并开始环顾四周时，这个世界将会发生什么？……

当匈奴人对这些情况一无所知，无忧无虑地过着游牧的生活时，曾与匈奴有着多年的贸易、军事、商业往来或只是保持友好关系的赵、燕、魏、韩四个国家——早已在秦国的打击下沦陷。

中原各诸侯国之间的内部纷争一直存在，他们争夺着肥沃的土地资源、桑蚕种植园，或者矿产地，还有可能是其他。但是，无论为了什么，过去事态也从没严重到一个诸侯国完全征服了所有其他各国，继而突然引发如此天翻地覆的变化……

显然，类似的推理促成了此次图拉尔大将军与齐国大司马的见面与会谈，齐国是反对秦大一统的最后一支力量。

5. 与齐国大司马苏护的会谈

情况紧急时，图拉尔大将军通常会当机立断，迅速做出决定，所以这次，他当即决定接见齐国大司马，尽管对此有所顾虑。

与匈奴人不同，稍微重要一点的事情华夏人都会按照一定的礼数来安排：先派一位小使者传达想要见面的意愿，然后派更高一级的使臣来确认，在此之后，才是大使本人亲自带使团前来商讨谈判的所有细节及仪式。

由于战时的原因，会面格外仓促，现在一切从简。大司马在国中的地位几乎仅次于君主，是国家的二把手，他通过自己的外交使节声明——自己无须任何仪式和礼节。这在其他时候，华夏人是绝不允许缺少的必要礼节。这一点也证实了事态的严重性：这意味着齐国的局势十分危急，别国的帮助是他们最后的希望。从齐国的地理位置来看，它位于曾经国力强盛、幅员辽阔的赵国以南的沿海地区，他们应该就在最近获知了匈奴军的行踪，便毫不犹豫地派遣大司马作为使者前来求援。

图拉尔起初决定同客人一对一地会谈，避免耳目太多。但是，深思熟虑过后，他决定除了翻译官，还请吴胡安和两位随他此次出行的千夫长陪同——巴塔玛伊和阿贝尔。

有人预先通报图拉尔，说齐国大司马出身"内匈奴"，但是已经是多少代的匈奴人——没人知道。因此，即便他还会说祖先的语言，可能听懂他说的话也十分困难，方言千差万别。吴胡安看似可以做翻译的，但是，在公开场合露面显然是不可能的，他需要继续潜伏。不过他这样不引人注意的存在能够使他事后解释清楚许多会面期间不理解的问题和对方表达的意思。而巴塔玛伊和阿贝尔作为大将军的左膀右臂，让他们了解事态的发展是十分必要的。这次的出席对阿贝尔——大将军的孙子——来说尤为重要，他将获得终生难忘、记忆深刻的一课，将来他一定会亲自组织这样的谈判，就让他学习吧。

变换的时轮

 这位齐国的大司马原来是个年轻人，看起来也就三十出头。但是，如此迅速的职位晋升还从来没有遇到过。很明显可以看出，苏护虽然年轻，但受过良好的军事技能的训练。这一点完全可以通过他脸上许多结痂的伤疤，以及右手缺少的两根手指上得到验证。他的左手一直半弯曲着：显然，受伤后没能伸直。

 苏护首先向参会者简明扼要地介绍了二十年前就已经形成的中原的局势：当时与秦国接壤的四个国家结成联盟，共同对抗秦国。但是，这并没能维持住和平。由于战争持续发酵，这几个诸侯国被不断壮大的秦国逐一灭掉，许多战败国的将士现在都已经投靠秦军麾下……讲到结尾，苏护把他那深邃而沉重的目光投向了图拉尔，似乎所有紧张的情绪都集中在这一目光中——从极度绝望到产生希望。

 一生阅人无数的老将军不由自主地将视线移开了，看着这位年轻人的面孔他感到很难过，但是很显然，这位还很年轻的军人同行注定很快就会牺牲，而他现在什么也不能答应他，没法带给他希望。

 即使苏护在齐国沦陷后幸存下来，过段时间后他还是会被捉拿归案，还是会作为一个势不两立的仇敌被处决。但是，从他身上可以看出，他不是那种因为胜利者的恩惠就会向他们投降的人，他的体内流淌着世代相传的匈奴人的血液，而对于匈奴人来说，即使是只有一半的血脉，最高的追求也是光荣牺牲在战场上。

 在大司马讲述时图拉尔大将军紧盯着帐篷内铺着的毛毡上的花点，陷入了沉思："是位优秀的指挥官，但却生不逢时。错误的命运，错误的归宿……"

 他依然没有抬起眼睛看苏护，好像是一个严厉的陌生人，对着自己发问："你这个老头子，对自己的命运满意吗？"又自答道："我很满意……是时候光荣地结束自己的使命了，但是不放我走啊。我还有对失明孙子的担忧——似乎他的命运也是注定的。总之，我不喜欢'命中注定'这个词……要是我……"

 "没错，老头，要是给你自由的话，你会清除所有的阻碍……而这是永远都不该做的……应该学会顺从命运，相信天命，永远不要一意孤行……难道你现在还不明白吗？！"

"明白了……"图拉尔大声地回答了这个内心里同自己对话的人,并对自己的话感到震惊:年纪太大了,已经开始胡说八道了……

此时,他有些尴尬,直接对使者说:

"这是一个动荡的时期,因此,我们就不拘泥于礼节和仪式了。你们的到来我没有事先接到任何通知,我的理解是,你们的国君派你们过来是为了求助,是这样的吗?"

"没错,将军大人……您理解得非常准确。的确,贵国的帮助对于我们而言是最后的救命稻草。否则我们就会走向灭亡。秦国人几乎已经把我们包围了。"

"如果不是今天您讲给我们听,我们对此还不甚了解。"图拉尔叹了口气。

"尊敬的将军大人,您能否告诉我吗,我能向国君转达什么?我们可否指望贵国的帮助?"

"此事的决定不在我的权力范围内,我跟您职位一样,都是大将军、大司马,而不是君王。这样的决定只能由单于亲自定夺。我能向您保证的是尽快向单于转达您带来的消息和请求……"

图拉尔再次沉重地叹了口气,告别时又看了一眼年轻司马的眼睛:现在,他的眼中充满了痛苦的绝望。

苏护离开时,所有人都一动不动地坐在那里,沉浸在悲伤之中。但是可以感觉到,两位千夫长——老巴塔玛伊和小阿贝尔对于大将军的拒绝都不是很满意。

"这个决定是正确的……尽管我们十分同情他和他的整个国家。"吴胡安坚定地说,"但是,在国家大事中,个人情感不能掺杂进去。我们对他们的真实意图以及可能采取的行动一无所知,因此,最好就是像单于所指示的那样,对于此类事情最好独善其身。"

* * *

唉,对于这位老将军来说拒绝这个注定失败的年轻人是多么的艰难。大将军与他坦诚相待——而这仿佛给自己的肩上又加了一些重担……作为大将军做出这样的决定,他也仅仅是严格按照总指挥部和单于的命令:在中原,绝不能插手任何事。

— 143 —

变换的时轮
ᴧᴧᴧᴧ

　　事情就是这样……但是，老将军内心的本性也与这样残酷的决定做着激烈的对抗。难道能够眼睁睁看着他们死于战火和征服者的刀剑，"不干涉"政策就是拒绝求助的主要理由？他们可是对强大的匈奴人满怀希望啊……

　　图拉尔怎么能看着和自己一样的将军身陷困境，而见死不救呢？但是，他又能做出其他的决定吗？还是可以做到的——如果就像他对年轻的司马所说的那样——抛开规矩，只要完全抛开残酷的现实中的一些规矩和约定……

　　说什么他的力量实在是太小了……完全不对！在图拉尔巧妙的组织下，这样的战役他打过无数次。他护卫军的这两个千夫长和四个百夫长都可以给敌人好好上一课……要知道他这一辈子同华夏军队作战积累了丰富的技巧和经验……

　　重要的是，采取迂回战术，能够从几千步兵的军队侧翼或者后方迂回，并切断骑兵队，打乱、打散他们。与每人有三匹战马可以替换的匈奴人不同，中原人每人只有一匹马，这使他们的行动和转移速度大大受限。

　　想象力开始绘制采取行动的细节——此时，他已沉醉在大胆的想象中，无法打断自己的跳跃性思维："在军队里，职务、军衔，以及最重要的——责任，它们会改变人的天性，扭转人的思想，这就是做一名军人的意义……你必须永远记住，你不是孤立的存在，你身后是整个军队，而军队的行动会直接影响一个家庭、氏族，乃至国家的命运……"

　　这个决定关系到那个历史时代的未来，这是一个即将要与新的伟大邻国从头开始建立关系的时代，而这个伟大的邻居他们尚不了解，或者可以说是陌生的。正因为这个还是未知数的国家，他做出了一个对于匈奴人来说极不情愿的决定——对一个掌握着许多人命运又身处危难之中的人置之不理。要知道，每个匈奴人都觉得自己优于其他的民族，他们认为自己是万事万物的救世主，他们有责任匡扶正义，保护弱小。

　　这些想法使图拉尔大将军非常不悦。但是，这可不像轰苍蝇那样简单，你不能把这些不悦的想法很快就一扫而光。这是他自己的感受，也就是说——需要他自己来承受、消化。

是的，如果我是一个追寻自由和伟大功绩的徒步朝圣者，或只是一个猎人，又或者是一个不用对任何人和任何事负责的潇洒剑客——对于他们来说，除了良心和人格，没有任何人或事物可以命令他们做什么……如果我是他们，那我就会做出符合我内心感受的决定，只遵从自己的人格和良心……而现在——誓言、职责、总指挥部的指示，以及单于的最高旨意如同锁链一般，把我整个人牢牢地束缚着。我——大将军图拉尔——在这种情况下还能做什么？能做什么？我没有权力按照自己的意愿做任何事情——任何事！只有一个权力——服从命令……

* * *

图拉尔把吴胡安叫到自己帐中，对他说：

"紧急召集百夫长和辎重车队，传我的命令：明日天亮准备出发……"

"接令，终于等到您这句话了！……一切将安排妥当。"吴胡安松了口气，稍作停顿后向他确认："是我盼望的向西行进吗？去昆仑山？"

"是的……但不是急行军，要走走停停，我们还没接到单于的第二次命令。"

"不急是好事。沿途会有好些碧草丰茂的地方，是马匹和牲畜的天堂，而对于我们来说——也可以好好享用野味和鲜美的鱼……"

6. 奇怪的梦

如果说以前他的梦境还是比较容易理解的：虽然梦里的内容只是部分地反映了现实，但是其中的许多暗示都可以自然而然地理解，还有一些暗示需要他机智地去解读。而现在这些梦境却给他留下一些莫名其妙的感觉，一些费解的问题，引起他内心的紧张，也使他感到极度的忧虑，用言语表达这些感受就是：有什么事要发生？……但具体是什么事——他搞不明白。让他忧虑的原因本就很多，但最让他牵肠挂肚的还是失明的孙子去朝圣的事情。

变换的时轮
▲▲▲▲

　　阿阔尔的决定使祖父非常沮丧，没有人能劝阻他。因为这件事，最近的梦境完全荒诞离奇，但又引起他警觉的是：梦中一些说话的声音特别清晰，情境极其真实，即便是对于梦境来说一些不重要的细节，在醒来时仍旧记得清清楚楚……

　　晚餐吃得较早且丰盛这已是习惯，今日留吴胡安一起吃了晚饭。晚饭后，吴胡安便回去了。图拉尔本想躺下小憩一会，却不觉沉沉地睡去了，并做了一个长长的梦。他没有像往常那样醒过来就立刻回到现实，而是好半天才慢慢清醒过来。显然，在梦中，他的灵魂进入了另外的世界，而他这个凡夫俗体好不容易才接受了自己灵魂的回归。他的心脏也因此剧烈地跳动着，全身酸痛，关节麻木。他吃力地活动着自己的四肢和脖子，还不时轻声呻吟几声。

　　这是一个怪异的梦，在梦里，他化作一只黑色的乌鸦盘旋在正午的红色沙漠之上……突然间，他看到两个行路人在沙漠中艰难地前行。他又惊又喜，但是当他认出孙子阿阔尔和引路人霍伊古尔的时候，又被吓呆了：霍伊古尔并没有为失明的孙子引路，而是自己手持孙子的盲杖，步履蹒跚地跟在孙子的后面……

　　而且在梦中，他感觉到了自己是两个身份合二为一。肉体上虽然是乌鸦的身体，但图拉尔还是记得自己是匈奴军队的大将军。图拉尔被这个不称职的引路人激怒了，他像老鹰一般扑向了霍伊古尔，爪子紧紧抓住他的头发，用嘴猛啄他的头顶。引路人抱住自己的头，倒在了沙漠上，他哭了起来，哀号着，鲜血从他的头顶喷涌而出。不知是用乌鸦还是人类的声音图拉尔哇哇地喊叫着：

　　"废物！如果让盲人给你带路，还要你这个引路人干什么！你这个无耻之徒，冷血动物，我要把你的眼睛啄出来……吃掉，我恨死你了！"

　　但是失明的孙子仿佛听懂了乌鸦的叫声，开始保护自己的引路人，用木棍驱赶乌鸦的时候，甚至打疼了它的翅膀。

　　"你在做什么，我是你的祖父啊！你怎么能跟自己的祖父动手?！"化身乌鸦的图拉尔气愤地吼道。

　　"不，你不是我的祖父，你是一只黑乌鸦！赶紧走，飞到一边去！我们才是一起的伙伴，我们会友好地走下去……不要妨碍我们，不要在这里发号施令，多管闲事！……"

"亲爱的孙子！我的宝贝，你实在太任性了。你既是我的希望，又是我的不幸；既是上天对我的奖赏，又是对我的惩罚！你怎么能不认自己的祖父呢?!"图拉尔对孙子喊道，面对孙子的抵抗他很惊愕，又感觉受到了巨大的屈辱，完全不能理解孙子的行为。"我日日夜夜都在想你的事情，思绪萦绕在脑中，挥之不去。我为你的命运感到无限悲伤，向至高无上的腾格里神为你祈祷……"

"不，黑乌鸦，快从这里飞走吧。哦嘘——离开这里，不要回来！我是不会相信你的……不，你不是我那可怜、不幸的祖父，而是一只嗜血的黑乌鸦！"

"没错，我亲爱的宝贝，这是对我的惩罚，你的失明让我觉得自己的的确确非常不幸。因为你艰难的命运，这个世界对我来说并不可爱——也许是我罪有应得，可能我的罪孽报应在了你的身上……"

"别叫了，乌鸦！……我一点都不瞎，我比你们所有人看得更清楚，比你们更准确、更全面地了解这个世界。我的引路人——他才是个盲人，所以我给他带路，而不是他带着我。而你这只老乌鸦，尽管看上去很聪明，却什么也看不见，也不明白周围的世界正在发生着什么，离我们远点！赶紧飞出自己的梦境，别再来找我。记住，我的祖父不是嗜血成性的乌鸦，而是一名叱咤风云的匈奴大将军。他很强大，拥有无限的权威。他率领战无不胜的匈奴军南征炎热的萨拉泰，去制服那里的强盗……"

"你是我亲爱的孙子啊，等一下！听我说完，不要赶走我……"

"不，趁早离开吧，否则我的祖父——所向无敌、威力无比的大将军图拉尔——会一箭射穿你！用他那锋利的宝剑把你劈成两半！……"

"走开吧，你这只多嘴的老乌鸦！赶快离开，你这个卑鄙的家伙！"一下子不知从哪来的一群灰色的鸟叽叽喳喳地叫着，它们是沙漠里的无耻之徒，一起来挖苦和嘲笑他这只乌鸦："你这只又老又蠢的乌鸦，简直一无是处！活了三百年，还是一点脑子都没有——还活着干什么啊?! 一生一无所获，碌碌无为，虚度光阴。这个世界上没有人需要你，赶紧飞走吧！……"

— 147 —

变换的时轮
∧∧∧∧

　　梦——真是奇怪的事情。一般情况下，梦境好像是对客观存在的一种虚幻反映。但是，也有时候它是对未来将要发生事情的暗示。根本无法弄清楚，梦是否真能预示点什么，每次都是如此。唉，想要理解梦中隐藏的奥秘并不容易，你在破解这个夜晚的梦境之谜时，还是会继续受到折磨。不管你在这个世界上活多久，难道你能在某一时刻领悟其中的学问吗？

　　这一次，他入梦太深了，以至于当他从梦中醒来时，一时间无法想明白：他是谁，他到底是做什么的……当回过神来的时候他一定觉得滑稽可笑——但是，这一切真是那么可笑吗？他当然不是乌鸦，而是一个人……但是——是个怎样的人呢？"那里"都认识他，这并不奇怪：他是一位大将军，一个"威力无比"的将军——这是孙子所想到的形容祖父的词语……对了，按他的话，他比我们所有人的视力都好，比我们看得更清楚。这次他就是在提示我，别人是怎么看待我的，而自己并不能清楚地意识到这些。的确，就人类的本性而言，你似乎永远不会对自己的现状感到满意，甚至完全感觉不到自己是"威力无比"的。相反，当你面对重重困难，有时甚至是难以完成的任务时，还是会感到备受折磨，无助感如影随形。而更令人不舒服和气愤的是，你的"无比的威力"在看似简单的问题中却无能为力。嗯，自己最后一次娶妻或阿贝尔的婚礼，又或是阿阔尔渴望登上昆仑山顶的不屈不挠的决心，都足以证明……

　　图拉尔以前很少做梦，即便做梦，通常梦里的一切也是模糊不清的，早上醒来的时候记不得任何情节。只能短暂地记住梦里一些对话的大致意思，或者梦见一些毫无关联的片段，随后就会把这些忘得一干二净，因此从来没有因梦境而受到折磨。

　　通常，无论面对多么艰难的征战，图拉尔都表现得十分镇定。而现在却因孙子极具冒险性的——或者往轻了说，危险重重的——朝圣之旅，图拉尔十分沮丧，内心的不安与日俱增。因此，在等待随时可能降临的不幸时，他十分紧张，甚至有些疑神疑鬼……是的，从那一点点的暗示中他看到的是危险——不仅是他自己，所有身边的亲人都有无法预料的危险。他好像被包围了，到现在还没有找到出路。作为一名军人,他神经大条、冷漠无情,对于外界的刺激反应迟钝。如今复杂的感受是从未有过的,是如此的陌生,他无论如何都无法理清这种复杂的感觉。

对于匈奴人来说,危险是什么?危险就是他们几乎从吃奶的时候起,深入骨子里的祖祖辈辈对世界的认知——在令人生畏的,有时又是充满未知的周围世界里要时刻保持警惕。因此,对于匈奴人来说,危险的感觉就像训练有素的马一样可以驾驭……这种感觉一旦出现,就会产生一种本能的、大胆的反抗,甚至可以说是匹夫之勇,来帮助你克服各种恐惧,突破自我,赐予你一种莫名的力量和信心,让你感觉自己比各种阻碍和突发状况更加强大,能够机智地面对危险,甚至可以掌控自己的命运。是的,正是这样的危险锻炼并鼓舞着匈奴人,让他们能够以各种方式来证明自己。

正因如此,他沉着冷静,因为他不畏生死。怯懦和缺乏自信才更可怕。只有当匈奴人的生命突然遭受致命的威胁,而自己应该做的事情还没来得及完成时,他们才会感到难过。更糟糕的是,还没有完成自己的使命,但却活了下来,对匈奴人来说没有比这更平庸又耻辱的生存状态了。

但是,这种状态——以前对于图拉尔来说是不可想象的,完全不可能的——现在对他来说已经并不可怕了。除了孙子的事情,现在没有任何事情能对他产生威胁,给他带来恐惧和不安。当你感到对任何事情都无能为力,一切都不受你的控制,什么都无法改变时,会有一种难以承受的惴惴不安的感觉。这些担心、忧虑并不是为了自己,而是为其他人:为了孩子们,为了孙子,为了家庭……

图拉尔在这一生中经历了各种辛酸,失去了五个儿子,这是怎样的煎熬。每一次对他来说都是沉重的打击,令他难以承受。好在儿子们死后都留下了自己的后代,孙子们填补了这些空缺。尽管孙子们不能完全取代失去儿子的痛苦,但还是……

匈奴人对于战死沙场的认知——这是自古以来匈奴男人注定的命运和上苍的安排——有助于他们化解悲伤,战胜痛苦,接受伤亡。不要因人的本性去反抗腾格里神的意旨,而是要顺从并接受这份艰巨的,但却功勋卓著的责任和使命……命运无法改变，我们所有的幸运或是不幸——都是上天早已注定的。现在，至高无上的腾格里神是我们的庇护者，保护并宽恕我们的罪过。

把亲人送去战场，匈奴人将自己的所有希望都寄托在天神身上，寄希望于上天安排给亲人的命运，而这让他们对任何可能发生的事情预先有了准备。要么他会带着战利品凯旋，要么战友们把他空着马鞍的战马带回，上面只垂挂着武器和行军的装备……

很难承受的痛苦，但又能怎样……命运无法选择，降临在你身上的时刻就已成永远，不会改变。

但事实证明，让失明的孙子踏上无人走过的朝圣之旅是十分艰难的事情，这件事给整个家族带来了难以想象的感受和体验……当然，匈奴是一个虔诚的民族，信仰天神——永恒的最高的神……但是，当一个完全失明的少年突然决定要去高原的圣地朝圣——这种情况从来没有过。不只是这样的事情没有发生过，甚至没有人能想象到类似的事情。不论从哪个方面来说，让一个没有任何武器的盲人，还带着一个同样两手空空的引路人，去徒步朝圣——都毫无道理可言——这显然是让他去送死……

图拉尔，之后是家里的其他人都逐渐接受了命运这样的安排，因为大家都明白了：这是天神的安排，是天神让阿阔尔做出了这样的决定。上天把他的举动当作一种牺牲，一种救赎——为我们所有人赎罪……

7. 思考孙子之事

一如往常，在经历了一场令人费解的梦境后，你会努力琢磨它，试图揣测天意，但却徒劳无益，需要破解的奥秘实在太多。现在只有一点是明确的：失明的孙子用盲杖拉着引路人在沙漠中前行，而不是引路人引领孙子。在此过程中，孙子没有认出化作乌鸦的祖父，并将他赶走。孙子无情的话语一直在图拉尔的耳边萦绕："走开，别再回来……你才不是我的祖父，而是一只黑乌鸦……"对于已经变成乌鸦又没被认出的祖父来说，这句奇怪的恫吓："我的祖父——所向无敌、威力无比的大将军图拉尔——会一箭射穿你。"——意味着什么呢？

为什么这么说？这些话的背后隐藏着怎么样的玄机呢？首先必须能够说清楚这些复杂的暗示传递的是什么，然后才能尝试理解这些话背后的含义……是否会有新的灾祸？上天保佑！孙子带着一个非常不靠谱的引路人同行，穿越沙漠赶往遥远的昆仑山上的圣地去朝圣，想到这些他的心就阵阵刺痛。……况且，那里到底有没有圣地还不知道。

昆仑山那么远，就连他这个一生中克服过无数艰难险阻的大将军也无法想象这条路的艰险。而且，对朝圣者的要求——必须步行——使这次的朝圣之行变得更加艰难。很显然，这不是匈奴人会选择的道路，因为真正的匈奴人无法想象没有马的旅程。如何穿越广袤的沙漠、湍急的河流、高耸的山峦，到达那么遥远的地方？就像童话故事里那样，需要克服重重阻碍，而这些阻碍一个比一个艰险……那里就连视力正常的人都无法徒步到达，因为你能在行囊里带上很多水和食物吗？何况盲人呢……不，还有一线希望——指望天神的保佑。

"哦，至高无上的腾格里神！您的旨意不容争辩！我满怀敬意，向您跪地求拜，含泪恳求至高无上的神：请帮帮我那失明的孙子吧，他比我们视力正常的罪孽之人有更敏锐的眼睛，在我们看不到的天命里，他看清了什么重要的东西。也许，他看到了威严伟大的您，因此，他满怀对您的希望，毅然决然地选择了徒步去圣地朝拜、祈祷，他所做的不是为了自己，而是为了我们这些视力正常的罪人，为了愚昧无知的匈奴民族，甚至可以说是为了地球上的所有人……"

图拉尔并不想放孙子离开，怎么可以让他踏上这条未知的征途，而且还带着这么个滑头作为引路人，他可是个六亲不认的家伙，为了一点蝇头小利就可以背叛任何人。

在这段漫长的路途中，沿途到处可能有强盗，如果万一阿阔尔发生什么不测，那么老将军不会原谅任何人——他将惩治身边能看到的所有人。祖父当然明白，他不能在事后拿这种惩罚吓唬任何人，这种做法无济于事，孙子也不会再回来，不义之举只会加重自己的罪孽。因为一时的头脑发热而随手抓来的人未必是有罪之人，很可能是一些无辜的人——他们因为情况巧合或出于好奇正好就在你身边。这种情

变换的时轮

况当然是不希望看到的,却很有可能会发生……

他也不希望增加自己不道义的行为,这也是已故的阿贝海单于极力反对的……这个世界有太多的不公道、不公平,与其抗争似乎变得毫无意义。难道,罪恶和邪恶才会取得最终的胜利吗?……不,至高无上的神不会允许这样的事情发生。因为阿阔尔是伟大的匈奴人的后裔,腾格里神借他的手管理着这个世界。

还在吃奶年龄的双胞胎孙子,就表现出了与同龄孩子的不同,他们的神情成熟且悲伤。许多人都注意到了他们身上有着不属于孩童的忧郁气质。时至今日依然百思不得其解:他们被送到我们这个平凡的世界到底有什么特别的使命,但早在他们出生之前,萨满就预测了他们会有伟大的成就。

老图拉尔知道,也明白被上天选作完成伟大使命的人有怎样的价值和意义,但他对这个命运给予的意外的"礼物"完全高兴不起来,他的心中充满了担忧。他担心这会是某种力不胜任的任务,而为了这个任务,孙子们必须经历非常人所能承受的高强度的考验,甚至牺牲一些重要的东西,哪怕是自己的生命……伟大的使命需要巨大的牺牲。被上天选中的人不仅要牺牲一些人世间的快乐,有时还会付出生命的代价。

比如,单于和他的整个家庭,以及伴其左右的人,他们的命运就是如此。无论他们如何向上天祈祷:"哦,老天,不要给我这样的命运!"——但它还是会降临在他们身上,一切都没能改变……

天神能够看到,他是多么不想将自己的氏族和单于的氏族联系在一起,因为他亲身体验到了常伴君王左右是何等的不易,尤其作为最高旨意的直接执行者。而这些旨意是来自坐在天庭宝座的神直接授意的。

一旦与他们结成"亲缘"关系,就意味着将自己的氏族、个人,以及自己的后代,都置于了祭坛之上。他想隐退,过普通人的生活,但愿望总敌不过现实。一切都按照命运预先安排的那样进行:你还是要继续这样的生活,别无选择。是的,无论怎么小心谨慎都无法逃脱注定的命运。

儿子的死就是一个可怕的证明，他的儿子当时是年轻单于的左膀右臂。儿子死后，紧接着孙子出生，其中一个双目失明。很快，他的儿媳——世袭贵族出身——没能从丈夫离世的悲伤中走出来，也撒手人寰，留下了两个孩子，使他们成了真正的孤儿。其实，正是她和她的名门望族给他们的家庭带来了这么多不幸和痛苦。

孩子们长到七岁的时候，祖父和他的助手——中原人吴胡安——成为教育他们的主要负责人。他们不止一次带着孩子们去远征，也正因如此，兄弟中的弟弟阿贝尔从小就接触了军人的生活。没有祖父的提携，阿贝尔完全靠自己与生俱来的天分，便成功晋升了军职。十四岁被任命为十夫长，十五岁被任命为百夫长，而今年，单于将一整个千夫队交给他这个十七岁的年轻人带领。

殊不知这给祖父带来的喜悦远远少于担忧和疑惑："上天准备让这个男孩做什么？给他这么高的官职是否还为时过早？他将有怎样的命运？老天会让他去立功还是惹出灾祸？"也许阿贝尔是个头脑清晰、思维敏捷的人，甚至他的能力完全超越了许多同龄人，但是他仍然是一个没长大的孩子，授予他的权力可能会给他带来很多害处。他需要下达命令，不仅要指挥他人的行动，更确切地说还掌控着他们的命运……他的手下有千名士兵和几乎同等数量的辎车队的随行人员——这是真正意义上的一支独立的军队。"他将征服哪些民族？又将还哪些民族自由？他将被卷入哪些小范围的军事冲突中，又将参加哪些大规模的战争？"图拉尔闷闷不乐地猜测着。"年轻时可能做出任何荒唐事，愚蠢的冲动是青年人的特征，这些都是真实、自然的。悔恨中急切的情感，就像做出轻率鲁莽的行为时，或因不可挽回的错误陷入痛苦的煎熬时的急躁心情一样，但终究会受到惩罚……"

因为这些想法，因为想到孙子会面临不可避免的伤脑筋的军务和考验，祖父并不开心，变得难过起来。他的内心有了一种毫无把握的忐忑的感觉，他这位老人可不喜欢这种不可靠、不稳定的状态。好在他的工作，也就是军务——相对比较简单。派你去哪——你就出发，召你回来——你就起程。的确，老祖宗说得对，军人考虑的事情不该太多，顾及太多是危险的，这会让他们的内心产生波动，会让他们分

变换的时轮

心，而这就意味着，清晰明确的执行能力这一天生习惯开始消失。唉，我的孙子们……哪怕让我为他们承担部分生活中的重担，有这种可能吗……

8. 心灵之痛

图拉尔越发心疼这个失明的孙子。等待着阿阔尔的会是什么？上天准备让他做什么？要有怎样的考验？祖父心里立即预感到了孙子策划的这次朝圣之旅的危险性，但是，他到现在都不明白，为什么会选择一个有身体残疾又无助的人去完成这么重大的使命？看样子，他要完成的是一次特别的、神圣而伟大的行动，而这次行动的旨意并非来自这个世界。但是，到底是什么壮举——没有人知道。只有祖父和吴胡安意识到了这件事情的重要性，但他又解释不清楚。

是的，从很小的时候起，一谈到高级的神职人员，阿阔尔就会兴奋起来，并立刻开始询问举行这些宗教仪式的细节。那一刻，他那双失明的眼睛也充满了别样的光彩。他从小就知道许多祭神的祷词——因祈祷的内容不同，赞美词和祷词也不同，这是因为他每次都尽可能地参加家庭和氏族组织的所有宗教仪式。这些仪式不仅有一年里定期举行的，还有因各种日常生活中的事件，以及为一些重大事情专门组织的祭神活动。一段时间里这并没有引起大家的注意，直到阿阔尔大约五岁的时候，他突然开始预测一些事情，而且惊人地准确。当问他："你是从哪儿知道这些的？"阿阔尔只是耸耸肩，不情愿地回答："我只是感觉是这样的。"而他的这种"感觉"几乎每一次都与后来发生的事情相吻合。

今年春天，当草原上的雪尚未融化的时候，他向全家宣布他一定要前往腾格里神的仙居地去朝圣，履行朝拜仪式，这个决定让全家措手不及……是的，他必须去那里祈祷，刻不容缓。按他所说，他必须徒步走到那里，只能带着引路人同行，所有人都认为这是不可行的。当然，令人心情沉重的忧虑感笼罩着全家：怎么能让失明的孙子带着一个引路人踏上如此遥远的路程？！……

祖父曾想到了一个——在他看来——很好的帮助孙子的借口：就说，阿贝尔接到一项紧急任务——在那些地区搜集军事情报，可以顺便护送朝圣者一段路程……但是，阿阔尔不为所动。他认为，这样一来，就变成了娇生惯养的富家子弟的一次普通旅行，而不是一个真正的信徒的朝圣之旅。

无论家人内心多么恐惧，也只能无奈地同意让他踏上这条路，他们只好寄希望于造物主的保佑。所有人马上为寻找可靠的引路人忙活起来，很快便从数百人之中挑选出最优秀的五名亲兵，但是阿阔尔拒绝了所有人。大家认为他做了一个最不靠谱的选择——选定了自己的同龄人，一个在厨房工作的女仆的独生子。阿阔尔从小便和他相识，他们是一起长大的玩伴，结下了一份特别的友谊，与身份和地位无关的友谊。他叫霍伊古尔。

当把霍伊古尔引荐给祖父的时候，祖父一点也不喜欢他，图拉尔感觉他像一个人，但是像谁呢？……他也想不起来。

"他为什么选择了这个人？"祖父严肃地询问阿贝尔，"我还以为，他至少也会带来三四个人，怎么说也有个选择的余地。但却带来了这个仆人的儿子，一脸小人之相……他到底哪里有过人之处？"

"我们就是这样一起长大的，阿阔尔总是对他另眼看待，特别亲近他。"阿贝尔耸了耸肩。

"也就是说，你很了解他？你能保证他的为人吗？"

阿贝尔犹豫了，不知道该如何答复祖父：

"坦白说，对这个人我没什么可说的，无论是好话，还是坏话我都说不出，只不过是兄长请求我，让我为他担保。"

"真奇怪，他的脸上明明写着呢，这类人迟早会成为臭名昭著的骗子。"

"不过，他还是个孩子……怎么能这样说他呢？也许，他不会走上这条道路……"

"孩子……问题不在于他还是个孩子。我们是要将这件事托付给他……就因为他还是个孩子——相反，这才应该引起我们的担忧，因为不知道在他身上什么时候会显现出某些潜在的恶劣品质，谁能

变换的时轮

知道？……但是，很显然，现在从他的脸上就可以看出一些不良的端倪，你们都看看。在这条充满未知的路上会发生什么情况——我和你都无法预测……这就是问题所在。你现在是一名千夫长，必须学会观察、揣测，通过一个年轻人的习性和他的眼神就可以看出和判断出他潜在的可能的行为。如果不是你向我介绍这个人，而是他的老师——在这个孩子的成长过程中不辞辛劳地一直伴随在他身边的人，要是他为这个孩子做担保——我才可能相信他。而你自己要学习的东西还有很多……因此，以后不要再为自己不了解的人做担保。"

"您说的——我都记下了。但是，就霍伊古尔的问题来说，我是顺从兄长的意思。而说起老师，我们有再好不过的老师：您和我们来自中原的老师……"

"哎，我们算什么老师……总是忙于自己的军务，只是偶尔……老师——完全是另一回事，也许是我们无法企及的概念。要知道我从来也没有过老师……可能，我们这些从军之人不需要老师，有一个能引导我们走上正途的优秀指挥官和精明的侍从就足够了。"

"就比如说，我们的吴胡安老师，只要我有求于他，他就会经常过来，给我提些建议，指点我，耐心做出解释。"

"你完全同意他的教导吗？"

"嗯，有时候……"阿贝尔支支吾吾，不知为何突然脸红了，羞涩地挠了挠头。"有时候也不同意，但是，我总会认真倾听的。即使我不接受他的说法，我也会努力对我听到的东西进行思考。也正是因为这样，我才能经常更深入地了解事情的本质。"

"对了，就是这样！你说得很好，非常好。你要知道，一个聪明人——就是要不断学习，懂得倾听和思考。而特别聪明的人——在学习的过程中，甚至会进行争论，说出自己不认同的观点。也要学会向对手学习。你的老师吴胡安对我来说永远都是一个有才略的参谋，直到现在我有很多事情还是会向他请教。"

"那他为什么还只是一名百夫长？可以提拔他为千夫长、将军啊？"

"这件事情十分微妙，因为他一生经历了一些状况，他更愿意默默无闻，他很低调，这也是很少有人能做到的。"

"为什么会这样呢？"

"他是个命运多舛的人，这就是他的命运。这就是为什么你的朋友巴塔玛伊——在年纪轻轻的时候就当上千夫长？他比吴胡安聪明吗？不，他很普通，就像一棵空心的竹子。"

"但尽管如此，他也不比其他人差，他能管理好自己的千夫队。"阿贝尔赶紧为自己的伙伴辩护。

"对呀，这就是为什么一些甚至比他年轻许多的人都早已经退伍了，而他依然被军队所需。这是怎么回事？有时很难解释清楚。凭借自己的经验，他知道怎样成为一个有用的人，所以他依然留在军中。"

孙子离开后，老将军望着黑暗的地方，笑了很久。时间过得真快啊，十七年前……已经是十七年前了，却恍若就在昨天，还没有擦干痛苦的泪水，想到两个可爱的孙子，又流下了喜悦和希望的泪水。可以说——死神带走了他们的父母，而从死神手中夺下来的他们可能是上天给予的珍贵礼物……现在他们已经长大了，能与长辈们一起讨论一些复杂高深的问题。阿贝尔和大人们讨论军务问题，而才能不仅早就超出了同龄人，甚至超出很多大人的阿阔尔经常和长辈们探讨一些高深的问题，这些问题是有些人想都想不到的……

图拉尔对引路人很不放心，所有人都支持他的看法，只有吴胡安——这个从孩子们小时候起就参与到他们的教育中的人——并不认同。总的来说，许多人都有点怕图拉尔一根筋的思维，因此，吴胡安外表仍旧对大将军极其恭敬，但是，就像对待老朋友一样，又有几分提弄，完全肯定地说："不，尊敬的大将军，依我看，这个小引路人并不像我们感觉的那样简单。据我观察，他身上还有很多完全出乎意料的、连他自己都意想不到的能力还未表现出来。待到时机成熟时——您会相信阿阔尔选择的正确性，只有那时候您才会对我说的话心服口服。那时，可能你就会记起我的话……"他的这些话让图拉尔放下心来，尽管对此还是有些怀疑，但是，图拉尔不得不同意吴胡安的说法。最终的结果就是，不管你愿不愿意还是达成了一致——使用霍伊古尔，更确切地说，大家顺从了盲人朝圣者的意愿。

但是现在，朝圣者的踪迹消失在了昆仑山山脚下，之前的怀疑再

变换的时轮

次涌上心头："他们发生了什么？他们在那里怎么样了？是不是发生了什么不测？"

生活中糟糕的事情知道得太多不是什么好事，因为这样一来，有时你会对一些最普通的事情和行为开始曲解，这种负面的积累会在你身上滋生从前没有过的忧虑、怀疑和对所有人的不信任。对于这个从出生就有身体残疾，几乎是无助的，但也因此是自己最疼爱的孙子，自然你的心中多了一些对他命运的担忧，也因此在这方面你会特别脆弱。值得一提的是，在多子女的家庭中，说来也怪，家人特别在意的不是身体健康、有所成就的孩子，而是身体残疾、不受命运眷顾的孩子。

更愿意相信，阿阔尔身上发生的一切不是因为他，不是因为图拉尔，不是因为他的罪孽和不道义。但是不论他罪孽有多深重，腾格里神可以看到，他有多么克制自己，不让自己的战士做出无谓的牺牲，禁止踩躏那些可怜无助、手无寸铁的普通民众，有时还会严厉惩罚胆大妄为的亲兵以及他们的指挥官。

但现如今，如果他的孙子遭遇什么不测，他未必能保证自己不会做出什么事情来。他不知道自己会采取什么行动，将做些什么。因此，他祈祷："但愿不要如此，不要让我去尝这杯苦酒！……"

9. 等候命令

乌苏曼单于与自己的父亲和兄弟不同，他曾远离军务。人们认为随着时间的推移他会慢慢适应，熟悉并融入其中，但是事实却并非如此。相反，图拉尔最近感觉，单于对军队的事务越发失去兴趣，把军队完全放手交给他管。从匈奴人的角度来说，这么做不是很好，有不当之处。做出重大的军事决策和下达军事命令的人应该是单于，军队——从指挥官到最下级的亲兵和辎重兵——必须清楚，他们正在执行的是单于的旨意。自古以来都是如此，将来更应继续延续下去。要知道，整个匈奴民族的国泰民安已经保持了几个世纪，现在要靠军队的力量和强盛来维持这样的繁荣景象。

长期以来，在做出每一项军事决策时，大将军图拉尔都装作不是自己独自完成的，而是在同单于商量之后才定夺，尽管总有一些寻根问底的人，尤其是怀有忌妒之心的人，对他们你也瞒不住什么。这个夏天大将军不在，单于留在总指挥部，尽管那里有值守的将军，不管怎样单于还是需要处理军务。即使图拉尔没有耽误行程，如期返回，但因为这件事还是会受到单于的责备。

但是现在，图拉尔顾不上这些，满脑子想的都是另外一件事，他关心的是单于第二个命令会是什么，只能等待信使的到来。很可能，命令是与打击在逃的强盗团伙有关，他们不断攻击驮运队。必须说明的是，这是几百年来匈奴帝国对中原国家须尽的责任，为此，中原各国向匈奴支付了一笔不小的费用。因此，现在贸易路线上抢劫事件频发，这有悖于先前达成的协议，也不符合双方的利益。尽管很明显，发生这种大规模的抢劫事件主要责任方是华夏帝国，因为中原地区已经发动了长达一年的血流成河的内战，但是问题还需要大家共同解决。

出发前，图拉尔略施小计，经验丰富的大将军故意安排了几个头脑愚钝、能力不足的副将代替自己的职务。心里盘算着，他们每天都会去请示单于，这样一来会促使单于不仅要熟悉军务，还要逐渐接手处理。否则他严重脱离了匈奴帝国最重要的组成部分——军队，而这对他来说是危险的。当然，单于一直忙于经济、外交，以及各部族之间的事务，但是，不能仅仅是因为完全信任大将军就不问军务……没错，这样可不行——更何况图拉尔随时都可能发生不测，他已经老了！到那时，匈奴军瞬间就变得群龙无首了……图拉尔希望，在自己不在的这段时间里单于会明白，对于一个国家最重要的还是军事实力，无论其他内政和外交事务有多重要，军事实力才是核心。

当然，也许这也不完全正确……无论一个人做的是什么，他都会感觉这是世界上最重要的职业。在图拉尔年轻的时候，为了培养他成为大将军，用了对于领导层来说一种非常有趣的培养方式：几乎每年都会调动他的服役地点，把他派到远远近近的所有氏族和部落。这有难度吗？是的，有时困难是难以想象的，尤其是在早期。只要他刚刚熟悉、了解到当地的特点和下属的性格，就会立刻被派遣到另一个地

变换的时轮
ㅅㅅㅅㅅ

方。然后，他就会发觉：每一次他都由衷地认为这个氏族部落对匈奴军来说有着最重要的意义。最后，在很多氏族履职后，他意识到——在一个多民族的国家中每一个氏族都占据着特别的、无法取代的位置。但是只有你有了大量的生活经验，和每一个部落有过亲密接触从而深入了解他们的性格、思维和行为的特点，才能有这样的认识。当军队面临复杂的任务时，你，作为最在行、最熟悉自己军队的大将军，要从一个性格、习惯和作战特点最合适的氏族中选派合适的军人去解决问题。

例如，在茂密的丛林，当周围什么都看不见的时候，对许多草原部落的士兵来说就会有些手足无措，因此通常派出熟悉森林的乌梁海人。当需要耐力和韧性时，最好是选择乌孙人——他们看起来行动缓慢，但总能一直坚持到底并坚定地完成自己的目标。

在激烈的战斗中，想要突破重围或者进行突袭时使用来自西部山区的西戎人是绝妙的选择。值得一提的是，秦国曾降服了十二个西戎的部落，并把他们收编到自己的军队。许多人将秦国战斗力的提升以及秦国攻打诸侯国的成功归因于此，虽然西戎人只占据他们军队数量的极小部分。但是他们的这种精神本质——激昂的铤而走险的精神——在对的地方、在对的战争时刻使用，即使他们人数很少，也能取得惊人的战果。

* * *

图拉尔差信使带回侦查结果的情报。重要的消息就是中原赵、燕、魏、韩和楚国事实上已经瓦解。他毫不耽搁地报告了同齐国大司马苏护的会谈。

对乌苏曼单于来说这一情报显然是出乎意料的，也是令他不快的消息。多年来，为了改善同每个诸侯国的关系，已经付出了巨大的努力。进行了多少次的谈判，而且有时达成共识也是相当不容易的。而突然之间，所做的一切几乎变为徒劳。

另一件事似乎很奇怪：根据得到的情报和齐国大司马的确认，韩国、赵国和魏国几年之前就灭亡了，但是根据保护商队的协议，以他们名义送来的酬金却一分不少照旧送达。为什么会这样？如果诸侯国很早就灭亡了，那么是谁送来礼品呢？难道是秦王嬴政——秦国现任年轻的统治者吗？如果是这样，那么他为什么这么做？最简单的答案就是：为了让匈奴人想不到这些诸侯国已经灭亡，以期隐瞒更久一点，一定是害怕他们的干涉。

这是完全有可能的……事实上，在匈奴人看来这种狡猾的计谋是多此一举的，是无法理解的，但是中原人天生就有这样灵敏的头脑。奇怪的是，要知道各地都在进行残酷的战争，当到处分崩离析、满目疮痍的时候，还能顾及这些细节？

是的，有很多事是匈奴人想不到的，这些都值得单于思考。另一件事也令人担忧——单于不断派遣到中原的经验丰富的侦察兵，也没能搞清楚什么才是最重要的情报。在他们带回来的消息中，关于这场持续十年的内战有很多相似的信息，但是几乎没有情报提及秦国的壮大。然而乌苏曼单于还是开始怀疑问题不妙，于是委托图拉尔大将军查明一切。但是现在当他得知我们的担忧已经得到了证实时，未必会为此而感到高兴。

真是厉害，乌苏曼真是个令人惊讶的预言者，你还能相信那些对他不满意、背地里偷偷议论他过于优柔寡断的长者的观点吗？他们忘得太快了，自信的上任单于——十七岁的萨拉曼——不到一年就闯下了多少灾祸。即便是十七年后的今天，仍能感受到当时带给匈奴的不良后果。

图拉尔大将军从总指挥部里带来的手下表现得"相当不错"。本该通过侦察兵的情报对中原的情况得出适当的结论，让侦察兵们就地打探清楚所有真实的情况，而他们做的仅仅是为别人家的内乱感到幸灾乐祸和说些风言风语。出于对他们头衔和经验的尊重骂他们是傻子真是难以启齿，尽管毫无疑问，这就是事实。这是谁的错呢？谁选拔的总指挥部的将领，难道不是他自己吗？当然，得到了单于的最终确认，但是是大将军推举上来的。

原来你自己才是个老傻瓜，只有你才是。你不是为中原的同室操戈叫好吗？对这些消息根本没有重视。不，早该让目光敏锐的、眼光长远的年轻人来替换他了。

变换的时轮

~~~~

不管怎么说已经完成了一项任务。现在需要等待第二项任务的送达，单于的通信兵也该到了。在他还未到的时候，图拉尔决定派遣两名指挥官和他们的千夫长向西先行出发。在发生战争的情况下，这通常是由经验丰富的老兵率领的一支特别先遣部队来完成。他们要根据情况选择驻扎地，不仅要考虑临近水源，可以放马，还要考虑营地的隐蔽性。今天可以让年轻人学习一下，让阿贝尔自己选择驻扎地和行军路线。

为了不错过大本营来的信使，图拉尔和自己的四个百夫队留在原地等待。

10. "老男孩"巴塔玛伊

根据现在的情况，图拉尔在部署中赋予了千夫长巴塔玛伊和阿贝尔自己选择行军路线和驻扎地的权力。令人惊讶的是，这个老兵非常高兴：为什么会这样呢？他对此回答：

"将军大人，您给了我自由行动的机会，这对一个军人来说是多么的幸福！我可以随意选择地方让队伍休整和过夜，选择我喜欢的地方，选择兵马都自由自在的地方……您自己记得吧，在我们的生活中不知有多少次路过美丽的地方而不能停留，因为我们不允许偏离既定的路线，不能够违背命令，只能在总指挥部指定的地方驻扎。就是这样，我看，这一生都错过了……想起这些就会不自主地伤感。到头来，我们一生都是在执行一个又一个蛮横霸道之人的命令，从来没有按自己的想法活过。"

"行了，行了，老兄，你现在谈到的都是一生过得身不由己，被一群刚愎自用的人所领导，一生都白活了。"图拉尔试图阻止他，暗自哼了一声："刚愎自用之人——很明显，这就是我……"

"啊，白活了——也不是白活，但还是……"老巴塔玛伊马上结结巴巴、语无伦次起来，但还是决定说完："不管怎么说，但这还是事实——身不由己，如果说实话的话。"

"怎么个身不由己啊？！"大将军呵斥了一声。"你在说什么荒谬至极的话，老兄？"

"我又没有当众这么说。这只是我们之间的谈话，有时候我们私下里不是可以坦诚地交谈吗……"巴塔玛伊现在别无选择了，只能坚定地坚持己见了。"你可真行，看看你自己……受人摆布的人中第一个就是你。最言听计从的人，而且还要传授、控制、说教其他人，不给别人一点自由。"

"我让你看看什么是'自由'！愿天神保佑，回去之后的第一件事就是要给你自由，回去你就收拾收拾可以回家了。随你去哪里，然后不要再求我们回到这个'束缚'你的地方，我倒要看看给你'自由'之后你在那里怎么哭天抹泪……"

"我不会想回来的，我自己会离开的，已经厌烦了。但愿早点回去呢！"

"别担心，这件事我不会给你忘记的，也不用你哭着跪下来恳求。"图拉尔说，而内心对他的说法却是认可的："要知道他是对的，确实没错，他的实话触及了你的痛点。"只是拒绝了一个注定失败的齐国大司马苏护的求助，对于一个手下人来说又算得了什么呢？

巴塔玛伊走了，而图拉尔仍旧坐在那里，陷入沉思，当被勤务兵请来的几个年轻的将领惶惶不安地进来时，他也一动没动。当然，他们不可能没听到两位老人最后充满火药味的谈话，这应该更加让他们惊慌失措。

以阿贝尔为首的年轻将领有三个。他们领导的是一支精编的千夫队。如果像巴塔玛伊的普通的千夫队平均给每个战士配一匹备用马，那么这支队伍中就会配两匹。这在战斗中会增加兵马调动的速度和军队的实力，但是当牧场不充足的时候，这些增加的战斗力反而成了多余的负担，让人头痛。

指挥这支精编千夫队的阿贝尔简要概述了军队的行动计划。其他两个人是他的副将，是乌苏曼单于的儿子，他们直到十五岁才参与军务，这显然有点晚了，因此因为经验不足看上去有些不知所措。但是多亏了勤奋而且认真的态度，他们已经成功地弥补了落下的东西，有了很大的进步。就单于儿子的地位来说，他们的服役也是十分必要的。

变换的时轮

他们必须亲身体验，真正意识到军务中所有的艰辛和用兵的智慧……显然，这次行军让他们大开眼界，懂得了不少军务之道。可怜的男孩子们已经相当疲惫，只能勉强地支撑着站在这里，加之十分紧张，在这种"挺不住"的状态下，还听着大将军的部署和安排，努力不错过他的每一句话。唉，皇子的命运也是艰难的——日夜都要受到严密的监视。

他们的父亲乌苏曼单于曾经像他们一样，参加行军，不止一次担任过多个千夫队的副将。时间过得真快，但糟糕的是活得太久，经历过的生活开始在不同年龄段的不同人身上重复上演——既可能在你的身上，又可能在其他人的身上重复，而每一次重复都变得越来越无聊。而且不断地提醒着你想要忘记的一切——这也是很悲伤的。

让大将军本人非常惊讶的是：他第一次感觉单于的后裔很可怜。他们的服役是短暂的，就像春天一样一晃而过，因此对他们来说非常艰难。而自己的孙子他完全不可怜，有什么好可怜的呢？这是他的氏族、血统的使命。他不仅需要参军，而且有义务服役，所以就让他服役吧。是很不容易——那他也得忍受，没有必要同情他，他是个军人。这是他的，也是我的命运，我们共同的任务就是服务于单于。我们的使命——把单于的最高命令以最好的方式落实到我们的生活中。

可汗的儿子不仅需要学习很多东西，而且还要了解清楚并亲身体验所有军中的困难，这样以后才能得心应手地管理国家和军队，准确无误地做出决策，统治众多氏族、部落和人民。

而做决策——这完全不是乐趣，而是统治者沉重的负担。嗯，还是应该告诉勤务兵，尽量不给他们造成不必要的麻烦。不能让他们感觉行军生活是痛苦难挨的，不要让他们痛恨军务，那将是完全不希望看到的。一切都应该适度，过犹不及。

整个行军过程中图拉尔都密切关注着他们，并且发现他们很像自己的祖辈：从走路的姿态到揪衣角、手指系带或扣纽扣的习惯。他们的面部特征很像他们的父亲，甚至和很久以前死去的一个祖父很相像……图拉尔比很多人的寿命都长，见证了多少人的死亡！

"走近些……你们不要在意我们老头之间的口角。这对我们来说很少见，但也是会发生的……我们也是人啊！但是这不是争吵，也不是彼此间在想法上产生了分歧，只是对离我们今天的困难还很遥远的事情抱怨一下，发一下牢骚。当你活得久，见得多，就像我和巴塔玛伊一样，就会有这样的情绪的。有许多东西必须去习惯、适应；有许多规则，你必须服从，即便违背自己的意愿，你也要克制自己，努力遵守。那么不满的情绪有时候会突然爆发……积累了很多年然后——完全不合时宜地——突然冒出来。你们懂吗？"

"懂了。"男孩子们乖乖地回答。虽然从他们脸上可以看出：话是明白了，而心里还是不能理解，他们的阅历还很浅。

"好吧，没关系，以后会明白的。"老将军宽容地笑了笑。"万事各有其时！但是聪明的人能及时理解一切，而那些还不够很聪明的人——在犯了错误、做出蠢事之后，也会意识到别人的警告是正确的。不幸的是聪明的人——寥寥无几，而像我们这样事后才明白的——是大多数，我们有各种各样的想法——那都是事后聪明……所以我们大多数人都应该让自己的脑袋转得快一点，让好的想法能够及时出现……"

"是这样吗？"单于儿子疲惫的眼睛一下充满了生机。

"是的！首先你应该给大脑，而不是给手安排工作。让头脑永远抢在手的前面……"

大将军感到满意：几个男孩子会牢牢地记住这次谈话，殊不知，还多亏了巴塔玛伊的暴脾气。因祸得福——但并不是每一次都会这样发生。这次，正好可以让他们有所思考，他们和他们这一代注定要做伟大的事情，帝国的命运很快将由他们来决定。

* * *

当孩子们收到任务离开后，图拉尔摇摇头，窃笑了一下，庆幸这一刻没有人看到。然后有点幸灾乐祸地想象着老巴塔玛伊又一次乞求他原谅的样子，乞求让他在下一次行军中能够追随他。这样的情况不知发生了多少次，这一次，毫无疑问也会是这样。

行军回去后，头三个月这个古怪的老头都不会出现在图拉尔的眼前。然后，当听说有新的行军时，他会找各种借口又开始在大将军周围转悠，见面的时候他就看着将军的眼睛，巴结他，希望能得到同意。

变换的时轮

无论年迈的图拉尔怎么让自己狠下心，板起面孔来，最终他还是会绷不住，只得认输。他一直非常可怜这个古怪的老头，这个一生都生活在他身边，而且和他一起并肩作战的朋友。没错，他是有点愚蠢糊涂……如果他随着年龄的增长并没有变得更聪明，没有任何变化，能拿他怎么办？你已经改变不了他了，他生来就是这样。

在整个帝国军队里，在领导层中能够参加艰苦行军的同龄人也就剩下他们两个人了。绝大多数同龄人在战场上牺牲了，而活下来的那些人——或者坐在总指挥部里，或者早就告老还乡——回到自己的氏族了。他和巴塔玛伊从年少时就一起参加远征，从那时就一直在一起，就这样，尽管是两个完全不同的人，但是彼此惺惺相惜。因此不忍心在年老时把巴塔玛伊这么无情地赶出军队，那样他也会因为羞耻而死去，图拉尔没必要再犯下这样的罪过……巴塔玛伊一生都是这样的：在军队中因为束缚而感到难以忍受，因为服从纪律和命令而痛苦，而自由的时候又因为无所事事感到无聊，因为感觉自己无用，不被需要而失落。可怜的人，大大小小的家务事也让他不胜其烦！他的妻子们尤其使他厌烦，每个妻子都整天因为些愚蠢和琐碎的事情对他纠缠不休，怎么能躲开她们——他不知道。想要逃避她们就只能待在军中，为了逃离家庭，匈奴男人还没有想出其他更正当的理由。

因此，无论巴塔玛伊怎么嘟囔，他在军队总比在家里要舒服得多。他就是这样的人——爱发牢骚、絮絮叨叨。他对什么都感到不满，唠叨，抱怨，有时候简直无法忍受这样的诉苦。他是小男孩的时候就是这样，这个样子居然能够活到这把年纪。但是彼此关系中的所有隔阂都没有影响到两位老友继续在军队中并肩战斗，和年轻人一起远征。现在他们的同龄人中谁还能做到呢？

你们说，能够将两个命运截然不同、性格完全不同的人牢牢地连在一起——这难道不是生活的伟大之处吗？！

如果说图拉尔一生都在快速地调整自己，在战斗和行军中成长，最终成为统领一支庞大军队的指挥官，那么巴塔玛伊就好像没有发觉时间的流逝，因为自己的思维特点他在骨子里仍旧是个年轻人。如果说发生了什么变化的话，那也只是外表的变化。的确，用兵之法他掌握得还不错，头衔和军职晋升得也很快。但是无论周围人怎么取笑他，怎么告诫他，他一直都是这么心胸狭窄，同时容易轻信他人。总而言之，他就是一个大孩子：冲动、冒失，不管在哪里，什么时候都风风火火，在和别人交流时会表现出一些幼稚的想法和兴趣，因此，他同阿贝尔能够不分大小，平等交流也就不足为奇了。

就这样巴塔玛伊和图拉尔的交情维持了四十年，而今天他还是那般孩子气，和图拉尔的孙子保持着忘年交。真是惊人，他幼稚的想法和爱好没有因为漫长一生积累的经验而改变。在外人看来，显然十七岁的阿贝尔比他稳重而理智得多。这个"老男孩"巴塔玛伊是个惊人的存在。

11. 人和国家的命运——由天神来决定

许多未来将要发生的事情所包含的秘密是不为人知的，命运会暂时把它们隐藏起来。据说，乌孙·朱兰泰——至高无上的天神的文书官，天神手下主管文职工作的神——在人出生前就已经在神圣的天柱上刻下文字，确定了这个人未来尘世命运里的所有至关重要的节点。也就是说，人的命运早早就被计划好了，他会在其他人的命运中有什么样的一席之地都是命中注定的。每一个个体的命运都会与伟大的帝国、小的国家、氏族和部落交织在一起。但是与一个人联系最紧密的是他的家人，他的成功或者失败不仅会为自己，也会为这些与他命运交织在一起的人带来欢乐或者悲伤。遗憾的是，凡人的思维无法理解天神的旨意，因此也不能明白是以怎样的标准早早就指定了一个人命运中要经历的事件。一些人，像我和巴塔玛伊一样，活到暮年；而另一些人，并不比我们差，甚至有些比我们更优秀——在战争中英年早逝。只能认为这是上天的整体安排，但是具体怎样的安排我们不得而知……就这样，帐内只剩下大将军图拉尔一人，他沉浸在自己的思考中。

"人类的思维无论如何都不能够解释这一点，而我一个老兵，更是如此。有时会感觉，天上的文官偶尔也会犯下错误，造成极大的不公正，尽管这么想是一种罪过。为什么，又有什么依据让一个人活这

变换的时轮
▲▲▲▲

么久,以至于他本人都活够了,并且他由衷地希望能够有尊严地死去,但是却没有给他这份快乐。而有的人刚刚开始生活,刚刚展露出他出众的才能和天赋,就抛下悲痛的亲人,撒手人寰……他去了哪里?因为什么离去?为什么会这样?难道这一厄运也是被乌孙·朱兰泰早早地刻在了水晶柱上?我可以想象到,这个有无限权力的神因为要处理大量的事务而疲惫不堪——那时,他也有可能出错:混淆了名字,或弄错了哪件事应该记在谁的名字下面……很难化解这种沉重的命运带来的压抑的心情,尤其当这关乎到你、你个人的命运时。并且毫无疑问,之后还会涉及你的亲人、孩子和孙子的命运……你却完全没有可能对此提出异议,改变这一命运或者哪怕是减轻一点负担,这让人痛苦不堪。接受命中注定的一切,你需要做的就是安分守己,听从命运的安排。因为人所身处的境况——在面临危险时他没有选择的权利——不像动物,任何动物都可以逃跑、躲藏,而人则必须要经历所有早早就为他安排好的生活中的酸甜苦辣,因为命运是逃脱不掉的……"当他十七年前就牺牲的儿子阿尔斯兰突然,没有任何缘由地从另一个世界出现,如此真实地站在眼前,一个老兵、一个不由自主的思想家还能想些什么……在阳光下,他身披闪亮的盔甲正带领着前进的千夫队全速地飞驰着,风调皮地抚弄着他金色的卷发,他的脸上露出了幸福的笑容,这样的笑容对父亲来说是多么珍贵……

* * *

在一个大家庭中什么样的事情都有可能发生,更别说像匈奴社会中的那些庞大的部族。经常会发生一些争执,不得不用一生积累的经验来解决这些争端,随着时间的流逝隔阂逐渐消失,也慢慢被遗忘。腾格里神保佑,让这个民族远离同室操戈吧!千万别让匈奴染上中原国家的"毛病"——手足相残。统治者永远不应该让内部的小纷争变成真正的军事冲突。很难想象,像华夏这样实力雄厚的泱泱大国居然发生了自相残杀的战争,留下了千疮百孔的残局,到底是什么促使他们这样做。难以想象的还有:在这个体无完肤的大国身上深深的伤口还在流血,需要做出怎样的努力才能让这些伤口愈合。要知道,总是有很多机会可以不使分歧升级为正面的冲突,发展成不可扭转的局面。

当然，为了快速解决问题，动用武力似乎更简单，但是一时的头脑发热有可能惹出很多灾祸，因为冲动有时会造成无法挽回的后果，多年的努力全都白费——一世英名毁于一旦……

不知道别人怎样，图拉尔可是清楚记得，匈奴内部的一次最微不足道的纠纷在几代人的记忆中留下深深的痕迹。那是乌孙与月氏发生的不睦……他非常希望乌苏曼单于能吸取那次惨痛的教训，不要重复已故的暴躁又冲动的萨拉曼单于犯下的错误，动不动就杀头。

图拉尔的服役是在阿塔玛依时期开始的——现任乌苏曼单于和已故的萨拉曼单于的祖父。阿贝海执政的时候图拉尔继续服役，也在那时成为大将军。这已经是很久以前的事了，那段时期的见证者，可以说，已经没有在世的了。但他却觉得一切仿佛就在昨天……

从各方面来看阿贝海是一个最值得尊敬的人，并且是个雄才大略的单于。他话很少，因此布置任务的时候，一些细节就好像没有说完，其实他是让你根据具体的情况自己思考出来。他总是确定大方向，从来不干涉任务细节的处理，让执行者不会感到束手束脚，而是让他们自己决定该怎么完成。

正是在阿贝海的统治下，匈奴最终建立起如今英勇强大的军队。他力挽狂澜，拯救了明显衰落的伊尔帝国，大量事实可以引以为证。他拥有远见卓识，渐渐地让各支部队的指挥官们相互之间达成理解，最终把曾经几个氏族相互结盟而组建的分散的军队统一到一起，形成合力。在他的统治下服兵役是件轻松的事，并不是负担，服役的快乐到底体现在哪里，谁也说不清楚，但是轻松快乐的确是不争的事实。也许，是因为阿贝海对手下主要的要求——何时何地都要公正地行事？那时候每一个匈奴人都觉得自己是拯救者、解放者、保护者，而不是大马路上的强盗和土匪——曾经这样的事情真的发生过。当然，历经了风风雨雨，但这一主要的原则保留了下来。

的确，服役并非易事。通常一个人在服役这件事上不仅看不到它主要的意义是什么，而且还会觉得是毫无意义。他很难找到一个答案，为什么他要日日夜夜承担这份义务，为什么他要为伊尔帝国免遭不幸而牺牲自己。没有找到意义和快乐的服役就被认为是沉重的、被迫的、

变换的时轮

强加的一份责任。任何一个国家的军队中都经常会有这样的情绪。但是在阿塔玛依和他的儿子阿贝海的统治时期军人的职责清晰明确，任何人对自己不会提出多余的疑问。是的，没有必要再问自己这样的问题："为什么要服兵役？意义何在？"现在是乌苏曼单于的执政时期，已经习惯了对阿塔玛依单于、之后的阿贝海单于十分依赖和信任的军人们在这时候有些丧失了从前坚定不移的信心。为什么会有这样的变化，到现在也没有人知道。也就是说，一定是发生了什么，才使军人变成了越来越冷漠的命令执行者。绝对不应该允许这样的事情发生，但是这样的变化却在悄悄地发生着，应该归咎于谁？也许，一切过错都源于他——年迈的大将军？大将军应该从自己的指挥官和战士们的一句话、一个小小的暗示、一个面部表情就能读懂他们的想法……也许，因为年龄上明显的差距他已经无法理解他们了。这一切都证明他早就应该告老还乡了……

想着"告老还乡"，大将军不安地睡去了。

12. 期待已久的通信兵

黑夜退去。清晨，太阳从地平线上缓缓升起，阳光还略有些清冷。在离大将军的帐篷不远的地方坐着几个人，突然，空气像凝结了一样：一个年轻且目光敏锐的警卫向远处地平线的方向望去，猛然跳了起来，所有人一下子安静了下来，就像听到命令一样齐刷刷地把脸转向了北方。

这里的人们已经翘首企盼了很多天，他们正在等待骑花斑马的骑行者从那个方向出现。花斑马——匈奴信使的坐骑。地平线那边没有让人们失望：从那个方向有人向这边靠近了……是的，两个骑行者，但是马的花色暂时还看不清楚。

最后年轻的警卫兴奋地大喊：

"是的，我觉得是他们……通信兵！"

"为什么？你怎么知道？"一个目光锐利的老人问。他的视力早就退化了，他对年轻人的话还有些怀疑。

"前面那个人的马是带花斑的……是的，花斑马！"

"终于啊……"老人这一次相信了，深深地叹了口气。"万能的腾格里神，在考验了我们的耐心之后，终于开恩了，给予我们体谅和宽容。去报告大将军！"

"是……"

图拉尔坐在绸布帐篷里，清楚地听到了这一对话。但是在听到他们说马的花色时，他也没有急于出去。

按照规矩，警卫让通信兵停在距离很远的地方。通信兵急忙下马，活动活动由于长途跋涉而麻木的肢体，先是慢慢地向帐篷走去，然后不断加快步伐。

"怎么这么长时间！"警卫长火冒三丈地呵斥。"我们的眼睛都快要盼瞎了。"

"这也不关我们的事啊……不是我们的错。接到命令我们就出发了，尽可能地快马加鞭。这可不是闹着玩的——五十基奥斯的路，我们用了三昼夜就赶到了！"

借这个机会，警卫长不失时机地对整个总指挥部挖苦一番：

"上边总是这样：什么事都拖延——没有人会为此负责……互相推诿。而最终——都是通信兵的责任。"

信使向大将军的白色帐篷走去，边走边拂去了身上的灰尘，整理好自己的衣帽。同时警卫长按照惯例绕到营帐的后方，然后报告：

"将军大人，通信兵带着有银封条的信件从我们的家乡赶来了。"

"好的，带他们进来。"

通信兵一心完成责任重大的任务，甚至没有自报姓名，显然他认为这位军队老统帅对他很熟悉，他马上进入正题，以代理大将军的名义宣读到："我——留在大本营接替你工作的迈代·巴特尔，同众谋士经过多次商议之后，并得到单于的批准，特命令你：接到此信后立刻动身前往萨拉泰，强制他们按照和平条约履行自己应该承担的义务……"

"任务——索要近三年来他们的欠款。只收取黄金和白银，不接受用其他的物品来偿还欠款。如果国库财产不够，就从富人那里索要剩余的欠款，不要招惹商人。只要有一点抵抗或者表现出不配合——

立即惩处，绝不留情。迈代·巴特尔书……"

"接令……"图拉尔回答，表示同意和服从指示，轻松地叹了口气。

好在他不必与自己的同族人手足相残，即便他们是生活在华夏的同族，这是他之前非常担心的。人到老年，他可不想被卷入一件不光彩的、肮脏的、罪恶的事情中，还要在"那里"——在天上——为此事承担责任。

当你自然而然接近生命的尾声时，无论如何都不想因为参加新的氏族间的战争而加重自己的罪过。这一生本就累积了很多罪过，换句话说，军人怎么能没有罪过呢？尽管他长期以来一直说服自己，对他们的手足应该在军事上给予一定的让步或者"优待"，但不是他个人要发动所有的这些战争，而且他也不能不保护自己的父老乡亲，也就是说不能不去杀敌……否则，如果不考虑这样的军人天职，地狱——也就是阿贾莱的领地会等着我们所有人挨个儿去报到……

图拉尔沉默了片刻，察觉到通信兵疑惑的目光，叫来了警卫长：

"为盼望已久的信使以及随行人员接风洗尘：设宴款待，安排柔软舒适的卧榻，备厚礼以表谢意……"

"是……"

13. 拨云见日

就是说，图拉尔接到的第二条命令正是他所期待的……这条命令马上扫除了他心中的担忧和顾虑，就像迷雾突然散去，眼前的一切都变得清晰。昨天他还在猜测，捉摸不定：是否会派他去萨拉泰？如果对萨拉泰已经容忍了三年——单于出了名的善于采取观望态度，这次能不能再继续忍下去？是不是还能忍三年呢？总之，他的心思和思维方式你是摸不透的……现在很明显，许多亟须解决的艰巨任务压在身处华夏的这些匈奴人头上，单于从中选择了最简单、最易解决的问题让他们去处理，并决定暂不干涉伟大邻国的事务，伺机而动……

现在让他奇怪的是，为什么这条命令迟迟不下达呢？是什么原因让他们犹犹豫豫、久拖不决？完全可以快些做出决策，通信兵至少可以早十天左右派出。但是，显然这其中有一些他不知道的原因。可能是争论两只千夫队能不能胜任，但这是不是有点后知后觉呢……不论怎样他们最终还是拿定主意，下达了这条难产的指令。那些驻扎在沙漠中等待命令的先遣部队需要忍受沙漠的炎热，对于他们来说——命令是稍晚了点，但是对那些在凉爽的总指挥部做出这个期待已久的决定的人看来，他们有犹豫矛盾的理由——决策做得正是时候……算了，现在一切都清楚明确了，这样仔细斟酌、慎重考虑过的决定他接受起来也轻松得多。

不，人终归是神奇的生物：他——这位经验丰富，临时担任此次远征军的总指挥——再次因自己的善变的观点而感到震惊。只要在思想上接受了其他将领提出的另一种选择，立刻改变的不仅是他对事件的看法，而且他本人的立场也随之发生变化。结果他好像变成了另外一个人，他不仅仅是有了另一种观点，而且这些观点对于自己昨天的想法来说是批判的、完全抵触的……

对这样的自己怎么能不感到惊讶……

要知道单于留任他做大将军……在这之后他对自己的部下，对那些比自己低很多级的下属的状态就不甚了解了，完全摸不着头脑。对于这些官兵来说，他们要无条件地完成有时候在他们看来是颇有争议的命令，甚至还要绝对忍受上级的独断专行。而指挥官不是他一个人……能发号施令的、监视着军队的大大小小事务的高官还有很多。他作为所有行军部队的统帅，一个人就有九个副将，而其他高官的副将更多。每个人在执行他的命令时都夹杂了自己的理解，而这些理解并不总是正确的。最终因为这样的混乱状态有时候甚至弄不清楚是谁，如何影响到了命令，执行时出现偏差，到底是谁的责任无从追究。

如果上级下达的命令符合军人的能力的话，当然他们更习惯于执行这些对自己来说简单明确的指令。当一些将领脱离现实，行事冒进，就会不由自主地犯错，而这些上级的错误在"下面"会看得一清二楚。然后下属们会产生疑问，他们上面的人看不出来自己的错误吗？就应该让指挥官现场做出决定……这样就不会——自行其是了。

想到这里他甚至觉得很是难堪。图拉尔几乎一生都在担任高级指

变换的时轮

挥官，却从没有深入思考过这样的细微之处，从来没有考虑到不同人和不同情况的复杂微妙之处，今天才刚刚大彻大悟……唉，是不是为时已晚了？当然，对所有已经完成的事来说是已经晚了。如果他能早点明白这些，那会大有裨益。

"我承认，我曾经，现在也一样，是一个不善于思考的指挥官，一个不能做到细致入微的普通军人罢了，不会倾听下属的想法，不会顾及他们的情绪，而这些本该是能做到的……"

很自然，这些迟来的醒悟让图拉尔很伤心。三十年前，也差不多是小四十年前，就应该认真地考虑到这些，当时哪里能想得到！现在悔不当初还有什么用？生活还要继续，再想这些也是痛苦，现在最重要的是——能够及时地把这一突然的发现告诉年轻人。要尽量消除他们不愿听长辈唠叨的抵触情绪，可能，需要强制他们听他的唠叨了——否则他们的"年轻气盛"会使他们重蹈图拉尔的覆辙。他很早就注意到他的下属不再和他推心置腹地交流自己的疑惑了。他们对待他开始冷淡、疏远——他完全能理解他们的小心谨慎……经验不足的人认为这是一种尊重。不管别人怎样想，但他知道，事实根本不是那么回事。

而年轻人对他已故的儿子阿尔斯兰的态度是热情和信任的。到哪里他都是有亲和力、值得信任的人，对每个人来说——无论年龄、社会地位、头衔和职位如何——他都是自己人……图拉尔不明白，他是如何没有丝毫压力，无论是和氏族首领，还是和上级长官都能自如地沟通交流。很多人都发现了这一点，并对他大加赞赏。是啊，真是个令人惊叹的、了不起的男孩儿！他能通过几句话就使几乎每个接触过的人产生好感，赢得别人对自己的信任和亲近感。他什么时候在哪学会的这些，父亲到现在也不清楚。他是怎么和每个人都能找到话题，怎么和他们达到志同道合的呢？要知道他完全就是一个没有任何生活经验的小男孩……

曾经，阿尔斯兰和先遣警卫队驰骋在荒无人烟的边陲草原，看见一大群羊和一个孤独的牧羊人，急忙下马打招呼，和他一起坐在草地上谈论羊群、牧场和天气。牧羊人本该因为全副武装的陌生人的出现而有所戒备，但是他反而很快就信任了阿尔斯兰，并将边区的情况和盘托出：哪里有谁的穹庐，他们是怎么生活的，这个地方是如何管理的。阿尔斯兰和每个人都能合上拍：和牧羊人在一起——他就是牧羊人，和猎人在一起——他就成了猎人，和军人在一起——他有军人的话题。

这应该是一个年纪稍微大一些、经验多一些的人才能做到的，而阿尔斯兰——完全是个乳臭未干的少年。他身上为人处世的分寸感和正确处理问题的细致入微的方法是从哪里来的呢？当然了，这是天生的，他从小就是这样。

作为一个父亲，老将军现在明白了儿子的天赋是从何而来。但是因为明白了这一点他会变得更轻松了吗？相反，注定的命运一直压在他的身上，让他感觉窒息。人是无力对抗天命的，上天注定了伟大统治者家族的命运，他的妻子、阿尔斯兰的母亲正是有这样的血统。

上天赋予了伟大氏族的代表各种优越之处，因此他们也要为此承担一些责任，去承担普通凡人难以完成的重任。在完成上天交付的任务时，他们也被赋予一些出众的才能，没有这些能力他们是不可能统治国家、氏族、部落联盟和百姓的。

他们的重任：以完成天神指派的任务为己任，不允许有任何恣意妄为的行为。他们的生命就像腾格里神射出的飞箭，射向哪里，只有腾格里神知道……所有不幸被天神选中完成丰功伟绩的人，他们不应该有任何个人的追求，失去了自由和掌握自己命运的机会，他们一生都只是上苍的仆人和奴隶，而如果"幸运"的话——死后还是……

现在在暮年回首过去，图拉尔明白了，在这漫长的一生中，他所做的一切都是按照天神的旨意：无论大事还是小事，无论是正义的还是非正义的，无论是取得的丰功伟绩还是对远远近近的民族犯下的罪过，没有一件是个人的私事……

应该得到腾格里神的褒奖，因为该做的他都已经成功做到了，没有偏离上天给他指定的路线；此外，指派他做的一些不义的事情——对于一个军人来说这些都是避免不了的事情——并没有做得过火，没有增添自身的罪恶。

变换的时轮

像任何人一样，他一生偷偷梦想着在某个远离尘世纷争的地方生活——在"蓝湖"边，钓鱼、打猎、牧羊……哪怕是寥寥一年半载，只过自己想要的生活，做做自己感兴趣的事情，远离丰功伟绩，在与世隔绝的地方。几乎半个世纪他都是军队的指挥官，但是他的内心完全没有接受军人的命运，这不是他自己的选择。看来，他被派到这个世界上来就是要做一个和气、善良、温顺的人。总之，他说不上是一个强大的人，确切地说甚至是一个软弱的人……

但是发生的一切并非他的意愿，也不是他想要的生活状态。确切地说——是违背了他的意愿，因为上天赐予他伟大的使命，他肩负重担。当你开始回忆自己的行为，思考自己的行为——不仅对事情的对与错厘不清头绪，而且自己也不再相信自己：这一切是发生在你身上的吗？

至高无上的神知道——被上天选中并不是我的错，可以说这和我毫不相干。不是我选择了军人的道路，我被选中，并不是我的错。我只是不敢违抗，并且服从了命运的安排，而当你屈服于命运——你就变成一个毫无怨言的别人意志的执行者……

图拉尔闭上了眼睛——在他面前出现了一条蜿蜒的平原小河，清澈的波浪涌上浅滩……不，没什么可幻想的，在他漫长的人生中依自己的心愿想要的东西还从来没有得到过。事实上，他也不知道什么是自己的意愿……从来都不知道，更可悲的是，以后他也不会知道，什么是真正的个人意愿的表达。他承受了多少失去亲人的伤痛，这难道是对他优柔寡断、屈服于命运的"回报"吗？

在腾格里神的天庭指定的命运面前人是多么无能为力！正因如此，有时候会心生怨气，反复问着没有答案的问题：为什么？为什么会这样？……天庭遥不可及，你无法到达那里，也听不到任何的解释。命中注定的事情，该发生的就会发生。悖逆的思想一而再，再而三地出现在大将军的脑海中——天庭有时也会出现混乱，就如同他们在总指挥部里有时也会把事情弄成一团糟一样……也就是说，天庭那里会把事情弄得颠三倒四，把一个人该得的东西给了另一个人。当然，这么想可能不太应该，但是你要怎么解释世上那些杂乱无章的事情呢？

生活的意义是尘世中的人无法参透的，它超越了尘世的一切存在和人类对它的理解……因此现在所有活在世上的人能做的只是忍耐，不断努力寻找自己的途径来克服上天带给你的考验，我们也只能在这方面享受自由意志。竭尽全力克服困难，无论如何都要达到树立的目标！而其他方面都要由至高无上的腾格里神来决定，他的权力是不容置疑和不可动摇的。

14. 大将军和他的手下大将们

现在等到了信使，也接到了命令，大将军赢得了很多时间，为此他很是满意，因为他凭直觉做出了正确的决策——向西北方向先行派遣了主力部队，并让他们在绿色牧场内自主选择行军路线。这样做的好处是成功地保存了骑兵队的实力和战斗力，现在他们能够轻松地克服远征的考验。也正因如此图拉尔和自己的四个百夫队用了五天骑行了约二十五基奥斯的路，几乎追上了一边悠闲地游牧一边行军的千夫队。

被传令兵紧急召见的两个千夫长——一老一少，站在了大将军的面前。

看到他们站在眼前，图拉尔心里不由自主地笑了，但是他隐藏了自己的笑容。年老的千夫长依然如同松鼠般动作敏捷，目光炯炯有神。看得出来，在他的脑子里经常会快速闪现许多瞬间的念头、大量的疑问，接着就是杂乱无章的一些想法。它们一闪而过，然后又很快消失，这些荒诞的想法就这样一个接一个地在脑中掠过。图拉尔每一次观察自己的这位同龄人都觉得惊叹，他对周围的世界保持着极其浓厚的兴趣。他是怎样保持这种少年的心态而不变老的呢？他还保持着孩子般的天真，虽然有丰富的生活经历，但对周围环境的兴趣丝毫未减，仍旧还保持着强烈的感知欲望，这些都是不可思议的。通常情况下，因为在生活中获得了经验、知识和对形形色色事情的记忆，对事物的兴趣也就随着年龄的增长逐渐减弱。这是因为对于很多需要着手做的事情，似乎是新鲜的事情，你却早就知道了它们将有怎样的结果，因此

变换的时轮

不会太过充满激情，不会急于相信所谓的新鲜的想法……

大将军久久地打量着自己的下属，他对他们两个人都充满了好奇。他和巴塔玛伊一起服役的时间已经太久了，但是这么多年来都没能读懂他，永远是上一秒你预料不到他下一秒能弄出什么花样来……现在，就连自己的孙子——拥有了新角色的阿贝尔——他似乎也看不懂了。阿贝尔现在笔直地站在祖父的面前：他是一个沉默寡言的将军，在自己的长官面前不会以任何方式流露出自己的情感……

沉默了许久，巴塔玛伊终于忍不住了，开始表现出不耐烦的样子，左右脚替换着站着，大胆地盯着长官的脸。但是在等待中他没有紧张，也没有特别的不安，这个年岁不小的"年轻人"怀揣着一颗单纯的好奇心。

"怎么样，两位指挥官，军队是否做好了采取紧急行动的准备？"图拉尔打破沉默。

"第一支千夫队准备就绪，可以随时采取任何行动！"巴塔玛伊不假思索地说，"请指示。"

"第二支千夫队准备就绪……"阿贝尔不慌不忙、稳重地低声说。

"非常好。那么，我们的行动目标——萨拉泰……"

"怎么是萨拉泰？没有我们他们也要土崩瓦解了。为什么要攻占他们？"巴塔玛伊没能抑制失望的情绪。"我还期望能与一个真正的敌人较量……"

看到大将军严厉的目光后，巴塔玛伊话说了一半突然停住了。

"这算什么指挥官！头发白了也没学会要听完命令再发表意见……不过，学习对他来说已经晚了。"大将军愤怒地想着，但是忍住了，没有责备他。"对，这是他自己的问题，谁会一辈子跟在他后面教他？换个稍微像点样的地方，像他这样多嘴、说闲话的人手下连十个士兵都不会有的。"

"对，就是萨拉泰……"为了不争吵起来，大将军尽全力抑制住怒火，继续说。"他们积累了一些亏欠我国的债务，我们奉命收回过去几年的欠款。如果国库中的财物不够，这是十分可能的，我们必须没收当地富人的财产，这要做得恰如其分，而不能让他们倾家荡产——任务艰巨……"

　　显然，巴塔玛伊又想插话，又要胡说八道些什么，但是不知何故话又咽了回去，只是毫无表情地哼了一下，明显努力克制了自己，闭口不言。"真是太阳从西边出来了，至少这一次你管住自己的嘴了。"大将军注意到了巴塔玛伊这次不合乎他本性的举动，简直可以认为是出色地立了一功，并嘲讽地看了看他……"看吧，还是能学会的，虽然他未必能做到……"

　　"哦，如果巴塔玛伊听到了我对他的这些贬损的想法，余生可能都会生我的气。也许，这会让他认为抹杀了他过去的一切。毕竟他认为自己是个卓越的军事家，他几乎参加了所有著名的征战，不过，大多数情况下他都是在众将之中最后面的不起眼的一个……但是随着时间的流逝，在那些战斗中立下赫赫战功的英雄们相继离世之后，他逐渐开始以自己的作用自居，起初是小心翼翼，像是无意之举。是的，活得久，比那些见证了昔日成就的人，尤其是见证了你的错误的人活得久，比那些会制止你、纠正你、让你有自知之明的人活得久是有好处的……的确，巴塔玛伊最大的遗憾就是还有两个令人难堪的见证者：我和中原人吴胡安。吴胡安就像有意为难他一样，偏偏记得每一次军事行动全部过程，哪怕是最微小的细节。与我不同，吴胡安不会默不作声，他不能容忍哪怕是一个小小的错误，会当众指出，让人很难堪……"

　　自己讲话的时间间隔过长，不够妥当，老将军因而对自己感到不满，为了掩盖这一尴尬，他刻意咳嗽了几声，清清嗓子，然后继续说：

　　"这是一项艰巨的任务，我决定把他交给经验丰富、机智的老将巴塔玛伊……"

　　听到这些话巴塔玛伊先是一惊，然后激动又开心得涨红了脸……显然，依他的习惯他还想要更详尽地了解或者是追问些什么，但是克制住了自己，只是满腹心事地挠了挠秃顶的后脑勺。

　　"我们能及时并隐蔽地向西北方向前进，这是非常明智的。也就是说，很明显我们已经接近萨拉泰了。在发生危险的时候他们会投奔哪里？根据我们掌握的情况，他们有几只人数不多的部队驻扎在他们领地的北部边境，因此我们要这样做……"这时大将军赏识地看向孙子。"阿贝尔,从后方进入,沿着萨拉泰人可能逃跑的方向做好弧形的兵力部署,在那里等待他们,就像打埋伏一样。而巴塔玛伊快速冲出来,从西北方向包抄。慌乱中他们会试图狼狈逃窜至东南方向,那就让他们跑,在炎热的沙漠中他们无处可藏……最重要的是,切断他们向西面,向山麓方向逃走的路,一旦逃到那里我们可就寻不到踪迹了……"

大将军发现两位指挥官非常认真倾听他的命令,很显然,他们对他的部署也清晰地领悟了,这让他很满意。

"我现在给你们的任务是:这次行动中要避免损失和伤亡,这是最重要的事。每一匹马对我们来说都很宝贵,而更无价的是士兵,因为我们身在外地不可能再补充兵力,你们非常清楚这一点。他们就是我们的手足,都是从九岁开始就加入了我们的队伍,不论如何都不能拿人来冒险,不要把兵派去可能有埋伏的地方。不要懒于布置前方和侧方警戒,也不要高估自己的力量!明白吗?"

"明白了……"

"但是最重要的是……在向萨拉泰城逼近的时候,你,巴塔玛伊,在队伍之间留出间隔。目的很简单:给萨拉泰人逃跑的机会,不要追捕任何人,不要因小失大,就让他们跑,这地方也跑不了太远。你,阿贝尔,也要这样做。你的主要的任务——抓捕那些可能运走财物的大型商车队,而那些两手空空的——就让他们跑吧。不要把精力消耗在零散的逃跑的队伍以及贫穷的难民身上。我们不是强盗,我们是来要回属于自己的东西!我非常希望看到的是:他们的雇佣兵在明白了抵抗毫无意义之后,不会加入战斗,因此需要这样来办——要以迅雷不及掩耳之势摧毁敌人的抵抗。但要切记,永远不要把敌人逼到无路可退的境地,逃亡之路应该永远向他们敞开,否则会逼得他们进行失去理智的抵抗,这对我们没有任何好处。尤其是这关系到土库曼的雇佣兵,他们都是英勇的战士,信守承诺和誓言,不要考验他们的耐心,就让他们离开。"

"但是他们现在是步兵,放养在山上牧场的马已经被我们赶走了。"

"做得好!但是即便如此,也应该给他们一条生路。巴塔玛伊,你当然知道这应该怎么做。如果你忘了，我提醒你：给他们留下敞开的侧翼，提前规划好，不要让那里有我们的辎车队。阿贝尔，谨慎一些！不要忘记在北面部署警戒。"

"他们可能请求外来的援助吗？"孙子问。

"为什么不可以呢？金子——有吸引力的东西，所有人都想得到它，因此最好谨慎些。巴塔玛伊，当你攻下城之后，马上告知我，我将带领我的这几个百夫队从南面进入。还有一件事……我不得不再提醒一下——不要做得过火。一切都要准时完成，明白吗？以确保我们的行动协调一致。"

"明白了……我早就明白了……"老巴塔玛伊有些羞怯，再次挠了一阵光秃的后脑勺。

"我们没有必要树立更多的敌人，这就是我的意思。我们闯入他们的生活是因为国家的需要，这不是他们的过错，而是统治者的过错和国库空虚惹的祸，因此我们只应该索要过去几年的欠款，但是不能多拿一分，这一点所有人都应该清楚……不能有任何滥用武力的情况，抵抗者和不服从者——你们可以使用武力征服，而其他人要尽量通过和平协商解决问题。好了，这就是我要说的！"

"明白，接令！"

15. 思考萨拉泰的命运

当千夫长们离开后，图拉尔才露出了笑容，摇了摇头：多么不同的两个人啊！一个已至暮年，但却如此活力十足、心直口快，甚至他的所有心思都写在脸上，像个孩子一样，什么事情都藏不住，所以总是能利用这一点捉弄捉弄他；而另一个虽然是少年，却像一块坚硬的石头，难以接近，捉摸不透，他只在心里思考，赞同还是反对——在他的脸上你是看不出来的。他惜字如金，可以说，就像一个阅历丰富、饱经风霜的老人。他这是像谁呢？看样子，也许遗传了有高贵血统的母亲的性格特点，但是这并不能保证他过上平静安稳的生活。他还继承了父亲阿尔斯兰、祖父图拉尔留给他的东西：在他身上流淌着古老

变换的时轮

氏族的血脉，而它承载着太多严峻和艰难的考验。他们的部落是一个兴风作浪的部落，曾是许多血腥争斗的挑起者，无边无际的草原上遍布着他们的尸骨，又有多少其他氏族和部落的仇敌死在他们杀气腾腾的屠刀之下——无从得知，只有至高无上的天神是唯一的见证者。

在外人看来，世界上所有的统治者都有自己坚定不移的发展步伐，而实际上他们并不是自由的，他们的命运并不值得羡慕：一生都装作所有的事情都是他们决定的。一个落入他们势力范围的人，只会成为他们行动的工具和附属品，丧失了自己的意志和个人命运。无论你的官衔、军衔和职位如何，但离开了他们的权力范围——你就如同草芥。

"腾格里神，让你的子民远离专横跋扈的统治者吧……"已近古稀之年的图拉尔想要苦苦哀求天神，但是我们的祈求未必会传到天神那里。

在已故的萨拉曼单于的坚持下，单于东支的一个侄女——玛雅可敦——成了阿尔斯兰的第一任妻子，也是唯一一个妻子。这个年轻，但是倔强，甚至是很刚强的女孩，就是阿阔尔和阿贝尔的母亲。

阿贝尔完全像他的母亲，而阿阔尔完全不同，从幼年起他就好像对这个低级世界里体现出的崇高意义，对世界万物的存在有着自己的思考和关切。普通的凡人很难考虑到这些问题，这些任务都交给了拥有崇高使命的人——包括决定氏族乃至整个民族的命运，甚至是分配牧场和土地等。因此，被派到这个世上来承担重任的大概都是被特别选中的人。在人自己无法确定公平和正义的适当尺度的情况下，这些事情从一开始就是罪恶的——难道可以以天神为借口为自己辩解，然后说他们是天神旨意的传达者？

像我们这样没有特殊使命而活着的人最终很可能不是单独一个人，而是成群结队地到至高无上的天神面前去报告在这个世界的作为，所以我们这样的人未必能理解这些解释的合理性。是的，我们也不需要理解。然而，当被卷入他们崇高使命的旋涡中时，就像图拉尔的遭遇一样，你也无处遁形——你一定会参加到他们所有的正义和非正义的事业中，之后天庭的审判会告诉你哪些是该做的。

唯一的安慰是，我们所做的一切都是身不由己，几乎没有什么是我们可以决定的。但是这"几乎没有什么"也会使我们的良心非常不安。……可以说这给了我们"退身之路",让我们不会总是毫无条件地服从于被选中的这些身负伟大使命的人。但是,在这种情况下,不服从是福还是祸呢?

因此,因为他们的罪过而向我们问责似乎是不应该的……但是无论你怎么思考这件事,还是不会有十足的信心这样说。神的权力广大无边,大到可以颠倒乾坤,但是无论天神多么神通广大,谁能保证他所有的安排都是公正的呢?事实证明,服从天神的旨意时,我们不得不犯下许多罪过。在军事行动中怎么能不动用武力?没有武力怎么能战胜敌军,从而夺取和征服一座城池?没有公开处决和刑罚怎么能震慑战败方?作为最有效的镇压手段,武力是必要的,而且只有牺牲一小部分人,才能使大多数人屈服,尽管没有这些手段就可以达到目的是最好不过的。

不,事情是非常微妙的。一个不谙世事的人可能会想:"要是用友善和厚待能解决问题不是更好吗!"好是好,但是事实上这样的行为经常会被认为是软弱无能,本该是牺牲几个人的性命解决的问题却会变成更大的灾难,会导致成千上万人的死亡——譬如,当不得不镇压造反的民众时。

* * *

总的来说,年迈的图拉尔不赞成单于用武力攻占萨拉泰,以此收回过去几年的欠款,这必然会招致反抗。而且在别国的领地内管理好军队,强迫他们行为得体、遵守规矩是非常困难的,但是这些话他只能跟自己说。

有许多向债务人施压的和平的方式,正应该首先尝试用这些方法追回欠款。不明白他们在总指挥部做决策时遵循的是什么原则,但是,显然他们觉得武力是最简单、最快速的方法。好吧,现在我们把欠款征收回来,那之后怎么办?本就没有了钱财,国家又遭到破坏,这样一个国家将如何生存?以后他们拿什么来征税,又如何向我们缴税?如果百姓都四处逃亡了呢?指望他们国土上的黄金仍然会吸引来新的寻宝者和探险者——这是非常值得怀疑的,因为这将不再是一个民族,

变换的时轮
▲▲▲▲

也不是一个国家，而是一小群形形色色的匪徒统治的区域，从他们手中你什么也拿不走，即便动用武力。……他们大肆掠夺，然后消失。即使抓住他们，也总是很难证明是谁做了什么。这种情况就会被迫将他们逐一抓捕，惩处，甚至是斩尽杀绝。这样就意味着落入刀下的如果有两三个是土匪，那么就会有十个是无辜的人……这对我们施加刑罚的人来说是极大的罪恶，年复一年这件事会越来越频繁地折磨你，还能有别的可能吗？谁会在腾格里神的面前对此事负责？并不会是单于一人……当然，直接的执行者也难辞其咎。那么是谁下达了最终的命令？不，不是总指挥部，总指挥部只做出总体的决策，而是大将军……可怜的无权的大将军，被来自各方的各种各样的要求压得喘不过气来。到头来，完全是他的错——无论在百姓的面前，还是面对天神……

　　对付萨拉泰有一种早就试用过的办法：可以安排一个自己人做那里的统治者，并安插一小撮当地的拥护者在他身边，由他们来监视他的所有命令在国内的执行情况。在他站稳脚跟之前，为了在各处部署自己信任的人来维持秩序，在不远的山上牧场一定要留几支我们的百夫队，以便在精神上给予支持……是的，为了制止抵抗或政变的企图，四五支百夫队应该就够了。这样做最终损失会少得多，税收也会按时收取，给我们的贡税也有了保障。

　　别人会对我们说不应该插手他国的事务。他们会说："你们的任务不是建立国家政权，而是保住他们现有的政权，甚至可以去掠夺他们所指定的人……但是在考虑周全之后再采取行动，不让邻国间的纠纷失控，这样做要好得多。"而我们已经使形势失控了……我们的目的是什么？我们需要一个稳定的萨拉泰政权，才能收取他们的贡税。为此，我们或者等到所有觊觎政权的人相互厮打后事件自然平息下来，或者立刻安排自己的统治者。但是当周围除了强盗还是强盗时，怎样找到一个合适的人呢？必须要物色一个人选，别无选择，否则未来的麻烦将不可避免，百姓也会民不聊生。这并不是这个国家的错，因为自古以来人类对于财富的渴望让它落入——可以说——一群强盗的手中，他们被这片土地上的财富——黄金、白银和宝石吸引。似乎他们关心的全部事情就该是：彼此协商好，组织好开采工作，然后赶快让商队把宝贝运到中原国家，再之后就可以快乐悠哉地生活了。事实却不是这样，他们不能和平地进行财物分割……

图拉尔想起来自己以前的一个心腹，曾经帮助他登上萨拉泰的王位。在他的统治下很多方面都有所改善，国家的基础建立起来了，虽然还很薄弱，一切都稍稍步入正轨。

他叫什么名字？好像是奥多尔……不，是奥昆！对，就是奥昆！无论如何要找到他，并再次助他登上王位。……但是在他被驱逐出国之后，到哪里能找到他呢？而且很可能他已经被害了，但还是应该下令寻找，说不定突然能找到他呢，这在以后会对我们大有益处。强盗般的萨拉泰国也正是需要这样的首领，不仅能够哄骗所有人，而且也能说服所有人，同谁都能找到共同语言，并最终能摆平所有大大小小的匪徒。

16. 萨拉泰的历史

萨拉泰的历史并不久远，就在三十年前人们对这个国家还闻所未闻……

事情是这样的，萨拉泰的缔造者们建立了这个新的国家。国家不是建立在财富之上，当时他们还一无所有，而是建立在人性的贪婪和一夜暴富的渴望之上。定居地选在了一片光秃秃的石地上，这里可谓不毛之地——在干旱的夏季一切都会干枯死掉，而在严寒的冬季大雪覆盖万物。只有在初春和盛夏来临之前、深秋以及雨季这里才会拥有短暂的一抹绿色。在萨拉泰建立之前，这个荒无人烟的地方即使是人口数量不多的游牧部落也很少光顾。

但是半个世纪前人们得知，华夏大地的这片山麓蕴藏着珍贵的软玉，据称这种玉石能带来幸运。在人口众多的泱泱大国，人们渴望得到福运，这条消息立即引起反响，激励着人们到那里实现发财梦……于是一些机灵的人决定捞取不义之财，并果断地采取了行动：把奴隶运到那里，然后在小河边建立起小村落，小村落快速地发展起来了。

变换的时轮

对玉石的需求逐年增加，随着时间的推移，那里又发现了其他稀有的宝石。贸易活跃起来，贸易商队开辟出一条直通中原——玉石的主要消费地的商路，常年往来于萨拉泰与中原之间。

在小村落建立的第七年，在离村落不远的地方发现了银矿床，又过了两年——发现了非常丰富的沙金矿床。发现金矿的消息不胫而走，此地声名远扬。行为、性格特征完全同类的人抱有同一个目的从四面八方涌向萨拉泰，他们唯一的意图就是快速、轻松地发家致富。结果，萨拉泰发生了剧烈的变化，以致面目全非。它的人口增长了几倍，在矿山附近建立了几十个新的聚居点。

这里绝大多数居民的构成并不稳定。他们可能是自愿脱离自己氏族的人，或者是因为犯了某些罪过而被驱逐出氏族的恶人，他们习惯了欺诈、盗窃、挥霍、抢劫。显然，没有人能在这些地方长期安稳地生活。

这也推动了百姓进行自我组织，从而一种近似国家的组织诞生了。出现了武装人员，他们不是掠夺财物，而是监督秩序；出现了法庭，紧接着有了军队的雏形。但是，从一些没有任何共同利益的流浪者中招募来的士兵，立即开始对所有人接连不断地进行抢劫，而各支队伍实际上是变成了一个个独立的匪帮，军队突然之间成了叛乱队伍。当权者试图镇压、征服他们，但这并不起作用，叛乱头目不屈从于任何告诫。统治者很快意识到，身边有随时准备暴动的武装人员是危险的。在萨拉泰，政变和背叛事件频繁发生，许多人因此而丧生，但是由于不断有新的流浪者来到萨拉泰，萨拉泰的人口仍旧不断增加。

历任统治者费尽心机夺取政权，并从前任统治者的惨痛经验中吸取教训，驱散了从当地居民中招募的旧军队的残余，很多士兵立即就变成了强盗。新的君王不惜重金从边境的游牧部落请来雇佣军。这些雇佣军有氏族间血脉相连的亲缘基础，是少有的非常勤恳、听话、可靠、忠诚的仆人。

在萨拉泰政权建立之初，如果说统治者在其头把交椅上都能坚持坐上三年，那么在发现并开始开采金矿之后，政变几乎每年都会发生，其中一个成功进行政变的人就是奥昆。

原来，图拉尔在此之前就对他了如指掌。他出身于一个西北部落，也算是一个逃亡的流动居民，很早以前从家里跑出来后，在不同的都邑游荡，和商队走遍了很多地方。有段时间他曾加入图拉尔的军队，刚开始当向导，在博得信任之后成为军队贸易公使的助手，负责获取食品和饲料。但不久，这个不安分的人就对单调的军队服役生活感到厌烦，然后他申请还他自由。虽然按照他的习性，他完全可以在某次公差后不回来，而从此悄然消失——什么事都可能在他身上发生……但是他决定和匈奴军的指挥官保持良好的关系。后来，在夺取政权最关键的日子里，这对他确实大有裨益。

事情是这样的：在结束匈奴军的服役之后，奥昆沿着商队走的路漂泊了一段时间，然后来到了萨拉泰。凭借敏锐灵活的头脑、通晓几门语言和远行的经验，他博得了时任统治者的信任。其间他经历了萨拉泰又一次的动乱时期，叛乱者推翻了统治者的政权，他巧妙地暗箱操作，使自己被推举为君主，从中渔利。……这场争斗并非小打小闹，在当地不可避免地发生了大量的流血事件。为了获取最终的胜利并巩固政权，可以说，奥昆缺少的不是简单粗暴的武力，而是应该与当时世界上的强国合作、结盟，从而获得保障。

幸运的是，在那个秋天匈奴军正好在萨拉泰附近经过，当时匈奴军正带着丰厚的战利品从一次行军中凯旋。奥昆设法见到了图拉尔大将军，大将军认出了他，当然，也给予了支持，这足以让奥昆毫无疑问地成为萨拉泰的国君。

17. 奥昆，萨拉泰的前君主

从外表上看奥昆十分其貌不扬：矮小、瘦弱，然而他机敏干练——行动迅速、走路飞快、思维敏捷、头脑灵活、诡计多端。虽然他口才并不出众，却知道如何引起周围人的注意，必要时会说服他们同意自己的想法。所有这些本性和特点使他能够成为君主，但也只能是萨拉泰的君主。萨拉泰的百姓主要由无家可归和背信弃义的人组成，他们与亲人断了联系，聚集到这里时间并不长，也就几十年。

变换的时轮

　　任何一个部落，只要它保留了自己古老氏族的根基，总要比失去自己根基的族群强大得多，更不用说是这是一群完全没有共同风俗习惯的蜂营蚁队。即便这支由来自四面八方的人组成的族群暂时将比最富有的氏族更富有，比最强大的氏族更强大，但这终归还是一群群土匪、流氓组成的乌合之众。氏族间的关系不仅需要通过相互依存、相互支援而得到巩固和加强，而且许多约定俗成的道德义务和规范渗透到每个成员的骨子里，不允许任何人违背它们，也就是说，这种人性的根基以无数倍的力量深深地根植于我们生活的土壤中。

　　在一个氏族的内部，无论在何种生活境况下，除了责任，每个人感受到的还有安全感。如果一个人不违背所有人都应遵守的道德标准，那么他永远不会被氏族抛弃和遗忘，他将永远受到保护。每个人承担的对氏族的责任看似是沉重的负担，而实际上却能培养积极的、受到大众赞扬的道德品质，遏制或者抑制消极的，且对周围人来说是危险的不良行为。

　　氏族的历史是由族人共同来谱写，每一个人的命运都应该以最好的形式被载入史册，尽可能为它增光添彩。任何行为上的放纵，尤其是越轨的行为，都会导致被驱逐出氏族。而成为被氏族抛弃的人并不是成为隐居者，他们不仅自己身处危险中，而且他们对其他人也会造成危险。

　　所以，一方面你受到了保护，而另一方面——你要承担对氏族的责任，在力所能及的范围内，有义务而且理应服务、维护、捍卫氏族的利益——这也并非易事。而且在氏族中还有着严格的等级制度，每一个人都有自己特定的位置，这个位置在你出生之后便已固定——这是根据父母在氏族中的地位决定的。在一生中你也完全有可能改变这一位置——这取决于个人的功绩、成就或者是因为某种特殊的情况，但是这样的事情发生的概率少之又少。

　　氏族中的每一个人都生活在众目睽睽之下——同族人不仅对他了如指掌，而且还了解他的上几辈人。因此任何一个被推举上来的首领人们都早已熟悉——无论是他的性格，还是品行。在如此深入了解的情况下，几乎不可能有任何的意外和错误。

而萨拉泰的情况就不同了。所有人都生活在氏族之外——完全自由随意的人，不束缚于任何的公共规则。在这里没有人应该要对他人承担什么义务，每个人都只对自己负责……遇到麻烦自己能解决——那算你幸运……没有能力做到——也不会有人帮助你。因为他们从四面八方来到这里，除了发财的欲望，没有什么东西能把他们联系在一起。这里的人不惜一切代价追求财富，这就无论如何也不能使他们团结起来。为了不切实际的财富他们中的每一个人都抛弃了家乡的一切，最珍贵的东西。他们宁可抛弃自己的亲人、家庭和氏族，来换取许诺给自己的"金山"。一些人小赚一笔或者破产之后，还是回到了故土，回到了以前的生活，但是这样的人毕竟是微乎其微的少数；其他人无论如何都要留在这里，加入萨拉泰的永久居民的队伍中，最终隐没在人群中，常常不知什么原因而下落不明……

奇怪的是，他们所有人本来都是暂时来到了这里，几乎没有人打算永远留下，他们指望积攒一些家底，一有机会便离开这里，永远不回来，但是快速发财的机会一年比一年少，而贪婪如同无底的深渊让他们越陷越深。

是的，无数头脑发热的人追求着虚幻的财富。而那些成功的幸运儿，获得了朝思暮想的财富，却因为害怕遭遇抢劫而生活在一个狭小的、受保护的空间里。他们住在石头的如堡垒的房子里，就像在监狱里一样，体会不到自由的空气，也几乎没有自由出行的机会。因为在这个盗匪丛生的地方，如果稍不留神，很快会落入强盗的魔爪，这些强盗在昨天可能还是你的邻居或者同伴。

在萨拉泰获得财富的人中很少有人能活至老年，而能终其天年的——更是少之又少。一般来说，这样一个冒险部落的继承者不会知道"守住家业"，更不会想方设法让财富增长，他们只知道挥金如土……就这样这些财富从一批人的手中流入另一批人的手中，不会给任何人带来幸福和安宁，只会变得越来越肮脏……

曾经令图拉尔感到惊讶的是，这一大群拦路抢劫的盗贼组成的强盗团伙是怎样把自己的匪帮伪装成一个普通的、正派的国家，并与周围国家建交的呢。他们甚至还实行了某种类似法律的东西，制定了行

变换的时轮

为规范并建立了维护秩序、保障社会安定的部门。似乎他们做的一切都是正确的，只是他们对于不可动摇的氏族的道德基础，以及对同族人应承担的责任没有任何概念。新任的警卫人员感觉自己的力量合法化了，立刻开始搜括所有人，这使那些亲自把他们推举上来的富人苦闷不已。富人们不得不与游牧部落紧急达成协议，用从所有百姓兜里收上来的钱作为丰厚的酬金请他们整顿和维持以后的秩序。

他们是与当地百姓毫无关系的外族人，是否也会开始抢劫，有过这样的担心。但事实上，这些人要比以前的军人可靠和理智得多。最糟糕的顾虑并没有发生：外族人拿到自己的报酬，只从事公共安全活动，努力远离萨拉泰人的内部争斗。他们坚决杜绝在自己人中发生抢劫事件，而且雇佣兵对待萨拉泰的统治者总是毕恭毕敬，严格并忠诚地遵守着他们之间的协议。

时机成熟了，经一致同意决定由雇佣兵消灭匪患和强盗，也达到了预期的效果——参与抢劫的人在大庭广众之下被公开处决。萨拉泰甚至已经制定出了对某些罪行的惩罚方式，并已加进了法律之中。根据罪行的严重程度有不同的判决，比方说，可能的判决有：砍掉手指、胳膊或者腿，再严重的就是砍头。在这方面雇佣兵毫不妥协：他们不接受犯人为减轻惩罚而提出的任何有利于自己的辩护。值得一提的是，这些在协议中都有明确规定，因此也就不容争辩。

据说，在一次夜间的抢劫中，一个富商的儿子被当场抓获，父亲为此提出用一笔巨款来息事宁人。许多年轻人支持他，袒护他，并担保今后他会是可靠的人，但是审判人员寸步不让，最终该犯人与同伙一起被斩首。

对于萨拉泰人来说，如此迂腐地遵守协议的每一个条款是令人震惊的。条约是他们所写不假，但是他们可能没有想到条约得到如此严格的执行。他们对所有可能发生的犯罪行为进行了细致的、严苛的规定，简直是自寻苦恼。雇佣兵坚定不移地执行他们的任务，既令人高兴，又有些高兴不起来，但正是游牧民族的这一品质使他们成为可靠的盟友。

在毫不留情地镇压了小匪帮之后，萨拉泰的生活逐渐步入正轨。

因为大强盗早已发家致富、安身立命，他们已经成了萨拉泰的权贵。

18. 围攻萨拉泰

阿贝尔从南面带领自己的千夫队，小心谨慎地靠近萨拉泰的领地，把埋伏的军队分散在敌军最有可能撤退的路上。想到祖父的忠告，他提早下达命令：尤其要注意北面，以免给萨拉泰人逃跑的机会。

而巴塔玛伊则相反，从北面转至南面。紧急集合了自己的千夫队，向预先侦查好的萨拉泰的边境快速逼近。离萨拉泰的边境已经近在咫尺：按照中原的长度计量单位总计五十里，而按照匈奴的长度计量单位数字就更小了——两个半基奥斯。第一步，他切断了百名左右的骑士雇佣兵与主城区居民点的联系，这是每年这个季节通常的警卫数量。他们其余的四个百夫队被准许在春季到来时回家，直到秋天伊始才归来。

巴塔玛伊的快速行动成功避免了与雇佣兵的正面冲突以及可能发生的流血事件：尽管雇佣兵的人数不多，但是这一游牧民族的身上有着出色的战斗素养，他们在战斗中不仅有优秀的纪律作风，还有坚韧不拔的精神，因此萨拉泰雇佣他们来保护自己并不是毫无道理的。夜幕降临后，巴塔玛伊邀请了雇佣兵的指挥官进行谈判，两位指挥官在荒无人烟的地方见面了。

这个指挥官与巴塔玛伊年龄相仿，他对当前的情况非常苦恼，特别是在听到巴塔玛伊的建议后：

"建议你们和平地撤退。通往北面的路会一直向你们敞开，我们并不打算追捕你们。"

"这样当然是好，但是如果抛弃萨拉泰人不管不顾，我们将会失去良好的声誉。"雇佣兵指挥官固执地说，"我们是有协议的，不能扔下他们不管，我们不能撤退。"

"那要怎么办？你们的人太少了，和我们作战也是毫无希望可言，只会白白地牺牲自己人。可怜可怜你的士兵们吧！"

"这倒也是……"雇佣兵有点犹豫了，"但是请你理解我们，我们

变换的时轮
∧∧∧∧

是有协议的。"

"你不要用你们的协议来戏弄我了！我们又不是来抢劫的，我们和他们之间也是有协议，按照协议他们应该缴纳贡税，但是他们已经多年没有履行合约了，欠款也已经达到了难以想象的金额。我们警告过他们几次，但是他们都不予重视。可是据我们所知，每年他们都会派出五十支带着珍宝的商队前往中原。"

"嗯，这是你们之间的旧账，而我们有自己的协议，是不能违背的。这对我们来说是神圣的。"百夫队的指挥官坚持己见。

"我们的部分军队已经在城里驻扎了。"巴塔玛伊撒了谎，"因此你的固执，除了伤害自己，不会带来任何的好处。我们人数很多而且力量雄厚。"巴塔玛伊补充了最后一条理由："而且最重要的一点——我们是匈奴人……"

"我们清楚你们的实力，你们是不可轻视的劲敌……"

"那你为什么还要固执已见？难道你———个老兵——非要带着自己年轻的士兵们送死吗？"

"我们能怎么办……我们有协议，而且是不能违约的。协议已经签订了——就不能考虑我们的性命了……"

"你翻来覆去说的都是一件事！要知道我们说的可是人命啊，而不是羔羊……况且，我相信，他们未必会如协议中规定的那样支付给你全额的报酬……是吧？你就承认吧！"

"确实有这样的情况发生……"年迈的百夫长突然涨红了脸，勉强挤出一句话。"是，当然会有，他们拖欠了我们几乎一年半的酬劳，但是不管怎么说，弃之不顾都不太好，是不义之举……"

看得出来，谈到这里他才开始动摇，巴塔玛伊急忙抓住这一机会：

"事已至此，他们已单方面违反了自己所有应尽的义务，你还在这里谈协议吗？行了吧！离开这里吧，带着你的年轻的小伙子们走得远远的，然后等着就可以了。我们并不是要占领萨拉泰，"巴塔玛伊重复了一遍，"仅仅是为了债务而来。拿到自己应得的东西，不伤害任何人，然后离开。你应该保护自己人免受袭击，而且我们也不打算战斗。我也会从他们手里索回你们的酬金并分文不差地交给你。"

"从来没有过这样的事……这是不正确的,这么做影响不好……"

"好了,不要再说废话了,时间是宝贵的。伸出你的手。"巴塔玛伊突然作出要握手的样子,然后抓住了这个满脸错愕的军官的手。"他们未能如期支付酬金,那么你们之间的协议已经无效了,你完全有权利离开,但是你们也没有必要离开。你们只需要撤退一个基奥斯的距离并等在那里,过不了多久,也就两三天,我的人会把萨拉泰欠你们的酬金送到你们的面前。"

* * *

巴塔玛伊在和警卫达成如此必要的停战协议之后,甚至开始对自己产生了严重的怀疑:许诺帮助雇佣兵从萨拉泰人手里索要欠款,这样做是否越权了,还不知道能否成功地悉数收回自己的欠款……是的,一切暂时还是未知。但是话已经说出去了,收不回来了——现在只能往前走了!我们应该想办法争取时间夺取萨拉泰的国库。

当垂头丧气的游牧民族士兵向北撤退后,巴塔玛伊带领军队开始攻城了,但是以防万一他还是安排了一支百夫队守卫北面:以防雇佣兵突然决意折回……

城内的街道空旷而宁静——没有任何恐慌,也没有任何人逃难。人们显然不知道发生了什么,甚至当骑兵队在街上疾驰而过的时候,他们也没有怀疑是发生了什么不好的事情,显然,把他们当作了雇佣兵。城内的警卫仅由一支百夫队组成,负责维持城内的秩序,他们被包围在官府的附近。他们根本没有考虑反抗,只是习惯了听命于新的主人。

巴塔玛伊没有完全解除他们的武装,只没收了弓和箭,留下刀、马刀和长矛。当他们列队站在那里时,他们一共有一百二十三人,连一匹马都没有,只有几匹骆驼和十来头驴。

巴塔玛伊想了想,决定冒险派遣这里的警卫兵去请萨拉泰的高官们。准许他们离开后,巴塔玛伊开始等待,尽管他也很怀疑:派出去的人会不会逃跑呢?

但是令他大吃一惊的是,所有人都回来了,并带来了惊恐不安的官员们。显然,他们想要得到新主人的赏识,这已经是习惯了。

变换的时轮
〰〰〰〰

巴塔玛伊对自己感到很满意，立刻派出信使去通报大将军。而看到官员们的脸上有暴力痕迹时，他立即当众斥责了警卫并解释说，城内的当权者在困难的时期仍然坚守自己的岗位，他们应该得到尊重，与他们交往要以礼相待。同时，他装作不经意的样子，打听了萨拉泰是否亏欠他们的工钱。很明显，警卫兵对这个问题当然不是无动于衷的，从他们的脸上可以看出，他们期望新政权的到来能解决他们的酬劳问题。

这时，大将军昂首阔步地走来。当着他的面众人打开了国库，但是让大家失望的是里面空空如也。

"怎么会这样？"已经许诺给雇佣兵一大笔钱的巴塔玛伊十分惊讶。"一个国家怎么能没有任何积蓄以备不时之需呢？"

"由此可见，这种可能是有的……"图拉尔眉头紧锁，斩钉截铁地说，看向垂头丧气的官员，提高了声音，补充道："这样也有可能！但是只有一种情况：是一伙盗贼统治了这个国家！"

主管的司库员担心自己的所作所为会立刻受到惩罚，为了缓和当时的处境，急忙为自己辩解：

"不久之前我们派出十二支商队前往中原国家……每支商队平均有一百头载着黄金和珠宝的骆驼。近日他们就会带着货物和钱财归来……"

"我还是非常怀疑你说的话——虽然又非常想相信你……"

"那要怎么处置这帮人呢？"巴塔玛伊有意无意地问了一句，"是先惩处他们，还是立马……嗯，怎么做呢？"

官员们吓得魂飞魄散，头垂得更低了。但是大将军没有急于做出回答，他转过头去，背对着所有人站着，他的沉默让人觉得这些官员是犯了天大的错误。稍等片刻，他果断转身，面向等待自己命运的这个国家的前任官员们说：

"我受威武强大的单于的指派，向你们追缴过去三年的欠款，而现在国库却被洗劫一空，谁做的？我可以认为是你们自己做的。那我怎么办？任务必须要完成。首先，我下令，从你们自己和你们亲人的手中追偿被盗窃的财物，然后不得不对所有最富有的人征收一次赋税。因此，各位官员，那就让我们着手工作吧。我会暂时放了你们，但是

— 194 —

每一个人都由我们的看守跟随着……快点行动起来吧！先从我点到的人开始。"

"商人也应该征税……"巴塔玛伊插嘴说，心里一直记着自己对雇佣兵的承诺。

"我认为，向商人征税可以再等一等。他们才是百姓的衣食父母。"大将军眉头深锁，"如果他们倾家荡产了——这就是一场灾难。可能，我们会请求商人进行自愿捐款……"

巴塔玛伊不解地挠了挠后脑勺：当然，这样的细微之处他自己是不会想到的。听完大将军的命令后，他也心领神会了，现在他关心的是另一件事：如何把许诺给雇佣兵百夫长的佣金还给他们……其实，完成这件事情并不容易，他也没有预料到国库竟然完全是空的……他怎么也想不通，这样富裕的国家，一个主业是向黄金、白银和宝石开采者征税的富有国家，突然变得一贫如洗。真想不到会发生这样监守自盗的情况，使财政连续几年处于亏空的状态，太不可思议了……

经过几次胆怯的尝试之后，巴塔玛伊还是向图拉尔坦白了自己对雇佣兵的承诺，图拉尔默不作声，责备地摇摇头，叹着气说：

"如果匈奴人做出了承诺，要怎么做，自己做出的承诺，无论如何都要完成，没有别的选择。"图拉尔觉得这个像小男孩一样天真幼稚的老头可笑又可恨，他在心里苦笑了一下，然后补充说："但是只能是为单于收回欠款之后再考虑你的事情。"

"听令！"巴塔玛伊振奋地回答，心里想着："真是太好了！我要剥掉他们七层皮，狠狠教训一下这群人，但是我答应的事情一定会做到的，要不我怎么有能力当千夫长呢！"

19. 萨拉泰缴械投降

最终，萨拉泰的居民知道了令人闻风丧胆的匈奴军已经进城，他们紧闭房门，躲在自己的石屋中，透过巴掌大的窗户和通风孔好奇地观察着街上的动静。

看来，每一个富裕的家庭首先习惯于依靠自己的力量，他们拥有

— 195 —

自己的武装安保队，每个家庭平均有十个保安，有时候也会是二十个。那些特别富有的人家拥有真正的战斗卫队，因此以和平的方式从他们那里收取赋税没能成功，一些人进行了拼死的抵抗。图拉尔心知匈奴人不善于在狭小的城市环境中作战，便没有招惹那些修筑起围墙来自卫的，而且已经习惯了这种防御方式的萨拉泰人。在这样的小规模战斗中哪怕是损失了极少部分的士兵都是愚蠢的，而图拉尔不能允许这样的事情发生。

有一部分人的决定出乎所有人的预料。被巴塔玛伊用信任笼络过来的萨拉泰的街区警卫队自告奋勇提供帮助，并且他们的行动得到了一些萨拉泰人的支持。事情进展得非常顺利，图拉尔已经来不及惊讶了。萨拉泰人如此卖力，以至于匈奴人不得不适当制止太过于热心的新盟友。他们对自己的同胞和昔日的主人毫不留情，而当初他们可能也如此卖力地取悦于昔日的这些新主，求得赏识并对他们卑躬屈膝。

这些人是从犯罪环境中走出来的，对于这一类型的人的特点图拉尔研究得非常透彻，所以他非常清楚周围发生了什么。遗憾的是，在接受他们的帮助的同时，任何事情还是不能信赖他们。他们凶恶残忍的样子都是做给人看的，只要感受到群众的支持是真心的，非同儿戏，他们就会胆大起来，变得凶恶残忍。而一旦他们独自面对危险时，就会变成懦夫——歇斯底里、失去理智、张皇失措。

图拉尔很清楚，如果一个人，除了抢来的财物，在生活中再没有其他值得他珍视的东西，也就是说，没有什么东西对他来说是神圣不可侵犯的——那么，这样的人不会为了非物质财富做任何事情。没有自我牺牲就不会有丰功伟绩，而为了家庭的兴旺，氏族、国家的繁荣昌盛牺牲自己——这正是匈奴人最崇高的美德。

根据大将军的部署，巴塔玛伊在每一支萨拉泰的队伍中都安排了自己人，由他们来指挥这些队伍，在必要的情况下干涉并制止他们的行动，以防止暴行和杀戮。当然，曾经的警卫队的管理者并不喜欢这样，但是他们已经习惯了承认武力的绝对优势。日复一日的接触，匈奴人越来越清楚地感受到，根本谈不上和这些人在以后保持什么稳定的关系。问题根本不在于他们对匈奴人是否忠诚，完全不是……他们只是不知道什么是——忠诚。这个有劣根性的小民族，一旦感觉到你的软弱无能，立刻会张牙舞爪——虽然不久之前他们可能还和你一起按照同样的规则生活，甚至是和你同心同德，但那一时刻这些都不重要，一切都被抛在了脑后。他们卑鄙下流、阴险狡猾的本质早早晚晚会暴露出来……

与此同时，趁着混乱局势的加剧，狂欢作乐、趁火打劫的风潮持续升温，有人伺机抢劫并杀害弱者和无助者。百姓立即投靠了匈奴军，请求得到他们的保护，并要求对暴徒采取最严厉的措施。

这对匈奴人极为有利，他们只是让居民给予协助，指出罪魁祸首，捎带说出侵吞国库财产的人。只用了两三天暴徒就被抓获了，并被当众处以绞刑，而那些试图逃跑的少数人，后来在沙漠中被追捕到，就地处决。此后，百姓对匈奴军充满了信任。当向萨拉泰的居民说明了他们所欠下的债务时，他们自愿筹集了所需的款项。

真是出乎意料，他们只用了几天工夫就顺利地办成了这件事。显然，这里的百姓还是非常富裕的，而且没有人希望发生战乱。在巴塔玛伊的坚持下，萨拉泰欠那些被劝降的雇佣兵的工钱也一并计算在债务的总额之中。钱收回来了，所有人似乎都皆大欢喜。

当军队准备离开萨拉泰时，萨拉泰的多数普通居民开始恳求他们留下来，主要的原因是害怕自己的街区警卫队。但是这无论如何都不在匈奴人的计划之内，尽管大将军自己也清楚，在他们离开之后会发生什么，根据以往的经验就可以判断。匈奴人给他们点颜色，他们就会收敛一阵儿。但是，无人管制之后，他们就会又重新拾回自己以前的习惯，准确地说就是些胡作非为和伤风败俗的恶习。

在异国土地上，军人在解决所有的问题时，最好都能速战速决。一旦匈奴人在一个地方耽搁了一段时间，游牧的生活方式变为定居的生活方式，他们很快就会被牵连到当地居民的争执和纠纷中。

因此，面对当地居民的挽留，经验丰富的大将军完全不为所动。但是当离开萨拉泰的时候，他突然决定减轻当地居民的生活负担，哪怕只是短期的，因为这些居民在他执行单于的命令时自愿帮助了他。

— 197 —

的确，他的决定在很大程度上违背了军事逻辑——他把剑挥向了街区警卫人员：在居民的协助下判决了他们中作恶多端的人对百姓犯下的种种罪行，对于趁火打劫的强盗，他判处了那些卑鄙的恶棍死刑，立即执行。

为此图拉尔的心情有些沉重，但是他又必须完成自己的使命。他召集了躲在家里的前任官员们，命令他们在新君主上台之前行使自己的权力。当然，图拉尔很清楚，留下他们，让他们去行使对百姓的无限的统治权，他们一定会竭尽所能，依靠搜刮百姓来弥补自己交给匈奴人的财物……尽管这么做的结果并不好，但是没有别的选择。他们确实不能留在这里等待选举出新君王！

虽然大将军做了一些让自己内心有点沉重、反感的行为，但他却因为完成了自己的职责而信心满满地离开了萨拉泰。重要的事做完了，而且他以最好的方式完成了单于交代的任务，没有损失一兵一卒就收回了欠款。这可以称得上是真正的一帆风顺。

让人觉得可怜的只有萨拉泰不幸的居民，现在他们又一次需要全面安排国家事务，想尽办法重建自己的国家。当然，大将军在相当程度上已经清除了他们队伍中的强盗和有伤风化的警卫队员，但是很长一段时间内他们还不能成为一个统一的民族。虽然他有一个惊人的发现：萨拉泰人在竭尽全力使自己成为一个真正的民族……在这些可谓半个强盗的人身上发生这些变化真是让人始料未及。

民族——要拥有共同的、不少于百年的历史，还要对自己的未来有统一的愿景。而他们是如此的各不相同，而且是一群志不同，道不合的人，甚至于在一些琐事上都无法达成共识，更不用说在发生大的分歧时了。他们的语言也是多种多样——彼此间能很快达成共识吗？嗯，当然是不能的……

他们从四面八方来到这里，只有个人利益、贪婪、对财富的渴望使他们暂时团结在一起——再没有其他。显然，他们的未来堪忧，等待他们的是一个充满痛苦和伤亡的未来。想到这一点是多么让人悲伤，但这将是事实……

20. 回家

　　这一次图拉尔非常强烈地感觉到，随着时间的流逝世界上的许多事物都发生了变化，世界本身也在变化。

　　每一次回家——就像是重新开始认识自己的家乡，这份与家乡见面的喜悦埋藏在他的内心深处。在年轻的时候，只有回家的渴望才会使他感到幸福，而且每一次，这份幸福都会增添新的色彩。在初冬，秋季行军结束，望眼欲穿地企盼着快点到达远方的家——是一种幸福的感觉；在初夏，从春季的行军中回来，穿过绿油油一望无际的草原，渡过狂风暴雨过后还未来得及涨水的河流——又是另一种感受。

　　年少的时候，让他迫不及待回家的是母亲们的爱、这个人口众多的大家族的真挚和温暖。渐渐地随着年龄的增长，虽然母亲们的爱没有发生变化，也丝毫未减，但是这样的情感已退居其次，占据首位的已经是和妻子间的感情。如今已到暮年，能活到这个年龄也是图拉尔完全没有预料到的，只有和孙子们见面的喜悦能够吸引他、温暖他。

　　当然，随着时间的推移生活中的很多东西都会获得崭新的意义。一些人认为随着年龄的增长感觉会变得迟钝，但是并非如此。当然，在少不更事的年龄，对一切事物的理解都会更加鲜明，更加强烈一些，但是随着年龄的增长这些理解会增添新的深度，产生的不仅是习惯，还有对世界万物存在的缘由更加深刻的认识。而世间万物周而复始，生生不息，就像浩浩荡荡的河水，它承载着你，环绕在你的周围，使你自信，也让你相信至高无上的天神的恩典……

　　事情进展得很顺利，他听从吴胡安的建议发起了这次远征，现在也已经圆满结束。大将军满心喜悦，没有强迫思乡心切的将士们留下来，想要回家的人差不多是这次行军人数的四分之三，他立即批准了他们返回各自夏季的游牧宿营地，并带上负责运送征收上来的税金的前期辎车队返程。和图拉尔一起留下的主要是经验丰富的老兵以及爱好钓鱼和打猎的年轻人……

　　大将军和他们慢慢悠悠地向北方行进，打算绕道而行，穿过人迹

变换的时轮
ᴧᴧᴧᴧ

罕至的山区牧场和原始狩猎场。选择这条道路的一个初衷就是养肥马匹，也让自己无拘无束地好好休息一下。可以尽情地打猎和捕鱼，这对军人来说可是并不多见的时光。但是，首要任务当然是寻找失踪的朝圣者——阿阔尔和他的引路人，大将军向各个他们可能出现的方向派出十人一队的侦察队。还在萨拉泰整顿秩序的时候，图拉尔就已经向他们最有可能行经的方向派出了两个马队。

　　巴塔玛伊这次没留在他的身边，大将军有些遗憾。不知道为什么巴塔玛伊拒绝了这份福利，他急于赶回家，就像图拉尔跟在他身后开玩笑说的那样——讨好自己的老婆子们去了。他可有一个庞大的家庭，仅是孙辈好像就超过了四十人。可以想象，他要处理多少家庭的琐事……

　　想到了自己的孙子，图拉尔叹了一口气。真是奇怪，不知道为什么相比于自己的子女老人更加疼爱孙辈们。现在他也记不得儿女们是怎么长大的，况且经常出征和他们在一起的时间并不多。而孙子们遇到的每个困难，他都更加熟悉和了解，因为每个问题的解决他都亲自参与其中。可能，并不是所有人都是这样，但是在他的心里孙子占据了非常重要而温暖的地方。

　　也许，这是因为是时候让孙子们为参加兵役做好必要的准备了，不考虑阿阔尔的话，他一共有六个要参军的孙子。他们必须到边疆各地锻炼，在伊尔的各个氏族和部落生活上一段时间。让他们内心真正地意识到，无论在习惯的地方生活得多么舒适，在其他地方生活得多么艰苦，他们都应该坚定不移地接受和忍耐一切，而不是被自己的感觉左右。他们的母亲和姑姑们在这方面就是多虑，因为在她们的眼里，他们还不是男人，而是孩子。

　　一个年轻的指挥官必须要熟知军队中不同类型、不同部门的军事知识，亲自体验迥然不同的氏族和部落的性情和风俗，学会与所有人和睦相处，这样他才能成为一名出色的指挥官。

　　在这个时候，为男孩子们挑选合适的辅导官是非常重要的。而且应该经常更换他们的辅导官，这些年轻人们就不会太过于习惯自己的辅导官，而后者也不会逐渐开始讨好年轻的长官。在生活中，尽管有时候和一些人相处可能并不十分舒适或者愉快，但他们需要和不同的人并肩同行。当一个任务交付给你时，还应该学会和当时在你身边的人齐心协力解决问题。并非所有事情，也并不是所有时候都会让你感觉到舒适，让你能够接受，因此学会适应发生的任何状况一定是有益无害的，甚至可以挽救你的生命。人生的经历应该就是这样：年轻时多受些磨难，在壮年才能更加从容淡定。

男孩子们的事情一切都好办：即使在他们的培养过程中出现了偏差，很多错误在这个过程中也能及时得以纠正，因为大家都看着他们呢，辅导官和其他的监督官会定期向祖父报告他们的近况。

而女孩子们的教育就难办得多，她们的教育由很多人同时负责：祖母、母亲、很多姑妈和较年长的姐姐，并且完全不允许他插手这件事情。但是有一个重要的问题——出嫁的问题——让他来决定，可是他几乎完全不了解自己的孙女。很多次他都拒绝了这一令人尴尬的荣誉和敬意，但是孩子的祖母们却毫不动摇："就由你来决定……"当然，她们会把有关新郎和他的家世的详细情况讲给他，引导他做出正确的决定。在这方面她们可在行了！而这么做都是因为，挑选未来的亲人——是一件非常严肃的事情，要知道这关乎所有子孙后代的命运。

是啊，对男孩子们来说一切都更简单，他们将会有几个妻子，而女孩子们只有唯一一次嫁人的机会。我们只能依靠至高无上的腾格里神，依靠他无穷的能力、无限的智慧和明察秋毫的眼睛。愿他永远不要离开我们的氏族，继续引领我们和子孙后代在祖先留给我们的正确道路上前行，在那些重要的或者至高无上的神预先决定的关键时刻能给我们提示。如果没有天神我们是什么？没有他的引领，人马上就变成动物，变成只会自我繁殖的蠕虫——一切都是随便的，没有远见，也没有目标，也就谈不上拥有命运。

留在这里——留在山坳中，图拉尔很清楚，家里早就有许多积压的、迫切需要解决的事情在等着他去处理……很快信使就会一个接一个地赶来，表面上是带来家里的消息，而实际上是暗示图拉尔是时候回去了……但是，他们不会完全明白，为什么他要逗留在这里。在完成了单于交给的任务之后，他还没有完成他个人的重要的任务——找到自己的孙子并在朝圣的路上保护他。孙子时刻都让他牵肠挂肚，但是在令人折磨的不安中他并没有丧失理智。

21. 旁观者的视角

在与萨拉泰的乌合之众进行了并不十分愉快的接触之后，图拉尔再一次从旁观者的角度审视了自己的民族——由几十个氏族组成的匈奴民族，使他们团结在一起的不仅是他们拥有的共同的志向，还有共同的历史、共同的关切、共同参加的战争，甚至是最后化解为共同利益的分歧。尽管氏族间可能迥然不同，但是匈奴人以其谦逊和正直的品质总体上赢得了外族人的尊敬——也许，这是因为纪律性从吸吮母亲乳汁时起就被带入了匈奴人的血液，而且他们所有的生活制度都由纪律来约束。虽然氏族间有较大的差异，但正是这一相似之处使他们能够成为一个统一的民族。还有一件令人悲伤的事：这个坚如磐石的整体也被一些恶习侵蚀，这一切似乎都是因为几代匈奴人不仅生活得丰衣足食，而且他们的生活要比所有邻国的生活优越得多。邪念一开始只是触动了他们的内心，诱惑、怂恿他们去做一些出格或者禁忌的事情，然后他们的风气就开始发生了变化。显然，我们总是追求取得更大的成就，最终这些却是徒劳无功——最好的状态还应该是一切都要恰到好处，适可而止。任何贪念、过分的行为常常会导致不幸和灾难……为什么会这样？图拉尔以前不明白，但是现在他开始意识到，对任何一个民族来说，贪婪过度可能都是最主要的危险……奇怪的是，我们最大的敌人不是饥饿、寒冷、贫穷，而相反，是过度的富足。而由此产生的凌驾于他人之上的虚假的优越感、傲慢、狂妄、自大就会摧毁人们的意识，安逸舒适的生活使人们意志消沉、精神萎靡……

是的，匈奴强盛了，这要归功于匈奴拥有一支强大的军队，他们还没有体验过战败的滋味，并且在军力上他们远胜于邻国的军队。但是这只是暂时的……并不是每个人都明白，力量——并不是原始的客观存在，它并非永恒的、一成不变的，就像中原人的庄稼能否丰收，草原上是否会生机勃勃都要取决于雨季一样。他们中的很多人开始认为，他们就是出身高贵，从一开始就比其他民族的人优秀，因此理应比其他民族实力雄厚、生活富足。这就是危险所在，因为人们习惯于傲视那些落魄的、贫穷的邻国，这些邻国正因处境艰难和贫穷而寸步难行，也因此对匈奴人毕恭毕敬、卑躬屈膝。他们不明白，如果不尽力坚守自己优良的传统，这一切都将是暂时的，而且他们已经忘记了，曾几何时匈奴人的状况也不比这些国家好到哪里。

他们的撒手锏——军队。但是匈奴人这样的军队并不是一夜之间建立起来的，而是在英明的历任单于的领导下，在几代马夫、兵器工匠和杰出的将领们共同努力下建立并逐步完善起来的。

不同发色的匈奴人——就像故事中的那样，有金发、红发、黑发的匈奴人——他们组成的战斗民族逐渐开始有了这样的思想：他们并不把胜利当作全民族的功劳，而是视作个人非同寻常的勇气和其他一些品质的标志，正是有了这些品质使他们超越了其他人。但隐患就在于此。

可怜的匈奴人……他们是一个心思纯洁、诚实守信、作风正派的民族，也是容易轻信他人、天真的民族。他们很快就对自己的优越性深信不疑，这是因为他们还没有意识到自身的优越感对他们来说是多么危险。任何其他一个民族处于他们的位置上也会这样骄傲自大的，这样的理解和解释也并不能使人高兴和宽慰。人的意志是薄弱的，现在匈奴人民正经历着一段丰衣足食、怡然自乐的时期，这样的生活状态使他们总是想着在其他弱小的民族中树立自己的权威，这并不能说是他们的过错。而且匈奴人已经学会了每次把自己军事上和其他方面暂时的成功解释成上天的安排、命中注定，看作腾格里神亲赐的奖赏……

但是世界上的其他民族和国家全都是这么弱小吗？难道邻国永远都会是这个样子吗？这应该只是其他部落和民族暂时的衰败，抑或暂时处于四分五裂之中，如同一盘散沙，因此他们还不能或者还不会对我们进行适当的回击。

很少有人清楚，军事统帅们会花费多少精力才建立起匈奴军完善的组织结构，他们探索并研究出多少各式各样的方法、技巧、战术来加强每一个亲兵、每一个万夫队的作战能力，使军队成为一个统一的

— 203 —

整体。如果你不是亲身经历，是很难相信经验丰富和睿智的人们会花费多少精力来培养未来的军人，需要从他们幼年起就开始培养军人的精神品质，待到他们入伍之后，每一个军人的尚武精神汇聚成整个军队的军魂和军队的凝聚力。这才是成功的第一步，成功的根源正在于此。

平民百姓哪里能够理解，为了避免民族发生意外的灾难和对任何人都没有好处的破坏性的战争，单于要坚持这一政策有多么不易；百姓又怎么能知道，单于需要团结志同道合的人，还需要在谈判中彬彬有礼地与人交流，这样才能平息潜在的敌人，寻找盟友。并不是像现在很多人认为的那样，胜利是用匈奴人的刀剑获得的，用刀剑取得的胜利——是短暂的，并不长远。

至高无上的天神有时候会坚决制止胆大妄为、做事过火的人，让他们走上正确的道路或者对他们进行严厉的惩罚，但是，这要经过许多年，甚至是几十年之后人们才会领悟……

距离图拉尔的儿子牺牲已经过去了十七年，和他一起牺牲的还有萨拉曼单于……他们的死对伊尔的所有部落来说都是沉重的打击。在那些日子里，只要是匈奴氏族和部落居住的地方，到处都进行了不计其数的祈祷和祭祀活动：从东方到西方的海岸，从西藏高原到北面绵延无尽的山脉，人们祈求腾格里神不要丢下匈奴人，祈祷他的庇佑。

正是那时起所有人才开始意识到：万事皆有度。

可能，明白倒是明白了……但糟糕的是没有人能够说清楚哪里才是恰到好处，怎么把握好分寸并遵循它。每个人都尝试用自己的尺度去衡量，去定义它。不过这一可怕的事件却带来了良好的结果：在感觉到天神的不满之后，人们抑制了自己的欲望，限制了自己的需求。

但即便是最沉痛的教训能否永记人们心间呢？世代更迭，生生不息。在这一变化中，似乎最难愈合的伤疤也渐渐抚平。年轻人并不总是能及时吸取前人的经验，就在战斗中牺牲，这并不是他们的过错。

就这样他的两个孙子失去了父亲，而且没有人能够弥补他们缺失的父爱和教育。他去见腾格里神了，一起带走的还有他的思想、情感和本领。当然，好在祖父将他们养育成人，但是父亲的位置在他们的心里永远是空缺的……从意识到这份内心缺失的那一刻起，他们在这个世上就生活得不是很自在、舒坦，现在仍旧如此。

图拉尔现在已经知道，一个人只有到四十岁时才会真正成熟。在这之前，即使他身居高位、手握大权，也需要经常得到引导和教导。如果祖父不久将要去另一个世界，那么这两个孩子完全就成了孤儿，而且失去了人生的导师，他们的生活会很艰难。的确，并不是所有的军人都能活到壮年。要是阿尔斯兰还活着，现在他也才刚满三十四岁，从现在再过整整六年他就能到四十岁了，而他已经离开了这个世界整整十七年了。在图拉尔的心里，儿子的位置不仅是空缺，而且是不能愈合的、流血的伤口，无尽的心里的泪水在这里流淌，并不为外界所知。孩子们同样需要父亲，他们日常生活中能对父亲提出的问题得不到答案，而祖父给他们的回答——完全是另一回事，是另一辈人的想法。父亲当然会给他们不同的答案——对他们来说更易理解、更清楚的答案。不过图拉尔积攒的经验和生活的阅历已经处于另一高度，这也是儿子们无法企及的……

如果阿尔斯兰活到现在——他一定会对阿贝尔军事上的成就感到骄傲，也一定已经把许多军人必备的、重要的技能传授给他了……他还会为另一个儿子的失明而感到惋惜和痛苦，但是也会为阿阔尔的远见卓识感到惊讶，惊讶于他为芸芸众生创造福祉的使命，显然这是上天安排给他的，为此图拉尔不得不准许他进入沙漠去寻找、朝拜神秘的圣地……

一个假设接着另一个假设……他又想到，阿尔斯兰一定会有更多的孩子，为阿阔尔和阿贝尔生几个弟弟妹妹，但是这是不可能的，也永远不可能了……对于带着这些失去至亲的伤痛和记忆活着的图拉尔来说，失去的亲人——可以说，就像是被砍断的手指，尽管没有流血，但是一遇到恶劣天气就会让人感到隐隐作痛，有时候还会带来钻心的疼痛。

但是这时年迈的大将军好像被一个突然的念头打断了前面的思绪：如果阿尔斯兰和萨拉曼单于活到现在，那么他们会东征西讨，征服所有的人，无论是否该去这样做……胆大妄为又专横霸道的萨拉曼单于

— 205 —

变换的时轮

指向何方，那么就一定要出兵讨伐。"感谢腾格里神，没有让这样的事情发生。"相当多的人会松了一口气，他们也感到满意，匈奴躲过了这些未必真能出现的胜利和幸运。

如果他还活着，现在的草原世界将完全是另一个模样。征服的疆界会延伸到完全不同的和难以想象的遥远地方，像篦子梳过一样，没有人能够幸免于他们的征服行动，这会给人们带来长期的难以估量的痛苦，可能长达数十年之久。谁又能知道我们的武装力量会不会碰上更加实力雄厚的对手呢？……历史上发生过各种各样的事情，一些伟大的帝国不止一次地经历生死存亡，将所有的辉煌都葬在自己的脚下。也有力量弱小、四分五裂的部落突然之间团结起来，变成了令人恐惧的战斗机器……

除了至高无上的腾格里神，没有人会知道即将发生的事情，一切事情的发生都按他的意愿。而既然没有发生大规模的征服作战，那么也就是说，我们真的要"感谢腾格里神！"……

在至高无上的天神的旨意中，我们能够明白什么？胆敢去剖析这里发生的一切事情的意义，这都是一种罪过。我们应该知道自己思想和行为的界限，并且不能逾越它，但是很多人不明白这一点，也给自己带来了痛苦和不幸。

我们能做的事情——默默地流泪，对自己人生的不如意只能暗自悲伤，不要埋怨和咒骂任何人，该做的只是恳求腾格里神垂怜自己的氏族和家庭。请求他向朝拜圣地的可怜的盲人施以恩惠，并恳求他派自己的护卫天使寸步不离地保护他。

对他荒谬而危险的决定我们没能禁止，而且有些害怕禁止，于是只对他稍加阻挠，这说明了一点：在他的想法背后并不是他个人的力量和固执己见，而是天神的旨意，只有天神才知道他完成的事情有多么重要。

年迈的大将军自壮年起这一生都指挥着实力雄厚的军队，不只赢得了一场战争，而如今这件事让他感觉并不舒服，也不习惯，而且伤到了他的自尊，终究使他束手无策，并且在这种看似突发的情况中完全处于被动。

但是没有办法，无论他多么强大，也不能将自己的手伸到世界上所有的草原和沙漠，够不到昆仑山脉……束手无策的感觉使他很失面子。但是他——只是一个人，我们所有人都是弱小的，甚至像他这样的大人物也不例外。客观环境要比人的力量强大得多，任何的意外事件都可能将人推入巨大不幸的深渊。因此我们只能寄希望于天神，一切都是上天的安排。因而年迈的大将军祈祷着："腾格里神，请让我失明的孙子远离所有不幸，远离所有突如其来的灾难，请帮助他到达您的圣地吧……"

这样算来，徒步朝圣者也是时候回来了。军队的骑兵侦察队应该在方圆两三千里之内不断执勤，他们的任务是——寻找并追踪朝圣者的行踪，如果他们在自己负责的区域发现朝圣者，应立刻向大将军禀报。但是到现在仍没有任何消息，这是不是意味着他们没在任何地方出现过？或者是已经通过了那里，或者是还没有到达那里？距离最后一次得到消息已经过去了三个月，对他们命运的担忧早已成为令人压抑的恐慌，充满了最悲观的预感……

他们可能会碰到在山上和山谷中流窜的那些恶人——虽然除了衣服，从朝圣者身上没什么可掠夺的……那里的野兽也并不比强盗少，还有可能受到熊和狼的攻击，蛇就完全无法防备了，更不用说一个盲人……在不知道水源地的情况下，在那些地方非常容易渴死，饥饿也是不可避免的，因此还很有可能被饿死，而且没有食物人就无法克服疲劳。任何情况都有可能发生，没有被沙漠中炙热的太阳烤死，也会被山里的寒冷冻死……

而且还带着这样一个不靠谱的引路人一起出发……除了吴朝安，没有人中意他，说得多，做得少，而且圆滑世故、不露心境、城府很深。通常，像这样的人很容易背信弃义，他们有时候喜欢冒险，并会轻易沉迷于疯狂任性的想法。如果他在途中抛弃了孙子怎么办？遇到什么危险时，把他一人丢下，自己跑掉了怎么办？到时候要去哪里寻找孙子呢？……

这些想法在图拉尔脑中挥之不去，而且他没有心思做任何事，只能坐在这里等待——等待自己的通信兵，等待他们带来的消息……这种无助的感觉多么令人懊恼！无论你怎么想，事情的进展都不以你的意志为转移。所有可能发生的一切都会发生，没有你的参与，违背你的意愿，就是这样。而你——这个"能人"，则无法预先防止任何事情的发生……你第一次这么无助，也是一生中唯一一次感觉自己——毫无是处。在让匈奴帝国的军事实力达到顶峰之后，你却感觉在这个世界上是没有什么能由你决定的，完全没有。

22. 迎着北风出发

带着圆满完成了自己职责的满足感，图拉尔离开了命运多舛的萨拉泰，率领军队向暂时救急的北方行进，前往凉爽的山区牧场。每行军四十里就留下一批岗哨侦察队，他们负责仔细搜查附近的所有区域，沿途依次传递这条侦察链上发现的任何人的动向。

在离开萨拉泰之前，军队就已分成了两个部分：一少部分人表达了自己想要留在山区的意愿，那些留下的人还让自己的家人从游牧部落中赶了过来；而那些不想留下的人被准许离开，在巴塔玛伊的带领下回了家。大将军图拉尔委托巴塔玛伊向单于汇报出征结果，这让他感到无上光荣。

年迈的大将军知道：只要他现在回到总指挥部，就不会再放他去任何地方了。更不用说是在非常需要他的时候——他是不会被忘掉的，一定会把他叫去总指挥部。俗话说，斧子没拿到手，木柴也只能闲置。很多事情等着他回去处理……

山麓地带富饶美丽，令人神往，对草原上的骑兵来说这里简直就是人间天堂。这里水草丰茂、微风习习，令人陶醉——兵马刚刚摆脱了沙漠里滚烫的热沙热情似火的拥抱，对它们来说，这里就是真正逍遥自在的地方。而在热浪滚滚的沙漠，所有绿色的植物早就被烤干，河流和湖泊也已经干涸，甚至呼吸都很困难，因为空气就像沙子一样刺痛喉咙。

事实上人间天堂也并不是一年四季都在同一个地方，它在不断地变换地点。是的，可能在地球上没有哪一个地方一年四季都是春花秋月，就是在沙漠中也会有如昙花一现般春意盎然的美好时光。而现在如此令人心情愉悦的山脚，在冬季却天寒地冻、冷风刺骨，也因此冬天没有任何人能在这里生活下去。这种严寒的日子最好在平原中度过，躲在凹地和山谷中，那里要比开阔的地方温暖舒适得多。

作为一个军人，能如此长寿的图拉尔，一生中也很少有机会享受如此风光的、天堂般的日子。他全身心地接受了天赐的这一偶然机会，当作是命运的礼物。通常参加战争的人迫于需要必须驻扎和逗留在可能是最危险的地方，经常会是一些边境地带，僻静荒凉、杳无人烟的边疆。那里不知为什么通常寒冷潮湿，或者完全相反，酷热难耐，真不记得有过介于二者中间的状态。此外，时刻准备应对所有突如其来的状况使你一直处于紧张之中，你也逐渐开始习惯这种忐忑不安的状态，甚至是回到家里也无法立刻放松身心。

奇怪的是，如果你如此向往平静的生活，为什么还会对此感到厌倦呢？只不过在一生几乎不间断的军人生涯里，平静的生活似乎成了一种不寻常的状态，以至于短暂地离开后再投入家庭的怀抱，你又会因单调乏味的普通人的生活而开始感到苦恼……

从事什么职业也会改变一个人，就像铁块在铁匠的锤头下或者成为马蹄铁，或者成为宝剑。"可怜的老兵，"图拉尔责备自己，"无论什么你都会用自己偏见的、骨子里军人的眼光去看待，在你看来，手握武器的人才是这个世界上最重要的存在……"但是真的是这样吗？

一方面，这是正确的，因为世界上所有的美好、国家的领土、自由、国泰民安只有军人才能捍卫。没有他们随时会面临丧失独立主权、受到外族的压迫和奴役的风险，甚至还有可能落得被灭全族的下场。

但是，从另一方面看，将生活的全部仅仅归结于保卫国家和发动战争——这完全是荒谬的。如果那样，任何其他事情的意义都将化为乌有。好吧，让我们想象一下，军人完成了人民对他们的期望：保护了自己的民族，使人民的自由不受侵犯，同时也壮大了自己的国家，保障了它的安全。那么接下来做什么呢？那些在土地上劳作的人，饲养牲畜、生儿育女的人，难道他们的劳动不是重要的吗？如果说他们是"次要的人"，那么还需要军人做什么呢？

变换的时轮

　　不，光靠刀剑是活不下去的。生活是多方面的，单单依靠武器和征服掩盖不了所有的漏洞，弥补不了所有的不足，也保障不了百姓的所有需求。当然，武力可以帮助解决很多问题，但是远不能解决一切。统治者们常常沉醉于军队的威风凛凛，忘记了这一点，结果栽了跟头。看起来战刀是会快速又可靠地解决所有问题。例如，可以用它侵占外族人的疆土，征服附近的民族，并为国库带来大量的财富。但是通过这种方式获得的利益又能让国家维持多久呢？常言说得好：不劳而获得来的东西——都是一次性的，它不会繁殖，很快用完了，也就消失了。只有双手创造的财富才是可靠稳妥的。

　　而胜利的民族一旦习惯了不劳而获，就会腐化堕落。还有什么必要从事繁重的日常劳动，盼望丰收，操心牧场上饲养的牲畜以及它们的繁殖呢？等到获得新的战利品不是更容易吗？因而统治者开始要求征战越来越多的地方，但是这并不能无休止地进行下去。任何罪孽深重、不仁不义的事情，无论有多少善意和借口也掩盖不了它丑陋的一面，对征服者来说这也是祸国殃民的事情。这一非常可悲和危险的事实并不是所有人都能明白，也不能一下子明白。真想高呼："救救我们吧，腾格里神！饶了我们吧，至高无上的神！你能看到我们的贪婪、欲望和过分的傲慢，你可能在任何时候惩罚我们……那就请你开开恩吧，引导你的子民走上正确的道路吧！"

　　有时候觉得，与其做暂时的征服者和胜利者，还不如被其他的民族征服，在这种状态下乖乖地熬过对自己民族来说最艰难的时期，在被奴役的日子里逐渐成熟，为成就未来的光明大业积蓄力量。暂时的胜利会冲昏人们的头脑，而最终使人彻底地腐化和堕落……腾格里神在上，不要让更坏的事情——民族灭亡——发生在我们的头上，不要让我们在其他民族的吞并中消失得无影无踪，消失在无尽的历史长河中……

　　我们尘世间的生活是变幻莫测的，但是对于那些善于通过自己的劳动从生活中获取所需的人来说，生活通常会回馈给他富足和平安。放眼望去——大自然中到处都是富饶的资源，可谓地大物博、应有尽有——只需要采集、种植、捕鱼、打猎……但是不知为什么人们还是不满足于拥有的一切，还是不能分割清楚他们的土地以及土地上的财富，总是觉得自己的天地还是太小、太拥挤。

也许，这就是大自然用寒冷束缚着我们，用大雪围困着我们，让我们忍饥挨饿的原因吧？而不懂与它和谐相处的人，只能苦苦挣扎着，继续承受这一切并让自己生存下去。说来也怪，最终正是因为这些磨难使人增长了智慧。似乎，苦难应该使人气急败坏、野性大发，最后一蹶不振，但实际并不是这样，吸收了痛苦的经验——他会变得更加善良、仁慈、诚实。

相反，不劳而获得到财富后，人性中的贪婪和卑鄙就会被唤醒；由于财物有了剩余和过度的富足人会变得如同禽兽一般，魔鬼的一面在他们身上就会表现出来。就拿中原国家来说，这样一个富强的国家，有那样吃苦耐劳、忍辱负重的人民，他们孜孜不倦、埋头苦干，但是他们却开始了混乱的内战，把富饶的国家毁于一旦……为什么？怎么会这样？除了造物主，没有人知道原因。

似乎，最重要的事情被隐藏起来，不为我们所知。我们是否需要尝试跨越界限来窥视一下隐藏在最深处的秘密？该这么做吗？妄图预断神的意图——要知道这也是不可饶恕的罪过……而且即便你能看到并参透支配人类命运的隐秘机制及其运作规律，那么你又怎么保证能正确地利用这一发现呢？

人这种智力有限的动物——而且按照世界上普遍的认知——只是渺小的生命，起初因自己的愚蠢陷入罪恶之渊，最好继续留在无知的黑暗中，否则他会被骄傲吞噬，他会自命为与造物主平起平坐的世界命运的主宰者……

但是如果一切都按照上天的安排来发展，那么就可以信心十足地说，人类将拥有美好的命运。人类将生存下去，因为他能忍受所有的艰难困苦，能承受所有的大灾大难。而违背天道，他们获得了富足的生活和过剩的财富，但这些给人类带来的是饕餮大餐、放荡不羁、骄傲自大，最终将其毁灭。

图拉尔似乎对自己的这种不同寻常的想法感到惊讶，因为他以前从没有怀疑过自己的想法……大概，对失明孙子的担忧从前不为人所知，现在又时常折磨着他，这份忧心忡忡的心情重新调整并彻底改变了他的思想，使他的内心深处产生了这些对他来说还并不习惯的想法和心境。"如果在遥远的昆仑山口的某个地方，失明的阿阔尔发生了什么事情……怎么办？"他也不知道到时候他会做出什么，会有什么举动……因此，有时候不仅是内心，整个身体都会因为让人不寒而栗的危险和预感的不幸而瑟瑟发抖……噢，大慈大悲的神啊！请庇佑你在人世间的见证者——朝圣者，让他免于灾难吧！

23. 吴胡安——总指挥的助手

天降甘霖，雨下了整整一夜。清晨，雨停云散，太阳探出头来，每一片叶子上的小露珠都闪闪发光，折射出异常美丽的七彩光芒。欣赏着这份美景，大将军想起了炎热的沙漠，那里夏季一连几个月都不下一滴雨。他心爱的朝圣者的行踪，暂时没有在山麓地带的任何地方被发现，那么可以粗略地推测，他有可能正是失踪在无边无际的沙漠中……

该怎么办？怎么帮助他？

几乎如同走进刀山火海、龙潭虎穴之地碰运气——对一个盲人来说这是多么荒谬的想法啊！大型的商队都会带着保镖和视力正常、经验丰富的向导——即便这样，这些人在这寸草不生、漫沙飞扬的地方也会消失得无影无踪，只会在若干年后在沙漠中发现他们的尸骨。而那两个人——徒步的盲人和无知的引路人，他们所有的储备——都装在背囊里……如果发生了什么事，他们也找不到任何人可以求助，方圆几百里内连个人影都没有，而抵达朝拜腾格里神的圣地还不知道有多么遥远……

阿阔尔承诺一个月到一个半月后就会回来，可是几乎已经过去了三个月，早就超出了期限，而他仍杳无音讯。

该采取点什么措施呢？

太煎熬了，不能再继续等待下去了！如果他们就失踪在不远的某个地方，没有水也没有食物，又或者落入强盗的手中成为俘虏，该怎么办？不过为什么强盗需要一个一贫如洗的盲人和他的引路人？他们只是需要那些可以作为奴隶进行交换的人，并从中获利……但是如果他们发现盲人是我的孙子、阿贝尔的兄弟呢？假如说，引路人为了挽救自己微不足道的性命而承认这一点，到时候就会凶多吉少……这些人可能顺手就杀掉他们——当成是消遣。强盗是一群懦弱的人，他们对全世界充满仇恨，又心狠手辣。他们什么事都做得出来……

图拉尔用余光发现了自己行军帐篷的门口出现一个人影，并被这出乎意料的一幕吓了一跳：他确信帐篷里没有留下过任何人，只有自己。是的，只有吴胡安才能这样悄悄地、不知不觉地偷偷溜过来，像幽灵一样出现在他的身边。

"怎么，是有什么消息了吗？"大将军生气地问。

"不，暂时还没有……"

"那我好像没有召见你。"

"我觉得您会需要我的，所以就决定过来了。"

"需要你时，我会叫你的……为什么要猜测我的想法？还有，不要再轻手轻脚地走路了。天神创造出来的人做任何事情都有声响，哪怕是鸟儿，也能听到它们拍打翅膀的沙沙声。鬼怪才会悄无声息……难道你也是鬼怪？"

"这是因为我想尽力不影响到您，不想无缘无故地分散您的注意力。"

"就算听到你的脚步声，也无大碍……"

"是，我是这样，都已经习惯了。"

"那好吧，你有事吗？"

"阿贝尔想要和您谈谈。"

"他不是前几天还和你一起来过这里吗，他为什么要通过你来提出这个请求呢？他可以自己说啊，我不仅是大将军，而且是他的祖父，"他有点自嘲地说，想起了自己的梦："你不是我的祖父，而是黑乌鸦。""或者不是？"

"他想要和您两个人单独谈谈。"

"单独谈谈？"图拉尔很惊讶，但是他的内心还是变得温暖起来："单独谈谈——好啊。在被任命为新职之后，阿贝尔只把自己当作下

变换的时轮

属,一直与他保持着距离——拘谨、疏远,从他那里也问不出一句多余的话。也好,做得对,就该这样。"

"是的,单独谈谈,要不然总是有其他人在场的情况下或在我们商讨事情的时候才能见到您。"

"这很好,"图拉尔满意地说,然后好奇地看向自己的老朋友,问道:"你觉得他想要和我谈什么呢?"

"这我哪里能知道呢?"淡定的中原人突然感到有些窘迫,"我只是一个普普通通的助手,而他虽然是个年轻人,但也已经是千夫长了。"

"别卖关子了,你可不是普通的助手,而是本指挥官的助手。不管怎么说,很多事情你是应该知道的。那他到底想和我说什么?"

"嗯,很可能,"吴胡安稍稍停顿了一下,有把握地说,"想和您聊聊失明的兄长,当然,就是阿阔尔。"

"你为什么这么认为?是不是知道些什么?"

"也没什么,只是我看得出来……"

"你看出来什么了?快点说吧,不要折磨我了。"

"我看出来他备受煎熬,忧心如焚。不久之前他还在自己帐里召集了一些了解昆仑山附近那些地方的人。可能,他是想跟您请示,想自己去找他的哥哥。"

"是的,你说的是对的……好吧,告诉他,让他来吧,我也考虑一下我们该怎么做……"

吴胡安离开了,而大将军陷入沉思:"要怎么做?当然,应该采取一些更有效的行动,不能再坐等信使的消息,这就是坐以待毙。但是,从另一个方面来看,派出现在唯一的千夫长去荒无人烟的地方寻找阿阔尔——也是不妥的……首先我们需要再次确定搜寻的方向,尝试站在朝圣者的角度考虑问题。他们会不会沿着离开时走的那条路原路返回?当然,这是更合理的,毕竟沿着熟悉的地方走要容易得多,况且他们不需要喂马,他们是徒步的。但是,谁又能知道胡作非为的引路人脑子里会不会突然冒出什么念头?而且阿阔尔——是一个固执任性、难以捉摸的人……"

总之,一想到受制于人这种伤自尊的事情图拉尔就感到很不自在,可能只除了单于。而在这件事情上他觉得自己就像是在服从于这个莫名其妙的人——霍伊古尔的决定……还有什么是比这更糟糕的呢?!

他一生都在为单于服务,深知这一最高级别的上下级关系的意义和价值。理解这些并不容易,但是可以这样来解释:他,图拉尔,对匈奴人来说——是连接庶民和伊尔的统治者乌苏曼单于的纽带,而单于——是至高无上的腾格里神安排在世间的代言人。可你现在却被一个引路人,一个骗子牵制!这些日子里年迈的大将军想了很多,但无论怎么思来想去,结果只有一个:你珍惜的一切都完全取决于这个不靠谱的骗子——包括孙子、家庭、家庭的幸福安康、你全部的希望和夙愿……即使你当了一百次大将军,无论你拥有多大的能力,在灾祸面前你也束手无策……

24. 家族的掌舵者

沉思默想中,图拉尔没有立刻听到帐篷门口传来一个健壮有力的人自信坚定的脚步声,甚至在回过神的瞬间他想到:"这会是谁呢?"但是随即他就辨认出了孙子的脚步声——是的,一个年轻,但是已经被委以重任的人的脚步声。

"进来吧,进来吧……说吧,我听着呢。"

"大概,您知道,我是为何而来……"阿贝尔彬彬有礼地开口了。

"我能猜到,亲爱的孩子。我自己的内心也同样忐忑不安,很早就寝食难安,失眠了。也许你不会相信,但是最近我才体会到从未经历过的感觉——恐惧……"图拉尔试图以此恢复与孙子之间纯粹私人的、家庭的谈话。"我还不曾经历过这样的感受……"

但是阿贝尔似乎没有听出他信任的语气:

"我来这里见您,并不是来见我的祖父,而是来见大将军……我来这里是想向您请示,我想自己出发去寻找我的哥哥,该返回的时间早就已经过了,但是他们还没有出现。"

"也好,你说得对,应该去找他们。"

"谢谢您。"阿贝尔矜持地表示了感谢。"但是我是一个军人,不

变换的时轮

能没有充足的理由就这么离开啊。然而现在没有任何的理由可以让我离开，我要怎么走呢？我还得带两三支护卫的十夫队……"

"你又说对了一次，是需要一个充分有力的理由……"图拉尔故意停顿了一下，凝视着孙子的脸，期待着他的反应，但是孙子仍然很规矩地等着祖父继续说下去。"我有一个理由……！"

"真的吗?!"阿贝尔喜出望外，他那总是专注的脸上瞬间露出了孩子般的笑容，这样的笑容多年来在他的脸上并不多见。

"是的，阿贝尔，你可以放心大胆地去，我有一个十分正当的理由。我们面临一个重大任务，因此我决定了派出你的整支配备完善的千夫队，带上辎车队。"

"这真是太好了！我想都不敢想您能做出这样的决策，那我们应该早点动身。"

"不要激动，首先我们应该认真、周密地做好准备。沙漠中的酷热还没有完全消退，距离下秋雨的日子还很远，而且你要先了解一下我托付给你的任务啊。任务一共是两个，这绝非儿戏，都是非同小可的事，你不要期望它们会轻而易举地完成，我的孙儿。"他就像家里人那样逗了一下阿贝尔。"第一件事，需要找到奥昆——萨拉泰曾经的统治者，当然，如果他还活着的话，但这只是未知数。第二件事，你要暗中跟踪并消灭袭击贸易商队的强盗。有人向我汇报，在通往中原的道路上强盗团伙甚至开始袭击戒备森严的富人商队，这种事情从前几乎都没有发生过。据说，两支商队已经遭遇了抢劫，第三支商队也险些遭此厄运，勉强击退了强盗。也是因为这个萨拉泰的生活变得大不如前，要知道他们还要向我们缴纳贡税呢。"

"好吧，当然，如果奥昆还活着的话，我会找到他的。寻找强盗要容易得多，他们人数多，目标大，而且他们自己就会出现的。我会暗中护送第一支商队，在他们袭击的时候以迅雷不及掩耳之势将他们消灭。"

"这么做还不够。"

"那该怎样做？我希望，能将他们全部消灭。"

"应该将他们一网打尽，但是这么做是不够的。"图拉尔重复了一遍。"你消灭的只是他们的'手足',但是并不是他们的'头'。那些操控他们的头目还隐藏在某些地方,而且他们一定会重返强盗之路,还会找到新的手下。首先你应该慢慢侦察,打探清楚他们的一切消息,确定他们之间的关系网,找到他们的藏身之所。你的任务——将他们斩草除根,端掉匪窝,不给他们任何卷土重来的机会。"

"连他们的亲人也要灭掉吗?他们有什么过错呢?为什么要惩治那些无辜的人?"

"为什么你会怜悯他们,却忘记了遭受他们袭击的受害者?他们的不幸是谁的错?难道不就是他们这帮强盗吗?在被洗劫一空的商队中许多氏族甚至是城邑的财富就这样凭空消失,这些城邑可能永远都不能恢复元气。因此,如果我们想要根除祸端,那么就应该让所有人对强盗的结局感到胆战心惊。当然,他们的亲戚和助手,没有抢劫过任何人,但是他们助纣为虐、推波助澜,并靠掠夺来的财物生活。"

阿贝尔立刻低下了头,他对此次行军的所有热情都因为即将面临的残忍画面而消失殆尽了,他完全不想做清剿匪徒的讨伐者,哪怕是被迫而为。

图拉尔非常理解自己的孙子,阿贝尔对清剿这项任务强烈的反感,祖父在心里是非常赞同他的。但是又能怎么办呢,军人的生涯中除了有个人的义务,更会有许多军人的职责……他是个太过于理想化的孩子,参与这样的行动对他来说似乎还为时过早,但是现在这是能派遣他和军队一起去寻找哥哥的唯一的理由。

"这件事我们换种方式来做,"祖父心里想到。"抓获主要的强盗首领后,就派巴塔玛伊来做这些清剿工作。必须把他这个可怜人从女人的'温柔乡'召回。当然,他会对提前的召回表现出极大的不满,但是他将成为这些恶棍命运的重要主宰者,这一角色会让他感到无上光荣。我们知道他的喜好——哪怕是在微不足道的小事上做个中心人物也乐此不疲……"

"这样吧,清剿强盗的任务我就不让你做了。你——找到强盗,抓住他们,先将他们收监,接下来我们会决定由谁来做收尾工作。"图拉尔竭力安慰孙子说。"现在你就认真地准备这次出兵吧,把千夫

变换的时轮

∼∼∼∼

队分成二十到三十支分队，让这些队伍隐蔽到渡河口和山口附近沿途的所有便于观察的地方，边等待边观察，不要急于抓捕他们，也不要急于将他们快速处理掉。最重要的事情是——找到他们的组织者，弄清楚他们将抢来的东西藏匿在哪里，并确定他们通过什么渠道销售赃物。而做到这些需要毅力、耐心、沉着冷静的思考以及聪明能干的助手，这些条件缺一不可。因此你只能任命'头脑冷静的人'做各个队伍的指挥，都清楚了吗？"

"明白，接令……"

"还要清楚另一件事情：这是一个合情合理的方法，不要引起别人对你寻找哥哥的关注，同时还要把所有事情安排得有条不紊，照顾到方方面面。恰好商路的方向是从西北向东南延伸，你们和阿阔尔走的路，相信一定会在某个地方出现交集。你——做好自己的工作，而我——也有我的工作。过段时间我会沿着商路前往离你不太远的地方，那里有相当多的小定居点，这也是唯一可能发现他们的地方。最重要的是，弄清楚他们的行走路线——从哪里出发往哪个方向走的，才能有机会找到他们，当然，如果……"图拉尔再一次想到朝圣可能出现的令人悲伤的结局，结结巴巴地说，"如果幸运的话。"

"我一定会找到他们的。"

"那就尽你最大的努力吧。你的任务之所以复杂，还因为我们几乎什么都不知道，难道这就是通往昆仑山的指路牌？山脉重峦叠嶂，绵延数百基奥斯，而且鲜有人知道这些圣地的确切位置，有关此事你也问问当地人吧。"

"说实话，我真的不明白，一个盲人怎么能知道自己的目的地并准确地走到那里呢……"阿贝尔第一次如此毫无顾忌地谈起了自己的兄长。"他需要一个引路人仅仅是为了在石头间穿行能找到平坦的地方，能在山中的小径上不迷路，如果这样的小路存在的话。"阿阔尔曾经想给他说明自己要前往的大方向是哪里，甚至向他描述了在前往所要抵达的山口的必经之路上那些遥远山脉的轮廓。"我不明白，他是从哪知道的这些？"

"这对我们来说是神秘不解的，亲爱的阿贝尔……我自己也无时无刻不在想这件事。"年迈的大将军悲伤地看了眼孙子。"世界上有很多神秘莫测的事情，你要特别注意这些事情，记在心里，不要否定任何在我们看来无法解释的事情，尤其不要深究细节，这并不是我们军人该做的事。对这些现象最好避而远之，不要试图探寻这些秘密。"

"您记得吧，我跟您说过，小时候他完全不觉得自己是一个盲人。我们总是一起玩耍，而当我们玩捉迷藏的时候，他总能准确地指出我躲在了什么样的石头后面……"

"我认为，他是我们中间的一个伟大人物，他身上有腾格里神的印记……所以他才要前往神的圣地。"

"太奇怪了，为什么腾格里神要让一个盲人前往他的圣地，追随他的足迹？"阿贝尔用孩子般天真的眼神诧异地看向祖父，而祖父只是垂下了目光作为回应。他很震惊，孙子几乎一字不差地复述了他的想法："是的，我们不知问了多少次——为什么？因何这样？这有什么意义？"

"这是没有答案的问题，孩子，很多事情对我们来说都是不可知的。我们注定只能成为见证者并把这些记到心中：无论过去还是将来，人们永远都会追随腾格里神……"祖父坚定地说。"我和你都是军人，尤其不应该纠结这些不必要的麻烦事。我对此一无所知，但是我感觉知道这些对我和你都不会有任何好处，我们的世界就应该是简简单单、一目了然的……我们是军人，服从上级的命令是我们的天职，对追随神的人尤其不该妄加评论，因为他们是更高级别的人，更靠近天神，因此他们能洞察一切、明察秋毫。依赖于腾格里神的决定总是比依靠自己的选择可靠得多，况且我们的愿望又算得了什么呢……"

"我并没有全部理解……但是我会尽力一直信赖上天的安排。"不知为什么阿贝尔过于紧张，有些勉强地说。"那么如果我们找到奥甪，要怎么做呢？我们是希望让他坐上萨拉泰的王位吗？"

"单于会决定这个问题。还有……要非常谨慎细心，小心再小心……强盗是一些不可理喻的人，他们不仅是一群没有氏族和部落的人，而且他们的行为有时候毫无道理可言，我们也无法预测。按照我们的理解，应该逃跑的时候——而他们却躲藏起来了；进攻是更正确的选

变换的时轮

择——而他们却突然消失，四散而逃了……普通军事行动的规律多多少少你是知道的，但这次非同寻常，因此要始终保持警惕。不要拿兵马来冒险，遵守一条原则——'伺机而动'。我们没什么可急的，而他们必须依赖于商队，为了不错过商队，早早晚晚会出现在附近，只要他们攻击商队——人赃俱获，这就是你抓捕的最好理由。牢牢记住：小心谨慎地暗地跟踪，摸清底细，探明虚实，然后出其不意、攻其不备——那你的行动才不是鲁莽之举，才会稳操胜券。"

"好的，我会全部照办。"

"还要记住：我早就应该去另一个世界了，但是不知道什么原因腾格里神一直耽搁了此事。我已经行将入土，因此很快，家庭、氏族的所有重担都将落到你的肩上。是的，从年纪上看你还小了点，但是在我死后我们氏族的掌舵者就是你了……因此你一定要特别谨慎持重，明白吗？"

"明白了。"

"并且也不要忘记指派所有侦察队各处打探萨拉泰的前任统治者——奥昆的消息，只是寻找他的踪迹就行了，不要指望能很快找到他。可以肯定，这并非易事。他是一个经验丰富的人，如果他还活着，一定是藏在了一个可靠的地方。我们寻找他也是借此获得有关阿阔尔的消息。很有可能，奥昆早就被跟踪并且杀害了，就像所有前任君王那样。但是要知道在这世上一切皆有可能……"

* * *

阿贝尔离开后，突如其来的疲惫感瞬间包围了年迈的大将军，他感到身心俱疲，有些垂头丧气。当你能看到的一线曙光瞬间消失了，所有的希望灰飞烟灭，就会有这样的感觉。受至高无上天神的鼓舞而满怀热情去朝圣的孙子，带走的一切难道还包括他的全部力量和信心吗？带走了他全部的生活激情？要怎么办呢？要怎么在自己的军人生涯快结束时站好最后一班岗而不失自己的声誉呢？现在只能寄希望于单于承诺他的告老还乡了……

匈奴人与伟大、富饶，但是由于中原国家割据而暂时被削弱的华夏帝国为邻并不感到凄楚。而且还得承认，在中原国家的照拂之下他们也过得相当不错，几个世纪以来他们在华夏大地能轻而易举地得到自己不会制造的、不会种植的、不会开采的东西。

图拉尔曾多次到过中原国家，见证了不同时期、不同社会状态下的华夏，看见了种植着各种谷物的广袤无垠的田野。中原人甚至会开垦山坡进行农作物的耕种，为了灌溉梯田上的水稻他们使用的取水方法以及把水源引到山上的方法都让人叹为观止。养蚕种桑要付出多少辛劳和汗水啊！不错，这真是一个伟大、美好的国度，是一个伟大的民族。

而现在那里诸侯争霸，民不聊生，这是他难以想象的，甚至是无法想象的。当你亲眼见过那一片富饶肥沃的土地，领略过它所有的辉煌壮美，你无法相信眼前的景象。这就是内部纷争和同室操戈的战乱带来的后果！难道这些如此明理智慧的人——就不能达成共识吗。真是令人难以置信。也正因如此那些认为自己优越于其他的民族，并对此深信不疑的匈奴人，不加考虑又毫无根据地认为自己的伟大是至高无上的天神赐予他们的，是万古不变的客观存在。然而这一切都是妄自尊大。

第 四 卷

1. 奥阔——丘约赫阿雷的主人

丘约赫阿雷的意思就是"绿岛",对于这个含义也不需要做什么补充了。只要看看周围,比较一下——很快就会发现这座"岛"与以南面的萨拉库姆而闻名的沙漠地带有何不同。在这片荒无人烟、寸草不生的地方,没有比看到水边让人翘首企盼的绿茵更让人高兴的了,这里是从昆仑山支脉涓涓流淌下来的小河的河口。

这条小河,就像这些地方的其他河流一样,在沙漠的源头消失得无影无踪,伸入一座座巨大沙丘的脚下,消失在下面的沙地里。不得不说,这些沙丘小心地把水藏了起来,可谓"滴水不漏",让那些渴望水和清凉的旅行者望眼欲穿。在沙漠的另一端几乎不可能发现这片绿洲。令人不可思议的是,在这片没有生命、被太阳烤得炙热的地方还有水流淌而过,也因此这里成了商队经常到访的驻足地。能来到丘约赫阿雷的人要么是偶然闯入,要么是准确地知道通向这里的道路。

奥阔——丘约赫阿雷现在唯一的主人——深居简出,就这样在这里生活了一辈子。很久以前,不知什么原因他的父母被驱逐出了自己的哈拉泰氏族,从萨拉库姆的北面来到这片绿洲并在此定居。提及被驱逐出氏族的原因在这里是一个极度不受欢迎的话题,成年人在彼此之间对该话题都避而不谈,更不用说是和孩子的谈话了。很显然,驱逐出氏族——是一种极端的惩罚手段,意味着他们做出了一些非常不体面的事情。他们已经在丘约赫阿雷生了两个儿子，奥阔和奥昆。在这个天堂般美好的地方，兄弟俩度过了自己十分幸福安宁的童年。

据说，在那个遥远的年代，在河流的上游和许多支流的沿岸生活着很多户人家，他们生活得丰衣足食，自在美满——饲养牲畜，打猎捕鱼。但是后来发生了对当地居民来说真真正正的灾难：在绿洲以西两三个基奥斯远的山上，矿石勘探者发现了山里蕴藏着玉石矿，玉石在中原国家十分珍贵，受到偏爱，后来又发现了山上还蕴藏着丰富的其他种类的稀有宝石，除此以外，他们在这里还发现了黄金……开矿者很快就在矿山附近建立起了萨拉泰这座城池，四面八方的人们开始蜂拥而至，希望可以在这里快速轻松地致富。从那时起，因为外来人，而更多的是因为形形色色的强盗，丘约赫阿雷再无安宁之日。即使你没采过矿，手中也没有任何宝贝，但是被杀、被抢在这里还是对人身安全的最大威胁。很快，绿洲的居民因对暴力的长期恐惧而背井离乡，各奔东西了。

结果，这里现在只剩下奥阔一个人了。以前，他按照这里早前留下的规矩年复一年地生活着，父母过世，埋葬了父母之后，也算没有错过婚姻大事，娶了妻，并且妻子给他生了两个女儿。但是他的这一点儿幸福并没有持续太久。有一天，狩猎回来，奥阔发现所有的家人都不知去向……极有可能他们是被无意中进入丘约赫阿雷的强盗掳走贩卖为奴了。无论他怎么努力四下寻找，都是无功而返。从此，他们就杳无音信，消失得无影无踪。如果他们中的某一个人还活着，一定会设法让他知道的。途经此地的匈奴人不少，而且商队也经常在这里停留。他不知恳求了那些人多少次，请他们帮忙打听家人在中原的消息，有时候商人们满口答应的同时，还是跟他解释说："寻找是毫无意义的。"他们说，在那里寻找一个人完全就是大海捞针——那些地方的人太多了，打个比方，如果把那里的人和蚂蚁作比较，那么蚁穴里的蚂蚁就显得太少了。

奥阔继续一个人孤孤单单地生活在丘约赫阿雷，不显山，不露水。好在所有通往这片"世外桃源"的道路被高大的沙丘安全地隐藏起来，不为外界所知晓。而知道这里的人也只能在冬天过来，因为夏天

变换的时轮

的高温几乎阻断了所有的道路。

奥阔习惯让自己主要的牲畜远离外界的视线，由十七只绵羊、六只山羊组成的羊群和四头骆驼放养在外来人无法接近的地方。虽然牲畜看上去似乎是随意地在草地上吃草，但是，其实它们当然是有照看的：奥阔不知用什么方法成功地驯化了两只狼崽儿，它们不久之后就成年了，并且忠诚地守护着牲畜，不允许其他野兽靠近羊群——无论是"两足野兽"，还是四足野兽。小狼们尤其喜欢驱赶狐狸——它们特别喜欢新生的羊羔。灰色的"卫士"以自己和主人捉到的野味为食。

奥阔在绿洲主要饲养的禽类有：鸭子、火鸡和野鸡，如果他需要弄点吃的——一切就在手边，完全可以自给自足。而为了掩人耳目和招待形形色色的外来人，一头骆驼和三只山羊出的奶足够了。尊重行人，不管他们是谁——商人或是强盗，按照习俗都是应该的。甚至某种意义上来说这也是有利可图的……如果他完全没有什么东西可以款待他们，那么强盗，很可能早就将他杀害或者把他卖身为奴了。就这样，奥阔的"避风港"有时候对他们来说是非常稳妥的地方。因此，考虑到将来可能还需要这个避难之地，有时他们会接济一下他，有时也会留给他一些掠夺来的东西。就这样奥阔逐渐积累了非常多的地毯、布匹、夏衣和冬衣。

有时候感恩的商人们赠送给他贵重的中原丝绸。每一次，奥阔看着这些毫无用处的礼物，都会忧郁地想起失踪的妻子和女儿们："她们要是看到这样美丽的东西该有多高兴啊，但她们没有这个命啊……"他没有必要留着这些丝绸和物品，所以后来他有机会就用它们来交换商队中瘦弱体衰的马匹和驴子，因为即使不交换，这些马和驴子也一定会倒在艰难的道路上。

想到失踪的亲人，他知道，在如今这样多灾多难的时期，在这里他们终归不会有平静安宁的生活。如果他们还活着，并且能设法在一个新的安全的地方找到安身之所，那么，这也不失为一件好事。他，奥阔，在这里无论如何也不能保护好她们。

就这样日复一日，年复一年，他的生活静静地流淌。往来商队的商人出于感激或是为了支付住宿和休息的费用赠送给他礼物；而有着卑鄙下流习惯的强盗，本性不改，有时会拿走所有他们瞄上的、喜欢上的东西。现在，在丘约赫阿雷没有正常生活可言。奥阔并不是习惯了这样的生活，而是让自己习惯于把所有的这些事情看作上天安排给他的宿命。遭到强盗抢劫——不会特别伤心难过，有人赠予礼物——他会泰然处之地接受，只是为了做样子和出于礼貌而表达一下谢意。对待所有这一切他都能做到宠辱不惊，就像对待天气变化，对待变化莫测的自然现象一样。

2. 兄弟

无论是在性格上还是外貌上兄弟俩彼此都不相像，就好像是不同父母所生。

奥阔——黑头发，个子不高，思维迟钝，行动缓慢，沉默寡言。而比哥哥小三岁的奥昆，看上去更像白匈奴人：金发，身材魁梧，行动敏捷，并且还是一个令人羡慕的能言善辩之人。父母在世的时候，他在家乡的这片绿洲待得憋得慌，十四岁左右就偷偷地跟随一支商队离开了家。距离那时已经过去很多年了，可一点他的消息都没有。奥阔已经默默地认为弟弟像他的妻子和女儿一样，消失在异国他乡的茫茫人海中了。

几年前一个秋天的夜晚，奥昆突然回到了他的生活中，这让奥阔始料未及：

"奥阔，不要害怕——是我呀，你的弟弟奥昆……"

奥阔通过声音立刻就辨认出了他，但是起初的片刻他还是慌了神，因为内心里他早就认为弟弟已经不在人世了。但事实上，奥昆是在匈奴军队中服役呢，在军队的辎重车队中负责各种生活物资的供给。

那一次他是偷偷地从匈奴人那里跑回来的，奥阔由此断定，弟弟向他们隐瞒了自己的出生地。而且，对这些地方十分熟悉的他却选择了对军队来说并不是最合适的地方过夜——军队在河流的上游安营扎寨——这说明了很多问题。也就是说，他不希望他的战友们知道他的出身和家族的底细。

变换的时轮

哥哥几乎没有对此感到惊讶。不知道别人记不记得了，而奥阔记得清楚，奥昆去过的、待过的地方总有种神秘感，不知道隐藏着什么秘密，是真实的还是虚构的——很难说。小时候为了对自己有利他就喜欢做些指鹿为马的事情，愿意吹几句牛、撒撒谎。虽然，据奥阔回忆，这对他来说并没有什么好处，甚至恰恰相反，当谎言被揭穿的时候，他可没少吃苦头。可怜的奥昆！他永远不满足于现状，周围的一切都不合他的心意：他的故乡——丘约赫阿雷、父母、氏族传统。他总是向往其他的地方——遥远的、尚未认知的地方，那些充满了各种诱惑，令人神往的地方，但那些诱惑只不过是虚幻的臆想物罢了。

偏巧，生活中就真的有这样的情况发生——运气有时会平白无故地让这样的人扶摇直上、平步青云。不过，这样的运气通常是短暂的，之后同样突然出人意料地将他们打入谷底，使他们拥有的一切化为乌有。谁又能想到，奥昆会成为著名的萨拉泰的国王呢？

三年前一个商队的随从告诉奥阔，在萨拉泰——又一次发生政变之后——一个叫奥昆的人成了萨拉泰的君王。

奥阔因为这一突如其来的消息而惊讶得说不出话……难道那个人是弟弟吗？他并没有为弟弟的成功而喜出望外，这并不是出于忌妒，而是打心底里感到本能的恐惧，因为他明白这对弟弟来说未必会有一个圆满的结局。在那一刻他想到：最重要的是要让现在和以后都不会有任何人知道他和新君王的亲属关系，因为按照以前历任统治者的惯例他未必会在自己的王座上坐满一年……

当然，他还心存一丝渺茫的希望，希望这个人不是他的弟弟，而是另外一个叫奥昆的人，毕竟这是一个常见的名字。但是随着时间的流逝他确信了自己最糟糕的猜测：是的，根据商队随从们的描述，这就是他那个亲弟弟。喜欢信口雌黄，花言巧语；喜欢在众所周知的事情上故弄玄虚，把人弄得云山雾罩；喜欢欺骗那些耳软心活的人。这一次，显然，他随机应变的能力、所有欺骗和狡猾的招数全部奏效了——他真的成了一个君主……

奥阔毫不怀疑，这一切不会持续太久。并且，他预感到会有不可避免的灾难发生，一边留心地倾听外来的商人们讲述在萨拉泰发生的事情，一边等待弟弟搞出的这个"过火的新把戏"什么时候结束，将以什么样的方式结束。

奇怪的是，奥昆在王位上稳坐了几乎整整两年，按照这个强盗之国萨拉泰的标准这已经是非常久的时间了。在此期间，那里确立了一些类似制度的东西。居民们对这位新君王肃然起敬，很多人尽可能地向他表达了自己的忠心和感激之情。相信了那些阿谀奉承的赞美之词后，奥昆似乎过于骄傲自满起来，并放松了警惕，并没有察觉到围绕在他身边的一些亲信——习惯偷盗而未受到任何制裁的江洋大盗——开始在背后偷偷地准备新的政变。因为各种情况的巧合，可以说最终形势还算帮了他，奥昆才成功避开了背叛者针对他的暗杀行动，舍弃了所有积攒的家底，他偷偷地备好了马，在最后的紧要关头设法出逃并躲了起来。

就在那时，对这位倒台的萨拉泰君主来说世上没有比自己的哥哥奥阔更亲近、更可靠的人了，因此他骑马赶往丘约赫阿雷：白天他躲藏在僻静的地方，而每到夜晚他就快马加鞭赶回还没有被他遗忘的老家。

看到精疲力竭的亲爱的弟弟之后，奥阔完全没有感到惊讶。他什么也没问，第一件事就是给奥昆拿来用山羊奶做的酸奶，让他喝了解渴，然后给他铺好床铺，就让他休息了。即便不说，一切对他来说也已经非常清楚了，急什么呢，让他好好睡上一觉，明天早上再说吧。早上比晚上头脑更清醒。

第二天清晨，他早早就把弟弟送到河心的一个石头岛上，没有人会猜到，难以攀岩的陡峭的悬崖上会有一条秘密通道，这条通道通往一个非常宽阔的山洞。

奥昆最惊讶的是，哥哥——似乎是一个愚昧无知的人，除家乡的绿洲周围的地方，对这个世界一无所知——然而凭着某种敏锐的直觉他事先感知到了弟弟那惊人的，但又短暂的飞黄腾达会是什么样的结局。他不仅知道，而且还等待着他，为他准备了一个安全可靠的避难所，在那里奥昆在胆大心狂的一生中第一次感受到了真真正正的安全感。事实证明，内心的平静和安全感要比转瞬即逝的无限权力和强大势力带给自己的感受珍贵得多。这份静谧的生活是他的哥哥奥阔给他的,为他打造的。而对于昨天的君王弟弟来说,奥阔仅仅是一个下等人,是一个只适合放牧牲畜的庶民。必须承认的是,他从小就一直瞧不起哥哥,对他不屑一顾。然而事实证明,奥阔是一个聪明且有远见的人,虽然他住在很远的地方,对弟弟所面临的所有困境毫不知情,也不知道事件发展的真实过程,然而他还是能够很快明白发生了什么,能够考虑得十分周全,最终把他安置在一个最安全的地方。

说来奇怪,奥昆应该在此前回趟家,这样他才会领悟一个道理:当局者迷,旁观者清;一叶障目,不见泰山。事物的真面目从远处会看得更清楚,就这样他的哥哥对一切事情看得清清楚楚。

然而,作为前任君主他身边曾经有那么多知识渊博、通晓多民族文字、周游列国见多识广的谋臣策士!可是他们对策划的政变却一无所知,毫无察觉。而这个乍一看一无是处的牧民,甚至用自己的家乡话表达思想时都口齿不清,但竟然不可思议地知道事情的结局,并做好了和他这次见面的准备……是的,他凭直觉预感到了这一切。

他的谋士似乎对他所有的心腹都进行了透彻的研究,对所有事情也都考虑得面面俱到,不断和那些可能密谋推翻奥昆政权的人进行密切地接触,但还是看走了眼。最终,他们也都被杀了,也算是对他们失误的惩罚……

3. 奥阔

第二天奥阔宰杀了一只鹅,为奥昆准备了一顿丰盛的晚餐。奥昆从自己避难的石洞过来了,兄弟俩这么多年以来第一次一起吃了顿饭,席间他们回忆着早已经过世多年的父母,倾心交谈。

"嗯,我亲爱的哥哥!现在你应该时刻保持警惕,不能像现在这样不注意了。"奥昆悲伤地说。

"为什么要这样?"哥哥困惑不解地问。

"我认为,不迟于明天就会有搜查的密探到达这里,他们会盘问你是否有什么人骑马来过。"

"我没明白，既然他们已经夺得了政权，为什么还要追捕你……"

"他们需要确认我已经死了，并且不会再垂涎王位。"

"为什么呢？你，一个逃亡者，现在还有什么能威胁到他们的呢？"

"知道吗，他们深信我有密室，里面藏着数不尽的财宝，也正因为这一点，他们推翻了我的政权。如果我有钱财，也就意味着，我可以招兵买马，重夺王位。"

"想到这一切我心里就有点堵得慌……那你说，他们为什么会这么想？"

"那些卑鄙下流的人，也会怀疑所有人都有同样的污点，总是杯弓蛇影。"

"那么你就没有在任何地方藏任何东西以备不时之需吗？"奥阔质朴地问。

听到这些话弟弟奥昆的脸色都变了：

"说的就是呢，我没有藏任何东西！因为我，是一个傻瓜，天真地认为自己坐上萨拉泰的王位了，这个位子就永远是我的了，一辈子都是了……然而事实呢，你也看到了。如果当时我能预想到事态会有这样的发展，那么，当然，就能够储存点积蓄，做到未雨绸缪了。你都想象不到，我掌控了多少财富……听了你都会晕过去！"

"我想象这个有什么用……"奥阔冷静地笑了一下，"反正现在什么都没有，那就意味着，它们根本就没有过。"

"怎么能说——没有过呢？有过！还怎么算有过呢！"奥昆火冒三丈，激动得喊了起来。

"你的喊叫现在又有什么用呢？喊不喊——你现在都是身无分文，只剩下一匹马在那里吃草。那不就是说明一无所有吗，彻彻底底，从来都没有过……这一切都是一场梦……"

"是的，你这样认为也是有道理的。"过了一会儿奥昆充满悲伤地叹了口气，同意了奥阔的想法。"现在我正应该抱有这样的思想：我——是一个无足轻重的人，并且一无所有，这样我才能活得更正确、更轻松……我要回去了，回洞里去。谢谢你准备的晚饭，我心里有些没底，我认为，随时都会有人骑马疾驰前来追捕我，以后白天我就不再来了，

变换的时轮

晚上我们再见面吧。"

"嗯，还是当心点吧，这你心里是有数的，虽然这么遥远的地方未必会有人找到这里。"奥阔由衷地开始可怜弟弟，又试着安慰了一下他："哎呀，找到我们这里也并非易事，这你也知道。"

"这个可怜虫奥昆！他可真是自命不凡啊！即使对追捕如此提心吊胆，他还对自己的重要性和影响力深信不疑……哪里会有什么追捕啊？谁敢一头扎进这么遥远的沙漠呢？如果他们尝试过搜寻和追捕他，那么，很有可能，只是在萨拉泰周边地带，追到那些地方还找不到他，他们肯定就会放弃这件毫无希望的事情了。最重要的事情他们已经完成了，他们夺取了政权，那么谁还会需要一个逃亡的前任统治者呢？总之，看着他现在的样子，很难相信他曾统治过这样一个强盗国家。也许，这些都是他虚构出来的？他可是喜欢吹牛的。不，商队的人对他的描述非常准确……现在说这个还有什么用啊！现在就只能同情他，像同情每一个遭遇不幸的人一样。"

但是很快奥昆的担忧就得到了证实：三个人骑着大汗淋漓的战马疾驰而至，从头到脚全副武装着。他们警觉地向四面张望，环视周围，除了孤身一人的奥阔，他们没有发现任何人，下马之后，把马匹拴在了树荫下。

"你是谁？"留小胡子的老兵严肃地问。

"问我叫什么吗？奥阔。"

"你在这里生活很久了吗？"

"从出生起。"

"那没有什么人来过这里吗？"

"会有人来这里，他们也只是路过这里，但也不是经常来。"

"那他们又是什么人呢？"

"不久前有支商队从北面过来的……"

"这是什么时候的事？过去多少天了，你还记得吗？"

"当然，我记得，我这儿来客人——可并不常见。十二天前来过一支庞大的商队，大约有七十只驮满货物的骆驼，还有一支严肃认真的护卫队。"

"就这些吗？没有一个独行的路人来过这里吗？"

"这种地方独自行路的人是不会过来的，太危险了。"

这段对话之后小胡子老兵陷入沉思，一时间对奥阔失去了兴趣。然后，心里盘算着什么，问道：

"从这里到萨拉泰有多远？"

"以中原的'里'计算大约是二百四十里，按照匈奴的标准算——是十二基奥斯。"

"哎呀，我们已经走了这么远了……我认为，这已经足够了。"小胡子老兵喃喃自语道。然后对自己的同伴恼火地说："他一定已经在路上的某个地方毙命了。不用再找了，该掉头回去了。在分配权力的时候我们应该在场……而我们却跑到这么一个荒无人烟的地方……"

这些话奥阔听得清清楚楚，不用想也能知道他们说的是谁。但是他做出有些不太自然的呆滞的表情，把自己装成一个愚笨的人——一个对来来往往的路人说什么并不感兴趣的脑筋迟钝的人。

就在那时小胡子老兵继续思考着什么事情，背着手走来走去。然后，他突然停下了脚步，目光久久地停留在石岛上。奥阔心里真的慌了起来，他担心奥昆一时兴起从山洞里走出来……幸好什么也没发生。

小胡子老兵喊来了刚饮完马的部下，他们一跃跳上马鞍，就像之前没急于去任何地方一样，踏上了归程。

奥阔满心欢喜地立刻想要大喊，想要唤出弟弟并告诉他发生的一切，但是，他害怕追兵会折回来，就忍住了。

4. 奥昆

而奥昆，从藏身之处看到了这三个骑马的人，立刻意识到这些客人是冲他而来。而且他如同真的听到了那些刚刚得势的人在城里广场上叫喊着："无论他跑到哪里，都要追上这个逃犯并把他给我抓回来。一定要找到他——活要见人，死要见尸！而抓到他的幸运儿将悬赏一百个金币！……"

这应该正是"继任者"巴代——坐到奥昆的王位上的背叛者——

变换的时轮

上任后马上下达的命令之一。然而他——奥昆——曾天真地以为，那个被他从最底层提拔上来的人，甚至可以说是被他从泥潭里解救出来的人，会生生世世地感激自己的靠山，会成为他最忠实的助手。而事实上呢，巴代利用奥昆无限的信任，巧妙地组织了这场政变，并且现在已经坐上了统治者的宝座……

奥昆立刻认出了那个小胡子骑兵是自己护卫队的一员，这个人一直尽心尽力，特别勤快，并且对他卑躬屈膝。只要从远处看到自己的君主——立刻在他的面前垂手而立。然而现在这个人策马疾驰来到了这么遥远的地方，就是为了来取他的项上人头……你瞧，他多么卖力地在寻找蛛丝马迹，东张西望，四处探听消息，一心想得到新主许诺的一百金币，并为了这些金币他早已做好准备——做出任何背叛的行径。直到现在奥昆才明白，左拥右护围在他身边的人，又是他亲自选拔出来的人，竟然都是这副嘴脸，他们从来就不懂什么是名誉、良心、对工作和职务的真正忠诚。现在，在没有找到他本人的情况下，这些卑鄙无耻之徒一定会带着"他"——故意被毁容的"人头"——去见巴代，会说这是真真正正的奥昆……也许，还不只是一个人送来了奥昆的首级，然后他们彼此就会争辩，谁带来的首级——才是"货真价实"的奥昆本人的……而且不少不幸的人仅仅是因为拥有像奥昆那样褐色的头发而蒙难。他们没有丝毫怀疑，也没有预料到发生的不幸，只是偶然落到这些卑鄙小人的手里——甚至都没来得及明白发生了什么，就被杀害了……

奥昆伤心地回忆起往事，两年前坐上王位后，他用了很长时间物色自己的心腹，犹豫过，认真地考察过他们，最后选中了他满意的一些人选。结果呢，亲近了这样一群败类，还能找什么样的人呢！他也只能这样为自己辩解：也没有可以挑选的人，那里几乎所有人都是这个德行。现在他明白了，在一群经验老到的伪君子里找出一个作风正派的人要比他所想象的困难得多，伪君子非常善于伪装自己。但是现在说这个还有什么用呢……

命运多舛的萨拉泰！不论是谁——所有人都是两面三刀，没有一个值得信任的人。这些人就好像有人蓄意挑选出来的，并将他们派到了这片土地——一个败类管理着一群败类，又被下一个败类赶走，形成了恶性循环。

奥昆非常痛心地叹了一口气，突然觉得自己是个品行端正、作风正派的人……他自己又用什么手段登上的王位？当然，还不是使用了非正当的、卑鄙下流的手段！只有对自己的行径视而不见、随心所欲的时候，才可以把这条不妥当的途径称为"不义之路"。然而在那里想要获取政权还有其他的途径吗？是的，只有这一种方式……

奥昆突然回忆起，在匈奴军队服役那些年里匈奴的民风民俗尤为使他震惊。他们把拥有好名声视为最宝贵的东西，它同时也是最好的遗产，因此把它看得比生命还要宝贵。谁也不想在自己死后留下一丝一毫有毁名誉的污点；否则，责备，甚至是灾祸都将伴随整个氏族，使其不得安宁。

在他们中间不仅不存在任何的关系不睦，就连小小的口舌都没有。偷盗、欺骗、耍花招、暗算、居心叵测这些概念在匈奴社会是绝对不可能有的，也不知道他们是怎么做到的。所有人——至少在表面上——都对自己的生活状态和社会地位感到满意。

但是奥昆对匈奴的社会风气无论如何就是不喜欢。他认为，他们的世界——就好像是一个深深的洞穴：充满了混浊的、呆滞的空气，一切都是静止的，毫无生气，仿佛被冻结了，停留在过去的某个时空……对社会发展、对建城修路怎么就没有任何追求？怎么能没有一点进取心？寻找新鲜事物的愿望在哪里？是，应付战争他们都能胜任，而且做得很好，但是奥昆不喜欢作战，也根本不知道怎样打仗。

匈奴人在同一个地方，同一个职位上有时可以工作几十年，就像被众人遗忘了一样，在完全遵守长官安排的前提下，他也不敢有任何牢骚和抱怨，不敢表达对自己状况的不满。然而毕竟生命在渐渐流逝，人总会想要在生活中尽快完成自己的愿望，实现自己的计划；在自己的事业中成长进步，并最终提高自己的社会地位。

奥昆也一样，他总是想获得一些新的成就，因此他离开了匈奴。像他这样失去氏族关系的人，在匈奴是不被信任的，因为氏族的族籍要比天赋和任何的先天能力重要得多。在那里，氏族是他们这个游牧

变换的时轮
ᔅᔅᔅᔅ

国家最重要的支柱，是每个人幸福安康的保障。从一方面来说，拥有氏族的保护和庇护似乎是一件好事；但另一方面——对氏族应尽的巨大责任也是他们不可避免的负担。匈奴人个人意志的表达是非常有限的，因此他们总会觉得自己的手脚都被束缚住了。至少，如果奥昆处于他们的位置上，会有这样的感觉。

所以，在匈奴军队服役之后，萨拉泰对他来说似乎是一个极具吸引力的地方。最让他感到高兴的首先是自由：想做什么做什么，想怎么活就怎么活，随心所欲，没有人会命令你。无论你犯了什么事情，只要你来得及行贿、偷偷逃走或者设法脱身——你就会逍遥法外，免受惩罚，好像什么事也没有发生过。你是自己的主人，是自由的，而且最重要的是，你不用对任何人负责。

况且奥昆本人的性格特点和狡猾的本性也更适合萨拉泰人随意放纵的风俗习气。很快他就轻而易举地与能为他所用的人走到了一起，不仅敏锐地找到了他们共同的志趣，而且不费吹灰之力就能利用他们为自己服务，同时不会让任何人有不愉快的感觉，极其圆滑。真是善与人结交，他是怎么做到的呢！最重要的是，他结交的都是有用之人！

一开始奥昆进入了商队的护卫队。他巧妙地散布了自己在匈奴军队服役的消息，当然少不了添油加醋。还别说，正是凭着这一经历，他很快就晋升到护卫队的队长。随着时间的推移，他成功地组织并实施了抢劫这些商队的行动，并因此积累了最初的财富。但是在他的不正当事业被别人发现之前，他就全身而退了，摇身一变成了商人。

在萨拉泰，时间似乎流逝得比任何地方都快——就像一块块木板带着那里的居民飘荡在当地生活的大涛大浪里。不过在这动荡中你必须来得及做些能赚钱的营生，躲过各种麻烦，甚至是灾祸。如果你能应付过来，经受住了考验——就意味着，你能在短时间内获得在其他地方的人们一生都得不到的财富。

奥昆逐渐混进了萨拉泰最富有人的圈子。在那个时期内萨拉泰每年都会发生权力更迭，有时候一年甚至发生两次。不知为什么"改朝换代"总是发生在秋天或者春天，在商队频繁往来之前，那时正是把夏季或者冬季几个月开采出来的金子和宝石运往中原国家的时候。在每一次政变中，所有的前任君王和他们的助手都会被斩首，当然，除非他们设法成功逃跑了。新主子们则会把国库和被斩首者的财产全部瓜分。

那时奥昆明白了，政变的主要组织者每次都很诡秘地躲在暗处，但是这些人每次也在变换，想要弄清楚谁是又一次政变的幕后黑手有时候是一件不可能的事情，他们的行动非常巧妙。

奥昆从旁观者的角度观察了历次被攫取政权的人所做出的无谓的挣扎，注意到他们的失策和错误，对他们持十分批判的态度。心中暗想："嗯，要是我，我永远不会这样做，我应该是能预先估计这种事情的发生……"

但是对他来说最重要的那一天到来了，当萨拉泰那些最锲而不舍的人，也因此是最有威望和最受敬重的人郑重其事并恭敬地向他请求说：

"亲爱的奥昆！我们含泪恳请你——救救萨拉泰和我们所有萨拉泰的子民吧。只有上天知道我们有多么厌恶这种混乱的状态！除了你没有人能够整顿我们这个悲惨不幸的国家现在混乱的秩序，你的身后有强大的匈奴，他们能够为我们提供安全保障。救救我们吧，我们会忠心耿耿地服从你的领导！"

可怜至极的奥昆！要知道，他早就明白了，在这里无论如何都不能相信这些骗子的甜言蜜语和空洞的誓言，他们杀害了那么多信任他们的君王。但是，明知这一点——唉，得意忘形——他终归还是同意了。当然，这一切都是因为他自己早就引导事情朝着这个方向发展，自己也恰恰期待着他们的阿谀奉承，自己也想要相信他们……就像所有过于自信的新手一样，他认为在他在位的时候情况会完全不同。哪里会有什么不同……

不过，确实有点变化，他真正做到的是——比以前的历任统治者在位的时间要长一些。他统治了萨拉泰几乎两年的时间，享受着要风得风、要雨得雨的权力和看似不容争辩的绝对权威。但是，不幸的结局还是把他所有的成就化为了灰烬。

5. 奥阔和古尔甘

当奉命追捕弟弟的骑兵消失在沙丘的后面，奥阔如释重负地松了一口气，擦了擦额头上的汗：这一难算是过去了……

幸运的是前日奥昆预料到追兵会追赶到这里的时候，就立刻让哥哥把他的马藏到远一点的地方。奥阔这才及时把马牵到了河流上游陡峭的急转弯处，在那里一个偏僻幽静的、几乎是偶然闯入的行人无法接近的地方放养着他的十七只绵羊、六只山羊和四头骆驼。他给马系好马绊后，就放它在青草茂盛的山坡上吃草。但是在放开这匹疲惫的马之前，奥阔用手掌在马身上擦揉了很久，以使它身上沾满自己的气味。在一群牲畜中，有新成员加入时，这是一道必要的程序，否则负责守卫的狼可能会把它驱逐到沙漠里或者是直接咬死。

总之，奥阔并不喜欢弟弟这匹过于训练有素、血统纯正、膘肥体壮的骏马，他的外表特征在这里显得格格不入……他不太懂马的优劣到底在哪里，但是感觉到了它是一匹很特别的马，就像所有非常珍贵的东西一样，不由得引起别人的忌妒心和占有它的欲望，这也是危险的根源。远离它，就像远离所有能对强盗产生诱惑的东西一样，这将会是一个正确的选择……

想到这，脑海中突然出现了古尔甘——当地小匪帮的头目，匪帮以抢劫偶尔经过这里的路人为业，大型商队戒备森严，他们根本斗不过，只能是心有余而力不足。古尔甘一定会喜欢这匹马的……要是送给他当礼物正好能合他的心意。

这个想法并不是丘约赫阿雷的主人突发奇想，他对古尔甘心怀感激，因为这个人从来没有欺负过他。不过说实在的，如果奥阔有值得抢劫的东西，那还不知道他会有怎样的表现呢。很久以前，有一次他的手下抢走了奥阔的一只怀孕的母山羊，而古尔甘甚至勒令他们还回来两只。他们从哪里弄到的两只羊至今仍然是个谜，因为附近是没有村落的。古尔甘和他的人对这些地方的任何往来动向几乎了如指掌，因此他们完全可能已经发现了奥阔将一匹马牵到了这里。如果是这样的话，那么这个小头领应该很快就会来到这里了。

但是他应该怎么向古尔甘解释，他是怎样获得这样一匹以前在这里从未见过的宝马呢？这样的马也只有君王才能拥有。古尔甘一定会猜到是有什么人偷偷地来到了丘约赫阿雷，然后躲藏了起来。而且在这里还出现了追兵，他们会准确无误地判断出那些人的位置。因此必须讨好他——但是用什么来讨好呢？这不，奥阔已经考虑好了。

这样的人非常小心谨慎，而且不喜欢不明不白的东西——一个人来到这里之后就销声匿迹了，只留下了一匹马……这种未知显然也会给他们带来危险。

奥阔明白，强盗们更害怕的不是萨拉泰人，因为那些人——是自己人，是像他们一样的强盗，他们之间总能找到共同语言。他们害怕的是匈奴人，和这些"铁面"的匈奴军人根本谈不拢。他们不仅守卫着自己整个伊尔的安宁，还是邻国秩序的重要维护者。每隔两三年，他们就会往这些地区派遣几支自己的队伍，在所有商路的沿线追踪强盗。

他的推测成真了。次日他就听到从对岸传来了令人厌烦的模仿鸟叫的口哨声——这是他出现的信号，立刻猜到这是古尔甘来了。

"怎么样啊，'岛主'，最近有什么新鲜事儿吗？"当奥阔沿着满是石头的浅滩走向他时，那人问。

"前段时间从萨拉泰来了三个人，好像是来追捕什么人的。"

"太奇怪了……来这么遥远的地方他们会追捕什么人呢？可能，是一个大人物吧。"

"谁知道他们呢……他们问了，是否有人来过这里。"奥阔含糊其词地回答，"看样子，追兵的行动他们一定是注意到了。"接着他岔开话题，把话题引到了他事先准备好的话："我为你准备了一个礼物，而且不是一个普普通通的礼物，而是一个上等的礼物。只不过，你就不要打听它的来历了。"

"是吗？！"好奇心使然，古尔甘两眼放光。这也是一个见多识广的人，所以不是随便什么都能让他感到惊奇。而现在，奥阔——这个一贫如洗、孤苦伶仃的人，任何人都可以欺负的人，却给他准备了一

变换的时轮
▰▰▰▰

份贵重的礼物。在这片区域，没有人会给任何人送任何礼物，除非是行贿……这么说，他们还是没看到这匹马，否则就会直接占为己有了，奥阔想了想，然后郑重其事地说：

"是啊，古尔甘，我这次走了大运了！但是，你知道的，对我个人而言这个收获没什么大的用处，然而对你非常适用。走吧，现在跟我去我的牧群那边——你自己看吧……"

"难道有这样的好东西，真能是你送的礼物?"古尔甘更加好奇了，他已经相信有惊喜正等待着他。在他充满暴行和危险的一生中还从来没有人送给他任何东西。

"嗯，这就是我送给你的礼物——一匹罕见品种的宝马，母马，漂亮吧?！三天前它从商队走的路来到了这里，但是……"奥阔做了一个明显的停顿，"但是，唉，没有马的主人。"

"原来是这样啊，太不可思议了?！谢谢你，老兄！我会报答你的。"

"你知道的，古尔甘，这辈子我什么都不需要了：无论是金钱，还是财富。我只珍惜和感谢你给予我的保护。我厌倦了在每一个路过我这里的人面前战战兢兢、瑟瑟发抖的生活，而且更糟糕的是——有时还有可能会受到侮辱……"

"好吧，只要我还活着，我就会记着这份恩情，奥阔。这样的马，你知道的，就是我最梦寐以求的……"古尔甘突然非常诚恳地承认说，甚至眼睛里好像还闪烁着泪光。

这么让人出乎意料的肺腑之言也使奥阔非常惊讶，因为古尔甘平常是一个粗暴无礼又相当残酷无情的人，不愿意表露出任何动情和温情的一面。似乎，他的本质就是时刻都对周围的一切充满恶毒的敌意——一定是因为儿时孤身只影的日子里心中积累了很多委屈和怨恨，当时他在萨拉泰到处流浪，以乞讨为生，为自己讨得一口饭吃……也许，在其他地方人们会可怜孤儿，收留他们，但是萨拉泰的民风彪悍，对弱者极其残酷无情。那里的人们趋炎附势，只尊重一时得势的权威、势力和财富，弱者随时有可能沦为奴隶，被驱逐出此地也只当是最好的遭遇了。

无助而弱小的孤儿，他把生活中的所有委屈和怨气都积蓄在心里，这些怨恨有朝一日演变成了报复心理。日复一日，每天早起他开始的第一件事就是发誓："等着瞧，我一定要报复所有那些欺负过我的人。"多年的怨恨，除了培养出凶狠残忍和睚眦必报的性情，还能有什么？然后年龄再稍大一点的时候，他就立刻开始在自己的实力和能力范围内完成自己渴望做的事情，和像他这样的人一起干起了不正当的勾当，在道路上开始进行抢劫。

后来他还结了婚，接着孩子也出世了，离商路不远的地方分布着一些强盗的秘密临时居住点，他就和家人住到了其中的一个居民点，生活似乎也"步入了正轨"。但是，有一天，这一切都被在商路上剿匪的匈奴游击队打破了，他们发现了这个秘密的聚居地，然后不分青红皂白地屠杀了所有居民……就这样奥阔和古尔甘，两个都失去了家人的男人，因为这场不幸偶然地成了朋友。如果究其原因，这种相似的悲惨而痛苦的命运有时会使人与人走得更近，比其他拥有血统关系的亲属更加亲近。结果就是这样，对奥阔来说，和这个强盗的关系要比弟弟奥昆更亲、更近。而对于弟弟，他不得不承认，他没有感受到特别亲的亲人的感觉，在他的潜意识里很多年以前就早已把他埋葬在了心里。尽管古尔甘粗鲁无礼、行为狂妄，然而就是这样奥阔还是深切地理解他，有时甚至对他心生怜悯之情……如果说奥昆想起了他这个哥哥，想到了家乡的绿洲，那也只不过是因为他没有其他可靠的避难所而已。

6. 萨尔塔斯岛的君主

奥昆在自己的藏身之处看到了一个人蹑手蹑脚、鬼鬼祟祟地向河边走去，这个人黑头发，身形枯瘦，重点是——他全副武装。奥昆立刻警惕了起来，把他当成了被派来暗中追踪他的密探。那人消失在沿岸的灌木丛之后，从那里就传出了几声鸟鸣般的口哨声。正在院内的炉灶旁准备食物的奥阔听到了哨声，就立刻直奔灌木丛而去。

但是，奥阔为什么不怕他，听到口哨的暗号就马上去赴约？也就是说，他们彼此之间非常熟悉。但是，既然这样，为什么那个人不能

变换的时轮

〰〰〰〰

光明正大地来见他？他躲着人，很显然，一个光明磊落的人是不会躲躲藏藏的。那就是说，他——是一个逃亡者或者很可能是一个强盗，现在这样的人到处都是。原来是这样……我们的奥阔完全不像想象中那么简单啊。看看，他也有一些没有告诉奥昆的秘密交往。不过，这也并不奇怪。再说了，他为什么一定要告诉奥昆自己的所有秘密呢？他们已经很多年没见了，彼此间几乎等同于陌生人。他不亏欠任何人，也没有沾任何人的光，因为他从来都不是奥昆的臣民。而如今，更确切地说，他——奥昆，现在是哥哥的子民，受哥哥的保护……

他似乎清醒了过来，事实上，在这之前的片刻他还仍然把自己当作萨拉泰的君主，认为他的臣民都不应该对他隐藏任何秘密。因为以前他认为任何秘密都是反对自己的阴谋，也就意味着——反对他的政权……而事实上他现在就是一个逃亡者，像这个黑头发的人一样，是一个躲避所有人的逃犯。还可能，这个人来自萨拉泰，是他的某个拥护者，只是他并不面熟？在这个残酷无情的世界一切皆有可能……算了，还是等着哥哥来澄清吧。

* * *

藏在岛上的时间真是无处打发，在好奇心的驱使下，奥昆研究起自己的新领地。原来，萨尔塔斯岛拥有四通八达的地下长廊和孔洞，其中的一些孔洞直通水下。他还发现了两个相当宽敞的山洞，像大厅一样——一个是近乎完美的圆形，而另一个是椭圆形。他估量了一下，如果愿意的话，在这里甚至可以召开五六十人的会议。石壁平坦光滑，千百年来被水流冲刷，磨得光亮。

可以说，大自然的巧夺天工令他叹为观止，就像是一个手艺非凡的石艺大师在那里留下件件珍贵的作品。而事实上所有的一切都是水的杰作！

现在，在这些石厅里，不必出洞，他就可以晒晒太阳，享受阳光，阳光是透过上面一条宽宽的裂缝照射进来的。他也可以在凉爽的地方小憩一会儿，在那里通过长长的通道不时从河面上吹来新鲜的空气。奥昆在远一点的地方又找到了两个山洞，其中一个山洞深不可测，里面温暖而且寂静；而另一个山洞——在更高一点的地方，那里的空气要新鲜得多。在这些洞里完全可以打造出多个卧室——有适合冬天生的，还有可以夏天待的。更令他惊讶的是，年少时尽管天生好奇，但是他对岛上的山洞竟然一无所知，也不知为什么甚至从来没有登上过这座岛。

"不，这就是真正的宫殿！是宫殿，根本不是牢房。"

必须承认，即使在萨拉泰，当所有的权力都掌握在他手中的时候，他都不曾有过这样宽敞的各式各样的住所。他曾经有过建造庄园堡垒的计划，但是最终还是没来得及实现这些计划和愿望。况且，说实话，他几乎什么都没来得及做。两年一晃而过，时间转瞬即逝。

拥有了豪华的石头宅邸，奥昆对自己新的居住地感到心满意足——如果不考虑他如履薄冰的处境的话……他把手背在后面，沿着长廊慢悠悠地走着，地下长廊有的部分向下通往水面，有的部分直通高处，在那里河流和几乎整个丘约赫阿雷的景色清晰可见。

"现在要是能休息休息多好，静下心来，给自己心灵思考的时间……"他回忆起了匈奴大将军的助手吴胡安若有所思的话。在匈奴服役的时候因工作需要他得以和吴胡安有密切的接触，这个中原人负责军队的日常保障。但是奥昆还是没有思考自己的内心世界——至少，因为他害怕从记忆深处意外地翻出一些在他通往财富和权力的道路上所做的丑陋的事情。况且在目前的情况下他也顾不上后悔了，曾经共事过的卑鄙下流的伙伴夺走了他的一切，对他们的愤怒和怨恨从四面八方紧紧将他包围、吞噬。如果说仅仅一个星期之前他还是萨拉泰呼风唤雨的统治者，那么现在的处境怎么能让人心情平复并忍住怒火心甘情愿地接受现实呢。要知道这个国家的人民不是以放牧为生，也不从事农耕，而是开采并出售大量珍贵的宝石、白银和黄金，因此富得流油，令人羡慕不已。

他的一句话可以使最贫穷的人一夜暴富，也可以使最富有的人瞬间赤贫如洗。可以说，他曾经拥有的权力无边无际，甚至比中原国家的皇帝拥有的权力还要大得多。皇帝的行为要受到很多规矩和律法的束缚，受"祖宗之法"的限制；即便是匈奴的单于，他也必须和氏族的首领商讨自己的每一项行动，他的个人行为需要符合一系列不容置

变换的时轮

疑的氏族的准则。

而他，萨拉泰的君主奥昆，可以对任何人做任何自己想做的事情，他们甚至没有制定法律来限制当权者的独断专行。而对于没有任何血缘和亲属关系的百姓来说，氏族关系根本就不存在，也就没有任何氏族规矩的约束。

无限的权力带来的一手遮天的感觉，让人对自己的生活和命运拥有了无法形容的深深的满足感。除非你亲身体验到这样的感觉，否则置身事外几乎是不可能理解的。当他看到周围的人是那么无助和弱小，对一切充满恐惧，在任何一个比自己强大和富有的人面前都胆战心惊，这种幸福感和深深的满足感愈加强烈。他想，他们这是过的什么猪狗不如的生活啊？

他，奥昆那时过的才是真正的生活，这样的生活已经过去——尽管只有几年，但是是充实的、丰富多彩的生活，站上了人生的顶峰，凌驾于所有人之上。遗憾的是，他既没来得及好好地享受这样的生活，又没有体会到它所有可能的灿烂辉煌……是啊，那样的生活对他来说已经是遥不可及的了。

但是太恼火了，谁能想到是这样！

现在，他满腹怨气，整个人不堪重负。周围人的忘恩负义、卑鄙行径和背叛毁掉了他的一切，差点要了他的命，使他沦落到了这个荒岛上的天然避难所……而他又帮扶过多少人，把他们从社会最底层拉扯出来，带在自己身边，给予他们所有人功名富贵……结果他们都背叛了他，没有一个例外。

还自觉不错呢！看看，从周围一大群人里选择了什么人做自己的助手？结果是，他自己选择了最为卑劣的小人，还把那些人当作他周围最好的人选。但是生活就是试金石，事实证明，他看中的人就是最卑劣无耻的叛徒，这些人中尤其突出的——就是他最亲近最信任的人——巴代。

原来，他竟用最卑鄙的方式欺骗了他。有时在奥昆的心里也会不由地产生怀疑，但是巴代的欺骗手段太高明了，尽管有时他并不是情愿的，但还是像一条愚蠢的鱼吞食鱼饵一样，主动上钩，听信了他一次又一次的谎话。

例如，在节日期间盛大的宴席上，在大庭广众之下，当着百姓们和达官贵人的面，有下属用银托盘给奥昆呈上来敌人的首级……是的，似乎是他的敌人。他们的头颅被毁坏得面目全非，而且落满了苍蝇，事实上根本不可能知道这些不幸的人到底是谁。而这一环节组织得如此隆重盛大，而且时机选择得恰到好处，所有人都把这当作盛典的最重要的一步，盛典的高潮，是那些人罪有应得。但是，"敌人"只不过"似乎"是而已。他的下属，也只是忠实于自己的卑鄙本质……

巴代用洪亮的声音，情绪激动地说：

"看到了吗？叛徒背叛了我们萨拉泰的君主，这就是他们的下场！都睁大眼睛好好看看！谁胆敢背叛伟大的奥昆都会落得如此的下场，过去是这样，现在是这样，将来也是这样！因为我们萨拉泰人从来没有过，也不会再拥有这样的君主——腾格里神的使者！"

百姓听到了这些话，既恐惧又欣喜，立即对自己的君主和他的部下俯首跪拜。

而奥昆，还没来得及习惯如此高规格的叩拜礼节，开始变得不自在，心惊肉跳，就像身处某种危险之中一样。与此同时，老实说，这也使他相当振奋，不由得心花怒放、晕头转向。这两种感觉在一段时间内彼此制约，达到平衡。阿谀奉承之人前赴后继地在他面前阳奉阴违，就这样因自己的威严伟大而带来的满足感逐渐占了上风。

一年之后，按在位的时间来说，当他已经超过了自己的前几任统治者时，他开始逐渐放松了本能的戒备心理。他渐渐觉得，百姓们对他的称颂之词和感激之情是自然而真实的，因为他整顿国家秩序，把国家治理得井井有条。无论他走到哪里，百姓们都热情地欢迎他："我们的救世主和恩人万岁！"人们蜂拥而至，热烈地赞美和感谢他。而他似乎也没有理由质疑百姓的诚意，因为根据下属们的所有汇报，平民百姓的生活显而易见地变好了，然而事实上百姓们由于遭遇接连不断的抢劫而非常痛苦。

直到现在他才意识到，他受到了明目张胆的、厚颜无耻的欺骗，所有这些"万分感谢"的表达一文不值，而那些看上去是称赞他的百姓，都是经过专门训练的人，装作偶然出现在他出行的路上。但是要知道，平民百姓是永远都不会知道他的出行时间和路线安排的，因为他有组织非常严密的安保警卫队，他们就是负责防范有人刺杀他。

就这样，那些人不费吹灰之力，巧妙又轻而易举地欺骗了这位"伟大的君主"，而他也心甘情愿地相信了这一切。现在由于意识到了自己的盲目无知，他变得更加痛苦了。事情就这样发生了，这样的伎俩只能欺骗天真无知和过于自信的愚蠢之人，而他竟然就是这样的人。

7. 对大千世界的看法

虽然奥阔年长了三岁，但是弟弟从小在很多方面明显超过了慢性子的哥哥：聪明伶俐、能说会道，很快他就学会了说话兜圈子和撒谎，并在一些看似细小的事情上有了欺骗行为。随着时间的推移，他渐渐开始在大事上也进行欺骗，因为他意识到，只要小心谨慎，这样做就能从中获得很大的好处。

在一个人的命运里，有时一切都是由小变大、积少成多，奥昆的情况也是如此。在他的童年时代，商队经常在他们的绿洲附近经过，十二岁的奥昆就这样跟随其中的一支商队永远地离开了家，然后销声匿迹了许多年。而奥阔就这样留在了家里，留在了年迈的父母身边。

"奥阔，你呀，在生活的各个方面都是个软弱无能的人。"他的父亲曾对他这样说，"你必须鼓起勇气承认这一点。"

"承认自己无能又能给我带来什么好处吗？"奥阔当时天真地问。

"很多，了解自己的不足之后，你就会少碰钉子。"

"这是为什么呢？"他无法掩饰自己的惊讶。

"这有什么不好理解的。就比如说，如果你也追随着你弟弟一起出外闯荡了，那么很可能你会立即客死他乡。而他，我相信，是不会没有活路的，他能从任何不利的处境中脱身。"

"还是不明白究竟为什么……"

"他善于欺骗和伪装，有了这样的天生的能力他就会躲过很多麻烦。而你，我看，这样的事情想都不会去想。"

"我很奇怪您竟然在夸奖他,那当时为什么还教育我们要诚实、忠诚、善良,要灌输我们这样的思想呢?"

"只有在这里,在丘约赫阿雷,当你的周围基本是亲人或者朋友的时候,有这些品质才是一件好事。而在外面的大千世界里——情况恰恰相反。在那里心地善良和诚实的人会被人当牛做马使唤,让他们干的都是重活,而狡猾的人利用他们的淳朴和勤劳,靠压榨他们建立起自己的幸福。所以说,如果你想安享晚年,平静而自由地度过余生,最好不要从这里离开,不要去任何地方。如果你离开这里,那我担心,你很快就会沦为奴隶。因为你并不会像奥昆那样在涉及自己利益的时候说谎,做到八面玲珑。当你被逼得走投无路的时候,你也不会去偷盗或者坑骗别人……"

"哦,但是,那么做不是不好的吗,是不仁不义啊……"

"嗯,是的,如果在天神的面前回答这个问题——那这种行为是非常不好的。但是,如果外面的世界只能按这样的规则生存,你还能怎么做呢?必须要活下来啊……"说到这里,年迈的父亲深深地叹了一口气。他明白,和儿子进行此类对话他需要承担多大的责任。"在至高无上的腾格里神面前对儿子说出这些无耻的话我感到很无地自容,但是我希望你能知道这些大千世界里的肮脏和丑恶的真相,并且希望这一认识能够拯救你、帮助你……"

"也就是说,大千世界从一开始就是有缺陷的?"他感到了惊讶,"那当时造物主干什么了?他怎么能允许这样的事情发生呢?"

"闭嘴,你这个犯浑的傻瓜,不要亵渎神明!我已经告诉过你:'别瞎操心,不要提出或者试图解决连圣人都不敢触及的问题。'总之,所有的这些困难——都不是我们的头脑能够解决的。你知道,多余的问题,就会带来更多的烦恼,就是自讨苦吃。"

"嗯,好吧,如果您说的是真的,大千世界对于像我这样一无是处的人来说是可怕的,那么您说,为什么中原人和匈奴人的生活截然不同呢?"

"为什么?……他们有自己的生活方式,遵循自己的律法,这就是他们的生活。"

变换的时轮
ΛΛΛΛ

"但是，据说他们的律法是完全不同的，他们又是怎样在大千世界中和睦相处的呢？难道他们做事也总是连蒙带骗、见风使舵，也总是做些鼠窃狗盗之事吗？据我所知，匈奴人的规矩似乎和中原国家的律法完全不一样……"

"你想要知道的东西可真不少！"父亲摇了摇头，对满脑子问号的儿子投去了微笑的目光。"不同的民族和国家都是不一样的。知道吗，在那些中原国家，行骗的人会立即沦为奴隶，如果偷盗——绝对会被砍掉双手。"

"真想不到，竟是如此严苛……但是他们这么做是正确的啊！"

"不然他们也没有别的办法。他们的人口众多，如果没有这样严酷残忍的惩罚，是不能对人民形成威慑的，无法形成有效的制约。"

"那么匈奴人是怎样的呢？这些令人闻风丧胆的军人，可能，对待偷窃行为就不是剁手了，而是该砍头了吧？"

"不是这样的……他们那里完全是另一个样子。"

"那是怎样的呢？"

"在匈奴人的内部根本没有偷盗这样的概念，更不用说——欺诈或者故意说谎了。"

"太奇怪了……嗯，没有这些概念——这怎么可能呢？"老实憨厚的奥阔感到非常惊讶。

"这也不难理解：他们通过军队就把自己与大千世界隔绝开来，按照自己的规则生活。中原人——经过深思熟虑制定出律法，并按照律法生活；而匈奴人是按照氏族的准则和自己的传统生活。"

"但是他们还与大千世界来往啊，进行各种各样的谈判，从事贸易活动，交换商品……难道没有人欺骗他们吗？"

"他们强迫所有外族人顾忌并尊重他们的准则。这就需要拥有强大的力量——一支所向披靡、战无不胜的军队。而大千世界恰恰只尊重力量，迫使所有弱者都要毫无条件地接受它的刁风陋俗。"

"好家伙！"奥阔惊呼。"那就是说，最好立刻毫无抵抗地接受这个充满罪恶的大千世界的一些习俗和风气？他做到了这些，我们左右逢源的奥昆……否则，别人会说，你不是白出去闯荡了吗，杳无音信地离开家。那我该怎么办呢，嗯？您也是知道的，我无论如何也学不会八面玲珑，更别说是学会欺骗了……我做不到，也不想这么做。"

"所以我跟你说嘛，你的活动范围最好不要超出丘约赫阿雷的界限。"

"而我们，啊，是来自哈拉泰，对吗？"趁着父亲态度和善、兴致不错之时，奥阔问。

"是的，我们的哈拉泰——是匈奴的一个小氏族——不得已和许多其他没有并入匈奴国家的小氏族融合，杂居在一起。哈拉泰人，你也知道的，现在基本生活在偏远的地区，夏天在山里的牧场游牧，冬天在边塞的草原度过。怎么说呢，边疆也算是幸福的地方了！"父亲深深地叹了一口气，回想起了久远的年代。

"那当时您为什么离开了那个美好的地方，迁居到萨拉泰了呢？"奥阔没能忍住，还是决定问出这个令他困惑已久的问题，因为父亲并不经常像这样对他敞开心扉，和他推心置腹地交谈。"或者您……怎么说呢……是被驱逐出了氏族吗？"

刚刚态度和善、心情大好的父亲突然生气了，并提高了嗓门：

"你是从哪听说的？！"接着又说："驱逐！没有人驱逐过任何人……只不过当时年轻气盛，为了追寻更好的生活而愚蠢地背井离乡，梦想着快速发家致富，就这样搬到了非常遥远的地方，没有考虑以后会发生什么……当然，我们就是傻瓜，没有用自己的脑袋考虑过问题……这不，你遗传了我们的基因，长成了这么一个愚笨的脑筋迟钝的人。"

就这样，不知是玩笑，还是父亲说的是认真的，谈话就这样结束了，他生气地摇了摇头，回自己的帐篷去了。看着父亲离开的背影，奥阔感到很惋惜：能和父亲如此开诚布公地说说话，这样的时候并不常见——而他却提出了愚蠢的问题，惹得父亲生气，心情不佳……要是一个聪明人的话，就不会问出那些破坏亲人心情的问题。

他可怜的父母！他回想起，在屈指可数的心情平静的夜晚，他们谈起思念和热爱的故土，回忆起留在那里的亲人和族人，一一提及他们的名字，在心中设想着他们的未来。当然，几乎每一次对家乡的回忆过后两个人总要难过一阵，而母亲因为父亲甚至偷偷地哭过。

但是无论奥阔多么"愚笨"，他也得出了自己的结论：他们有过

变换的时轮
∧∧∧

一段并不愉快的经历，这事和哈拉泰有关。这段历史的细节他们甚至在彼此之间的谈话中都闭口不提。显然，一切完全不像父亲对奥阔说得那样简单。

而奥昆对深究过去的事情一点也不感兴趣，因为从中已经不可能得到任何的好处。他只对能立刻给自己带来显而易见的利益的事情感兴趣。而兄弟俩甚至在外貌上也极为不同，这一事实后来对他们来说也是一件好事，任何人都不可能猜到他们两个人是亲兄弟，这也救了他们。

当然，奥阔从小就知道，头脑灵活，对一切事情一看就懂、一点就透的弟弟对他这个从小反应迟钝、口齿不清、身体虚弱的哥哥是什么态度——是毫不掩饰的瞧不起。奥阔对他的这种态度甚至没有一点怨气，反而认为这种态度是正常的。

* * *

为弟弟准备好了他从小就喜欢吃的黄米焖鸭肉后，奥阔为了以防万一，还是四下张望了一下，然后用事先约定好的暗号——山羊咩咩的叫声——叫奥昆出来。

饿了一天之后，"小岛的岛主"狼吞虎咽地吃了起来，但是他突然停住了，眼泪夺眶而出，然后眼里充满感激之情的他默默地看向了哥哥。因为感到意外，奥阔甚至哼了一声，想着："他这是怎么了？"这个人通常极其小心谨慎、坚毅刚强而且残酷无情，以前也从没有过丝毫的令人感动的温情，并且从来也不愿意放松自己的神经，结果这个人突然……是的，就像被坏孩子拿走了玩具的小男孩一样，突然流下了眼泪。哎呀，他有多久没有看到过哭泣的弟弟了……

"他们，你知道的……他们背叛了我！每一个人，无一例外——都无耻地背叛了我！怎么会这样呢？！亏我那么善待他们，我把他们从泥潭中解救出来，让他们飞黄腾达、一步登天——而他们呢……"

因为汹涌而来的情绪奥昆哽咽得似乎喘不上气来，他弯下了腰，不再说话。奥阔拥抱了弟弟，然后开始抚摸他已经秃顶的头。当弟弟稍微平静下来时，他说：

"你这样因为他们生气有什么用呢，没有必要。"

"怎么能说没有必要呢？！他们可是……"奥昆又气得激动起来，并责问道。

"这些情绪只会把你变得更糟糕。忘记他们吧，不要再想刚刚过去的不幸了，不要再纠结了，解脱出来吧，否则怨气会毒害你，从内部侵蚀你。最好努力把他们忘掉吧……"

"说得轻巧——忘记……这怎么可能呢？如果不是这群败类，我现在还会坐在王位上，享受着荣华富贵，而不是在你这儿对着篝火喂蚊子！"

"无论如何，尽量从失去的痛苦中走出来吧。得啦，你能有什么办法，发生了就是发生了……继续带着自己的痛苦和烦恼生活——你就会完全迷失自己。还有……也许，我比你笨，但知道吗，我要跟你说什么？"

"嗯？"

"几乎可以肯定他们本该杀掉你吧，是这样吗？"奥阔直截了当地问。

"嗯，是这样，哪还有别的可能……"

"在你之前的历任统治者们——萨拉泰曾经的君主——还活着吗？他们现在在哪里呢？"

"你说什么呢，他们所有人早就被杀了。其中一个——直接在王位上被杀害了，有两个在床上被抹了脖子，剩下的几个——在哪儿找到的他们，就在哪儿就地斩首了……"

"你看，你看！他们本该要了你的性命——而你还活着。活着！这难道不值得高兴吗？！"

"从某个角度来说，哥哥，你是正确的……"奥昆苦笑了一下。

"不是从某个角度，而是完完全全是正确的。"奥阔说，他满意地看到，弟弟几乎从绝望中醒悟过来了，然后补充说："但是这还并不是全部……"

"还有什么？"

"还有就是你已经在人生中实现了自己的梦想。你已经做过了真真正正的君王，而能达到这样成就的人有很多吗？我相信是寥寥无几的。"

— 249 —

变换的时轮

"是的，是这样的。"一直惊讶地听着哥哥的话，奥昆勉强地说了一句："但是你要知道，我现在本该还坐在王位上。"

"你又在说这个了！忘了这件事情吧……还有一件事情要比这可怕得多——那就是你现在可能已经是一具气味难闻的尸体，而你的头颅会被苍蝇和蠕虫吞食……甚至就像你说过的那样，人头被放在了银盘里敬献给新的君王。我是亲眼看到了，来取你性命的小胡子老兵是多么的穷凶极恶，而且是不惜一切代价要取你的人头！"

"是的……是的，看来，是这样的……"奥昆含含糊糊地说，然后同意地点了点头。想起那些放着被砍下的脑袋的可怕盘子就不寒而栗。对，这些头颅不是献给随便什么人的——而是献给他的……

"现在让我们一起来分析一下我们的处境。即使我就像你们大家认为的那样，是一个一无是处和不幸的人，但是尽管我愚昧无知、傻里傻气，我仍然守护着我们的家园。结果证明，最终它是你唯一的一个避难的栖身之地。这么说来，我这一生并没有白白忍受了来来往往的人们的欺辱——与其说是换来了我自己的幸福，不如说换来了你的幸福。你才是真正的受益人，这一点你必须肯定吧。否则，你现在早已经不在这个世界了，这你也同意吧?!"

"是，是……这么说来，你仍然是对的。"奥昆表示同意，他感到不是很愉快，明白了哥哥所说的话的意思。也许，正因此他决定转移话题："而你，哥哥，为我准备了一个非常好的藏身地，我甚至已经喜欢上了那里，简直就是个地下宫殿！它们就好像在那里一直等待着我的到来，就像你守候在这里等我回家一样……"

"哎，至于我，可以说，这么多年了，心里早已经没有你了，忘记了……现在你的安全只掌握在自己的手中。小心一点吧，他们可能会再次突然出现的。"

"当然，我会尽力的……"说完，奥昆站起身，突然拥抱了他，脸颊紧紧地贴住了他的脸颊。"谢谢你，哥哥……以前我太愚蠢了，竟然忽视了你。而现在从你的口中我听到了那么多的真心话，在我这一生中，即便曾拥有一些最智慧的助手，但我从来都没有听到过这么有道理的实在话。所有人一直都欺骗着我，你明白吗，我这一生都活在了谎言之中……意识到这一点真的是太痛苦了……非常痛苦，但还是要谢谢你跟我说的真心话。"

8. 奥昆，石头宫殿里的思考

奥昆回到了萨尔塔斯岛，对与哥哥的谈话心中充满了困惑。对他来说，这个丘约赫阿雷的看护人曾经一直都是一个平庸无能之辈，一生都没有跨出这片"与世隔绝"的绿洲半步，是个真真正正对周围的世界一无所知的人——而现在，这个人不仅帮他躲避了敌人，拯救了他，而且用最朴实的语言说出了他这个已经不是君主的人现在最需要听到的话，让他以一种长时间以来自己不敢正视的方式面对所发生的一切。

最主要的是，在萨拉泰，他的身边人——不只是朋友和同党，还有很多下属，从重要的高官到最底层的仆人——所有人一直以来对他都是谎话连篇。而他，似乎对此也了然于心，但是并没有给予特别的重视，只是认为这完全是自然而然的没有恶意的夸大其词、上吹下捧。据说，这好像已经成了上流社会的一个显著标志，没有这些行不通。上流社会一切事情都应该以更高的形式和脱俗的气度体现出来，而朴实自然的实话，如果没有经过巧舌如簧的骗子花言巧语地加以处理，反而被认为是庸俗的，是低级趣味的表现。

奥昆很轻松地就想起了周围所有人是什么时候开始欺骗他的。事实证明，当周围人感受到了他的势力、影响力，并意识到留在他身边随之而来的机会和好处后，他们在他面前也就没有了真话。那时候他一夜之间突然暴富，这不仅出乎了所有人的意料，就连他自己也没想到。他非常顺利地接连把三支载着珠宝的商队带到了中原国家，在那里用这些珠宝换来了中原的食品或者日常生活用品：丝绸、镜子、装饰品和其他在萨拉泰非常受欢迎的奢侈品，获益颇丰。当时仅在一个夏天里他就使自己的财富增长了数十倍，因此他变得自信了许多，说话更加持重。而最重要的是，之后他一直很注意自己在旁人眼里的形象，以及如何表现自己。当然，所有这些都离不开一个事实，那就是

变换的时轮
▲▲▲▲

他迅速拥有了更多的资源。要知道，甚至是那些他梦寐以求的遥不可及的东西现在也突然变成了唾手可得的寻常之物。

奥昆也变得胆大心狂起来。他看到从前在他面前紧闭的大门奇迹般地打开了，而随之出现了新的机遇、前景和诱惑。一些从前不熟悉的人现在认可他的实力和富人的权威，开始巴结他，并千方百计地讨好他。

令人惊讶的是，奥昆一下子就注意到了自己身上和周围发生的所有变化，他似乎在心里考虑得很周全，而且没有受到诱惑，因为他知道人的虚伪，所以并没有信以为真。但结果是，他终究还是被众星捧月的魔力吸噬，开始认为这些吹捧和奉承是对待他的正确的态度，是对他通过自己的努力和能力获得的成就的认可，这是唯一无可争辩的事实。这就是他即将要发生灾祸的主要原因，虽然不仅仅是他，很多统治者都不能逃离这种诱惑，不能摆脱伪善者和奉承者潜移默化的毒害……

* * *

奥昆喜欢先走过一条长长的过道，然后再进入自己的藏身之处。这条通道上布满了五彩斑斓的闪闪发光的石头，它们就这样散落在脚下。"在它们之中一定有碧玉，"他想，"也有在中原国家非常受欢迎的软玉。遗憾的是，我最终还是没有学会鉴别它们，没来得及学会。要是这里能来一个玉石行家，就可以把这些玉石卖出去……也许，还会大赚一笔……"

他马上发觉了自己的这个想法，冷笑了一下："太不可思议了，不管我看到什么，都会盘算一下它们的价格，估算可以挣多少钱……也许，这种唯利是图的习惯需要慢慢才能摆脱掉。现在，这座小岛给我提供安全的保障，保护我免受罪恶的萨拉泰的毒手，而萨拉泰仅用寻常的一百个金币给我的人头定了价，简直是对我的嘲笑和侮辱。此时已经不能马上分清楚，哪种伤害对自己更深——是对周围最亲近的人背叛的愤怒，还是人头的价值——也就是我这条人命的价值——带给我的侮辱和伤害……难道我的命就这么不值钱吗？但是这就是一个残酷无情的唯利是图的世界，在这个世界上一切都被打上价格的标签，任何人都不值得信任……"

　　仇恨的怒火再次灼烧着他的内心，吞噬了他整个身体，也蔓延到了周围的环境中，使周围的一切都变得灰暗、阴郁。但是他还记得哥哥对他说的话，哥哥劝说他不要被怨恨和痛苦左右，不要自责，对那些把他赶下台的人也不要时刻记恨于心，而是要清醒冷静地看待所有发生的事情。他——感谢腾格里神！——还活着，呼吸着家乡自由的空气，还能看见纯净的天空、太阳和云彩。也就是说，他并没有失去一切，无论这些无耻之徒多么狡猾机智，奥昆还是再次欺骗了他们：逃离出萨拉泰并隐匿起来，让他们扑了一个空，就像故意与他们作对似的——他活了下来！他又一次金蝉脱壳，就像曾经多次发生过的那样，飞身上马——就那样脱身了……这不是值得高兴的理由吗？无论他以前在那里生活得多么随意自在，掌控一切，对所有人发号施令，但是他现在的避难之处要比摇摇欲坠的王位安全可靠得多。从这里他可以俯视这个卑鄙、肮脏的世界。最重要的是——他还活着。一个活着的人，而且还是一个体验过最高权力的阅历丰富的人——还有未来，还要继续向前看。应该耐心、隐忍地等待自己的幸福时刻的到来，不要错过它。而在未来的博弈中很少有人能同他一争高下，伴随他一生的成功——就是证明。

　　不，他不会就这样销声匿迹的，不会有那一天的！他会再一次掌控这个丑恶的世界，他还要让所有这些卑鄙的人巴结他，匍匐在他的脚下。但是这一次再也骗不了他了，他会更加小心谨慎，会聪明百倍……

　　奥昆被河边传来的讨厌的如同鸟叫的声音转移了注意力，这是口哨声，这个声音起初使他战栗不安……是的，是有人发出了一个明确的暗号，难道是哥哥吗？或者是有什么人又来取奥昆的性命了？抑制住恐惧之后，他小心翼翼地向外张望，向河边茂密的灌木丛扫视了一圈，但是没有发现任何人。他记起来了，上次那个头发蓬乱的当地匪帮的首领就是用这样的口哨声叫出了哥哥。

变换的时轮
∧∧∧∧

9. "你和狼……"

这一次奥阔有些沮丧：昨日放置的鱼笼空空如也，不知怎的连一条鱼都没有游进鱼笼，而他从小就习惯了每日捕鱼并一定有所收获。也许，是受到了天气的影响，鱼儿停留在了深水区，没有游动，那么现在晚饭要准备什么呢？不得不再用肉干煮一次面糊吃了，而对萨拉泰的统治者来说，他不无讽刺地想，这顿晚饭也真是太简单了……

他难过地慢慢往回走，但是，在听到了古尔甘发出的执着而响亮的口哨暗号后，他又振奋了起来：无事不登三宝殿，这个人没事的时候从不过来。小心地察看了周围是否有什么人之后，奥阔不慌不忙地涉水走向了对岸，岸边生长着茂密的幼竹。

一匹乌黑的骏马在贪婪地吃着鲜嫩的青草，旁边的一块大圆石上坐着古尔甘，而在他的脚边放着一个很大的鼓鼓囊囊的袋子，他立刻指着袋子，向奥阔点了一下头，然后说："打开吧。"袋子又大又重。

"这是什么？"奥阔走近了，立刻往里面看了一眼。"肉？！"

"羊腿，还有羊排。"

"哦，亲爱的朋友，你怎么猜得这么准呢！我早就馋肉了。今天我的运气真是不错！但是这些肉一个人吃实在是太多了……"

"没事儿，在篝火上把鲜肉都烤熟了，然后剩下的晒干，不会坏掉的。我根本就不用教你……"

"嗯，有时候也需要……谢谢你！"

"这两天我们和你的两只狼发生了点误会。"古尔甘笑着说："不久之前我的那帮小伙子们弄到了两只膘肥体壮的公山羊，能把它们放哪里呢？这不，我们想了想，决定还是放到你的羊群里吧，还指望着他们在这里会毫发无损。你猜怎么着？几天之后我们回来了，而公山羊，也就是我们的羊，不见踪影了；剩下的羊——也就是你的羊——全部都安然无恙，而我们的没了。"

"太奇怪了……这有点不像它们的习性啊。"奥阔大吃一惊。"真想不到会这样，难道这两只羊被咬死了或者是被驱赶到沙漠里了吗？这么说来，它们嗅到了陌生的气味……那我就赔偿你吧。"

"我也说过，我从你这里得到过的——也会补偿你的……！算了吧，我们都忘记这件事情吧……你把袋子拿走吧，过几天我再给你送点来。"他笑容满面地说。"我非常感谢你，奥阔！你送给我的不是一匹马，而是一双翅膀。骑着这匹马，许多以前想都不敢想的事情都成为可能……在这匹宝马上我第一次感觉到自己是一个人！因此，亲爱的奥阔，就让我感谢你吧。"他边说边从自己腰间的皮包里拿出了三个沉甸甸的小口袋。"看，这个袋子里面是狗头金，其他两个里面是宝石！这还不是全部，以后我还会从远一点的山洞给你再带来些……这种东西我可不缺。"

"不，不，我亲爱的古尔甘，这些东西我完全不需要……"奥阔突然斩钉截铁地拒绝了。

"为什么啊？"穷困的丘约赫阿雷的主人的回答让古尔甘感到很是惊讶。

"说实话吗？因为我害怕。哪里有金子和宝物——哪里就有人类的贪婪和血腥。而贪婪——要知道这是万恶之源。我从来没拥有过这样的贵重之物，也最好不要和它们扯上任何关系，那样我还能活得更久点。"

"那以备不时之需呢？你可以把它们藏在远一点的地方，等到突然需要的时候就能派上用场了。"对他的拒绝震惊之余，古尔甘建议说。"嗯，你真让我感到惊讶……我从来没有见到过有人会拒绝这样的财物……但是，那我要怎么感谢你呢，我的恩人？老实说，我这一生中从没有遇到过像你这样的人，奥阔！从来没有任何人主动地给我什么东西，更别说是赠送给我了。"

"我算什么恩人啊……"奥阔感到难为情。"好吧，如果是这样的话……我当然会收下你的礼物，但是我要的不是这些小袋子，而是这一袋肉。如果说正经的，回到你说的'以备不时之需'的话题上——我只有一个请求，一个认真的请求……"

"洗耳恭听，我亲爱的兄弟！你就说吧，我会尽力为你做一切的。"

变换的时轮

    "只有一件事情要请求你：保护好自己……"显然，他的这些话使古尔甘感到更加不知所措了。"我在这个地方生活了一辈子，见识过，也经历过各种事情，但是只有在你出现以后，与你相识以后，我第一次有了安全感。难道我不知道这有多么重要吗？在此之前我一直生活在恐惧之中……是的，这该死的生活，再也不会有了！对我来说，每一个过客都是我命运的主宰者，而我是他们的奴隶，完完全全处于他们的掌控之中。款待着他们的同时，还需要猜测：会杀了我还是让我继续活着……他们留下我这条命并不是出于同情，而仅仅是我一直努力地成为他们需要的那个样子……他们说一句：'有什么吃的尽管端上来！'我就尽可能地招待到他们满意。他们还要连抢带拿，毫无疑问，会把你扫荡得一干二净。也许，没有杀掉我也是因为懒得清洗刀刃上的血迹……"奥阔不再作声，因为痛苦的回忆他已经发不出声音了。"我的保护者现在只剩下你和……"

    "还有谁？"古尔甘好奇地看着。

    "你和……我的两只狼，这就是全部。"

    * * *

    距离奥昆脱险几乎已经过去一个月了，他在丘约赫阿雷安顿得非常好，甚至都超乎了他自己的想象。有关政变和逃离萨拉泰的思绪和心境都渐渐趋于平静，也开始能够理解过去发生的一切事情。而所有以前令他焦虑不安的过往和琐碎之事，开始沉积在记忆深处，逐渐遗忘。

    他一直感叹于至高无上的天神赋予人类的治愈心灵的能力——遗忘，它能使人们摆脱过去的烦恼和不如意。那些使他身心不安和备受煎熬的事件，随着时间的流逝，就像燃尽的劈柴已经变成了灰烬，只不过变成了一段回忆——不过，一有机会这段回忆可能会再次唤醒他的想象力，变成他的梦想，变成对未来的规划……不管怎么说，这都是一种神奇的力量！

    奥昆深深地叹了一口气，思来想去，自己也没弄明白——他现在是心有不甘还是心满意足了。梦想——还是梦想，但是现在它们完全不像以前那样无害了，因为他已经明白，梦想与危险并存。这已经不仅仅是复仇和夺回失去的一切的狂热梦想，完全不是。如今在这个梦想中一个个经过深思熟虑而制订的计划在慢慢成熟。事实上，不管愿意与否，这些计划都会驱使你去冒险，有时甚至带来致命的后果……

在他看来，在被驱逐之后这些梦想变得更加危险了。凭着"侥幸心理"，这一生中不知有多少次他行事轻率。那些行为根本不应该发生，结果也给自己带来了很多麻烦。但是，即便如此——他还是忍不住自吹自擂——偶尔也会有好运降临，一次的成功一下子把过去所有的失败一笔勾销了。如果你不敢冒险，犹豫不决——那你就会一事无成，这是肯定的，这其中自有它的道理。要知道几年前，即便做过最大胆的梦，奥昆也没有想象过自己会坐在王位上，但是这一切就这么发生了……

而现在——有一个想法总是萦绕在他的心间："曾经成功做到的事情，还可以再一次实现，只要头脑理智，当然，还要依靠积累的大量经验，行事小心谨慎。"思想像决堤的洪水越来越难以制止，而他的想法却非常危险而且极其不靠谱……

曾经，他身在统治阶级的管理层内部，是他们亲自把他推向了权力的顶峰。现在他已经不是那个世界的人了，而是一个有很多敌人的逃亡者。如果真说有谁需要他的话，那么也只是那些想用他的脑袋换来赏钱的人……这使他从狂热的念头中冷静了下来，这一现实要求他现在安分守己，听从自己多舛命运的安排。此外，他还应该时刻感谢腾格里神，拯救了他，给他提供了这么好的一个避难之处。也许，他会在这安安静静地度过余生。

啊，不，不……他还是渴望重返那个死神一直伴随着他的地方，也是他奇迹般逃离的地方……这个人还真是不可救药啊！如果他就是这么愚蠢，还能怎么办呢？奥昆也对自己轻率冒失的空想嗤之以鼻，这太孩子气了！但是重回过去、夺回往日一切的愿望还是占了上风，将他吞噬，尽管现在正应该保持警惕和抑制住疯狂而又不切实际的想法。

10. 哈拉泰的传说

不走运的两兄弟的父亲出身于哈拉泰氏族，这个氏族部落分布在阿尔泰山南麓。这个部落名称是草原上的匈奴人叫出来的，在远古的母系氏族社会时期他们就与匈奴人有很深的渊源。从匈奴人那里获得了"哈拉泰"这个词的一部分"泰"，又和意思为"北方"的"哈拉"组合在一起。所以这样一个响亮又有内涵的名字是一种血缘关系的证明："母系氏族的北方的娘舅。"

哈拉泰族是一个半定居的氏族。他们生活在铺着草皮的木屋里，善于砌造工序复杂的炉子，炉子里冒出的烟从木板通铺和双层墙的空隙之间穿过，这样使整个屋子都是暖和的，即便在冰天雪地的时候，在家里他们也只穿着夏天的衣服。每一个哈拉泰家庭在草原和山上牧场之间的不同地点都有四到五个这样的房屋。他们根据季节的变换而更换游牧的地点，会从一个短暂的游牧地的房子搬到另一个游牧地的房子，就这样轮换着居住。

腾格里神似乎把他们绑定在了一个特定的地方——让他们特别依恋家乡的山山水水，不愿离开自己建造的房屋，而且只要建了房子他们就准备在那里生活一辈子。与其他的匈奴人不同，他们不喜欢背井离乡，更愿意扎根于一片土地，至死都不离开。他们有关照死去的同族人的习俗，客死异乡的哈拉泰人，无论是在战争中牺牲还是在旅途中死亡，同族人一定要把他们带回，并埋葬在家乡的土地上。如果连他们的尸骨都没能找到，就要从可能的死亡地点取一捧土，带回家乡。

而在其他的匈奴人看来，幅员几千基奥斯的无边无际的草原就是他们的故乡和家园。无论身处何方，匈奴人都感觉像在家里一样，他们四海为家。显然，正因如此，对每一个年长的匈奴人来说在战争中或者在行军中牺牲是他们的梦想，这样的牺牲将被戴上英勇无畏的光环。总而言之，死在家中的卧榻之上被认为是一个真正的战士有损尊严的结局。

但是，奇怪的是，这些被至高无上的天神安置在这片居住地的哈拉泰人的习惯受到了其他各族匈奴人的尊重。此时此刻,他们仍旧把氏族居住的那片土地看作自己的故乡——这一切都被认为是正常的,并没有人对此大惊小怪。

凭借自己强大的军事实力和精神力量,匈奴人可以在任何一个地方宣示自己的主权,甚至是在其他的民族已经生活了几个世纪的地方。而且到目前为止还没有人敢顶撞他们,哪怕有一点反抗的迹象也会被他们残酷无情地镇压下去。他们轻而易举地就能征服新的土地,又毫无遗憾地丢下,再继续前进、扩张,不断扩大伊尔的管辖疆域。自古以来一向如此,在这个世界上有实力的一方就是掌握真理的一方,而且毫无疑问将来也会是这样。

当哈拉泰人的祖先找到了一小块地方,那里拥有相当富饶肥沃的牧场,而且远离匈奴人所习惯生活的草原,人迹罕至到任何人都没有想过觊觎他们的家园,从那时起他们就坚定地在那里定居了下来。而对他们来说更加强大的保护神和救世主是原始森林。它把哈拉泰人隐藏起来,使他们不被敌人发现,还给他们提供各种各样丰富的野味,保障他们过上了相当富足的生活。

哈拉泰人通常不参加草原居民的战争。自古以来在这片土地上就是如此,谁也没有因为一时兴起而任性地离开过自己的氏族。他们寡言少语,做事慢条斯理,这些已是人尽皆知,他们还以言而有信和诚实正直而闻名。任何一个哈拉泰人,哪怕有一次表现出不坚定的意志或者干出不诚信的事情,就会成为被氏族抛弃的人。不用任何特别的威胁,族人会坚定地要求他离开自己的氏族。

据此可以推测,奥阔和奥昆的父亲一定是触犯了氏族不成文的规矩,成了伤风败俗者之一,这个猜测使好奇心强的人做出了各种各样的假设。

据传闻,萨拉泰正是由几个被不同氏族驱逐出来的家庭建立起来的。暂时这些传闻尚未被流传成不同版本的传说,而事实是什么样子的,没有人知道,也不可能知道——萨拉泰人向来对自己的过去守口如瓶,而且喜欢更换居住地。也许正因如此,对于定居在这些地方的人来说,地名起得很有讽刺的意味,就像是一种嘲弄。"萨拉"意味着"黄色的"或者"南方的",在这里有尖刻抨击和贬低之义——"外乡人"或者"离经叛道者"。

萨拉泰根深蒂固的风俗与哈拉泰的传统背道而驰。在这里比普通的滑头技高一筹的头号大盗和骗子成了社会中受到尊敬的人。极为可笑又奇怪的是,即便如此,这样一个国家的缔造者还要求自己的臣民拥有无瑕的忠诚品质。但这完全是不可能的,因为这样的人在这里根本就不存在。如果偶然出现一两个老实人——他们与这个社会格格不入,立刻就会被疏离或沦为奴隶。但是,这些顶级大盗却向往另一种社会环境——诚实守信、忠心耿耿、聪明智慧的周围人。显然,他们能有这一想法暗藏的原因就是——没有哪一个盗贼能容忍在他身边有另外一个这样的盗贼。与这样的人为伴是非常不靠谱且又危险的。

喜欢信口雌黄和耍滑头的奥昆,正是在萨拉泰找到了与自己相似的自吹自擂的一群"能人",并很快和这些臭味相投的人打成了一片。可以说,他在这里平步青云,所有人都喜欢他——或者,至少他自己是这么认为的。而他自问:"为什么是这样呢?"还是没能找到这一问题的答案。

11. 对萨拉泰的思考

当旧伤突然开始隐隐作痛,而且曾经骨折的地方也酸痛起来,奥昆回过神来。这些毛病通常在要变天的时候就会找上门来,尽管似乎现在没有任何天气变化的预兆。在他出逃的时候,他就发现了今年的早春异常的炎热,萨拉库姆的高大的新月形沙丘堆砌在地平线上,把绿洲遮挡在沙漠之外,它们仿佛围成了一口沸腾的大锅。他很容易就能想象到那里现在会是多么的可怕。想到那些流落至此或者遭遇劫难而蹒跚前行在那口煎锅上的人,他们的遭遇真是太值得同情了。

奥昆站了起来,揉了揉膝盖,活动活动腰,在他的"主广场"上踱来踱去,那里墙与墙之间恰好是九步的距离。他早就已经给这个岩崖上的避难所的每一块场地、大厅和长廊起了自己的名字。但是他发现,今天他多走了三步,因此这个"广场"似乎变得更大了。数完了步数后他明白了,以前他沿着长廊往上走,速度要快得多。

只能得出这样的结论:有两种可能,一定是其中的一种——要么是萨尔塔斯岛变高,变宽了,要么是他在这里缺乏运动,变得虚弱了……当然,一切都不是绝对的,但是不管怎么自我嘲讽,确实也得不出其他的结论了。身体按照自己的生命规律运转着,而人的意识——是另一种独立的存在,有时候会超越现实……显然,尽管思想是由人的肉体产生的,但是思维活动几乎与对应年龄的身体状况无关,因此他们不会随着肉体躯壳的衰老而老化。

如同过去,今天他又恢复了预知即将发生一些变化的能力,因此他的内心异常激动。显然,将要发生对他来说非常重要的大事,伴随着这个恶劣天气的到来,随之而来的是他期待已久的变化。而在这里这种变化就是意味着一件事情——又一些路人会闯入这里,但是这一次不知怎的,他坚信,这些并不是偶然经过的路人,而是至高无上的天神授意和指派的人。

今天晚上没有出现美丽的日落,而他多么想再欣赏一次钻石般的天边那奇幻美妙的色彩变换。但是今天看不到日落了,天空乌云密布,阵阵狂风卷起波浪,拍打着岩石,带来了沙漠深处的炽热。对于一个被驱逐者和逃亡者来说,这种天气令人不快,在阴雨天的黑暗中尤其感到无聊和沉闷,没有令人心情平静的日落,没有一线光明,没有了观察跳动的点点繁星的机会。不管怎样,那些像是在跳圆圈舞的繁星也能给一个无所事事的孤独的观察者带来愉悦。

有时候奥昆几乎彻夜无眠,而这一次却出乎意料地坐在石头上睡着了。他做了一个梦,自从被推翻政权之后,他时常做着同一个梦。在梦境的虚幻世界里,他不再拥有白天清醒的意识,梦中他再一次坐在了萨拉泰的王位上,然后接见着来向他请愿的平民百姓,他们中的大多数人是受到雇主欺骗的金矿劳工。不得不承认,奥昆已经不止一次对那些劳苦大众感到同情,但是他却不能惩罚他们的雇主,因为这些人财力雄厚且势力强大。对那些一肚子苦水和委屈的人他深表同情,这使得他心乱如麻。但是,不管他看着那些乞求的脸庞时感到多么心痛,难道这就可以成为和那些权尊势重的大佬们反目的理由吗?他准

变换的时轮

备坐到很晚，倾听民众对雇主和当局的抱怨，试图去关怀和体会穷人的忧虑，尽力在某些方面帮助他们，哪怕只帮到他们当中的一部分人。但是随着每一次梦境里请愿的人变得越来越多，而他这个统治者却没有更多的机会帮助他们……

天还没亮的时候他就醒了。他并不是坐在王位上，而是倚靠着山洞的石壁，坐在一块石头上，因此他感觉整个身体都疲惫不堪，就像前一天干了什么重活，关节酸痛肿胀。在他这个避难所上方的洞孔传来了呼啸声，他意识到风刮得更强劲了，外面沙尘暴肆虐，这更增加了他的不适感，又添了几分惆怅。为了让自己摆脱逃亡者悲观和忧郁的念头，他再次开始在记忆中重新梳理刚刚这场梦境里的不同寻常的细节。

总之，弄不清楚为什么这个纠缠不休的梦一次又一次地重复出现。有经验的萨满或者占星师也很难参透这类梦境的含义，可以有不同的解释方法。如果梦中的大多数人和还没有背叛他的同党现实中已经死去了，那么据此可以推断，梦中见到他们并不是什么好兆头，也许，甚至会是更糟糕的预兆……没错，预示着他自己的死亡将要到来。

但是他想说服自己，有意识地在梦境中一直只搜寻着好兆头，然而这点希望却折磨着他："也许，这一切都预示着上天对我的权力和王位的回归都是赞许的？"暂时奥昆也想象不到，这如何能够实现？难道就是这样，在梦境中吗？……他还是给自己留了一线希望，心想："万一呢？！为什么不可能？万一，忍无可忍的百姓奋起反抗窃贼和强盗的统治，然后正是把他——奥昆——再次推举上了王位……这完全不是无稽之谈，也不是荒谬的想法。百姓继续承受着被剥夺权利的痛苦，也到了忍无可忍的地步。而在人们的记忆中他至少曾经试图保护过平民百姓，拨乱反正，使他们可以平静地生活和工作，他是唯一做到这些的君王。"

而且，还有谁能像奥昆一样，在短短两年之内，如果不说让一个破败不堪的国家走向了繁荣，那么至少也是保证了它的稳定？不知道有多少人和他说过、提过多少次他的丰功伟绩，在萨拉泰的历史上只有在他的领导下平民百姓才第一次'挺直了腰板'，因为在此之前他们已经被沉重的负担压弯了腰。哦,不!百姓们本就应该发出自己的声音——这是迟早的事,他们一定会有所作为的!"

奥昆再次受到这一线希望的鼓舞,一跃而起,然后在自己臆造的地下宫殿的"中央大厅"里踱起步来。但是,这一次他梦想和期望的界限显然超出了"大厅"的范围,他只能绕着走了一圈。甚至一开始他也没有注意到自己是逆着太阳的方向走的,这是对太阳的冒犯,是要受到指摘的——过了一会突然发现了这个过失,他开始从东向西顺时针方向把走过的圈又走了一遍。

这个看似微不足道的疏忽却使他心烦意乱,这似乎是一个不祥之兆……如今,在受到命运的毁灭性打击之后,他时常迷失自我,不仅对古老的迷信深信不疑,而且笃信到了一定程度……之所以这样,都是因为他在寻找自己不幸的原因。从前他并不是特别重视任何超自然的力量,想怎么活着就怎么活着——什么都没有发生,一直相安无事,也没有得到什么报应。不错,不是不报,只是时候未到。这不,现在的结局就糟糕极了……

不,这个世界太不公平了!

"你可真行啊,又想入非非了……他们如此卖力地四处奔走,寻找你——就是为了取你的首级。毁坏到无法辨认的、据说是你的首级一定已经示众了,那些可怜的百姓已经见过了……难道你不比其他人更清楚吗——任何人不会记得,也不会珍惜任何东西,虽然他们清楚地知道,有人曾不遗余力地为他们工作过,现在看来,甚至是冒着生命的危险……"

如果从旁观者的角度看,那么就会感觉百姓们根本没有头脑,没有一点判断力。任何一个大嗓门的人吆喝两声,他们就紧随其后,把他们领到哪里,他们就跟到哪里。满怀希望、不怕任何牺牲、不惜任何代价的人群,能推翻和摧毁一切——而结果呢,他们还是会再次把自己的脑袋放在为他们准备好的枷锁中。大多数人喜欢被欺骗,相信自己的期望,但往往期望都会落空。如此天真和目光短浅怎么能不被聪明人利用呢?

为什么这个世界这么糟糕和悲惨?是谁创造了如此残忍和愚昧的

变换的时轮
〰〰〰〰

世界？

想到这儿，奥昆打了一个冷战：他突然觉得，他有种非常奇怪和莫名其妙的感觉，有人在他的头顶投来了严厉的"目光"……

嗯，是的，他有失分寸了……难道可以对大千世界做出如此毫不留情的结论吗？他也算走南闯北，广闻博见，但是这样的判断也只能是针对小小的萨拉泰。众所周知，在这个还没有正儿八经建立起来的国家，老百姓能组成一个什么样的民族！事实上，这算不上是一个真真正正的民族，而是从四面八方，各个角落"精挑细选"出来的社会败类和被驱逐出自己氏族的背信弃义之人。当然，无论如何也不能通过这么一个小地方来评判整个世界。大千世界多姿多彩，这一点，凭他的经历他自己就可以向任何人作证。大大小小不同的民族居住在这片广阔无垠的天地间，很多独具特色的氏族为这个世界增添了别样的色彩。

就以匈奴人为例，奥昆有机会在他们的军队中服役了几年：在他们的伊尔王国人与人之间的关系完全是另一个样子。但是不能把他们作为典范，外族人不可能按照他们的律法和规则生活，就连在一些小事上也做不到像他们那样率直、诚实。但是匈奴人对此已经习以为常了，从没有在乎这些。而且，并不因为这些，说白了，狼群生存规则而感到痛苦，他们正是按照这些规则来生活的。

在他们面前根本就不会出现这样的问题：是否喜欢这种生活。很可能，他们只是没有料想过，世界上还存在另一种生活，自由的生活。匈奴人已经习惯了毫无怨言地服从氏族的生存规则和习俗，这是由古时候的氏族族长们确立下来的，一经确立就是永恒的规则。因此其他的行为方式或者人与人之间的相处之道既无法想象，也无法接受。教育和传统——是一种强大的力量，尤其是当它们历经几个世纪还是一成不变，而且一代一代人从母亲的乳汁中就早早地吸收了这些传统和习俗，深入骨髓，根深蒂固。

这是好是坏呢？对于匈奴人来说——这是正常的，但是对于外族人呢？

奥昆的思绪越飞越远，甚至忘记了自己梦境和预感的事。他走到了自己"宫殿"的一个洞口前，整个身体接受着沙漠吹来的炽热的风。现在，他立刻想象自己融进了风中，他向世界的不同方向飘去：他想象一个令人生畏的幽灵一样在萨拉泰的上空一闪而过；还想迅速飞去匈奴；如果特别使使劲，就可以直飞云霄，飞到不时被阴云遮挡的月亮之上。

黑夜消逝了，风暴很快就平息了，新的一天来临了。

12. 不速之客

因为在丘约赫阿雷养成的习惯，奥昆每天不下十次观察周围的沙丘和进绿洲的通道。现在，他又一次把视线投向了绿洲后面广袤的沙漠，并没有指望会有什么新发现，只不过是闲来无聊，在这个藏身之处还能做什么？观察一望无际的沙漠已经是习以为常的活动了，他沉浸其中，并没有立刻注意到在远处有一个独行的路人的身影……这会是谁呢？！令人奇怪的甚至并不是这个人出现在这里，而是他是徒步而来的。仔细观察之后明白了，路人的情况明显不妙，那人跟跟跄跄地走着，时而跌倒……但是他还是艰难地爬起来，然后继续前行——种种迹象表明，这个人已经用尽了他的最后一丝力气……他是怎么到这来的？很可能，他的商队已是精疲力竭，被困在了沙漠里，而他独自前行寻找救援。

奥昆冲进了山洞，抓起随意放在卧榻边的一个号角，用它发出了有点像野兽般的声音，这个声音是通知哥哥有紧急情况发生。

听到弟弟发出的警报声，奥阔迅速跑到河边，得知是怎么回事之后，便奔向了那个不幸的路人。奥昆从悬崖上看到哥哥在见到路人之后，第一件事就是给他水喝，然后和他说了些什么，扶着他坐在了沙丘的丘脊上，而自己匆忙地向远处走去，消失在了沙丘的后面。但是没过多久，他又爬了上来——这一次他并不是一个人，身后还拖拽着另一个人。看到这一切，奥昆十分怜悯不幸的路人，冲出了自己的山洞，又极力克制住自己不跑向那里——他现在真想和哥哥在一起，帮助他。

— 265 —

变换的时轮
▲▲▲▲

当他们吃力地互相搀扶着，勉强走到了绿洲的时候，奥昆彻底明白了，这是两个可怜的、完全没有恶意的人，这样的人不需要害怕，他急忙跑去帮助哥哥。

原来，第一个无意中进入丘约赫阿雷的人——是失明的朝圣者，而第二个人是他的引路人。让两个路人喝足了水之后，他们又拿来水，掸去路人身上的沙子，然后帮助他们大致做了清洗，他们的头发、耳朵和鼻子都被沙子塞满了。让兄弟俩吃惊的是，如果说一个盲人在没有特殊照顾的情况下能够战胜如此大的困难，那么他的引路人的状况，就不仅仅是虚弱了，而是就剩一口气了，只有水和凉爽的环境才勉强让他活了过来。

在此期间，奥昆开始小心谨慎地打听他们是谁，从哪里来，父母是谁。

盲人少言寡语，简单地回答着，惜字如金。但是奥昆对周围国家的氏族和民族非常了解，因此很快就弄清楚了，他是来自匈奴的汉格拉氏族。原来，他是一个孤儿，父亲很早就去世了，母亲不久后也死了。养马为生的祖父养育了他。

"是啊，一个父母双亡的孤儿的生活是多么艰难啊……"奥昆怜悯地摇了摇头，尽管他完全不相信这个盲人说的话。他很快就意识到，这个路人没有说出自己的实情。这从各个方面都可以看出来：他表现得那么自信，说话时语言标准流畅，举手投足都很有派头。以此可以判断出此人的出身门第，他们一定是世世代代生活在"马背上"，习惯了发号施令的民族……

还有……奥昆感觉这个盲人的面孔有些熟悉，但是绞尽脑汁回忆，最终还是没想起来这个人长得像谁。他被盲人典型的匈奴人特征搞糊涂了：鹰钩鼻子、浅色的头发、视力似乎正常的一双淡蓝色的眼睛……

"做一个牧民真好！"奥昆羡慕地叹了口气。"可能，随着牧群不断四处游牧，这样的生活再自由不过了，每一次来到的都是新的地方，看见的都是新的景色……你说怎么不叫人羡慕啊！而待在这里，就好像被钉子钉在一个地方，哪也去不了——就这样年复一年。看到的和听到的都是一成不变的东西……"

"而您，尊敬的长辈，年轻的时候去过不少地方吧。显然，您见识很广，我说的没错吧？"盲人突然问道，他有种非常玄妙的感觉——他的对话者可不是一个普普通通的老头。

"怎么说呢……我去过一些地方，马马虎虎吧……"奥昆几乎被这突如其来的问题弄得语噎了，一时不知道如何作答。"是走过一些地方……嗯，都是因为做贸易。我只是一个助手，做过赶牲口的人，做到最后——就是一名商队负责赶牲畜的领队。所以我了解骆驼的习性。那么你们为什么赶了这么远的路——却不带骆驼或者马匹呢？要知道徒步赶路不仅很艰难，而且还冒着生命危险啊。"

"嗯，因为我们不能用其他的方式。"盲人笑了一下。"骑行——这仅仅是惬意的旅行，而去圣地朝拜只能依靠自己的双脚。排除万难，这才是它的全部意义所在……"

"是的，我明白……我非常理解。"为了支持对方，奥昆不假思索地说了谎。理解性地点了点头，虽然去什么莫名其妙的圣地朝圣的整个想法对他来说完全是胡说八道："为什么要这么做？这有什么好处，而且谁又能得到好处呢？简直是太不可思议了，也许……"这样虔诚的朝圣者他听说倒是听说过，但从未亲眼所见。他很难相信，通过这样一次漫长而危险的徒步旅行之后，一个人就可以有很明显的收获。如果这样的事情哪怕曾经只发生过一次，那么早就流传出这样的传说了，而诸如此类的传说他从来没有听说过。有关萨拉泰财富的各种传言倒是很多，时有所闻，而且这些传闻也是真实的。无论做什么事，这样冒着风险而付出的巨大努力都应该得到回报，如果不是立竿见影的，那也应该是尽可能快的回报。因为生命转瞬即逝，世界就是如此运转的，所以迟到的帮助、感激和恩惠都失去了它们的效力，甚至失去了意义。既然这样，那么为什么要去做这样的事情，去冒这个险呢？

奥昆沉重地叹了一口气："这些沙漠里的流浪者不仅给人带来了激荡心灵的思想，还让人产生在罪恶中度过一生的懊悔感……"而对他个人而言，这并不是什么好的预兆，生活是成功还是失败——现在还想这些有什么用呢？只能折磨自己，于事无补……嗯，他承认，他也有过成功的时候，尽管只是小概率，但是他的结局是悲哀的……这

变换的时轮
∧∧∧∧

给他带来了什么？也只有这一结局带来的内心的痛苦：曾经坐在萨拉泰的黄金宝座上，而现在取而代之的是萨尔塔斯的石头"宝座"。而因为在光秃秃的石洞中待得太过烦闷无聊，现在就连这个古怪的盲人，他也能和他交谈甚欢，而且乐于在这照看着他那半死不活的引路人。

是啊，一旦从生活中所有令人不快的大事小情去看待生活本身，生活——就是可悲的、苦涩的。生活就是多面体——它的棱面不计其数，它每翻转一次，你就会发现它全新的、此前并不熟悉的，而且是令人不太愉快的一面……

就在这时，引路人终于恢复了意识，惊恐的眼睛马上四下张望。显然，他没明白过来，自己是怎么躺在这救命的树荫下的。也许，这的确看起来不仅令人惊讶，而且就像传奇一样，如同童话一般——在炽热的沙漠中失去意识之后，又在散发着香气的植物中醒来。现在他惊慌失措地瞪大了眼睛看着这些稀罕物。显然，他们经历的事情和看似不可避免的死亡带给他的是恐惧和惊吓，这也深深根植在了他饱受折磨的内心中。通过了解奥昆清楚了：这个人确实是一个孤儿，无助、不幸，又战战兢兢。

13. 盲人和他的引路人

显然，自己的政权被推翻了，奥昆的内心受到了极大的触动。如果任何事情对他来说都能成为一个借口，将他的思想带回到该死的罪恶的萨拉泰——毕竟，萨拉泰是他人生的巅峰……那么现在，遇到这两个奇怪的朝圣者，使他想到了自己一生的罪恶，他又对自己提出了那个备受折磨的问题：如果罪恶——是他人生的巅峰，那么他生命的意义究竟是什么呢？他为什么而活——就为了领导萨拉泰这个大土匪窝子吗？此刻在他面前的是别人的孩子、别人生命的延续、别人生存的意义——而他现在有什么，又积攒下了什么呢？他本可以也有这样的成年子女来保障他的老年生活，但是他甚至从来没有考虑过要组建家庭……而换来的又是什么？难道是为了宝石和黄金而活吗？为了转瞬即逝的权力而活？他见多识广，也拥有过很多东西——但是一切都

— 268 —

像沙子或者水一样，从指缝间溜走了，化为乌有，成了过眼云烟。但是，难道真正的好事、善事会如此迅速地消散，不留一点痕迹，就像它从没有存在过一样吗？当然不会！难道他这辈子都没做过一点好事吗？

他的内心充满了痛苦和迟来的遗憾，面对着失明的朝圣者清澈的、好似能看清一切的慧眼，他也不知道自己在做什么，一时情不自禁，坦诚又悔恨地说：

"哦，如果我可以和你们一起前行那该多好啊！这样就可以忘记自己腐化堕落、罪孽深重的一生，抹去对卑劣一生的所有记忆！"

"难道你过去有那么多罪恶吗？"盲人低声地问。

"是啊，可敬的朝圣者，在过去的生活中我什么事都经历过……以前我千方百计地帮助别人，还感觉自己没少做好事呢。但是如果这些都是好事，那么为什么他们到头来都是忘恩负义的呢？或者，我为他们所做的一切并不是真正的好事？由于不知道真正的答案，内心感到痛苦，而且……良心也受到折磨：难道我哪儿做得不对，哪里出了问题……现在看到你们，我明白了，应该在生命的尽头祈祷上天宽恕自己的罪恶，哪怕只是一部分。据说，至高无上的腾格里神会理解我们的忏悔而且会原谅我们……你觉得呢？"

"腾格里神——和气善良而且富有怜悯心，他会可怜每一个向他认错的人，但是他是否会赦免你所有的罪过——我不知道，况且也没有人能够知道。也许，罪恶和罪恶之间——也是完全不同的，未必所有的罪过都能原谅，但是这也要取决于你的祈祷。"

"但是你还很年轻啊——哪能有什么罪过呢？你能做过什么事，需要为此去朝圣，踏上这样一条艰难的道路？"奥昆十分不解地问。

"罪过——是一个复杂的概念……我们每一个人都有自己的罪过，只是形式不同。如果不是个人犯下的罪恶，那么近亲和远亲的、亲人的和非亲人的罪恶也会落在我们的身上，所以我也不例外……"盲人十分悲伤地轻轻叹了一口气。沉默了片刻，接着说："我下定决心前往圣地，为我自己的罪孽、为整个氏族的罪孽而祈祷，如果可以的话——还要为所有匈奴人的罪孽而祈祷神的饶恕。我们匈奴人在这个世界上

变换的时轮

犯下了很多滔天大罪,而将来还会干出哪些罪大恶极的事——想都不敢想……"

"哎呀!……"奥昆非常惊讶地摇了摇头。"真想不到啊!你们能做出这样的决定……你们认为能做到吗?匈奴人的罪恶不计其数,也许,还会有什么其他的罪过!可以说,和他们的罪过相比,我们个人的罪过——几乎不值一提。"

引路人安静地坐了一会儿,浑浑噩噩地四处张望,彻底清醒以后他开始认真地听着盲人和奥昆的谈话。听到这里,他咳嗽了两下,清了清嗓子,突然用沙哑的声音问奥昆:

"那您还有什么罪过是至今无法忘怀的呢?您看起来是一个令人敬重的老人,却又如此愁容满面,心事重重……也许,只不过是一些不值得一提的小事吧?"

"罪过吗?怎么跟你解释呢……一辈子慢慢累积下来,罪过也不少,忘不掉的……"他当然并不准备谈及萨拉泰的王位,因此有些结结巴巴。"嗯,我这一辈子都在做贸易,要知道在这件事情上没有明里暗里的欺骗是不可能的……依照惯例,只能毫无限度地夸赞并不是非常好的商品,为了把它们贩卖出去而故意隐瞒它们的不足和瑕疵,有时还抬高价格,就指望能有傻乎乎的人把它们买去。但是如果说实话,这一切都是小事……"

谈话被奥阔打断了,他叫大家去灶台边吃点东西。两个行路人跟在他的后面过去了,而奥昆没有动。他也不想吃东西,而且几乎是一生中唯一一次感觉自己"不自在"。最近这一个月里这是他第一次开始和外人交流——他们看起来是那么不同寻常,致使他过度紧张。他还留有一些困惑:这些行路人究竟是谁?他们是什么人呢?难道真的有人有这样的追求,不惜牺牲一切,甚至不顾沙漠中的一切危险,把自己的生命交给无情的沙漠去决定吗?他无论如何也想不通。

在思考的过程中,他努力回忆着在哪里见过这个失明的朝圣者。他显然出身于一个非同一般的、十分富有的家庭。勉强维持生计的穷人是不会带着一个其貌不扬又衣衫褴褛的引路人去朝圣的。

奥昆苦苦地在记忆中翻寻,突然他似乎亲眼看到了自己进入匈奴军队总指挥部的驻地……是的，他需要向自己的千夫长汇报一下即将到来的行军所需的装备和粮食的储备情况。在图拉尔大将军华丽的帐篷周围，他看到了一个不同寻常的小男孩，站在相互嬉戏、相互追逐的军队高官们的孩子中间显得有些孤僻……是的，这就是他，现在已经长大成人了。对，据说，非常不幸，大将军有一个失明的孙子！就像图拉尔挂在脸上的笑容一样，他甚至在这个年轻人的嘴角看到了同样善意的微笑……而他，奥昆，也清楚地记得那个多年来一直统领匈奴军队的杰出人物！也就是说，这个衣衫破烂的流浪人，这个朝圣者是谁已经很清楚了……但是他们怎么能准许他——一个盲人来到这个残酷的、对任何人都毫不留情的世界呢？！真正不可思议的不只是天神的力量，有时候还有人类的抉择。而他的父亲，想起来了，好像非常年轻的时候就在战斗中牺牲了，曾是军中一名出色的大将——似乎是叫阿尔斯兰。据传闻，这个少年还有一个双胞胎弟弟，人们也经常提及他，说他会成为一个天才的统帅，有识之士们认为他将大有作为……

"来客就这样无意中闯到了我们这里……"奥昆困惑不解地摇了摇头。

他为找到记忆而高兴的同时，也明白了为什么这种激动不安的心情会突然涌上心头："也许，这是命运给我的最后一次机会，让我去做一件意义重大的事情……但能是什么事情呢？"

他暂时还弄不明白这一点，这一切都太突然了。应该考虑一下他要怎么利用这个几乎是难以置信的、幸运的机会。但是有一点是他明确知道的，那就是现在无论如何也不能让幸运的"金鸟"从他的手中溜走。

* * *

当奥昆走到已经吃饱了饭、正在休息的路人跟前时，恰好赶上他们正在争执。引路人越发忧郁了起来，转向沙漠的一侧，空洞无神的双眼望向了沙丘，沙丘后面险些要了他们命的热旋风还没有停下来。

"不……不行就是不行！"引路人突然斩钉截铁地嘟囔着说："我不会继续走下去了……哪里……都……不……去！我哪里都不会再去了！"

"不走了——这怎么行呢？！"盲人吃惊地问。

"就是这样！就是不走了——这就是我的决定。"

变换的时轮

"那我呢？我还要继续往前走……没有你我要怎么走？"

"这是你的事。"引路人倔强地说，低下了头。"招我做这个活的时候，并没有告诉我这条路有多难走，有多危险。要知道我差一点就没命了……一只脚已经踏入了鬼门关。但是我不会再试验自己的命是不是很硬了，我又不会跟自己过不去……"

"是，和你确定这件事的时候，没人能预见到我们所能遭遇的一切，也就不可能跟你讲清楚所有将要面临的困难……谁又能知道所有的危险，怎么能知道我们将会遇到什么考验呢？"

"不管怎么说，既然一开始他们没有预先说明，那么这份合约……就是没有效力的。而我差点……"引路人弯下了腰，把脸埋在膝盖里哭了起来，肩膀抽搐着。"我差点被这该死的沙子呛死了，我不想死……我想活着！……活着……哪怕是做一个可怜的、贫穷的、吃不饱肚子的人，但无论如何——都要活着。而不是死在这该死的沙漠里，尸体像动物的死尸一样没人管，被这可怕的毒辣的太阳晒成干尸……"

盲人什么都没有反驳，深深地叹了口气，把脸转了过去。在他一系列的反应中，从他高傲的头部姿态，奥昆再次注意到的与其说是傲慢，不如说是一种内在的与生俱来的威严，这暴露了他真正的出身……"真是不可思议……要知道，他——一个盲人，如果真是想模仿祖父的举止、姿态、手势的话，至少要见过他一次。"奥昆不禁想到，回忆起正颜厉色的图拉尔大将军和他光荣的儿子，也就是这个盲人的父亲，他们用自己钢铁般的意志统领了庞大的军队。"但是不知何故，他们所有的派头，就连这样意味深长的沉默，都在他的身上再现出来，真可谓'锥处囊中，其末立现'……"

"哎，算了，我们还是休息吧。早上比晚上头脑更清醒，这已经是不用检验的真理了。"奥昆说着，然后走向无精打采的引路人，说："你跟我来吧，我们有些话可以谈一谈。"

14. 对真话和谎言的思考

当他们爬上了萨尔塔斯岛，太阳刚刚降落到地平线上。

— 272 —

从这里放眼望去，四周的景色简直太美妙了！东北方向，沙丘的后面是一望无际的沙漠，那里仍然热浪滚滚，但是很明显，肆虐的热浪威力已经开始减弱；西边是满眼的绿色，那是茂密的绿洲植被，而在绿岛的后面巍峨雄伟的昆仑山脉重峦叠嶂。浩瀚的世界中如此千姿百态的景象能够在同一个地方出现，这可并不常见。

奥昆用干燥的竹竿点燃了篝火。而霍伊古尔坐到了石头上，还是置身事外的样子，目光呆滞茫然，这一次两眼直盯的是——熊熊燃烧的火苗。

"没事儿，先喘口气，静下心来再想想……"奥昆尽力安抚着客人。"做任何事情最重要的——就是不要陷入绝望，不要恐慌，没有解决不了的事情。"

"那是您什么都不知道……我简直就是身处绝境了！……"引路人突然带着哭腔大声地说。"但是无论如何，不管怎样……我已经下定决心不要继续走下去了，因为这……这是一件极不理智的事情，这不就是送死吗！"

"所以，你要从这里往回走吗？"

"当然不是。"引路人晃了晃头，"我已经没有退路了。"

"是的，匈奴人——可不是好惹的……"

"这么说您什么都知道啊?！您是从哪得知了我们是什么人的?"引路人吃惊地说。

"你知道吗，世界很小。根据我记忆中的图拉尔大将军的形象，我认出了盲人。他——就是大将军的孙子，不是吗？"

"是的……您没有认错……"说完之后引路人才意识到，他出卖了别人的秘密，自己可能会因此受到惩罚。想到这里他立刻大惊失色，恐惧地四下张望。"但是我……我没有主动告诉您这件事情。现在您能理解我的处境了吧？真的是走投无路了！"

"当然……所以我说：你拒绝继续前行是没有用的……"奥昆说抬起手，打断了霍伊古尔的反驳。"是的，我理解你，你被吓坏了。但是万一出点什么事，你将不可避免受到惩处，还有比这更可怕的吗？要知道，你拒绝了，而且还逃跑了，在这种情况下你不仅会有新的危

变换的时轮

险,而且这些危险还会伴随你的余生。再说,你若抛下这样一个身份显贵的盲人而一走了之,那你也无处可藏。令人生畏的大将军无论如何也会找到你,而这比单纯的死亡要可怕很多倍……真的,哪怕是我的冤家,我也不愿意看到他有这样的遭遇。"

"哦,我太不幸了!……"引路人大叫一声,把脸埋在了手掌中,在这样的恐惧中也很难看出有几分是他真实的情感。"但是我该怎么办呢?请代替我的亲生父亲给我些建议吧……"

"不,亲爱的孩子,我应该比你父亲的年龄还要大,不过我可以当你的老师,一个帮你出主意的人……"

"这样也好,我非常乐意,完全同意!……我连父亲都没有过,就更不用说老师或者能给我建议的人了。"

"但是没有父亲你又是怎么生下来的呢?"奥昆笑了。"一个人不会没有父亲的。也许,你的父亲更喜欢做一个隐姓埋名的人,是这样吧?"

"嗯,可能是吧……母亲甚至都记不清他曾经来自哪个商队。我就是一个孤儿,是最最不幸的人……"

"我理解你……"奥昆对这个年轻人很是怜悯,叹了一口气,同时他想极力表明自己的生活也并不是称心如意的。在适当的时候发发牢骚,博得别人的同情,这是他擅长的。"你至少还有一个母亲,而我是一个父母双亡的孤儿,不管在哪里都是孤零零的一个人。在这个世界上根本找不到一个爱我的人……"

"是吗?而我的母亲还留在匈奴军部里作人质,正等待着我。可怜的母亲,也许每一天都在哭泣,而我……"引路人哽咽了,没有控制住自己,他泪如泉涌。现在看来,这似乎是他真挚情感的流露。"而我……我不知道自己现在这是身处何地。我该做什么,怎么做,请指点指点我吧!"

"嗯,和我相比你还是一个富有的人。如果我有母亲,我一定会让她感到幸福……"奥昆满脸幻想的样子,突然感觉在谈及母亲的时候他是坦率的,情感是发自内心的。是的,他本可以让她感到幸福,假如不是……

"我也非常希望能用什么让我的母亲高兴一下。但是就是没有什

— 274 —

么值得高兴的事儿，我给她带来的全都是伤心的事……"

"那你就想办法让她开心啊！让自己的亲生母亲感到幸福——这也是一件伟大的事情。"奥昆又有意把谈话引向他脑子里的想法。他清楚地记得离开家的时候，他想都没想，早把自己的母亲忘在脑后了。"当有人跟她夸奖我的时候，我真的很开心。我看，你——总体来说，并不是一个坏孩子。不知为什么我相信，如果你有一位好老师，那么你这一生都会如意、成功的。"

"那么您，尊敬的长辈，您能成为我的老师吗？我保证在所有事情上都听从于您——是的，只听您的话！"这个陷入绝境的小伙子明显是在巴结他，因为他想要寻求到哪怕一点点依靠。他的未来还看不到一点光亮，而如今的处境也令人畏惧。以他这样软弱的性格，在这样艰难的处境下，一定会抓住任何一根救命稻草。"不会再拜其他人为师了！"

"那，好吧……但是你要明白，做一个学生意味着很多很多的东西。首先，因为在这个概念的背后是一个人自身的转变。你，如果努力的话，将成为另一个不同的人，因此必须发誓。"奥昆坚决地说，为了证明这个仪式的隆重性，他向篝火里扔了些供品，篝火因为油脂而旺盛地燃烧着，火苗呲呲作响。

引路人兴奋地跳了起来，然后鞠了一躬，"我发誓！"他心甘情愿地答道，"我发誓在任何事情上都听命于您，而且只听命于您一个人，我的老师！……"

"很好！"奥昆非常满意，尽管他清楚地知道人类誓言的真正意义——没什么意义，誓言有时一文不值。但是他现在并不在乎，无论真诚的誓言，还是明显的谎话，他都感到高兴。他一生中重要的生存原则在他身上再次起了作用："今朝有酒今朝醉，明日愁来明日愁"，"骑驴看唱本——走着瞧……"

"谨听您的教诲，老师……"在奥昆宣布命令之前，引路人摆出了一个姿势：抬头挺胸，垂手而立，脚跟并拢……这是他多次见到的勤务兵的站姿。"我准备好了！"

"那么，我亲爱的学生！"奥昆郑重其事地说，在心里暗自调侃自

变换的时轮

己：他这就已经是一位老师了，一位引领他人的导师了……虽然这个称呼来得轻而易举，而且，也许只是短暂的师徒关系，但是他还是收获了一个真真正正的学生——当然，这个学生并没有得到他完全的信任，甚至相反，惊慌不安的、滴溜乱转的眼睛明显暴露了他不诚实的本性。看样子，他是一个十足的伪君子，而且城府很深，但是还能怎么办呢？奥昆自己这一辈子不也是这个样子吗……至今仍旧如此吗？这是一个让人头痛的问题，因为任何人，其中也包括他自己，永远不会承认自己是这样一个人。任何一个最最不可救药的大骗子都会把自己伪装成正人君子，因为他们的本性就是如此。有时候你也会觉得这并不是一个人的错，而是残酷的现实、糟糕或者特殊的情况迫使人们要滑头、撒谎、背叛。当别无选择的时候，他还能怎么办？不这样做，那么他就会没命的……奥昆总是对着无形的人如此为自己开脱。因此，别人都说，能活到这个岁数还真是多亏了他随机应变和善于适时说谎的能力……不管怎么说，这就是他一生中最痛苦的真理。

　　这时奥昆苦笑了一下，想起了很久以前听到的一个论断："靠实事求是是混不出什么名堂来的。"极具讽刺意味的是，事实的确如此。反倒靠谎言还能行得通，应付一阵……但是说谎也是有技巧的，这就像善于使用手中的武器一样——万一失手，它可能调转方向对准的是你自己……他猛地晃了晃头，似乎试图摆脱现在这些十分不端正的、不合时宜的想法。"我必须马上说，我真的非常喜欢你。你很有勇气，能对自己的……呃……主人，说出真实的想法。"奥昆坚定地说，凝视着小伙子。这些话对引路人来说，似乎，完全是出乎意料的。他冷笑了一下，举止有些不成体统，甚至有些不屑一顾地看了看自己的老师："你说什么呀，老……没什么没什么，继续吧！"

　　"方才，当你直截了当并诚实地拒绝了继续和自己的主人走下去的时候，我就意识到了，这样勇敢的举动并不是每个人都能够做到的。生活中很难做到真实，我知道，但是这样的行为真的很难得！就算在此之前你偶尔做过昧良心的事或者撒过谎，但是你在这件事上表现出的胆量，甚至可以说是美德，无论如何都会为你一生增光添彩。不，你还不明白，不懂得欣赏自己，因此你需要一个导师，能够给你点拨，让你充分发掘和展示自己最优秀的品质！"

"真的吗?!"这一次引路人不只是自尊心得到了满足，更主要的是他被自己这位新老师的话惊得目瞪口呆，因为这是第一次有人如此严肃地对他本人和他的言行给予这般肯定的评价。如果说刚开始的时候他还对奥昆的话不屑一顾，因为那时候他还不相信他说的话，那么现在，当老师对自己的那些赞美之词给出充分的理由时，他欣喜若狂，甚至听得热血沸腾。这是第一次，他不仅可以尊重自己，而且还可以为自己感到些许骄傲，这种陌生的感觉对他来说完全是意料之外的。是的，恭维话能使本就不是那么冷酷的心变得柔软……"我会努力的，我完全听您的！……"

"也就是说，从今以后我就是你的老师，而你——是我真正的学生……对吧？"

"没错，就是这样！"备受鼓舞的引路人有些夸张地大喊道。这是他很久以前在匈奴军部里偷听到的一种表达方式。

"如果是这样，凭你我之间的关系，我们的交流中就不应该说话遮遮掩掩、语焉不详，不论是你说的话还是我说的话，有任何不清楚的地方你都应该弄清楚。这是其一。其二——充分的信任。我会告诉你一些埋藏在内心深处的秘密，这些秘密不能让任何一个外人知道，因为对于我们两个来说，危险正是来源于我们之外的人。而你……你会保守秘密吗？"奥昆的目光紧紧地盯着学生，突然问道。

"我会的。"引路人痛快地、不假思索地说，以同样直率的目光作为回应……

奥昆立刻意识到他撒谎了。显然，很可能还没有任何人把任何秘密告诉过这个人，他也不清楚，保守秘密意味着什么。

"我可以保守秘密！把秘密分享给我，您就如同把秘密说给石头听一样，我永远不会向任何人出卖这些秘密。"引路人脱口而出，他伪装得如此完美，听到自己的话，就连他本人也感到吃惊。如果他过去都是反之行事，那么假设问他为什么会这么说，他就会回答："当真需要提及这些的时候，我会灵活应对的，我会千方百计避开这样的话题，但是秘密是一定不会说出来的……"

变换的时轮

　　"不错，这是一种非常珍贵的品质。""老师"意味深长地笑了，然后立即又严肃起来，皱起了眉毛。"记住，拥有一件东西是不错，但是能保持它的完整性才是最好……你明白我的意思了吗？"

　　他看了引路人一眼，目光专注、犀利，年轻人在这样目光的注视下蜷缩成了一团，似乎变得更渺小了。而奥昆，往火里添了一把干树枝，目光一直没有从"学生"身上移开，神情极为严肃地说：

　　"我向你透露一个可怕的秘密，泄露它可能会让我和你付出生命的代价……"

　　"我对着这圣火发誓，永远……不会对任何人讲述您告诉我的这个秘密。"引路人断断续续地说，恭顺地垂下了目光。

　　此刻寂静异常，仿佛周围的自然世界也因为期待着听到不为人知的秘密而安静了下来……它就好像是一个被好奇心折磨得痛苦不已的女人，奥昆想。仿佛是为了增加神秘感，迅速飘来的一小片云朵遮住了皎洁的月光，渐渐昏暗了下来。而在远处的山间传来了拖长的狼嚎声："嗷……呜——呜——呜！……"

　　"什么？这是什么？"被这一突如其来的声音吓得一哆嗦，引路人惊恐地问。

　　"这是狼……"

　　"哦，太恐怖了！难道在这里还有狼吗？"

　　"不仅有狼，其他的猛兽也不少。"

　　"那为什么……它们为什么要这样吼叫呢？"

　　"谁知道它们呢。这种情况通常发生在满月的时候。看来，现在天上也有什么事情发生，而且狼能感知到吧，它们就会变得紧张……"

　　就像拨开了帷幔，月亮从云彩后面探出了头，然后一下子跳了出来，周围的一切变得明亮起来，如同白昼一般。

　　"那么，我亲爱的学生。"奥昆开始庄重地，甚至板起面孔严肃地说，就好像事先准备好正是要在这一时刻公布他的秘密。"在这个月夜我向你透露一个我真正隐藏在内心深处的秘密，这个秘密任何人都不应该知道：坐在你面前的是萨拉泰的前任君主……"

　　他不再作声，只有篝火中干树枝的噼啪作响声打破了宁静，就连山坳中的狼也沉寂了下来。

"您？……曾是君王？萨拉泰的？就是那个以财富而闻名的萨拉泰这个国家吗？……"引路人对听到的话感到十分震惊，终于低语道。"但是怎么可能……您为什么到这里来了呢？"

"我统治了萨拉泰几乎两年的时间，但是卑鄙无耻的小人和叛徒推翻了我的政权。这段悲伤且非常有教育意义的故事总有一天我会讲给你听的。而现在，就这样，我没有办法，只能躲藏在这里。"

"但是他们又是为什么推翻了您的政权？"稍微冷静下来之后，引路人急于提出自己的疑问。"而且为什么您又不得不躲藏在这里呢？"

"唉，我向百姓说了实话，这些真相甚至连一个君王也不能公然对外宣布……而我之所以躲藏起来，是因为我曾提拔很多手脚不干净的小人，让他们摇身一变，都成了高官显贵，而他们现在怀疑我随身带走了记载着他们肮脏勾当的证据。"

"嗯，好吧……"引路人激动地说。"那好，我是您的学生，而您是我的老师。但是您又是为什么在完全不了解我的情况下，也可以说——为什么将这样一个隐藏在内心深处的秘密告诉给一个初次见面的人呢？……"

"当然，我是在冒险。"奥昆不悦地说，而心里却想着："原来，他还真有点思考和推理能力……"然后继续说："但是这也不是轻率之举，确切地说，这是对一个人或者对必要的形势的敏锐辨别力，多亏了这一能力我才会总是很走运。你想一想：我，一个一无所有的孤儿，不仅跻身到富人行列，博得了这个世界上势力强大之人的信任，而且统治了整个国家……其他像我这样的人，也许，会比我好得多，因为我优柔寡断，没能抓住机会冒险一搏，最后错失了自己的好运气……"

"但是为什么您能把自己的秘密告诉给我呢，而不是别人？"

"我告诉了你，我该怎么和你说呢……是的，你猜到了吧，我见到你，就立刻喜欢上了你。你知道为什么吗？你在某些方面很像年轻时候的我，你身上所有的缺点和潜在的优点都很像我，你甚至还没有意识到自己优点的存在……你明白吗？"

"坦白地说——没有明白。"有点难于承认，但是他还是表现出了

变换的时轮

真诚。"如果老实说，我似乎没有在自己身上觉察到有任何优点。在我的身上更多的是缺点，这些缺点……它们会在我身上从不同方面显露出来，就像纸包不住火一样。"

"就是像这样——无论面对自己，还是老师，都表现出绝对的诚实——我就喜欢这样的你。这已经足够了！如果你会是一个听话的、忠诚的学生，凡事都听我的话，那么我就能把你打造成……"

"成为什么人？"

"至少也是萨拉泰的君主吧！无论如何也不会更差了！……"

"什么……我没听错吧？或许您是在考验我，又或许是在开玩笑，我不明白……您是在捉弄一个不幸的孤儿吗？"

"不是。"奥昆断然回答说，目光中多了一分严厉。"萨拉泰王位的秘密能证明我说的话，刚才我已经告诉了你我的秘密。而这个秘密关乎我的性命！你说，那我为什么会用自己的生命去冒这样的险呢，况且还要加上你的性命？为了什么呢？"

"它是这样……但是我……不，我还是不会相信这个。总而言之，怎么能相信这样疯狂又没有道理的幻想呢……"

"这只是看上去像不理智的行为和幻想。但是我还不知道自己在说什么吗，否则我是怎么活到这个年岁的呢？怎么能取得王位？不，我说的话——背后都是经过了非常缜密的思考的。"奥昆站了起来，然后激动地在山洞里走来走去。"我并不是随随便便就选择了你。我对你的潜力和能力非常有信心，因此才决定只对你敞开心扉……你可以的！也许，你，是至高无上的腾格里神派来拯救命运多舛的萨拉泰的救星！……请相信我的经验，相信一个前任君主的话，我已经练就了一副好眼力。嘿，怎么样——击掌为定？"

"我真不敢相信这件事情，请谅解我。就在昨天——我还是一个在沙漠中快要渴死了的引路人，而今天……一个人也不能瞬间就发生这么大的变化，从社会的最底层一跃成为一个君王……怎么能有这样的事情呢？！"

"哦——哈——哈……"奥昆大笑了起来。"是的，和我相比，亲爱的，你就是一个享有充分权力的人……甚至是一个有身份的人。你还有一个母亲，而且你清楚自己的家族，不只是这些，你还是——一个受到信赖的人，被威风凛凛的匈奴民族最强大的家族之一委以重任。你是一个引路人，也可以说——是与一个身份显贵之人并肩前行的伙伴！"

"已经不是引路人了……我已经拒绝了。就在刚才您也亲耳听到了这件事情，甚至还称赞我的行为是勇敢和诚实的。"

"拒绝——你还是放弃这个想法吧！甚至以后也不许在心里有这样的念头。"奥昆命令式地，甚至带着威胁地低声怒吼道。"无论哪个社会中最卑鄙无耻的就是那些不能共患难的人，这样的人在危难的时刻可以背叛恩人，背弃誓言，逃离危险或者战场……你明白我的意思了吗？但是要知道你不是这样的人！你永远不会像其他人那样背叛我。如果我们被敌人包围了，你也不会留下我一个人，而且必要时，你还会和我一起牺牲，不是吗？"

"是这样，亲爱的老师。我永远也不……"引路人突然吓得膝盖发抖。"我明……明白了。以后我也不会容许自己产生这样的想法。我宁愿去死！"

"好在你一点就透，要是你不说谎就更好了。即使你有那么一点儿口是心非，这也没什么大不了的——你正走在正确的道路上。明天还是去请求自己主人的原谅吧，告诉他，之所以发生这样的事都是因为恐惧，因为太过软弱。在你的这种处境中，不是你这样的人也会退缩的。恐惧……唉，只要是世界上的人都会有恐惧心理。"

"是的，尊敬的老师，您的话如此语重心长……我都明白了。当感觉就要窒息的时候，我真是太害怕了，而我——还活着——就被掩埋在沙丘的山脚下，而且耳朵、鼻子、眼睛里塞满了沙子。当时我就想，同意做一个引路人完全是一个错误……我可是……是的，差点儿就死掉了。"

"我知道，我自己也死过不止一次。"

"死亡的过程真的太可怕了，我太想活下去了……"

"亲爱的孩子，死亡也许是一件可怕的事情，但是更可怕的——是毫无意义的、有损尊严的生存。"奥昆慢腾腾地说，同时留心观察

变换的时轮

着这个几乎已经成年了的年轻人的面部表情,但是现在他看上去又是个多么可怜的孩子。

"我明白您的意思,尊敬的老师。"引路人垂下了双眼,胆怯地说。"我非常清楚这种有失体面、低三下四的状态是什么样的……当然,我希望有更好的生存状态。"

"我看出来了,亲爱的。"奥昆拍了拍年轻人瘦小的肩膀。"我甚至还要和你再多说两句:看得出来,你梦想着过上体面高贵的生活。那在你看来'体面的生活'意味着什么呢?对某些人来说,这意味着——拥有一大群羊或者一大群马。你看啊,不管你通过什么途径得到的它们——是赚的、偷的、赢的,或者是其他的什么方法,但是遭遇恶劣天气或者被强盗抢劫,你就会再次一无所有……怀揣着的是不可靠的梦想,寄希望于获得的是稍纵即逝的财富和幸福——这是多么可悲而且不靠谱啊。"

"是的,的确如此……"他点了点头,还没有明白"老师"的用意何在。

"而一个人应该为自己设定一个合理的、可行的、符合自己能力的目标。不能低估也不能高估自己的能力,这两种情况是同样危险的。"

"但是为什么呢?"

"因为如果高估自己——你就会自取灭亡,一个骄傲自大的人通常会死于自己的傲慢;而低估自己——你就会与成功擦肩而过,而且一辈子都会唉声叹气、抱恨终天,……这会更糟糕,更痛苦。"

"但是,要知道并不是每一个人都可以及时清楚地知道,成功的那一刻他会有什么收获。特别是,当一个人不清楚自己有没有能力,不明白——他具备的是哪方面的能力,多少能力对他来说是足够的,这些时候就更无法确定……"霍伊古尔说,再次显露出自己的思维能力。

"好样的!你真是聪明伶俐!我很高兴,这么快就看到了你的所有优点和缺点。我没有看走眼,你准确地发现了并不是每一个人都可以亲自确定自己的潜能……这就需要一个经验丰富的人在一旁给出中立的、没有成见的见解,现在扮演这个角色的人就是我。最重要的是,你要相信我,完全信任我,好吗?"

"是的，老师，我完全信赖您。当然，我还少不更事，但是，可能也饱尝了别人大半生才要经历的辛酸，长期承受这样的苦难甚至有点儿习以为常了。"他再一次坦白说，偷偷擦去了滚落的泪珠。"从我记事的时候起，所有人都责骂我，挑我的毛病，侮辱我，不只是这些，他们还不放过任何一个挖苦我的机会……我甚至时不时地还要挨一顿揍。但是从来没有人发现我的哪怕一点儿优点……哦，对，也许，我的主人是个例外。在我这一生中您是第一个如此高度肯定我的人。因此恕我直言，真的无法马上相信您说的话，于是我一直反复对自己说：这不可能！尤其难以接受的是——您关于我未来的说法……关于统治萨拉泰的这些话。"

"你又说了点儿有道理的话。像我和你的经历和处境，确实，很难想象我说的高度。"奥昆振奋地说。"但是你注意，你要比我当时容易得很。你是一个与伟大的家族关系亲密的人，是他们信任的人。而且你还有一个老师——我，你的参谋，萨拉泰的前国君，对那里的一切，包括那里的每一个人都了如指掌。你说，我说的对不对？"

"是的，现在我懂了……但是我还是无法一下子接受……我曾经是那么卑微——突然间……"

"是的，这很自然！不错，你的想法很合情合理！当然，很难一下子消化这种事情。最重要的是，你已经明白了，我说的话并不是无稽之谈。带你的主人去圣地吧，你在那里也悄悄地为我们共同的事业祈祷，请求天神的帮助，让至高无上的天神相信你的思想是纯洁的。当你回来的时候，所有的事情都自然而然地装在你的脑袋里了，融入了你的生活里。回来的时候，你应该怀着坚定的决心去实现既定的目标。你离开的这段时间我也会在这里把所有事情全都考虑一遍，找到通往王位的最佳捷径。我会了解清楚目前的形势，找到突破口。"

"老实说，我完全无法想象萨拉泰人民怎么会相信我们，又为什么会信任我们，会为了一个不知是谁的霍伊古尔去推翻自己的政府……"

"这和你没什么关系，那里起主要作用的人将会是我——政权被一群盗贼和骗子颠覆了的前任统治者，是百姓们想念的那个人。而你——是我的人，因此信任我的人也会相信你……对吧？就是这样！"

15. 临别赠言

奥昆因为自己的美好蓝图而激动不已,内心思绪万千,他再也坐不住了,绕着篝火旁的引路人一圈一圈地走着。

"啊,对了,我还有一个问题。"霍伊古尔犹豫不决地挠了挠后脑勺。"只是不知道提这个问题合不合适……"

"不要胆怯,从今以后你我之间应该有充分的信任。"

"那为什么还需要我呢?为什么您自己不能重返王位?"

"好样的!你已经开始思考了,我很满意,而且还直接提出了这样一个微妙的问题。你说得对,我直接重返王位的话,事情就会简单得多。"奥昆笑了,"但是这个位子我是坐不久的。"

"那我的政权不也同样会被推翻……"

"不会的。你对他们来说是一个新面孔,一个陌生人,不曾与他们之中的任何一个人为敌。第一年,所有人都会挖空心思对你施加影响,每一个人都千方百计地想要把你拉到自己的一边,博得你的信任。但是你也不会白白浪费时间的,站在你身后的将会是我,我了解他们所有的底细,而最重要的是——实力强大的匈奴军队做后盾!因此我们的长期统治是有保障的。这一次我们绝对不会失算……"

"尊敬的老师,那要求我怎么做呢?"

"要有决心!还要对自己的正确性深信不疑,而这——对一个统治者来说是最重要的。例如,看着黑色的石头,你应该十分肯定地说,这块石头实际上就是白的……然后补充:里面是白色的,但是,你就说,后来由于恶劣的环境表面变黑了。但是在说这些的时候应该非常自信,要先让你周围的人相信,然后是让你的所有臣民信服。最重要的是,你应该明白一件事情:有时候说服一个人相信自己'错误的真理'是非常困难的,而说服全体人民——要容易得多,你说多奇怪……这话只在我们两人之间说,大多数群众——都是'不折不扣的傻瓜',甚至不可思议的事情也能说服他们相信。"

"真是这样吗?"

"是的，亲爱的，这是我给你上的第一课！只要牢牢地掌握了它，你就可以走得更远……"

"老师，我还有很长的路要走。"霍伊古尔若有所思地说："我会花费足够的时间深入领会我们谈话的实质性内容……"

"这真是不错。"轻轻地揉搓了两下光秃的头顶，奥昆称赞说。他对自己的这个监护对象非常满意——不仅能够独立思考，而且领悟能力特别好。"最重要的是，不要害怕，要有自己的思想，眼光要放眼未来，并用它们指导你的行动……"

他们走出了山洞，来到了悬崖边的一块开阔的凸起处。夜已经深了，从河面上升起了湿漉漉的凉爽的空气，在炙热过后这样的空气比任何时候都更令人感到惬意。崖下，绿树的树冠有节奏地发出沙沙的响声，偶尔还会传来警觉的夜鸟的叫声。像是在配合下面的阴谋家们的心情，天空中的星星也神秘地眨着眼睛，仿佛在说："有大事情要发生了……"是的，肯定有事情发生，要是能猜到是什么的话，就好了……

清晨，比约定的时间稍早一点，奥昆和引路人就从悬崖上下来了，在哥哥的帐篷里过夜的盲人已经准备好上路了。霍伊古尔像一个罪人一样，一直低着头，胆怯地走到了自己主人的跟前，在他面前跪了下来：

"我的主人，我请求您原谅我昨天无礼的举动，这都是因为极度的恐惧束缚了我的意志……请您相信，对我来说责任高于一切，而我对您的忠心至死不变。再次请您原谅我，原谅我这个缺乏理智、忘恩负义、微不足道的人吧……"

"当然，我的朋友，"盲人并没有惊讶，但是悲伤地说，"只是请你站起来吧，我又不是法官，也不是官员，根本用不着乞求我的原谅。最重要的是，要让至高无上的腾格里神宽恕你，帮助你。"

"无论如何还是恳请您原谅我！否则我无法承受这种耻辱……这种痛苦……"说到这儿引路人有些结巴了，接着就哭了起来。"我发誓：这样的事情以后不会再发生了，您就原谅我吧……"

"好吧……好吧……还是先站起来吧，我不喜欢这样。"盲人说，就好像清楚地看到了他屈膝而跪的样子。"收拾一下，我们要出发了。"

变换的时轮

　　很快两个赶路人就准备好了，奥昆在哥哥那里为他们准备好了食物和水，然后对他们说了临别赠言：

　　"你们前往圣地的路已经走过一半了，而它最危险的部分——萨拉库姆——已经在你们的身后。但是前方，你们的旅程也并不轻松——需要翻越一座座山脉，要小心谨慎，要有顽强的意志去克服困难。你们以至高无上的天神的名义走上了这条朝圣之路，就请天神为你们打开封闭的山隘，让那些错综复杂的小径变成笔直的坦途，请他善待你们……阿门！"

　　看上去完全不相像的两兄弟——一个高个子，金发，偏瘦；而另一个身材矮小，黑发，驼背——站在那里，目送着他们离开。

　　当他们已经走出相当远的距离时，引路人转过身，挥了挥手，奥昆同样挥手回应。现在他们只能忍耐、等待，满怀希望并充满信心。这听起来那么简单，但落实到行动却是那么难。

第 五 卷

1. 送行

　　绿洲的主人和他的弟弟为朝圣者们继续他们艰难的旅程而做着准备，而阿阔尔满怀期待地正坐在一块高耸的岩石上，面朝西方，目不转睛地望着那雾蒙蒙的山峦，像是想要看到那里他迫切需要的、他预见到的东西。而且主要是，他像是能够看到似的。此前，当奥阔还是想尝试劝阻他放弃这个危险的打算时，他只是挥了一下手表示拒绝：似乎没有什么能阻止他，甚至连引路人最初拒绝离开这个意外闯入的避难之地时，他也没有动摇过。如果他真的面临要独自走下去的境况，那就是说，他也完全无所顾忌，一个人会坚持走下去……

　　奥阔想尽办法从自己的现有的食物储备中为行路人带上一些新鲜的东西，以供旅程的最初几日食用，而为后面的行程准备的是——谷物、肉干和鱼干，放到一起还是装了很重的一袋子。早上当得知霍伊古尔最终还是同意了和自己的主人一起走时，路上的干粮就分成了两份。

　　引路人一定要多带些水，沙漠中经历的干渴他是无论如何不会忘记的，但是他还是被大家劝阻了，因为山间一定会有山涧或湖泊，总能找到可以喝的水。阴森的大山尽管可怕，但它们毕竟不是沙漠。临别时奥阔给了他一张用马鬃编成的渔网，还有一个捕鸟用的套索。

　　"路上非常需要的东西！"奥昆对哥哥赞不绝口，尽管他内心甚至有些忌妒：他这个曾经威风凛凛的统治者，如今连一点送给行路人的小礼物都没有。

兄弟俩再清楚不过了，他们为朝圣者提供的食物只够两人维持一小段时间，接下来他们必须吃自己能弄到的东西。但这样的希望也不大，看样子，霍伊古尔对打猎一窍不通。如果他们在山麓地带沿着河流向上走的时候还能勉强弄到些吃的，那么崇山峻岭间、在光秃秃的悬崖峭壁上小动物和植物都几乎没有了，干粮就成了唯一的补给。就连有着丰富远行经验的奥昆都无法完全想象到，在昆仑山的石头峭壁上等待他们的会是什么。而且他每次都是跟随大型商队一起出行，在这样的商队里几乎所有必需品都会随队携带，而像这两个年轻人这样，所有的东西都用肩膀扛——不，这样的事情从来没有发生过。不论刮风还是下雨，他们需要自己，也只能自己——点燃篝火，准备食物，安排过夜的地方。但最重要的是，在遭遇猛兽时，特别在强盗面前，他们是手无寸铁，毫无自卫能力的，没有任何人可以帮助他们，只能依靠自己……

临别时，朝圣者们对兄弟俩的照顾表示了感谢。道别后，他们朝河流上游的方向走去，兄弟俩极为同情地看着他们的背影，直到他们消失在河边的树丛中。然后奥昆登上了他的岛顶，在河流的拐弯处，他又看到了他们。阿阔尔和引路人并排走着，低着头，好像在盯着脚下的什么东西看。不知怎的，霍伊古尔左顾右盼，常常回头张望，他的一举一动都流露出他有些动摇不定和拘谨。很明显，他不想走，怕走，但他还是走了，克服了他原始的、本能的、无法抑制的恐惧，为此他付出了巨大的努力。

奥昆久久地注视着他这个毛毛躁躁的学生，仿佛要用目光向他传达一种决心和自信。不管怎么样，他还是克服了他的弱点，克服了他对一切艰难险阻和考验的恐惧，这已经很不错了。不知道别人怎样，奥昆可是知道这种半动物本性的恐惧是如何控制人类群体的。谁能在自己身上战胜它，又能在别人身上利用它为自己服务，谁就可以被认为是为数不多的出类拔萃的上等人，能够统治这个世界的人。

那好吧，已经迈出了第一步——就继续走下去吧，我的学生！前面还有许多各种各样的困难在等着你,为了自我修养和达到人生的巅峰——拥有权力,必须要克服这些困难。你能否抵挡住你所有的弱点?如果你能做到的话,经历了路途上这些严峻的考验,回来之后的你将是一个经受了千锤百炼的人,你将积累战胜自我的经验。首先,你不会再被任何外界的困难吓倒,这时也就意味着你为完成一个宏伟的规划做好了准备。这个规划是由一个更有经验、更有头脑的人设计的,他是一个经历了命运的毁灭性打击,但随着你的出现又在心中重新燃起了希望的人,现在计划也逐渐酝酿成熟了。

好了,现在必须坚决摒弃令人不快的想法和各种疑虑,不能再心怀过去的恩怨!内心装着这些不快和恩怨不会有任何好结果,只会折磨自己的心灵。所以,让过去就留在你的记忆中吧,并全当是经验的积累,现在只需要考虑未来——尤其是当机会终于到来的时候。

"对,只能这样!再说一次——必须这样!"他感到浑身充满了无比的力量,激动地走进了洞里的长廊,在避难之处的这条狭窄的长廊里几乎是跑了起来。"哦,众位叛徒!你们和君王奥昆说再见未免太早了些!让你们不幸的是——他还要为自己发声,他还要大显身手!"

2. 奥阔的狼

前三天对两个行路人来说是相当艰难的:显然,长时间的休整使他们太过放松了。

不过,歇息一夜之后,他们从清晨就出发了,坚持不懈地走到日头正高的晌午,几乎没有一刻休息。然后匆匆吃了午饭:吃的都是干粮,喝的是冰冷的河水。稍作休息,又继续上路了,沿着河流向上游越走越远。

第三天,奥阔给他们准备的只能前两天食用的新鲜食物都吃光了——是做得很美味的煮豆子和叉烧肉。霍伊古尔,一个爱饱食的人,直到那时才开始急躁地考虑他们现在该如何解决补给的问题。很明显,现在把储备的谷物和肉干拿出来还为时过早,因为前方的旅程还是个未知数。第四天晚上,他们走到了一条注入河流的小溪岔口,于是决

— 289 —

变换的时轮

〰〰〰〰

定在这里过夜。

在石滩上选好了驻扎地，引路人从袋子里掏出一个鬃毛制的渔网，这是奥阔的礼物，他把网下在溪流最窄的地方。小河里的水很清澈，他看着游来游去的小鱼出了神。这张小网眼的渔网在强大的水流的冲击下鼓了起来，呈袋子状，有小鱼不断游进了网中——这显然是经验丰富的奥阔为他们考虑好的。很快，霍伊古尔就捕到了不少小鱼，够晚餐享用了。他再次把渔网下到了河里，然后开始思考：他该如何保存捕获的鱼，怎么能多带些在路上吃呢。很明显，天气这么热，新鲜的鱼带不走多远。这时，他想起了奥阔的建议：把鱼放在篝火上多烤一会儿，烤透的鱼才更容易保存。

霍伊古尔甚至欢呼雀跃起来：这个普普通通的建议虽然只是暂时用得上，但是却帮助朝圣者解决了他们的主要需求之一。多储备些鱼，就不必在光秃秃的石头山上挨饿了，也不会为失去的机会而后悔的。他把阿阔尔也叫过来和他一起捕鱼，他让阿阔尔坐到水边的石头上，给他两根渔网上的绳子，告诉他什么时候该做什么。盲人立即就明白了该怎么做，当他通过绳子能敏锐地感觉到渔网里鱼在挣扎时，就召唤引路人，一起把渔网拖到岸边。

霍伊古尔这边迅速燃起篝火，煮上了鱼汤，然后开始在柳条上烤鱼。但这样做进展得太慢了，他们捕来的鱼越来越多。他突然想到，篝火旁的石头被烤热，变得滚烫起来，为什么不用上它呢？但是石头——不是平底锅，在这上面鱼也烤不熟……就不能用简单的方法把鱼烤熟吗？他用目光四处搜寻了一下，找到了需要的东西：在一块露出地面的巨石上有一个深深的凹槽，紧接着在一堆石头中，不远处有一块两肘长的平坦的、不是很厚的石板。剩下的都要手动操作了：先把大石凹槽里的土和其他垃圾清理出来，再清洗干净，然后把捕到的鱼全部倒进去，这些鱼中开始有一些个头大点儿的鱼也挂到了他们这张小网上。他们两个人一起在凹槽上盖上了石板，并在下面点燃了篝火。

不，到目前为止做事看似磨磨蹭蹭的引路人所表现出的应变能力是恰到好处的，也是非常及时的。还没过上一个时辰，他们就已经喝到了鱼汤，吃着烤好的鱼，而石板下又燃起了熊熊的篝火，石板上

— 290 —

是新捕来的一网鱼。

"你简直太棒了，能想出这个办法烤鱼！"阿阔尔由衷地称赞他说。

"我是想起来曾经听人讲过，说我们的战士在行军中有时连肉都是这样来烤的，"对夸奖很是满意的引路人憨乎乎地说，"所以烤鱼就更容易了。"

"那我们就应该多做一些，"主人决定，"我们在这里至少再多耽搁上半天吧，我们也需要再积蓄些力量才能上路。"

第二天，准备好了不少的烤鱼后，他们沿着小河的方向，顺着山麓往上走，精神也格外饱满。背袋中装满了保存下来的干粮和谷物，肩上的重担给了他们希望，让他们感觉能够走到预定的目的地，而到了那里，一切就听天神的安排了。

不久，他们来到了绿树成荫的一小块林地，惊奇地发现了一个羊群，是由大约15只绵羊组成的小羊群，还有两只骆驼和几只山羊，正在这里茂密的草丛中吃草。他们决定在树荫下歇一会儿，于是卸下了身上的重载。刚坐到草地上，引路人就看见两只体型健硕的狗朝他们跑来……不，是狼！霍伊古尔慌了神，马上跳了起来，撒腿就跑，留下了无助的主人……

在惊慌失措中，引路人唯一想做的就是赶紧跑到第一棵大树跟前，爬上去。但是他绊在一个树根上，一下子就摔倒了。当他还没能马上站起来的时候，他恐惧地回头看了一眼，他看到了完全不可思议的一幕：狼已经坐在了阿阔尔的旁边，而阿阔尔抚摸着其中一只的额头……这时，他才想起了偶然听到的自己主人和奥阔之间的谈话，主人详细询问了奥阔是怎么成功地驯服了两只狼崽，那两只狼崽是奥阔在死去的母狼的狼窝中捡到的，当时还没有睁开眼睛。人能让周围的一切依自己的愿望、为自己的需求服务，这样的本领让阿阔尔当时非常感叹和钦佩。

引路人仍然无法相信这平安的结果，咒骂自己的懦弱，他带着罪恶感向主人慢腾腾地走去，而畜群的两个守卫则站了起来，迈着小步快速地走进了一片竹林。阿阔尔的听力非常好，但在这个过程中他却装作什么特别的事情都没有发生一样。他们稍作休息，又继续前进，

变换的时轮

离开了热情好客的林地。

3. 遭遇强盗

霍伊古尔与主人商量后，决定行走路线再偏右一些——沿其中一条支流的方向走，从那里向昆仑山顶进发。河流的主河道是从左边的山上延伸下来的，好像绕过了峰顶，所以沿着右边支流走比较明智，他们也是这样做的。

从支流的河口出发走了一天后，引路人突然看见了一些人，甚至还没反应过来这是怎么回事，他又感到了无法控制的恐惧。就连他自己也没能马上明白，为什么这会使他如此害怕……可能是因为在这荒无人烟的地方，遇到善良的人不大可能。糟糕的是，面对恶人，即使爬到树上也逃不掉……

"怎么了？发生了什么？"阿阔尔紧张地问，显然已经感觉到了引路人的恐惧。

"有人……三个。"

"奇怪，这里哪儿来的人呢？"

"不知道。你坐到石头上休息一下，我帮你把袋子放下来。"霍伊古尔说着让阿阔尔坐了下来，但是没有告诉他自己不祥的预感。

这时，三名陌生人走到了他们跟前。

"干什么的？去哪里？要做什么？"一个大腹便便的矮个子男人冷冷地问道。他那自信而粗暴的声音给人的感觉是——他就是他们中的大哥。

"谁，我们吗？我们就是人啊……"

"你们不是野兽，也不是山羊，这我能看出来！你们去哪儿？"

"我们，知道吗，是朝圣者……"

"这是……这是什么意思？"

"我们去昆仑山的圣地，去朝拜。"

"是这么回事……就是说，有信仰的人？明白了……"大肚子说，并命令手下："喂，看看他们都带了什么！也许，会有金子或者玉吧？"

"你说什么呀，我们哪儿来的金子……"

他的两个手下毫不客气地解开了袋子，把袋子里的所有东西直接倒到了石头上。

"我们看看，这次腾格里神给我们送来了什么？"胖子跪下来，开始在倒出的东西里翻来翻去。"不错！这次至高无上的神决定用烤鱼款待我们！怪不得我闻到了鱼味呢！……"

于是他们三人立刻朝着烤鱼扑了过来，津津有味地吃起来，象常说的那样，简直是狼吞虎咽。他们像是饿坏了，对食物充满了热情，吃得全神贯注，以至于似乎忘记了身边的这两个赶路人。

还能说什么呢，突然失去了他们来之不易的食物储备，真是令人痛心疾首。但是又有什么办法呢，总不能以卵击石吧，那不是自讨苦吃吗。现在还不知道强盗吃饱了之后会对他们做什么呢。于是引路人悄悄地走到坐着一动不动的阿阔尔跟前，握住那根竹竿手杖，小心翼翼地尽量不发出声音，领着他走开了。

他走着，也做好了心理准备，可能随时都会听到吆喝声。但并没有人尾随其后。很快，劫匪就从视线中消失了。行路的两人不慌不忙地走着，迈着正常的步子，因为只要强盗想追他们，毫不费力就能赶上。

"已经这样了，我亲爱的主人，我们的旅程到此结束了……"

"为什么啊？我们这不还在走吗，就是说，我们每走一步就离圣地更近了一点。"阿阔尔低声说道。

"是的，近是可能更近了一点，但是我和你现在没有一点儿食物了，很快我们就会饿得没有一丝力气。"霍伊古尔悲伤地说，"我甚至不知道饥肠辘辘的情况下我们还能有多少力气。而且我们俩现在穿得这么单薄，在寒冷的夜里，我们连个遮盖的东西都没有……"

"那我们就快点走，离他们远点，甩掉他们。"

"这没用。只要他们想追，马上就能追上。"

"他们追上我们有什么用呢？"阿阔尔冷笑道，"想拿的他们都拿去了，他们也看到了，我们现在一无所有。"

"谁知道他们怎么想……"

"你两边看看，说不定能发现什么僻静的地方，能让我们躲到明天早上。"阿阔尔说。

但无论霍伊古尔怎么仔细观察，还是没有看到周围有什么合适的地方，两边都堆砌着光秃秃的石头。

行路人没有任何停歇，他们一直坚持不懈地走到晚上。全凭阿阔尔一人的意志力，可以说，连一点希望都没有他们就这样走着。很明显晚上已经凉快起来，但是由于长途跋涉，他们全身热血沸腾，并没有注意到天气转凉，这在夜间的山里是非常危险的。

4. 报应

突然，身后传来一阵马蹄声和石头从斜坡上滚落下来发出的轰鸣声。

"这是什么？"

"在追赶我们……"阿阔尔马上断定道，"是骑马追来的，我们找个地方藏起来吧。你看看，附近有没有灌木丛。"

"往右面走，快点……那里好像是个小山沟。"

原来是狭长的山谷，相当深。很快，就在他们刚躲到下面的时候，一个骑手骑着一匹乌黑的马从旁边飞驰而过。

霍伊古尔从灌木丛后面得以仔细观察，也看清了他的脸：不，这完全是另外一个人，三个强盗中的任何一个都和他长得不像。

正在他们决定爬上来的时候，传来了脚步声和断断续续的交谈声。这一次，走近的是徒步追击他们的人，在这些人中引路人一眼就认出了之前抢劫他们的强盗。有两个人背着他俩的行囊，看上去不像刚才那么开心了，垂头丧气。其中一人甚至走路还有点一瘸一拐的，不时还哼哼两声，而另外一个人的脸都被打出血了。不，他们显然发生了什么事……但是，发生了什么呢？

看上去，他们正着急在天黑前赶回家。"被打得不轻啊……"霍伊古尔悄悄地说，"那就是说，他们住在这里附近的某个地方，他们要把战利品——我们的袋子——带回家，无耻的勾当……"

"被打了，你说？这太奇怪了，有点不对劲啊。"

"可能因为分赃产生内讧了？他们连走路都很费劲，勉强拖动着双腿走着。那我们怎么办，如果他们的落脚点在上面？很难悄无声息地从他们旁边通过而不被发现。这么说来，我们拐到这条支流这边走还是错的。还是应该沿着那面的干流走。但是谁又能预料到会是这样呢？"

这时，又从上面传来了马蹄声，现在已经是往回走的声音。骑手在强盗前面猛地勒住马：

"怎么样？一个人也没看见吗？"

"没有，他们应该不能走远啊……"

"原来如此，你们这些蠢货，把袋子放在这儿，返回去找。两个再查看一遍河道的两岸，另一个人——继续往前走。趁着天还没有黑下来，无论如何也要找到他们。你们几乎把光着身子的他们放走了，卑鄙！夜里这么冷，他们不穿衣服会被冻死的！……"

当所有人分头去找时，霍伊古尔悲伤地摇了摇头：

"听到了吧，他们在找我们！我们完了……我只是不明白，我们对他们有什么用啊，虽然，谁知道他们脑子里想的什么。从这地方也无处可逃，我们在这里一定会被找到的，他们也会杀死我们的……"

"他们为什么要杀死我们？这有什么意义吗？"

"这你得问他们，他们杀人有时可是只为了寻开心……"

看到骑手和那个步行的、三个人中年龄最大的回来了，他俩就不再作声了。那两人站到了丢在这里的两个袋子旁边，骑手下了马，把马拴在一棵灌木上，吩咐那个强盗燃起篝火。那人开始收集干枯的树枝，于是走下山谷，立即发现了躲藏在这里的行路人。他高兴地呼叫骑手，骑手急忙应声跑来。

"啊，你们藏在这儿了！"他笑着高兴地说，"哎哟，那就别藏着了，快出来吧……我们到处找你们！"他指了指皮袋子，问道：'你们的东西吗？"

"是，我们的……"霍伊古尔不太乐意地嘟囔说。

"那就仔细检查一下，看看你们的所有东西是否都在。没了什么，一定要告诉我。"

变换的时轮

暮色已深浓，但霍伊古尔手法熟悉地检查了一遍，把袋子重新系好。

"怎么样？所有东西都完好无损吗？"

"都在，除了一把小刀，哦，还有烤鱼……被他们吃掉的烤鱼。"

骑士转身面向胖子，气势汹汹地怒吼道：

"刀在你那吗？"

"是的，老爷，在我这。刚才我就想放回去，可是忘了……请恕罪……"

"你求我恕什么罪……你得请求他，这个可怜人的宽恕，赶快请罪。"骑士怒斥道。

"请恕罪，小伙子，求你了。我忘记了……"

"那鱼呢？你什么时候还给他们鱼？"

"鱼……哎，鱼不是我一个人吃的，三个人一起吃的。"

"鱼好吃吗？"

"嗯，是的……非常好吃，老爷……我就没克制住。"

"你说没克制住？"骑手明显带有挖苦的语气，气愤地冷笑道。"是啊，生活中就是会有很难、非常难克制自己的时候。马上你的那两个共患难的朋友就回来了……一起吃鱼的朋友。我们再问问他们……"

这时，后方传来了奇怪的声音，像是鞭子抽打得啪啪作响的声音，还有鞭子在空中划过的呼啸声，马蹄声和人的叫喊声。不一会儿，众人看见了那两个被派回去寻找朝圣者的人，他们被第三个人，骑着马的人赶过来，那人用鞭子抽打着他们，迫使他们跑过来。他们来到火堆跟前，看到刚才的受害者，立刻明白了，他们将受到寻根问底的审讯。

"这两个逃跑的人交给你了，古尔甘。他们远远看见我就跑，我马上意识到他们一定干了什么坏事。不然，他们为什么看见我就跑？他们到底做了什么？"

"现在我们就把这事弄清楚，"古尔甘说着把这几个劫匪推到一起。"萨尔巴勒，你问他们吧，我听听。我不只是惊讶……不，我对他们的行为感到震惊！"

这时，天色已完全黑了下来，但在熊熊燃烧的火光的照耀下，三人看上去与之前截然不同。白天他们显得高大得多，耀武扬威的样子，因为他们觉得自己在力量上占优势，是强者；现在他们的身形好像变矮了，胖子似乎也不那么胖了，只是微胖，而且奇怪的是，看上去还有点驼背了。他的眼睛在火光的映射下惊慌地转来转去，因为害怕，他的目光怎么也不能停留在一个地方，他一直两脚交替着站着，不知所措。是的，之前的高傲和威风一点痕迹也没有了，现在是一个被吓得要死的可怜人。

"来吧，老实告诉我，你为什么拦住了这两个行人？"萨尔巴勒用轻蔑的目光打量了他一下。

"我们……我们只是想检查一下，看看他们是谁。"胖子匆匆回答。

"结果呢？"

"他们说，他们是朝圣者。去圣地祈祷。"

"就这些？"

"就这些，老爷……"

"那你们为什么抢了他们的东西？"

"我们不是抢，我们检查袋子的时候，他们自己……自己跑了。"

"说得头头是道啊，"萨尔巴勒冷笑道，"那你们怎么没叫住他们呢？要知道他们身上一点儿食物储备都没有了，也没有保暖的衣服……你们想置他们于死地吗？"可胖子这时却沉默不语了，背完全弯了下来，只是用鼻子抽着气。"他们也是为你们去祈祷啊……那鱼是怎么回事？"

"那个……吃了。我们太饿了，也没多少……"

"鱼都吃了吗？"

"噢，是……"

"你没看出来这是一个盲人和引路人在赶路吗？"萨尔巴勒低声问道，而当胖子因为害怕含糊不清地说了点什么的时候，他一下子火了："说清楚点！"

"是……能看出来。"胖子被逼得挤出一句话。

这时古尔甘站了起来，他默默地从站在篝火边的几个人身旁走过，然后像自言自语似的低声说：

"即便我们是强盗,但也应该抢劫的是那些比我们更富有的人,这似乎才是我们该做的事。但是,今天发生的事简直是闻所未闻……你们抢劫的是完全无助的、没有任何恶意的人,是去神圣的地方,有神灵的地方祈祷、朝拜的人。你们知道吗,这不仅是对我们职业的嘲笑,而且也是深重的罪孽。抢劫盲人……不,一个人怎么会堕落到这样的地步?!做了这样的事之后他是什么人,还是人吗?但最重要的一点——我也被卷入其中,受到了牵连……"

"跟你有什么关系啊,古尔甘!这些混账东西应该为自己干的事负责。"

"不,萨尔巴勒,我知道我在说什么。因为我也是要对他们的行为负责的。"

"那你解释一下,为什么?"

"因为这三个人曾被萨拉泰的强盗追捕,勉强活着穿过火海一般的沙漠来到这里,来到了绿洲。我救了他们,给了他们食物和水,把他们藏在山脚下一个安全的地方,直到萨拉泰人打道回府。然后把他们收编到自己的队伍里,安排他们去跟踪那些财大气粗的行路人和商队……我相信了他们——这是多么大的错误!原来他们这么卑鄙,这么没有良心,肆无忌惮……"

"不,我的朋友,你这是何苦呢。在我看来,你根本没有过错。"

"唉,有的!这个世界上的每一个人不仅要对自己的直接行为负责,还要对其后果负责。我相信了这些人,结果呢,我增加了世上的罪恶。是我让他们去抢劫,差点要了一个盲人朝圣者的命……"

"不然还能怎样,古尔甘,当他们被萨拉泰人追杀的时候,难道你还能袖手旁观,眼睁睁地看着他们可能遭到无情的屠杀吗?要是让那些人找到他们,最好的结果也只能是割掉他们的右耳。"

"谁能知道,那时候一群坏蛋追赶的是另一群和他们同样卑鄙的坏蛋,只不过后者不那么走运罢了,我当然是不知道的。所以,正如曾经走过这样一条路的一位圣贤老师所言:'不要违背天道,要按自然之道而为,一切都顺其自然。自由流淌的水不与障碍物相争,它避开障碍,绕道而行……'"

"不，古尔甘老兄，当然了，并不是你一个人这么做。我也总是解救弱者，庇护那些孤苦伶仃的人。不管怎么说，无论我付出多大代价，我都会继续这样做。"萨尔巴勒坚定地说。"而一个人怎么可能知道他所救的人的全部底细呢？因此，别再往自己身上揽罪了，我们本来就已经罪大恶极了……"

"有时候你不知道该怎么想，但这件事实际上已经表明了，也向我证明了老师的正确性。当我没有深思事情实质，就什么事都干涉时，我就是在犯错误——那就扰乱了自然的规律。'智者无为而无不为。'那个老师是这样说的。"

"那怎么做……让那些人在你眼前把他们俘获或者杀掉？"

"应该是这样做，这样，今天的亵渎神灵的行为、厚颜无耻的缺德行为就不会发生。没有这些坏蛋，世界就会更干净。而我的行动，结果是预先注定了这一罪行的发生，不知不觉地在助纣为虐……"

他们都沉默不语了。周围一片寂静，静到甚至能听到虫鸣的声音，只有在这之前静静燃烧着的篝火突然噼里啪啦地把一束明亮的、又迅速熄灭的火花高高抛起。大家都只是茫然地彼此对看了一眼：按迷信的说法这应该解释为——神灵已经听到了古尔甘的话，由此表示对他的赞同……是的，仿佛他们的最高赞许就在这一瞬间放出了光芒。

就在这时，三个强盗就像为某种力量所驱使，号啕大哭，含糊不清地哭诉着，扑倒在古尔甘的脚下，俯首在地。但古尔甘嫌恶地挥了一下手，转过身去并起身离开了篝火旁，走进黑暗区。

5. 夜话

萨尔巴勒给朝圣者们弄了点东西吃，然后在石头上铺了一张熊皮，就安顿他们休息了。引路人睡不着，他只是偶尔打打瞌睡，然后又清醒过来，凝神静听着古尔甘和他的土匪朋友在篝火旁低声细语的谈话。

"怎么听不到这些坏蛋的声音呢。你去检查一下，是不是跑掉了？"古尔甘说。

"没有，睡觉呢，"萨尔巴勒过了一会儿回答他说，"我把他们牢牢地绑上了……该怎么处置他们？"

"我说过了——必须把这些败类从这个世界上清理掉。"

"这是自然了。只是需要考虑一下，怎么把这件事做得干净利落。不想让他们弄脏了我们的武器。而绞死他们——又可惜了绳子。要知道，他们三个人……依我看，这样做应该更容易些，例如像对待叛徒一样，用石头砸死他们。这种不光彩的下场正好适用于他们……"

霍伊古尔听着他们的对话，又打起盹儿来，睡了一小会儿，还做了一个噩梦：他好像坐在一个坑里，上面有人往他身上扔石头，他用手护住头……突然他一下子惊醒了，但是脸上却是湿漉漉的。第一时间他想到的是血，但发现这不是血，只是眼泪，又高兴起来。

那两个人一直坐在篝火旁聊天，不时地喝一小口碗里热腾腾的不知道用什么做的汤。

"我怎么也无法理解，为什么大多数人总是在撒谎，连自己都在欺骗？为什么？他们明知这是谎言，而且自己也会因为谎言而吃亏……"看得出来，古尔甘还是不能原谅自己很久以前犯的错误，但是口中说的是别人。"可以骗另外任何一个人，但骗不了自己……"

"对，确实，"对方点了几下头。"但是你换种问法：为什么人总是不说真话呢？当然，可能是由于不知究竟或错误认识的原因。但如果是有意识的，那可能就是为了利益了。"

"但说假话又能有什么好处呢？"

"比如说，为了有意迷惑自己的对手，这样节省出来时间，在某件事上先发制人，占领先机……总之，可能性太多了。"

"不，尘世间的生命太短暂了。一眨眼，一生转瞬即逝。有什么可耍心眼，自作聪明的呢？"

"嗯，不值得。古尔甘，我们还年轻，你看，有什么事我们都会顺利解决的……"

"谁能知道，未来会是什么样？我们这样冒险的生活随时都可能结束。我们就和野兽的处境差不多，随时都可能被猎杀，所有人都认为我们是强盗……嗯，也许这是对的。但我们算什么啊，我们这都是小打小闹。而真正的强盗，是那些靠掠夺整个萨拉泰国家而生活的人——似乎是那些众人都尊敬的人。我们的过错仅仅在于我们反抗了，对他们以低廉的价格收购黄金和宝石这种恬不知耻的行为我们表现了愤怒。要知道，在这些受大家'敬重之人'纵使他们的走狗来对付我们之前，我们得到了所有采矿人的支持。你自己也知道，很多我们的人都被杀了，而我们也是勉强才逃了出来。好像，萨拉泰的政权最终还是发生了更迭，而那些富人以前什么样，现在仍然什么样，继续欺骗和掠夺劳工。所以，我们对诚实劳动和通过劳动得到应得的工钱不再抱有任何希望……"

"别这么说，希望总是有的。"

"可能吧……但是说实话，我已经疲倦了，不再抱有希望……很显然，在某些方面我自己也有错，因为过多的要求也使一切都激化了。我不能原谅人们身上即便是小小的人性缺陷，这就是为什么这个世界上的强者把你我变成了被社会抛弃的人，被迫辗转山洞，到处躲藏。"

"在我看来，仅仅根据萨拉泰就对整个世界下结论是不对的，它本来最初就是按照强盗规则建立起来的国家。而世界很大吧，我相信，世界是多姿多彩的，任何情况都有可能。"

"说到这儿，我脑子里现在也是有各种乱七八糟的想法。我们俩对这两个朝圣者出手相救。他们只有十七岁，而他们为了朝拜却走上了这么一条简直是死亡的道路。他们还年轻，自己哪能积累那么多罪恶，这就意味着他们不是要为自己祈祷，而是为别人祈祷，为了你我。"

"是的，就是这样。每个人都在为自己祈祷，而我听说真正的虔诚的朝圣者是为所有其他人、所有的氏族和所有的民族祈祷。据说，这样祈祷的效果要好得多……"

"我总在想，上天对我们这个世界太过于放任了，可以说是置之不理。可能我的想法是罪恶的，但我还是无法摆脱这样的想法……"

"为什么这么想呢？"萨尔巴勒很惊讶。

"因为，你看，我们这个世界已经积累了那么多不公平、虚假和谎言，甚至让人都没有活下去的欲望了。"

"你也这么说……"

"怎么，难道不是吗？"

变换的时轮

ΛΛΛΛ

"有些地方，可能，是很糟糕，但并不是到处都这样。世界很大，而我们只知道风俗败坏的萨拉泰。还有一些地方，那里充满了公平、正义，人们在那里过着幸福的生活。而萨拉泰——还不是整个世界。"

"谢谢你，我的朋友……"古尔甘用低沉的声音说。"要是没有你，我会觉得更难。"

"没有你我也不会好过的。"

"在这里我只信任两个人：你和丘约赫阿雷的岛主，非常有智慧的奥阔。他，我告诉你，是个很了不起的人。他的生活给了我很多值得思考的实例，他的有些做法我甚至都无法理解和领悟。你知道的，他给了我这匹我一辈子都梦寐以求的上等宝马。于是我想感谢他，就给他带去了三个袋子：一个装着金子，一个装着银子，还有一个装的是宝石。结果你想怎么着？他没要，说：'我用不上它们，它们是产生危险的祸根……'我们也许不会像别人那样对这些东西心疼得要命，但不管怎么说，我们还是很珍惜的，会视如珍宝，也会努力让自己的财富变多，多多益善啊。而这一切对他来说——都是多余的，毫无用处……看看这个奥阔，你就会觉得惊奇：外表看起来只是个个子矮小、身材瘦弱的人。而且，要知道，他也是个最无助的人。凡是途经他这里的过路人，都是他命运的主宰者。这不，在他给了我这么一匹骏马之后，他却拒绝了我的酬谢。他让我相信，我们所有视为贵重的物品在他看来不仅是毫无用处的，而且还是危险的根源……不过，他之所以有这样的想法也正是因为那些贪财的人蓄意的侵害。我突然感到自己很渺小，尽管我还能保护自己和其他人……现在我知道了，这个瘦弱之人要比我们坚强和自由得多。而我呢，我又算什么？……尽管我有点本领和能力，但我终究还是这个邪恶的'大集市'中的一员，这个'大集市'由来自世界各地的最臭名昭著的骗子、无赖和社会渣滓掌控着，贪婪、见利忘义、背叛和出卖就是他们的流通货币，而人的生命——微不足道……"

"是的，我也是这样……"萨尔巴勒叹了口气，"以前我和大家都一样，对一切都习以为常了。当大多数不幸的人把自己用血汗开采的金银宝石都给了他们的主人时，我也以为这都是正常的。对什么都没有特别深入考虑，只是付出辛苦，想凭这份勤勤恳恳的付出，有朝一日能攀上高枝：先靠近主子，成为伴其左右的人，然后在他们身边做个管事的，接着再继续高升。我如愿以偿了，很快就被选中。对了，先是被安排到警卫队。而我，这个傻瓜，更加卖力了，监视着每一个人，不放过任何人，于是我被顺利地任命为小队长，对此我感到非常高兴和自豪。最终我当上了警卫队的队长，带着警卫队在难以通行的山间小道上东奔西跑，满怀热情地抓捕那些企图随身带走金银和宝石的人。当然，我受到了夸奖，他们把我作为别人的榜样，而这更激发了我的虚荣心和想出人头地、得到赏识的愿望。在山中一待就是几个月，寻找那些可怜的逃亡者和偷运者的秘密通道，我杀了多少人啊——无以计数……"他又长长地叹了一口气，把干树枝扔进了火堆。"但是有一天我有了这样的思考：有的人有什么权利把这些巨大的金矿当作自己的私有财产，把任何接近矿区的人都当作小偷，像追逐野兽一样去追踪他们呢？如果被抓住，不仅会夺走他们采挖到的所有宝贝，而且肯定会被杀死。我意识到，我这是在帮助无耻的主子们做他们黑心的勾当，这是助纣为虐啊。我帮助他们折磨那些普通人，对他们纠缠不休。结果我'大公无私的效劳'变成了与所有以采矿为生的普通萨拉泰人为敌，这些汗流浃背的普通百姓用自己的辛勤劳动谋生，为自己和亲人的生存而努力……只要我这个头脑简单又愚蠢的人想到这些的时候，我就立刻感觉到自己身处危险之中，危险是来自我效劳的那些主子——我完全信任的人，我甚至把他们看作自己人。之所以有这样的感受，是因为如果他们知道我的这些想法，他们就会马上杀掉我……这简直把我击垮了，怎么会是这样呢？！那些我最信任的人，我对他们忠心效劳，可以和他们出生入死——突然在某一时刻，他们可能会把你变成一个血淋淋的敌人，随时都有可能杀人灭口，这仅仅是因为你变得独立了，开始跟他们的想法不一致了……你表现出了异己思想，就是这样。而你只是有了不同的想法，但是这已经是——致命的危险了！……而人与人之间的关系怎么会如此变幻莫测，直到现在我也想不通……"

"亲爱的萨尔巴勒兄弟……我也在尽力理解你，"古尔甘仍旧声音

变换的时轮

低沉，若有所思地说。"但我得承认，有时候这对我来说真的很难做到。我也知道，为什么很多事情我理解起来会很难……因为就连我对生活的看法也比你简单得多。命运已使我疲惫不堪，我们所有人都已经见识过萨拉泰的规则了，更确切地说，这就是无法律约束的社会生活。谁接受了他们的规则，谁就能留下来继续当他们的仆人，而那些极力反抗的人就被杀害了，偶尔有几个活下来的，幸运地逃了出来，就像你我一样。之后他们宣称我们是强盗，并不时派清剿队暗地跟踪，想消灭我们。而他们自己呢，他们在人民面前极力伪装成仪表端庄、受人尊敬、没做过任何坏事的大好人……"

"是的，真可恨……但是我百思不得其解，怎么能让人们擦亮眼睛，看清一切呢。"

"我想，所有聪明的人都知道真相。但他们受到了恐吓，在那些有钱有势的土匪面前被迫保持沉默并尽力讨好他们。富人非常精明，在这个世界上他们活得非常舒适安逸。没有人对他们发号施令，甚至统治者——他们的傀儡——也没被他们放在眼里。"

"正是这样！"萨尔巴勒惊呼，"那为什么他们的统治者经常更换呢？"

"因为，他们，这些所谓的统治者，连自己都保护不了。他们就像富人的帽子，很容易、很随便地就会被换掉，富人们根据自己的实际利益需要来更换统治者，就像他们根据季节和天气换帽子一样……"

"这就奇怪了……怎么会这样呢？毕竟，这个国家赖以生存的雇佣军和国内军队只服从统治者的指挥啊，难道不是这样吗？"

"似乎应该是这样子的，但是实际上完全是另一回事。"

"你看，连你说话都是——一会儿这样，一会儿又那样。"萨尔巴勒不满地提高嗓门说，"这到底是怎么回事？在这样的世界怎么生活，你都不知道哪里是真，哪里是假？！"

"我的兄弟，我也很想生活在一个一切都简简单单的地方。但是在平常的生活中就是这样，一切都是错综复杂的……能看清生活中的阴谋诡计，做到心中一清二楚是多么不容易啊。"

霍伊古尔仔细倾听着每一句话，尤其是在谈到萨拉泰的统治者时，他特别留心细听，他想听到一些关于"老师"奥昆的情况：他们肯定知道他，但谁也没有提到他。就是说，和前面的统治者相比，他也没什么突出和过人之处。这让霍伊古尔很惊讶，也很悲伤。奥昆可自认为是萨拉泰杰出的统治者呢。而结果呢，像萨尔巴勒和古尔甘这样不寻常的人在他身上也没看到任何优点。这就意味着，他和其他像帽子一样被更换的悲惨统治者并无两样……

霍伊古尔苦涩地叹了口气："真想不到，世界居然如此复杂。我们似乎什么都能看到、听到、感受到，我们也坚信自己无所不知。而事实证明，很多事情是我们完全无法理解的。这些知识被深藏起来，而看得见、听得到的东西离这些深奥的东西还很遥远。当我们与某个人相比，感觉自己有那么一点点优势，于是试图贬低或伤害那个人的时候，我们就大错特错了。"

就拿昨天来说吧，那三个强盗是如何对待他们的？他们的每一句话、每一个举动和姿态都表现得那么自负和傲慢！而当两个骑士骑马疾驰而来的时候，面对他们，几个强盗甚至都没有做出一点反抗。要知道他们手里有武器，似乎可以自卫，但在强者、有权势的人面前他们变成了六神无主、战战兢兢的奴隶。现在，被捆绑着的他们正在等待他们应有的结局。

听着在这个地方有无限权威的救命恩人的谈话，霍伊古尔心里有了这样的定论：无论是他们，还是上到可汗和皇帝，他们的权力都不是无限的；这个世界是由地球上不受任何人控制的邪恶力量统治的；强盗国家萨拉泰的那些统治者，只不过是一个又一个的懦弱之辈……

他——一个最无用的向导——在此之前感到特别心满意足，不用往远了说，就比如，当他在耍心眼的时候轻而易举地就欺骗了阿阔尔——呼风唤雨的大将军的孙子，吃东西的时候他从碗里给自己挑的都是最好的食物，给阿阔尔留下的都是不太容易吃饱的部分。他——这个十足的傻瓜——还自认为这些时候盲人什么也看不见，他可以安心地欺骗他。而实际上呢，阿阔尔以某种不可思议的方式比他这个有正常视力的头脑简单之人感受到的要多得多、深刻得多。是啊，不管怎么说这都是个了不起的人，他的主人！

霍伊古尔看了一眼阿阔尔……阿阔尔呼吸均匀，似乎睡得很香，

变换的时轮

▲▲▲▲

虽然眼睛半闭着。但这一眼霍伊古尔还是没敢正眼看阿阔尔，只是提心吊胆地瞟了一眼，因为他已经不止一次证实了，他的主人远非看上去那么简单。很有可能他没有睡觉，什么都听见了。

"你看，天快亮了，古尔甘，已经破晓了。"

"嗯，我们俩唠得挺好……"他总结说。

"我们唠得倒是挺好，只是话题不是很愉快。这样交流之后，就感觉生活几乎已经失去了意义。以后会用一些没有必要的问题折磨自己：为了什么而活着？到底值不值得生活在这个卑鄙的世界里？……"

"有时我也这么想，但能怎么办呢？很难把生活变得更干净、更圣洁。我们能拥有的就是我们现在有的东西，我们不得不接受现有的一切。"

"你呀，亲爱的古尔甘，不管从哪个方面说都是一个强大的人。你在任何情况下举止都很得体，能控制自己，而我就不行。我经常不知所措，也暴露了自己的心理状态——比如，不自信、不同意或者不愿意。而这些明眼人一眼就能看出来。"

"好啦，你又找到让自己难过的地方了。据传说，在作风正派、国泰民安的哈拉泰，坦率和诚实才是最为人们所珍视的品德。在那里没有必要特意去装腔作势和撒谎。而这里，在萨拉泰，完全相反。不善于伪装和掩饰自己想法的人，在这里马上就会碰钉子，被社会抛弃。这里的生活要求我们变得和所有人一样，或者至少和大多数人一样……"

"是啊，这不明摆着吗，在萨拉泰你必须同流合污。"

"对啊，说对了……谁能第一时间背叛或者把财富据为己有，谁就是赢家。"

"真是够了！我越来越不想生活在这个贪婪残暴的畜生群里，尽管我在这里出生。"

"我也是，兄弟。但我们脚下的大地是宽广辽阔的，世界上的人也是多种多样的，生活的方式也不一样。我们离开这里吧，啊？"

"能到哪里去呢？"

"嗯，当然是回我们祖辈的家乡——哈拉泰，虽然他们当时是自己离开了那个地方，也各有各的原因：有的人是犯了错，被赶了出来；

有的人是自己一心奔出家门，要去挣钱。尽管我们会很难适应他们的规则，但我们会努力去遵守，我希望我们能忍受住，能做到……我们怎么了，我们不也是人吗？"

"那太好了，古尔甘！有你在身边，我什么都能承受。没有你我就会动摇的……关键是——我们一起来坚持。"

"好了，已经天亮了，我们准备一下吧。还需要给朝圣者们好好准备些路上的东西，然后再决定如何处理这些卑鄙的家伙。"

"我们好像昨天已经定下来了……但是，我们好好教训他们一顿……然后放了他们吧，也许他们会悔悟的？毕竟是人啊。"萨尔巴勒有些犹豫了。

"不行。这样的人不能放走。"古尔甘坚定地回答，"你知道为什么吗？"

"为什么？"

"不能再滋生祸患，必须铲除祸根。如果现在我们心软把他们放了，那就会给以后一个又一个无助的旅行者带来更大的麻烦。"

"是的，看来你是对的。我同意，那就该怎么办还怎么办吧，"萨尔巴勒对自己的朋友回答说，"我都已经想好该怎么做了。"

6. 阳光明媚的早晨

当朝圣者们醒来时，周围空无一人。霍伊古尔四下张望，因为感到有些意外，他吹了一声口哨：听到哨声古尔甘从陡峭的河岸边走下来，手里拿着一只巨大的鸟，是只松鸡。从猎人脸上的笑容可以看出来，他相当满意。

"你们看，原始森林的主人——巴艾·拜安奈神——送你们一份豪华的早餐！这对你们来说是好兆头，神会帮助你们，尽管有时会遭遇困难，但一切都会顺利、如愿以偿的。"

"古尔甘叔叔！我可以拿一下它吗？"阿阔尔很腼腆地问。

"当然，亲爱的，拿着！"古尔甘开心地笑着，把那只鸟递给了他。

"喔，他还有体温呢！"阿阔尔喊道，敏感的手指仔细地抚摸着松

变换的时轮

鸡的羽毛，然后把它抱紧，"他可真大啊，真漂亮！"

"从猎物的等级上来说，一般都会认为，打到松鸡相当于捕到最大型的野兽：麋鹿，或者，甚至是熊。"古尔甘满心欢喜，"现在我要请你们吃一顿皇家大餐！"说完他自己也笑了。"可怜的皇帝们，我敢说，他们中很少有人能尝到这样的野味！……"

古尔甘亲自动手，他先拔掉松鸡的毛，开膛去除内脏，然后把它放到锅里煮。煮熟的肉摊开放在竹席子上：

"谁会想到，给诚实的、有崇高思想境界的人效劳竟然这样快乐！这是你们暂时还无法理解的，因为你们没服侍过那些卑鄙的恶棍。"

这时，眉头紧锁的萨尔巴勒走过来，一声不响地坐到了一旁，他和古尔甘简短地说了些什么。霍伊古尔马上猜到了他去了什么地方，去做什么了，但是他不露声色，偷偷地观察着萨尔巴勒。

"这是谁？"阿阔尔问。

"这是我们的另一个救命恩人，"霍伊古尔回答他，并从他平静又毫无变化的表情中霍伊古尔意识到，夜里的谈话他并没有听到。

当看到两个青年人饱餐了一顿，开始收拾东西，准备赶路的时候，古尔甘十分满意，他说：

"我告诉你们该怎么走，给你们指一条路。大约到正午的时候，你们的右边会出现一个乍一看不太明显的狭窄的浅谷，你们就沿着它继续前行。我们这些凡夫俗子是不可以走那条路的。"

"那又是为什么？"阿阔尔低声问道，"对禁行的山口你听说到了什么吗？"

"我们听过很多说法，对那些各种不可思议的恐怖传闻说什么的都有。敢走这个山口通道的都是少有的好汉……"

"这些勇敢的人都是些什么人？他们为什么要闯入那里呢？难道他们是朝圣者？"

"不是，我们以前从来没有在这里见过朝圣者，只是听说过他们的种种传说，而那些敢于闯入那里的人都是些普通的淘金者。不知为什么他们就是坚信，如果道路是禁行的，那就意味着那里有堆积如山的黄金。事实上，对那里的情况无人知晓，因为去了那里的人从来没

— 308 —

有活着回来的。"

"太离奇了！"阿阔尔高声说，接着马上问："天上传来的是什么声音？"

不错，乌鸦在高空中盘旋；再高一点的空中，老鹰悬停在空中几乎一动不动；巨大的秃鹫滑翔着，给人不祥的预感。

"乌鸦。"霍伊古尔说。

"还有其他的叫声。"

"还有老鹰，"引路人没提秃鹫，"它们一定是在寻找猎物……"为了马上转移话题，他接着问古尔甘："那淘金者到底会发生什么事？"

"我对此一无所知。但如果去了那里的人没有一个能回来，谁能说明白是怎么回事呢？可能是在那里遇难了。人们都说，不能到那里去，神灵也不会让凡人进入的，看来这些说法是有道理的。在那里，据传，不仅有陡峭的悬崖挡住道路，而且还有一个接着一个难以通行的山隘要征服，一共七个或是九个……"

"那我们怎么办？"霍伊古尔听到如此骇人听闻的消息后吓得直哆嗦，"那我们怎么能走过去呢？也许有什么绕行的路？"

"没有别的路！从各方面来看，我们走的路是正确的。"阿阔尔坚定地说，这句话他说得如此信心十足，就好像他曾经来过这里，现在正在渐渐认出这些地方一样。

"嗯，如果你对路线的选择深信不疑，那么——就向前走吧。"古尔甘边说边钦佩地打量着盲人，"我可以送你们一段路吗？我还从来没有机会给朝圣者当向导呢……"

"嗯，如果你愿意的话……"

古尔甘赶忙把朝圣者的口袋系在马鞍上，牵着马向前走去，并说：

"你们前面的路漫长而艰险，还有很多时间需要备东西的。我们会给你们足够的风干肉和熏肉来代替你们的那些鱼干，萨尔巴勒现在就快把肉干送来了，他能追上我们。"

"但是想到那些山隘我还是心里没底，"霍伊古尔在旁边走着，信心不足地说，"我们怎么能征服这些艰难险阻？"

"没关系的……最重要的是——信念，"阿阔尔坚定地说，"担心

变换的时轮
~~~~

和疑惑只能动摇人的意志，信念能坚定人的意志——我们的祖先就是这么说的。在至高无上的神的护佑下，我们一定会到达的。"

"说得非常对！"古尔甘鼓励道，在一条隐约可见的石头小道上他尽力走得更平稳些，"应该相信自己，有了自信，剩下的就好办了。我已经验证好多次了，即使在完全走投无路的情况下，只要坚持所选择的方向，总会绝处逢生的。"

"是的，不能失去信念，"年轻的主人坚定地对引路人说，"只有信念才会带领我们走向真正的目标。"

"唉，我多么想和你们一起去，到那里祈祷啊！"古尔甘声音中带着激动，有些不好意思，又很真诚地说。"但是，我不仅觉得，而且我也明白，嗨，我不能和你们一起去……我的罪孽太深了，没有资格去。但我希望……我求你们：如果可能的话，在那里为我，一个十恶不赦的罪人，祷告祷告吧……"

"当然，我们会为你祈祷的，"出于礼节，霍伊古尔机械地回答说，因为此刻他心中的情感非常复杂。一方面，他自己的罪恶已经够多了，还不知道神灵是否会放他通过，让他走到圣地，这里只能寄希望于失明的主人为自己作担保。所以，在最近几日的行路中，他开始受到良心的谴责，备受折磨："为什么?！为什么我造了这么多孽呢？我就是个耍小聪明的伪君子，虚伪、倒霉的胆小鬼！这么做常常也只是因为自己性格的问题，是性格上的缺陷，就这么简单，并没有任何特别的意图和计谋……这样做的结果又得到了什么呢？"但另一方面，当古尔甘坦白说自己有滔天罪行，并因此不能前往圣地时，不知何故，他的自尊心得到了很大满足，因而又感到很开心。说这句话的时候，他是个坚定的、看上去完全自信的人，与他本人——这个懦弱的男孩儿——判若两人……可是，他——霍伊古尔，不管怎么说，还是向那里进发了，虽然满心恐惧。但是，引路人马上对自己提出了要求：现在可不是你扬眉吐气的时候，而是要痛哭流涕地忏悔的时候，要向上天乞求饶恕你的罪过，虽然并不是滔天大罪，只是一些令人讨厌的小毛病……古尔甘到底有什么罪过不得而知，但他觉得自己是不可能去圣地的。而他，霍伊古尔，还是可以去的，而且是领着一个——可以说是圣人，去那里。没有他，你又是谁，算什么呢？……

7. 通往山上的路

古尔甘把朝圣者一直送到了山谷的谷口，才与他们道别。从这里再往前很明显是蜿蜒上行的路。引路人一次又一次地回头张望：他们的保护人一直站在那里，目送着他们远去。直到他的身影隐藏在另一个转弯处之后，引路人才不再回首张望。

这个山谷其实足够宽，所以他们可以并排走。谷底布满了大小一样的硅石，非常平坦，就像有人特意铺砌的一样。如果傍晚能坚持走到下一条小溪或山泉，他们就留下来过夜，每天都是如此。经过几天的跋涉，一个隘口出现在他们的眼前。四面都是巨大的山峰，山峦重重叠叠。前方，昆仑山一座座白雪皑皑的山峰直入云霄，它们的雄伟令人生畏，也使人心情压抑。也不知道阿阔尔是否会有这样的感受，但是，引路人已经被恐惧包围，面对着巍巍的山脉他已经准备好马上转身，原路返回……是的，如果不是知道抢劫了他们的强盗的最终命运，如果不是害怕碰到古尔甘和他的伙伴的话，他会的。

现在，他们已经不只需要向前行走了，不时还要相互扶持着攀登山崖。阿阔尔虽然看不见周围的一切，但奇怪的是，他能及时指出最合适的前行方向，以便避过遇到的阻碍。尽管这样，恰是霍伊古尔，而不是盲人，已经几次跌落，摔得很重。

这样，又走了五天的路，这段路已经让他感觉难以忍受了，但这只不过是因为他还想象不到再往后会遇到什么样的困难。

随着山脉越来越险峻，这一点就变得更加显而易见了。他们只能使用一条竹磴的轻巧绳梯爬行，这是强盗首领临别前送给他们的。引路人一开始拒绝了："多余的负担，还不如拿吃的呢……"，但主人吩咐他带上，结果证明是对的。

一天大概能走两三里路就很费劲了。一天晚上，在休息地霍伊古尔望着笼罩在一层薄雾中的朦胧的东方，忧郁地想："这大概只是一条单程路。即使已经如此费力，也未必能通过这条路，更何况还要返

变换的时轮

回呢。"

让他觉得特别可怕的是头顶只露一小片天空的深深的石峡谷，或者是万丈深渊边缘类似于小径的通道。他这短暂的一生都在草原上度过，草原上的沟壑——即便是开玩笑——都不能拿来和这些可怕的深渊相提并论，这几天他们已经侥幸通过了深渊的边缘。有一次，霍伊古尔不由自主地眯起了眼睛，并开始羡慕阿阔尔，因为他看不到这些可怕的景象，也许正因如此他才一直那么泰然自若、沉着冷静，从不让自己的情绪失控。

引路人像来自下层社会的所有男孩儿一样，从幼年起就习惯了熟练地从事繁重的体力劳动：背劈柴、捡粪块儿，为家里挑水。而那个可怜的大将军的孙子，由于双目失明，只好整天待在温暖的室内，要不就是在孩子们的游戏中跑来跑去，打打闹闹。但当你看到他用手摸索着寻找支撑点，灵巧地攀爬在陡峭的山崖上，而且你会感觉他几乎从未疲倦，这些无不令人惊异。有一次，他先向上爬，霍伊古尔在需要的时候让他踩在自己的肩膀上，给他支撑。不料，阿阔尔突然滑落，仰卧着，身子几乎悬在空中，下面就是万丈深渊，往下看一眼都让人心惊肉跳。霍伊古尔吓到尖叫，在陡峭的悬崖上他爬到了更高一点的地方，简直让人难以置信，就这样伸手拽住了阿阔尔的手，奇迹般地把他拉了上来。

然后，两人躺在光秃秃的石头上，想努力平复一下心情，冷静下来，回想回想细节，他们是怎么理智地想出办法，躲避了这次本该遭遇死亡的危险。阿阔尔感觉，当引路人把他拉上来的时候，下面好像有人支撑着他的脚，尽管那里肯定什么都没有，更不可能有任何人。然而，霍伊古尔在这里清楚地记得，在关键的时刻，他感觉到，似乎有一种不可思议的力量突然从他的右手中迸发出来……帮助了他，又马上就消失了。不过这一切只是他们的猜想和感觉，仅此而已，于是他们只是轻松而疲惫地笑了。

8. 恐惧

那时候，暮色已经降临了。

两个行路人合力把绑着行囊的梯子拽了上来，决定就地过夜，只简单地吃了几块儿熏肉。很快夕阳的最后一缕光亮也消失了，头顶就是近在咫尺的夜空，甚至感觉悬挂在天边的星星就在他们的身下。霍伊古尔觉得他们已经到了世界之巅，但没有开口说出来，因为阿阔尔像是马上就睡着了。引路人还是没有弄明白，他半闭着眼睛，到底是否在睡觉，根据呼吸也无法确定，因为他的呼吸跟清醒时一样均匀。

而霍伊古尔因为刚刚经历了那可怕的一幕，始终无法抑制由此而产生的紧张情绪，各种念头涌上心头，一个比一个沉重。但在经历了如此奇迹般的营救后，他有了一种更加不安的感觉，那就是这里并不仅仅是他们两个人……他们的身边显然有隐身的人存在，似乎还不止一个。因为这种感觉心情怎么也不能平复下来——相反，莫名其妙的恐惧感又席卷而来，超出了他的控制范围，而且越来越强烈。很快他就被恐惧感完全包围了，他甚至想一跃而起，立即跑掉。但往哪里跑呢？周围不仅笼罩着黑暗，头上是直视灵魂的星星，而且脚下还有深不见底的深渊——可怕的深渊已经刻在他记忆的深处。如果是在草原上，那他早就在某个地方躲起来了，哪怕只是把头埋在草堆里，藏到树下或躲进山沟，或者用一块皮革或布把自己遮住，伴着蟋蟀的唧唧声或夜鸟的叫声入睡。而这里这些都没有，根本不存在。在这里，黑暗将整个身体紧紧压在了冰冷的岩石上，而且还会有一种新的感觉，那就是自己的渺小、无助和身体的不适。

夜越来越深，寒气也越发逼人，而他也因为恐惧而哆嗦得更加厉害。恐惧要比他强大得多，比他的意志力更有威力，而他本就算不上意志力强大的人。一个念头取代了所有其他的思虑，萦绕在脑海里，挥之不去："完了，现在我们确定完蛋了，没有活路了……这些讨厌的大山的山神不想让我们闯入，是的，他们就在周围，他们会把我们带入死亡的深渊。他们只是向我们发出了警告——对，这是最后一

变换的时轮

次。"他回忆着，已经有多少次类似的情况，这样的警告不知已经发出了多少次——命悬一线，与死神擦肩而过，而两个愚蠢的人却一直没有领会。但是，不可能永远再这样继续下去，山神已经失去了所有的耐心，今天发出了最后的警告，只有一条出路——那就是逃离！……这样的想法每分每秒都在他身上变得越来越坚定。必须逃离这里，如果阿阔尔不愿意和他一起返回的话，就算是他自己，那他也要逃生，能去哪里呢？只能返回！前进——前面是完全的未知数、可怕的山神，还有死亡。应该往回走，那里是熟悉和走过的路线，只有返回才有可能得救！……

他万万没有想到，远远望去无比美丽的、笼罩着一层蓝色薄雾的山峦，亲密接触后才知道，原来它们如此凶险、荒凉、死气沉沉。这里甚至连灌木都不生长，只有光秃秃的石头和峭壁凸出的崖石互相依靠支撑着——看不见任何生灵，甚至连鸟儿也很少飞过。

对，必须从这里跑出去，必须逃生。一切都见鬼去吧！这里什么也没有，什么也找不到——没有圣地，没有神灵，等待你的只有死亡，每迈出一步死神都与你相伴……

而山下有那么多各种各样的生命，那么广阔的空间……在那里总能找到栖身之处，可以躲藏在熟悉的生机盎然的绿荫丛中；在那里，你会吃饱喝足。在家乡部落的聚居地，谁也不会截住你，对你实施抢劫或把你杀掉。此时此刻，他多么希望自己能多过一天自由自在的生活，再多看一眼草原，看看故乡的自然风光，在那里——无论发生什么他都愿意，哪怕仅仅回到家中一个时辰也好……

"立即逃跑……逃跑……只能逃跑……"霍伊古尔像念咒语一样自言自语着。

但是突然间像是有人在上面对他耳语了什么，让他产生了有愧于阿阔尔的想法，刚刚惊慌失措的、被禁锢在思想怪圈里的他喋喋不休地"念着咒语"，此刻就像急刹车一样，一下子清醒过来："身边这个人怎么办？如果没有我，他马上就会完蛋的……只要遇到深渊，他就会掉下去，走不上几步，他就会迷失方向……如果阿阔尔死了，那他这个引路人，即使活着回到山下，也别想保全性命了。无论他躲到哪里，图拉尔大将军和更可怕的阿贝尔千夫长将派出无数的密探，挖地三尺都会找到他。但这是后话了，在这之前，设法活下来也并不是件易事。"是的，在那里——在山下，他还得想方设法悄悄地从古尔甘和萨尔巴勒眼皮底下溜走，而他们也未必能骗得过去。他们马上就会明白，他扔下了盲人，他们会像收拾那三个人一样来对待他，把他从悬崖上扔下……引路人惊愕地想象着，巨大的秃鹫用它们弯曲的喙将他的尸体撕成碎片……对了，还有一个自封的"老师"在等着他，以及那无边无际的沙漠。

不，他的处境完全是绝境。想跑，但是无处可逃。哪里都没有生路，不管走到哪里——前进，还是后退……这样的绝境比任何预期的危险和死亡的威胁更加使人压抑。当你根本没有任何选择的时候，这是多么难以忍受啊。更确切地说，他这个孤家寡人——只能向前走，在遥远的地方还勉强有一线希望：奇迹般地到达目的地，然后再奇迹般地回到家……

9. 渡河

期盼已久的晨曦徐徐拉开了帷幕，也驱散了黑夜的梦魇。

阿阔尔醒了，揉了揉僵硬的后背和脖子，活动活动头，像是在环顾远处起伏的青色群山。引路人解开袋子，从柔软的牛皮袋子里拿出了奶疙瘩，每人两块，这是他们的全部早餐。他已经饥肠辘辘，很享受地在嘴里嚼着坚硬的奶疙瘩，这使他立刻想起了自己的家和家里的舒适环境。他回头望了一眼走过的地方，那里是他们翻越的重重叠叠、连绵不断的山峰，他现在都无法向自己解释他们是如何翻越了这些高大险峻的群山，无法相信他们能够做到这些……现在，在早晨清醒的意识中，想想经历的重重困难，夜里逃跑的念头终于被抛在了脑后。霍伊古尔心情沉重，但又如释重负地叹了一口气：不能再纠结了……朝圣不是由他决定的，但是必须由他来完成。而且更重要的是——回去的路一点也不比朝圣的去路轻松，现在只能向前看，不能害怕，这样你才会明白，前面也是一样的群山和山隘，别无二样。因此，必须

变换的时轮
∧∧∧∧

接受现实，坚定地向前进发。

小伙子们习惯性地把东西收起来，捆扎好，使之便于携带，然后继续赶路了。就连霍伊古尔自己都已经想不通了，他昨天夜里怎么会那么失魂落魄，完全是一场噩梦。

他们离开宿营地还没有走出两里地，眼前又出现了一个新的障碍——一条河道出现在眼前，在下面很远的地方能听到水流奔腾呼啸的声音，流向陡直的山崖的下面。当引路人发现右手边不远处有一根倒下的圆木时，他兴奋极了，不知它是怎么落到这里的，正好横在河道中间，一头连着对岸……这说明，有人来过这里?! 这使他十分振奋，尽管渡河还是困难重重。

被大山磨炼过的霍伊古尔懂得了不能心急，他开始为渡河做着精心准备。他先把行李用绳子扎紧，把绳子的另一端系在一块巨大的石头上，然后把它扔到了对岸。

"一半已经完成了，"他大声说。

先跟阿阔尔说明了情况，又在他的胸前系上了绳子，然后让他坐到一块巨石的后面。他自己把绳子的另一端缠到胸前，小心谨慎地，但又信心十足地走到了树干上。之前他更担心的是树可能会折断，那他就会跌落，挂在绳子上，悬在山间河流的上方。如果他自己踩空并掉下去，那绳子会起到救助的作用的。就这样他说服了自己，坚信不可能失败，最终安全渡过了河。之后，阿阔尔也走过去了，和往常一样——非常自信，甚至感觉他一点也不紧张。

听到下面水流哗哗的声音就想到已经口渴至极了，但是他们现在在哪里，水又在哪里呢……他们忍受着口渴已经三天了，把储备的最后一点水一人分一小口喝掉了，寄希望于能找到从雪峰上流下来的小溪。每一个洼地霍伊古尔都要看一眼，但却是徒劳。

朝圣者们沿着狭窄河谷缓步下行，小心翼翼地选择道路，生怕遇到意想不到的障碍和危险。但是腾格里神发了善心——他们开始见到矮小的灌木了，一会儿这里一棵，一会儿那里一棵。随后又看到了他们完全没见过的植物，这让他们燃起了找到水源的希望。很快霍伊古尔就在山岩的一个小凹槽处发现了最纯净的水。他用桦树皮小桶舀取了一些，先拿给了阿阔尔。

"多么甘甜的水啊！"阿阔尔激动地叫道，喝了接近一半，然后把小桶递给了引路人。

"不，不，都喝了吧，那里还有呢。"霍伊古尔在旅途中几乎第一次撒了这么高尚的谎。这个小凹槽并不大，里面只够他再喝一口的，他又吸了吸潮湿的苔藓。但是在那一刻，他却有了一种奇怪的、崇高的感受。是的，做一件好事，做一件高尚的事，这是令人愉快和振奋的感觉，更重要的是——他并没指望得到赞扬，因为没有人看到这些。原来，做好事得到的感受在此之前对他来说是没有体验过的、陌生的感觉，那是一种无以言表的感受，它使人热情高涨，给人力量。尽管前一夜他体会了各种复杂的心境和噩梦般的感受，但他现在却充满了朝气蓬勃的精神和力量。

就在这时，地形发生了明显变化。在他们面前出现了一个缓坡的平坦空间，上面满是巨大的圆形石头，它们像是被强大的水流从山顶上冲下来的，在水流从这里消失前，它们被水流不断地冲刷而变得光滑、平整。偶尔有些地方会耸立矮小的礁石岩峰，但在它们中间穿过并不算难。

这些起初看似方便行走的圆石，实际上在上面行走起来非常困难。阿阔尔需要不时地搀扶着才能走，他的脚打滑，而他却老想自己支撑着走，努力不跌倒。因此，他们的前进速度又降了下来，一天走的路不超过两三里。但是好在在石头之间常常能找到水，于是两人开始大胆地吃鱼干儿。如果没有水，鱼干儿是坚决不能吃的，否则口渴会使人发疯的。

很快，他们就感受到了海拔的影响，有了高原反应，这也是古尔甘曾提示过他们的。每挪动一步都很困难，走一段路程后就需要用很长时间来恢复呼吸。感觉空气变得稀薄了，他们经常张大嘴巴贪婪地大口大口吸着空气，但氧气明显还是不足，无论怎么吸还是觉得缺氧。

变换的时轮

10. 夜宿小溪边

在四天的艰难跋涉中，只前进了一点点。但有一天，霍伊古尔看到前面有一个高高的山口。他看了很久，虽然从远处看不太清楚什么。

山口越近，小径越陡，大块的岩石就越少。"石头河"已经被抛在了身后，所以走起来容易多了，尽管坡面是上行的。

他们这一次又很幸运，看到了岩石间流淌的小溪流，从上面的某个地方顺着石缝流下来，他们没有多想，决定在下一次艰难的攀登之前，终于可以在水边休息一下了。朝圣者们一天比一天更有经验，现在前方的未知已经不能吓倒他们了，而是让他们为即将到来的困难做好准备，积蓄力量。没有人能提示他们，前面等待他们的是什么：会不会再有水，能不能找到什么食物。

霍伊古尔用沿途捡来的树枝点燃了篝火，用肉干和米粒煮了些粥。最近几天他们第一次吃到了热乎的食物，吃得饱饱的，然后倒头就睡。

早晨不知不觉到来了。完全恢复体力是不可能的，但两个行路人并没指望一夜之间就能完全恢复元气。把昨天的粥又热了热，剩的粥并不多了，在上路前他们只是简单对付了一口。霍伊古尔昨天就已经做好了决定，他要尽量能走多远就走多远，不往后看，也不向前看，免得眼睛看到障碍再增添恐惧。就这样他拽着阿阔尔手杖的另一端走着，只往脚下看。他害怕这座山口，虽然他们已经翻越了很多山口，但这座很特别，有什么特别——他也说不清楚，连看它一眼的决心都没有。他整个身心都感觉到：在那里，在这个关口的后面，有什么模糊不清的、不祥的东西在等着他们……虽然还不知道他们是否有足够的力量征服它。对前路的一无所知似乎让他暂时不去想这可怕的东西，莫名其妙地反倒使他很平静……该咋样就咋样吧！

他们勉强迈动步子，两人都气喘吁吁。稀薄的空气使他们透不过气来，氧气根本不够用，但坚韧不拔的精神在他们身上丝毫没有减弱。在偶尔碰到的平坦路段上，他们肩并肩走着，他们的呼吸特别急促。在险峻的陡坡上，霍伊古尔把手杖抓得更紧了，尽管力气越来越小。

在徒步朝圣开始的时候，引路人给阿阔尔的帮助明显更多一些，佢后来他的体力逐渐下降，就连他自己也越来越多地依靠这根盲杖，特别是在险峻和危险的地方。以前霍伊古尔有足够的精力详细介绍路况：清晰准确地说明他们遇到的难关是什么，或者路上的石头是什么形状和大小的。但高海拔消耗了他最后的力气，使他无法再说话。他还觉得，阿阔尔已经掌握了窍门，他可以通过盲杖去感知遇到的障碍。现在的情况，反倒是阿阔尔给自己的引路人提出建议，怎样才能更轻松地战胜一个又一个障碍，有时真搞不懂，他们俩是谁在引领着谁。

他们不时地停下脚步，喘几口气，累得摇摇晃晃。最大的问题是，因为空气稀薄他们呼吸困难。霍伊古尔向前行走得越来越吃力，不久，他体力透支，疲惫不堪地瘫倒在一块被太阳晒得滚烫的大石头上。

"先休息休息吧，我们慢慢往前走，"阿阔尔说，"不能这样使自己筋疲力尽。这样体力消耗太大，没有什么好处。"

"为什么啊？我们这样不是能多走一段吗？……"

"不，最好还是慢点走吧，不能急，这样更有把握、更安全一些。当你走得快的时候，你会更累，而且在疲劳的时候很容易跌倒、碰伤。我们绝不能受伤，特别是你！"

"是的，如果脚出了问题，那我们就完蛋了……"

霍伊古尔忧郁地叹了口气，想象着自己的尸骨随意地散落在石头之间。很多年以后，又有一个疯狂的朝圣者看到他们，会不寒而栗……但是，很可能没有人会到这里来，谁又会爬到这么高、这么荒凉的地方呢？这样的傻瓜出现需要等很久，到那个时候，甚至连尸骨都不会留下，因为那些巨大的、可怕的秃鹫不知道会把它们叼到什么地方去……

非常不愉快的念头，但对于他们现在的处境来说，又是非常恰当的，这就是他看向远处苍白的山口瑟瑟发抖的原因。力气快用完了，很快双脚就会走不动了，应该尽快离开这个阴郁的地方。这里连可以润润喉咙的水都没有，空气越来越稀薄，呼吸也越来越困难。找到水的希望不大，这里的水在灼人的烈日下蒸发得很快。雨在这里好像根本就不下，云层停留在下面很低的地方，而他们已经爬得那么高。空

— 319 —

变换的时轮

气，他从来没有考虑过的空气，正是在平原上根本不显眼的空气——在这里似乎是存在的，但不知为什么会变得这么稀薄，他们怎么也吸不够。每一个动作在这里都很困难，全身无力，什么也不想做。愿望只有一个——躺着永远不起来。但周围那些透过衣服都能感觉得到的炙热的石头，散发着难忍的热气，半天也躺不下去。突然霍伊古尔想到自己现在的境况，苦笑了一下，想起了烤鱼的情景……对，如果你躺下不起来，你在这里会被晒干，像那些鱼一样被烤干。

他甚至疲劳到了前所未有的程度，这是之前没有体验过的感觉。他又开始四处张望，寻找哪怕一小块土地。一路上他们已经很久没有看到大地的样子了——清晨里松软的、充满生机的土地，上面长满青草、在晨光中闪着露珠的土地。这样的土地已经在山下很远很远的地方了，而在哪里——现在也说不清楚了。要是能在开满鲜花的田野里走一走，在长满各种花花草草的草地上打打滚，尽情地呼吸一下泥土的芬芳该多好啊！这些在以前他们从未当回事，从未珍惜过。他还幻想着在小溪边俯下身喝着溪水……把脸埋在水里，不闭上眼睛，看着水底的小石子和摇曳的水草，尽情地喝着！……这该是多么幸福啊！他们以前并不明白这就是幸福。可能此时此刻生活在山下的人，生活在山谷里、草原上的人，他们是生活在神创造的富饶的土地上——他们中没有人懂得，也没有人珍惜这份简单的幸福。这是大自然赋予我们的生存的机会：可以自由呼吸，全身心地呼吸，喝上干净凉爽的、永远流向远方的活水。水清澈得不仅可以映照天空，而且也映照出他——霍伊古尔——生活的天堂般的世界。在这个天堂般的世界里，尽管他经历了种种磨难，吃了不少的苦头，但他有时还是很幸福，生活得无忧无虑。

难道为了理解这些最简单的东西，必须要拼命地闯入这么遥远的地方，爬到这么难以想象的高山上，像鸟儿一样从这里俯视云朵吗？

也许只有这样才能理解这些简单的生活真理——在几乎要渴死和窒息的时候，通过全身心的领悟才能明白。而为什么是"几乎"呢？死亡——就在身边……随时可能丧命。他感受到了死神的存在，它就伴随在身边，而且已经不止一天了。

11. 又一次背叛

霍伊古尔不再幻想，他摇摇晃晃地站了起来，眼冒金星，脑子里又冒出一个念头：后退！但往哪走呢？他现在清楚地知道该去哪儿了——去可以自由呼吸的地方；去哪怕有几滴水、可以用来浸润干裂的嘴唇的地方。

阿阔尔不安地四下张望，好像感觉到附近有什么东西，他也站了起来……把他的盲杖递给了引路人。引路人一开始躲开了盲杖，但立即用双手抓住它，把它拉了出来并使劲扔到了前面很远的地方……是的，好像他和阿阔尔要竞相飞奔去捡这根手杖一样。但他自己突然开始向相反方向跑去。更确切地说，他只是觉得自己在跑，而实际上，他几乎是匍匐着"跑"，脸不时地碰在石头上，但他不能，也不想停下来。甚至当他的双手不能再抓东西的时候，他用尽最后的力气，一会儿用一条腿，一会儿用另一条腿支撑着往前继续爬行。

"停下来，你去哪儿？霍伊古尔，回来……"阿阔尔没有喊叫，而是轻轻地叫着他。"只剩一点点了，几乎没有多远了……我还得……我理解，我不怪你，但是，回来吧。你很难，但有什么办法呢，这个山口我们会很快翻越过去的，再坚持坚持。你自己都不会相信，我们将进入另一个世界，天堂般的世界。那里离我们的目的地就已经近在咫尺了……"

霍伊古尔不明白，他究竟是真的听到了阿阔尔的话，还是听到的话只是幻觉，大脑中嗡嗡作响，一片混乱。同样他也说不清楚，他在石头上往下坡的方向爬了多久，因为他很快就失去了意识。

当引路人苏醒过来时，他还是神志模糊的状态，很久也没弄明白自己是在哪里。眼前一片漆黑，连天上的星星都看不见。但让他更害怕的是另一件事——他失去了记忆：他是谁，从哪里来，现在在哪儿，为什么来到这里？只有一件事是清楚的——他清醒过来了，被寒冷冻僵了。他试图站起来走，但如何在这样的黑暗中知道哪一边是正确的方向……

变换的时轮

~~~~

记忆碎片式的找回了：他看到了扔掉盲杖的自己沿着斜坡往回去的方向爬。他不知道离开阿阔尔后是否爬出去了很远，但是，想必并没有爬出去多远。

霍伊古尔这时才明白，他又犯了不可饶恕的罪：他再一次背叛了。而这一次，他的行为可能已经是无可挽回了。

如果上次他背信弃义，把盲人丢下喂狼，那么这一次他把主人一个人丢在山间的小道上，让他等待死神的到来……为了给自己找个借口，他思考了一下，只要头脑清醒，怎么也不应该做出这样的事，但他做了，那就是说，他的头脑当时明显是混沌的，意识是不清晰的……

现在该怎么办？他的主人很可能已经死了。霍伊古尔心情沉重，但不是因为即将面临的人们对他的处分，而是因为产生了一种可怕的、不可饶恕的罪恶感。这样的苦恼原因对他来说还是第一次！这种罪恶感不是因为别人或强大的阿阔尔家族不会原谅他，而是他自己永远不会原谅自己……而用这样的代价换来的生命，他自己也不需要，这样的生命已经没有价值。但是，为什么偏偏是他遭遇了这样最不幸和糟糕的命运呢？那现在该怎么办？四周一片漆黑，伸手不见五指。他觉得自己是不是突然失明了……原来，可怜的阿阔尔一生都是在这样的黑暗中度过，无论白天还是黑夜。对他来说，从未出现过光明。现在他一个人在黑暗中的某个地方——艰难地前行或坐在那里，如果他还活着。而自己是他从几十个自告奋勇当向导的候选人中挑选出来的引路人，如今他却把主人无情地抛弃……这是多么可耻啊！

必须快点找到他，但怎么找呢？怎么能在这样的黑暗中找到一个盲人呢？

霍伊古尔立即想到，他应该根据山口的斜坡来确定方向，需要往上走。

但是在黑暗中走在石头上几乎是不可能的，只能四肢着地趴着移动。就这样他开始往上爬。很快，他就明白了，这样走不远，必须老老实实地等待天明……寒冷又让他想起了扔掉的行李，里面有一些事先准备好的衣服和帽子。没有这些衣帽，继续前行也是不可能的，必须找到它们。

突然，他听到了一旁的某个地方——感觉并不是近旁——传来了一只不知是哪种夜鸟的叫声。怎么可能……这里——这么高的地方——哪儿来的鸟呢？可能是猛禽。霍伊古尔又开始浮想联翩，这极有可能是可怕的秃鹫。他说服自己，鸟只是在暗中守候着他们这两个无助的行路人。

霍伊古尔充满了恐惧，他用自己都陌生的声音，拖长音喊了一嗓子。他已经失声了，他的喊声变成了类似嗥叫的声音……

有人或者动物含糊不清地回应了他的叫声，而且离得很近，这使他大吃一惊。但这到底是谁呢或是什么呢？也许是鸟，或者是什么野兽？还有可能……

霍伊古尔又叫了一声，开始仔细倾听。但这一次，没有人回答他，周围漆黑一片，耳边寂静无声。

"阿阔尔……阿阔尔，亲爱的阿阔尔！你在哪里？回答我！是我啊，霍伊古尔，你那没用的引路人。我辨别不清方向……"

"我在这儿……"终于他回应了，对，正是他的声音。

"在哪里？你在哪儿?!"霍伊古尔高兴地朝声音的方向奔去，很快就摸索着找到了他的盲人伙伴。他们拥抱在一起，没有克制住，两人都哭了起来。

"原谅我吧，请原谅我，我又背叛了你，抛弃了你。我不知道你会不会原谅我，但我永远不会原谅自己……我以后再也不会这样了，我发誓！我发誓……"霍伊古尔哭诉着，并尽力克制着没有恸哭，重复着这些习惯性的话语，但这是他第一次怀着火热、赤诚的心说出的心里话。

"没事，亲爱的霍伊古尔……没事，我的朋友，你能回来接我这是最重要的，所以可以说，你根本没有抛弃我。我都没来得及生你的气呢，你当时不也是因为昏厥，意识不清了吗，每个人都有可能发生这样的事……但是，你这不是回来了吗，回来了就是最重要的。你从来就没抛弃我……"

"我不知道……难道我的行为……我的罪行可以得到谅解吗？"霍伊古尔满脸泪水，惊讶地说。

— 323 —

变换的时轮

"听我说，你是我最忠实的朋友。"

"你错了……我只是个引路人，很多人都能做你的引路人。"

"不，你根本不是一个普通的引路人。你是我忠实的朋友，万里挑一！"

"是吗？而我……我刚刚背叛了你，扔下你一个人跑掉了……"

他们躺着，已经冻僵了的两人打着寒战，背对背紧紧地依靠着。

"你没有跑……你是爬到了什么地方去了，我听见了。忘掉这些吧，什么都没发生！"尽管颤抖着，但阿阔尔以主人的口吻声音洪亮、斩钉截铁地说。"我再重复一遍……这样一时糊涂的事每个人一生中都会有一两次，不能太把它放在心上。到此为止吧，一切都过去了！记住，什么也没发生过！谁都没有抛弃过任何人，也没有背叛过任何人。你只是有事离开了一阵儿，然后就回来了。不是回来了吗……是这样吧？回答我！"

"回来了……"霍伊古尔乖乖地回答。说完这些话后他突然感到了某种莫名的恐惧和胆怯——对谁的恐惧，在谁面前胆怯呢？是在这位明白一切和宽恕他的主人面前心生胆怯，或者可以说主人兼朋友？胆怯，而伴随着胆怯的还有无比的快乐……这是他以前没有体验过的。

阿阔尔沉默不语了，周围又是死一般的清冷寂静。

"多好啊！"霍伊古尔欣喜若狂地想着，"被原谅是多么幸福啊！简直不敢相信，这不是在做梦吗？听到这样的宽慰，仿佛沉甸甸的重担从肩上卸了下来。这似乎是一种绝妙的、充满无限欢乐和自由的感觉！而这在不久前还是难以想象的……"

"难道，天已经亮了？我感觉。"阿阔尔沉默了一会儿，问道。

"是的，在那面，在东北方向，已经放亮了，一道金色的晨光露了出来。你是怎么感觉到天亮的？"

"不知道……看到了吧，很多事情我自己都不知道怎么回事——举例来说吧，我对自己不熟悉的现象和事件有内在的了解和认知。这些是从哪里来的呢？"

"真想不到！你能感觉到黎明的到来，能看到它，比我这个有视力的人还知道得早。"

"我经常这样……"

"天大亮了以后，我就去找咱们的行李和你的手杖。"

"他们应该在那面，那个方向，"阿阔尔用手指了指，"而且很可能就在不远处。"

当能看清周围的地形和物体的轮廓时，霍伊古尔朝阿阔尔指的方向走去，很快就找到了两个袋子，然后又找到了盲杖。

当接过盲杖时，阿阔尔喜形于色，双手抓住它，紧紧地搂在怀中，像是抱着有生命的东西。

"太棒啦，终于找到你了，我的手杖！现在我们都集合在一起了，我们三个……"阿阔尔心花怒放，喃喃自语道，接着一边抚摸着这根仅仅是行路用的手杖，一边说着什么，"现在我们不会被打败的，一定会走到目的地。"

12. 山口

这一天还比较顺利，尽管和以前一样，走起来并不容易，但在中午前，心情愉悦的他们就已走了相当大的一段路。浑圆的石头不停地在脚下滚动，沿着斜坡轰隆隆地往下掉，有时带动起整个滚石流。霍伊古尔又想到了失明的那点儿幸福，哪怕是并不令人羡慕的幸福。滚石流如洪水般倾泻而下，掉入深渊。这样的场景哪怕见过一次，你都会明白，你完全可能被卷进这种死亡的滚石流中——这就足以使你永远不会再有进山的愿望，更不会梦想去翻山越岭了。

很快，类似于山路的小道急剧上升，再往上爬不仅比之前更困难，而且更危险，因此在白天的休息之后，他们决定改变方向，往右面走，绕过陡峭的上坡——那里有一个更平缓的斜坡。绕行的路要长得多，这是显而易见的，但爬起来却轻松不少，呼吸也不那么困难了。

这里的天气变幻莫测，这几日每到夜晚天气骤寒，从这一点就可以判断出来，特别是昨天夜里的体验，他们已经深有体会。这一天，当傍晚时分他们已经接近隘口的时候，突然狂风大作，威力无比，简直可以把人掀翻在地。好在大风及时止住了两个人的脚步，因为此时

变换的时轮

∽∽∽∽

　　夜幕刚刚降临，他们还有时间找个遮风挡雨的地方过夜。不过，他们不得不往下面退回一段路，但也在那里的一个小山崖后面找到了一个合适的角落，是不错的休息地。

　　就像晚上约定了一样，他们都在破晓时分就起来了，趁着太阳还没有唤醒沉睡的风便再次出发。而就在前一天晚上，匆匆吃过晚饭后，他们试图弄明白这可怕的大风出现的原因。后来他们想起了古尔甘告诉过他们，快到正午时，当太阳已经把岩石晒得很温暖的时候，这里的风力最大。这样的时候最好不要出现在山口，否则人很容易被大风掀到下面去。

　　山口陡峭险峻，越往前走，每迈出一步都愈加吃力。可以说盲杖搭救了两个人：霍伊古尔走在前面，阿阔尔从后面用拄着的盲杖推动着他，然后霍伊古尔在上面找到一个支撑点后，阿阔尔递过手杖，霍伊古尔再把他拉上来，就这样他们向前移动着。他们感觉爬到了最后一个山丘，爬到了期望已久的山的鞍部，满怀着马上登到山顶的希望。就在这时，他们发现身后有一个新的山丘。霍伊古尔总是不时地望望东方，担心太阳很快就会升起来，再刮起大风，如果那时他们还在路上，那他们的情况就会很糟糕。

　　不出所料，每一次胜利都比上一次艰难得多。引路人勉强爬了上去，多亏有盲杖，阿阔尔可以从后面推着他。他用尽全身最后的力气最终把自己的主人拉了上去。

　　他们并排躺着，喘息了好一会儿，暂时不需要再爬山对他们来说是一种享受，只是现在呼吸着稀薄的空气，他们再次感觉到呼吸困难。几乎同时，两人都因疲惫而没有了力气，非常虚弱，昏昏沉沉打起盹来。阿阔尔第一个醒了过来，把霍伊古尔从微睡中唤醒：

　　"哎，我的朋友，快点醒醒，你回头看看！我觉得我们好像爬到了期待已久的山鞍……"

　　听到这些话，霍伊古尔猛地坐起来，环顾四周：的确，四面都是一望无际的广阔空间，地平线紧紧地贴在远处的、现在已经在他们脚下的群山上。仔细观察后他发现，他能看到比群山更远的地方，在阳光的照耀下地表蒸发的热气在空中晃动着，变换着色彩。

"乌——拉！"因为疲惫，霍伊古尔无力地喊道，"我们登上山顶了！……"

两个年轻人情不自禁地拥抱在一起，而他们"乌——拉"的欢呼声因为回声久久地回荡在山口间。

"霍伊古尔，记住这道关口！从这里，你我将开始新的生活，开启另一种命运。"

"不，阿阔尔，我暂时还不相信……我没办法相信这个。也许前面还有更陡的山口在等待着我们。我不仅对它们已经厌烦，而且到了憎恶的程度，因为我根本就不指望这些山口会给我带来什么好运。"

"你当然是对的，亲爱的朋友，前面还有许多关口等着你和我，但像这样的山口——永远不会再有了。"

"为什么？"

"因为这个山口是我们生活的分水岭。在这个山口之前经历的一切从这一刻起将不会对我们产生任何影响。而从这里，一切都是新的开始，你我在这里好比重生。"

"但是，这怎么可能呢？我不相信这样的事情，不过我一直梦想着有这样的转折点——能改变我的一生，也能改变我自己的转折点……"

"那你为什么不高兴呢？你已经实现了自己的梦想，跨过了人生的这一道关口……微笑吧！你的梦想实现了！对，我的梦想——也实现了。和你不同的是，我不仅有梦想，我还一直对此坚信不疑，所以我提前做好了迎接这个关口的准备。"

"而我还是很难相信这一点。可能，因为我幻想着有一个幸福的结局，而常常大失所望。这一次，说实在的，更没有抱任何希望。"

"你就是缺少信心……"

"不是少，而是一点都没有。所以，我尽量对任何事都不抱希望，以免以后失望……"

"你怎么能活着没有信念呢？一切事情都需要有信念的支撑。抛弃信念——所有的一切都无法实现……"

"而我没有信念不也活着呢吗！生活着——没关系啊，我这样甚至更好，少了各种苦恼。"

"算了,我们不要争论了,好吗?生活会改正一切。"

"让它改正吧,我不反对,"引路人表示同意,站起身来,看看周围,突然惊讶地叫了一声。

13. 奇妙的山谷

就在他们闲聊的过程中,不知不觉天已经亮了,山岩上笼罩着一层薄雾。放眼望去,前面,在山鞍的那面,在单调的山石景象间出现了一幅美妙的画卷——一片谷地,那里生长着各种各样的绿色植物……

"简直不敢相信……"霍伊古尔喉咙哽咽着,声音嘶哑地说。

"什么?你看到什么了?快点说呀!"

"树木、山谷……特别特别多各式各样的树木,这还不是全部。那里还有灌木……上面——还开着花。"

"真的吗?!"

"是的,还有花!我们最后一次看到这么高的树,还是在丘约赫阿雷岛,"引路人惊愕地说。"而最后一次看到草是在许多天前的事了,但是在这么高的海拔高度树木怎么能生长呢,甚至还开花?真是难以想象……"

"但是它们就在你眼前,不是吗?"

"是啊,是啊……是我亲眼所见。但这次我连自己的眼睛都不相信了!"霍伊古尔激动地叫道,"你说,我们这是到了哪里了?可能,这就是另一个世界?"

"非常有可能。我都说过了,我们已经越过了一个非常特别的山口。它似乎把两个世界分隔开来。越过了这一隘口,即将体验的将是一个截然不同的现实世界——不为人知的、不可思议的世界。我听说过……对,好像有人跟我讲过,这里发生的事情在我们熟悉的那个世界里被认为是不可思议的……"

"那是谁告诉你的?"

"不知道是谁……也许是在梦中。我相信接下来我们还会感受更多的惊奇。"

在许多天的旅程中，这是他们第一次开始下行，每走一步都在不停地感到惊讶。最重要的是，空气变得稠密又新鲜。它充盈在整个肺部，感觉就像在平原一样，没有压迫感，不需要像岸上的鱼一样频繁地大口大口吸气。在走出几十步并吸入足够的空气后，疲惫不堪的两个行路人立刻感受到浑身充满了力量，这也就不足为奇了。就在这时，阿阔尔停下了脚步，猛地抽动了一下盲杖，盲杖的另一端是引路人：

"听到了吗？"

"什么？我什么也没听见……"

"有水流潺潺的声音……附近有水流动！"

"不可能！"霍伊古尔大声说，说着他贴在石头上仔细地听，终于听到潺潺的水流声。声音就从不远处的某个地方传来！循着声音，引路人很快就发现了这条流淌在石头间的溪流。

由于口渴难耐，引路人想立即趴在水边喝个够，可是他以让人难以置信的毅力克制了自己，不慌不忙地卸下身上的行李，拿出一个桦木小桶，盛起水，用颤抖的手把它递给了阿阔尔。

"你呢？你自己喝吧。"盲人没有同意。

"不，不，你先喝吧……你喝完我再喝，我还能忍一忍。"霍伊古尔回答说，甚至对自己的自制力都感到吃惊。

阿阔尔一口气就把桦木桶里的水喝干了，把它递给了引路人。引路人再次把小桶装满，这次他已经非常坚定地把小桶递给了盲人：

"这是泉水，太凉了。别喝得那么急。"

"太好喝了！好像有生以来从没喝过这么好喝的水。"

"我也是。"

尽情地喝足了泉水之后，他们躺到树下休息，甚至连吃东西的愿望都没有了。当朝圣者们醒来的时候太阳已经升得老高了。旁边，一只从没见过的小鸟在石头上蹦来蹦去，啾啾地叫着。这就没什么大惊小怪的了：哪里有水、茂密的植物和树木，怎么能没有鸟呢？

他们小心翼翼地继续从山鞍往下走。所有的石头几乎都是圆的，因此，有时脚下的石头就会翻滚下去，就像球一样弹跳着、相互碰撞着滚落下来，轰隆隆地摔到下面很远的地方。陡坡逐渐变得平缓。但

变换的时轮

是霍伊古尔出于谨慎的习惯，紧紧地抓着盲杖，领着主人往前走。走着走着他们的步伐已经从容不迫，几乎不再紧张，引路人又习惯性地把周围看到的一切都讲给主人听。周围的一切都是那么非同寻常，他们非常兴奋地感受着一切新鲜的事物。前面的经历都已经留在了身后，现在他们面前出现的简直是一个童话般的地方——连成一片的一潭潭湖水——湖水湛蓝，清澈见底，湖泊间通过小小的溪流相连。鱼儿在水中跳跃，无数各类的鸟在水面上盘旋。

"这简直是神仙待的仙境！没看见人啊……"霍伊古尔惊讶地说，"为什么会这样呢？"

"这里哪儿能有人呢，就连我们自己都是勉强来到这里的。"

"是的，我明白，但是……不，这样壮丽的景色没有人——感觉不是那么回事呢。"

"难道你认为没有人类，大自然和世界的所有美妙和魅力都是空洞而无意义的吗？"

"是的！你正好说出了我没能说出来的话，我就是这么想的。因为如果没有人认可，没有人欣赏，甚至没有人利用这些美景，那这些美景有什么意义呢？……"

"这么说也可以……"阿阔尔悲叹着说，"但是，也不尽然。这里没有卑鄙的行为和背叛！你回头看看，所有的丑恶都源于人……"

"但这……这太可怕了！人又是谁创造的呢？是谁创造了人类？是神啊！那就明摆着呢，是谁的过错？"

"让我们到此结束吧，很多事情我和你都不懂。什么东西用途是什么，来自哪里——并不是我们能明白的。但评判和指责——这是我们喜欢做的，我们经常是对那些自己都一窍不通的事情开始做论断。你甚至突然斥责起造物主了，这太荒唐了，说世界的不完美是他的错，而不是我们的错，各种下流可耻的事都是我们人做的。你是什么人，敢说这样的话？"

"我？我是什么人？确实……"霍伊古尔的确感到困惑，"当我愤愤不平的时候，也没往自己身上想，是该考虑的……不错，我是谁呢？我是——霍伊古尔，一个罪孽深重的小人，一个命运坎坷的人，活得马马虎虎，还说得过去吧。如果你是对的，那么像我这样的人就不应该多言多语，不该随意做出评判，也无权干涉和过问大千世界的存在规则和社会风气……"

"你为什么说自己'我是个罪人'呢？"

"你认为我是什么样的人？当然是一个罪人，甚至不是一个普通的罪人，而是一个'勤奋'的罪人，是的……一个甚至很努力、造了很多孽的罪人。"霍伊古尔垂下头低声说，像是很勉强的样子。很明显，这样的自我剖析对他来说并不容易。"在平常的日子里，我胡说八道的时候不知道有多少次，数都数不过来了……如果不再袒护自己，敢于正视一切，那么很明显我是个叛徒，是个背叛誓言的人，那不就证明我是一个可怕的人吗……"

"行了，不要忏悔了，我也见识过我们这个世界上那些罪孽深重的人是什么样子，我们哪里能达到他们的程度……而你却把你的小小的罪过无限放大了。不过这不失为一件好事，这说明你的心没有像石头一样变得坚硬冰冷，你还不允许自己背离真理。换作别人可能早就把这些抛在脑后，披上一身正义的外衣就去教训别人，实则是一头披着羊皮的狼。你说出这些话之后，可以这么说——你已经不是罪人了……是的，特别是当你回想一下，自己走过了怎样的一段旅程的时候，更可以自信满满地说这句话了。"

"怎么能这么说？我的罪过呢，它们到哪里去了？"

"我不是跟你说过吗，你就是这样粗心大意。你所有的罪过都留在了那里，已经在我们的身后，在下面的那片土地上，也就是在这个山口的那面。而在这里就可以认为你是个像婴儿一样纯洁的人。说真的，在你再次犯错误之前都是这样……"

"我也很想不犯错误，但是……"霍伊古尔吞吞吐吐地说。

"嗯，那好，我们就看以后吧。"

"但这也太不同寻常了，也太容易了吧，只是翻过了一个山口——就没有罪过了吗？"

"你这么快就忘记了，咱们是付出怎样的艰辛才跨越的这个界限。这里主要的——不是对克服所有艰难险阻的记忆，而是要明白，你是如何成功地做到这一点的，你是怎么打败身上的罪恶的。"

"不管怎么说，有些东西我还是不相信……我没做什么吧？就是走路而已，绝望地走啊，走啊……"

"你看，你这不就是缺少信心吗……"阿阔尔忧郁地叹了口气，"你知道吗，不相信自己的力量和天意会带来更多的危险，可能比你很多无伤大雅的罪过带来的危险还要多……"

14. 探访绿色山谷的居民

这是一次不同寻常的谈话，两个行路人全神贯注地一边交谈着，一边从山坡上走下来，走进了生长着各种植物的芬芳馥郁的山谷。各色的花朵竞相开放，一切都变得绚烂多彩。各种各样没有见过的果实挂满枝头，压得树枝一直垂到地面。

突然传来了人的哭声，更确切地说，是抱屈的号叫声。这突如其来的意外让朝圣者们停住了脚步——没错，这是出于人的本能的一种谨慎心理。

"谁？这是什么？难道是野兽吗？"阿阔尔神色不安地问。

就在那一瞬间，霍伊古尔看见一个有点可怕的毛茸茸的生物从高高的灌木丛中滚了出来，哭喊着冲向一边。但他马上就反应过来了，那是一个披头散发的老人。在老人的身后，一个年轻苗条的姑娘跑到了空地上。她飞快地跟在老人身后，纵步向前，两三步就追上了他，开始狠狠地用细树条抽打他……这位不幸的老人跪倒在地，含含糊糊地说着什么，前言不搭后语，看上去十分可怜，不断地请求饶恕，但是姑娘无动于衷。

当霍伊古尔三言两语地急忙把看到的讲给盲人听时，盲人只是淡淡一笑，立刻明白了什么，因而没有感到特别惊讶。而他很快明白了什么，只有他自己知道：

"唉，这些都是家务事。"

"什么家务事啊？女孩儿打一个可以做她爷爷的老人？"

"不是。我看，他是她的儿子，大概是犯了什么错误。"

"你'看见'了？怎么看到的？"

"不知道。"

"但他毕竟是个年迈的老人，而她却……"

"那又怎么样？关键不在于他，而是他的母亲，看到了吧，能保养得这么好，容颜不老。"

"但这……这不可能啊！我永远不会相信，我不明白……"

"你只需明白一点：这里什么都有可能。"

树冠下吹拂着徐徐的微风，风向变了，把声音清晰地传达到他们的耳朵里：

"没用的孩子！我要求你按时喝药多少次了！因为衰老太快你的身体就会每况愈下！"

"对不起……原谅我吧，妈妈！我不会再这样了。"老人央求道，"别打我了，很疼的。我只是躺在阴凉处，不小心睡着了，所以错过了时间……"

"我们从这家人旁边绕过去吧，他们暂时还没有发现我们。"阿阔尔说，他们朝稍左一点的方向走去，来到了一片长满各种花草的草地上。

"不，我还是不明白——我们这是到哪儿了？！这里太美啦！迷人的花朵让人眼花缭乱，散发着醉人的香气……我们在哪里？这就像在梦里一样。对，香甜的梦。而且我不能相信，我也拒绝相信我的眼睛，仿佛这一切并不是发生在我的周围，如果没有你走在我旁边的话……"

"做得对，霍伊古尔！什么都不要相信，"阿阔尔善意地嘲笑、挖苦他说，"你快要饿死了，但你不要相信这是真的；口渴难受——不要相信，那是你在做梦；到了晚上，蚊虫叮咬你，你也别信，不要顺手就抓痒；夜里一定会冻僵的，但这也不是真的，是错觉。"

前面穿过一片小树林又出现了一大片草地，草地上坐着一个中年秃头的男子。他把一些圆圆的石子从一处移到另一处。他好像玩得很专心、很入迷的样子，直到来客走到近处，站在他旁边，他才注意到他们，但是对他们的出现他一点也没觉得惊讶，好像他们只是普通的过路人：

变换的时轮

"啊，是你们……嗨，旅行者们，你们终于战胜了难以逾越的山口，爬过了陡峭的山坡？能说什么呢，只能说你们太棒了。这些山口非常险峻，不是任何人都能征服的。而你们通过了，那就是说，你们是好人……"光头男子眯起眼睛，敏锐又仔细地注视着他们中的每一个人，沉默了一会儿，"但是你们中间有一个人有罪过，虽然不是什么大罪恶，但那些毛病还是相当讨厌……"

惶恐不安的引路人很快就明白了，这个人在玩一个奇怪的游戏，或者说在做一件奇怪的事：他用五颜六色的鹅卵石在搭建高塔，这些塔几乎有一人高。他小心翼翼地挑拣着石头，试了半天，终于凭借极大的谨慎和努力，把合适的塔顶搭在了又一个完成的石头塔上。在整个这一大片草地上，目及之处已经矗立着大概几百座这样的石头塔。很多石头塔都长满了草，显然，它们在这里已经矗立很久了。不难看出——石头堆砌的塔有节奏地摇晃着，但不知为什么，这些小石子并没有散落……无论光头男子做什么：为建新塔挑选石头，还是背着手在他的建筑群中行走，他的全部注意力都集中在这些石头塔上。随后他们看出来了，他并没有忽略任何细节，如果有一个塔突然改变它的摆动节奏，那么观察之后，他会调整最上面的小石子的位置，或者换成另一个小石子放在上面。

在这样平静的气氛中坐下来的朝圣者不知怎的立刻昏昏欲睡起来，光头注意到了，关切地说：

"怎么，是不是累了？"

"是的，有点……"

"这也难怪，你们经受了这么艰难的心灵的考验……"

"你怎么知道——是对内心的考验？"

"这里的人对所有人和所有事都了如指掌，不仅仅是知道关于你们旅程的事。"

"是吗？"霍伊古尔猛地一哆嗦，用手掌搓了搓脸，"奇怪，这怎么可能——什么都知道……从哪里能知道呢！这是不可能的，除非你自己经历过这些痛苦。我简直不敢相信，我不能相信。"

"你说这些话都是因为自己愚蠢和自大，并不能代表什么。"光头遗憾地回答，摇了摇头。

"那你怎么能这么轻易地就确定我是愚蠢的呢？"

"你说了非常重要的一句话：'不能相信'，里面就包含了许多东西。因为，虽然你不相信任何事情，但你对世界秩序的理解却异常自信，你认为你准确地知道：什么是可以的，什么是不可以的；什么是可能的，什么是永远不可能的。开始的时候你不相信，这里的人可以知道你们的旅程——结果呢？告诉你，我们甚至知道你把盲杖扔了……是的，我们还知道很多细节，就连我那不懂事的弟弟都能把你们的事讲出来。"

"你们这里有许多这样的人吗，什么都知道的？"被男子的话深深刺痛的引路人因而壮着胆子问道。

"所有生活在这里的人，"秃顶男子说，"但是领悟所发生的事情的人要少得多，造物者就更少了。而万物的创造者——造物主只有一个。"

"按我的理解，您是造物者之一吗？或者不是？该问谁呢？……"

"问我一个人还不够吗？你看，一眼就能看出你是头脑迷迷糊糊的那种人……"

"是哪类人你说？"

"就是离头脑清醒还差很远的那种人。普通的人，确切地说，是得意忘形的，但并不聪明的人，还爱说假话。"

"你为什么会这么认为？"

"因为我知道，你从小就喜欢说瞎话。欺骗别人，你一定要从中占到点便宜，获得点什么好处，不是这样吗？"

"嗯，是有这样的事……是的，而且还不少，"引路人面带不悦地叹了口气，只得承认。

"你看，我对你很了解吧。可以说，我也是一个'骗子'，但更正确的说法是——善于攻心的人。说实话，而且还是最高级别的那种，很可能你永远都达不到这样的境界，也可能你根本不需要这些。当你见到造物主的时候，他们就会判断出你将来会是怎样的人。但是你个人的选择，要知道，也会被考虑在内的。"

"是吗？那就是说，也会征求我的意见吗？而不是违背我的意愿，

变换的时轮
𝓐𝓐𝓐𝓐

一切都为我安排好了，对吗？"

"哎，怎么跟你说呢……"光头思索着挠了挠头，"我劝你不要强烈表现出你的心愿，那样你完全可能把事情搞砸，最好马上接受他们的建议。"

"你这个建议很奇怪……那就是说，询问我的意见只是做做样子，而事实上，我的命运将由这些……嗯，造物主来决定？"

"可以这样表述。你呢，我看挺机灵的，领悟能力挺强……"

"这种情况我感到很不自在……到头来，如果我的命运不是我决定的，而是别人决定的，那我是什么——玩偶吗？但不管这些人是谁，我怎么就能相信他们呢？"

"你原来是这么多疑的人，"引路人的说法让光头很是意外，他边说边轻轻地吹了一声口哨，同时也在一刻都不停歇地观察和摆弄着自己的石头。"在山下你习惯了不信任任何人，自己独立生活……是这样吗？"

"当然。但是，要知道，在那里我的生活中没有什么重要的事情——全都是日常的琐事，忙忙碌碌的，哪会有什么选择？"

"别说了……你生活在一个相对高尚正派、秩序井然的匈奴人的社会环境里。你回答我一个问题——你为什么在那里总是撒谎？这我就不明白了，为什么你从小就毫无必要地故意说假话呢？当你成功地使别人相信了你的谎言时，你就高兴、幸灾乐祸，对吗？"

"但是你没有亲自到过那里……怎么能知道这一切呢？"

"你就别追问我了，你这个坏家伙……还是承认了吧——骗了别人你是不是很高兴？有没有过这样的事？"

"有没有过……嗯，是的，有过。但是你是怎么知道那么详细的呢？"

"我不仅知道这些啊。你怕是从一出生就是一个相当讨厌的男孩儿，好在你还承认了。知道吗，再往前你身上将发生重大的变化，你可能会完全变成另外一个人……诚实和信任可以改变任何一个人的面貌。你内心还有诚实的品质这是很不错的，就是对别人的信任——还做得不好。你不相信任何人，也正因为如此，我想，你大部分不愉快的事都是这个原因引起的。"

"我承认，我太缺少对别人的信任……是的，从我记事时起，我从不信任任何人，什么都不相信。"

"为什么会这样呢？"

"那是因为我来自最底层的阶层。你没有像我那样生活过——总觉得大家都鄙视你，在任何时候、任何条件下，你都不可能与其他人平起平坐，连在他人眼中稍稍增加点好感都不可能，更别说有什么突出表现了……所以我决定，如果老老实实做人我不可能取得任何成就，那我为什么不去尝试得到别人希望得到的东西……对，就是另辟蹊径。"

"就是通过说谎和欺骗……"

"那我还能怎么办？难道我还有别的出路，还有别的机会吗？那请你给我明示，我该怎么做……"

"哎哟！你原来这么不幸啊！我都要为你哭泣了。"这个新结识的朋友略带挖苦和嘲弄的语气高声说，"那么说来，就该让你撒谎喽？那你就欺骗大家吧，他们会相信的！以前人们相信你的时候，你屡屡得逞，后来大家不再信任你了。但是我现在马上可以告诉你，不要企图欺骗我，我可是能看穿你的，你可真是个大滑头。你那些不幸的事都是自己想出来的，而你的母亲——一个脾气相当古怪的女人，你对这个世界的认识本是错误的，而她却让你对错误的认识深信是正确的，是非不分，铸成大错，可怜而不幸的女人……她才是最该同情的人，但不是你——你是自己想做蠢事的混账，欺骗、耍滑头都是受到你内心的驱使。你这个缺心眼儿的人，看来是很喜欢骗人。当你得手的时候，你就会感到无限的快乐……"

"我承认，您说得都对……"引路人深深地叹了口气，对这个无所不知的奇怪的对话者感到十分震惊，"有过这样的事，把别人欺骗了的时候，确实感到了这种罪恶带来的快乐。"

"嗯，能够承认，还不错，没让人失望。"

"怎么，我……我还能改邪归正吗？"霍伊古尔垂下眼睛轻轻地说。

"生活的路还很漫长，要看得更远……如果你有改过的愿望的话，你不仅能改正错误，还能提升到很多人无法企及的高度。你只要对善良和正义的力量充满信心，放弃谎言，你就可以成为一个大人物，"光头的眼中已经充满了善意，亲切地看着他，"如果你愿意相信的话。"

"我的主人呢？"引路人一下子想起了阿阔尔，他四下看看，看见了主人躺在不远处的草丛里睡着了。"对了，请帮忙给我的主人安排一个地方过夜吧。说实话，我也想打会儿盹，因为我们太累了。还……还有啊，这里的一切都是那么不同寻常，有那么多神奇的景观和奇闻逸事。"

"哪里，哪里！"光头坚决地反对说，"再坚持一会儿吧，我妈妈很快就会来了。她为你们担心得不得了，已经为迎接你们做了一个星期的准备，备好了各种美味佳肴！我请求你们，不要让她伤心，庄重地接受她的款待，好吗？"

"好的，好的，这是当然了。我们会等待的，多长时间都行……"

"她现在马上就过来了。是我的弟弟，那个不懂事的弟弟，又犯了错误，干了什么事，这不她正在教训他呢……对啊，你们刚才看见他们了。你跟他比起来，可以说是智者了。"

"请原谅，该怎么称呼你呢？你肯定知道我的名字吧……"

"关于这一点吗，你记住：这里不习惯用名字来称呼，也不要问任何人叫什么名字。"

15. 两位老人的年轻母亲

在等待母亲的过程中，光头继续挑拣石头并摞放在石头塔的尖部，而霍伊古尔坐在地面的石头上，全身心放松的他不知不觉地打起盹来，进入浅睡状态。如果他的肚子不是被饿得咕噜噜直响，不是企盼着许诺他们的丰盛的大餐，他一定会沉沉地睡去。引路人在半睡半醒间昏昏沉沉地想的都是食物："他们怎么能知道我们最终会走到这里，怎么就知道我不会跑掉呢？要宴请我们吃什么，需要准备这么多天？应该是一些很奇特的、以前我从来没有吃过的东西……但最好不要再对任何东西感到惊讶了，因为在这里一切皆有可能。"他想起了盲眼的主人的话。

他继续猜想着，把他一生中品尝过的所有不寻常的食物在脑海里都过了一遍。哎呀，肯定和吃过的东西都不一样，一定是些特别的、非同一般的食物——只在这里才有的植物或动物食材。但他又一想，自己根本不想要这些奇怪的、陌生的食物，能吃上一顿普通的人间的食物就已经心满意足了。哪怕吃一块儿肥美的烤羊肉，再加点米饭和蔬菜就已经相当不错，也不拒绝同时再来点烤鱼——即便是在石头上烤熟的，就像他自己做过的那样也行啊。能请主人和他吃一顿苹果烤鸭也知足了，还有……还有肉汤或者鱼汤……但是，难以忍受的饥饿感迅速在体内炸开，吞噬着他的五脏六腑，甚至占据了他的意识思维，使他无法再继续一一细想那些美味佳肴。是啊，被饿得骨瘦如柴的两个人在路上都吃了些什么：几块肉干或者鱼干，又或是奶疙瘩。而现在……现在，那位严苛的母亲正急匆匆地往这里赶来，要宴请他们。哎呀，他们马上就可以吃得饱饱的，然后倒头就睡，睡觉……美美地、敞开肚子尽情享受美味，然后甜甜地入睡——还有什么比这更美好的事情吗？疲惫的旅行者还能梦想什么呢？

突然，旁边的光头高兴地喊道：

"喔，妈妈！妈妈终于来了！我们马上就有好吃的了！醒醒！"

霍伊古尔看见的正是那位拿着细树条的姑娘，迈着轻盈的步伐走在草地上。那位对他们来说已经并不陌生的老人——年老体衰、头发蓬乱的老人，勉强地拖着步子跟在她的身后。

"妈妈！我有一个好消息！"

"我知道，知道，宝贝。哎哟，亲爱的客人们，我等你们等得好久了！"她满面春风，眼里充满喜悦的光芒。"你们真是太棒了！历尽艰辛走过了这样一条艰险的道路。我对你们的一切都了如指掌，所以我就什么都不问了。现在就请你们尝尝我做的菜肴……喂，孩子们，帮妈妈招待客人。"

"孩子们"笨拙地跑去了什么地方，很快就拿着很多白玉般的瓷盘回来了，并把它们放在客人面前的一块扁平的圆形石头上。

已经预想了一桌丰盛大餐的霍伊古尔，当看到在一个大盘子中间放着的一小块看上去并不好看的灰色东西，他着实感到惊讶。

"用餐吧，亲爱的客人们！它是由四十四种草药提炼而成的。我知道你们对这样的食物还不习惯。需要慢慢吃，一小块一小块的。"

随后兄弟俩又上了第二道和第三道菜，但它们都差不多，只是颜色不同，甚至只是有一点色差而已。接着又上了十来道同样的菜，但霍伊古尔仍旧抱着希望，后面，哪怕是最后能上来几块热气腾腾的、流着油脂的真正的烤肉。但就在他满心的期待中，最终也没等来期待的烤肉。但是阿阔尔与他的引路人不同，他对如此简单、朴素的饭食十分满足。很快睡意袭来，两人昏昏欲睡，再也打不起一点精神。

"喂，孩子们，把客人安排在粉红卧室里吧，"对自己这次的宴请相当满意的年轻母亲命令道，"他们需要好好休息。"

16. 粉红卧室里的早晨

当引路人醒来的时候，他发现，原本已经睡着的自己和阿阔尔又被转移到了一个山洞里，洞里充满了非常特别而奇异的粉红色光芒。仔细一看，霍伊古尔明白了光是从哪里来的：在上面，就像普通的毡帐里一样，有一个圆孔，上面镶嵌了一大块透明的彩色石头或者是玻璃。阳光透过这个洞孔的时候，照亮了整个山洞。在阳光的照射下，整个山洞都闪烁着宝石般的光芒，就像在满是花纹的洞壁上镶嵌了无数的宝石。

内心的震撼带给他一阵喜悦，但随后他有了一个念头，对一个尘世间的凡人来说这也是很自然的想法："如果把所有这些石头都卖掉，那能换来多少钱呢？哎呀，可能少不了吧……"

引路人看了一眼阿阔尔，他像往常一样半闭着眼睛，还在睡着：而他却不需要这些东西，也根本不把这些宝物放在眼里……他闭上了眼睛，想象着尘世的现实，一幅普通的画面：劳动的母亲，累得满头是汗，疲惫不堪，在烟雾缭绕中，在一个大铜锅里搅动着沸腾的食物。而他，霍伊古尔，穿着华丽的衣服，骑着一匹马衣锦还乡了，身后跟着的是满载珠宝的商队。高兴又无比幸福的母亲奔向他，来迎接他……

不，这是永远不可能实现的……当然了，好在他们吃了这么大的苦头终于走到了这片神圣的地方。但显然，这是一次单程旅行，因为已经没有足够的力量去征服回程的道路了。他们翻山越岭，跨越艰难险阻，忍受饥饿的折磨，体会着疲惫不堪和绝望。可能，事情的关键就在于几乎所有这些考验他们都通过了，这可能是上天的安排。只能算是一个奇迹，是的……同样的奇迹大概不会再次发生了，要不怎么能叫奇迹呢。

这意味着他们很可能没有机会回去了。想到这些就难以接受，意识再也无力抵抗这样的思想——回家没有希望，甚至不愿意去想象那艰辛的归途。总之，最近在他身上发生的都是一些奇怪的事情。意识似乎脱离了他的肉体而独立存在，飞到前面远远的地方，摆脱了每时每刻都存在的回家的念头。仿佛有某个外人的意志阻止了他把注意力都集中在回家这件事上，不让他去想危险，甚至不让他有回到尘世注定会失败这样的想法。总之，阻断了他所有的想法，使他什么都不去思考……是的，考虑回家还有什么必要呢？如果一切都没有希望，想这些还有什么意义？

但他的结论是正确的吗？

思绪又一次在同样的圈子里兜兜转转……是的，就像田野里逃避追捕的野兔一样左蹿右跳，试图使思考的他转移注意力，忘掉那些令人生畏的结论。人就是这样的，在任何事情上都寻求意义，甚至努力在绝境中寻找到出路。然后琢磨出所有可能摆脱困境的方法，在欺骗自己和他人的同时，也试图欺骗无法改变的现实——这么看来，又是为了什么呢？你要是从旁观者的角度看看，就会付之一笑——原来，那只不过是为了翻过一座山。奇怪的是，有的时候他真的做到了，他成功地做到了。这方面好像没有人，也没有什么能帮助他，提示给他刚刚还不存在的出路。兔子左蹦又跳地奔跑也是有道理的……

17. 有灵气的小石子

霍伊古尔闭上眼睛，想再睡一会儿，却听到离洞口不远的地方突然有人低声笑起来。这笑声很有感染力，孩童般稚气、纯洁，引路人听出这是光头的声音，他是在为自己的石头塔搭建成功或者找到好的

变换的时轮

石头而高兴吗？

　　昨天他就注意到，兄弟中的这位哥哥几乎寸步不离他那些摇摇晃晃的石头塔，观察着它们这些十分奇怪的"生命"，还要在必要的时刻及时把它们调整好。真不知道，他到底睡不睡觉。就在这时又传来了他开心的、简直是幸福的笑声，霍伊古尔的睡意瞬间消失了。他想知道，究竟是怎么回事，这个严厉的、有时板着面孔的对话者此刻为什么如此开心快活呢？

　　"什么事啊？"他从山洞里走出来，惊讶地问。

　　"你看，看这个！"光头又不禁笑了起来，再次传来了他孩子般的笑声。

　　原来，他用小石子搭建了三个人形的玩偶。在其他的石头建筑物之中还真不容易立即发现他们，他们站在一起，独立成群，也略微有些摇摆。但当光头不知用什么办法给他们画上了眼睛、鼻子、嘴巴时，甚至给这些脸型样的部位添上了表情的时候——简直太神奇了，他们变得栩栩如生，就像活了一样。光头就是因为这个而欢欣鼓舞，放声大笑，孩子般玩得不亦乐乎。

　　他的旁边坐着头发乱蓬蓬的弟弟，和哥哥不同，他神情严肃，专注而有些忧郁地看着这些活生生的小神像：

　　"不要辱弄他们了！他们真的已经有了生命了……"

　　"那又怎么样？这多好玩啊！看，看啊，他们不只是在摇晃，而且像是在跳舞。哎呀，多可笑啊……啊，他们怎么那么有趣啊！"

　　"行了，随你便吧——那你就继续寻开心吧。但是你现在就会被母亲训斥的，她可不喜欢你玩得这么过火。"

　　"她是不会知道的，她没时间管这些小事，重要的事还做不过来呢。你最好别看热闹了，别错过了治疗，不然你又会挨揍了，我也会因为你受牵连的……"

　　"好吧，你当心点，哥哥，我提醒过你了。我敢肯定，妈妈不会喜欢的。"

　　"没事的，也不是头一回了，这一次她也不会发现的，我们也不算过分。"

"不知道，我的哥哥，我不太明白你在说什么，而且一点也不能接受你的喜悦。"蓬头发弟弟看着舞动的石像不高兴地说，"他们唯一给人的感觉——那就是可怜。不知怎的，他们带给我一种不安的感觉，为什么会这样——我也不清楚……"

霍伊古尔不明白他们争论的实质是什么，甚至没有细想，他内心还是偏向于光头。的确，看着栩栩如生的石头神像确实觉得很有趣，他们中的每一个都摆动得有所不同，以自己的方式舞动着。但是，这些不自然的、因此也是荒唐的"舞蹈"却真的使人心里感到不安……

所有人都被这些神像深深吸引并谈得兴致勃勃，他们没有注意到从洞里走出来的阿阔尔，他走到他们跟前，也听到了他们的谈话。然后，他低声地问引路人：

"这些人偶有多高？"

"他们很小，大约一肘长，用一些小圆石头子搭成。开始的时候，他们像其他石像一样开始摇摆，然后就开始跳舞，做一些独立的动作……是的，就像活的一样。"

"奇怪，很奇怪，"阿阔尔困惑地说，"能活动？看来，有神灵已经融入他们身上了，像人一样甚至拥有了自己的生命……"

"什么神灵？"引路人悄悄地问，"难道这里会有神灵吗？"

"他们无所不在。"

"有点可怕……他们到底是什么神灵，是善良的还是邪恶的？"

"知道吗，他们什么样的都有。"

"就连这些相互摞在一起的小石头都有了魂灵——那该怎么看呢？是好事还是坏事？"

"这个问题不好简单明确地说。"

"但还是得有所倾向吧？"

"说起来就话长了，没有时间闲聊了，你自己想吧。"阿阔尔摆摆手说，"我还得再考虑考虑我们前面的路程呢。"

这时，蓬头发不安起来，惊恐地瞪大了眼睛：

"当心啊，哥哥：好像妈妈来了……赶快把这些人偶拆成小石子吧！我敢肯定，她不会喜欢这些的，我们就有苦头吃了。我可不想再

变换的时轮

惹她发火了……"

"拆掉我觉得太可惜了,他们对我来说已经是有生命的存在了……我最好把他们藏起来,或许,她不会发现的。"

"千万不能这么做啊……我看,你呀,活这么大了,怎么不长一点脑子呢。看吧,妈妈已经不远了……"

霍伊古尔四下看了好几圈,也没发现那个女人在什么地方,他有些沮丧,问道:"她在哪里?我怎么在这里没看见任何人呢!"

"很快你就看到了,她从山的那面往这儿赶来。你看着那片阳光照射的山间谷地,她很快就会出现在那里。"蓬头发回答说。

"但是,如果我们还没看到她的人影,你是怎么知道她朝我们这面走来了呢?"

"他被打了那么多次了,就连母亲在远处的高山后面他现在都能感觉得到,"和之前一样,光头哥哥发出孩子般的笑声,说话间他已经用一大块羊毛毡盖住了自己的石人,"不得已学会了这项技能。"

"你自己也能做到这样吗?"他问光头。

"不能,这样的事情大都是短时间内发生的,而且是发生在离我们不远的地方。我只能在这些石塔的帮助下知道很遥远的事件——无论在时间上,还是空间上遥远的事情。例如,在遥远的国度正在发生和将要发生什么,这些国家的人民将会有什么样的命运,他们将有怎样的喜怒哀乐。"

"真想不到,太神奇了……我也想知道,我要是能有这个能力就好了。"

"不要有这种想法,你不需要这些!不要去羡慕和追求别人的能力和那些天生没有赋予你的天赋,最好努力去理解和接受自己的使命,你应该有很重要的使命。"

"是吗?但我这辈子都在为自己的平庸无能而感到烦恼。"

"你确实在不少方面,甚至是很多事情上都挺无用的。你,走了那么多路,经受了那么多考验,到现在为止还不明白托付给你照顾和陪伴的是怎样一个伟大的人。先是尘世间的一些拥有强大势力的人做出了这个决定,然后另一世界的力量决定让你来到这里……要是我,像你这样的人我是不会让他来到圣地的。但最强大的力量更有远见吧……"

"哎，行了，行了，你又是有头脑的人了。你可别挤对他了！他才多大啊。"蓬头发袒护起霍伊古尔来，"你多大了？"

"已经十七岁了。"

"你看！而你，哥哥，在他这个年龄还不懂事呢！"

"别喋喋不休了！你怎么知道我曾是那样的……这话不该你说，那时候还没有你呢。你怎么知道我那时是什么样的人？可能，比现在的你聪明得多……"

"那可不是，亲爱的哥哥！你要是愿意的话，我可以还原你的全部过去来证明，那时恐怕你会感到羞耻……"

18. 圣人老子和年轻的母亲

"你看东面，看到行路人了吗？"像是预见到争论并不会占上风，光头急忙跟霍伊古尔搭讪，转移了话题，"这是我们的圣人老子正在乱石中艰难地前行。"

"当然，看到了，"引路人往所指的方向看了一眼，"他是谁啊？"

"什么谁啊？昨天他还在这儿了，我和他一起接待的你们，然后共进了晚餐，还聊天了……"

"不对……我们中间昨天没有这个老人。"

"这么说来，你没有见过他？"

"是的，当时没有老人。"

"奇怪……那就是说，这位圣贤昨天不愿意在你面前现身。嗯，有这样的情况。"

"他昨天是在这里了，这个我知道。"阿阔尔突然平静地说，"甚至还和我交谈过，他对当前尘世的事情很感兴趣。"

"这真是太有趣了！"光头发出了爽朗、欢乐的笑声，"失明的人不仅看见了老子，而且还和他进行了短暂交谈，而视力没有任何问题的人却没有发觉这个人的存在。"

变换的时轮

"这意味着,隐士老子昨天确实有意让他注意不到自己。这样的情况的确存在,霍伊古尔还没有为这样的见面做好准备……"

就在这时,引路人看见昨天那位姑娘从高高的山坡后面出现了。她跑到正在山间小径步履蹒跚又坚定前行的老人前面,俯首在地,一动不动,直到老人走到她跟前并送上祝福。

站起来后,女孩郑重其事地鞠了一躬,然后就向他们这面跑来。很快她就来到了近前,怒气冲冲地像老鹰一样扑向了光头儿子:

"我跟你说过多少次了,不能让没有生命的东西活过来!这对你来说不是玩具!跟你讲过很多次了吧,不能把没有生命的东西变得有灵性——也就是让石头拥有生命力。而这些本质是石头的不幸生命复活过来,就不仅仅会跳舞了,而且还会思考、承受痛苦、等待和希望……能有什么希望呢?!你没有权利这样做!"

她目光四下寻找,从地上捡起了一根粗树枝,开始毫不留情地狠狠抽打光头儿子。儿子恭顺地坐在那里,用手护住头,哭着哀求妈妈说:

"我的好妈妈,别打了!亲爱的妈妈,哎呀,我没管住自己,我想玩一会儿,就在给他们画上脸和他们说话的时候,他们……他们自己就活了。对不起,我再也不会,永远也不会这样做了!"

母亲掀起了一块儿毡子,三个石像开始颤抖,在她的目光注视下颤抖着——每个石像抖动得都有所不同,好像在祈求她手下留情。

"你创造了它们,那你就把它们拆掉吧!然后把那些石头扔到四面八方的各个角落,这样他们就不能再重新组合到一起了!"

而光头儿子哭着,发出了两种不同的声音——一会儿孩子般大声地啜泣着,一会儿又像成人一样声嘶力竭地大哭,听起来怪怪的。他不停地号啕大哭,在这些乞求他手下留情的"小人儿"身边绝望地跳起来。他一直在磨磨蹭蹭,迟迟下不了手——不知是因为怜悯,还是因为害怕毁掉自己的作品。终于,他扑向了它们,把它们拆得七零八散,把每个小石子抛到了不同的方向。他坐了下来,把脸藏在手心里,内疚地哭了起来,这次是无声的哭泣了,只能看到背部的抽动。

但是他的母亲还是没有消气,她坐到石头上,开始哭诉:

"愚蠢的孩子！太犯浑了！触痛了我内心的旧创……你应该知道，在通往我们这里的一个山口，有一个悬崖，有人在那里不假思索地、玩笑似的给它注入了灵魂，全当是儿戏，使得这个山崖有了灵性。它不只是矗立在那里，而是在服役，他就像是在坚守着我们的边疆……对，至今还在坚守着，但是深受折磨。他在期待着，希望得到释放——还爱着我……是的，爱着我……而我知晓这一切，我又如何生活——如何？！可怜，哦，我多么可怜他啊，亲爱的人，可是现在我为他什么也做不了。最重要的是——我不能停止他的苦难、他的痛苦。我会有不在人世的那一天……而他，也许矗立在那里还不止一个千年，直到赶上地震把他震倒，但他仍会继续服役、等待、满怀希望、爱着……唉，我的痛苦啊……哦，我多么悲伤和难过啊……愚蠢的孩子，你都做了些什么……"

"妈妈，亲爱的妈妈，那你就再打我一顿吧！但是，请原谅愚蠢的儿子，别再生气了……"

母亲好似突然醒悟了，扑到儿子身上，开始亲吻他：

"求求你，再也不要做这样的事了！不要赋予任何东西和事物本不属于它们的人的理智，否则就会有灾难。这样很危险！有了生命的石人就可以取代真正的尘世的生命。你可以玩，所有尘世的生命——都是一场游戏。但玩——不要过火，要知道分寸，永远不要突破允许的界限。"

"妈妈，亲爱的妈妈，原谅我……我是无意的，都是因为我太愚蠢了。我再也不会，永远也不会这样做了，你就原谅我吧……"

"当然了，孩子，我当然会原谅你的，不然还能怎么样。但是你让我很难过，唤醒了我内心深处潜藏的无止境的悲伤，也唤起了我对最优秀，也是最不幸的人深深的爱。对我的将军丁宏的爱……他是我唯一爱的男人。"

她把美丽的面孔埋在手掌里，流下了辛酸的眼泪。她看上去青春美丽、花容月貌，而看面相她的俩儿子都可以做她的爷爷了。此时儿子们也默默地哭了。

但很快这样的局面就终止了，就像开始时那样突然。甚至你都可以认为，这是戏剧演员在朝圣者——也是他们的观众——面前排练自己的角色。这不是吗，一场戏的排练已经结束，他们又开始了另一场戏：

"哦，亲爱的客人们！对不起，我可敬的客人们！接待这么尊贵的客人我是何等荣幸啊！现在……现在我们要吃早餐了……早就已经准备好了。儿子们，把准备好的早餐端上来吧，款待我们尊贵的客人！"

主人们像昨天一样，开始忙碌起来，跑来跑去，不知从哪里端来了盛满菜肴的精致的瓷盘，摆满了整个石桌。而他们的母亲，脚步轻盈地来回走动着，低声地哼唱着什么，摆放着最最金贵的早餐。按她的说法，这是用三十种最稀罕的植物合成的食物。每道菜都含有提取的最珍贵的植物汁液，有一些颜色各异、味道惊人的小粥，还有用不同种类的植物油拌的最嫩的竹笋。在母亲的指示下上了岁数的儿子们干得特别起劲，搅拌、添加或调和着食物，以得到他们需要的最美味的组合。而母亲好像在张罗的过程中就创作出自己的美味佳肴，不断改变着自己制作菜肴的方法。她整个人，刚刚还十分气愤、心绪不佳，而现在却能全神贯注，一心在完成自己崇高的愿望。

被邀请入席后，引路人有意不慌不忙地把阿阔尔带到餐桌前，坐到指定的位置，自己坐到了旁边。食物的各种气味混合在一起，香气怡人，使人头晕目眩。如同在尘世里一样，受到气味的刺激后，胃里也开始咕噜咕噜地响。菜和昨天的一样，但今天客人们吃得津津有味，这些菜肴看上去非常丰盛又饱人，有些菜甚至没有吃完。

看到客人们愉快地接受了她的款待，女主人激动得脸上泛起了红晕，对他们满意地享用着美食感到无比的快乐，其间她还顺便讲解了每一道菜肴，一一列举了菜肴的成分、烹调方法和制作秘诀。

"有生以来我还从来没有吃过这么多、这么美味的食物！"霍伊古尔对这场盛宴赞不绝口，这也让这位殷勤好客的女主人相当开心：

"吃过了这样的早餐，你们很久都不会饿了。晚上之前你们必须从'东方之石'处回来。帮我给老子捎去一包食物，他需要吃点东西增加一点力气。"

"你们很快就能赶上他的，他在勉强地蹒跚前行。我真不理解他，自己走路都很费劲呢，却总是去那么远的地方。"蓬头发说，但是母亲听到这些话后，对他投来严厉的目光，他马上吓得一声不吭了。

19. 前往"东方之石"

在等待新一轮翻山越岭的征程中，已经经历了前路最艰难考验的霍伊古尔非常担忧地想着即将面临的一切。刚刚从绿色山谷往上走了一段，周围的景象就全然发生了变化。无论是左边还是右边，只要是目及之处，全都是光秃秃的石头，前面是一条条重峦叠嶂的山脊。这种单调而威严的景色让人备感阴郁。

但令两位朝圣者惊讶的是，这一次他们走得相当轻松，就像散步一样。

"霍伊古尔，真是奇怪，我体验到了全身上下无比的轻松，"阿阔尔察觉到变化并说道，同时也期待着听到引路人会和自己感同身受，"这种感觉从何而来——我也弄不明白。"

"是的，我也是，浑身充满了某种力量，如同挂在枝头正灌浆的果子。简直可以在石头上飞奔，就像昨天那位年轻的母亲一样，但这么做我还是有点害怕……千万不能摔倒了。"引路人精神饱满地应答说，并开心地大笑起来。"可能是吃了她的早餐的缘故。"

带着这种心情他们又顺利地走了一段路：引路人习惯性地走在前面，而阿阔尔牵着盲杖走在他身后。当霍伊古尔从一块石头上迈到另一块石头上时，显然，盲人是通过手杖的移动猜到他们走的是哪块石头，并能准确无误地紧跟引路人的足迹。他全神贯注，但是感觉上并不是这条新的山路让他如此集中注意力。看得出来，阿阔尔对什么事情若有所思。

霍伊古尔第一次意识到：原来，阿阔尔长时间的沉默总是使他感到有些压抑，仿佛他紧张的思想压在了他的肩上。该给他点什么劝慰呢……唉，他能给一个在这里被称为伟大的人什么建议呢？他这样想着，甚至连在他旁边走路都有些不自在了。他当然非常希望盲人能开口说话，能和他平等地交谈，希望主人可以敞开心扉——但他会理解

— 349 —

变换的时轮
~~~~

主人的所思所想吗？

是的，主人的想法是如此与众不同，这也让他感到共同分担阿阔尔的忧虑，和他平等地分享他的领悟、他的疑虑和计划——所有这些努力都是徒劳的。但是，与此同时，他也注意到自己身上发生的不同寻常的变化：最近他开始渴望思考完全抽象的、与生活琐事无关的主题。如果说他过去只是把它们当作微不足道的和毫无实际用途的事情，对这些都不屑一顾，那么现在整个周围的世界都笼罩着一层不为人所知的神秘面纱，在这个世界，事情一件比一件复杂、深奥。他开始常常因为对发生的一切完全一无所知而感到特别不安。以前，只要能吃到什么美味的食物，逢人便讲一些编出来的瞎话，或是从每一个遇到的人那里听到些有趣的事，又或者仅仅是有机会能偷会儿懒……这些都使他的心情能够平静下来。在普通人中，这是最常见的摆脱愁思的方法。但是现在周围没有这样的人，取而代之的是截然不同的人。世界的变化从人开始！而这是他的第一个发现，被他领悟出来的关键之处。

就拿今天早上来说吧，就想起石头复活的那件事，不——应该说是石头有了灵性。它们活了过来是因为赋予了它们人的面部特征，并且与它们进行了平等的交流。而母亲对这件事的愤怒，以及她意想不到的回忆……她的直言不讳，使他们了解到很多东西，也制造了更大的谜团。而她提到的传说中的丁宏将军——他们的老师吴胡安也曾常常提起，这就更加迷雾重重、神秘莫测了……

可怜的女人！刚刚不久前无忧无虑地在石头间轻盈地"飞舞"的她是那么年轻，但她的内心却藏着怎样的情感和痛苦……只是从外人的角度看，一切似乎都很平常、很轻松。但如果深入接触，这些情感有时就会显露出来！

无论霍伊古尔多么不愿意去想自己不幸的母亲，但思绪还是回到了她的身上。对她来说，他是她唯一的希望，又是无望的希望……是的，唯一的希望……在送别他的时候，母亲极其绝望地请求他——要不惜一切代价生存下来，哪怕是付出欺骗或背叛的代价。可怜啊，可怜的母亲，她才三十四岁！而这位母亲，根据提到的那位将军判断，已经二百多岁了，但从外表上看她显得多么年轻！与她相比，他的母亲——就像个迟暮之年的老太太，满脸皱纹，因为受尽了劳苦和磨难而面容憔悴。

现在，霍伊古尔更加清楚地意识到：没有回头路，他根本没有力量再走返程的路，再一次经受住经历过的考验，如果他能做到这些那只能算是奇迹。也就是说，他得出了一个过于草率的结论：母亲再也见不到他了，他也见不到母亲了……

昨天，他见到两位老人的年轻母亲后，立即想到了自己的母亲，第一次他有了忌妒的感觉，同时又很气恼："为什么地球上有这样的不公平存在？有的人——拥有一切，而有的人——一无所有……"

但一方面，他让自己静下心来思考，现在他越来越频繁这样做了，这也给了自己过重的负担，不可避免地会时而做出草率的结论——因为草率，也只能是浅显的结论；而另一方面，谁会想到，一个外表年轻又无忧无虑、快乐地在石头上奔跑的女孩，多年来内心竟能承载如此沉重而悲痛的情感呢？这些情感只是偶然才向外祖露，但是最终她克制住了自己，把内心的情感深埋了起来。片刻工夫，她又重新变成了从前那个年轻的、精力充沛的姑娘，她需要盛情款待尊贵的客人……而这又算是什么呢？该如何看待呢——是阅历？还是智慧？又或是虚伪？每一个问题的回答都会引起更深刻的思考，而他还没有对如此深刻的思考做好准备。

两个行路人不知不觉中已经走了相当长的一段路，早就绕过了刚刚不久前经过的那个山口。而引路人也清楚地看到了——老子在步履蹒跚地前行，但不知何故，他们没有遇到他。在翻越另一个山口的时候，在山路上也没有碰见老子。

"这很奇怪，老人去哪儿了？"霍伊古尔问，"也许，对我来说，他又隐身了？"

"不，老子老师走在我们前面，在下一个山口的另一面。"

"你是怎么知道的？"

"嗯，是这样……"阿阔尔结结巴巴地说，"这只是我的感觉。"

"不管怎么说，他勉强匍匐前行这只不过是表象。关于这样的事，大概就是人们说的：'不要相信自己的眼睛……'"

变换的时轮

翻过山口，他们还是追上了可敬的老师。他确实走得很吃力。

"尊敬的老师，您好！"朝圣者们异口同声地说，并恭恭敬敬地鞠了一躬。

"好，好，年轻人！"

"尊敬的老师，您的行动很灵巧敏捷，"霍伊古尔夸赞道，并没有极力挑选配得上这位圣人的溢美之词。

"嗯，尽我所能，再大的力量也没有了。我们在这里坐下来休息一会儿吧。"老子语气平和，以同样的说话方式回答他。

"到'东方之石'还有多远的路要走？"引路人迫不及待地想知道。

"那要看谁走了，"老子略带几分狡黠地笑了笑，"你们很快就能走到了，而我还得需要继续前行。"

"这是那位母亲让我们转交给您的食物，您拿好。"

"谢谢，亲爱的小伙子们。我正好也想补充些体力呢。"

"老师，我——这个不学无术之人——可以请教您一些问题吗？"霍伊古尔没有停下来，继续说道。

"当然可以，问吧。"

"为什么，是我听说的，在四块石头中，'东方之石'是最主要的？而南方、西方、北方的石头就不是主要的了吗？"

"它们都有自己的位置，有自己的使命。'东方之石'之所以更加重要，这是因为太阳正是在东方升起，神圣的光辉照耀着世间的万物——无论是有生命的还是无生命的，并赋予了它们存在的意义。"

"那么，南方有什么意义呢？"引路人已经完全进入"弟子"的角色了，甚至没有注意到自己连吃点东西的时间都没有给长者。

"南方对应赤色，太阳的颜色——这是增长和极盛之时的颜色。"

"那西方呢？"年轻人似乎在考验老子的耐心，继续纠缠不休，一点儿都不想自己思考。

"西方——是一个完全成熟的方向，是当之无愧完成成就的地方，一个完美的顶点。在西方，新开启的一天在这里结束，又开创了新的未来，这就是它特别宝贵之处。从那里，一个人可以回顾自己过去的全部生活，甚至可以重新审视过去的生活，以新的视角看看已经习以为常的事情。这意味着有机会改变自己，乃至世界。但是……可悲的是，对于为此毫无准备的人来说，改变——是危险的。几乎没有人知道这一点，也没有人愿意了解变动的实质所不为人知的一面。人们最普遍的想法是——任何的变化都是机遇和发展。但是，如果是这样……其实它转变为好事的机会并不多。相反，除了少数的偶然情况，几乎每次变化总会使事情变得更糟糕，甚至是退化和衰落。但人们不但不愿意知道，而且可能永远也不会思考未经真正准备的变革会带来怎样严重的后果。"

"那发展呢？没有改变怎么可能发展？"霍伊古尔马上想起了自己想学习的愿望，也想起了奥昆给他构建的梦想——成为萨拉泰的统治者。"要知道好事应该让它发展、传播啊。"

"这都是多余的，而改变扭曲了现象的本质，给事物的自然发展进程徒增了本不属于它天然属性的和上苍安排的发展方向。"老人看了看霍伊古尔，沉默了，若有所思。然后又露出了微笑，友好地继续说："我们说得太远了，适可而止吧。"

"那该怎么做呢？"霍伊古尔对圣人的深奥道理还是疑惑不解，随口就问了头脑中第一个想到的问题。

"一切都要遵循"度"，过犹不及。我亲爱的孩子们，做事有度——就是莫大的成功，成功只属于少数人。我希望你们也是成功者中的一员。"

"老师，万分感谢！感谢您！"

"嗯，祝你们一路平安！好运！我不能和你们并肩前行，你们和我在一起只会浪费时间，而你们还要走很远的路，"老子说，"所以你们最好不要耽搁太久。"

"那北方呢？您还没有跟我们提及北方。"已经起身的引路人，赶紧追问，哪怕是从别人的博学知识中再吸收一点点也好。

"北方……寒冷而黑暗。世界上的许多秘密都藏在那里，所以我们把关于它的话题留到以后再说，好吗？"

"好的。离'东方之石'可能还有很长的路要走……"

"对你们来说——并不太远。每个人都会在自己适当的时间到达那里。"

两个赶路人和老子就此告别了。圣人终于可以吃点儿早餐了，朝圣者们则迈着轻快的步伐朝那个"万物的意义之源"的方向走去。就是说，包括他们自己存在的意义也来自于此。

20. 关于意义的一次谈话

"可怜的老人已经很虚弱了，走路很吃力，"引路人怜悯地说，"如果离'东方之石'还很远，那他今天肯定不会爬到那里了……除了一根细细的手杖，他什么也没有，他要怎么在这些光秃秃的石头上过夜呢？夜里可是很冷的啊！我们可能在回来的路上会在这附近遇到他。"

"而我觉得……"阿阔尔想说些什么，但话到一半又不说了。

"你觉得什么？"

"也没什么……就是这样……"盲人含糊其词地回答说，暗自笑了笑。"我们很快就会到达圣地，那里有块儿蓝色的石头。"

"为什么是蓝色的？"

"我不知道，我只是觉得。"

"也许，有人告诉过你吧？"

"没有，我的熟人中没有一个人到过这里。"

"那就是说，我们是所有尘世间的人中第一个爬上来的？那我们回去可有的说了，当然，如果我们能活着回去的话。"

"未必是第一个，而且这也不是我们的功劳。"阿阔尔急忙打断引路人，打消他不该有的、也不妥当的骄傲情绪。

"为什么不是，我们不是自己走到这里来的吗？！你平白无故地就贬低了我们付出的辛劳。"

"你是永远也不会懂的，想听最重要的吗？"阿阔尔问，声音中带着些许严厉。

"嗯，当然！"听到主人这样问，这个少年有点愤愤不平地回答。

"记住，如果是凭我们自己的力量，永远也走不到这里来……对了，不是给过你这样的暗示吗？所以，不要夸奖自己，而应感谢让我们来到这里的神的力量。"

"但是，就算是这样，比起我们看到的那些尸骨还在路上滚来滚去的逝者，你和我也会更受尊重。"霍伊古尔怎么也无法接受这样的观点，在他看来这是在贬低他的成就。

"是的，尤其是你……会比很多值得尊敬的人更值得尊敬，"阿阔尔刻薄地说，他想让同伴冷静下来，但只能是火上浇油。

"这只是我们两个人之间的谈话……"这一次，霍伊古尔有些迟疑，不知为什么再继续说时压低了声音："怎么回事，真的很奇怪……真的，这话只在我们之间说，我是这样的一个罪人，说谎、欺骗、背叛……简直太可怕了！而那些没有被允许到达这里的可怜的朝圣者难道比我更有罪过、更卑鄙吗？"

"一切都有可能，"阿阔尔悲伤地说，然后突然用另一种声音——一种坚定而又完全陌生的声音说："关键并不在于犯了多少小过失，这些罪过最终都可以通过祷告被赦免，还可以改正错误、悔过并重新做人。我想，事情的关键在于你还可以洗心革面，然后在某种程度上去改变周围的世界。因为这一点，显然他们对你的小罪就视而不见了。"

"有这样的可能吗？"

"为什么没有呢？在我看来，世界上发生的一切——包括那里，下面的尘世间，和这里——都是一样的。"

"阿阔尔，我能问一个一直困扰我的问题吗？"

"当然可以，问吧！为什么还请求许可呢？就直接问吧。"

"不为什么……只不过问题是这样的……不太好问，有一个问题一直折磨着我……原谅我，但我觉得，你的眼睛有时是可以看见的。"

"你为什么会这么说？"

"因为你经常会看透我这个视力正常的人根本看不清楚的东西。"

"我倒是看不见的，但是，当然啦，我的嗅觉和听觉更敏感，感觉也会更好一些……所有的东西不仅有形状、颜色，而且在刮风、下雨或烈日下都会发出一定的声音。就连这些石头也会对周围的自然环境的情况做出反应——或者散发着寒意，或者散发着热气。它们能发

变换的时轮

出肉眼看不见的，但是我能感觉到的最细微的波动信号……还有很多其他方面。"

"而我没有这样的能力。"霍伊古尔沮丧地看了看周围，"如果我闭上眼睛，那么这个多彩的世界就消失了，风、雨、太阳和月亮——全都不存在了，我什么都感觉不到。在这个时候，我有时甚至连听到的声音都无法确定是什么声音，是谁发出的声音。这么看来，和你相比，我更像是个盲人？"

"别胡说八道了……"阿阔尔叹了口气说，"我甚至都想象不出看到这个五光十色、壮丽辉煌的世界意味着什么，色彩斑斓是什么样子。要知道我……我什么也没见过，你明白吗？从来都没见过！而你可以沐浴在灿烂的光线和斑斓的色彩中，但你并没有欣赏，也没有珍惜，总是对任何事都不满意。"

"是的，阿阔尔，你说得对。现在回首过往，想想自己过去尘世的生活都觉得惊讶，那里有多少美好的事物，但我周围的人中，没有人欣赏它。所有人都吹毛求疵，每个人都找寻理由去怨恨别人，并深陷其中，把怨恨当成了宝物般不放手……大家都怨恨你们匈奴人。在他们看来，你们毁了我们的生活，现在又欺负不幸的俘虏。实际上，匈奴人将我们从荒无人烟的地方迁徙出来，让我们和其他自由自在的民族一样过着逐草而居的游牧生活。他们忙于自己的事务，对我们的生活并没有特别地打扰，也没有大加管制。"

"这是你走得远了，站到了云端高处，你才有这样的感觉。"不知为什么，阿阔尔含糊不清地只说了这几个字，引路人也没弄明白他是在拿他开玩笑，还是在夸奖他。

"但实际上我已经开始对所发生的一切有了不同的看法。"

"你在逐渐开始改变，每天都有变化。虽然改变得很慢，不过发展的方向却是正确的。"阿阔尔亲切地、发自内心地鼓励向导说。

"当然！特别是在经历了那些奇事，目睹了那么多神秘事情之后。一切都发生在我眼前，在我面前，我又不是瞎子……"霍伊古尔不经意地脱口而出。

"你只是还缺少点信仰，"阿阔尔没有立即回答，仿佛没有听清引路人最后的话，接着自己上面的话说道。

"但是……你为什么这么说？"突然停了下来，霍伊古尔接着很不客气地问道。

"因为我感觉到你现在还有些意志消沉，你的心思根本不在这里。虽然我们特别幸运，我们成功地到达了我们梦寐以求的高度，而你对此并不高兴。为什么，还用问吗？"

"到达了是到达了……"说着霍伊古尔又开始往前走，他可不愿意让阿阔拉看到他面色不快的样子，因为他又一次想到："要是他突然能看到一点呢。""我们走了这么远，爬得这么高，已经彻底失去了回去的机会，这就是我心情压抑的原因。当我生活在下面的世界的时候，坦率地说，我并没有珍惜那里的生活，对什么都不满意，因为凭空想象出来的一些不公平的事情而愤愤不平、怨天尤人。但现在当我意识到，一切都已经无可挽回地失去了，我才想明白这些……"他迈着匀整的步子，每走一步都诉说着自己的痛苦和忧郁。

"怎么能说一切都失去了呢？我们会回去的，一定会回去的！否则，我们为什么要走这条漫长的道路？我们是为了那片土地的人们在努力啊……你怎么就这么迟钝呢！"阿阔尔的声音中带着自信，他坚定地说："我相信，我们一定会成功地完成这件事，然后回到家中。这一点毋庸置疑。"

"你从来都是有头脑、有智慧的，我怎么能跟你相比……你永远都那么沉着冷静，从来不会像我那样有一时鬼迷心窍、情绪变化和偶尔冲动的时候……"霍伊古尔略带忌妒地叹了口气，继续往前走。"但是现在你说的完全是另外一回事。你说实话，你承认不承认咱们只是奇迹般地征服了那么多艰难险阻？因为它们对于一个普通的凡人来说是难以逾越的，对吧？"

"是的，这是事实，而且不止一次，我也已经跟你说过了。"

"但是，那么，你和我怎么可能再次成功克服这些重重的障碍？我认为，我们只是偶然做到了，或者你认为这是奇迹？"霍伊古尔激动得语无伦次。

"而我相信我们会成功的，"阿阔尔听懂了他激动得口齿不清的

— 357 —

言语。

"这就是我和你的区别。我们当然只是奇迹般地通过了所有的考验，但奇迹不可能像我们需要的那样重演。再去指望它的出现——是愚蠢而目光短浅的，我是这么认为的。"

"嗯，可能吧……但我仍然相信，我相信，如果我们没有足够力量的时候，我们一定会得到神的助力，一定会的，我相信这一点。"阿阔尔坚定地重复着，点了一下头。"而这种信念是一种伟大的力量，它在需要的时刻鼓舞着我们。你说的正是这种信念，把它说成奇迹。信念高于一切，它给一切赋予了意义……没有信念，所设想的一切就不可能有完美的结果。"

"嗯，好吧，你有信仰，你的信仰帮助了你。那我呢？我可是从来就不相信任何人。我是怎么来到这里的？"

"啊……这就是让你不安的原因啊。难道在危险的时刻，你没有感觉到外来力量的帮助吗？难道没有依靠这根把我和你联系在一起的手杖吗？"

"嗯，没错……是的！我怎么会忘记这样的事呢?！"引路人惊呼，紧张地抓住了盲杖。"我想起来了，就是这样的！我怎么这么快就忘记了。需要它的时候过去了，不再需要依赖它了，它立刻变成了累赘……哦，我很难过！难道我就是这么忘恩负义的人吗，就是如此可恶的动物吗?！"

霍伊古尔哭了，他对自己的健忘感到无比震惊，这触动到了他的心灵深处。他似乎从来没有这样号啕大哭过。这一次，无论盲人怎么安慰，他还是久久不能平静下来。如果说他过去有过因怨恨引起的愤怒和遭受挫折时的苦楚，但这些情感都是轻微的、无关紧要的，很快就过去了。那么现在他身上的某种情感彻底迸发出来了，他不停地抽泣着，甚至带着一种对自己的憎恨说道：

"唉，为什么……为什么我会变成这样——简直是人渣和骗子?！我是个丑陋的人，没把别人当人看，我喜欢偷偷地愚弄别人，太卑鄙了……别人都像个人样，而我……"

"你说得不对，不要引咎自责了。所有的人生来都是一样的纯洁无邪，你也是。只是随着时间的推移，做了一件又一件不够得体的事，因为天真而觉得这些都是没有恶意的。它们就这样在人的身上累积起来，小的过失到大的罪恶。但最糟糕的是恶毒的意图，这是最让人害怕的。把自己身上的不良意念都驱赶掉吧——那你还会是纯洁的人……"

"阿阔尔，你很有洞察力，要比别人更会理解复杂的问题。你说真话，告诉我：我会改好吗？这有可能吗？我真心想彻底抛弃我罪恶的过去，这就足够了吗？或者这只是我一时的冲动……一时兴起，然后又没了热情，我又会恢复那充满罪恶的本质吗？"

"你现在不是在问我，而是在问自己，别人无法给你答案。但是，如果真的发生了这种情况，也不能消沉。毕竟，你已经达到了如此深刻的和诚实的思想境界，你已经开始改变了。应该依靠这种知识和经验，就像……像树木依靠树根一样，最终做到相信自己。而我，相信你，霍伊古尔。"

"不，不，亲爱的阿阔尔，不能说这样的大话，暂时也不要相信我和我的话。没错，我仍然是个胆小鬼和耍滑头的人……我可能会忍不住再次欺骗你，甚至背叛……"在艰难地说出如此痛苦的忏悔之后，引路人没能控制住，又一次痛哭起来。"不要相信我，请不要相信我……"

"那就是我的事了，不是你的事。我相信的不是你，而是你的真诚！想哭，那你就哭个痛快。苦楚和心灵的污垢都会随着泪水流出来，这也是我们净化自己，使心灵变得更纯洁的方式……"这时，阿阔尔突然停住了脚步，猛地拉了一下盲杖。"停下，霍伊古尔，擦干眼泪，回头看看：我们是不是走到'蓝石'了？"

21. "蓝石"旁的祈祷

"是的，是的！"引路人喊道，高兴地向前冲去，"就是它！走到了，终于走到了！"

但是，当霍伊古尔在"蓝石"旁看到无比尊敬的长者老子时，他是多么震惊啊，因为老子似乎应该被落在后面很远的地方才对……霍

变换的时轮

伊古尔这次尽了很大努力，忍住了没有提不恰当的问题，尽管他还是充满了好奇："怎么可能，他怎么能超过我们呢，他是如何做到的?!"

引路人默默地、毕恭毕敬地向老子鞠了一躬。被震撼到灵魂深处的引路人解开了自己的行囊，开始摆放供品。当然，供品少得可怜，但现在却是那么宝贵，也许是因为一路上小心翼翼地保留这些他们熟悉的人间食物是多么不易，需要付出多大的努力才把它们带到这里来。以前他们甚至都不敢想象，把这些食物保存下来不是为了备不时之需，而是为了他们生命中最庄严的时刻。

而这些一块块小小的鱼干、肉干和奶疙瘩不知怎的就引起了老子的极大兴趣。他走过去，低声感叹道：

"哦，绝佳的供品！你们真是太棒了！这些宝贝在这里极为珍贵……"

"真的吗？我还对我们这点寒酸的供品感到不好意思呢……"霍伊古尔面露难色，但心里却由衷地高兴，人也立刻活跃起来。

"你看，这里根本没有类似的东西，所以说相当珍贵。这些不仅仅是一块块食物，它们还包含着大地上自然界的最珍贵信息，通过它们可以了解到很多东西：比如，鱼是来自哪条河里的，牛或者马是在哪片草原上放牧过……"老子开始清点那些已经变得引不起食欲的小块肉干、鱼干和奶疙瘩。"应该把这些平分给四块石头。"

老人数了数，满意地告诉他们，每一块石头可以分到四块鱼干、肉干和奶疙瘩。

在往外拿供品的时候，引路人又掏出一捆细的鬃毛绳，这根绳子一路上从来没有用过。路上在不断卸下其他多余之物的过程中，他甚至有点想把它扔掉。

"哦，这不是锡季伊绳索吗！按照古代的教规，祭祀神灵的供品就应该系在这样的祈愿幡上。"老子兴奋地对这一不可多得之物的重要意义评价说。"我们也把它平分成四份吧，这是谁给你们准备的路上装备啊，能有这么深刻的认识？"

"很多人都参与了，"阿阔尔非常乐意回答这个问题，"路上带的肉是祖父盼咐做的，祈愿幡的绸布是奶奶们给准备的，这把刀是弟弟阿贝尔送给我们的。哈梅德伯祖父带来了系贡品的鬃毛绳和鱼干。"

"你们真是好样的！看啊，什么都没忘掉，什么都想到了。"老子称赞道，"一看就知道都是有丰富行路经验的人……却还有人说，匈奴人是野蛮粗犷的民族。在我的祖国周王朝是这样说的，尽管他们自己在所有其他国家也被骂为'匈奴人'。有什么办法，所有民族自古就有这样的习惯：贬低对手或敌人，尽管他们自己几乎总是有同样的瑕疵和不良的习惯。遗憾的是，这样的习俗从远古时期就形成了，还不知道今后会延续到什么时候……是的，很可能很长时间都会这样。也正因为如此，整个中原陷入了动荡之中，这是一种相互的侮辱和贬低，其后果是产生了如此多的灾难和不幸……"

"非常遗憾的是，这一切都始于我们每个人身上显而易见的缺陷。而叠加起来，这些缺陷就滋生了如此多的流血冲突，甚至是大型的战争。"阿阔尔若有所思地说。

"有什么办法呢？"圣人心情沉重地叹了口气，目光打量着阿阔尔，"看来你知道和懂得的很多，这很不错。"

"难道这样的情况真的不能改变吗？"

"不知道，是否有可能……看来，这是人类的劫运。必须从每一个人开始改变……"

"那造物主呢？他不是一切都能……"阿阔尔满怀希望地问。

"我想，不是什么事都那么简单，而且需要在多大程度上一定做出改变，纠正自己不足都是未知……也许只是不去干涉就可以了，让一切都按照自己的规律运行，给每个人自己纠正自己问题的机会……"

"我要是有机会就好了，"霍伊古尔突然脱口而出，"要是我……我一定会立刻矫正一切，恢复世间的公道，惩罚有罪之人。马上就做，对！"

"你用什么来衡量谁对谁错？很遗憾，人类手中没有这样的衡量标准。如果没有标准，你这样做只会增加更多的不公正。"

"那到底该怎么办？必须想办法制止所有那些胡作非为、横行霸道的人，"他坚定地坚持自己的想法，"否则这样的情况就会永无止境……"

"不要干涉——如果上苍不急于改变这一切的话。按我的想法，

变换的时轮

就让一切事情都按自己的规律进行吧。"老子摇了摇头说。"而人……确实，都有一个弱点。就比如，一旦一个人感到比自己的兄弟强那么一点点的时候，就立即对他发号施令，责其改正，惩罚他。看来，人是永远也摆脱不了这种诱惑的。"

"但人类毕竟在发展，也许，当看到自己错误的时候会逐渐改正过来。"阿阔尔不自信地插了一句。

"如果这样就好了……人类只是自己觉得自身发展得很快，越来越有智慧，而实际上并非如此。傲慢自大摧毁着人类，有时甚至胆大妄为地把自己比作造物主。许多聪明人对这样的无稽之谈也都随声附和……"

"但我倒是觉得人类是大自然中最完美的生物，尽管想法有些天真。"引路人急忙说。想到自己的话可能会在这里传遍全世界，他显得有些难为情。"要知道，事实上没有比人更聪明的动物了……"

老子还有阿阔尔都用清澈的目光惊讶地望向他。

"你是这样想的吗？但毕竟任何动物都不会像人类这样热衷于毁灭自己的同类……"老子又一次对他的看法表示了不赞同，"哪里还有理智？就比如说，即使在蚁穴，甚至在狼群里，理性都比在萨拉泰要多得多……不，就我个人而言，对人是完美的这样的说法我非常怀疑。是的，人会做出突破——在某些特定的、往往是意想不到的方面会有很高的突破和发展，包括人类生存过程中产生的宗教意识也在不断地突破。但过度的自负和傲慢毁了一切，也在不断毁灭着人类取得的成就。"

"不，不可能永远如此！"这是霍伊古尔脑海中冒出的第一个念头，并随口而出。他就像有顽固的恶魔附身了一样，这个魔鬼在对他低声说：不要同意，因为你们的争论反正也解决不了任何问题……是的，他显然听到了这个命令的声音。也不知怎的，他不由自主地顺从了这一声音，像失去了意识一样，重复着强加给他的反对声音："……不可能总是这样！……"像个傻瓜、像个无知的人一样重复着，当他反应过来的时候，话已经说出去了，再也收不回来了……

"为什么不可能呢？"老子直截了当地问，一边直视着引路人的眼睛，把他当成了一个平等的对话者，这样的对视最终让引路人感到很难为情。

"因为……因为这是不公平的，这样说不好。要知道除了人，自然界中再没有一种动物能够……能够发展，积累智慧……"

"发展和积累智慧是为了继续做同样的暴行和下流的行为吗？"

"为什么一定是这样……为什么都是恶行呢？"他又违背自己的意愿脱口而出，尽管他已经打算沉默了，并且不再顶撞长者……是啊，他是什么人啊，敢来反对圣贤？但是，就好像有人推动着他去进行这场争论，该转过头看看——到底是谁在蛊惑他呢？"要知道人是可以纠正自己的错误，不断完善自己的……"

"是的，也许吧，这里的确还可以有所期望……但是结果会是什么样——没有人知道，除了造物主腾格里神，而我们只能假设。你的机敏和真诚，小伙子，我的确很喜欢……从你的一些天资来看，你注定要完成伟大的业绩——当然，如果你能战胜自己身上的自高自大。噢，好了，现在让我们拜拜圣石吧，然后开始祈祷。我们每个人都要祈祷并可以自由表达自己的愿望，说说自己的愿望是什么，在担心什么，同时也别忘了为自己亲近的人祈祷……"

是的，话说完了。祈祷的时间到了。

22. 引路人的祈祷

引路人有些不知所措。因为听到智者老子刚刚对他未来的预言，所以他现在十分激动，怎么也无法集中注意力，也不清楚该如何祈祷。最意想不到的是，他现在还不知道该向神祈求什么。他需要祈祷和请求宽恕的东西太多了，昨天他还都记着，可是现在真正到了这一时刻，他却张皇失措了。

他努力让自己的心情平静下来，他看了看老子。老子静静地坐着，双眼紧闭，只是嘴唇在无声地、微微地颤动。阿阔尔瞪着蓝色的眼睛一动不动地坐着，像个石头人一样，他那不问世事的样子使人害怕。他的旁边放着盲杖——但是这根盲杖可不是一动不动的，而是像活物

变换的时轮

一样在微微抖动，如同因为思想紧张而微微颤抖，并发出奇怪的、悠扬的声音……

霍伊古尔吓坏了，他感到浑身不舒服。他闭上了眼睛，周围的世界仿佛离他而去，消失了，而他飘向了时空里的某个地方。

"为什么要历经千辛万苦走到这么远的地方，爬到了天界的高度，克服了那么多障碍？"毫无疑问他现在听到了某个人严肃的声音，但带着相当大的讽刺意味。这个声音并不是耳朵听到的，而只是内心的感知……会不会还是那个鼓动他顶撞老子的人呢？这种情况在这里是有可能发生的……"是为了让自己无欲无求吗？"

霍伊古尔想："真的，为了什么呢？"他决定不说谎，毫无隐瞒地和盘托出：

"是这样的，我并不是出于自己的意愿。我只是个引路人——我能怎么办？所以我现在不知道该祈求什么。"

"想想看，你真的没什么愿望吗？"

"哦，不是……"霍伊古尔突然想到，"我真想安全地回去，回到地面上。"

"好……别担心，你会回去的。还有吗？"

"嗯，我只要回去就好了，别的什么都不用了……"

"你回去再说谎，欺骗大家吗？"

"唉，这……这得看情况啊。"

"那你对萨拉泰前统治者奥昆的提议有何看法？"

"我不知道……"霍伊古尔不好意思地说，不得不说，他已经完全忘记了奥昆的提议，甚至忘记了奥昆本人，就连老子对他的预测他也没想过和萨拉泰联系到一起。"还没有决定。"

"那就想一想，决定吧！你在人世间的新命运就取决于此。在那里——在下面的凡间，有两条可走的路在等着你。"

"哪两条？又该走哪条呢？"

"这只取决于你。对了，现在该是你给自己选择引路人了。"

"我为什么需要引路人，我又不是瞎子……你把我和阿阔尔弄混了吧？我本人——就是一个引路人！"

"我们知道自己在说什么。你失明的程度比阿阔尔还要严重……他可是个眼明的人,他能看到很多东西。最重要的是,他能看得很远,看到以后很久远的事情。甚至把所有尘世间视力正常的人叫到一起——在他面前都是'盲人'。"

"那好吧,好,"已经气急败坏的霍伊古尔毫不客气又无礼地打断了说话者,"我们回到选择引路人的问题上吧。这意味着我需要一个向导……"

"如果这个引路人会是奥昆,也就是被你称为老师的人,你已经发誓效忠于他——等待你的将是一个命运;如果你的引路人另有其人——你面临的将是另一条人生道路。"

"听了奥昆的话,我真的会成为萨拉泰的统治者吗?"霍伊古尔越来越大胆地问。

"是的,完全有可能……"

"那我能在王位上坐多久?"

"这将取决于你们两人,但你们的结局目前来看还是渺茫的。它取决于在选择的这条道路上你们所迈出的每一步,而这条路上的岔路会特别多。"

"哦,哦……既想当这个统治者又有些害怕。第二条道路是通往哪里?另一个王位吗?"

"是的,大概是。"稍作停顿后,引路人的脑袋里响起了这个声音。"但这暂时还不允许说,我们只能说一点:在这种情况下你面临的是一条艰难而漫长的为事业献身之路。不是被迫的工作,而是自愿的献身……"

"这样的情况下能在王位上坐多久?"霍伊古尔因兴奋而心荡神驰,甚至于面对这么一个对他了如指掌、如此非同寻常的对话者他都不再拘束和腼腆。

"在那里吗?会很长时间,在这种情况下你整个漫长的一生都将拥有王位,还有可能在你生命结束之后。"

"你说得好奇怪啊……难道死后还能有生命吗?我一点也不懂。"

"如果你接受了这项任务,以后会明白的。现在必须感受到自己

变换的时轮
ᗢᗢᗢᗢ

内心真正的向往，并听从内心的召唤，做出选择。现在就想一想，确定吧。"

"好吧，当然了，我要考虑一下……"又看了一眼正在祈祷的同伴，请求道："你指点一下我，该如何祈祷！可以说，我从来没有正经祷告过……祈求什么，向谁祈求？这块石头吗？"

"通常都是为自己、为自己的亲人、为自己的人民向上苍祈愿……祈求什么那就取决于祈愿者的内心世界了。"

最后的这句话已经是从很远的地方飘过来的，他勉强听明白了。回过神来以后，他看了看一动不动坐着的两人。当然了，他们很清楚该祈求什么，只是阿阔尔此刻闭上了眼睛。霍伊古尔很想把听到的情况告诉他们，并想征求他们的意见。因为如此重要的问题现在摆在他面前，但他还没有找到答案。很显然，现在没有人能听到他的声音，于是他眼睛微闭，开始祈祷。为了自己他只祈祷一件事——平安返回地面；而为了母亲祈求的当然是幸福。希望一直生活在贫困和劳作之中的母亲最终可以获得富足安康的生活，享受生活本身的快乐，否则可怜的她对自己不幸的命运将抱怨一生……他的思维很快就恢复了正常，思路也变得清晰，此刻仿佛沉浸在自己愿望的世界里。这些愿望汇聚成他希望看到的整个世界的画面和未来的全貌。

他为所有的熟人都祈祷了，首先是为古尔甘，因为他请求过霍依古尔要为他祈祷。还为萨尔巴勒、奥昆和奥阔，甚至为守候绿洲的狼都祈祷了。接着，他又想起了自己不幸的氏族汉塔斯，他又为氏族祈愿。

最后，他想为世界上所有的人祈福，但一下子为所有人祈求什么，他现在也说不上来。霍伊古尔甚至感到有些沮丧，因为之前从来没有想过这样看似不切实际的，但现在却是很有必要的问题。他发动了每一根脑神经，绞尽脑汁，但只想到了祝愿各民族和国家风调雨顺、水草丰茂。他想到了饥渴难耐的人，祈求能让他们吃饱、喝上甘甜的泉水，行路都能顺顺利利。想起不久前，他自己经历的种种磨难，深知最后一块奶疙瘩和最后一口水的真正宝贵，知道篝火散发的热量是多么无价，当然还有人类的仁慈和宽恕是多么可贵。是的，阿阔尔原谅了他的懦弱和可耻的人性缺陷。实际上，还可以为很多事情祈祷，也需要为很多事情祈祷……

祷告之后，面露愉悦之色的朝圣者把供品摆在石头上，石头上面挂上了五颜六色的祈愿幡。

"看，朋友们，"老子说，"大家都看看周围，我们祈祷之后大自然变得多么生机勃勃啊。乍一看，这里除了石头什么也没有，但现在一切都有了生机，开始闪闪发光、粲熠生辉！这都是得益于你们的祈愿和祈福，这就是良言善语的力量。"老子情绪激昂，眼中闪烁着智慧的光芒和恬静的微笑。"非常感谢你们，亲爱的年轻人，尽管经历了极难的考验，但你们还是历经千险来到了上天。请相信，所有圣明的力量都会为你们的壮举而高兴，并感谢你们！"

圣人的状态和他们周围山峰最庄严的样子也传递给了年轻人，他们在祈祷之后内心也感受到了特别的美好和平静。霍伊古尔清楚地看到，周围的一切似乎都闪烁着柔和的神秘光芒。

"嗯，现在呢，我的年轻朋友们，你们快赶路吧，别等我了。我自己会慢慢爬到的。不喜欢成为负担。"

23. 神奇的盲杖、汉塔斯的恩怨情仇

尽管朝圣者们猜测到，就像早晨一样，圣人会奇迹般地再次走在他们前面，但他们还是羞于丢下一个虚弱的老人独自前行。

霍伊古尔不断地回首张望，直到老子消失在山坡后，消失在他们的视线中。两人仿佛挣脱了无形的绳索，立刻健步如飞地向前赶路。他们熟悉这条路，这使他们甚至可以轻松地奔跑：当然了，引路人在前面，阿阔尔在他身后，紧紧地抓住盲杖。霍伊古尔早就知道了，阿阔尔是根据盲杖的抖动感知道路的，这使他能够在平坦的地方步伐稳健、自信从容，而在凹凸不平的地方更加小心谨慎。

而且他还意识到了盲杖的一个惊人的特点——能够把他内心丝毫的波动都传递给阿阔尔。他注意到，盲人总是能觉察到引路人自身感受的变化，而且提前就预知了某段路途的艰辛，比引路人提及此事要

变换的时轮

早得多。这就是说，这不是一根普通的竹棍，而是至关重要之物，霍伊古尔这样认为。

霍伊古尔回想起，就在刚刚不久前他亲眼看到盲杖放在祈祷的阿阔尔身边的一块石头上，像活物一样微微抖动……在行路途中，这根"有生命的"棍子不止一次地将他们从不可避免的死亡中解救出来——在需要的时刻它会自动加长、接住掉落的他们，或者给攀爬陡坡的他们以支撑。他还记起了那件令人不齿的事情，当时他丢下了盲人，把盲杖扔到很远的地方就跑了。好在他的理智占了上风并良心发现，最终他回去了，还努力向阿阔尔赔罪。阿阔尔心地善良，即使别人有明显的过错，他也总是愿意原谅，不记恨，也不责备任何人。相反，他总是尽量去理解犯错误的人，向他解释发生这种情况的原因，以此来证明他们的错误是情有可原的。

引路人清楚了这些以后，他羞愧难当。原来，阿阔尔知道他的一切诡计，他的每一个谎言，但都默不作声，装作什么都不知道，也不明白。现在，在"东方之石"祈祷之后，霍伊古尔不仅感到羞耻，而且突然感觉到，这不是他一个人干的那些勾当，而是成千上万的"霍伊古尔"，现在这些"霍伊古尔"中的每一个都为自己所做的行为感到极其羞愧。他的千千万万的"兄弟们"同时回忆起，他们曾经是如何试图为自己的罪恶行为开脱的："哎哟，这不过是一个没有恶意的小谎言而已，根本不值一提，也无伤大雅……"然而，用几千上万的数字相乘，每一个卑劣的行为就完完全全地展现在霍伊古尔面前。

霍伊古尔觉得奇怪，他——这个罪人、狡猾的人、骗子——比起宽宏大量的阿阔尔对待自己的罪恶要无情得多。现在他的面颊炽热，因为他回想到以前的这些事：他几乎每次都要为自己挑选大块的奶疙瘩和肉干，而放到阿阔尔那边的都是小一些的。他——这个没有家族背景、举目无亲的小引路人——带着自己都觉得莫名其妙的喜悦，用这种方式欺骗了帝国最强大人物的孙子——匈奴军队最高指挥图拉尔大将军的孙子……霍伊古尔记得，以前欺骗了这样的人他会很开心，他的自尊心得到了极大的满足。欺骗这个世界上的强者，他不仅认为他是在羞辱他们，而且好像从内心里感觉自己很了不起，真的展现出了自己不可估量的能力，这几乎成了他生命的意义。

从他们艰难爬上的这些山峰的峰顶可以特别清楚地看到，在平凡的世界里所有不堪入目的丑陋的人类行为不仅是人与人之间，而且是氏族和民族之间争夺主导地位的重要手段。颠倒是非，把明显黑的说成白的——是国家生活中的主要基调。为了自己的利益改变事物的合理性——是尘世间众多实现自己愿望的手段中通用的最无害的方法。它比其他同样受人喜欢的，但更加无可补救和残酷无情的手段人性得多：例如，用武力镇压敌人的抵抗；征服其他的民族和国家，强迫他们按照自己设定的法律生活，把这些法律毫无根据地、赤裸裸地宣布为最正确的法律，并强行施加给所有被奴役的人民。

他们的氏族就是这样，很久以前他们长期受雇于匈奴人，负责看守商队必经之路上一个繁忙地段的山口。他们的氏族——是人口数量众多的哈拉泰民族的一个小分支——被命名为汉塔斯。按照老辈人的记忆，一开始一切都相安无事。他们与哈拉泰各氏族都保持着密切的联系，执行着严格的，有时甚至是严厉的哈拉泰法律，这些法律规定不允许有任何、哪怕一点的欺骗行为。在家庭内部的相互关系中，严格要求对长辈绝对的服从。只要犯了一点错误，不管你是谁——无论是领袖，还是一个孩子——违反者都会被赶出氏族。按照这种严酷的规则生活是相当不易的，但一切都依靠传统的力量维系着。

渐渐地，传统的约束框架对汉塔斯人来说已经过于束缚。这可能是因为他们的生活变得比哈拉泰人富足得多，因为哈拉泰人没有改变他们数百年的传统，在阿尔泰山脉的南坡带着自己的牲畜过着游牧生活。而守卫山口的汉塔斯人早已不再过游牧生活，像定居的中原人一样长久地生活在同一个地方。

对于训练有素的战士来说，服役是一项毫不费力的任务，外族人根本没有抢劫过路商队的意图，因为他们知道山口戒备森严。但是，正如我们常看到的那样，一切都毁于贪婪。汉塔斯人觉得匈奴付给他们的报酬太少了，开始要求过路的商队支付额外的费用。起初他们要求的费用不大，对商人来说还完全可以承受。但俗话说，得一望十，得十望百。人的胃口越吃越大。汉塔斯人喜欢上了获得额外收入的感

变换的时轮
〰〰〰〰

觉，收费的数目逐年增加。许多商队因此开始绕道而行，避开汉塔斯人。随着时间的推移，与商人的分歧加剧，此事传到了匈奴人那里，这让他们很反感，于是立即采取了行动。

一天夜里，匈奴轻兵突然袭击了汉塔斯，把山上的守卫都看押起来后，强行让整个氏族迁徙到平原上。他们这个氏族自由的、无忧无虑的生活就这样结束了。新的生活开始了——这是被奴役的生活，他们被迫接受了新的并不习惯而又讨厌的责任、劳动形式和烦恼。

从此以后，他们的部队不再是军队的一部分，也不再参与战斗，他们失去了人们的信任，被打上了利欲熏心的标签。事实上也是如此，一个只为自己谋取利益的见钱眼开的人，在军队中是靠不住的。

因此，汉塔斯人不得不满足于为辎重车队服务，承担各种杂务。跑腿、被使唤的感觉并不愉快，但有什么办法呢，还是需要生活啊。从外表上看，汉塔斯人似乎屈服了，但却把怨恨藏在了心里。这种怨恨遮住了世间的一切美好，像铁锈一样腐蚀了他们的心灵。感觉自己并没有被老天眷顾、心里憋着一肚子的委屈和怨恨，这就是他们中许多人共同的认识和习惯想法。这似乎已经成了汉塔斯人的性格特点，演变成他们的一种行为规则。

过去在山口的生活在他们看来是安详、幸福的生活，自由的过去就像失去的天堂，这些固执的观念更加使他们觉得自己的尊严受损，尽管没有人特别压迫奴役他们。只是所有的部队、氏族和部落的调动和迁徙在这个庞大的军队体系中无一例外的都要相互协调，汉塔斯人对这个要求过于敏感，把它看作被奴役的标志。他们似乎忘记了，他们已经过了几个世纪这样的生活，现在仍然是一个定居的民族，他们并没有离开过自己的家园和祖先的坟墓，这一命令对他们来说关系不大……

霍伊古尔想起了母亲，她骨瘦如柴，疲惫不堪。但并不是因为奴隶劳动和贫穷，而更准确地说她是被自己的思想，被所谓的"奴役"带来的愤懑弄得精疲力竭。而这种"奴役"实际上并不存在，她的处境与底层的匈奴妇女没有什么不同。只不过是因为牵强附会的理由，她被愤恨吞噬了，三十四岁的年龄看上去几乎是个老太婆了，看着她满脸的皱纹真叫人痛心。

霍伊古尔想起母亲和自己的祖先,突然严厉地问自己:"我为什么会被抛弃在这么远的地方?对我这个蠢人来说登上这么不可思议的高峰能有什么意义?……高高在上的神灵怎么能接受我这个最渺小的汉塔斯人呢?!"他像是被这些问题难倒了,站起身来,木然地站在那里,像一个泥塑。然后抽噎着大声痛哭起来,一边摇头一边大声哭诉着。他咒骂着自己,哽咽的忏悔使他喘不上气来。

阿阔尔放下盲杖,停下脚步站在他的近旁。他没有过去安慰他,也没有再劝说,听着这些伴随着抽泣的悔恨之言,阿阔尔只是沉默不语。凭着某种第七感,他理解了霍伊古尔,给他留下了一个发泄、洗刷罪孽的机会。

24. 年轻人的对话

晚上他们返程的速度比早上走得要快得多,但是他们却几乎没有疲倦,也没有饥饿感,尽管从早上起就滴水未进,粒米未沾。引领、助力他们的是高昂的情绪、振作的精神和对所做事情的深刻认识。太阳还没有落入地平线以下,他们已经看见前面有烟雾,接着看到了篝火,篝火旁那位蓬头发的老人在忙活着。

"哎呀!你们走得很快啊!真是想不到,你们竟然全凭一双脚走了这么远的路。圣人老子也刚回来不久,躺下休息了……"

"这怎么可能?"霍伊古尔一副瞠目结舌的样子,"他每次都是以什么方式超越我们的呢?难道他会飞吗?"

"还得把一切都给你说明白吗?"蓬头发用斥责的口吻说,"你自己想想,你现在到哪来了?这不是你们的尘世,你们那儿无论到哪里,到处都是阻隔,到处都是死胡同,所以你们都是这样的脑筋迟钝,尤其是你……"

霍伊古尔不知道该怎么回答,只是挠挠后脑勺。他四下看看,注意到光头不停地玩着自己的小石子和石头塔,暗自发笑。但是,蓬头发的傲慢仍然触犯了引路人,诡计多端的他狡猾地问:

— 371 —

变换的时轮

"我看你也不傻，但是，那你为什么被罚的次数比哥哥多呢？"

"多？比我哥哥？"对这个突如其来的问题蓬头发不知所措，但马上又重新振作起来，找到了一个有力的答案："哥哥已经是成年人了，他比我大整整六十岁……这就意味着，他有更多的经验。所以，他会避开麻烦……"

"你说得对，六十年——这是一个相当长的时间，可以积累足够的经验……"

"你知道我在六十年后会变成什么样吗?!"蓬头发略带挑战的口气问道，但又犹豫了一下，补充说："当然了，如果我能达到一个不错的水平的话……"

"你难道什么都不学吗？我看，你一直东跑西跑……怎么，一整天都这么忙吗？"

"我有很多任务。帮助母亲用各种草药、根茎、叶子提取药汁。要知道，这些东西都要按时收集起来。有些要晒干，磨成粉末。然后提取的汁液要及时混合起来，并添加必要的成分……一大堆事情！嗯，有时候来不及做，就要受妈妈的处罚。但是没关系，很快我就都能学会了。"

"努力学习吧，也许一百年后，你就会像我们尊敬的老子一样，成为受所有人尊敬的圣贤。"不知霍伊古尔的话是开玩笑，还是认真的。"你还有很多时间……"

"不，不，无知的人不能设定这么高的目标，这我是明白的。我们需要做的就是及时学习，而不是像我那样偷懒。现在设定太高的目标为时已晚，但我还有很多事情能做。"

"顺便问一下，你叫什么名字？"霍伊古尔问道。

"不叫什么，我们不习惯给一个人起绰号，像呼叫狗一样。名字一直保持着极高的神秘性，也不能问。"

"我们尊敬的圣贤都有名字——老子。"

"这是他尘世的名字……而这里的名字是保密的。"

"真是的，你也够狡猾的了！"

"我怎么是狡猾的人了呢？你说，我骗了谁？"

"我们是不是已经回来一会儿了，而你一直在试图逃避直接回答问题。当我问到为什么你妈妈惩罚你比惩罚哥哥的次数多时，你说他年长，所以更有经验。而现在，当我们的谈话，很明显，触及对你来说并不愉快的话题——学习的问题，你又装老了：还说，现在制定这么高的目标已经晚了……"

"难道不是这样吗？在这两种情况下，我都诚恳地做了回答。"

"我看，咱俩就是一丘之貉，我在那里——在尘世——经常说话拐弯抹角，避而不答，欺骗了不知有多少人。"

"不！"蓬头发显然有些生气了，"你，也许，是个爱说谎的人，这通过你本人也能看得出来。但是我从来没有……是的，几乎从来没有欺骗过任何人，几乎从来没有……"

"那我告诉你为什么啊？"霍伊古尔摆起了架子，装作很严肃的样子，好像是要把宇宙的秘密说出来一样。

"说吧。"

"因为所有被你碰到并被你欺骗的蠢货都在凡间呢。而这里，看样子，似乎没有缺心眼的人，这里大家都能看透你。母亲当场捉住你说谎，就惩罚你，希望你能改正过来，免得你变成不可救药的骗子，否则更糟的结果——变成卑鄙无耻的人。"

"是吗？"已经不再和霍伊古尔争论的蓬头发胆怯地问，"如果我永远无法改正怎么办？"

"那怎么能呢？"霍伊古尔以一个有经验之人的口吻说，"你永远都会有希望的。在我们骗子中我也许不算是最高级别的骗子，但也算是小有成就的人了。我这是以这样的一个过来人的身份跟你说。"

"你欺骗了很多人吗？"

"是的，我几乎无时无刻不在欺骗，欺骗了所有人，即使在没有必要的时候也这样做了。"

"而每次你都能蒙混过关吗？"

"当然。只需要会找准时机脱身，避开别人对你谎言的指摘。"

"奇怪……"灰心丧气又心情不佳的蓬头发说，"而我从来没有成功骗过任何人，哪怕是小小的骗局……嗯，就是迷惑一下别人都没做

— 373 —

变换的时轮

到，立即就会被揭穿，接着就是逃不掉的惩罚。我不明白你是怎么做到的？"

"行啦，别灰心，答案很简单。我把秘密告诉你，只要你说出自己的名字。"引路人试图智取蓬头发。

"我会感激你的，亲爱的朋友。但是请不要请求不可能的事情。"

"如果我连你的名字都不知道，那我算不上你的朋友……根本不是朋友。"霍伊古尔故意发脾气说，尽管事实上他很满意这次谈话。在尘世这也是一次普通的谈话，但那里没有人能读懂你的思想。而且对人世间的生活，对现在是那么遥不可及的家乡生活的思念紧紧地包围着他，这种思念已经完全不是儿戏，非同小可。

"好吧，亲爱的'非朋友'，原谅我不能说出自己的名字……而你，从各方面来看，是一只高飞的鸟，一定会是大人物。但是，你们竟然能做那样的事……哎……呀……呀，还能互相欺骗？"

"这其中的秘密其实很简单。在尘世，除了少有的例外，几乎所有的人都离你们的崇高目标很遥远，他们过着普通凡人的生活，他们的需求并不高，并且只为那一点儿目标活着。他们很容易被骗，因为可以说，他们不可能高瞻远瞩，只满足于眼前。"

"是吗?!"蓬头发惊讶地叫道，"那就是说，在尘世间生活，在这些没有深谋远虑的人中生活，还是很有趣的……而这里大家互相间都能看透，所以有点无聊……"

他没来得及说完，因为这时传来了母亲愤怒的呵斥声和柔韧的藤条特有的刺耳的呼啸声。蓬头发马上双手掩面，蜷缩在一起，先尖叫着哭了起来，这么做是为了妈妈能手下留情，以此求得原谅。他像上了发条一样不断地重复说再也不会有这样的事了……"再也不会"有什么事了，他为了什么请求原谅，他自己似乎也不清楚……

"哦，你可真是无可救药了！还得教你多少次呢！你又闲聊起来了，忘了制作药汤了吗？谁能替你喝药?!"

光头也被重重地抽打了几下——因为没有看管好不懂事的弟弟，没有及时提醒他完成自己的任务。

"我也是从早到晚都在忙啊，"哥哥辩解道，"我不能分心，否则

— 374 —

我会错过凡间重要的事件。对了，中原国家的争霸和动乱在不断扩大，而在萨拉泰，又在酝酿一场新的政变……"

"唉，能拿他们有什么办法?!"母亲懊恼地顺口说了一句，"很明显，他们永远也不会醒悟了。"

"此时，在萨拉泰，人们正翘首期盼他们的新统治者的出现，预言王位将……"

这时，光头话说到一半又不说了，因为他看到了母亲愤怒的目光正注视着他：

"我这是什么命啊，怎么就生出了你们这样愚蠢的家伙：一个比一个蠢……我说过多少次了，还没有确定、没有发生的事情不要说出来。预先确定了事件的发生，你这样做有可能会危害到凡间的生活……是这样的！"

光头的后背又被狠狠地抽了几鞭子。但是怒气来得快，同样消得也很快。年轻的母亲对朝圣者们露出了灿烂的笑容，像什么事都没有发生一样：

"嗯，朝圣之行还顺利吧，我的亲爱的客人们？不过，不用劳烦你们再讲一遍了，一切的一切我都知道！你们受到了上面神明如此的重视和热情的接待，我很为你们高兴。哦，他们对来自人间的造访者并不总是这么亲切……"说到这里，她像一个普通的尘世间的妇女一样，下令说："好了，我们共进晚餐吧！都坐过来吧，小伙子们！"

25. 丰盛的晚餐

这一次，客人们更加喜欢晚餐了。虽然昨天所有的菜，如俗话所说，都是刀尖上能盛放的那么一点。更确切地说，就像是菜品取样，而不是充分的款待。今天，朝圣者对这种"鸟食"有了更多的尊重，因为吃了这样的食物他们便轻松地走了很远的路程。按凡间的标准，在恶劣的山区条件里，只算单程的话就走了大约十基奥斯的路。在过去，这样的往返路程他们至少要花一个星期的时间。

晚饭时，兄弟俩安静地坐着，闷闷不乐的样子，偶尔会孩子般地

变换的时轮

用鼻子抽气。就是这样，哥哥一刻也没有忽略他的"保护对象"——不停晃动的石塔，每个石塔都按自己的节奏晃动着。光头两次从桌旁跳起，跑向它们，小心翼翼地调整着，好像在它们上面施着魔法一样。

"那夜里怎么办，所有人都躺下睡觉以后呢？"霍伊古尔难以掩饰自己的惊讶。"这样看来，这些石头需要时刻盯着，否则它们无意中掉落下来，石头塔就会破坏了……"

"那两只眼睛给我们做什么的呢？"光头半开玩笑似的用反问来回答这个问题，"我一个人就足以照看好所有石头塔。一只眼睛可以熟睡，我和它一起休息；另一只眼睛半睡半醒地就照看了我的这些石头塔。"

"哇，要是我也能学会这样做就好了，"引路人感叹道，表现出了由衷的羡慕。无论这里说些什么，发生了什么，他现在什么都相信了。他对任何事情都不再感到惊讶，也接受了一切。

"你根本学不会的。再说了，你学这个干什么？"

"我在凡间是个猎人，"霍伊古尔无意中又习惯性地说了谎话。在他说这句话的时候，圣人和母亲同时笑了，却没有说什么。他们想，可能他是在开玩笑。"男孩们"立即停止了用鼻子抽气，并惊讶地看着霍伊古尔：

"你……是猎人？！"

"对啊，是猎人。"

"那你猎杀了很多野生动物吗？"

"是的，猎杀过……"霍伊古尔边说边思考着，怎么能自圆其说。

"这是多么可怕和野蛮啊！"光头大声喊道，"一个动物杀了另一个动物并要吃掉他，这和野兽有什么两样……嗯，那你告诉我，为什么要这样做？你们不是有无数各种各样的植物性食物和其他可食用的东西吗……"

"没什么为什么啊！"霍伊古尔面露难色，但如同俗话所说，为了不丢脸，他决定继续撒谎，因为他已经意识到别无选择了。"为了食物多样化，每天吃同样的东西会让人厌烦的。"

"这就是你们的习俗，真是太过分了！甚至不是因为饥饿，而仅仅是为了换换口味，就像你说的那样，就去猎杀活物，然后吃掉它……

不，这太残忍了！"光头愤愤不平地喊道。

"对，我们凡人就是这样的……"引路人表示同意，他窃喜的是，他把谈话从"狩猎"的话题中引开了。能够给这两个"小伙子"留下深刻的印象，终于有点事可以让他们也感到震惊了，这让霍伊古尔很是满意。现在说到凡人的本质，也不算是欺骗他们，只是添油加醋、夸大其词罢了。

"是的，没错，太残忍了！我事先要是知道这样，我就不会和你说话，也不会坐在同一张桌子上吃饭。"光头怒气未消。"哎呀，糟糕透了，居然跟野蛮人一起吃晚饭！"

霍伊古尔显然没有预料到自己说的话会引起这么大的反应。正因如此，他有些茫然无措，不知道接下来该怎么办，望了一眼一直沉默不语的阿阔尔，把他当成了救星。

"我也不太喜欢和这样的……"蓬头发支持哥哥说。

"嗯，不要再生气了，"在这之前也是一直默默吃着晚饭的老子突然插话说，"我们都是人……或者曾经是人，而人本来就有很多缺点。一般来说，非常不幸的是，人是有缺陷的生物，但这并不是关键的……"

"那什么是关键呢？"兄弟俩几乎异口同声地问道。

"关键？关键是人还有另一种看似无伤大雅的短处，这个毛病会加重他们的小错误，使小错误变成大错误，有时就会变成全人类的缺陷。"

"这是什么毛病呢？"蓬头发急切地问道。

"偏见性……"

"什么，什么？"

"这里说的是一个人为自己做的事情赋予什么样的意义，如何解释自己行为的问题。人几乎总是会不惜一切代价为自己的行为辩解，这就是对自己的偏袒。许多不幸和不公正的根源就在于此。"

"尊敬的老师，那样的话，如果每个人都以自己的方式看待真理，那人间就不存在所有人都认可的真理了吗？但这又是不可能的啊！"蓬头发愤慨地说。

"哎呀，原来我弟弟这么聪明啊，能够考虑这么高深的事情！"光头说，完全看不出来他是在开玩笑，还是说得是认真的。

"如果你也不明原因地一天被罚两次的话，那你也会说话不一样的。"弟弟顶撞哥哥说。

"那么执行这样不公正的判罚的法官是谁呢？"母亲愤怒地马上回击说，"那好，我们就来说道说道偏见的问题吧。"

"不，不，妈妈！我根本就不是说你。我们在和最尊敬的圣人一起讨论离我们遥远的凡间的事情。"

"你说，人间的事？"母亲很是怀疑地看了看儿子，心情平复下来，"人间的事啊——的确，那里太乱了。可怜的人们……我真可怜他们！我每天都为他们祈祷。唉，行了，别再提这些事了！你的问题都是些愚蠢的问题，你来捣什么乱？你想的事都太简单，你那些幼稚的问题提出来我都感到羞愧。"母亲非常严厉地看了看小儿子，以至于他已经开始害怕又会挨一顿鞭打。"坐那儿安静地听有智慧的人说些什么吧。唉，我为什么会生了你这么爱说闲话的儿子呢？看来该把你都不在乎了的细柳条鞭子换成更粗的了……"

"不，不，妈妈！千万不要这样啊！"蓬头发哀求道，"从今以后，我将虚心听取圣贤们的谈话，认真学习……"

"嗯，那选柳条鞭子的事明天再说吧。"

与此同时，大家都想知道，老子之后的第二位智者是谁？因为不论是蓬头发还是妈妈本人都无意中再次暗示了第二位伟大的对话者的存在……嗯，不可能暗指的是引路人吧？

26. 同坐一张桌旁的第二位令人尊敬的人

当这位年轻的母亲怀着极大的崇敬之情又很胆怯地和坐在那里一直沉默不语的阿阔尔说话的时候，一切都不言而喻了。

"您怎么一直不语啊，青年人？您似乎想向我们尊敬的老子问些什么，或者更确切地说，想询问某个人的事吧……"

"是的，您不仅能窥探人的内心，让我更加窘迫的是，您还能读懂人的思想。"阿阔尔谦逊地开始说，"从我第一次见到伟大的老子那一刻开始，我就想问他一个人的事，但不知道这样做是否得体。"

"为什么这么说？甚至可以说非常得体。"智者回答说，"你想问丁宏将军的事吗？"

"哦，是的，尊敬的老师。你们一起在三关哨所服过役，这是真的吗？还是这只不过是传说？"

"这是事实，但已经变成了传说。"老子露出了亲切慈祥的笑容。他整个人都变了样子，连脸上的皱纹似乎也都舒展开了，眼睛里闪烁着调皮的光芒……"是的！那都是曾经的事了……现在我听到了一些反映尘世生活的不愉快的消息。的确，那里发生了五花八门的事情，有许多不道义的，甚至是极其不公平的事情。但在尘世生活的漫长岁月里，我没有经历过与人间的欢乐和真诚相比更值得拥有的东西。这里很好，因为一切都是透明的，每个人都能清楚地看到所有人的一切。所以，这里你欺骗不了任何人。但是，无论怎么说，无论如何诋毁人间的事情，在罪恶的土地上幸福和欢乐依然存在，而且它们无处不在……"

"我……我也想到人间去，"蓬头发叫道，接着痛哭流涕，知道对他的惩罚将不可避免。

"马上停止！"母亲打断了他的话，一边怜爱地抹去了他的泪水，"啊，跟你说过多少次了，不要在大人谈话的时候插嘴？"

"你不要对他这么凶……还是听我说吧。当我在尘世担任守藏史的时候，我在那里有一个仆人，他的眼界和思想都很狭隘，周围的每个人对此都很惊讶。而对我来说，他拥有朴实无华、为人正派的品质，他就是衡量这些品质的标尺。他对生活的领悟非常简单质朴，至今想起他我仍然感到温暖。他留在了那里，在三关哨所附近的一个村子里，娶了妻，但这又是一个完全不同的故事了……还是说丁宏将军吧！真是太令人震惊了，他在民间传说中竟是丁宏将军。但是在生活中，我从来没有见过穿着将军制服的他，也没见过他履行将军的职责。你们一定会很惊讶吧！"

"怎么是这样？"

"就是这样。我见到他的时候他还是个男孩，一个坚强、自信的

变换的时轮
∧∧∧∧

男孩。为了正义，他可以不惜一切代价做任何事情。我们是在一个中转站认识的，在那里把我们编了队，确定了接下来谁会被派去哪里。我们那时人很多，都是许多饥饿的小男孩，第一次离开母亲身边，离开家。每个人都同样不幸，但卑劣的人性本质就是这样，它会让他寻找比自己更不幸、更不走运的人。欺辱和嘲弄弱者的同时，人似乎能获得自信和一种感觉，觉得自己并不像被他羞辱的人那样不幸。我的不幸是，我有一对惹人生厌的大耳朵，不知为什么所有人都不喜欢我的耳朵。因为它们，我成了别人挖苦的对象。而未来的将军——丁宏，在完全不熟悉我的情况下，能够抵制大家的从众思想和冲动，他用拳头的力量和魄力保护了我。当时他和你们现在一样，只是个少年，但绝不是简单的年轻人！无论他做什么，到处都显示出了他出众的能力。是的，只有当一个人把自己一生的命运都交给了一项事业，那他才能在这个事业中成为强者。随着时间的推移，他给我的人生观带来了许多新的和意想不到的东西，我对他感激不尽……"

"他能给您带来什么呢！"蓬头发突然冒出一句，显然疑虑已经超出了对圣人的崇敬。"无论如今丁宏受到何等的赞誉，但他毕竟只是边关哨所一名安分守己的军人。可以说，即使是将军，也只是普通的'百姓'而已。这样的人过去和将来都有很多。"

"你又来了？"母亲严厉地瞪了他一眼，这就足以让蓬头发闭嘴了。

"蒙昧无知、才疏学浅的人有时也是这样考虑的。你先不要对孩子如此严加管束，孩子妈妈。这些想法就像云彩一样飘荡在空中，孩子只是传达这些思想，根本不会细想它们的实质。所以要是我，我不会因为这个就惩罚他。"

"不，不，尊敬的老师，我也没想要……"羞得满脸通红的年轻妈妈说，"我只是有些激动，提到……"

"我明白……丁宏——是一个各方面都很强大的人。只要一提到他，仍然会引起那些有幸与他亲密交往的人最矛盾的情感。我一天之内会不止一次地想到他，经常忆起的是往昔不同时候他说过的话。有时我甚至还会和他争论，尽管他早就不在身边了。但常常是我妥协，最终同意他的观点，但得到的是前所未有的意志和思想上的收获，我今天的思想就是印证。"

"还有我……我也是，"她激动地叫道，又不好意思地沉默了。

"所以我们在中转站阴暗的房间里第一次听到的那句难忘的话'这样的人过去和将来都有很多。'显然是错误的。很遗憾，像丁宏将军这样的军人太少了。因为缺少这样的人，唉，世界还会因为划分边境问题面临巨大的混乱之势。"

说到这儿时，年轻的母亲因为这个鲜为人知的即将到来的人间灾难而大叫一声，阿阔尔发出了一声长长的叹息，其他人什么都没懂。

"但我们还是不要过早担心吧，"圣人安慰他们说，"万物各有时。"

"尊敬的老师，不能想办法减轻这些无法逃避的巨大灾难带来的影响吗？"悲伤的阿阔尔问，"或者哪怕推迟它们的到来，让人们至少有点准备呢？"

"怎么不能呢？可以。在这个世界上一切皆有可能。虽然这不在人类能力的范围内……人想要影响事件的发展，可能只能通过祈愿了。这些祈祷的良好祝愿可以改变很多事情。"

"您说，人是无能为力的，"阿阔尔深思着重复道，"但是，所有历史上的灾难，除了自然灾难，都是人为造成的。难道不能说服他们改变想法吗？"

"一切皆有可能……但不是现在。现在他们的想法如此实际，就会轻易地相信任何荒唐的事情和不经之谈。而唤醒他们——几乎是不可能的。所有的不幸就在于此。"

突然，老子不见了。大家惊讶地面面相觑。

"我们已经让尊敬的圣人很疲劳了，"年轻的母亲平静地向大家解释说。显然，这不是她第一次遇到他这样的举动。"这是他在暗示我们也该休息了。明天你们还有一条通往南方'赤石'的艰难的路要走。"

母亲离开后，四个参与对话的人又坐了一会儿，对刚刚参加了如此郑重其事的谈话仍旧感到激动。

"你们每天都能和这样的智者交流是多么幸福啊！"霍伊古尔声音中带着明显的羡慕。

"不，你错了，他跟我们交流很少……别说每天了，这样的谈话甚至不是每年都有。"

"不管怎么样我还是羡慕你们。这是我第一次听他讲话，但我立刻觉得自己高了一头，变得更强大、更智慧了。"

"这说明你很有能力，也许你会成为一个大人物。换换其他人，不管他们和谁交往，可能两百年的时间也不能让他们成熟起来，什么都没用……"看着弟弟，光头挖苦道。

"而你自己呢！比别人强多少吗？你比我聪明很多吗？"蓬头发嘟囔了一句。他不仅生气了，而且还明显地要和哥哥争吵一番。但霍伊古尔很快就说服了他，制止了这场争吵，提醒他母亲推迟到明天再选择更结实的鞭子那件事。

就这样大家都已经心平气和了。有人微笑着，有人聚精会神地思考着散去了，大家各自分头去睡觉了。

27. 南下之路

整个夜里都在下着绵绵的细雨，所以早餐不得不移到一个大山洞里面吃。

每次宴请的食物都越来越丰盛，而且很容易吃饱，尽管菜肴仍然只是由各种植物提取的几滴浓浓的汁液和压榨物。早餐的菜品正好是四十道，而晚餐菜肴的数量是其两倍。

"吃饱点！今天你们要走的路比去'蓝石'更远、更难走。"蓬头发说。他今天心情愉快，于是隆重地介绍了每一道新菜的特征。显然，他对这桌宴席感到自豪，并乐意与霍伊古尔分享这些菜肴的成分。

只有霍伊古尔和阿阔尔两人共进早餐。老子在拂晓时就出发往南走了，而年轻的母亲也因为自己没完没了的事情去忙了。他们立即出发了，一刻也没有耽搁，虽然淅淅沥沥的小雨下个不停。在湿漉漉的石头上走不太方便，脚打滑，因此比昨天走得慢了很多。尽管如此，他们很快就赶上了老子。从远处看，他好像不是在走路，而是在石头上爬……可是他为什么要装作一个身体虚弱的老人，这是为了什么呢？

"嗨，早起的年轻人！"圣人高兴地和他们打招呼，"今天你们起得很早啊。"

"下雨天，"引路人回答他说，"走起来不容易，路又那么远，不宜过久逗留。"

"没错，确实是这样。在一天之内天气当然还会发生变化。虽然现在凉爽潮湿，但可能很快就会变得闷热难耐，同样不太舒服。许多尘世的'如意算盘'在这里看都是混乱而错误的，因为人们总是把转瞬即逝的、短暂的东西与永恒的、周而复始的有价值的东西混为一谈。"

"尊敬的老师，又该如何区分它们呢？人间的一切都是混杂在一起，分不清楚的，就像黏土和沙石一样。善和恶、真理和谬误也是如此。"

"正是这样……但是，如果不是这样，人间的生活就会显得索然无味，太合乎规则，简单又平淡了……你觉得呢？"老子望向霍伊古尔，眼里闪过一丝狡黠。

"为什么平淡无趣呢？"霍伊古尔天真地问了一句，然后马上又自己回答说："嗯，是的，平淡无味，不过，生活会简单轻松得多。而在尘世，正因为把很多东西混淆在一起，世界上才会有那么多的杂乱无章的事，做出不计其数的错误和犯罪行为……"

"就说你自己吧，在尘世的生活中，早在年少的时候你就意识到，你可以从这种混乱中获益！你巧舌如簧，能把一个东西说成另一个东西，并从中得到了自己的好处。有过这样的事吧？"

"有过……"被揭穿的引路人显得很窘迫，"但这都是很久很久以前的事情了，都已经没什么印象了，就像根本没发生过一样。"

"你可真是八面玲珑啊，你这个滑头。你知道什么时候把事情大事化小，小事化了；什么时候该夸大其词……"

"没有这些怎么能行呢！"霍伊古尔意味深长地回答，耸耸肩。他甚至都没有意识到这句话从他嘴里说出来有多么不成体统。"人总是需要自我保护，否则就完蛋了。而且这些都是小事，算不了什么。"

"正是这样的一些小事才酿成了巨大的不幸。就拿萨拉库姆沙漠来说吧，穿越这个沙漠你差点就丧命了，还记得吧？"

"那还用说吗，记忆犹新。"

"那萨拉库姆是由什么组成的？不是大石块吧？"圣人停顿了一下，"是由小小的沙粒组成。微不足道的弱小的罪恶之物，但它们却能夺走你的生命。你还说这是小事……"

"如果是这样的话，那我就是一个罪孽深重的人……"霍伊古尔脱口而出，与其说他是被这些证据逼得走投无路、无言以对了，不如说他的良心被唤醒了，"那怎么做，我怎么才能摆脱罪恶，洗清罪孽，净化灵魂呢？"

"什么怎么做……认识到罪恶而不再犯错，这就可以了。但是，为了斩断孽根，永远摆脱掉它，我们必须把过往的罪恶之事一一忆起。"

"怎么？难道每一个罪过都是如此吗?!"引路人惊恐万分地喊道，这种恐惧是真实的。"要知道我的罪过太多了，这样的事情平均一天都……做过几十次。因为我总是撒谎，即使在没有必要的时候也是这样做的，无论什么情况都撒谎——这样做，就是以防不测。很奇怪，这样做也会给我带来快乐……"

"你要知道，你的这种感觉又加深了你的罪恶程度，因为你是有意识去这样做的。"

"哦，太糟糕了！为什么，为什么我造了这么多孽呢?!那我该如何是好啊？"

"就要这样，这样的想法和你说的这些话就是正确的。如果你意识到自己的堕落并能悔过，那么你现在就走在正确的道路上，并且有希望改过自新。但这条路走起来并不容易，也不是捷径……"

"我只有十七岁，但我积累了那么多的罪恶，就如同我已经一百一十七岁一样。"

"还要多。"老子微微一笑，"如果是根据罪恶来确定年龄，那么亲爱的罪人，你的年龄就更大了——大很多！"

听到这话，霍伊古尔转过身去，因为撕心裂肺的痛苦，对自己渺茫的未来充满懊恼，他悲痛欲绝地哭了起来。而与此同时，也能听到圣人很奇怪又调皮的笑声。盲杖在引路人的手中颤动了一下，平时阿阔尔就是这样抽动盲杖，在有什么不寻常的事时用于提醒引路人。引路人擦干眼泪，环顾四周：圣人已经不在身边了……

"真是怪了！他不见了。他又消失了，不知去向。"

"没关系，"阿阔尔说，"我们会在'赤石'附近见到他的。"

"这是你拉动盲杖的原因吗？而你是如何感觉到他消失了呢？"

"我自己也不知道。只是突然感到旁边空荡无人。"

"但是昨天你还跟我说，有两只雁从我们头上飞过……这你又是怎么知道的？我可能也看到了，但我并没有放在心上，我没有告诉你……"

"我听到翅膀的声音，那肯定是雁，有两只。"

"哎呀，你这听力太厉害了！那晚上呢，大雁飞回来的时候，你说听到了四只飞回来的雁？"霍伊古尔问。

"是的，晚上有四只。我想，早晨老师带着他的仆人，也是他的朋友，变换成雁飞过我们的上空。可能，为了安全起见，他们对所有人来说都是隐身的。"

"但到了晚上，为什么会有四只呢？"

"大概，与他们同行的还有其他的仙人吧……"

28．"为什么选择我？"

就在这时，雨过天晴，阳光洒照下来。正如老子所预言的那样，天气变得暖和起来，因为水汽的蒸发甚至有点闷热。石头很快就干燥了，朝圣者们走起来也快多了。

"阿阔尔，你说，在这个世界上我们是不是并不能看到所有人？"

"当然。不仅在这个地方，而且在尘世也是如此，尽管在那里我们身边看不见的生命体并不多。你们视力正常的人根本看不到，而我却能感觉到他们存在于我们的空间中。"

"我从没相信过这样的无稽之谈……"

"是的，你就是这样……"阿阔尔叹了口气。

"'这样'是什么样？"

"既不相信善良，也不相信无私……具有这些素质的人，你认为是软弱和愚蠢的，也因此你欺骗所有人，无时无刻不在欺骗。甚至那

— 385 —

些帮助你，相信你并同情你的人无一例外地都被你欺骗……你有没有问过自己为什么这样做？"

"是的，我从来不相信这些所谓的美德，确实认为那都是愚不可及的蠢事……那些自觉做好事的人简直就是傻子。只有到了这里我才明白，为什么我从来没有同情过任何人，除了我自己……"引路人停了下来，悲伤地叹了口气。"那是因为我不相信任何人……"

"霍伊古尔，你能做到自我剖析，我真的很高兴。因为你所有的不幸，还有经历的挫折正是源于多疑，我很清楚这一点。我们中界里势力强大的人通过你的行为举止来评价你，这就是为什么当我从许多人中选中你时，他们十分抗拒的原因。"

"那你为什么仍然选择我？是出于怜悯吗？"

"不，那不是重点。"

"那还有什么？这样一次艰难的旅程，在所有自告奋勇做引路人的勇士中，你为什么选择最不可靠的人？"

"那，好吧……"阿阔尔结巴起来，"现在我们已经在上界了，在这里就可以透露一些秘密了……我们在这块草坪上坐一会儿吧……你也明白，选择合适的引路人是决定整个旅程成功与否的主要条件之一，不是我一个人能自作主张的。"

"那就是说，大将军或者吴胡安替我说了好话？"

"没有，不是世俗世界的人选择了你，全是上天的旨意。"

"啊，你在尘世就与至高无上的神灵进行了交流？"

"是的，但不是像现在这样的直接交流，而是通过梦境或是突然迸发出的思想。哪些从头到尾都是我自己思考出的想法，哪些是我自己从来都不可能想到过的外部输入的思想，这些我是能够清楚地辨别出来的。能够把这两种思想区分开来的凡人并不多……"阿阔尔又默不作声了，似乎在犹豫是否要继续说下去。"这不，根据一些上天预示的征兆我明白了，最高的神灵选择了你……"

"选择了我？！我这样的？无论如何我也不能相信……"

"你有权不相信。是的，没有信仰的骗子被选为最合适的引路人……我可是从小就了解你，你总是骗我，但我能够接受你的行为。

阿贝尔想方设法揭穿你的谎言并痛打你的时候,我感到很抱歉,因为我对你的一切都了如指掌。在路上,你给自己挑选更大块的、更美味的食物,而给我少分一点,这些我都知道。我理解,这很公平,因为在朝圣途中更需要你的力量和求生能力……"

"你可真有智慧,而且……而且还是心灵高尚的人!而我——是个下贱又卑鄙的人,你却仍然保护并怜悯我这个一文不值的人……"还未来得及擦干眼泪,引路人再次悲伤地哭了起来。是的,以前他很少哭泣,只有特别委屈或是因为骗人的勾当不成功而感到极其懊恼时才流泪,但那时的泪水不知怎的能灼痛脸颊,使心灵特别空虚。而现在,这些眼泪似乎在清洗和净化他的灵魂,他自己也明显感觉到了这一点。哭泣之后他的心里变得轻松……"你知道吗,阿阔尔,我现在意识到自己以前的卑鄙行径是多么痛苦。我该如何,如何赎罪啊……"

泪水又一次使引路人无法继续说下去,连接着他们彼此的盲杖也像有了生命一样,在不停地抖动,仿佛是将这忏悔的悲伤全部传达给阿阔尔。终于,霍伊古尔平复了心情,用仍旧颤抖的声音问道:

"嗯,如果至高无上的神灵选定了我,那么这是否意味着,他们在我身上看到了甚至连我自己也不知道的某种品质?"

"正是如此。"

"我还以为我对自己了如指掌……之前所做的事情都是那么丑陋,以至于我早就已经自暴自弃了。我认为,既然已经做了那么多可耻的行为,自己也就不会再做什么有意义的事情了。可能因为我感到毫无出路,所以才继续做着这些缺德事……"

"这都过去了。现在呢?你现在相信了吗?"

"我感到惶恐和困惑。如果最高神灵信任了我,那也许我不是一个一无是处的人……"

"霍伊古尔,我为你感到非常高兴。你一直不愿意理解和接受任何东西,现在终于不再固执了。这么长时间以来你一直认为周围的所有人都在撒谎,自然也就认为自己同样摆脱不了撒谎这条路。走吧,我们现在走在最正确的道路上……"

他们起身出发了。霍伊古尔反反复复地琢磨着刚刚听到的那些话,

— 387 —

变换的时轮

那些对他至关重要的话语。他惊讶地,甚至带着几分敬仰之情回头看了看那块见证了他的泪水和忏悔的草地……这个时候,太阳开始变得炙热起来,但朝圣者们反而加快了脚步,又重拾好心情的他们自然而然脚步更加轻快。

"你不累吗?我们是不是再走一段路就坐下来吃点儿东西呢?"引路人问。

"不,不!"阿阔尔毫不犹豫地立即反对,"看,我们很快就要到'赤石'了。"

"目前前面没有任何石头,你又是怎么知道我们已经到'赤石'附近了呢?"

"那,就是我的感觉……"

"我们是不是走过了?"霍伊古尔突然担心起来,左右张望着,甚至回头看了看。但是,哪里也没有看上去像圣石的石头。

"没有!"阿阔尔坚定而自信地说,"它就在前面,相信我。"

种种迹象表明,已经到了正午。影子就像一块小地毯在他们脚下蔓延开来。他们满怀信心神情严肃地朝正午太阳的方向,往南走去。前面出现了一个不大的山口。走近以后,霍伊古尔激动地开始仔细观察,看看是否会发现期待已久的"赤石"。让他惊喜的是,他在山口的那面看到了"赤石"的顶端。

"看!它在那里!终于看到它了!"霍伊古尔喊道,握着盲杖的手松开了,他向前奔去。

壮丽辉煌的"赤石"展现在了面前——整块石头在太阳的照耀下熠熠生辉。而在它的前面可以看到老子跪拜的身影,他应该是在虔诚地祈祷。看到老子,引路人才意识到他丢下了自己的盲人朋友。他紧张地回头望去,害怕看到伏在巨石间无措的阿阔尔。但阿阔尔却不见踪影……霍伊古尔被吓得几乎喘不上气来,但马上他就听到有人呼唤他。当看到阿阔尔已经跪在圣人旁边时,引路人简直是目瞪口呆……

29. "赤石"旁

引路人在他们旁边跪了下来,但他的意识突然变得模糊不清。他陷入了一种像是半睡半醒的迷迷糊糊的奇怪状态,但那既不是做梦也不是昏迷。相反,大脑处于兴奋状态,一个个想法接二连三地快返闪过,思绪一片混乱。

霍伊古尔想到了他看到"赤石"时是多么的震惊,同时也没有忘记当他终于见到这个期待已久的目标后,抛开盲人伙伴时的样子。在曾经充满罪恶的人生中,他也从没有不顾自己失明的主人,如此着急地去做任何事。不过有意抛弃盲人的情况确实发生过——那是因为恐惧。第一次发生这样的事情是在遇到守护奥阔羊群的那两只狼时,出于自救的本能:在神志完全清醒的情况下,他抛下了阿阔尔,弃之不顾。可怕的罪行,巨大的罪过,现在该怎么办,该如何祈求饶恕呢?……而且很快这样的事情又发生了:在黑暗的夜里,因为对死亡的恐惧,他在半神志不清的状态中不顾一切地往回跑。在他看来死亡是不可避免的,所以他又一次逃离了。如果不是后来又回到了这个伟大的盲人身边,那么这将是一个更加恶劣的罪过——背叛……

他的氏族汉塔斯是个不幸的氏族——他们被匈奴人强行赶到草原上生活。在漫长的几个世纪以来,就是这种对匈奴人巨大的怨恨像石头一样沉沉地落在了部落同胞们的心中,变成他们性格的一部分。他们对自己的境况不满,对命运不满,对似乎是造成他们不幸的罪魁祸首——匈奴人——不满。后来他们把这些不满都归结到一处,因为他们怪罪的不是某一个人,而正是造物主,是造物主让他们遭受了所有这些不幸……而他之所以能有那些罪恶的想法和做法,正是基于对自己氏族命运的思考、对氏族同胞性格的思考而累积出的结果。

在这些重新进行的痛苦的思考中,他突然又想起了自己可怜的母亲,她疯狂地爱着他。当他即将踏上这条危险的道路,和母亲分别时,她除了给他祝福,还说了一些可怕的、骇人的临别赠言:

"儿子,最重要的是——你的生命,活着回来。为了这个最重要的

变换的时轮

目标,你要不惜一切代价。如果需要撒谎——你就撒谎,需要背叛——你就背叛,如果需要杀人——那就去杀吧……我生下了你,给了你生命,就是让你活下来。我允许你这样做!什么都不要怕。没有腾格里神,也没有罪恶……任何时候都不要相信任何事、任何人……"

为自己的母亲和氏族痛心的同时,引路人的思绪又回到了自己身上。可以说,他现在不是为自己考虑,而是思考自己的罪恶,但是他的罪恶如此之多,不可悉数。不知道为什么这使他想起了一次去河边打水的坎坷经历。需要走过一片草地,这片草地上长满了竹子,茂密如墙,他最终也没能到达河岸……

他的心灵仿佛也长满了难以通行的密林——罪恶的密林,想要获取纯洁的信仰之水需要付出很多,很多……是的,比用斧头在上百基奥斯的竹林中开辟一条通道要费力得多。他怎么能记起他所犯的每一次罪过呢?他都没能穿过那些灌木丛到达河边,他又怎么能够突破自己的罪恶走向信仰呢?然而罪恶不是竹子,不是河边的芦苇,不可能数清,也做不到逐一忆起,更何况要——忏悔赎罪,这更是不可能……

霍伊古尔的眼睛再次充满了痛苦和遗憾的泪水。但这也使他从无法自拔的胡思乱想中回过神来,让他的心绪稍稍平静了一些。他回头看去,"赤石"从上到下变得通透,仿佛从内向外散发出温暖的火热的光芒。阿阔尔闭着眼睛坐在旁边,精神高度集中,身体也很紧张,就像绷紧的弓弦。他的嘴唇在低语祈祷,而他整个身体在颤抖,仿佛是被冻得瑟瑟发抖。

而圣人老子,如同冰冻的雕像,坐在那里稳如泰山,尽管有四股旋风盘旋在"赤石"周围,但就连圣人头上的银发此时都纹丝不动。这些旋风就像有生命的活物,在一个足够远的距离围绕着祈祷者盘旋,没有靠近搅扰他们。

引路人闭上了眼睛,打了一会盹。当他睁开眼睛时,他发现圣人已经在和阿阔尔谈着什么了。圣人用眼神示意霍伊古尔,该在"赤石"下摆放供品了。霍伊古尔也马上明白了授意:拿出了鬃毛绳,上面挂上彩带,并系到了一个像盘子的圆形石头上,上面放置了预先准备好的鱼干,肉干和奶疙瘩——每样四块。

在布置供品时,霍伊古尔用余光发现那几股旋风开始上下翻滚,有些慌乱起来,但是它们仍然在周围盘旋着,并没有靠近。

"我的年轻朋友们,我今天累了,我就在你们前面先行一步了。我还需要在赶路前躺下歇一会儿……今天是个好日子,"老子说,并补充道:"特别是对霍伊古尔来说……"

引路人惊讶地张开嘴巴,看了看老子,想问问为什么说是"好日子",还没来得及闭上嘴巴:"赤石"的轮廓就透过圣人的身体清晰地显现出来……他还没来得及弄清楚这是什么,这位变得更加透明的圣人完全从他的眼前消失了。

"又……又不见了!"引路人激动不已,他还没有适应上界的奇迹。

"没什么大惊小怪的。"阿阔尔试图让他平静下来。

"你只是没有看见圣人变成完全透明的样子!你能想象吗,我透过他的身体看到了'赤石'!……"

"没错,然后老子就消失了……"盲人故意逗弄他,淡然一笑,替引路人讲完了这个故事。他的表情就像他目睹了这一切一样。

30. 自我定位

晚上,年轻的母亲带着两个看上去已经迟暮之年的儿子——这一家人都在焦急地等待着他们的归来。

晚餐隆重又美味。霍伊古尔内心想要竭力展现这些不同寻常的菜肴带给他的震撼,描述他所有情感和味觉的体验,通过这种方式记住它们,然后回到凡间讲给人们听。只可惜的是,尽管愿望强烈,但还是没能做到。

这个家庭不同于凡间的家庭——那些引路人熟悉和习惯的家庭,他们密切关注着餐桌上发生的一切和进餐时客人们的一举一动——没错,他们留意着每一个看似微不足道的细节,满腔热忱地去观察,同时又能非常准确地做出判断,客人们喜欢上了哪些菜,不喜欢哪些。一方面,在如此密切的关注下进餐让人感觉多有不便;而从另一方面来看,他们赋予食物的意义着实让人惊讶。而按照人间的标准,这里

变换的时轮

所谓的食物根本不能称为食物——各种草本植物的汁液和榨取后的渣滓，而且只有露珠大小。仅此而已，再无其他。

今天大家都情绪高涨。蓬头发甚至神秘地向霍伊古尔眨了眨眼睛——显然，这是在给他暗示。蓬头发之前承诺霍依古尔要把他带到他在母亲指挥下制作草药酒的林间空地看看，现在他暗示他可以完成这个承诺了。

晚饭时，圣人就坐在阿阔尔旁边，他们悄悄地聊着什么。引路人出于好奇，想仔细听一听，但从他捕捉到的只言片语中，还是什么也没听懂。看样子，他们密谈的内容都是复杂的，甚至是最复杂的东西和概念，没有几个人能够懂得。

现在霍伊古尔已经深知自己的位置——那就是引路人的位置。正如他刚刚拜的那位萨拉泰的"老师"所说，知道自己的位置并把它记在心间——是一件幸事。因为许多人找不到自己的位置，迷茫而痛苦，只能虚度光阴，或者占了别人的位置，从而为它进行毫无意义的和不必要的争斗，白白地浪费精力、热情和自己的生命。而我们该做的只是找准自己的位置并坚守住自己的位置。

不得不说，霍伊古尔起初在引路人这个职位上很是焦躁不安，当时他觉得自己值得做更体面庄重的工作。但现在他的想法则不同，他认为自己现在这样的工作安排已经相当不错了。正是他——引路人——安全地把自己的主人带到了这里。另外，霍伊古尔现在清楚地知道自己的位置，他不再夜郎自大，不再冒失地给那些复杂的东西下定论，而那些复杂的知识无论如何不是他能够理解的。那些根本不是他的脑力能做到的事情，也不是他愿意去做的事情。

作为一个最普通的人，他能进入对于几乎所有下面的凡人来说都可望而不可即的上界，这足以让他引以为傲。他对自己不断地重复着，就像念咒语一般："只有上天选中的人才被允许来到这里……"他虽然只是个引路人，但在某种意义上也可以算是"上天的宠儿"。即使不是完全"被宠爱"，但也肯定属于这些"宠儿"周围的人，因为他可以和他们肩并肩地坐着共进晚餐。这对一个有自知之明的人来说已经意义非凡了。

事实证明，一旦有了明确的自我定位，理解并能接受自己位置的所有利与弊，那么很多偶尔的毒害心灵的不满和怨气就会立即消失。让人惊讶的是，当你坦然接受自己的地位时，为获得世间"阳光下"更好的位置而斗争的愿望也就消失了。而阳光即使不去争抢对所有人来说也是足够的。"更好""更坏"这样的概念只是表象，因为太阳东升西落，所有的一切不是在生命中的这个时刻，就会是在生命中的那个时刻被阳光照耀，一切都在不断变化。追逐阳光只会是永无止境。

31. 神秘的药酒是如何酿制的

蓬头发打断了引路人的思绪，他向霍伊古尔点了一下头，以示邀请引路人跟他走。而正当他想悄悄离开时，阿阔尔身子猛地一动，尽管这时他还在和老子热烈地讨论着什么。

"你去哪里？"不等回答，就像已经知道答案一样，阿阔尔宣布："我和你一起去……这对我来说很重要。"

霍伊古尔习惯性地接过又一次奇怪地颤抖着的盲杖。

"尊敬的老师，"阿阔尔转向圣人说，"我现在需要离开一下，我们的谈话明天继续，好吗？"

"当然可以，我的年轻朋友，"老子爽快地答应了，"现在你们即将要看到的东西，哪怕一生只看到一次也一定要亲眼看看。有些东西要想更深入了解，需要摸一摸，有的需要看一看，还有一些东西则需要用舌头尝一尝。"说话间老子意味深长地、仔细地观察着引路人。然后把引路人拉到自己身边，在他耳边低声说："他比我和你看得都更准确、更清楚。我们区分的只是外形和大概的颜色，而他——看到的才是本质……"

两个年轻人跟在蓬头发后面，走了没多远，就来到了一片田野。草地上可见一条流淌着的小溪和一汪清澈见底的湖水。岸边，摆放着一张长长的嵌满宝石的石桌，宝石与石桌浑然天成，这就是我们说的鬼斧神工吧。桌子上摆满了许多容器，形似浅浅的圆形小盘。

"我们给你们介绍过很多的药酒，他们就是在这里用各种山间的

变换的时轮

药草制作的。"蓬头发说。

"这些很特别的、一模一样的盘子是什么?"霍伊古尔很是感兴趣。

"这根本不是盘子,而是人类的头盖骨。"

"哪里来的这么多头盖骨?!"引路人惊呼道。

"这是和你一样的朝圣者的头盖骨,只不过他们没你那么幸运……"不知是开玩笑,还是认真的,蓬头发这样回答。

"难道找不到其他的器皿了吗?"

"容器起着决定性的作用。正是需要这样的头骨来浸制药汁。"

"这是为什么?"

"我怎么知道!很多事情我自己都不知晓。母亲把简单但又很重要的任务交给了我:及时搅拌并加入各种制作药酒的成分,随时关注浸制的进度。而我,必须承认的是,有时会心不在焉,稍有耽搁。正因为如此,我才会常常受罚。"

"啊,原来是这么一回事!现在,对我来说很多事情都豁然开朗了……"

"是制作长生不老的药吗?"阿阔尔问。

"在这里你可以找到各种药,包括你说的长生不老药。"

"真是太感谢了,因为你把最神秘而宝贵的东西展示给了我们。如果你能详细说明这些药酒和药剂是如何制作的,等我安全回到家的时候,我也可以制作这些药物。"霍伊古尔直截了当地请求道,然后又补充说,"尽管,可能,这是需要保守秘密的吧?"

"绝无秘密!"

"为什么?"

"因为这些药剂的制作是如此的复杂,你们凡人世界的任何一个人都不可能重复这样的事情,你同样也不会成功的。"

"别说得那么复杂,我知道很多药酒的制作都很简单。就是需要找到合适的药草、块根,然后把它们晒干,再浸泡。嗯,也许得到的结果会稍有一点点不同,但这没关系。头盖骨我也能找到,我们人间可不缺这些东西……"

"你总是这样,净说蠢话!你知道这些东西是怎么回事吗?即使是我，这么多年来一直跟着母亲做这些东西，我也不可能复制出她的任何一个配方！这些不同的药草、叶子和块根需要在严格限定的时间内采集：有的在黎明，有的在白天，还有的必须在日落或新月出现时采集。而且，这其中的很多药草你们那里根本就没有。"

"没关系，我将在返程的沿途把它们采集到，其中有些可以向哈拉泰山区居民订购。"引路人固执地说，"我跟你说，我能做出来的，尽管不会很准确，但希望有类似的功效。说不定功效还会更好呢……"

"在这件事上，最重要的是——'一点点'的这个量，必须准确。就是这一点小小的剂量决定了成功与否。而这个最重要的配比你是不可能知道的。"

"还又算得了什么？"霍伊古尔骄傲地说，"一点点又算得了什么问题啊？！"只要愿意，在我们的大地上各种各样的草应有尽有，无以计数。

"不是这个意思！就算你把所有的草药都采集到了，然后在成分或干燥程度上稍有差错，你就会一无所获！"

"那到底会不会做成点什么呢？"霍伊古尔继续追问。此刻除了自己的傲慢，他忘记了世界上的一切。

"会的，当然会收获点什么，但那只不过是植物的汁液或类似于茶的饮品……"对这个自以为是、目光短浅的引路人，蓬头发感觉自己挫了他的锐气，让他能有点自知之明。他发自内心地哈哈大笑起来。"你还很无知！而且是完全无知的人！真想不到，'一点点'对他来说都不算数。那什么是算数啊！这是在你们那里，在你们的中界，有时可以这样，而这里的一切都必须是精确的：时间上差一瞬间或差一根头发丝的重量——就已经有了偏差，你得到的东西就会完全不同，甚至是不希望看到的。你看，看看我：我自己也知道，我不仅看起来比哥哥大，其实身体也比他衰老，虽然我比他还小整整六十岁。比我的母亲看上去那就老得更多了，我的母亲是在一百六十岁生的我。"

"简直不可思议……"感到极度不解的霍伊古尔大声地说道。他用目光四下寻找着阿阔尔，想证实阿阔尔也听到了这些话。

"这样的事不可能在你们中界发生，但在这里，在上界，一切都

— 395 —

变换的时轮

不一样。"蓬头发威严地说，或者说，表现出的更像是傲慢。这也刺痛了霍伊古尔的自尊心，他想起了从阿阔尔和圣人的谈话中偷听到的话，立刻就想出了应付的办法，想好了该怎样有尊严地回击蓬头发：

"精准——毋庸置疑是好事。但就连'功德之事'都开始凌驾于生活中其他一切之上时，那就完全是坏事了。一切都要恰到好处，过度——就让人反感了。不是吗，我亲爱的朋友？"

"是的，是的。"蓬头发立刻不知所措，突然意识到自己也过于冒失了，"我同意，你有些地方……好像是……是的，说得有道理。"

"你终于承认了，你这个'山上的滑头'。还是可以看出来的，你并不是完全不可救药的，还可以改过自新。"霍伊古尔把几天前说给他的话又重复了一遍。

"是吗？而我却忘了'滑头'这个词是什么意思？希望这是一个褒义的表达，对吗？"

"当然！"霍伊古尔决定拿蓬头发开玩笑。"'滑头'——是那种在任何时候、任何情况下都能保持优势的人。"

"这还不错。那我就同意成为一个滑头。在这里，我认为，生活太无聊了。因为你要拥有纯洁的灵魂，必须遵守这个要求，这显然是荒谬的。你知道吗，这里是多么的索然无味！既不能开玩笑，也不能捉弄任何人。所有人对即将发生的一切都有预知，对一切都了如指掌。所以，如果妈妈放手，我想和你们一起离开……"

"不知道该怎么跟你说。如果远观，一切似乎都比实际要完美得多。可能，在我们中界更有趣些，但如果做个老实人，活得会很艰难。"

"那为什么呢？我觉得任何地方都可以做个老老实实的本分人。"

"我们那里也可以诚实地生活。但是……但是你会不断地碰钉子。赤裸裸的现实——它可能侮辱或伤害一个人。因此，必须粉饰和掩盖它，遮挡住对这个世界来说并不合适的尖锐的棱角……任何的谎言都是始于这样的粉饰和掩盖。"

"奇怪，如果是那样的话，"蓬头发对听到的话感到非常纳闷，搔了搔蓬乱的头发。"我还是不相信你。看得出你是个两面派。你虽然年轻，但一眼就能看出你是个老道的家伙。"

"不相信是你的权利。就在不久前我本人还是一个对任何人、任何事都不信任的人,对一切都持怀疑态度。但那样做却一无所获,没有信任和信仰你也不会有什么好结果。"霍伊古尔露出苦涩的笑容,能够感受到他内心真实的痛苦。"我们的中界纷繁复杂,形形色色的人我都见识过了。但最令人憎恶的是:在那里,狡猾的人总是靠欺负相对诚实的人生活,骑在他们头上作威作福。"

"那是怎么做到的呢?"

"很简单啊。有的地方是用欺骗或武力达到目的,而大多数情况下是通过有钱有势的人想出来的律法。他们或以武力使你屈服于他们,或依靠律法轻而易举地把你变成奴隶。"

"当一切都能看透彻的时候,这又怎么可能呢?"

"一切都透明,只有你们这里是这样的。而在我们那里,真相却隐藏得很深,没有人能清楚地知道它。当然,你可以寻找真理,领悟它,猜想它,但生活中的人们对此并不在乎。"

"啊,原来是这么一回事!现在很多事情我也清楚了,如同拨云见日。"蓬头发感叹道,"意思就是你们那里可能不会识破一个人行为的动机,也不能通过行为看透一个人。你这些要是早说,我不早就明白了吗!但从另一个角度看,这也不失为一件好事。对一个善于思考的聪明人来说,可以开阔眼界,增长见识。这对我很有吸引力!这意味着,在那里,可以好好琢磨琢磨这样的事情!"

"那里没什么有趣的。"霍伊古尔斩钉截铁地说,"虽然你生活在上界——也就是这个更完美的世界,但你还没我好呢!在我们那个世界,你甚至算不上狂妄之人,而只是无用之辈……"

"怎么,你想和我较量一下吗?我现在就会向你证明我们中谁更强大!"蓬头发真的被激怒了,他甩了一下蓬乱的棕红色头发,摆好了打斗的姿势。

"仔细听我说,"霍伊古尔继续劝谏他说,"主要是我们中界从下到上全都建立在欺骗的基础上。"

"那为什么人们会继续相互信任呢?尤其是有头脑的人和富人?噢,你可以欺骗他们一次,两次,但第三次但凡是理智的人都应该猜

变换的时轮

得到啊……"

"根本不是这么回事！"

"你们那里难道生活的都是愚蠢之人吗？"

"愚蠢的人很多，但这不是重点。我们那里任何的欺骗行为都不像你们这里显而易见，所以任何事情中都可能存在欺骗。有本事的人靠着欺骗可以使自己的仕途更加成功，给自己积累财富，管理氏族、民族和国家……"

"可是，这怎么可能？！"蓬头发疑惑地大声说，并回头望了一眼，就像是在寻求帮助，对着那默默听他们说话的阿阔尔说："喂，你怎么不吱声呢？说点什么吧，你是否能证明你这个骗子向导的话是正确的？在我看来，他是在耍我，以最无耻的方式在撒谎。"

"你想听听关于中界的真话吗？"阿阔尔低声问道。

"当然，当然。就是要听真话……最真实的真相。"

"我们那里真的很少有这样的真理……"

"这是怎么一回事？真理永远只有一个——它是唯一的。它或者存在，或者不存在……"

"在我们那里真理是多变的，是复杂的……"

"不可能有这样的'真理'！或者说——不应该有这样的真理！"蓬头发义愤填膺地说。

"这就是我们的世界，一切都错综复杂——既有真实的，也有'不太真实的'，还有'赤裸裸的谎言'。我们不能评判这里的是非，因为我们无从得知上苍给我们安排了这样的世界是出于什么考虑。"

"如果你对我们的世界不满意，那就去找造物主腾格里神吧。"霍伊古尔不太高兴地补充道，"他会给你当头一棒，或者在你背上重重地打上一下，而且我希望他不会像你妈妈那样用枝条打你，而是用更结实的东西……"

谈话止于此，在这漫长的一天里已经疲惫不堪的他们分头去睡了——有人陷入沉思，有人窃笑自己的对话者今天不太走运，遭受了挫败。

32. 谁才更加眼盲？

早晨，天气灰暗，阴云笼罩。

他们匆匆地、饱饱地吃过早饭就立刻上路了。据光头说，圣人天蒙蒙亮时就走了。蓬头发和母亲紧随其后，一起去了西面。没错，他们需要稍微往"白石"的方向走，那里是采集浆果和药草的最佳地点。

幸运的是，没有下雨，但是迎面吹来的是一股湿冷而刺骨的风。在路上，霍伊古尔开始大谈圣人奇异的能力，希望阿阔尔能给他解开许多他感兴趣的谜团：

"为什么他——看起来完全是一位孱弱无力的老人，连行动都十分困难，却不常使用自己的超能力呢？要知道他可以变成那只大雁，可以不花那么多力气，轻而易举地就能走很远的路……你看，可以飞上一会儿就安心地休息，可以随心所欲地躺着，然后在快到正午的时候，他再和所有的随从一起飞到'白石'附近，这不挺好吗……"

"我不了解详情……，所以任何不确定的东西我都不能妄言。"阿阔尔不太情愿地回答，"因为我清楚地听到了他呼吸急促，气喘吁吁，这不是装腔作势。而且他每次都坚持走很长一段路，尽管他有能力用其他方式行路。我想，如果他总是这样做，那就意味着——应该是这样，理应这样做……很多东西我们还不懂是怎么回事，就算是因为我们还很年轻吧。所以，我们就不要盲目地判断自己不熟悉的事情。"

"嗯，如果是这样，那好吧。但是，如果我能像他那样飞行，那我绝对不会步行。"霍伊古尔忧郁地说，他自己都不知道哪里来的忧郁心情，并开始思考他的主人无意中说出的"盲目"这个词。"看来，愚昧无知比眼盲要糟糕得多……盲人虽然看不见，但只要善于倾听、思考和比较，就能懂得很多东西。"昨天在"赤石"和前天在"蓝石"阿阔尔与很多仙人交流了，而视力似乎没有问题的霍伊古尔不仅没有看见他们，甚至他一点儿都没有感觉到他们在场。他们俩到底谁更眼盲呢？事实证明，在不少情况下他才是个盲人，而不是他领着的那个人。在途中发生过这样的事，在行走中他就已经困得打瞌睡了，他走

— 399 —

变换的时轮

到了悬崖边——就在离深渊只有一步远的时候，阿阔尔突然猛地拽了一下盲杖，及时叫停了他。

在世界上——既包括这里，也包括下面的世界——实际上有那么多不为人知、不可思议、令人惊叹的事情！而他，霍伊古尔，以前一直否定一切，甚至没打算去探究事情的实质。他有多么不可一世、傲慢无礼啊！他用"我不相信""不可能"等字眼将一切推翻……在这样一个刚愎自用的傻瓜身上，天神怎么就能看出有什么特别之处呢，让他做这位伟大人物的引路人。

他们在路上形成了默契，大步流星地向前走，步调总能保持协调一致。阿阔尔不知为什么今天闭口不言，大部分时间都是一言不发。看得出来，有什么想法使他非常苦恼，回答霍伊古尔的提问也很简短……是的，他好像对什么东西有些不满，但似乎又不愿意分享自己的心境。"怎么回事？这也不像他啊……"引路人在心里问着自己那些令人不安的问题，"要知道他们梦寐以求的事情几乎都实现了。那个长寿的仙人之家，乃至整个上界都对他们的到来给予了热情的接待。还有幸结识了伟大的老子本人，并与之交流……不，如此好的运气只有被上苍选中的人才有，而这样的人只是凤毛麟角。他们就是这少之又少的幸运儿之一。作为一个普通的凡人还需要什么呢？！"

很明显，阿阔尔担心的是更加重要的事情，但又是什么呢？是什么想法让他如此苦恼？也许，他有某种不祥的预感，感觉到了会有不愉快的事情，甚至是不幸的事情降临到他们头上？

引路人刚一思考这些问题，阿阔尔马上就感应到了，现在他已经能够非常清楚地读出引路人的思想。他认为有必要把这件事说清楚：

"你是对的。我预感到了将要发生的事情。只不过对我们两个人来说，这并不是近在咫尺的事情，而是很久以后的事情，而且纯粹是小事。可怕的灾难将席卷许多国家，甚至波及那些现在还没有出世的人。这些不幸的根源早已埋下……我们见证了中原各诸侯国之间的争霸战争，现在结果已经很清楚了：秦国会取得胜利。但是，之后他们的军队会把我们匈奴人赶出鄂尔多斯……"

"那这些不幸什么时候会降临到匈奴人身上呢？"

"已经开始了，但是还没有人意识到这一点。而现在所发生的事情将在未来产生巨大的后果。但最重大的事件将在很久以后发生——四世纪，六、七世纪以后……"

"真的吗?！那好啊，离我们还很遥远，"引路人松了一口气，摆了摆手。"那还有什么好难过的啊……"

"怎么可以不伤心呢？整个世界的面貌将会改变，而且应该是朝坏的方向改变……会有数百万人死去。你怎么能对人类的苦难如此冷漠？"

"因为在那个时候，我早就不在人世了。为什么我今天要为七百年后可能发生的事情而悲伤呢？"

"你可真是个铁石心肠的人……"

"说实话，就连七年后会发生什么我都不会去操心。在此之前，不还是要活着吗？再过七年，我就二十四岁了。如果一切顺利的话，我会结婚，生儿育女——两个，三个吧，也许还会生更多……"霍伊古尔突然停住了，到了嘴边的话又咽了回去："也许到那时，我将成为萨拉泰的国君……"但看了一眼阿阔尔，他明白了，阿阔尔已经读到他的思想了。他想顶撞主人的想法立刻就消失了，急忙转移话题：

"为什么到现在还没看到我们的圣人……"

"他已经坐在'白石'旁边了。"

"真的吗？虽然他比我们更容易……"

"而且他已经开始祈祷了。我们加快点脚步吧。"

"当然，我们可以快点走。但是，今天并不是我们迟到了，而是圣人提前走到了。嗯，或者他是飞到的。"霍伊古尔说，但他心里却非常羡慕阿阔尔又有了能读懂他的思想的能力，或者更准确地说，是读懂他人的任何思想："这种能力要是给我该多好。那么在那里——在人间——我就可以不费吹灰之力欺骗任何人了……当然，要是我想这样做的话。这不是指在小事上耍滑头，而是指严肃得多的事情。而且还可以在赌博中大显身手了，那样就能随意读取别人的牌，大把大把的钱币不就来了吗！"

"停！立即停止！"阿阔尔严厉地打断了他对自己未来能力罪恶

的、如童话般甜蜜的幻想。

"怎么了？我好像一直在默默地走路啊。"

"但是你……你现在正在幻想着做一些坏事，不是吗？"

"怎么，从今以后，连思考的自由都被禁止了吗？"被触及痛处的霍伊古尔愤愤不平地回答，"这里做什么都不可以。啊，现在甚至连想都不许想了……"

"你好像想改过自新……要彻底与过去罪恶和堕落的生活决裂，是不是这样？"

"是的，当然。我现在也想，这是我坚定的决定。"

"你还请我在这件事上帮忙。对吗？"

"是的……但是这跟我的想法有什么关系呢？行动——是一回事，但思想——是另一回事……"

"许多行为，包括罪恶的行为，首先就是产生于思想中，然后才付诸实践，发生在现实中，生活中。"

"但事情是……"霍伊古尔顿了一下，心事重重的他挠了挠后脑勺。"不，我一点也不想愚弄任何人，即使有机会这样做也是如此。但是……但是我以前没有把思想和行动联系在一起。如果深入思考一下，确实如此。虽然我现在还不能控制自己的思想。它们好像自己做主一样，随意地就出现，不用询问我需不需要。我不太清楚该怎么办，也不清楚如何处理这些问题……"

"老规矩：想要重新做人——先净化你的思想，让自己的思想中没有任何罪恶的东西。"

"但是，这些思想——要知道常常是没有办法左右它们的。有时，你会觉得是别人硬塞给你各种陌生的想法、愿望，把你推向罪恶的深渊……你不知道这一切从何而来。"

"是魔鬼阿贾莱和他的手下在给你吹耳边风。只要你稍一放松——他们就立刻出现在你身边。他在这件事上做得相当成功，他很快就能完全掌控中界中人们的思想。这才是真正的不幸……"

"哎呀，他可真是卑鄙！"霍伊古尔叫道，表现出发自内心的愤慨，但心中却闪过一个念头："这个阿贾莱怎能这么了解我，知道我所有的弱点……也能读懂人的思想吗？"他尽可能坚定地说：

"不，我会努力把这样的诱惑驱赶得远远的！"

他坚定地拉住了盲杖，立刻感觉到了手杖的颤抖。他明白，这意味着与"白石"近在咫尺了。

事实正是如此。"白石"是巨大的，它耸立在前面，遮住了半边天。而它并不像"赤石"和"蓝石"那样，是一整块巨石。它更像是魔法师用各种不同大小的、不同白色色度的石头堆砌在一起完成的杰作。有些地方甚至长出了青苔，显得有些斑驳。但当霍伊古尔走近时，他看到了石头那耀眼的白色光芒。

在圣石的脚下，老子已经端坐在那里，闭目祈祷。阿阔尔放开盲杖，自己走到了圣人跟前，并排坐了下来。

霍伊古尔在圣石脚下铺上了一块羊毛毡，摆上供品，开始物色悬挂祈愿幡的地方。很快，五彩缤纷的丝带就已经在风中飘动，"白石"周围的面貌立即有了改观，显得生机勃勃。五彩的祈愿幡仿佛把许多兴高采烈的小旋风吸引了过来，在朝圣者的周围盘旋着、舞动着。

33. 对未来灾难的思考

引路人惊讶地发现，跟随着自己的盲人主人，最近几天内他的变化有多大。以前，对主人与其他人谈论什么他几乎总是漠不关心，也沉默不语，没有任何表现；而现在，即使他仍然默默倾听，但却总能感觉到他的存在。而且，他越来越积极地参与集体的对话，甚至是争论中，就像昨天和前天一样。

而今天，当他们走向这里的时候，他还谈到了未来由匈奴人挑起的世界灾难，匈奴人会被中原人赶出鄂尔多斯。匈奴人有一天会离开家园，就像俗话说的那样，将流落天涯。而所有迁徙到北面、东面和西面的匈奴人——就再也不会回来了。他们会消失在人们的视线中，散居到世界各个角落——部分匈奴人将在广袤的白雪皑皑的北方定居，有些人将沐浴在旭日东升的阳光中，而有些人则身处夕阳西下的暮色中。所有人都将消失得无影无踪，与其他民族融合在一起，变得面目

变换的时轮
∧∧∧∧

全非，失去了对祖先的记忆，与此同时也失去了自我。

去得了，回不来——这样说真是可怕。有这样一些地球上的角落，人会在那里消失得无影无踪。"巴尔萨克尔梅斯"——在欧亚大草原上就是用这样的名字给那些恐怖的地方命名的。有这样名称的地方有很多，这是些幽暗的、神秘的地方。人们对这些地方都感到恐惧，唯恐避之不及，这不是没有道理的。这样的地方包括那些神秘的山脉，有时整个氏族都会在山中消失得无影无踪。还有大湖——"北海"——中心无人居住的、原始的岛屿，以及沙漠中的绿洲。外在自然景色如此吸引人的这些地方，却在旅行者那里没有什么好名声，这些名字和地方只能让他们望而却步。

而相似的命运——离开故土，最后在历史的长河中消失得无影无踪——在未来会降临到匈奴人身上。而奇怪的是：如此伟大的民族，甚至是伟大之中最伟大的人民，怎么会离开后再也不回来呢？如果他们想回去，谁又敢阻止他们？就连拖延他们返回的时间也没人敢做主吧。世界上还没有一个民族和国家是匈奴人征服不了的，只要他们有这个愿望。

他们为什么就不能回去？需要做的只是把马头调转方向，清除路上的所有障碍。这简直是不可思议。

没错，据说在中界一切皆有可能，那为什么不试试呢？到目前为止，世界上还没有哪个民族能够在生死攸关的大事上强于匈奴人。但这样的民族迟早会出现，甚至不止一个，而这场较量将以伟大的游牧民族的离开而告终，但他们无路可走，只能走向"巴尔萨克尔梅斯"。

从另一个角度来说，与匈奴有关的一切似乎都不应该让他——霍伊古拉——有任何的担心。他的氏族是一个独立的氏族。因为对匈奴人的怨恨他们给自己虚构了一个不同的血统，并且在这个族谱中把所有的细节都设计得很周全，包括这个特别的旁系的历史。就这样，因为对那些据说是破坏了他们平安顺遂生活的匈奴人的怨恨而产生了一个特殊的民族。他们中从来没有人仔细探究过移居草原的真正原因。很少有人记得为什么在山口的富足生活被打破了。怨恨抹去了他们记忆中的许多东西，决定了他们意识里的一切思想。他们从一出生就憎恨匈奴的传统和一切与他们有关的东西。生活在匈奴的伊尔国里，他们偷偷为匈奴人的失败感到高兴。他们为匈奴工作着，但并不是特别努力去积累财富。他们只是生存着，好像在等待时间的流逝，似乎早就知道总有一天一切都会改变：匈奴人会慢慢消失在自己迁徙的道路上，而他们将会回到自己的山口，找回失去的幸福……

但现在，当霍伊古尔得知匈奴人将遭受灾难时，他突然感到与他们血脉相连。他知道，所有部落，即便最开始与匈奴没有任何关系，但随着在伊尔世世代代的共同生活，也一定都已经融入了匈奴社会，拥有了统一的语言、文化、意识和技能。

此外，所有被吞并的异族附属部落，尽管有自己族人内部的处世之道，有时甚至会对帝国政策感到不满，但他们都被外界视为匈奴人。事实证明，哪个民族认为自己是什么人并不重要，更重要的是——敌人认为你是谁。万一有什么事，他们不会明辨是非，你模糊的民族记忆、国家孤立无援和不断扩大的一盘散沙的状态都会被他们不遗余力地利用。

34. 巴尔萨克尔梅斯，还是灵魂万岁？！

霍伊古尔的自我认识也发生了一些变化。他有了清楚的认知，那就是：如果就在不久之前他听说匈奴即将遭受灾难，那么充其量他能做到的最好表现是——对此事不会特别关注，而他做得最糟糕的就是——他会感到某种内心的满足，甚至会因为强大的不可一世的民族最终遭受厄运而感到幸灾乐祸。但现在，他内心却产生了一种莫名的同情和与匈奴人荣辱与共的感觉。他一生中从来没有经历过这样的事情，而且到目前为止，他似乎还没有感受到自己的"灵魂"……只是听说过，知道在一个人身上存在着"这种"无形的东西。用他简单化的理解来说，那是一种像气体的东西，只是这种东西看不见……

然而，在他的身体里，灵魂似乎不受肉体支配而独立存在。现在，也不知是他的灵魂苏醒了，还是思想开化了，开始为离他如此遥远的匈奴的灾难而惴惴不安起来。周围的匈奴人也是形形色色，他们生活在周围幅员数千里的范围内。在这片广袤的土地上，也有一些人仅仅因为一时的利益和偏好而自称匈奴人。但不论如何，他们就是匈奴人，这种民族归属，俗话说，连水都洗刷不掉。

这个民族是多种人群组成的共同体，甚至连这个伊尔国居民的头发和眼睛的颜色也是千差万别。有完全金发、白皮肤的匈奴人，类似阿阔尔这样的；也有像霍伊古尔那样红头发、棕红色头发的；还有完全是黑头发、皮肤黝黑的匈奴人。但他们因为一些最主要的特征而都被认为是匈奴人：相近的语言，相似的生活方式，最重要的是——人的性情以及对生活的认识。

35. 上界：观察者的感受

当然了，身在上界，霍伊古尔感受到不同寻常的、陌生的内心体验。在下面——在中界，除了考虑自己和母亲，他没有考虑过任何其他人。就算是想到母亲时，他的任何考虑也都是与自己有关。

很显然，在他跨过了通往上界的最后一道山口前，他心中还只有自己，为自己的利益而活，没有其他的情感。他的主要感情就是——对匈奴人的怨恨，对命运和天道的不满，最后这些不满和怨恨都积聚到腾格里神身上，认为是神允许了这些极其不公的事情发生。这样的情感是自他出生起，伴随着汲取母亲的乳汁就已经融入他的血液，亲人们的言语也使这样的情感根深蒂固。做一切事情都是以这一基本思想为中心，就像跳圆圈舞一样。

他的氏族中有很多东西都是由这种怨恨决定的。而怨气反过来又为对匈奴人所做的任何恶行开脱，使他们从内心的罪恶感中解脱出来。无论他们的同胞做了什么伤害匈奴人的事情，一切都不会让他们感到遗憾和惋惜，只有幸灾乐祸的感觉和报仇雪恨的幸福感。

在上界他明白了，只有在近处，人们才有所区分，划分成家族、氏族和部落。如果远观，一切都融合成了一个统一的整体，拥有共同的面貌和名字。从这里看，他们所有人——都是一个统一的匈奴民族，尽管思想有显而易见的差异，生活的目标不尽相同，甚至连头发和眼睛的颜色也都有所区别。正因如此，霍伊古尔对匈奴人不幸的未来、对未来在某个地方等待着他们的"巴尔萨克尔梅斯"开始感到不安。他清楚地意识到，不管他有多么不愿意，但他们的未来无论如何也会关系到他本人……

你不可能一直袖手旁观，眼睁睁地看着雪崩的发生，看着从山上滚落下来的不起眼的雪球变成一股致命的洪流，卷走沿途的一切，并从中得出深刻的结论。总有一天，你也会成为这一事件中的一员，更确切地说——是这个历史行动的牺牲品。会有人在一旁观察和琢磨你的不幸，冷漠地置身事外。

人们通常是如何择地而居的呢？权贵和富人——靠近水边，而弱小和贫苦一些的人——只能摊上哪里算哪里。一次，一个大型的匈奴人宿营地遭遇了雪崩。一如往常，母亲幸灾乐祸地把这件事讲给他听。把家安顿在河岸边的这些"神仙们"日子过得怡然自得，离生机勃勃的活水只有两步之遥。雪崩的洪流首先就把这些不幸的人卷走了，把他们永远埋葬在厚厚的一层石头和泥土下。而生活在更高处的庶民呢？雪崩却放过了他们，绕开了他们的居住地，使他们幸免于难。经历了如此的灾难却奇迹般地活下来，劫后余生的他们喜极而泣。然而，值得一提的是，他们更加幸灾乐祸了。这就是他们的性情，甚至在多年后说起这件事时，母亲都会因为想起别人的不幸而备感幸福。霍伊古尔大概从来没有见过这样快乐的她。

36."白石"旁：不信任的坚冰正在融化

其间，云层消散，太阳露了出来，它已经偏离了天顶。在阳光的照耀下，"白石"在眼前焕然一新，从浅蓝到深蓝的光怪陆离的色彩闪烁着耀眼的光斑，发挥出它们最大的魔力，并与太阳的光线交会在一起。

霍伊古尔现在欣赏着在石头缝隙处和石头表面舞动的光线和绚丽的色彩，陶醉其中。他突然又发现，他以前从没有特别留意过自己生活过的土地上丰富多彩的大自然美景，也没有细细地品味和感受那些自然之美、光线的斑斓等，对待一切的态度都是用是否满足自己的实际利益来衡量。不经意间他注意到，阿阔尔也睁大了眼睛凝视着那里，仿佛能看见和欣赏到那交织在一起的五彩斑斓的光线。"白石"反射出多彩而耀眼的光泽，映照在他的眼睛里——使他的一双眼睛显得灵动又神采奕奕，凝视的目光敏锐而专注。引路人不由得打了一个寒战。很有可能，他的主人看到了一个普通的凡人看不见的东西，这是拥有巨大神秘力量的"白石"放射出的……

霍伊古尔深深吸了一口气：这几天他明白了这么多东西！他身上也发生了很大的变化，虽然变化缓慢，但也是正确的。过去他无论如何都不会相信可能发生这样的变化，因为从开始他就会摒弃这样的想法。无论愿意与否他都不得不开始摆脱自己那种充满敌意的不信任思想。不仅是他的思想，他的行为也在逐渐改变，尽管并不像他和他的"思想监护人"所希望的那样快。坐在那里一动不动的老子睁开眼睛，瞥了他一眼。就在这时霍伊古尔还在继续思考着自己身上产生变化的这些惊人发现，他从老子的眼中读到了毫不掩饰的赞许。

然而，面对这位智者的目光，霍伊古尔内心却战栗了一下，他明白这目光中包含了什么……是的，当听到圣人那些豁达的思想时，已经感觉自己不太自在了，更不用说其他的、生活中的大智慧了。为了掩饰自己的窘迫，他赶紧向圣人提出脑子中第一个想到的问题：

"尊敬的老师，请您告诉我，您觉得未来会是什么样的？会有很多苦难等着我们吗？"

"傻瓜！不是都已经把一切都告诉你了吗……"他听见蓬头发在自己耳边低语道，他被这突如其来的声音吓了一跳，不由得哆嗦了一下。他根本没注意到蓬头发和母亲走到了他们跟前。霍伊古尔勉强克制住自己，没有在蓬头发的后脑勺上打他一下子，但蓬头发非常清楚引路人在想什么，为了以防万一，他往旁边退了一步，躲开到安全的距离。

"三言两语说不清楚，"老子回答说，没理会少年们的耍闹，"会有许多愉快之事。但还是不幸更多一些……"

"但为什么会这样呢？"

"除了造物主，没有人能说清楚。他爱世间的人们，信任他们。有时，似乎有些过于信任。人会因为为所欲为，就不能恰当地利用交给他的机会，辜负了这份信任。他一感觉到自身的力量，就急切地想去利用它，总是蠢蠢欲动，好像发疯一样：想马上把周围的世界都重新布局，重新改造。为了眼前的需求，抱着自私自利的思想，不顾周围任何人的利益。人们想改善一切，在他们看来这是革新。但他们无论如何也不明白，在改进的同时，还可能造成伤害。在拯救别人的同时，有时却是在毁灭别人……"

"那又该怎么办呢？如何安排世间人们的生活，让每个人都能过得好？"

"根本不需要干预，更不需要拯救和改造，过去是什么样的，就保持它原有的自然状态——无为而治。但人的记忆是短暂的，用一世的时间都参透不了万物的真谛。正因为如此，世世代代的人们一直禁锢在同一个圈子里，走不出去。"

"尊敬的老师，那这样看来，中界的人难道基本上都是……傻瓜吗？"对老子揭示的真相感到无比震惊的霍伊古尔天真地问，他立刻想起了奥昆——就是丘约赫阿雷岛的那位"老师"——口中对人民的类似的定义。

"为什么马上就说是傻瓜呢？"老子微微一笑，"当然，世上的人形形色色。在各种各样的人中有的人能够在认识世界的过程中大彻大悟。而被你称之为'傻瓜'的人，只是微不足道的一部分。"

"那他们为什么表现得像一群没有牧羊人的羊呢？只要他们聚集到一起，他们做事经常就会缺少理智。"

"每个作为个体的人都有自己的个性，有自己的主见，有自己独特的对生活、对世界和对社会的理解。对了，你现在想起了萨拉泰前任统治者奥昆的话非常是时候。他说了许多荒谬、可疑和不正确的话，但他说的关于人民的话……我要是你，就会好好思考一下那些话，尽管他的说法我不完全认同。我们要考虑到，他是个骗子中的高手，非常出色的滑头……"

听到"滑头"这个表述，霍伊古尔有些不知所措，挠了一下后脑勺，但他很快又鼓起了勇气，问道：

"但是这又是怎么回事呢？世界上有许多杰出的人物，人民有时却整体上变得像小孩子一样天真，有时会做出最愚蠢的决定……为什么会这样？"

"我不知道怎么回答你……但我注意到，你非常正确而又恰当地使用了一个词：'有时。'你自己想想吧，恰巧是'有时候'很多事情可能发生：既有豁然的顿悟，也有一时的糊涂。"

37. 中界：由谁来掌控？

这时，蓬头发又一次悄悄地走近，想再一次逗逗霍伊古尔，但是被母亲严厉的呵斥声打断了：

"停止你的胡闹行为，不要打扰智者高尚的对话！"

霍伊古尔听到"智者"这样的词语，可以说，即便不是把他摆在和老子平起平坐的高度，那也离老子并不遥远了，激动地一时语塞。他很高兴，似乎并没有人注意到他的变化。

"因为这些最'智慧的人'，"老子这时机智地向引路人眨了一下眼睛，"很少认同，也很少去倾听。令我们非常遗憾的是，几乎中界的一切事务都是由像你萨拉泰的朋友和'老师'这样狡猾的人掌管着。"

"是的，似乎是这样的……"听到老子这样说霍伊古尔很是惊讶，并表示了同意。他的脑海里闪过一个念头："怎么了，难道不可以有什么不同吗？……"但是，他克制住了自己没有提出又一个幼稚的问题。

"现在是我们回去的时候了，"令人敬仰的圣人说道，"太阳已经在向西倾斜了。我们必须在天黑前赶回去。"

阿阔尔还没有说一句话，他站了起来，把盲杖递给引路人，他们就踏上了返程的路。老子、母亲和儿子仍然留在了那里。因为今天有关未来的谈话内容并不很轻松，所以大家心情都有点沉重。只有蓬头发一个人是快活的，他老是想扮鬼脸逗逗引路人，而引路人偷偷举起拳头回应他。霍伊古尔今天已经预料到，他们很快就会变身大雁从他们头上飞过。他打算数一数会有多少只雁，希望至少大概知道老子

"随从"的数量。果然不出所料,很快整整一群雁就从他们头上飞过。虽然雁群快速地一闪而过,但霍伊古尔还是来得及数了一遍——王好十只。这就是说,"随从"有七人。

引路人不想把大雁的事告诉盲人,但现在看来,他的想法出卖了他。也可能,出卖他的是盲杖。

"怎么,我们的朋友们飞过去了?"

"是的,但不是三个,而是一群。是不是我们的朋友,不知道。"

"你没来得及数清他们有多少吗?"

"没有,"霍伊古尔又习惯性地撒谎了,他突然感到特别羞愧,就连他自己也感到惊讶:为什么会这样?只不过是一件不起眼的小事,又不会得罪人。而且也很有可能弄错啊,不能一下子数清楚。以前他也有信口雌黄的时候,但没有任何不舒服的感觉,更不用说羞耻感了。

"阿阔尔,能问你个问题吗?"

"当然,你说。"

"在'白石'那里,他们一共有几个人?"

"谁?"

"嗯,就是那些看不到的仙人……"

"奇怪,你应该对他们的存在没有感觉啊。"

"那到底他们有几个啊?"

"七个……"

"哦,那就对了,准确!"霍伊古尔高兴地喊道。

"什么——准确?"

"就是一共有十只雁,但是……但是我刚才以为我数错了,没有算清楚一共多少。就是说,我们的那三个朋友和那七个'随从',全对上了。"

阿阔尔只是摇摇头,又陷入了他那忧虑的思绪中——应该是对中原人和匈奴人即将遭遇的命运而担忧。

无论是自身的变化,还是自己周围的变化,霍伊古尔以前从来没有注意,他根本没有这样的习惯。而且世界本身对他来说似乎是一成不变的,万古永恒。当然,他明白,自己在长大,一年比一年成熟。

— 411 —

他也发现，随着年龄变化的还有周围人对他的态度——他们对他的要求越来越高。也许，正因如此才把更复杂、更重要的成人做的事情交给了他。

只有母亲给他特殊的待遇。在他很小的时候，只要他在身边母亲就很高兴了。在这个陌生的世界中她并不是一个人，身边还有一个亲人，这对她来说已经很满足了。但当他到了青少年的年龄，她就不由自主地开始害怕，不只是怕失去他，甚至害怕与他短暂的分离。

她自己设想出了儿子未来生活中所有可能的悲惨画面：他心爱的儿子——如此英俊、聪明、各方面都比别人略胜一筹的霍伊古尔——会被带到战场上去。在战争中，如果他没有战死，连尸首都找不到，那也一定会一去不复返，从此杳无音信，把自己的生命献给恨之入骨的匈奴人，而不是她。"可怜的母亲，"霍伊古尔想，"对独子的爱近乎疯狂。她觉得世界上所有的不幸都会落到她亲爱的儿子身上，她迟早会失去他……"

想起自己不幸的、满怀怨恨的母亲，霍伊古尔最终无比难过。现在对他来说，决定命运的时候已经到了，就在这几天将要决定他今后人生的主要意义是什么，他未来的道路将怎么走，生活的舞台在哪里。他会是谁？世间等待他的是什么？难道还会是原来的样子吗？他当然不希望回到从前——灰色的、暗无天日的日子。但又该怎么办呢？

他轻而易举地就能想象出当他们返回家园的时候，迎接他们的欢呼雀跃的场面。人们对他不仅会赞不绝口，而且还会得到各种赏赐：马、羊和新的毡帐。当然，还少不了提拔重用，这也相当不错……那以后呢？难道他还要作一辈子的引路人，即便已经是光鲜亮丽、受人尊敬的人？但现在他想要一些更实质性的、更有意义的新东西。或许，该接受奥昆的提议？然而，这似乎是一个不明智的想法，那样做迟早会有一个结局：灭亡。如果幸运的话，他也能像"老师"一样及时逃脱，那他就会一辈子躲着萨拉泰雇来的杀手。即便他最后能保住财富和健康的身体，这也没多大诱惑……

作为奖励，他可能被破天荒地招入军队，这是荣耀。因为一个没有经过多年特殊训练的人、不属于任何一个大部族的外人不会被允许进入匈奴的军队，不会被允许接近弓箭飞舞的战场。但为他的生命胆战心惊的母亲不会允许他进入军队——或者会死于悲伤和忧郁……

可怜的母亲！什么能让她感到快乐呢？她是不幸的，因为她已经习惯了带着臆想出的对匈奴人的怨恨生活。该从儿子幸福的视角，而不是透过黑暗的仇恨的迷雾看待生活，但这些她无论如何做不到。她习惯了仇恨，如果在这个世界上没有这种防御性的痛苦，她会变得不自在。霍伊古尔有时开始觉得，对母亲来说这种虚构出的仇恨情感跟儿子一样宝贵。当然，每个人都有权按自己的理解领会世界，佢为什么要建立在完全牵强附会、夸大其词的基础上呢？就不说老老实实地承认移居的原因了，我们只需要不带偏见地看看氏族迁徙的结果。在新的地方，很多重新定居下来的人比以前有了更多的机会，他们有机会耕种新的土地，从事已经习以为常的贸易活动，难道这些她都没有看到吗？

匈奴人的所作所为不仅可以理解，而且还应该接受他们公正的决定。他们关心的不是一个小小部族的富足安康，而是几十个或几百个这样小的民族、部族和部落的命运。这些部族、部落的生活和幸福直接取决于商路上商队的安全。如果允许某些人随心所欲地在每一个山口处胡作非为，那么所有的贸易活动都在劫难逃。来到这里后霍伊古尔茅塞顿开，对很多事情有了清晰的认识，而以前他就如同个瞎子——突然，就在一个奇妙的瞬间他看到了生活的真容，那是充满了困难、规律、规则和无可争辩的真理的生活。他不仅看到了，而且接受了生活本来的样子。

38. 中界的人：思想的力量

事实证明，中界的人们给自己制造了困难，在自己周围设置了一些凭空虚构的、不切实际的障碍。他们徘徊着，呻吟着，痛苦着，不愿意承认这些只是不切实际的幻想，也看不到出路。正因为如此，彼此间才有了冲突，往往冲突就会演化为战争。就这样，各民族的人民完全因为自身的原因陷入了内乱的深渊——而促成了这一切发生的人

变换的时轮
ᔓᔓᔓᔓ

大多数被这些虚构出来的东西愚弄了。

现在他有了一个问题，这个问题应该是在他的潜意识里酝酿已久了，那就是："是否能让他们醒悟，是否能阻止他们之间发生争端，哪怕只是制止一部分，哪怕制止的只是明显不合理的、解决不了任何问题的小冲突？"是的，那是他——霍伊古尔的——一个清醒、有趣的想法。他甚至可以以此为傲，因为这是他的想法，不是任何其他人的。而一个显示了大智慧的问题——众所周知，已经给出了一半答案。而这个非常重要的问题是他提出来的——因为在这里的经历而变得更加智慧和英明的他，认知上升到了一个新高度的他……他当然对自己了如指掌——这种想法以前是不可能有的，在他的头脑中是不可能产生的，以前他只能想到自己或自己周围最近的人。是啊，他在三四天前还是什么人呢？在过去的生活中他能达到的最高层次就是——"骗子的学生"……

而现在他的思想已经包含了整个人类，这真令人惊叹又不可思议……即使这些想法完全站不住脚，是胡言乱语，但它们仍然很了不起。他真的就这样有了脱胎换骨的改变，老子早就察觉到了这一点，这并不是毫无根据的推断。而他自己呢，就在这一天之前，他都没有感觉到自身的任何变化。但是，在明显的内在变化的过程中，一些以前根深蒂固的恶习仍然在他身上挥之不去。他感觉到，这些劣根性开始变得突兀——就像驼起的后背。就这样，一个小小的看似并无恶意的、在过去完全没有产生任何后果的谎言，开玩笑似的说出来，却给他一种奇怪的满足感，尽管他似乎意识到了自己又做了错事，也发自内心地为自己的行为感到懊悔。

这时，阿阔尔打断了他的思绪，他转过头来，失明的蓝色的眼睛直视霍伊古尔的眼睛，似乎能透视一切。引路人因为这种感觉哆嗦了一下，他激动得结结巴巴地问：

"怎么了？你想问我什么吗？"

"问？不，我是有话要说。"

"好的，我洗耳恭听。"

"不要认为是我闯入了你的思想世界，我刚刚是无意中听到了你的想法。"

"那……怎么样？你觉得它们怎么样？"

"总的来说，我觉得很不错……你看到了关键，那里——人世间——人们自己给自己创造困难，制造冲突的借口，然后升级为战争。你这些想法都很好，是诚恳和正确的思想。你是怎么领悟到这些的呢?！"

"我必须坦白承认，这些不是我的想法……我自己无法参透这些真理。"

"那是怎么回事？"

"只不过……只不过这些想法不知通过什么方式从外面进入我的脑子中，而我只是把它们当成了我自己的，这些思想本身跟我没有什么关系。"

"这丝毫不会减少你的功绩，虽然你是在谦虚——不知道你是有所算计还是就是这样想的……"阿阔尔咧嘴一笑，"但我知道，这样的想法只有被神明选中的人才会有。"

"那就是说，我……从一出生就是低贱的小人物，这样一个爱说谎的、卑鄙无耻的人，一个叛徒，而且还是个骗子的学生……啊，我怎么就成了被神明'选中的人呢'？"

"你对自己的鉴定很诚恳，"阿阔尔很认真地说，"这都是事实。但是有一个'转折'……这都是过去的事了，是你往昔的一部分。但今非昔比，我们要对过去和现在的行为重新审视。我希望你能明白我说的话。"

"明白了……明白了，尊敬的主人……"霍伊古尔不听使唤的舌头勉强说出这句话。

但是，试问，他能明白什么呢？这个人昨天还是最渺小的人！只不过他对这些话很熟悉罢了。但是，什么是属于过去的呢？什么又是现在的呢？他是谁，今天又变成了什么样的人？世界上到底有没有人能把所有错综复杂的邪恶和暴力的历史事件理清头绪？

"你不要给自己设置一个无法解决的任务，"阿阔尔打断了引路人慌乱的想法，"这些最复杂的概念是不可能一时半会儿领会的。最重要的是，尽力记住和接受现实：现实中在什么地方发生了什么，如何发生的，要如实地记下！会有一天，另一个时代会来临。对你来说，如果不是所有的事情，也会有很多事情都豁然开朗。万事各有其时，要学会等待自己的时间。到那时，关得严严实实的门就会为你敞开。"

"哦，你解释得很好……更确切地说，给了我很好的安慰。我本来就是没有耐性的人，做什么都要马上弄清楚。可能，正是因为这样我才有那么多麻烦……"

"现在你的生活开始……不，这么说有点大胆，嗯，这么说还有点早。可能，在不久的将来你会开启新的生活，而现在，正在产生新的生活，产生完全不同的另一个命运。"阿阔尔若有所思地说，说话间他已经在思考自己的事情了。"你在面对和评价自己的罪过和错误时非常诚实，而且还能有深刻领会的思想，这让我很高兴。其实，你又一次夸大了那些错误的作用，事实上大部分过失和不足都是微不足道的、毫无恶意的。"

39. 关于丁宏的谈话，让人们团结与分离的疆界

大家已经围坐在圆圆的紫檀桌旁，等着小伙子们归来。不知怎的，今天大家都愁眉苦脸的，女主人不时偷偷抹去眼泪。朝圣者们回来正好赶上谈话的开始，或者这只是他们的感觉。

"你去过他那里吗？"老子轻轻地问。

"是的……所以耽搁了一会儿，而且，陪我去的人也没跟上，"母亲怒气冲冲地把目光投向了小儿子。

"他在那儿怎么样？"

"矗立在那里，看向西方，也就是匈奴人很快就要离开家园要去的方向。他们将一去不复返并消失在茫茫人海中，而他却要站在那里，在对他们永无止境的、无望的期盼中度过许多世纪……"

霍伊古尔什么也没懂，轻轻地低声问坐在旁边的蓬头发：

"她在说谁呢？"

"是……这是很久很久以前的一个老将军，他石化了，变成了石头。他站在那里，那就让他站在那里吧，有什么可怜的啊，还要因为

他难过……我也跟着受罪,她就喜欢搞这乱七八糟的怪事情,而我这个亲生儿子她倒不可怜。我走路很难追上她,因为我还小,力气小嘛。"

"没关系的,亲爱的朋友,你很快就会长大的,"霍伊古尔安慰他说,"再过几百年就好了。"

这时颤抖的盲杖提醒他,现在不是闲谈的时候。

"没有什么比为了唤醒一块没有生命的石头而找乐子更糟糕的了。谁愿意这样做,这样做有什么必要呢?最高的神明原来也这样喜欢玩乐,"年轻母亲难过地说,"有一次,他们闹着玩儿似的把灵魂注入山隘处的一块石头上。它竟然就活了!太可怕了……我们——人类,无论活到多大岁数,无论遭受多大的痛苦和磨难,这一切都只限于我们在尘世的肉体凡胎所承受的生活,这样的生活随着短暂的生命和肉体离开中界而停止。而注入石头上的人类灵魂,几乎会无休止地遭受所有人类情感带来的折磨,因期待和盼望而痛苦,为被遗忘的东西而难过,爱着,等待着和期望着——这样要持续数十个世纪。他自己几乎将永远这样服着兵役,还幻想着一直能守卫边关。而他守卫的疆界将在未来被迁移和遗忘,他将继续戍守着这个已经不存在的疆界,日复一日地注视着这个可恶的西方,那是一切妖魔鬼怪和其他敌对势力的避难所……"

"我可怜的朋友、我的战友丁宏!"老子轻声说,悲痛地叹了口气,"但是,他一定不愿意看到大家怜悯他。"

"是的,应该是这样,这不是他的性格。他生前就是一个有坚定原则和信念的人。但是我不能……"年轻母亲抽泣着断断续续地说,"我没办法不可怜他!你们说,他昼夜无眠地付出艰辛,承担着如此的重担,我怎么能对此视而不见呢?而所有付出却是徒劳的。还为谁效力啊?有什么用啊?到底是为了什么?!"

"重担和艰辛?唉!它们都是他军人职责的一部分。他热爱自己的职务,无论是过去还是现在他都是忠于职守和爱惜名誉的典范。"

"但他在尘世的生活其实是很糟糕的,在我看来,那根本就不是生活。他为了这该死的疆界而放弃了人间的一切美好。这疆界不仅毁掉了他的生活,而且毁掉了我们所有人的生活,不仅是我们家庭的生

变换的时轮

活,还有各民族人民的生活。有时使亲人分离,有时使敌人联合在一起。所有这一切都是被迫而为,总是像锋利的刀刃刺在人们的肉体上、灵魂上,毁掉了他们的命运,同样也刺在我的心上……"

年轻的母亲痛哭得没能把话说完。儿子们争先恐后地安慰她,小儿子给她端来不知道什么做的汁液。

"还好,他不是一个人在那里。"老子平静地说,像是在说自己。

"是的,那里有他们几个将军呢,好在他们都是他培养出来的追随者,"年轻的母亲逐渐恢复平静,"他们至少还可以轮流值守……"

这时,全神贯注地听着他们谈话的霍伊古尔注意到,她的前额、眼角和嘴角都因为悲伤的心情出现了深深的皱纹,突然成熟女性的倦容掠过了年轻的脸蛋。

"你看,不是所有的事情都糟糕透顶。在任何意义非凡的事件中,都能发现一些大有教益的东西,甚至有令人高兴的一面。我的朋友不仅热爱军人的职务,而且他非常忠诚,整个人完全投入其中并献身于自己的事业。"圣人说,他慢慢地环视了一下坐在桌旁的人,接着说:"今天谈了我的战友,我们能有这样的谈话非常好,你们知道为什么吗?"

"为什么?"霍伊古尔问,他觉得老子就是在问他。

"因为谈话中的听众都是出类拔萃的人,而下一次——就是卓尔不群之人了。"

"是吗?那太好了!"蓬头发欣喜若狂地说。当然,他对号入座,把自己也当作其中的一员。"这么说绝对没错!"

他激动地四下张望,得意极了,似乎在检验大家是否也觉得这句话适用于他。然而,母亲严厉的目光却把他打回了原位。他感到了自己的冒失,立刻就耷拉下了脑袋。在这个过程中,光头不断跑去照看他的石塔,通过这些石塔检查着遥远的尘世间的事务,没有全部听到所有的谈话,但也注意到了失望的弟弟情绪低落,向他伸了一下他那特别长的红舌头。

"我们今天谈得很好,尽管触痛了某人心灵的旧创……今天就到这儿吧。明天还要赶路去北面的'黑石',大家都早点休息吧,睡个好觉。"心情完全平复下来的年轻母亲说。

霍伊古尔一直在观察着她。他发现，在她心情逐渐平静的过程中，她又恢复了原本的美艳的容貌，脸上的皱纹消失得无影无踪，取而代之的是永远青春靓丽的红润面色。

40. 仙人：未来与过去并不在我们的兴趣范围内

早晨又是阴郁的天气，天空被雾气笼罩着，像浮着一层薄云。因为太过潮湿，让人感到很不舒服，于是早饭又只能在山洞里吃了。

光头——是一个很活泼、行动麻利且坐不住板凳的人——在这一天，不知何故，特别愿意坐下来交流。他这样好动的性格使他总是听什么都是片段，但在这个过程中，可以看出他内心特别专注于自己的事情，对明显说到只涉及他一个人的话题时总是留心倾听。霍伊古尔很快看明白了，他不过是一直在关注着自己的石塔。这些石塔有节奏的摇摆与另一个遥远的世界——中界——有条不紊的事物更迭能够完全吻合，只不过对他——引路人——来说，这些都太过玄妙。

光头密切关注着每一座石塔，如果发现有什么异常，马上跑到它们身边，仔细查看，努力摆正。然后，如果母亲在身边，就小声地把这些消息告诉她。她的回应往往是若无其事地点点头，只是偶尔表现出对发生的事情有一点点兴趣，会询问点什么。

当被霍伊古尔问到石塔晃动的特性是否真的有特别的意义时，光头满怀热情地高声说：

"那还用说吗！否则我还用日日夜夜这么卖力地干吗？它们能对每一个尘世重大的事件做出反应——比如高山雪崩、洪水或者干旱……"

"人类的活动从它们身上能知道吗？"

"它们会第一时间感应到：战争、国家的变革，民族的迁徙。就是说，那些以不同方式影响到百万、千万人命运的事件，甚至是各种流行的疫病……"

"那未来他们能预测吗？"

"未来和过去不在我们兴趣范围内。"

"怎么会这样，这不是很有趣吗：了解你想要知道的过去的任何

— 419 —

变换的时轮

事情，或者预知一下未来。任何一个人都希望哪怕只看见一点点自己将来的命运……"

"这有什么必要呢？"光头不耐烦地挥了一下手，"为什么还要知道过去呢，既然它已经不存在了？嗯，发生了就是发生了，过去了就是过去了，再翻出来还有什么意思。应该活在当下，享受现在的快乐。而且，未来也同样无趣，为什么要为还没有发生的事情担心？还有一种可能，就是尽管有预测，但也许永远也不会发生。对了，这种情况是常有的……我看啊，你就是好奇心重。"

"你最好想想自己吧，智者！"霍伊古尔生气了，"你就在你的'当下'要聪明吧，以后你会为这样做的后果伤心的，你将永远痛苦，而且还会像惋惜过去一样，对这一错误感到难过。你指责我的好奇心，而你活在当下，你就快乐了吗？"

"如你所见！"光头露出灿烂的笑容，愉快地对引路人眨了一下眼睛，"咱俩是一丘之貉，难道不是吗？"

"噢，不……我可不想和你在一个山丘上，和你在一起太无聊了。如果想听听你说话，结果呢，既听不到过去的事，也没有关乎未来的事……既不回首往事，也不向前看。行了，我们该赶路了。"

"还有一口气就应该活着，快乐地活在今天。还有什么能比这更简单、更美好的生活呢？！"光头耸耸肩，走向他那些"今天"的预言者。

两个人出发了。母亲带着小儿子早就为自己没完没了的事忙去了。圣人和往常一样走得很早，大家都没有察觉。

"你们在那里要小心点，"光头追着在他们后面喊道，"北方是阿贾莱的领地。今天，他的使者们一定会在隐身的陪同和迎接者中间。保重！"

"你不用为我们担心，"阿阔尔停住脚步安慰他道，并对他微微一笑。然后拽了一下手杖，跟在引路人后面继续赶路。而当引路人问到今天需要戒备什么的时候，他回答说："北方——当然是很复杂的，但并不像你想象的那么绝对黑暗。是的，那里是存在邪灵，但世界所期待的一切新事物都是在那里的黑暗和寒冷中诞生的。那里，从过去和现在中孕育着遥远的未来。事实上，在北方的深处隐藏着宇宙最深奥的秘密。"

"他们——这些妖魔——怎么能现身呢？"霍伊古尔问。不知怎的，他立刻意识到光头主动发起这次谈话并给他们送上提醒和祝福，这绝非偶然。"他们能对我们搞出什么阴谋诡计呢？"

"你首先要注意自己的思想。因为开始的时候，一切好的与坏的、善良的与罪恶的东西正是在一个人的思想中，在最隐秘、最难以捉摸的意念中产生的……"

"是的，很遗憾，我常常喜欢做一些不体面的事情，"他没有半分犹豫，痛快地表示同意。"我承认自己在这方面思想薄弱，特别是对所有新鲜的事物都感兴趣，而实际上都是些荒谬的想法……"

"你不断认识到并承认自己的弱点，也知道有这些缺点会付出的代价，这很好，这意味着你是能经受住考验的。"

"我很想经受住考验……而且，这是我必须做到的！如果今天一切都顺利结束，那么对我们的考验就结束了，对吗？"

"是的……我也希望如此，无论如何要做到。那样明天早上，我们就可以踏上归途——回家了。"

"是该回去了！我已经非常思念大地，思念母亲了……"

"可能，有母亲是件非常幸福的事。而我连自己的母亲都记不起来了，我想象不出她的手、她的味道、她的声音都是什么样的……"阿阔尔伤心地说。

霍伊古尔这才意识到，他又做了一件蠢事，这时提及母亲并不合适。奇怪，在此以前他还没有特别思考过，在富足安康的生活表象的掩盖下，图拉尔大将军的两个孙子却是完全的孤儿：父亲在他们出生之前就去世了，而母亲——在他们出生后不久就追随父亲而去。他们一辈子都要刻意回避谈论这个话题，只是在今天，阿阔尔才第一次向他诉说了自己的悲伤……

盲人的弟弟阿贝尔总的来说是个性情严厉冷酷的人，对待下属经常很生硬粗鲁，在自己的高高的职位上他怎么也不能流露出自己的心境。阿阔尔似乎倒是可以把心里话和他的引路人分享，但他把全部感受都藏了起来，展示出来的是孤僻沉默的性格。而且，他总是很少参与众人的谈话，有时让人感觉，他完全沉浸在自己的思考中，经常是听不到这些谈话。有时你会跟他没完没了地说个不停，你以为他需要这样，而实际上，你只是在用这种喋喋不休的方式取悦自己罢了……

41. "黑石"近旁，三个世界的比较

霍伊古尔刚一想到他们什么时候能最终到达"黑石"，它就立刻突然出现在他们面前，挡住了去路。老子坐在"黑石"脚下，像往常一样双目紧闭，只有嘴唇微动着在祷告。引路人本来决定绕过这灰暗的石头，坐到另一侧，以免打扰到老子，但阿阔尔低声阻止了他：

"别去那里，石头的后面是悬崖。我就坐到圣人旁边吧。"

"好，"引路人顺从地回答，如今他认为盲人知道什么都是情理之中，并不感到惊讶："在这个世界上一切皆有可能……"盲人在他背后有时会比他更准确地感知前方的每一处危险，最近他已经对此习以为常了。

霍伊古尔摆放好供品，挂上五彩的祈愿幡，跪在"黑石"前，闭上眼睛，努力开始祈祷。但是大脑一片空白……思想上和心灵上都没有任何东西可以向上天祈祷。

"祈求啊……"他听到了一个陌生的声音。

"祈求什么？"没弄清楚自己是在跟谁说话，引路人惊惶失措地顺口反问道。他的脑海里浮现的不是请求，而是些混乱的想法和愿望，还有对自己将回到的尘世生活的想象，终于可以把自己的热情带回去了——带到锦衣玉食、吃喝玩乐中去。霍伊古尔不由自主地惊讶地想到：这是什么乱七八糟的啊……他这是怎么了？

他马上想起了阿阔尔关于邪灵的警告……当然，这是它们在引诱他，这些想法不是来自他本人。如果是那样的话，他就要想方设法抵制和经受住诱惑，不能误入歧途。他鼓起勇气，坚定地这样想着——是的，他不会走错路的。这样想后他一下子就感觉轻松了。没错，千里之行，始于足下。努力做自己该做的，而不是外部强加给你的。什

么是自己想要的，什么是饱尝艰辛但内心仍旧追求的更美好的东西；什么是别人施加给你的，甚至是与自己敌对的、源于罪恶根源的东西——当一个人开始分得清它们的区别，那么生活从那一刻起就会发生许多变化。此刻他不仅清楚地知道这些，而且永远不会忘记……

"对，通往真理的道路从这里开始。"他听到一个声音。

这时霍伊古尔突然想起了他的一个重要问题，这个问题从丘约赫阿雷绿洲起一直困扰着他：

"我回到尘世后该做什么？把这一生献给什么事业呢？"

"有价值的……正经的事。对，正途……"

"但那到底是什么事呢？"

"你该自己从上苍给你提供的几条道路中选择自己的路，决定只能你自己来做……"

"但是，如果我什么都不懂，不明白'真理'的真正含义，我将如何选择正确的道路……我可能会犯错误啊。"

"是的，你可能会犯错，走上错误的道路……危险在于你们的中界一切皆有可能。就在最近，你用这样的话来说我们的上界就是不正确的。在上界，不正确的行为，更不用说非常糟糕的行为——从来都是不存在的。这就是上界与完全充斥着混乱的中界，更是与黑暗的下界的主要区别。在下界根本找不到美好的事物，也没有正大光明的东西，更不用说圣洁之物了。"

这番话让霍伊古尔想到了自己对这个三层结构的宇宙的看法和认识，让他尤其感到困惑的是对下界的评价。原来，他过去所有的尘世生活都是在阿贾莱黑暗之星的照耀下度过的……而且他的母亲带着仇恨去看待一切事物，这种阴郁压抑的情感也是受到邪灵的影响。

他以前从来没有研究过这样的问题，也许因为在匈奴人中，不仅不能无缘无故地提到最恶毒和最可怕的阿贾莱，而且也不能提及所有的邪灵。思考或谈论它们意味着让那些该被漠视的东西又重新活跃起来，从而赋予它们生命力和影响现实的能力，有意或是无意地把它们招引来参与尘世正在发生的事情中。

就这样他从没有深入思考，乖乖地遵守自古形成的传统，这不仅

变换的时轮

纵容了邪恶力量，而且还使自己受到邪灵的左右。现在，他刚刚对宇宙中邪恶力量的真面目有了一点认识，他闭上眼睛，也想像他的灵魂导师们那样祈祷。此时的他内心对自己的未来充满了困惑和彷徨，这种痛苦把他的内心撕得四分五裂。

"怎么办？该选择哪条道路？"

"你不是已经有一条路了吗？"他听到了另一个不同的声音——温柔的、魅惑的声音，"你已经有一条不错而可靠的道路了，有一个经验丰富、有智慧的引路人将引领你。"

"但是我为什么需要引路人呢，我也不是盲人。"

"在一个新的、陌生的事业里，所有人都是盲目地向前走，所以在选择前进方向的时候往往也会犯错误。"

"引路人你指的是萨拉泰的前任国君——奥昆吗？他不是一个骗子吗？……"

"首先应该说他是个有智慧的人。而且，你已经给了他承诺，他相信了你，从岛上的礁石上翘首期盼，等待着你的归来。而且你——是他最后的希望。相信他吧，他一定能把你送上王位。"

"但是我不想成为萨拉泰这个土匪国的国君！在那个王位上也坐不了多久，而且未必能造福于什么人。"

"在你们的世界里没有人能永远待在一个位置上——无论是坐在王位上的人，还是为他们服务的用人。当然，你们的一切都按时间来计算，一切都被限制在一定的空间内……是的，一切的一切都有限度。但是，你想不想知道，我来告诉你，你们的世界里最宝贵的是什么？你认为这是头脑、智慧、权力、诚实、忠诚吗？不，都不对……"

"那是什么？"

"财富。如果你是富有的，那么成百上千老实忠诚且有智谋的人将为你效劳，你可以买到任何权力，世界上所有的享乐你都可以拥有！"

霍伊古尔脑中突然闪过一个想法，他明白了，是谁的声音如此巧诈地在诱导他接受自己的"价值体系"。霍伊古尔本人曾经也是一个经验老到的骗子，于是决定给他设个圈套：

"那我通过什么途径能获得这笔财富呢？谁能指引我如何获取

财富?"

"奥昆,他就是你真正的老师……如果你和他在一起,在王位上哪怕只坐上半年——你几辈子的生活都有保障了。萨拉泰是一个富裕的国家,那里每天都开采大量的黄金和宝石。难怪世界各地的头脑灵活的人都聚向那里。"

"真不错……比方说,奥昆带领我取得萨拉泰的政权,我们不等到被谋杀或政权被推翻,在远点的地方先准备好密室,在里面囤积足够的黄金和宝石……"

"对,对,就是这样!你真聪明!已经不需要教你怎么做了,你自己都想到了。哎呀,看看,多么能耐的小伙子啊!"

"那好吧,嗯,我获得了财富,接下来呢?接下来怎么办?"

"接下来你就快乐地生活吧,享受你们世界的一切福祉。因为有了财富,你们那里想要什么都可以办到——可以买土地,土地上的农民就都变成你的奴隶了;可以买山林,山中的鸟兽也将归你所有;可以买湖泊和河流,水中的鱼也属于你。还有其他东西,你想要什么就有什么!"

"那灵魂呢?"

"什么?哪个灵魂?"话音顿了一下,显然有些慌乱,"为什么要买灵魂?"

"因为我必须找到一个新的、纯洁的灵魂——来替换在此之前被欺骗和罪恶行径弄脏了的灵魂,因为必须通过欺骗和犯罪才能获得财富……这件事该怎么办呢?"

但这次提出的问题没有得到回答。神秘的献媚的声音沉默了,消失得无影无踪。霍伊古尔冷冷一笑,对自己的表现感到满意,就像赢得了一场重要的决斗。

42. 梦想见到至高无上的腾格里神

仿佛一觉醒来,引路人睁开眼睛,环顾四周,立刻对视到老子赞许的目光。

变换的时轮

"你正在取得惊人的进步！我为你感到高兴，霍伊古尔。"他说，"坦白地说，没想到你这么快就理清了善与恶较量中的最错综复杂的问题。"

"但是，尊敬的老师，我还是没能确定，在大地上，在凡间，我能做什么？我真希望今天在'黑石'这里能得到最终的答案，但没有成功……"

"而我觉得你已经下定决心了。"

"不，老师，我仍是一头雾水，思绪万千。我不只是感到难受，我自己也在不断地和自己争论，因此有些不知所措。您知道，我内心甚至希望见到至高无上的天神……"

"是吗，原来是这样啊！你可真是一个立事早又伶俐的孩子。都想到要见……"老子没讲完，怪怪地一笑。"可真是啊，现在的年轻人脑瓜真灵啊。"

"而您，亲爱的老师，经常能见到天神吗？"

"哪里能——经常……"

"那到底是见到了吗？"

"什么都得告诉你啊，你这个笨蛋！"从背后悄悄走近的蓬头发就贴在他的耳边说道，他怕遭到报复，立刻跳开了。

"至高无上的神异常忙碌，"老子微微眯起眼睛补充道，"而且他年老体弱，一天比一天衰老了……"

"啊，怎么是这样！至高无上的天神也能变老和衰弱吗——像人一样？"霍伊古尔对老子的话抓住不放，没有懂这只是个玩笑。

"这当然是我开的一个玩笑。事情不像你想象的那么简单，而要复杂得多，或者更确切地说，是千头万绪。因此，至高无上的天神将许多事交给了他的一些亲信——就是被神选中的人。尽管他们是选出来的，但每个人都有自己的特点，这么说吧，都有自己的怪异之处。这就是为什么在你们大地上有时会发生一些奇怪的，让人难以理解的事件……"

"而我还梦想着见到天神，叩拜他，发自内心地表达我的崇敬之情，并祈求他的帮助。他应该看到了，我是多么艰难地在与我的罪孽作斗争啊！"

"不是现在……万事各有其时，"老子委婉地说，"也许，以后，在迟暮之年，你还会再走一次年轻时走过的道路，想再次朝拜圣地。但这取决于你在尘世过什么样的生活，做什么样的事情。现在没有人能准确地说，你是否能攀上事业的高峰，就像在你前面的德行端正的正人君子能够达到的那种高度。但你要明白一点，非常重要的一点——你的后面是否有人追随，如果有，他是什么品格的人？根据这个追随你脚步的人就可以对你和你的事业做出鉴定。任何没有追随者的事业——都是一棵枯树。重要的是播下真理的种子，呵护它，让它生根发芽。"

"明白了，尊敬的老师，"霍伊古尔向他鞠了一躬，"尽管显然我还有不止一次的考验要面对。"

"就是这样，你的感觉是对的。这些感觉，我希望，不会欺骗你。永远要记住——有自知之明，知道自己的位置，不要觊觎别人的位置，这是非常重要的。至于你想见到至高无上的天神的愿望——这甚至可以说是非常鲁莽的想法。看看自己——你是什么人，能让腾格里神和你见面？你又会对他说什么呢？先看看自己的心房，对你来说那里保存了什么宝贵的东西，根据你所珍视的东西就能决定你的位置，是属于正人君子之列还是……嗯，我想，你自己会明白的。"

这一次，霍伊古尔二话不说，只是在这位可敬的圣人面前深深地鞠躬致敬，羞得满脸通红。

"看到我们的女主人——这位高尚、善良、慈爱的好女人——为我那位伟大的朋友丁宏惋惜而哭泣了吗？"

"看到了，当然看到了，我……我对她也很同情。"

"但是，我认为，至高无上的天神把他的灵魂注入石头，让他的灵魂永生，这是对他的尊敬，为他对事业的忠诚致敬，也把他忠于的事业提升到最崇高的位置。哦，如果你见过他的话……只看表面的浅薄认识会觉得他就是个粗鲁的、没有教养的大老粗。他像每一个军人一样，对一些非常含蓄微妙的事情的见解总是率直的、实在的、有时是不留情面的。我和他经常会有非常激烈的争论，谁也没有向谁让步过，直到现在也没有做出一次让步。但随着时间的推移，两人都对争执的深层实质有了更深的理解，这使我们两人都发生了转变。没有他，就不会有现在的我，也不会有我的学说……很遗憾，我并不算满怀热情的非常虔诚的朝圣者，但我无比感激至高无上的腾格里神，是他赐予我的命运深刻的意义，给我派来了这样一位伟大的朋友，现在我们已经是永远的朋友……也许，是腾格里神把我派到他身边。我的朋友，还将以岩石的状态矗立着，或者再后来侧卧着，在未来几千年都会在这个山隘守护着自己的边关。"

43. 归途

第二天，朝圣者们就该踏上归途了。所以，今天举行了告别晚宴，他们在这里刚刚结识的所有人——现在已经是朋友了，都聚在了一起。

"在几天的时间里，我们和你们不仅彼此已经熟络，甚至仿佛亲如一家。发生了那么多美好的事，我们可能还会久久地回味我们的谈话。我们这里还没有来过你们这样的客人，所以离别是一件令人伤心的事……"年轻的母亲说，她尽量把在座的所有人想要表达的话都总结出来。

"妈妈……我可以请求您一件事吗？"蓬头发胆怯地问。

"好，就是得快点说，"母亲不满地看了他一眼，像是已经知道他要请求什么了。

"妈妈，你当然事先就知道了，我想问的是什么。但是我还是要说……我一辈子都在你身边——懒散、马虎，也惹得你心情不好……让我和他们一起去吧，哪怕只尝试在尘世生活一阵。"

"这件事提都别提！我连听都不想听，明白吗？谁能代替你留下来照看药水的制作，谁采集草药和块根，帮助我呢？你哥哥正忙着重要的事情，我因为自己的事务也一刻都脱不了身……不行，你不用求我！"

"哎，那让我送送他们吧……我一定会回来的，您别担心，妈妈！我求你了！"

"不行就是不行！你不能长时间地离开这里，这你是知道的。我不明白，你为什么还要请求呢？！更何况为他们送行的将是我们尊敬的圣人。"她找到了最有力的拒绝理由。

"啊?!"霍伊古尔和蓬头发几乎异口同声地惊呼道。

"明天你们就会明白，有这样的送行人对你们来说再幸福不过了，你们马上就会懂的。"

"噢……噢，不知道有这样的送行人陪伴我们，我们什么时候才能回到家……大概不会少于一年的时间。"霍伊古尔忧伤地想，"那我们在途中会吃些什么呢？希望已经为我们准备好了一些路上吃的东西。"

霍伊古尔想象着整个回程的路，那里有多少陡峭的坡路、山隘，还有多少条河流需要渡过……想到这儿悲哀地叹了口气。不，他怎么也想不通，和这样年迈的送行人在一起他们怎么能跨越所有这些障碍："他已经要照管一个残疾人了，现在将是两个。"

"那尊敬的老师要把我们送到哪里呢？"他还是决定问。

"嗯，直接把你们送到你们的丘约赫阿雷岛，就是有人等着你们的地方。"

在年轻的母亲说了这些话之后，霍伊古尔完全沮丧了，但他尽量没有表现出来。

* * *

早上，霍伊古尔第一件事就是问他那位性情乖张的好友：

"能不能带些食物路上吃？"

蓬头发却只是挥了一下手，不愿理睬：

"有什么必要？我希望晚上之前你们不会饿的。"

"那晚上呢，我们吃什么？而且还有明天，后天呢？"

"你还是什么都没弄明白……晚上你们就已经到丘约赫阿雷了。"

"怎么能到呢？"

"到时候你就知道了！"

霍伊古尔以为这位朋友又在耍弄他，但他想：不，这里不是那么回事。在上界，他们身上发生了许多奇妙的事情，所以任何事情都有可能发生……

变换的时轮

　　全家人都聚在一起来为他们的客人送行。他们没有解释——为什么帮助他们爬上一块圆形的大石头之后才道别。

　　就在那时，老子紧紧地拉住两位朝圣者的手。突然，让人意想不到的是，这位老人一跃而起，跳得老高……他们配合得很好，协调一致，开始上升，越升越高，他们被这种神秘的力量深深吸引住了。这时他们发现，自己已经变成了那些白色的大雁，突然感觉，之前的人生中他们拥有的不是双手，而是翅膀。

　　当他们升到足够高的高空后，他们转了一圈，以示告别。并向东飞去，迎着初升的太阳和出现在他们眼前的一望无际的地平线。对于昨天还在徒步走路的行者来说，尤其是对霍伊古尔来说，这种飞行的感觉太惊人了。他们在短短的时间里就越过了一条最危险的道路。就在不久前，在这条道路上他们不仅付出了巨大的艰辛，而且还花费了几周的时间。脚下，最危险的峡谷和山口、重峦叠嶂的山岩一闪而过。引路人甚至感觉到，在无数的山石中有一个面貌像丁宏将军，他昂然地屹立在那里……但是，体验到自己如同远距离作战时飞出的箭的引路人，此时明显是因为激动而产生了浮想联翩的幻觉。但毫无疑问，他准确地辨认出了让他特别难忘的地方：就在那里，他一时激动把盲杖扔掉跑开了，夜里只留下阿阔尔一个人……在一处悬崖下，抢劫他们的强盗的铮铮白骨和骷髅就在那里，他们在这个世界上几乎没有留下什么痕迹，就这么快速地消失了……他看见了奥阔的狼在它的狼窝边晒太阳，听到了它们凄厉的叫声，像是忌妒在它们头上飞过的大雁。离它们不远的地方，对什么都漠不关心的古尔甘的骆驼和羊，还有他的宝马，在悠闲地吃草……

　　很快，在他们的翅膀下，已经是丘约赫阿雷熟悉的轮廓——如同家乡的地方。一条从山上奔流而下的河流被沙漠吞没得无影无踪；一个满是陡峭岩石的小岛，给了那位被废黜的萨拉泰统治者栖身之地；还有这片绿洲上好客的主人生活的舒适角落，院子中的炉灶里正燃着火，冒着袅袅的炊烟。

　　他们平稳地落在河边的浅沙滩上，圣人又转了一圈和他们告别，然后向西飞回去了，很快就消失在山麓的灰蓝色薄雾中。

朝圣者们不知什么时候悄悄地就变换成了人形,迎接他们的是奥阔和奥昆兄弟,两人的归来使他们喜出望外……

弗拉基米尔·克鲁平

译自雅库特语